STUART NADLER

RÄUME ZUM VERSCHWINDEN

STUART
NADLER

RÄUME ZUM VERSCHWINDEN

Roman

Aus dem Englischen von Klaus Modick

Kiepenheuer & Witsch

Für Shamis

KINDERTOTENLIEDER

London, Wien, 1979

SONJA

Ach, ich hatte schon früher versucht, sie zu erreichen. Das war ja nie das Problem. Ich hatte immer versucht, sie zu erreichen, mit ihr zu reden, ihr näherzukommen, ihre Zustände genauer zu verstehen, aber wenn ich dicht davor war, was oft geschah, war sie nicht da. Wenn sich irgendwer je die Mühe gemacht hätte, mich zu fragen, was dann in der Dunkelheit geschah, während ich dalag und darauf wartete, dass mein Kind nach Hause käme, zu mir zurückkehrte und mir so erschiene wie im wirklichen Leben, hätte ich dieser Person die Wahrheit gesagt, die darin besteht, dass sie fortgeht, fortgeht, fort.

Wie sie es hätte tun sollen. Etwas anderes habe ich nie erwartet. Wirklich nicht.

In Wahrheit ist sie schon vom ersten Moment an gegangen, in dem sie hier bei mir war. Bei ihrer Geburt war sie ruhig wie eine Frau mittleren Alters, der man die schreckliche Nachricht bereits eröffnet hat: So ist das Leben, sieh dich vor, hier kommt niemand unversehrt raus. Am Morgen ihres neunten Geburtstags traf ich sie draußen in der Sonne, wo sie laut mit jemandem sprach, der nicht anwesend war, und als sie schließlich eine Stunde später wieder hereinkam, sagte sie, dass sie mit meiner Mutter geredet hätte, erschossen neben einem Zug, in einem Wald neunhundertneunzig Meilen nordwestlich meines Hauses in London. Meine Mutter hätte sich auch nach meinem Befinden erkundigt und gesagt, dass sie nach dieser langen Zeit unter den Toten gekommen wäre, um zu reden. Und meine Tochter sagte zu meiner Mutter, dass sie auf mich aufpasse, aber nicht mehr lange, das müssten bald andere tun, weil auch sie fortgehen müsste, sagte sie, so wie alle anderen auch. »Wir haben nicht die Kraft, dies Davonstürzen in fremde Himmel aufzuhalten, nicht wahr?«

Später musste ich Anya fragen: »Hat sie sonst noch etwas gesagt, hat meine Mutter dir noch mehr erzählt?«

Das war in der Nähe von Paris in dem kleinen Haus, in das wir gezogen waren, ein Ort, den ich mir gar nicht leisten konnte, ein Ort, den ich verabscheute. Eine alte Weisheit besagt, dass, wenn ein Kind stirbt, das sterbende Kind alles wisse, alles Wissen in sich aufgenommen habe. Jemand hat mir das während dieser letzten Monate erzählt. Damals geschah es häufig, dass mich Leute in merkwürdige Ecken zerrten, um mir solche entsetzlichen Dinge zu erzählen. Und es kam auch vor, dass ich mich dabei ertappte, mein Kind nach entsetzlichen Dingen zu fragen.

Zum Beispiel diese Frage, die ich ihr, von Bienen umschwärmt, im Garten hinterm Haus stellte. Es waren Bienen, von denen Anya irgendwie wusste, dass sie nicht sie, sondern nur mich stechen würden. Ein Teil dieser neuen Weisheit bestand im Wissen um das Ausmaß des Leids, das eine Mutter erdulden muss. »Hat sie sonst noch etwas gesagt«, fragte ich noch einmal, und Anya sah mich an und fragte: »Wie war ihr Name?« Und ich sagte: »Der Name meiner Mutter war Fania.« Und sie sagte: »Das ist ein sehr hübscher Name, Fania.« Und ich sagte: »Ich erinnere mich an fast nichts von ihr außer an ihren Namen.« Und sie sagte: »Es gibt etwas, das deine Mutter mir erzählt hat.« Und ich bat sie, es zu wiederholen, und sie sagte: »Deine Mutter sagt, dass du dich wahrscheinlich an nichts erinnerst, dass sie für dich nur ein Schatten ist.«

Das Gegenteil der Vernunft kommt nicht immer einer Lüge gleich: Ärzte hatten Anya Medizin verabreicht, und die Medizin ließ sie halluzinieren, und die Kombination aus Medizin und den Halluzinationen ließ sie über meine tote Mutter reden. Franz erinnerte mich immer daran, dass die Medikamente schwere Konsequenzen nach sich zogen, aber damals hasste ich Franz heftig und scherte mich nicht um die Wahrheit. Schließlich starben alle überall, und ich starb nicht irgendwo, sondern dort in dem Garten, in der Hitze der Stadt. Monate, bevor es notwendig wurde, trug ich bereits Trauerkleidung, und meine Trauer hörte nie auf.

»Es gibt da getrennte Zimmer«, sagte Anya, wenn ich in sie drang zu beschreiben, wie es dazu kam, dass sie mit meiner Mutter sprach. »Getrennte Zimmer wie getrennte Züge. Ich bin auf einer Seite der Wand, du bist auf der anderen Seite der Wand. Ich sitze in einem Zug, du sitzt in dem anderen Zug. Was verstehst du daran nicht, Mama? Getrennte Zimmer, getrennte Züge.«

Am Tag davor hatten Anya und ich Verstecken gespielt, und als sie mich nicht finden konnte, weil sie keine Lust mehr hatte zu suchen, sagte ich: »Ich bin auf einer Seite der Wand, du bist auf der anderen Seite der Wand.«

»Komm durch die Wand«, hatte Anya gesagt. »Komm durch die Wand, Mama.«

Und ich sagte zu ihr: »So geht das nicht.«

»Mach die Augen zu«, sagte sie, »und komm durch die Wand, Mama. Versuch es einfach. Es ist gar nicht schwer. Fania macht es dauernd.«

Sie geht fort, sie geht fort, sie geht fort.

Ihr letztes Lebenszeichen bemerkte ich, als wir uns dabei abwechselten, sie zu halten, als ob sie das brauchte, als ob von den Ärzten verschrieben worden wäre, in Liebe vereint zwischen ihren Eltern hin und her bewegt zu werden und dabei unsere unausgesprochenen Gebete zu empfangen, wenn in Wirklichkeit doch wir es waren, die der heiligen Fürbitten bedurften. Ein Spiegelbild ihrer Geburt, hielten wir alle sie in diesem Raum fest. In den Augenblicken unmittelbar danach überkam uns eine tiefe Ruhe, eine Abwesenheit aller Geräusche, und ich bin mir sicher, dass es der Klang ihres Entschlafens war.

»Bist du noch da«, fragte Franz sie in einem bestimmten Moment, »oder bist du schon gegangen?« Wir waren jung. Es war spät und im Juli. Sie war überraschend gekommen. Wir waren Studenten. Ziemlich unvorbereitet, Eltern zu werden. Als es vorbei war - wirklich vorbei -, beugte er sich über ihren Körper. »Ich glaube es einfach nicht«, sagte er. »Ich weigere mich zu glauben, dass so etwas möglich ist.«

Es ist mir peinlich, das alles zuzugeben. All die Mühe, den Tod vorwegzunehmen, ein Ohr an eine Wand zu legen und auf Stimmen zu warten. Ich neigte immer dazu, mich vor mir selbst zu schämen oder neue Dimensionen der Scham zu entdecken, die ich noch nicht gekannt hatte. Das war, wie man mir erklärt hatte, ein Problem der Sensibilität, ein vorübergehendes Problem, ein Ergebnis meiner persönlichen Geschichte. Ich kehre zu diesen Momenten zurück, und sei es auch nur, um mich daran zu erinnern, was geschehen ist und was nicht.

Und geschehen ist Folgendes: Mein Mann wurde vermisst. Schon seit Tagen. Zwei Tage, drei Tage; ich hatte nicht geschlafen, und es war schwierig geworden, die Zeit zu bestimmen. Er war der Dirigent eines Orchesters hier in London. Keins der ganz berühmten, nicht einmal eins der sehr guten, aber immerhin erfolgreich genug, dass er, entsprechend verdutzt dreinblickend, gelegentlich im Fernsehen erschien oder auf den Seiten diverser Zeitungen, deren Leser sich noch für altmodische Künste interessierten. Er war im Konzertsaal gewesen, das war das Letzte, was ich wusste. Es war ein ganz normaler Abend. Er war wie immer vor dem Abendessen aufgebrochen und hatte bereits seine Anzughose an. Ein Wagen holte ihn ab. Gegen acht hörte ich ihm im Radio zu, etwas, das ich gern tat.

Unsere letzten gemeinsamen Momente waren überstürzt. Ich fasste ihn an den Schultern. Wir hatten kürzlich eine verstörende Auseinandersetzung gehabt, und ich dachte, dass er vielleicht wollte, dass ich mit ihm käme, und sei es nur, um versuchsweise alles für ein paar Stunden zu vergessen. Zuletzt hatten wir ausschließlich über diese Auseinandersetzung gesprochen. Aber ich greife vor.

Er wollte nicht, dass ich mitkam. »Du wirst es nicht mögen«, sagte er und meinte das Konzert, die Musik, die er dirigierte, die Friedhofsluft des Konzertsaals.

An jenem letzten Tag kam Franz mir größer vor. Physisch war er immer sehr hübsch, sogar, als er noch jung und dumm war. »Du warst lieb zu mir«, sagte er.

»Na ja, dich glücklich zu machen ist einfach«, sagte ich, »ich weiß immer gleich, wann du unzufrieden bist.« Ich dachte, ich hätte die Wahrheit ausgesprochen, als ich das sagte. Ich hatte immer geglaubt, ihn besser zu kennen, als ich es tat.

Er legte beide Hände auf meine Wangen und küsste mich, und dann verschwand er.

Als er in dieser Nacht nicht zur gewohnten Zeit wiederkam, dachte ich, dass es an einem offiziellen Dinner oder einer Veranstaltung lag, die ich vergessen hatte. Es war Herbst, der Beginn der Konzertsaison, und deshalb war es nicht ungewöhnlich. Dem endlosen Kreislauf von Spendern und Betteleien, der mit seiner Arbeit einherging, hatte ich schon längst keine Aufmerksamkeit mehr geschenkt. Als er am Morgen immer noch nicht zurück war, dachte ich, dass ich wohl seine Ankunft und Abfahrt, sein Kommen und Gehen, verschlafen haben musste.

Am Nachmittag war dann offensichtlich, dass etwas Furchtbares passiert war. Sein Assistent Jonathan rief an und fragte, ob ich ihn gesehen hätte. Er war nicht zur Arbeit erschienen. Die Musiker warteten auf ihn. »Wir glauben, dass er vielleicht seine Termine durcheinandergebracht hat«, sagte Jonathan. »Vielleicht denkt er, dass wir uns in Fulham treffen«, sagte er, wo das Orchester gelegentlich probte, »aber wir sind nach Fulham gefahren und haben ihn nicht gefunden. In letzter Zeit war er nicht so ganz bei sich«, räumte Jonathan ein, was zu hören mich schmerzte. Ich hatte geglaubt, dass Franz sich vor seinen Kollegen verstellen konnte.

»Hast du eine Ahnung, was passiert sein könnte oder wo er stecken könnte?«, fragte Jonathan.

Das war in unserer Küche. Und zwar in Stamford Hill, Dunsmure Road, an einem Dienstagmorgen im Oktober. Vorm Hoffenster spielten Kinder ein Spiel, in dem eins von ihnen ein Monster war und die anderen darum wetteiferten, das Monster zu zähmen. Abwechselnd musste jedes Kind der Dompteur und dann das ungezähmte Monster sein. Jahrelang hatten sie jeden Morgen immer das gleiche Spiel gespielt, sogar noch, als sie älter wurden. Es faszinierte mich, wie sehr alle die wilde Kreatur sein wollten, die im Zaum zu halten die anderen sich abmühen mussten.

Am Telefon erklärte Jonathan mir, dass man jemanden mit einem Auto nach Knightsbridge geschickt hatte, in der Hoffnung, ihn dort oder vielleicht auch in Hyde Park auf der Straße anzutreffen. Das Auto hatte bereits Westminster und Chelsea und Kensington abgesucht. Falls ich etwas hören sollte, sagte er, sollte ich so bald wie möglich zurückrufen. »Wir machen uns alle große Sorgen«, sagte er. Sicherheitshalber wiederholte er sich. »Große Sorgen. Viele seiner Sachen sind noch hier«, ließ Jonathan mich wissen. »Zum Beispiel sein Mantel. Und seine Schuhe. Ich habe sie grade im Blick«, sagte er. »Er hat sie auf seinem Schreibtisch liegen gelassen. Er hat sogar seine Brieftasche hiergelassen. Ich habe sie grade in der Hand. Das sieht nicht gut aus«, sagte er.

Zu dem Zeitpunkt hörte ich gar nicht mehr zu. Auf dem Küchentisch fand ich, was Franz für mich hinterlassen hatte. Es war das Foto einer Frau, die in der Mitte einer Kirche stand. Sie war vielleicht achtzehn Jahre alt. Sonst war da nichts. Kein Abschiedsbrief. Keine Erklärung. Das war sein Abschiedsgruß: dies Bild, das schon bald so viel bedeuten würde. Er war fort. Das hätte ich fast zu Jonathan gesagt, um ihm irgendwie zu sagen, macht euch keine Mühe weiterzusuchen. Oder, besser noch, um die Wahrheit zu sagen: Ich muss gehen. Um ihn zu finden, muss ich selber gehen.

Am Ende war es Franz' Idee, nach Paris zu ziehen, was nur eine andere Formulierung dafür ist, dass es eine schreckliche Idee war. Vielleicht auch der Anfang davon, dass ich ihn zutiefst hasste und zugleich ebenso brauchte, eine Kombination, die sich schließlich als ruinös und entmutigend erwies. Wie mit jedem guten Gift, spürt man die Vergiftung erst, wenn es schon viel zu spät ist. Ein Arzt von der Gustave-Roussy-Klinik hatte eine Behandlung in Aussicht gestellt, die britischen Ärzten nicht gestattet war. Ich wollte da nicht hingehen. Ich glaubte dem Arzt nicht. Ich glaubte nicht, dass die Behandlung Erfolg versprach. Ich hatte kein Interesse, nach Frankreich zu reisen. Wir konnten uns keine dieser Behandlungen leisten, konnten uns weder die Reise leisten noch das Haus mit dem Garten in Neuilly-sur-Seine, in dem wir schließlich wohnten. Franz hatte mich überzeugt, dass wir das Richtige täten, wenn wir den Arzt dort konsultierten. »England konnte uns nicht helfen, und hier ist ein Hoffnungsschimmer«, sagte er. »Hier gibt es eine Möglichkeit. Hier gibt es eine Chance für ein neues Leben«. Es ist vielleicht aufschlussreich zu betonen, dass unter all den ziemlich dummen Sachen, die er damals sagte, dieser Satz mich nicht alarmierte, als ich ihn hörte.

Franz leistete damals jede Menge Überzeugungsarbeit. Oder genauer gesagt: Ich machte eine lange Reihe von Fehlern, indem ich zuließ, dass er mich von allem überzeugen konnte. Er überzeugte mich, ihn zu begleiten, dort die Wochen zu verbringen, die es brauchte, um alle Hoffnungen zunichte zu machen. Und nachdem sie dort gestorben war, überzeugte er mich, sie nicht weit entfernt in Bagneux zu begraben, auf einem recht hübschen Friedhof in einem Ort, der ein ganzes Leben von meinem eigenen Leben entfernt war.

Ja, es wäre eine große Distanz, sagte Franz, eine furchtbar weite Distanz von uns beiden, aber es wäre wichtig, dass ich mich daran erinnerte, wenn der Messias käme und der Prophet Elias auf seinem Widderhorn blasen würde, alle Berge auf Erden sich auftun und die Toten auf die Erde zurückkehren würden.

Auf ihrem Totenbett richtete sich Anja einmal auf und wollte hochgehoben werden, damit sie die Blumen in unserem Garten sehen konnte. Irgendwie glaubte sie, dass sie selbst den Garten angepflanzt hatte, obwohl das unmöglich war aus vielerlei Gründen, von denen nicht der geringste darin bestand, dass wir dort erst seit einem Monat lebten und dass sie bereits seit einer ganzen Weile keine Kraft zum Gehen mehr hatte. Zu jeder Tageszeit kamen Vögel in den Garten und saßen auf den Ästen der Apfelbäume.

Es war Franz, der mir einmal erzählte, dass gewöhnliche Nebelkrähen von der Art, die wir auch in den Bäumen in London gesehen hatten und die sich gelegentlich mit Lichtflecken auf ihren Kopfhauben im Garten niederließen, als wären auch sie Pilger, sich nicht nur an das Gesicht von jemandem erinnern konnten, der sie attackieren wollte, sondern sogar die Erinnerung an dies Gesicht an ihre Nachkommen weitergeben würden und dass diese Nachkommen dann das Gleiche täten, weiter im Lauf der Zeit, vorwärts in die Geschichte.

Ich weiß noch, dass er sagte: »Wenn Juden das doch auch könnten.«

Ich möchte gern glauben, dass diese Sache mit den Krähen

wahr ist, genauso wie ich glauben möchte, dass alles stimmt, was Franz mir je erzählt hat, so wie etwa der Grund, warum wir Anya an diesen Ort brachten, und der Grund, warum wir sie dort zurückließen. Als er mir vom Propheten Elias und der Wiederkehr des Messias erzählte, explodierte ich fast vor Wut.

Die größte Wut sparte ich mir allerdings für meinen eigenen Hang zur Unterordnung auf. Wir gingen. Ich ging. Franz ging. Anya ging. Und nur zwei von uns kehrten zurück.

Am Tag ihrer Beisetzung fing ich an, in der Hitze zu halluzinieren und war nach wochenlanger Schlaflosigkeit und einer durch die Trauer hervorgerufenen Katatonie überzeugt, dass an diesem Morgen alle um mich herum – allesamt Musiker in verschiedenen Orchestern, die Franz dirigiert hatte, allerlei unerträgliche englische Männer und Frauen, ein Großteil von ihnen religiös infiziert, kein Einziger mit mir befreundet – Mitglieder meiner Familie waren, längst verstorbene Vorfahren, zum Beispiel die Großmutter meiner Großmutter, alle herbeigeschafft, von wo auch immer sie die ganze Zeit gelebt haben mochten, auf irgendeinem Nachbarplaneten, um nun neben mir zu stehen und abgestandene Beileidsbekundungen abzugeben, die ich nicht verstand.

Das war jetzt zehn Jahre her, und ich habe keine klare Erinnerung an den Gottesdienst oder an die Rückfahrt zu unserem Haus am Nachmittag und kann mich auch an nichts in dem Zug erinnern, mit dem wir später in der Woche nach England zurückkehrten, mit Reisepässen, die mir immer noch wie eine Art falscher Identität vorkamen: ich auf dem Foto, aber ein anderes Ich, eine Schwester, die ich nie kennengelernt hatte, eine mir zulächelnde Version meiner verschollenen Mutter. Woran ich mich erinnere und auch noch lange nach unserer Rückkehr erinnerte, war die Wahrnehmung all derer, die mich an jenem Tag umgaben: So viele meiner Mütter und meiner Großmütter, der Chor ihrer Tränen verband sich mit meinen Tränen, mein Baby lag unter der Erde, wie auch ihre Babys unter der Erde lagen, ein Teil von ihnen lag unter der Erde, wie auch ein Teil von mir unter der Erde lag.

Und ich erinnere mich, wie ich an meinem ersten Morgen in London erwachte, in dem Haus, in dem Anya ihr ganzes Leben verbracht hatte, und auf meinem Nachttisch einen sorgsam gefalteten Brief vorfand, geschrieben ganz offensichtlich von Franz. Darin behauptete er, einer dieser Vorfahren zu sein und dass er mir schreibe, um mich von den Vorzügen des ewigen Lebens oder eines anderen abstoßenden Irrsinns zu überzeugen. *Liebe Sonja,* begann sein Brief, *ich schreibe Dir aus der zukünftigen Welt.* Irgendwie glaubte er wohl, dass dergleichen meine Stimmung heben würde. Er verwechselte die Bodenlosigkeit der Trauer stets mit etwas Größerem und Törichterem.

An jenem ersten Morgen zu Hause stand ich auf und verbrannte seinen Brief mit einem Feuerzeug in der Küchenspüle, während er ein paar Schritte entfernt zusah und dabei frühstückte.

»Wenn du das noch mal machst«, sagte ich, »verbrenne ich *dich.*«

Er versuchte, es herunterzuspielen oder sich dumm zu stellen, und deshalb nahm ich ihm seine Zeitung weg und verbrannte sie.

Ich wiederholte mich: »Ich werde dich verbrennen.«

So war die Atmosphäre, in die ich nach Hause zurückkehrte: Franz war der Sensible und Großzügige, und ich war diejenige, die unser Leben in Brand setzte. Später, als Franz' Zusammenbruch nahte, musste ich daran denken.

Am späten Vormittag traf Jonathan ein. Er kam mit einem Mietwagen, trug einen Kamelhaarmantel, wirkte ungewaschen und diskutierte kurz über die Möglichkeit eines Vormittags-Cocktails, um uns Mut anzutrinken. »Mach dir keine Sorgen«, sagte er zu mir, »mach dir nicht die geringsten Sorgen«, obwohl offensichtlich er derjenige war, der sich Sorgen machte.

Ich kannte Jonathan, seit er als Junge von seiner Mutter ins Orchester gebracht worden war, eine Frau, die völlig verblüfft war von der Liebe ihres Kinds zu dieser ganzen Musik aus dem Totenreich und seiner wilden Gier, Menschen nahe zu sein, die diese Liebe teilten. Als er noch jünger war, wie wir ja alle jünger waren, machten wir uns einen Spaß daraus, ihn als unser erstes Kind zu betrachten, weil seine Beziehung zu Franz derart eng war – ein Spaß, der seine leibliche Mutter dazu brachte, uns abgrundtief zu hassen, obwohl Jonathan davon begeistert war. Jetzt war er Mitte zwanzig.

Seine Mutter war mit ihrer Schwester in ein Haus im Norden verzogen, und als sie zurück nach London kam, ließ sie uns sehr nachdrücklich wissen, dass sie uns verabscheue und dass wir ihren Sohn ruiniert hätten, dass er, bevor wir in sein Leben getreten wären, ein ganz normaler Junge gewesen wäre, ein Fußballfan, der Rockmusik liebte, ein Fan verschiedener Fernsehprogramme. »Und sehen Sie sich ihn jetzt an«, sagte sie einmal zu mir, »sehen Sie doch, wie er unter den Launen eines unterdurchschnittlichen Dirigenten leidet, ihm Kaffee holt, Hosen bügelt, tote Österreicher bejammert. Was ist das denn für ein Leben?«

Ich musste ihr beipflichten. In der Tat, was für ein Leben.

Jonathan wollte wissen, ob er sich im Haus umsehen dürfe. Ob er unser Auto durchsuchen dürfe, fragte er, obwohl wir das Auto gar nicht mehr benutzten. Wir waren beide grottenschlechte Fahrer. Wir hatten es hauptsächlich gekauft, um unsere täglichen Fahrten zur Klinik besser organisieren zu können, und als sich die Klinik für uns erübrigt hatte, stellte sich heraus, dass wir auch mit dem Auto fertig waren. Während ich ihm das alles erzählte, standen wir im Wohnzimmer beim Klavier, das noch so ein Gegenstand war, den keiner von uns jemals wieder benutzt hatte, nach Anya nie mehr.

Und das war der Moment, in dem Jonathan fragte, ob ich glaubte, dass Franz gestorben sein könnte. »Ich hatte schreckliche Befürchtungen, was ihn angeht«, sagte er.

»Dann sind wir ja schon zwei«, sagte ich.

»Mach keine Witze«, sagte er.

»Er ist nicht tot«, sagte ich zu Jonathan.

»Bist du dir da ganz sicher?«, fragte er. »Es sieht so aus, als könnte es keine guten Nachrichten geben.«

»Ich bin überzeugt, dass er nicht gestorben ist«, sagte ich. »Glaub mir. Wenn er irgendwohin gegangen wäre, um zu sterben, hätte er mir eine Einladung übermittelt, ihm dabei zuzusehen.«

»Soll das witzig sein?«, fragte er. »Soll ich jetzt etwa lachen?«

Jonathan hatte ein verwöhntes Leben geführt. Ein Leben ohne jeden persönlichen Verlust. Das bedeutete, dass in ihm etwas Ungeheuerliches und Bedrohliches aufbrach, sobald er auch nur in die Nähe des geringsten Anhauchs von Finsternis geriet. Dies Gefühl kam ihm manchmal wie ein Geräusch vor, etwas, das aus den Wänden drang und ihn zu umschlingen drohte. Das hatte er mir einmal erzählt. »Manchmal spüre ich, wie es auf mich einströmt«, sagte er. Und als ich fragte, was er täte, wenn er das empfände, sagte er, dass er manchmal die Augen schlösse oder sehr laute Musik höre, die schönste Musik, die er sich vorstellen könne, und dann würde sich schließlich alles wieder aufhellen.

Er ging zum Klavier und überprüfte es. Ich hatte zugelassen, dass es sich verstimmt hatte. »Ich mochte es lieber so«, sagte ich.

Er schlug ein paar sehr hohe Töne an und zuckte wegen ihres Klangs zusammen, aber auch wegen der dicken Staubschicht, der wir erlaubt hatten, sich auf dem Deckel anzusammeln. Mir war der Staub vorgekommen wie die Aschevorhänge, die sich über vollständig von Vulkanausbrüchen verschüttete Dörfer legen. Ich hatte tatsächlich angefangen, mir unser ganzes Haus wie ein Grab für etwas Besseres, etwas Lebendigeres, eine Ansammlung von Merkwürdigkeiten und Geheimnissen vorzustellen, deren Ausgrabung eine aufstrebende zukünftige Zivilisation begeistern musste.

Jonathan wollte wissen, ob Franz sich auch zu Hause merkwürdig verhalten hätte. »Im Büro«, sagte er, »war er nämlich sehr seltsam.« Als ich fragte, ob er diese Seltsamkeit beschreiben könne, verstummte Jonathan und fing, glaube ich, zu weinen an. Er drehte sich zum Fenster, vor dem die Kinder auf der Dunsmure Road spielten, dass sie Wölfe wären und den Verkehr anheulten. Er hielt die Augen geschlossen. »Nein«, sagte ich. »Bitte tu das nicht. Bitte weine nicht in meinem Haus. Nicht wegen Franz.«

Ich dachte daran, ihm die Wahrheit zu sagen, aber die Wahrheit oder jedenfalls das, was ich damals für die Wahrheit hielt, war absurd. Und jemandem eine absurde Wahrheit aufzutischen, war mir immer als eine Methode vorgekommen, die Absurdität zu verdoppeln. Was konnte ich ihm denn sagen? Dass mein Mann in seine Einzelteile zerfallen war? Dass er angefangen hatte, die Welt wie ein Kleinkind zu sehen, als einen unwirklichen Gobelin aus Bildern, die zu verschwinden drohten, wenn man den Blick abwandte? Ja, er verhielt sich merkwürdig zu Hause. Offensichtlich verhielt er sich merkwürdig. Ich genauso. Wie verhält man sich denn auch wirklich normal?

Wir gingen in die Küche. Ich glaube, ich bot ihm an, Tee zu kochen. Ich glaube auch, dass wir anfingen, heftig zu trinken. Er war wirklich ein süßer Junge. Ein miserabler Musiker, sogar noch schlechter als ich – was viel heißen will –, aber trotzdem ein süßer Junge. Er war lieb zu Franz gewesen, obwohl Franz das nicht verdient hatte. Das sagte ich ihm. Seine Mutter hatte recht. Aus ihm hätte ein guter Zahnarzt werden können. Seine Zähne waren besonders gut gepflegt.

In einer Schublade hinter uns lag das Foto von der Frau in der Kirche. Ich hätte es ganz einfach herausholen und erklären können, dass Franz sonst nichts hinterlassen hatte, aber ich hätte mich geschämt, das laut auszusprechen. Ein Leben lang zusammen – und das war alles, was er mir hinterließ. Ich umarmte Jonathan. Ich sollte an dieser Stelle sagen, dass ich fünfunddreißig Jahre als Britin und davor fünf Jahre als Österreicherin gelebt hatte, und ich umarmte nie jemanden, insbesondere niemanden, mit dem ich nicht verwandt war.

Merkwürdigerweise schien meine Umarmung Jonathan zu motivieren, über dieses Problem in unserer Beziehung nachzudenken. »Weißt du, ihr beiden seid für mich wie meine Eltern«, sagte er. »Wenn etwas Schlimmes passieren würde, würde ich um euch trauern wie um eine leibliche Mutter.«

»Aber du hast doch Eltern«, sagte ich. »Du hast eine Mutter.«

»Eigentlich nicht«, sagte er. »Nicht wirklich.«

»Doch, hast du wohl«, sagte ich. »Sei kein Idiot.«

Über meine Mutter sagte Anya: »Du erinnerst dich wahrscheinlich an gar nichts.«

Man lege mir Fotografien von tausend Fremden vor, und, ja, ich könnte nicht sagen, welche meine Mutter ist. Das ist wahr. Was ich wusste, wusste ich nur vage. Beispielsweise erinnerte ich mich lediglich an ein Bruchstück unserer letzten Unterhaltung. Ich hatte geglaubt, eine Erinnerung daran zu haben, dass die Haut ihrer Hände ganz rau war. Ich hatte auch eine schwankende Vorstellung vom Klang ihrer Stimme, aber sie war vermutlich unrealistisch, weil ich wohl zu viel Zeit damit verbracht hatte, an der Wand jener Welt zu lauschen, die neben unserer Welt lag, wo, wie Anya gesagt hatte, meine Mutter nun in von uns getrennten Räumen lebte und wo ich sie finden würde, wandelnd und singend und atmend und all die verschiedenen Zukünfte verfluchend. Zumindest wollte Anya mich das glauben machen.

Es stellte sich heraus, dass Franz nicht der Einzige war, der so viel Zeit darauf verwandte, serienweise imaginäre Zukünfte zu entwerfen. Wenn ich das tat, wenn ich mein Ohr an die Wand zu jenem anderen Raum legte, hatte ich die Vorstellung, dass es auch alle anderen so machen, dass meine Mutter und mein Vater auch ihre Ohren an die Wände der Toten legten, dass sie darauf lauschten, welcher Herzschlag sich in den Lebenden fortsetzt. Und ich dachte, vielleicht, vielleicht ist es möglich, dass Moses es ebenso macht, dass sie mir möglicherweise alle schreiben, wie ich ihnen schreibe: süßer Moses. Wie würde er sich denn überhaupt an uns erinnern?

Ich war fünf, als ich in London ankam. In einem Zug aus Wien zusammen mit vielen anderen Kindern. Ein Großteil meiner Erinnerung beginnt mit diesem Zug. Meine Mutter war nicht gekommen, um mich zu verabschieden. Sie blieb mit Moses zu Hause. Stattdessen brachte mich mein Vater zum Zug. Wir gingen morgens los, und eine Stunde später, zwei Stunden später, ein ganzes Leben später, hob er mich an den Ellbogen hoch und schob mich und meine Puppe in den offenen Schlund.

Meine letzte Erinnerung an Papa: »Sprich mit niemandem«, sagte er, »schlaf nicht ein, sag auf keinen Fall etwas auf Jiddisch, denk daran, was mit deinen Cousinen passiert ist, sprich mit niemandem über deine Erinnerungen, sag vorm Zubettgehen deine Kinderverse auf, halt die Luft an, wenn du über Brücken gehst, denk daran, was mit deinen Tanten passiert ist, halt dich von vergiftetem Wasser fern, denk daran, deine Familienfotos unten in deinem Koffer aufzubewahren, falls du in Zukunft fliehen musst, denk daran, was mit deinem Großvater und seinen Schwestern passiert ist, sprich immer das tägliche Gebet, aber nur, wenn du allein bist, und nur, wenn du Grenzen passierst, finde mich wieder, wenn du kannst, erinnere dich an mich, erinnere dich an deine Mutter, erinnere dich an deinen Bruder Moses, mögen unsere Erinnerungen dich in einer Million Zukünften beschützen.«

Am anderen Ende des Zugs empfingen mich ein Mann namens Alfred Smithson und seine Frau Sydney, in deren Haus in Finchley ich lebte, bis ich siebzehn wurde. Mein Zimmer lag im Dachgeschoss in einer Mansarde unter einer Dachluke, die Blicke auf alpine Wolkenformationen und die Routen von Zugvögeln gewährte, und Spielzeugdrachen baumelten im Geäst der Platanen, die Alfred gepflanzt hatte. An dem Abend, als ich zum ersten Mal bei ihnen eintraf, sagte Alfred zu mir, dass es gut sei, ein Zimmer zu haben, von dem aus man ins Freie blicken könne. »Falls du dich das fragen solltest, das Fenster weist nach Süden«, sagte er an diesem ersten Abend zu mir. Das war seine Art, mir zu sagen, dass es nicht nach Osten in Richtung Wien wies, wo ich mich, wie er glaubte, auf die Suche nach Menschen machen könnte. »Das ist nicht Osten«, sagte er in schlechtem Deutsch. »Diese Richtung ist Süden«, fuhr er fort, »das ist nicht Osten, das ist nicht Osten. Wenn du hinausschaust und denkst, dass du in Richtung Heimat siehst, dann siehst du zum Mittelmeer, nach Griechenland, nach Indien, zum Südpol, wo die Pinguine leben, wo alles aus Eis ist. Verstehst du das? Du verstehst doch, was ich sage, nicht wahr?«

Natürlich verstand ich ihn, obwohl er mit mir redete, als ob ich noch nie den Klang einer menschlichen Stimme gehört hätte. Aber schaute ich wirklich hinaus?

Die amtlichen Informationen, über die ich verfügte, hatte ich mir bruchstückweise zusammengesucht. Zum Beispiel, dass sie alle tot waren. Als ich zwölf Jahre alt war, erzählte mir das in perfektem Oxford-Englisch eine Frau im Kriegsministerium, weshalb es mir so vorkam, als hätte ich es in der BBC gehört. Denn wie viel offizieller können Nachrichten überhaupt sein?

Sie sind tot. Wie soll man es sonst sagen? So sagte es mir diese Frau. »Tot«, sagte sie. »Töten«, sagte sie auf Deutsch, als würde es dadurch klarer werden. Obwohl das Wort, das sie benutzte, auf Deutsch *töten* bedeutet, nicht *tot*.

Ich lehnte mich ihr über den Tresen entgegen, um sie das Wort noch einmal sagen zu hören. Und zu verstehen, ob es auch für meinen Bruder galt. »Er war noch ein Baby«, sagte ich. »Er auch?«

»Das versuche ich dir ja zu erklären«, sagte sie. »Sie sind alle tot, Liebes. Wo auch immer man mit der Geschichte anfängt, läuft sie doch stets auf dasselbe hinaus.«

Ich bat sie, es noch einmal zu sagen, und sie sagte es lauter. »Tot. Tot. Tot. Vorwärts und rückwärts bleibt es dieselbe Geschichte, Liebes.«

Ich war ins Kriegsministerium gegangen, weil mir ein Freund gesagt hatte, dass ich zu dem Dienstgebäude in Whitehall gehen und mich in der Warteschlange anstellen und ein Formular mit den Namen meiner Eltern und Geschwister ausfüllen könnte und dass die Beamten mir dann alle dort verfügbaren Informationen geben würden. Als mein Freund das sagte, fuhren wir grade mit einem Bus zu unserem Klavierunterricht, und noch Jahre später stellte ich mir vor, dass meine Familie dort wohnte und darauf wartete, dass ich sie abholte. Ich dachte, sie wären alle auf der anderen Seite des Gebäudes mit den großen Fenstern, mit Blick auf die Statue von Spencer Compton, dem achten Herzog von Devonshire, einem bärtigen, sonnengebräunten Mann in einem Umhang. Als ich schließlich hinging, schwänzte ich die Schule. Ich hatte mir die Zugverbindung gemerkt. Ich füllte das Formular aus, wartete stundenlang auf einer Holzbank darauf, dass mein Name aufgerufen wurde. Draußen waren die neu gepflanzten Birken entlaubt. Jemand sagte zu mir, dass das Gebäude bombardiert worden sei. »Wusstest du das? Von einem Flugzeug bombardiert.« Irgendwo ging ein Mädchen vorbei und schob einen Spielzeugkinderwagen mit einer Puppe darin. »Jetzt sind wir im Kriegsministerium«, sang sie, »wir sind da, Kindchen, im Kriegsministerium, wir sind da, kleines Baby, im großen Kriegsministerium.« Und sie sah mich direkt an und fragte: »Willst du mal meine Babypuppe in den Arm nehmen?«

Eine Erinnerung kehrte zurück: Im Zug von Wien wurde ein mit uns reisendes Mädchen schwer krank und starb schließlich irgendwo außerhalb von Saint-Denis. Ich weiß noch, dass wir in Saint-Denis waren, weil Sanitäter zustiegen und das arme Mädchen abtransportieren mussten, und in meiner Verwirrung glaubte ich, dass das ihr Name war, Denise. Sie war noch nicht tot, aber sehr krank und rief nach ihrer Mama. Das mitanzusehen war schrecklich. Sie war so klein, ihre Lippen und der Mund waren von der Krankheit hellrot angelaufen, und als die Sanitäter sie aus dem Zug trugen, gab ich ihr meine Puppe. Diese Puppe hatte meine Mutter mir eben erst geschenkt. Im Zug sprach ich ununterbrochen mit ihr. Ich erinnere mich noch, als die Sanitäter das Mädchen mitnahmen, dass ich zu ihr sagte: »Du kannst mit ihr sprechen, sie behält deine Geheimnisse für sich.«

Als Ersatz für die Puppe, die ich verschenkt hatte, gab mir einer unserer Betreuer im Zug ein leeres Notizbuch. Nicht grade ein fairer Tausch, aber der Begleiter sagte, dass ich darin meine eigenen Geheimnisse aufschreiben könne. Vermutlich wusste ich bereits, dass aus mir nie die Art Frau werden würde, die Tagebuch führt. Ein Geheimnis verlangt stets nach einem fremden Ohr, weil das Geheimnis sonst seine Kraft verliert und stirbt. Die Seite ist kein Ersatz. Stattdessen notierte ich die Namen meiner Familienmitglieder, und zwar alle, Arnold und Fania und Moses, als ob sie nicht Papa und Mama und mein kleiner Bruder, sondern als ob sie Geschäftsfreunde von mir wären.

Als ich wegen meiner Familie ins Kriegsministerium ging, brachte ich es mit, dies leere Buch. Während der ganzen Zeit hatte ich nichts weiter als diese Namen hineingeschrieben, und als ich an jenem Tag wieder wegging, legte ich das Blatt Papier hinein, das man mir gegeben hatte und auf dem eine Beamtin vermerkt hatte, dass meine Familie tot war, und zwar alle, Moses war tot, und Papa war tot, und Mama war tot.

Wie soll man es sonst ausdrücken? Womit auch immer man mit der Geschichte beginnt, bleibt das Ende doch stets dasselbe.

»Verstehst du das?«, fragte die Beamtin.

»Ich weiß nicht, ob ich es verstehe«, sagte ich.

Sie sagte es noch einmal. »Tot, tot, tot.«

»Verstehst du das?«, fragte die Beamtin.

»Ich weiß es immer noch nicht genau«, sagte ich. »Mein Bruder«, sagte ich, »war noch sehr klein.«

Ich könne wiederkommen, sagte die Beamtin, nach einer Woche, nach einem Monat, nach einem Jahr, und ich könne dann den offiziellen Bericht bekommen, der, wie sie sagte, alle Informationen enthalten würde, die der Krone bekannt wären. Ich kann mich nicht mehr genau erinnern, was sie sonst noch sagte oder wann genau ich wiederkam. Vielleicht erinnert sich Spencer Compton, der achte Herzog von Devonshire, noch genau, wann ich wieder hinging, um die Informationen zu bekommen: Deportationsakten; Transportwege; die Namen der verantwortlichen Offiziellen; das genaue Datum, an dem Mama ermordet wurde; die genaue Uhrzeit, zu der Papa im Sommer ermordet wurde; der genaue Zeitpunkt, an dem Moses ermordet wurde. Ich erhielt auch eine vervielfältigte Bescheinigung, die einer unserer ehemaligen Nachbarn bei der soeben installierten israelischen Regierung einreichte und aus der hervorging, dass der Soldat, der meine Familie verhaftet hatte, ein Neunzehnjähriger mit roten Haaren und einem Portweinfleck im Gesicht war. Und diesen Mann hatte offenbar der Umstand wütend gemacht, dass eine der Treppenstufen in unserem Haus kaputt war. *Ich konnte diesen Mann durch die Wände unserer Wohnung hören,* schrieb der Nachbar.

Dies merkwürdige Informationsbruchstück, verloren zwischen all den Knochen.

Ich konnte ihn durch die Wände unserer Wohnung hören. Andere Zimmer, andere Züge.

Wann auch immer mir das übergeben wurde, ließ ich alles auf dem Schreibtisch im Kriegsministerium liegen - die offiziellen Dokumente, die Totenscheine, die Bescheinigung meines Nachbarn, die nun für immer in einem Bibliotheksraum in Yad Vashem überleben. Denn Yad Vashem bedeutet: ein Name und eine Erinnerung.

Als ich mich zum Gehen wandte, blaffte mir diese Beamtin hinterher. »Du hast dein Buch vergessen!«, keifte sie. »Du hast dein Buch und deine Informationen vergessen!« Die Beamtin hielt es hoch. »Wie willst du dich denn sonst an all das erinnern?«, fragte sie.

Franz war verschwunden, aber es war ihm dennoch unmöglich, sich weit von mir zu entfernen.

Nachdem ich einen langen Tag gesucht hatte, fand ich ihn. Oder zumindest eine Version von ihm. Auf einem kleinen Fernseher in seinem persönlichen Büro in Knightsbridge sah ich ihn über den Bildschirm flimmern. Er spielte ein vertrautes Stück, kostbare Musik, die Lieblingsmusik unserer Tochter. Zu einem gewissen Moment auch meine Lieblingsmusik. Ein Stück, das ich mit meiner tiefsten Vergangenheit, aber auch mit der näher liegenden Vergangenheit verband, jene Vergangenheit, von der ich gelegentlich glaubte, sie greifen und so festhalten zu können wie einen x-beliebigen Gegenstand – einen simplen Suppenlöffel, eine Zeitungsseite, einen Kinderschuh. Ich würde dir sagen, was es war, aber es ist unwichtig. Außerdem gehört mir das Wissen darüber. Alles kann ich dir nicht geben.

Links auf dem Bildschirm blinkte eine kurze Nachricht, die mich informierte, dass dieser Auftritt vor einer Woche aufgezeichnet worden war. Das wusste ich bereits. Ich hatte im Publikum gesessen. Und so wusste ich auch, was passieren würde. Als das Musikstück anschwoll, zeigte die Kamera, wie Franz zerfiel. Gleich würde er zu weinen anfangen. Das war ihm in letzter Zeit öfter so gegangen.

Ich wollte nicht länger hinsehen, aber ich dachte, dass dort vielleicht etwas war, das mir helfen konnte. Zum Beispiel, als die Kamera dichter heranfuhr, traf sein Blick die Linse und traf so auch meinen Blick. Wo bist du? fragte er wortlos auf Deutsch. Wo bist du?

Und ich ertappte mich dabei, wie ich laut schreiend erwiderte: »Ich bin hier. Direkt hier. Ich bin hier. Komm und hol mich.«

Es ist wichtig zu wissen, dass ich immer nur für kurze Zeit von Franz getrennt war. Alles in allem weniger als eine Woche, seit wir Teenager waren. Ich hatte das einmal ausgerechnet und war, glaube ich, auf ein Ergebnis von sechs gekommen: Ich war also früher nur sechs Tage von Franz getrennt gewesen. Eine winzige Zahl, natürlich, aber andererseits entsprachen sechs Tage der Zeit, die Gott benötigt hatte, um die Welt zu erschaffen. Eine nahezu unfassbar kurze Zeitdauer, aber ausreichend, um eine vollständig andere Welt hervorzubringen. Natürlich war Franz auch von mir getrennt gewesen. Aber das ist ein Unterschied. Er reiste ständig ab, reiste ständig irgendwohin zu Vorspielen von neuen Musikern, ständig zu Proben, um dann im Radio gespielt zu werden oder tatsächlich auch im öffentlichen Rundfunk in einer Aufführung, von der ich mich nicht losreißen konnte. Aber ich bin fast nie irgendwohin mitgekommen. Ich blieb immer zu Hause in ständiger Distanz. Ich war zu dem Entschluss gekommen, dass diese Welt nicht meine Welt war. Sie war nur meine, wo ich sie selbst erschaffen konnte - in unserem Haus, an unserem Fenster, vor der Stereoanlage, nachts mit geschlossenen Augen um eine Erscheinung betend.

Und jetzt war er hier, in diesem muffigen Büro, meilenweit von mir entfernt und doch irgendwie direkt neben mir mit einer brennenden Zigarette, seinem Schweißgeruch im Raum, seinem Atem, seinem hinter meinem Rücken schwankenden Gewicht, und sagte zu mir: »Ach, Sonja, schau dir diesen lächerlichen Mann an, wie er im Fernsehen wie ein Irrer mit den Armen rumfuchtelt. Siehst du, wie dieser Mann im Frack drauf und dran ist, wie ein Kind zu weinen? Woher kam er, was geschah mit meinem alten Ich?« Auf diese Weise war er mir so nah, dass ich spürte, wie sein Körper kam und ging und mich ein paar Monate später endgültig verließ. Sagen will ich damit, dass ich ihm nah war, bei ihm, um ihn herum, ihm schon so lange zugehörig war, dass ich noch während unserer Trennung seinen Schattenriss auf den Wänden meiner Zukunft fand.

Jonathan suchte mich auf. Er hatte eine Kopie derselben Fotografie von der Frau in der Kirche. »Die habe ich heute mit der Post bekommen«, sagte er. Er fragte die unvermeidlichen Fragen: »Weißt du, wer das ist? Was soll ich damit anfangen?« Er wollte auch wissen, warum ich mich ganz in Schwarz umgezogen hatte. Wusste ich etwas, das ich ihm nicht sagte? Hatte ich etwas gehört? »Ist er tot?«

Und ich sagte, was ich für die Wahrheit hielt: »Ich kann es nicht sagen.« Dann überkam mich das dringende Bedürfnis, nach Hause zu gehen. Es war spät. Das Wetter war warm genug. Ich glaube auch, dass ich auf dem Bildschirm einen Teil der dunklen Vergangenheit gesehen hatte, die mich zu verschlingen drohte.

Es gibt ein Wort für eine Frau, die ihren Ehemann verliert, ein Wort für eine Frau, die ihren Verstand verliert, ihren Ruf, ein Wort für eine Frau, die ihr Geld oder ihren Job verliert, aber es gibt kein Wort für eine Frau, die ihr Kind verliert. Das ging mir durch den Kopf, als ich nach Hause eilte. Sag mir das Wort. Wenn ich das Wort wüsste, wüsste ich vielleicht, was ich tun soll.

»Der Tod rast«, hörte ich eine Frau zu ihrem Kind sagen, als ich an ihnen vorbeihastete. »Der Tod rast.«

Als ich noch ein Mädchen war, erzählte meine Mutter mir von einer Frau, der es in den letzten Augenblicken vor ihrem Tod möglich war, sich in Vorbereitung auf ein zweites Leben in einer Welt über unserer Welt von der Erde zu lösen und als Vogel über die Landschaft ihres Lebens zu reisen. In der Geschichte verzehrt sich die Frau so sehr danach, über ihr Leben zu fliegen, dass sie schließlich bis in alle Ewigkeit über dieser Wiedergabe der Welt schweben muss. Nachdem ich von meiner Mutter getrennt wurde und nach England kam, dachte ich ständig an diese Geschichte. Wäre es besser, auf der Erde zu leben oder in der Luft als eine, die nie alt würde, nie sterben würde, aber über die Gabe verfügte, die Trümmerlandschaft ihrer Vergangenheit aus großer Höhe zu betrachten?

Wir waren draußen in unserem Garten, als ich Franz zum ersten Mal die Geschichte dieser Frau erzählte. Das war vor zwei Jahren. Es war Sommer. Die Sonne schien ihm auf Rücken und Schultern, und wir verbrannten Zitronenöl im Gras, um die Insekten zu vertreiben, und aus dem offenen Fenster strömte Musik, die er ausgewählt hatte. An die Details dieses Nachmittags mit Franz erinnere ich mich, weil es der allerletzte normale Moment war. Als ich mit der Geschichte fertig war, lächelte er mich an. Als Mann verfügte Franz lediglich über drei Arten zu lächeln - prahlend, lüstern und spöttisch. Und dies war das spöttische Lächeln.

»Sag mir«, bat ich ihn, »was ich getan habe.«

»Du hast mir diese Geschichte schon einmal erzählt«, sagte

er, »die Geschichte von der Frau, die über ihrem Leben schwebt.«

Und ich fragte ihn, wann ich das getan hätte, und er sagte: »Ach, schon öfter.« Und ich sagte: »Nenn mir ein einziges Mal in meinem ganzen Leben, an dem du diese Geschichte gehört hast.«

Und er sagte: »In Paris hast du einmal pro Woche den ganzen Schnaps getrunken, den wir hatten, und hast mir das dann erzählt, manchmal öfter als einmal pro Woche, immer kurz vorm Einschlafen oder Ohnmächtigwerden. Oder wenn du mir gesagt hast, wie sehr du die Musik gehasst hast, die ich mache, und wie sehr Bach die Juden hasste und wie sehr Chopin die Juden hasste und wie sehr Tschaikowsky die Juden hasste und so weiter und so fort. Und wie sehr du dir gewünscht hast, dass ich Augenarzt geworden wäre, weil wir dann zumindest ein vernünftiges gemeinsames Leben hätten führen können.«

Es stellte sich heraus, dass er meine Geschichte liebte. Kürzlich, sagte er, hätte er intensiv über die Geschichte nachgedacht, jeden Tag über sie nachgedacht, die Geschichte käme ihm sogar vormittags in den Sinn, wenn das Orchester die Instrumente stimmte, und manchmal zum zweiten Mal auch abends, wenn Jonathan ihn nach Hause fuhr; er bekäme sie nicht aus dem Kopf, sagte er zu mir, selbst wenn er es versuche. Diese Vorstellung, über dem eigenen Leben zu schweben, wäre, als würde sie ihm ins Ohr geflüstert, als drängte sich Anya aus ihrem Versteck an ihn und erzählte sie ihm frisch und neu.

Und als er das sagte, beugte ich mich vor und fragte ihn: »Hast du Anyas Versteck gesagt?«

Er flüsterte in einer dunklen und verschwörerischen Weise, als wäre ich ein Dummkopf: »Ja«, sagte er, »du hast richtig gehört, ihr Versteck.«

Und obwohl ich wusste, dass ich nicht weiter hätte nachhaken dürfen, tat ich es. »Kommt Anya öfter aus ihrem Versteck?«, fragte ich.

Und er richtete sich auf und lächelte. »Ständig«, sagte er.

Und als ich fragte, ob er sie sehen könne, wenn sie aus diesem Versteck komme, zögerte er und sagte dann: »Du willst doch nicht ernsthaft darüber reden, nicht wahr?«

Ich fragte ihn: »Und wenn du sagst, dass sie das ständig tut, dann glaubst du, dass sie das tatsächlich, also physisch, tut?«

»Ja«, sagte er.

»In Fleisch und Blut?«, fragte ich.

»Ja«, sagte er. »Die echte Anya.«

Und ich fragte ihn: »Bist du dir sicher, dass du nicht über den üblichen Blödsinn redest - das ganze dämliche Vokabular spirituellen Wahnsinns: Gespenster und Geister und Dibuks und Schedime und dieser ganze peinliche emotionale Pubertätskram?«

Er lächelte und sagte: »Ich rede von der realen Anya. Und einem realen Versteck.«

»Ach, Franz«, sagte ich.

»Es ist hier irgendwo in der Nähe«, sagte er. »Irgendwo in West Sussex, vielleicht in Horsham. Ich bin mir nicht sicher.«

»Ist das dein Ernst?«, sagte ich.

»Ist das etwa keine wunderbare Nachricht?«

»Wie betrunken bist du?«

»Aber sie wird schon den Weg zu uns finden«, sagte er, »und ich hatte die Idee, dass wir eine Karte zeichnen sollten. Oder dass wir Zeichen für sie hinterlassen. Ich möchte verhindern, dass sie zu uns kommen will und dann den Weg nicht finden kann! Glaubst du, dass sie all ihre Sachen tragen kann? Ihre Puppen und ihre Bilderbücher und so? Ihre Decken und ihren Spielzeugelefanten und ihre liebste Musikbox? Meinst du, sie braucht einen Koffer?«

»Franz«, sagte ich, »kannst du dich selber hören?«

»Über diese Nachricht solltest du dich schon ein bisschen mehr freuen«, sagte er.

Draußen im Garten glühte Franz vor Lebendigkeit. Er lag in seinem Liegestuhl und strahlte mich an: das dümmste Lächeln, das mir ins Herz stach. Ich wollte etwas Nettes und Kluges sagen, etwas, das die abgrundtiefe Idiotie dessen, was er eben zu mir gesagt hatte, ausradieren würde, aber in dem Moment fiel mir nichts anderes ein, als ihm die Wahrheit zu sagen, und die lautete, dass sie fort war, wir sie verloren hatten, sie gestorben war, dass sie tot ist.

»Anya lebt nicht mehr, Anya war krank, und dann war sie nicht mehr krank, weil keine Medizin sie retten konnte. Das ist die ganze Geschichte«, sagte ich. »Sie geht nicht mehr weiter. Sie hat in unserem Fall tatsächlich ein Ende. Anya ist nirgendwo. Sie besucht dich nicht. Sie versteckt sich nicht. Sie ist nirgendwo«, sagte ich. »Sie ist nirgendwo, nirgendwo, nirgendwo!«

Im Garten ergriff Franz meinen Arm und küsste ihn. Ein kalter Kuss, als wäre er selbst schon ein Gespenst. »Mach dir keine Sorgen«, sagte er, »mach dir gar keine Sorgen, Sonja. Am Ende wirst du es verstehen, das verspreche ich dir.«

An diesem Abend verließ ich ihn. Ich ging zu Fuß, entschlossen, nie zurückzukommen. Als ich durch die Stadt ging, musste ich jedem, der mich sah, wie ein Phantom erschienen sein, weil ich laut vor mich hinsprach, meinen Mann und seine abstrusen Gedanken verfluchte. Später am Abend fand ich mich nach stundenlangem Herumlaufen in der Victoria Station wieder, von wo die Züge Richtung Osten abfahren. Ich hatte fünfzig Pfund in der Tasche, genug, um aus England zu verschwinden, mich irgendwo anders niederzulassen, aus dem Rest meines Lebens etwas Unbelastetes zu machen, frei von Gespenstern, befreit von dummen Männern, von einem Leben mit Musik, die mir kein Vergnügen bereitete.

Am Fahrkartenschalter kaufte ich ein Ticket nach Wien. Selbst in dem Moment kam mir die Entscheidung für dies Ziel erbärmlich und lachhaft vor. Aber nun bot es sich an, und ich griff zu. Seit damals war ich nie wieder dort gewesen. Ich war der Stadt nicht einmal auf fünfhundert Kilometer nahe gekommen. An dem Abend hätte ich irgendwo hinfahren können. Es gab noch Tickets nach Dänemark, nach Holland, in die Türkei. Ich hätte nach Heathrow fahren und nach Kalifornien fliegen können, zu dem Ort in den Canyons westlich von Los Angeles, wo ich dies nun an dich schreibe, in eine Zukunft fern all dieser Hässlichkeit, an einen Ort, an dem die Sonne alle Erinnerungen an die Vergangenheit wegzubrennen verspricht.

Aber nein - es war Wien, das große und kalte, von Musik

verhexte und mit Blut besudelte Wien, das Wien voll seiner toten Juden, das Wien meiner Mutter, deren letzte, an mich gerichteten Worte mir einfielen, während ich auf die Ankunft des Zugs wartete. Mutter sagt: »Komm zu mir.« Mutter sagt: »Komm zu mir, Baby, damit ich noch einmal im Guten dein wunderschönes Gesicht sehen kann, bevor der Zug dich mir wegnimmt. Halt still«, sagt Mutter, »ich mache ein Bild von dir. Ich mache eine Million Bilder von dir. Ich lasse das Bild einsinken. Ich stelle das Bild in meinen Kopf, damit es immer dort bleibt. Komm zu mir und bleib eine Million Jahre lang«, sagt Mutter. »Ich weiß schon, was passieren wird«, sage ich zu ihr. »Ich habe mir die Landkarte eingeprägt. Ich kenne den Namen des Königs. Ich kenne die Namen der Städte, durch die ich kommen werde: Brüssel, Lille, Calais.« Mutter knöpft meinen schwarzen Regenmantel zu und zieht über den Regenmantel noch einen weißen Wollparka, den sie irgendwie für genau diesen Zweck aufgehoben hat - um mich in die nächste Welt zu wickeln. Um von einem Leben ins nächste zu gelangen, brauche ich zwei Mäntel. Wir üben Wörter auf Englisch. Wir sagen *Good afternoon,* wir sagen *This is a beautiful place,* wir sagen *This is a magnificent home, thank you for the food,* wir sagen *I am happy to be here with you.* Das sagen wir, auch wenn es gar nicht stimmt. In unseren letzten Minuten gibt Mutter mir eine Puppe, die ich während der Zugfahrt im Arm halten soll.

Unser letztes Gespräch: »Eine Puppe ist besser als gar nichts, rede mit ihr, Sonja, rede mit ihr und erzähle ihr alles, damit sie zu mir zurückfindet, falls du sie verlieren solltest, und ich dann alles über dein Leben erfahre.«

Wie einfach es doch gewesen wäre, in jener Nacht, während mein Mann offenbar immer noch verrückt war, zu verschwinden. Als der Zug kam, stieg ich jedoch nicht ein, oder besser gesagt, ich konnte es nicht. Als der Schaffner sagte, ich solle einsteigen, drehte ich mich weg.

»Haben Sie keine Fahrkarte?«, fragte er. »Wie ich sehe, halten Sie eine in der Hand. Da ist sie doch. Zeit einzusteigen.«

»Ich habe es mir anders überlegt«, sagte ich.

»Sind Sie sicher? Wir fahren ab. Wir fahren jetzt ab.«

Ich glaube, ich sagte: »Ich bin mir sicher.« Oder vielleicht sagte ich gar nichts, und der Zug bewegte sich langsam von mir weg.

»Sie werden es bedauern!«, sagte der Schaffner. »Wien ist eine tolle Stadt! Sie hätte Ihnen gefallen!«

Inzwischen war es spät, schon nach Mitternacht, zu spät, um noch eine U-Bahn nach Hause zu bekommen. Die Straßen um die Victoria Station hatten sich geleert. Ich hatte mein ganzes Geld für die nicht genutzte Fahrkarte ausgegeben, und das bedeutete, dass ich laufen musste, durch Covent Garden und Islington, mehr als zehn Kilometer, ein Fußweg von mehreren Stunden. Inzwischen war die Temperatur gefallen. Das Wetter war schlechter geworden. In Geschichten wie dieser wird das Wetter immer schlecht.

Vor dem Bahnhof fand ich eine Reihe Telefonzellen und dachte, dass ich jemand anrufen und um Hilfe bitten könnte, aber als ich da mit dem Hörer in der Hand stand, dämmerte mir, dass ich gar nicht wusste, wen ich anrufen konnte. Wo waren meine Freunde? Wo war der Rest meiner Familie? Nach Anyas Tod hatte ich mich von allen, die ich kannte, zurückgezogen. Plötzlich war ich zum Schatten geworden. Franz war die einzige Person, die mir geblieben war.

Der Zufall wollte, dass er mich kurz darauf fand. Auf der Suche nach mir war er in Panik geraten. Das erfuhr ich erst später. In jenem Moment sah ich die Erleichterung in seinem Gesicht, als er mit unserem Auto in die Euston Road einbog und mich vor der Telefonzelle stehen sah.

»Da bist du ja«, sagte er. »Da bist du, da bist du, da bist du.«

Ich umklammerte immer noch den Telefonhörer so fest, dass ich spürte, wie das Blut durch meine Finger strömte.

»Bist du fertig mit Weglaufen?«, fragte er.

Als ich nicht sofort antwortete, öffnete er die Tür auf meiner Seite des Autos. Die Heizungswärme strömte in Wellen aufs Straßenpflaster und mit dieser Wärme der vertraute Geruch unseres Hauses.

»Bist du jetzt fertig damit?«, fragte er wieder, und als ich nichts sagte, deutete er mit dem Kinn Richtung Auto. »Wie wär's, wenn du nach Hause kämest?«, sagte er. »Wie wär's damit? Wie wär's, du kommst nach Hause, und wir reden nicht mehr über diese traurigen Dinge? Wie wär's?«

In der dritten Nacht nach Franz' Verschwinden sah ich ihn erneut im Fernsehen. Es war dasselbe Konzert wie in der vorigen Nacht, aber ich erwischte das Programm an einem früheren Punkt, diesmal im ersten Satz, und er hatte noch nicht damit begonnen, sich in seine Einzelteile aufzulösen.

Auf der Suche nach ihm war ich den ganzen Tag herumgerannt und hatte mich absichtlich verlaufen. Ich war ohne Stadtplan bis zur Erschöpfung durch Stadtviertel geirrt, zum Beispiel durch Tottenham Marshes, bis das Licht sich über mir veränderte und ich es mit der Angst bekam. Ich hatte handfeste Gründe dafür. Einerseits glaubte ich, dass die Chance, ihn zu finden, größer würde, je mehr ich herumliefe. Oder dass andererseits jemand kommen könnte, um mich zu finden. Entweder würde Franz selbst zu mir kommen oder einer seiner Musiker, ein Mann mit einer Geige, ein Mann mit einer Flöte oder mit einer Tuba, oder Jonathan würde, begleitet von Rabbis und weisen Männern, durch Stanford Hill herbeieilen. Sie würden mir sagen, was passiert war, dass sie ihn gefunden hätten, es ihm gut gehe und er die ganze Zeit, seit ich nach ihm suchte, nach mir gesucht hätte. Wir seien im Kreis gelaufen, würden sie sagen, er sei vielleicht die ganze Zeit in Paddington gewesen und habe dort auf mich gewartet, während ich hier im Park auf ihn wartete. Wir seien beide in tausend Stücke zerfallen, während wir einander suchten. So verbrachte ich die dritte Nacht ohne ihn.

Am Abend zu Hause sprach Franz wieder mit mir. »Wo bist du«, sagte er, »wo bist du, wo bist du?«

Eine Erinnerung: Irgendwann vor unserer Abreise nach Kalifornien hört Anya dieses Musikstück auf unserer Stereoanlage, und sie ist noch in der Lage zu tanzen. Es ist wahrscheinlich Sommeranfang, weil ich mich an offene Fenster erinnere und an das Rauschen des Winds durch den Abney Park in der Nähe. Und weil sie noch so jung ist, besteht ihre Art zu tanzen nur darin, sich zu drehen, nicht einmal zu wirbeln, sondern nur um sich selbst zu drehen - in der Art und Weise von einer, die versteht, dass der Trick, um das eigene Selbst in Bewegung zu versetzen, den Körper zu verlassen, darin besteht, genau wie die Mystiker zuerst einmal die eigene Wahrnehmung der Welt durch Schaukeln und Drehen zu destabilisieren und Schwebezustände hervorzurufen, sich also selbst zu zerbrechen und sich dann in eine Welt treiben zu lassen, wo das Körperliche zerfällt und durch etwas anderes ersetzt wird. Besucherin - so nannte Franz sie an jenem Tag. Ich glaube, er meinte das so, weil es in dem Moment den Anschein hatte, als wäre sie den falschen Eltern geboren worden. Ich verstand sie anders. Aber ich glaube, er meinte, dass sie nur kurz bei uns sein und dann weiterziehen würde.

Ich glaubte, ihm das Wort von den Lippen ablesen zu können, als das Orchester spielte: Besucherin. Das deutsche Wort Besucherin: ein kurzes Schließen der Lippen und dann ein langsamer Luftstrom, als würde man jemanden küssen. Dann öffnen sich die Lippen wieder weit genug, um ein ganzes Leben passieren zu lassen.

Wie sich herausstellte, zerfielen wir alle in Stücke.

Als er zerbrach, kannte ich die Kamerabewegung schon im Voraus. Zum Beispiel die langsame Fahrt auf sein Gesicht, während die Musik anschwoll. Ich war ihm so nah, dass ich noch einmal spürte, wie er neben mir atmete. Bei einer ruhigen Passage in der Partitur zeigte der Bildschirm das

Publikum, und dort, zwischen allen anderen, fand ich mich selbst. Ich trug die Sachen, die ich immer anhatte, wenn ich Franz zuhörte, ein helles strahlend blaues Kleid, das ihm immer missfiel. Auf dem Bildschirm erschien wieder kurz die Information, die mir sagte, wann die Aufnahme gemacht worden war - *14. Februar 1979* stand da, *London, Royal Albert Hall.* Und das war das Datum von gestern! Ich dachte natürlich, dass ich mich verlesen, die Tage verwechselt, eine Vergangenheit in eine andere verschoben hatte.

Ich setzte mich dichter vor den Bildschirm. Ich war allein im Haus, starrte, wartete darauf, mir noch einmal selbst zu erscheinen. Ich glaube, der Kameramann musste gewusst haben, wo er mich finden konnte und dass ich die Frau des Dirigenten war, der da auf der Bühne so unübersehbar zerfiel. Als er zu weinen begann, fuhr die Kamera sehr schnell an ihn heran, ein Effekt, der ihn dem Bildschirm entgegenschob, mir entgegenschob, während alles andere - das Publikum, das Orchester und die Instrumente - eins nach dem anderen aus dem Rahmen fielen. Da war ich wieder in diesem Kleid, mit derselben Halskette, und die Kamera zoomte mich auf die gleiche Weise heran, nur dass ich jetzt sah, dass ich das gar nicht war, sondern eine Frau, die mir ziemlich ähnlich sah. Die Kamera verharrte auf dieser Frau, dieser Person in meinem Kleid mit meinem Schmuck auf meinem Platz, dieser neuen Version meiner selbst.

Natürlich würde sie ihm gefallen, dachte ich, diese neue Frau, dieses neue Ich, dieses andere Ich. Sie war ich ohne Erinnerung daran, ich zu sein.

Als meine Mutter starb, kam auch für uns das Ende. Es war Sydney, meine zweite Mutter. Sie hatte in einem Pflegeheim in Ombersley gewohnt. Mein Bruder Teddy rief an, um mir die Nachricht zu überbringen. Seit zwanzig Jahren hatte ich nicht mehr mit ihm gesprochen, nicht an Geburtstagen, nicht an Feiertagen und auch nicht beim Tod anderer Familienmitglieder. Ich war mir sicher, dass er unter vorgehaltener Waffe abstreiten würde, dass wir verwandt waren. Als Gefangener ausländischer Feinde würde er wahrscheinlich sogar abstreiten, dass wir im selben Haus gewohnt hatten.

So war dann auch unser Gespräch an ihrem Todestag entsprechend schmerzlich und knapp. »Mutter ist gestorben«, sagte er. Vielleicht drückte er sich anders aus. Vielleicht sagte er: *Meine* Mutter ist gestorben. »Wir waren alle da«, sagte er und meinte damit sich und meine Cousinen und vielleicht sogar Alfred, der mein Vater und zugleich nicht mein Vater war. Er legte die Betonung auf *wir alle,* und das sollte heißen *du nicht,* was wiederum heißen sollte, wir haben dich mit Absicht nicht informiert. »Die Beisetzung ist am Dienstag«, sagte er. »Wir dachten, dass du vielleicht dabei sein willst.« Daraus bestand sein ganzer Anruf.

Ein paar Tage später in der Kirche sprach keiner von ihnen mit mir. Mein Name wurde lediglich in einem Nachruf erwähnt, den eine Frau hielt, die ich nicht kannte und die eine vage Andeutung über das vorübergehende Interesse meiner Mutter am Schicksal jüdischer Flüchtlinge machte. Wie sich herausstellte, kannte die Frau nicht einmal meinen Namen. Sie nannte mich Mona. Etwa so: »Als Sydney während des Krieges Mona adoptierte, machten wir uns alle an die Arbeit, das Haus für die Ankunft eines Babys vorzubereiten. Wir besorgten winzige Babysachen und Stofftiere! Ihr hättet uns sehen sollen, als das Baby ankam und gar kein Baby war! Ihr hättet hören sollen, wie Sydney sich beklagte! Ich habe ein Baby erwartet! Ein Kleinkind! Stattdessen habe ich jetzt eine leibhaftige Deutsche im Haus, die deutsch spricht, deutsch aussieht, in ganzen Sätzen redet, nach ihrer Mutter und ihrem Vater fragt! Was ist das bloß für eine Austauschmethode, jammerte sie immer weiter. Jemand muss Hilfe schicken, bitte! Ich spreche kein Deutsch! Was sollen die Leute denn denken, wenn ich den Feind im Haus habe!«

In der Kirche wurde alles mit schallendem Gelächter quittiert, besonders von Teddy, der zwei Bankreihen vor mir saß. In einer Kirche ist schallendes Gelächter aber ein schreckliches Geräusch. Die Gewölbedecken sollen den Donner der Orgeln einfangen und ihn über unseren Köpfen schweben lassen, als Mahnung an die Macht Gottes und damit unsere Machtlosigkeit. Ich schrumpfte auf meinem Platz zusammen. Etwas besorgt beugte sich Franz in dem Moment zu mir herüber. Ich glaube, er flüsterte, sagte etwas auf Deutsch, aber ich hörte ihm nicht zu.

Wir gingen gemeinsam. Ich vermute, die Leute glaubten, dass ich von Gefühlen überwältigt worden sei, was auch nicht falsch war. Es war Sommer. Die Klimaanlage unseres Autos war kaputt, und nachdem wir die Beisetzung meiner Mutter verlassen hatten, waren wir schon nach wenigen Augenblicken schweißnass. Franz riss sich das Jackett vom Leib. Ich hatte einen lächerlichen Schal umgebunden, riss ihn herunter und warf ihn an der Stelle ins Gras, wo am Ende Teddys Mutter begraben wurde. Wir dachten daran, vielleicht an den Strand zu fahren, ins Haus eines Freunds in Eastbourne. Oder zurück nach London, um uns dort in einen Zustand zu saufen, in dem es die letzte Stunde nie gegeben hätte.

Auf der M40 erwähnte Franz jedoch, dass Kollegen von ihm in Glyndebourne aufträten. Als er das sagte, stöhnte ich im Auto auf. »Bitte nicht«, sagte ich. »Stoß mich lieber von der Waterloo Bridge.« Aber natürlich fuhren wir doch hin. Wenn die Musik ihn rief, eilte er zu ihr, und wenn er zu ihr eilte, wurde ich oft in seinem Kielwasser mitgeschleppt.

Und also fuhren wir und hatten dort ein paar Stunden später jene beunruhigende Begegnung, die ich schon früher erwähnt habe. Auf dem Rasen stand ein Mann in einer blauen Jacke, winkte mir zu, rief meinen Namen: »Sonja! Sonja!«, und rief dann immer wieder Franz' Namen. Der Mann hatte ein Glas Gin in der Hand. »Wo ist sie?«, schrie der Mann. »Wo ist Ihr Kind? Wo ist Ihr wunderbares Kind?«

Der Mann war Lionel Feldman, ein mittelmäßiger Arzt, der als charmant galt. Die Geschichte ging folgendermaßen: Feldman war Anyas Arzt gewesen. Als wir sie in seine Praxis brachten, konnte sie ihre linke Hand und den linken Arm schon nicht mehr bewegen, bis dann schließlich die ganze linke Körperseite von Kopf bis Fuß gelähmt war. Er hatte geglaubt, dass die Sache harmloser wäre als das, was sie dann tatsächlich war, nämlich eine Art zu sterben. Und obwohl ich begriff, dass ich nichts dagegen hatte tun können und übrigens auch Feldman nicht, sah Franz es anders. Er meinte, dass es Feldmans Schuld wäre dass wir nach Paris gehen und einen Arzt auftreiben mussten, um Feldmans Behandlung zu revidieren, und dass auch Anyas Tod Feldmans Schuld wäre. Deshalb hatte Feldman außerdem Schuld daran, dass Anya nun unter der Erde auf den Moment wartete, an dem der Messias kommen würde. Und es war wahrscheinlich auch seine Schuld, dass Franz sich in einer kindlichen, geisterhaften Wahnvorstellung verloren hatte, und ihn hier zu treffen, wie er kerngesund *»Sì, mi chiamano Mimì«* summte, brachte Franz vorübergehend zur Weißglut.

»Du musst meinen Drink halten«, sagte er zu mir, und als ich fragte, warum, sagte er, weil es schwierig sein würde, Feldman mit einer Hand zu erwürgen.

Feldman kam inzwischen über den Rasen auf uns zu. In ebenso munterer wie voreiliger Vorwegnahme einer Umarmung breitete er die Arme aus. Er rief unsere Namen: »Franz und Sonja!«

Franz und Sonja! Etwas in mir hörte es gern, dass jemand an diesem Tag meinen richtigen Namen benutzte. Zumindest war ich nicht Mona. Franz hatte inzwischen seinen Drink auf den Boden gestellt. »Sei kein Idiot«, sagte ich zu ihm auf Deutsch. Plötzlich sprachen wir also miteinander in dieser Sprache, nachdem wir immer so getan hatten, als würden wir sie nicht mehr kennen.

Ich hatte eine Rede auf Lager. Alle Mütter, wie ich eine bin, kennen sie. Es war Jahre her, dass ich sie gehalten hatte. Es gab immer jemanden, der nicht Bescheid wusste und die üblichen Fragen stellte, diese gut gemeinten Fragen nach dem Kind. Und ich musste dann die Wahrheit sagen, und zwar so, dass die Person, mit der ich redete, kein schlechtes Gewissen bekam, weil sie gefragt hatte oder es noch nicht gehört hatte oder noch keinen Kondolenzbrief geschickt hatte. Sogar einem wie Feldman, also einem, der es wahrscheinlich längst wusste, musste ich es noch erklären oder die kürzesten und einfachsten Worte finden, um ihm klarzumachen, dass er umkehren und vergessen sollte, dass er uns hier überhaupt begegnet war.

Während Feldman näher kam, sah er sich jedoch ostentativ um und schirmte mit der freien Hand die Sonne ab.

»Wo ist sie?«, fragte er noch einmal. »Wo ist sie?«

»Von wem sprechen Sie denn?«, fragte ich.

»Anya«, sagte er. »Wo ist Ihre kleine Anya? Ich habe sie erst letzte Woche in Tottenham gesehen«, sagte er. »In einem Schaufenster. Sie sah fantastisch aus. Absolut fantastisch. Ich habe mich so gefreut, das zu sehen. Ich muss Ihnen das sagen! So sehr gefreut! Ehrlich«, sagte er, »ich war hoch erfreut, wie gut sie aussah. Habe mich für Sie beide gefreut. Medizin bewirkt Wunder. Nicht wahr? Ein Wunder!«

Ein Grabtuch senkte sich über Franz und mich. Wenn zwei

Menschen gleichzeitig die Erfahrung von Übelkeit und Blutgier und einer durch sinnlose Hoffnung ausgelösten Umnachtung machen können, dann waren das Franz und ich in diesem Moment. Feldman lächelte und wollte noch etwas sagen, als er von einer Frau jenseits des Felds gerufen wurde. Ein Unwetter drohte. Ich glaube, dass Feldman das zu mir sagte, als er abzog. Wolkenwalzen am Himmel – die Sorte Wetter, die ahnen lässt, wie das Ende der Welt aussehen wird.

Feldman grinste breit. Das Lächeln eines Lebensretters. »Ich muss Sie irgendwann mal besuchen«, sagte er im Weggehen. »Vielleicht treffen wir uns alle mal in Kensington zu einem guten Dinner. Rufen Sie mich in meiner Praxis an«, sagte er. »Okay? Versprochen?«

Franz und ich sahen ihn gehen, ein alter, dummer Mann in einem alten Smoking mit einem halb leeren Glas Gin. Als wir auf dem Feld wieder allein waren, fasste ich Franz am Ellbogen.

»Er weiß nicht, wovon er redet«, sagte ich. »Sieh mich an«, sagte ich zu ihm. »Sieh mich an. Er weiß nicht, wovon er redet.«

Aber Franz war bereits ganz woanders.

Sieh dir uns beide an, hätte ich vielleicht sagen sollen, wie wir da in Trauerkleidung auf einem regennassen Feld stehen, halb betrunken und von Unmöglichem in Versuchung geführt, während in der Ferne Instrumente gestimmt werden. Sieh dir uns beide an. Siehst du uns? Wirklich?

Lange Zeit habe ich nachts Züge in der Nähe meines Hauses in Kalifornien gehört, dort, wo ich dies an dich schreibe, wer auch immer du sein magst. Das Haus liegt in der Nähe von Los Angeles, in den Canyons westlich der Stadt. Manchmal höre ich das Geräusch im Schlaf, und es war seit Jahren immer das Gleiche: Ein Geräusch nähert sich, ohne je anzukommen. Seit einiger Zeit verändert sich das Geräusch jedoch. Oder ich habe mich mit ihm verändert. Jetzt höre ich nicht nur, wie die Waggons sich nähern, sondern auch die Stimme eines Zugführers auf Deutsch, immer auf Deutsch, die mir sagt, dass schlechtes Wetter kommt, Schnee auf den Gleisen, Eis in den Bergen. Auch kleine, banale Details: Jemand hat einen blauen Regenmantel liegen lassen. Ist das Ihrer? Fragen Sie einen unserer Mitarbeiter, sagt die Stimme, und wir bringen Ihnen den Mantel. Schließlich tauchen Bilder auf, manchmal im Hof, manchmal über dem Canyon. Wahnsinn, nicht wahr?

Als ich nach Kalifornien umzog, zögerte ich zuerst, das Haus einzurichten. In dem Haus, das ich mit Franz teilte, war Tag für Tag stets Europa gewesen. Mit unseren Stereoanlagen, unseren Fernsehern, unseren Küchen lebten wir in jeder Hinsicht so wie vorher. Oder vielleicht sollte ich sagen, dass wir auf eine Art und Weise lebten, die unserer Vorstellung von dem entsprach, wie wir vorher gelebt hatten, in dem alten Leben, einem Leben, das sich Woche für Woche weiter von uns entfernte, das sich unmerklich veränderte oder von Gespenstern beherrscht wurde. Es hatte Jahre gedauert, aber wir hatten eine Kopie des Lebens geschaffen, eine künstliche Version von Existenz, in der wir, so kam es mir manchmal vor, verkleinert waren, genau wie die Wände unseres Hauses, unser Garten und das Gemüse, das wir anbauten.

Die ersten Tage an einem neuen Ort existierten für mich immer in einer Realitätsform, die sich unklar anfühlt, körpernah/ursprungsnah, ein Raum fernab der Welt. Vor meinem ersten Erdbeben war ich bereits sechs Monate in Los Angeles. Ich war allein im Haus, lag im Bett. Ich war siebenundvierzig Jahre alt. Alles rutschte aus den Regalen, wie man sich das bei einem starken Erdbeben vorstellt, und im Bett spürte ich, dass sich die Fundamente des Hauses spannten, als eine gewaltige Welle anschwoll, als ob der Ozean die Berggipfel erreicht hätte. Draußen hörte ich einen Nachbarn schreien. Eine Uhr auf dem Kaminsims - die Anfänge eines neuen Lebens - fiel hinunter und zerbrach. Aber für mich war es das Natürlichste aller Gefühle. Ja, da ist etwas unter mir, war immer schon unter mir, erschüttert den Boden, öffnet und schließt sich. Ja, die Erde versucht, mich ganz zu verschlingen. Wann hätte sie das nicht getan?

Anschließend sammelte ich stundenlang zusammen, was zerbrochen war. Es ist ein kleines Gebäude, grau gestrichen, selbst erbaut von dem Mann und der Frau, von denen ich es gekauft habe, etwas versteckt, abseits der Straße. Morgens herrscht hier ein fahles Licht, und abends wird das Licht so kräftig, dass ich manchmal glaube, es berühren zu können. Ich erlaube mir die Möglichkeit, dass dies das letzte Haus ist, in dem ich leben werde. Verzeih mir den Erwerb eines Anteils von Amerikas größtem Exportgut, nämlich dem militanten Festhalten an historischem Gedächtnisverlust. Unter den zerbrochenen Gegenständen war auch diese kleine Uhr, die Jonathan mir nach meinem Umzug geschickt hatte. Sie war in zwei Teile zerbrochen, gespalten entlang des Mittagsmeridians, aber funktioniert hatte sie nie, nicht einmal, als sie neu war.

In der Nacht nach dem Erdbeben kam der Zug wieder und brachte diesmal Musik mit. Ich ging nach draußen, um ihn zu begrüßen, und als ich das tat, öffnete sich vor mir die Tür. Drinnen war Anya – genau die Version Anyas, die ich am Schluss gekannt hatte. Neun Jahre alt, die Haare hoch auf den Kopf getürmt. Sie wollte wissen, wo ich gewesen sei. »Ich habe versucht, zu dir zu kommen«, sagte sie. »Wo warst du, Mama? Warum hast du nicht versucht, zu mir zu kommen?«

Am vierten Abend ohne ihn rief Jonathan mich zu Hause an. Er war in Franz' Büro. »Hier gibt es etwas, das dich interessieren dürfte«, sagte er.

Es war schon spät und Knightsbridge ärgerlicherweise unverdrossen hübsch. Ich konnte nie verstehen, wieso Franz das Gefühl hatte, in dieses Viertel voller internationaler Hotelketten, schrecklicher Restaurants und kommerzieller Anhängsel der königlichen Familie zu gehören. Ich kam mir hier immer wie eine Touristin vor. Oder ich fürchtete, dass Fremde die wahre Version meiner selbst durchschauen könnten, die Version, die nur meine persönlichen Spiegel enthüllten: meine Begräbnishaut, meine Friedhofshaare, meine alte Stimme, die weder hier noch sonst irgendwo war.

Im Büro lief Musik auf der Hi-Fi-Anlage. Ich könnte dir davon erzählen, aber das ganze Werk würde dich langweilen, sogar die schönen Passagen. Das Werk dreht sich um einen Fluss, und der Fluss ist nur eine Metapher, und selbst die Metapher ist langweilig. Schönheit wird leicht langweilig. Das weiß ich. Ich habe immer versucht, es Franz zu erklären.

Jonathan führte mich in einen Bibliotheksraum. Die Partituren der Musik, die sie aufführten, wurden dort verwahrt. Es war ein großer Raum, auf allen Seiten voller Hochschränke und Archivschubladen. Er hatte sie alle für mich geöffnet.

»Sieh dich um«, sagte er. »Sieh dir alles an. Schau in alle Schubladen und Schränke.«

Und als ich das tat, musste ich ein Geräusch verursacht haben. Aus den Ablagen waren alle Partituren verschwunden.

Stattdessen fand ich stapelweise Kopien des Fotos, das Franz in unserem Haus hinterlassen hatte - die Frau, die in der Mitte einer Kirche steht.

»Wie viele sind das?«, fragte ich.

»Vielleicht tausend«, sagte er. »Sie sind überall. Sie sind alle gleich.«

Ich breitete einige vor mir aus, dasselbe Gesicht, wieder und wieder zu einer Menschenmenge multipliziert.

»Wer soll das sein?«, fragte er.

»Vernichte sie, bitte«, sagte ich zu ihm. »Ganz egal wie. Wenn es sein muss, verbrenne sie.«

»Ich habe es schon versucht«, sagte er. »Ich finde immer neue und zerreiße sie dann wieder. Aber sie sind überall«, sagte er. »Sie sind überall. Er ließ sie überall liegen.«

Früh am nächsten Morgen machte ich mich auf den Weg zu Lionel Feldman in seiner Praxis an der Exhibition Road. Ich hatte mich nicht telefonisch angemeldet, wie ich es hätte tun sollen, und musste deshalb den größten Teil des Nachmittags im selben Zimmer warten, in dem ich oft mit Anya gewartet hatte. Soweit es bei solchen Zimmern möglich ist – Zimmer, in denen man geduldig darauf wartete zu sterben oder in denen man jemanden begleitet, der geduldig darauf wartete zu sterben –, war es ein hübsches Zimmer. Eine Fensterfront gewährte den Blick auf die rote Trommel der Royal School of Music. Irgendwer hatte angenehm beruhigende Landschaften an die Wände gehängt, Bilder von Alfalfafeldern und trägen Traktoren und Hereford-Rindern und sich neigenden Mohnblumen. Vielleicht war es derselbe Irgendwer, der auch den Rest der Praxis gestrichen hatte, rosa oder rosé oder rötlich, eine beruhigende Farbe, die Farbe von mit Wasser verdünntem Blut, die Farbe der Gesundheit, die Farbe des Lebens. Das hatte ich einmal zu Anya gesagt, als wir über die Abstufungen von Rosa in diesem Raum geredet hatten, und ich hatte es so gesagt, als wäre es mir eben erst aufgefallen. Anya hatte gesagt: »Das sagst du jedes Mal, wenn wir hier sind. Jedes Mal.«

Das passierte mir damals immer wieder, diese endlosen Wiederholungen meiner selbst. Wer hätte mich besser darauf aufmerksam machen können als die Person, die ich gemacht hatte, diese halbe und verbesserte Wiederholung meiner selbst? Die Wahrheit war, dass ihre Krankheit mein Zeitgefühl zerstört hatte, und zwar sowohl als Abfolge konstanter Intervalle, in denen die nächste Minute stets gleich weit von der vorhergehenden Minute entfernt war, aber auch, weil sie die kindliche Vorstellung beendete, dass die vergehenden Minuten mich heilen oder den Moment, den ich fürchtete, verhindern könnten.

Feldman war Gehirnspezialist und Autor eines sehr geschätzten Buchs, in dem er darüber reflektierte, wie er zum Verständnis der inneren Gehirnlandschaft, ihrer Netzwerke und Verschaltungen, gekommen war. Es war ein Buch, das mich wach hielt, als ich es in den Wochen nach Anyas Tod las. Gewidmet hatte er es den Patienten, die nicht überlebt hatten, eine liebenswerte persönliche Geste. Bevor wir ihn neulich wiedergesehen hatten, hatte ich ihn mir oft vorgestellt, wie er nachts allein in einem Zimmer schrieb, das diesem Zimmer nicht unähnlich war, einem ganz nutzlosen Ort voller Trauer - noch jemand also, der vergeblich versuchte, sein Ohr an die Wände der Welt zu legen.

Daran dachte ich, als ich schließlich in Feldmans Behandlungszimmer Platz nahm. An den Wänden hinter ihm hingen Fotos genesener Patienten. »Eine neue Entwicklung«, sagte er zu mir, »ein Testament für die massive Umwälzung neuartiger Therapien, die zur Behandlung der Kranken verfügbar sind.« Er versuchte, mir die Grundlagen dieser Therapien zu erklären, aber ich konnte ihm nicht folgen.

Offensichtlich traf ich ihn in bester Stimmung an, ganz so wie neulich in Glyndebourne. Hier war er nun mit einem Fuß in der Tür des Todes. Er war so gut gelaunt, dass, als ich ihm die Wahrheit sagte, die darin bestand, dass er Anya nicht in einem Schaufenster in Tottenham gesehen haben konnte, weil Anya nicht mehr lebte und schon seit vielen Jahren nicht mehr lebte, er mehrere Minuten brauchte, um die Wahrheit zur Kenntnis zu nehmen, lange Minuten, in denen ich erneut über die Grenzen meines Gewaltpotenzials nachdachte: Sein Lächeln entsprach den lächelnden Gesichtern auf den Bildern hinter ihm.

»Wie meinen Sie das, dass sie nicht mehr lebt?«, fragte er.

»Ich meine, dass sie nicht mehr lebendig ist«, sagte ich.

»Sagen Sie das noch einmal«, sagte er.

»Tot, tot, tot.«

»Das kann nicht sein«, sagte er.

»Sie sind nicht der Einzige, der mir das sagt«, sagte ich. »Mein Mann zum Beispiel.«

»Ja«, sagte er. »Natürlich.«

»Ich hatte das Gefühl, dass ich zu Ihnen kommen müsste«, sagte ich.

»Ich verstehe«, sagte er.

»Ich hatte das Gefühl, ich müsste zu Ihnen kommen, um Sie zu fragen, wen genau Sie gesehen haben«, sagte ich. »Wen haben Sie in dem Fenster gesehen? Wer war das?«

Er hatte keine Antwort. Er versuchte zu antworten, konnte es aber nicht. Feldman konnte sich lediglich über seinen Schreibtisch vorbeugen und mir sagen, dass Franz Anfang der Woche vorbeigekommen sei und genau dieselben Fragen gestellt habe. Er sei sogar zweimal gekommen, aber Franz habe nicht gesagt, dass Anya tot sei, sondern dass sie sich nur irgendwo anders aufhalte.

»Irgendwo anders?«, fragte ich.

»Ich dachte, er meinte, sie sei in der Schule«, sagte er.

Bei dem Gedanken musste ich die Augen schließen. Und als ich das tat, versuchte Feldman, mich an den Händen zu fassen, vielleicht um mich zu trösten.

»Franz wollte nur wissen«, sagte Feldman, »welches Schaufenster das war. Sonst hat er nichts gefragt. Welches Schaufenster? Welches Schaufenster in Tottenham?«

»Und was haben Sie ihm gesagt?«, fragte ich. »Was haben Sie gesagt?«

Als Jonathan mich an jenem Abend nach Hause fuhr, feierten meine Nachbarn. Aus allen Fenstern fiel helles Licht. Die Helligkeit war schön, aber auch extrem, besonders neben meinem Haus, das so makellos dunkel war, dass ich befürchtete, es wäre drauf und dran, gemeinsam mit Franz zu verschwinden.

Es handelte sich um ein jüdisches Fest, erklärte Jonathan, als ob ich das wissen müsste. »Wir sollten mit ihnen reden«, sagte er, »weil wir Vorbereitungen treffen müssen. Wir müssen sicherstellen, dass alles genauso gemacht wird, wie er es sich wünschen würde, zum Beispiel welche Musik er sich wünschen würde und was für einen Gottesdienst wir brauchen.« Und ohne dass er es aussprechen musste, wusste ich: Er plante Franz' Beisetzung.

Im Haus glaubte ich für einen Moment, ihn zu spüren. Seine Schritte oder sein Vor-sich-hin-Summen, sein Rasierwasser. Es war ein Spiel, das wir gern spielten. Schließ die Augen und sag mir, wie nahe ich dir bin. Ich war immer sehr schlecht damit. Ich spürte alles, wenn nichts in meiner Nähe war, oder spürte etwas Bestimmtes, wenn niemand mehr da war. In der Küche rief ich seinen Namen. Ich ging zur Wand unseres Schlafzimmers und rief seinen Namen. Ich ging in den Garten, wo die Nachbarn feierten. Wenn man verzweifelt darauf wartet, dass jemand aus einer Menschenmenge auftaucht oder aus einer Telefonleitung, dann wartet man in Wirklichkeit darauf, aus einer Haut in eine andere zu fahren. Das hatte Franz mir einmal erzählt. Wir saßen in einem

Zug, als er das sagte, und ich erinnere mich, wie er sein Hemd wechselte, während wir gerade durch einen Wald fuhren, und wie ich seinen Körper in der grellen Deckenbeleuchtung des Zugabteils sah und bemerkte, dass ich sehen konnte, wie die Haut über seinem Herzen im Rhythmus seines Bluts pulsierte, so wie man es bei Kolibris beobachten kann.

Der einzige Ort, an dem ich ihn zuverlässig finden konnte, war das Fernsehgerät. Als er mir auf dem Bildschirm erschien, war er bereits fertig, hatte sich zum Publikum umgedreht und versuchte, die Leute zu dirigieren. Ich hätte nicht zusehen sollen. Es war die gleiche Übertragung wie vorher. Ich schaute bis zu der Stelle, an der, wie ich ja wusste, ich selbst auf dem Bildschirm erschien. Als mein Moment kam, war das Bild jedoch verändert.

Neben mir saß eine junge Frau. Zu Hause rief ich Jonathan zu, er solle kommen. Auf dem Bildschirm legte die junge Frau neben mir ihre Hand auf meine Hand. Diese junge Frau sagte etwas, das ich problemlos verstehen konnte. Sie sagte: »Mama, beruhige dich. Mama, du bist im Fernsehen. Mama, wir sind beide im Fernsehen, reiß dich zusammen.«

Irgendwann fand Jonathan mich. Da kniete ich schon vor dem Bildschirm. Er hatte einen Stapel Fotografien in der Hand. Vielleicht musste er es aussprechen: dass die Frau auf dem Bildschirm die Frau von dem Foto war und dass beide Anya waren. Das wusste ich schon. Ich hatte angefangen, mit dem Bildschirm Deutsch zu sprechen, damit Jonathan mich nicht verstand. Wahrscheinlich, weil ich glaubte, in meiner eigenen Sprache sagen zu können, was ich sagen wollte, nämlich, dass ich wusste, dass sie eine Kopie war.

»Du bist eine Fälschung«, sagte ich, »du bist nicht meine Tochter.« Und ich wollte auch noch sagen, dass ich sie schmerzlich vermisste und dass es in mir viele Löcher gebe, jetzt, da sie fortgegangen war. »Wohin bist du gegangen?«, sagte ich. »Wohin bist du gegangen?«

Hinter mir im Haus sangen die Nachbarn so laut, dass ihre Stimmen in den Raum bluteten. Oder die Stimmen drangen in mein Haus und verfingen sich dort zwischen den Wänden.

Genau in diesem Moment sagte die Frau auf dem Bildschirm, die ich sein sollte, etwas zu ihrer Tochter, obwohl sich beide abgewandt hatten und die Kamera sie nicht erfassen konnte. Es schien wichtig zu sein, dass ich verstand, was sie sagten. Ich dachte, dass ich mich vielleicht irrte und sie die echte Version wäre und ich die falsche. Was hätte sonst der Grund dafür sein können, dass sie dort bei ihrer Tochter und ihrem Mann war und ich hier allein im Dunklen?

Schließlich erfasste mich die Kamera wieder im Publikum und hielt mich so lange fest, bis ich alt und schön wurde und feststellte, dass ich die Person kannte, die meinen Blick erwiderte. Und deshalb und aus keinem anderen Grund begann ich im Lauf der nächsten Tage und Monate zu weinen. Ich glaubte, meine Mutter geworden zu sein. Ausnahmsweise war sie alt geworden. Sie beugte sich vor, dichter an die Linse, griff nach Anya, schaute genau hin, schaute über die Stadt hinweg, schaute von der Straße her in mein Haus, durch mein Fernsehgerät, um mich in der Dunkelheit zu sehen. Und wie in der Geschichte meiner Mutter redeten sie mit mir. »Kannst du uns hören?«, sagten sie. »Kannst du uns hören?« Aber das konnte ich nicht, weil ich höher und immer höher über meinem Leben aufstieg.

VERSTECKE

Montreal, 1966

FANIA

Er will wissen, wo ich gelebt habe, und ich erzähle es ihm.

»Zuerst«, sage ich, »im Wald.«

»Fantastisch«, sagt er. »Eine Waldfrau.«

»Genauer gesagt, im Haus meiner Großmutter«, sage ich. »Die Hintertür führte in den Wald hinaus. Im Rückblick war es gar nichts. Kaum etwas. Vier Wände. Ein Dach. Nicht mal ein richtiger Fußboden. Damals war ich noch ein Kind. Interessiert dich das alles überhaupt?«

»Ein Waldkind also«, sagt er.

»Ich erinnere mich nur ganz schwach.«

»Welcher Wald?«

»Wer weiß?«, sage ich. »Ein Wald ist so gut wie alle anderen.«

»Finde ich auch«, sagt er nicht zum ersten Mal.

»Ein Ort, an dem sich Leute verstecken.«

»Ja«, sagt er.

»Und auch Tieraugen hinter Bäumen. Oder irgendwo rauscht ein Fluss, den man nicht sehen kann. Und auch Moos an den Baumstämmen. Und auch die Laute von Vögeln, Eulen, Wildkatzen. Auch der Schauplatz verschiedener Massaker, Pflöcke im Boden, handgemachte Erinnerungsmale. Nachts kommen Frauen von irgendwo her, um dort allein zu weinen. Was soll ich sonst noch sagen? Es war eben der Wald.«

»Mein Wald ist derselbe wie dein Wald«, sagt er.

»Alle Wälder sind dieser Wald«, sage ich.

»Und wo dann?«, fragt er.

»Zuerst in Wien.«

»Aha«, sagt er, »das große, schöne Wien.«

»Warst du schon mal da?«, frage ich.

»Natürlich nicht«, sagt er. »Wien ist voller Österreicher.«

»Glaubst du, dass du darüber Witze reißen kannst?«, frage ich.

»Du hast recht. Das ist ein schlechter Witz. Unter meinem Niveau als Witzereißer.«

»An das, woran ich mich erinnere, erinnere ich mich schlecht«, sage ich. »Nicht die Erinnerung, sondern die Erinnerung der Erinnerung.«

»Geht mir genauso. Sehr schwierig, diesem Gefühl zu trauen.«

»Ich glaube, wir kamen per Pferd an. Als ob wir Bauern aus dem achtzehnten Jahrhundert gewesen wären. Allerdings weiß ich nicht, ob das stimmt. Meine Mutter hat es mir erzählt. Oder - da ich mich kaum an meine Mutter erinnern kann - vielleicht ist es auch so, dass sie es mir in einem Traum erzählt hat, und ich habe es seitdem als Tatsache hingenommen«, sage ich. »Das ist ein Hinweis für dich, es nicht zu glauben.«

»Ich möchte alles hören«, sagt er.

»Ich saß hinter ihr auf dem Pferd. Meine Mama. Sie hieß Stisie. Sie war noch keine siebzehn Jahre alt. Im Grunde noch ein Kind. Wenn ich mich an sie erinnere, denke ich an die langen, fließenden Jacken, die sie trug, als sie älter war. Nicht so, wie sie war, als ich jung war und sie auch, sondern ihre Wiener Version, die eine vorgetäuschte Version meiner Mutter war. Das verstehe ich jetzt. Oder ich ritt mit meinem Vater. Vielleicht waren auch beide bei mir. Ich weiß es nicht. Ich wüsste es gern. Wir kamen nachts in der Stadt an und waren sofort von Autoverkehr umtost, Hunderte Automobile auf der Ringstraße. Natürlich hatte ich auch schon früher Automobile gesehen, so primitiv waren wir ja gar nicht, aber sie kamen immer nur einzeln daher, ein lautes Geräusch auf der Straße, der reiche Mann aus dem Dorf. Den Wagen konnten wir im Wald schon hören, eine Minute, bevor wir ihn sahen, und also liefen wir aus dem Haus und rannten immer zur Straße, von wo wir aus gebührendem Abstand sehen konnten, wie das Auto an uns vorbeifuhr, ein kleiner Fleck aus Nichts. Und wir dachten, dass der Fahrer uns vielleicht Zuckerzeug oder ein paar Münzen zuwerfen würde. Und jetzt waren wir hier auf einer Autostraße, und unser altes Pferd scheute; unsere Stute aus dem Dorf, die nur die Ställe und den Wald und Karotten aus unseren Händen kannte, bekam Angst. Wir konnten sie nicht beruhigen, sie begann zu bocken und zu zerren und versuchte, uns wieder zurückzulotsen. ›Sieh mal an‹, sagte mein Vater, oder vielleicht sagte es auch meine Mutter, ›sie will wieder nach Hause.‹«

»Tiere wissen etwas, bevor wir es wissen«, sagt er. »Wie in Geschichten über Taifune. Wenn man die Schlangen aus dem Meer fliehen sieht, wird es Zeit, um sein Leben zu laufen.«

»Wenn ich mal mit einem Taifun konfrontiert werde, Hermann, werde ich dran denken.«

»Das wird sicherlich hilfreich sein«, sagt er.

»Danach«, sage ich, »Gefängnis.«

»Ja«, sagt er.

»In der Tat, viele Gefängnisse«, sage ich. »Ich habe mich entschieden, dieses Wort zu verwenden. Gefängnis ist das treffendere Wort.«

»Für mich ist es genauso«, sagt er.

»Offenbar habe ich viele schwere Verbrechen begangen.«

»Offenbar bin auch ich ein Schwerkrimineller.«

»Danach«, sage ich, »ein anderer Ort, der schwer zu bezeichnen ist.«

»Nicht wirklich ein Ort«, sagt er. »Aber doch ein Ort, der sehr real ist.«

»Ja«, sage ich.

»Lediglich für alle Zeiten unerreichbar.«

»Wenn meine Geschichte die gleiche ist wie deine«, frage ich, »warum willst du sie dann unbedingt hören?«

»Wie soll ich dich denn sonst verstehen, wenn ich die Geschichte nicht höre?«

»Nach dem Gefängnis ein DP-Camp«, sagte ich. »Wie hört sich das an?«

»DP-Camp?«, sagt er.

»Das ist ein Lager für *Displaced Persons,* Heimatlose«, sage ich.

»Heimatlose Person«, sagt er. »So interessante Begriffe benutzt man also«, sagt er. »Heimatlos. Als wäre man Wasser aus einer Teetasse.«

»Aus einer Teetasse verschüttetes Wasser«, sage ich.

»Verschüttetes Wasser«, sagt er. »Du nicht, Fania.« Er will meine Hand halten, meine Finger umfassen, hält aber inne. »Niemals du, Fania.«

Er wiederholt gern, was ich sage. Auf diese Weise lernt er Englisch. Mein Englisch ist besser als seins. Nicht, dass das eine besondere Leistung wäre. Aber aus diesem Grund bin ich ihm, Hermann Pressler, zugeteilt worden, einem Mann etwa meines Alters, von Beruf Automechaniker, neu im Land angekommen. Das Programm ist klar geregelt. Sechs Monate lang alle zwei Wochen Konversation, wonach sich nachweislich eine gewisse Geläufigkeit einstellt. Anschließend eine andere Paarbildung, ein anderer Mann wie Hermann Pressler oder eine Frau, die nach irgendeiner Peinlichkeit stinken, die sie befallen hat: Maschinenöl, Fischeier, Schrottplatzparfüm. Sie, er und ich oder sie und ich werden sich bemühen, nur zu reden, ein ununterbrochenes Gespräch in Coffeeshops, Cafeterien, Automatencafés, stets zu unmöglichen Zeiten, in der Dämmerung vor Arbeitsbeginn, an öden, späten Abenden. Keine besonders kluge Methode, Gespräche zwischen Leuten zu provozieren, die nicht dazu in der Lage sind, Gespräche zu führen.

Als ich vor Jahren ankam, saß ich auf der anderen Seite, wiederholte Wörter, machte Notizen. Für mich war es immer zum Dessert mit einer älteren Frau namens Beatrice, einer Frau, die in London gelebt und sich in einen Mann aus Berlin verliebt hatte, der Musikinstrumente verkaufte und am Ende pleiteging. »An den meisten Tagen«, erzählte Beatrice mir, »bin ich fest davon überzeugt, tot zu sein, und das eigentlich schon seit sehr langer Zeit. Was, um brutal ehrlich zu sein, unsere Gespräche an diesem seltsamen, verschneiten Ort zu einer höchst merkwürdigen Form des Jenseits werden lässt.«

Wenn ich blinzele, ist er Arnold. Oder vielleicht wird Montreal zu Wien, wenn ich blinzele, und alle werden Arnold.

»Ich habe ein Jahr an dem Ort gelebt«, sage ich.

»Kein guter Ort?«, fragt er.

»Natürlich kein guter Ort. Was für eine idiotische Frage.«

»Ich habe nie behauptet, kein Idiot zu sein.«

»Ein besserer Ort als Gefängnis.«

»Jeder Ort ist besser als Gefängnis.«

»Aber trotzdem ein schrecklicher Ort.«

»Wo?«

»Keine Ahnung. In Deutschland, glaube ich. Es hätte auch in der Tschechoslowakei sein können.«

»Du weißt es nicht?«

»Wer will das schon wissen?«

»Ich. Ich will alles über dich wissen, Fania.«

»Ich habe nie gefragt«, sage ich. »Oder vielleicht habe ich doch gefragt, und man hat es mir gesagt. Sie sagten: Du bist hier, an soundso einem Ort, der normalerweise ein schöner Ort ist, ein Ort mit großer Geschichte und vielen fabelhaften Palästen und Schlössern und einer Traditionslinie bedeutender Heiliger und Könige, die unsere Schulkinder seit Generationen auswendig gelernt haben. Und eines Tages werde ich vielleicht mit einem Auto zu so einem Palast gefahren und sehe, wie schön er ist, vielleicht mit Bergen und Flüssen, in denen die Berge sich spiegeln und die Spiegelungen der Flüsse und auch die Spiegelung unserer eigenen Spiegelung, in der ich mich mit einem amerikanischen Soldaten an meiner Seite sehen kann. Vielleicht sagt er zu mir: Sieh dich an, Fania, lebst immer noch in dieser Welt, schau dir die ganze Welt an, die du jetzt genießen kannst. Und vielleicht überzeugen mich solche Reden nicht, vielleicht machen mich solche Reden eher krank, hier neben dem Fluss angesichts der Spiegelung meiner selbst, die vielleicht genauso gut eine Spiegelung von gar nichts war. Also frage ich nicht nach dem Namen des Orts. Und wenn man ihn mir gesagt hat, habe ich ihn vergessen, so wie man etwas nach einer Reise in einem Hotelzimmer vergisst, etwas, für das man zurückkehren möchte, um es wiederzubekommen.«

»Aber du bist dafür nicht zurückgekehrt.«

»Nein, ich bin dafür nicht zurückgekehrt.«

Ich blinzele wieder. Draußen liegt Schnee, immer Schnee, Monat für Monat Schnee, und auf diese Weise ist es hier nicht viel anders als früher.

»Amerikaner haben mir das Gleiche erzählt«, sagt er. »Sie sagen zu mir: Hermann, Kopf hoch! Was auch immer das heißen soll. Sie sagen zu mir, dass ich froh sein sollte, hier zu sein. Schau dir den schönen Himmel an, wie hoch er ist, wie viel Luft es gibt, um darunter zu leben. Kopf hoch, Junge, Kopf hoch, als wäre ich auf einer schlechten Party, als hätte ich nicht gesehen, wie Welt auseinanderbrach.«

»*Die* Welt brach auseinander«, sage ich.

»Was?«

»Es heißt: *die* Welt auseinanderbrach. Du hast ein Wort ausgelassen.«

»Was wäre ich ohne dich, Fania? Ohne dich würde mir alles Gute fehlen.«

»An dem Ort«, sage ich und meine das DP-Camp, »gibt es täglich kleine Brotstücke. Es gibt auch große, dumme Männer, die uns sagen, dass wir nicht zu viel essen sollen, damit unser Magen nicht explodiert. Ich hätte viel dafür gegeben, dass mein Magen explodiert. Dann kommen amerikanische Junior-Rabbis, die sich um uns kümmern und uns sagen sollen, dass man uns nicht vergessen hat, dass es auf Erden noch Wunder gibt, die nur auf uns warten. Und wenn wir fragen: Wo? Wo gibt es dieses Wunder, von dem ihr redet? Dann hat er ein Problem damit, einen realen Ort zu nennen, weil er noch ein Kind ist, ein kleiner Rabbijunge, und einen realen Ort kann er nicht nennen. Amerika ist es bestimmt nicht, England auch nicht, nirgends. Andererseits ist er noch so jung, ist im Grunde ein kleines Kind im Rabbikostüm, das zu mir sagt: Mach dir keine Sorgen, Fania, es gibt noch viele andere wunderbare Nationen auf dem Globus, und dort, an diesen anderen Orten, wirst du ein Wunder erleben.«

»Wunder«, sagt Hermann.

»Das ist genau das Wort, ja. Wunder. Du musst nur warten, sagte man mir. Das Wunder erwartet dich.«

»Ist es eingetreten?«

»Das Wunder?«

»Ja, das Wunder. Erlebst du ein Wunder, Fania?«

»Nur, wenn damit gemeint ist, mit dir gemeinsam zu Mittag zu essen, Hermann. Mein komischer Job. Komischer kanadischer Kuchen in dieser Cafeteria. Darin scheint mein Leben zu bestehen.«

»Wir können jederzeit in ein anderes Lokal gehen.«

»Mit welchem Geld?«, frage ich.

»Warte einen Moment. Ich gehe raus und raube einen reichen Mann aus. Dann haben wir Geld.«

»Wenn du rausgehst, erfrierst du, bevor du in diesem Viertel einen reichen Mann findest.«

»Und dann, nach dem Lager, wohin? Wohin bist du dann gegangen?«

»Nach Wien.«

»Ah, das große, schöne Wien«, sagt er.

»Warst du noch einmal da, seitdem ich dich das letzte Mal gefragt habe?«

»So idiotisch bin ich dann doch nicht.«

»Du sagst, dass du kein Idiot bist, aber du hast das Gesicht eines Idioten.«

»Das Gesicht hat mir meine Mutter verpasst«, sagt er.

»Deine Mutter muss sehr müde gewesen sein. Nach deiner Geburt hat sie nach einem guten Gesicht gesucht, aber nur deins gefunden.«

»Du gerätst auf gefährliches Terrain, Fania.«

»Zwei Monate in Wien«, sage ich. »Wintermonate. Nicht wie die Winter hier.«

»Aus welchem Grund?«, fragt er.

»Blöde Frage«, sage ich.

»Natürlich«, sagt er.

»Mein Mann«, sage ich. »Meine Kinder.«

»Verstehe.«

»Du verstehst gar nichts«, sage ich zu ihm.

»Ich meinte, dass ich begriffen habe, was du mir zu sagen versuchst«, sagt er.

»Ich hatte ein paar Ideen, was ich in Wien machen wollte, aber das waren kindische Ideen, vielleicht waren es auch schlechte Ideen, und stattdessen machte ich gar nichts. Ich lief herum. Ich lief, bis mir die Füße schmerzten. Ich lief so viel, dass mir auf der Straße schlecht wurde. Ich übergab mich oft vor vielen prächtigen Gebäuden. In so einem Moment filmt mich ein Mann mit einer Kamera. Ich sehe ihn erst, als es zu spät ist. Er meint wohl, dass ich es wert bin, gefilmt zu werden, und als ich versuche, ihn zu bitten, mich nicht zu filmen, mich nicht dabei festzuhalten, wie mir schlecht ist, läuft er weg. Und noch viele Jahre später bin ich überzeugt, dass er mir hinter Häuserecken auflauert, um jeden einzelnen Teil von mir zu fotografieren, damit eines Tages daraus ein Film wird.«

»Ein guter Film?«

»Ich soll hier mit dir im ewigen Winter nur Englisch oder Französisch sprechen. Findest du, dass das ein guter Film ist?«

»Sonst hast du in Wien nichts gesehen?«

»Ich habe eine Menge gesehen. Zum Beispiel viele Überreste meines Lebens.«

»Dein Haus?«

»Bewohnt von Schwachköpfen.«

»Beschreibe die bitte mal.«

»Eines Tages bin ich der Hausfrau gefolgt, als sie ihre täglichen Besorgungen machte. Normale Besorgungen. Brot in der Bäckerei. Eine Flasche Bier. Wäsche. Und dann in einem Geschäft stundenlang an Kleidern herumgefummelt.«

»Ein perfekter Ort, sie zu ermorden«, sagt er. »Während sie im Kaufhaus steht und mit schicken Kleidern hantiert.«

»Und ich stelle fest, dass sie meine Sachen anhat. Ein grünes Kleid. Ein besonders schönes grünes Kleid, das meine Schwester mir geschenkt hatte. Mein Lieblingskleid. Diese Frau hat etwa die gleiche Größe wie ich. Ich folge ihr ungefähr eine Stunde lang, und schließlich sehe ich, dass sie nicht nur mein Kleid und meine Schuhe anhat, sondern auch Schmuck trägt, den Arnold mir an meinem Hochzeitstag geschenkt hat. Ein kleiner Ring, den ich an diesem Finger getragen habe«, sage ich und halte den Zeigefinger meiner linken Hand hoch, »den sie aber, weil ihre Hände größer sind, am kleinen Finger trägt.«

»Und wer ist Arnold?«, fragt er.

»Mein Mann.«

»Und er ist gestorben?«

»Mein Mann ist gestorben.«

»Aber diese Frau mit den großen Händen hat Dinge, die dein Mann dir geschenkt hat?«

»Ganz recht.«

»Ermordest du diese Person?«, fragt er mich. »Sag, dass du diese Frau mit den großen Händen ermordest.«

»Tja, ich habe daran gedacht.«

»Wer würde nicht daran denken?«

»In meinen Träumen bin ich eine Meistermörderin.«

»Genau wie ich.«

»Ich kann eine Axt von Dubrovnik bis Prag schleudern und damit einen Mann zwischen den Augen treffen.«

»Ich sammle alle Kugeln, die aus allen Gewehren abgeschossen werden, und mache daraus eine Pfeilspitze aus Vögeln, die auf der Suche nach allen meinen Feinden über mich hinwegfliegen.«

»Aber ich habe niemanden ermordet.«

»Natürlich nicht. Wie könnte Fania jemanden ermorden? Sieh dich an. Süßer Engel der Jugend, Fania.«

»Mein ganzes Leben lang schlagen Menschen Äxte in die Gehirne von Menschen. Also denke ich mir, Fania, wie wär's, jetzt mit dem Morden Schluss zu machen? Wie wär's, wenn du eine normale Frau mit Leidenschaften und Freuden würdest, statt irgendwelche Äxte in irgendwen zu schlagen?«

»Was hast du während der zwei Wochen in Wien denn sonst noch gemacht?«, fragt er.

»Ich habe drauf gekotzt«, sage ich.

»Wirklich?«

»Ich bin im Kreis gegangen. Wenn du in Wien wärst, dann –«

»Ich würde nicht hinfahren. Nicht für alles Geld der Welt. Selbst wenn alle Frauen auf der Straße du wären, Fania, würde ich trotzdem nicht hinfahren.«

»Das sind edle und sentimentale Worte, Hermann, aber –«

»Und ich würde nie zurückgehen, niemals, nicht einmal in die Nähe dieses Orts. Sieh dir doch an, wo wir jetzt sind, sieh, wie wir hier die ganze Zeit an diesem Ort sitzen, ohne dass man uns stört. Und anschließend werde ich nach Hause gehen, und da wird mich niemand stören, und ich werde morgen aufwachen, und da wird mich auch niemand stören und so weiter und so weiter, bis ich sterbe, und das kommt mir vor wie der Himmel. Der echte Himmel. An der kommenden Welt habe ich keinen Bedarf. Die kommende Welt ist hier: eine durchschnittliche Cafeteria in Montreal, in der ich dieses merkwürdig harte Brot esse. Eine kalte Wohnung, in die kein Ärger dringt. Deshalb freut es mich zu hören, dass du in Wien überall gekotzt hast.«

»Lässt du mich mal ausreden?«

»Tut mir leid, Fania. Tut mir tausendmal leid, dich unterbrochen zu haben.«

»Wir sollen Englisch lernen. Aber ich will dir auch gern beibringen, kein Arschloch zu sein.«

»Bring's mir bei«, sagt er. »Bring's mir bitte bei.«

»Lektion eins?«

»Ja, Fania?«

»Sei kein Arschloch.«

»Willst du damit sagen, dass ich die Lektion nicht bestanden habe?«

»Ja, du bist mit Unterbrechungen durchgefallen.«

»Mit Unterbrechungen?«, sagt er.

»Mal so, mal so«, sage ich.

»Du sagst, ich bin mal so, mal so ein Arschloch«, sagt er, worüber ich lachen muss.

»Hermann, du machst das gut.«

»Gut für ein Arschloch«, sagt er.

»Möchtest du noch den Rest der Geschichte hören, Hermann?«

»Bitte, Fania. Erzähl mir den Rest aus Wien.«

»Wenn du dabei gewesen wärest, Hermann, und ich weiß ja, dass du nicht da gewesen wärest, aber wenn du wie ich bis zum Schluss geblieben wärest, hättest du mich auf der Suche nach irgendwem, den ich kannte, im Kreis laufen sehen und in Kreisen dieser Kreise, und dann in größeren Kreisen, die diese kleineren Kreise umschließen.«

»Beschreib sie mir«, sagt er. »Irgendeinen. Alle.« Weil er merkt, dass ich vielleicht dazu nicht in der Lage bin, lenkt er ein. »Oder wen auch immer du vielleicht beschreiben kannst.«

»Das möchte ich lieber nicht«, sage ich.

»Ganz wie du willst, Fania.«

»Danke, Hermann.«

»So würde ein Leben mit Hermann aussehen«, sagt er. »Immer ganz wie du willst.«

»Wenn *immer* das Leben in dieser Cafeteria bedeutet.«

»Das ist eine gute Cafeteria. Die beste Cafeteria in Montreal.«

»Dies Lokal verspricht auch Wunder.« Ich zeige auf eine Werbung für Kuchen und Brot. »Der Kuchen ist voller Wunder. Der Kaffee ist voller Wunder. Und ich glaube, der Laden stellt keine Pässe ein oder aus.«

»Fania macht fantastische Witze.«

»Anscheinend bin ich schon seit vielen Jahrzehnten in dieser Cafeteria«, sage ich.

»Du bist eben erst angekommen. Vor zehn Minuten. Ich sehe, wie du von der Straße hereinkommst. Siehst aus wie eine schöne Königin. Die Königin von Kanada.«

»Zehn Minuten. Oder ein Jahrzehnt. Was macht das für einen Unterschied in Montreal? Ist ja doch immer Winter.«

»Warte mal einen Moment«, sagt er. »Ich buche uns eine Reise auf einem Erste-Klasse-Dampfer. Zu all den wundervollen Orten. Nach Tahiti.«

»Auf welchem Dampfer?«

Er streckt den Arm aus und wedelt mit der Hand so vor meinen Augen, dass ich sie schließen soll.

»Hier«, sagt er. »Deine Augen sind zu. Hermanns Augen auch. Das ist jetzt unser Dampfer. Spür das Wasser, bitte. Spürst du die Flut kommen? Kannst du das Meer riechen?«

Ich öffne die Augen, während seine immer noch geschlossen sind. Er hat einen Anzug an, immer einen Anzug, immer denselben kastanienbraunen Anzug. Ich habe seine Wohnung nie gesehen, aber ich vermute, er wohnt in der YMHA, der jüdischen Jugendherberge. Die meisten Männer in diesem Programm wohnen in der YMHA. Seine Haare fallen wellenförmig nach hinten, die erste Welle kürzer als die zweite, die kürzer als die dritte ist: Sein Kopf ist eine Wetterlage.

»Du bist ein guter Mensch, Hermann«, sage ich.

»Das sag ich dir doch schon die ganze Zeit! Dass Hermann ein guter Mensch ist!«

»Gelegentlich stimmt es auch«, sage ich.

»Als ich jung war, war ich ein guter Mensch. Das sagen alle.«

»Wo genau warst du jung?«, frage ich.

»Auf meinem Gesicht«, sagt er. »Auf meinem Gesicht war ich jung. Früher war es ein gutes Gesicht, das Gesicht eines Filmstars.«

»Nicht auf deinem Körper«, sage ich. »Wo in der Welt? Welche Stadt? Wo warst du jung?«

»Ach«, sagt er, »ich dachte, das habe ich dir schon erzählt.«

»Noch nicht«, sage ich. »In keinem unserer Gespräche.«

»Natürlich in Wien«, sagt er. »Das habe ich dir doch schon erzählt. Bestimmt. Hab ich dir das etwa noch nicht erzählt? Ich komme aus Wien. Genau wie du, Fania.«

Wie es kam, dass ich überlebt habe und nicht gestorben bin, fragt Hermann mich nicht. Nie. Ein Mensch wie Hermann würde niemals eine derartige Frage stellen. Eine solche Dummheit würde uns beide überwältigen, aber für den Fall, dass er es doch tut, weiß ich schon, was ich sagen werde. Dass nämlich für mein Überleben sieben Dinge geschehen mussten. Erstens: Ruhe. Zweitens: das Gegenteil von Ruhe. Drittens: Hunger. Viertens: die Junior-Rabbis Amerikas, die mich mit kleinen Brotstücken ernährten. Fünftens: das Gegenteil von Beten. Sechstens: Mord. Das heißt, die Ermordung meiner Familie, die Ermordung meines Mannes und die Ermordung meines Sohns und die Ermordung meiner Tochter und, als Konsequenz, als Rache, die Mordserie, von der ich träume. Siebtens: Glück.

An manchen Morgen, wenn ich im Zug vom Plateau-Mont-Royal zum Hotel an der Sherbrooke Street sitze, denke ich, dass es vielleicht eher acht Dinge sind, weil Acht die Zahl der Wunder ist, die Tage der Schöpfung plus Eins, die Anzahl der Nächte, für die in den Ruinen des Tempels noch das Öl reichte. Und das ist es: das Hotel. Genau das hat mich gerettet, hat mich wirklich gerettet, das Hotel, der blaue Raum neben dem gefüllten Becken, die gedimmte Beleuchtung über meinem Arbeitstisch, der Schimmer gechlorten Wassers an der weißen Decke und der sanfte Hauch von Bleichmittel, die tremolierende Musik, die aus einem anderen, weit entfernten Ort in den Raum sickert. Oder es ist dies: die Parade der Cremes auf dem Tresen hinter mir, für die ich eine Art

Expertin geworden bin: Eukalyptus, um die Seele zu öffnen, Pfefferminz, um den Haaransatz kribbeln zu lassen, Bergamotte, um einen Mann an seine Mutter zu erinnern.

An diesem Morgen klagt ein Geschäftsmann unter mir auf dem Tisch über Hüftschmerzen. Er kommt, so viel weiß ich, von anderswo her, mit dem Körpergeruch von Anderswo. Ich glaube, er hat Kalifornien gesagt, und wie alle meine Patienten steht er nahezu nackt vor mir und zeigt auf die Stelle, von der der Schmerz ausstrahlt. Ich habe keine Ausbildung, bin aber trotzdem hier in einem schwach erleuchteten Raum im Kellergeschoss des Hotel Sherbrooke, die Hände voller Creme, die nach Kiefern riecht, ein Duft, der angeblich beruhigt, das Erinnerungsvermögen stärkt und mich passenderweise an die Küche meiner Großmutter in Dubno erinnert, an ein Haus, das ich nur bruchstückhaft heraufbeschwören kann und in dem, das weiß ich noch gut, abends auf dem Herd Kiefernnadeln in Wasser kochten.

»Hier«, sagt der Mann, langt hinter sich und berührt einen wunden Punkt, eine druckempfindliche Stelle, und mit einer raschen Bewegung bearbeite ich sie mit den Händen und, wenn meine Hände die Verletzung in Haut und Muskeln dieses Mannes nicht beheben können, attackiere ich sie mit meinen Ellbogen und presse, auf den Zehen stehend, mit meinem ganzen Gewicht tief in den Körperbau meines Patienten. Und dann ist es vorbei, wie durch Munition ausradiert. Ich habe gewonnen, der Mann unter mir entspannt sich, der Mann schmilzt beinah, ich kann es fühlen, ich höre es an seinen Atemzügen, eine schnelle Beruhigung, ein Erschlaffen. Die Männer, die von irgendwo hierherkommen, suchen dringend Hilfe, sind gefangen in der quälenden Verzweiflung großen Schmerzes, einer Region, die wiederum einzig aus Einsamkeit besteht. »Dieser Schmerz«, sagen sie zu mir, »ich kann das Ausmaß dieses Schmerzes nicht fassen. Ich sitze in einem Meeting mit meinen Kollegen, und der Schmerz blendet mich, ich telefoniere mit den Anwälten, dem Aufsichtsrat, meinen Kindern, ich schwimme im Sankt-Lorenz-Strom, und es verschlägt mir alle Sinne. Wenn es mich trifft, kann ich nichts mehr hören, die Räume verdunkeln sich vor Schmerzen. Wenn der Schmerz auch nur für einen Moment nachlässt, kann ich an nichts anderes denken als daran, wie viel Zeit mir noch bleibt, bis der Schmerz wieder einsetzt. Schmerz«, sagen sie zu mir, »ist ein endloses Echo. Bitte tun Sie etwas dagegen«, sagen sie zu mir.

An der Haut lässt sich vieles ablesen. Ängstlichkeit zeigt sich zwischen den Schulterblättern, Depressionen am Halsansatz. Liebeskummer äußert sich, glaube ich, an den Füßen. Todesangst im Kiefer. Sehnsucht nach jemandem oder nach einem Ort, einem verflogenen Duft der Person, die jahrelang neben einem schlief, träumend dort lag, wo auch du träumend gelegen hast, zeigt sich an den Händen, besonders im Fleisch des Daumens. Wenn ich ganz sanft, mit dem angemessenen Druck, auf die richtige Stelle drücke, kann ich einen Patienten in seine Vergangenheit zurückversetzen, zum Beispiel in einen Raum, der explodiert ist oder von Bomben in Brand geschossen oder von Soldaten erobert wurde. Aber hier, unter dem Druck meiner Hände, entsteht in Gedanken der Raum erneut aus dem Nichts, anfangs in Schwarz-Weiß, wie in den Filmen, die mein Vater liebte; dann wachsen eine nach der anderen Wände in die Höhe, dann ein Kronleuchter, seine Kristalltropfen von Kindern zertreten, Gemälde der Großeltern, längst von Feuchtigkeit zerstört, hier aber noch einmal in aller Klarheit leuchtend und in der Erinnerung perfekt aufgehängt in diesem Keller in Montreal unter meinen Händen. Unsinn, ich weiß. Das alles ist Unsinn.

Doch wen kümmert andererseits denn schon, was jetzt Unsinn ist und was nicht. Wir leben in Abwesenheit der Welt, und Unsinn ist gut. Patient nach Patient betritt diesen Raum und erzählt mir von seinen Verletzungen. Es ist ein kleiner Raum, so groß wie ein Schlafwagenabteil im Zug. Ich habe jahrelang in noch kleineren Räumen gewohnt. Wenn die Behandlung vorbei ist, erheben sie sich wie neugeboren, noch feucht von Pfefferminz, von Bergamotte, vom Schmerz befreit, unbekleidet oder nur in knappen Unterhosen, manche deutlich erregt, und erzählen mir, wie sehr ich ihnen geholfen habe. »Sie verstehen das gar nicht«, sagt der Mann aus Kalifornien, »ich habe ständig Schmerzen, leide in jeder Minute, spüre den Schmerz noch im Schlaf. Sie verstehen das nicht«, sagt er noch einmal, »Sie begreifen es nicht.« Und ich sage dann lächelnd, immer mit dem dümmlichen Lächeln, das ich aufzusetzen habe: »Nein, da haben Sie recht, ich verstehe es nicht, ich kenne das nicht, ich kann es ja nicht kennen, ich kann es nie verstehen.«

Teilweise stimmt das sogar: Ich hatte keine Ahnung, als ich anfing. Zum Beispiel wusste ich nicht, dass, wenn ein muskuläres Trauma gelöst wird, der Körper sich für einen Moment entspannt, bevor sich das Trauma an anderer Stelle in einem anderen Glied einnistet, und dass ein Trauma stets wiederkehrt, dass es sich schneller bewegt als jede andere Energie im Universum. Ich wusste auch nicht, dass ein Mann, wer auch immer er sein mag, wenn ich das Gewebe zwischen seinen Rippen massiere, sich wahrscheinlich öffnet und wie ein Kind heult. Und ich wusste schon gar nicht, dass ein Mann, wenn ich mit aller Kraft in seine Achselhöhle presse, mir alles erzählen wird - all seine Verbrechen, seine schwersten Sünden, seinen verborgensten Kummer.

Was würde meine Mutter wohl von einem solchen Leben an

diesem entlegenen Ort halten, dies unterkühlte Leben, diese wirre Zukunft, dieser arktische Schneehimmel, der den Anblick solcher Männer mit sich bringt, Männer in bunten Unterhosen, die die Befreiung von Schmerz mit anschwellender Erotik verwechseln. Mit Öl übergossen, als wären sie Salatsardellen, stehen sie und ich allein in einem winzigen Raum, und alle reden in dieser lächerlichen Sprache.

Meine Mutter, die schon seit zwei Lebensaltern tot ist, ist nun auch so weit vom Montreal des Jahres 1966 entfernt, dass sie in meiner Erinnerung zu einem Gegenstand antiker Geschichte geworden ist, der sich nicht von Tutanchamun unterscheidet. Als ich sie zuletzt gesehen habe, war sie im Haus ihrer eigenen Mutter an der Grodskistraße in Dubno – das Haus meiner Großmutter, Moos auf dem Dach, aufgehängte Hühner, eine vom Herdfeuer versengte Feder. Arnold und ich waren hingefahren, um sie zu besuchen. Als wir wieder abreisten, hielt ich einen Augenblick inne, um sie vom Flur aus zu betrachten. Für einige Minuten gelang es mir, sie zu beobachten, ohne dass sie es bemerkte. Manchmal denke ich aber, dass meine Mutter es wusste und ihr letztes Geschenk darin bestand, mir einfach diesen Blick zu gewähren, dies letzte Bild von ihr im Haus ihrer Familie, dem Haus ihrer eigenen Mutter, in mich aufzunehmen, während auf dem Herd Kiefernnadeln kochten. Arnold wartete draußen auf der Straße schon auf mich.

»Wir gehen jetzt, wir müssen wieder zurück«, sagte ich zu meiner Mutter, die es nie in Wien aushalten konnte und bereits am Tag nach meiner Hochzeit mit Arnold zurückgefahren war. An die Stadt hatte sie sich nie gewöhnt, konnte nie das Dorf in ihr vergessen, konnte nie so tun, als wäre sie, was sie sein sollte, eine aus Wien gebürtige Frau, glücklich mit heißer Schokolade in einem Café in der Nähe des Praters. Für sie war alles ein Echo der Heimat, ein Ort, den sie vermisste – das winzige Dorf, den Fluss Ikva, der sich im Halbkreis um das alte Schloss schlängelte, Raben in den Erlen, der schlammige, zerfurchte Weg, der alte Aberglaube, der ihr sagte, dass im Wald Dibbuks hausten.

»Wenn du gehst, geh nicht durch den Wald«, sagte sie zu mir. »Geh auf der Straße. Im Wald gibt es schreckliche Dinge.«

Ich sagte ihr, sie würde Märchen mit dem richtigen Leben verwechseln. »Im Wald ist es schön, Mama«, sagte ich, »da ist es gut. Ich mag den Wald nun mal. Da ist es so schön grün«, sagte ich zu ihr, »du solltest eines Tages auch mal hineingehen. Mach einen kurzen Spaziergang am helllichten Tag und schau nach oben, wenn die Sonne tiefer sinkt, und dann siehst du das tiefste Grün.«

Sie lächelte. Das geduldige Lächeln einer erschöpften Mutter. »Bitte«, sagte sie, »geh nicht durch den Wald.«

Bevor ich ging, versuchte ich noch einmal, sie zum Mitkommen zu bewegen. »Was soll ich denn in dieser schrecklichen Stadt?«, fragte meine Mutter. »Soll ich etwa an einer Straßenecke stehen und Obst verkaufen? Sieh mich doch an.«

Das tat ich. Ich sah sie an. Meine Mutter, an jenem Tag eine alte Frau, obwohl erst fünfundvierzig. Dunkelhaarig, als sie jung war, eine unglaubliche Schönheit, die Quelle so vieler Gedichte. Mein Vater hatte mir das erzählt, als ich klein war. Jeder Junge in Dubno hatte ein Gedicht über sie geschrieben. Sie war die trojanische Helena von Dubno.

»Sie hätte einen Krieg auslösen können, das kann ich dir sagen«, sagte mein Vater. »Sie war derart erstaunlich, einfach wunderschön.«

Ich versuchte es noch ein letztes Mal. »Ich kaufe die Fahrkarte für dich. Komm, Mama, komm. Du kannst in unserem Haus wohnen. Du musst nichts verkaufen. Ich bringe dir das

Obst. Komm einfach mit. Ich kümmere mich um dich. Wenn du hierbleibst, werden schlimme Dinge passieren«, sagte ich.

Worauf meine Mutter, die, wie Mütter nun mal sind, alles wusste, einfach geantwortet hatte: »Dann sollen die schlimmen Dinge da passieren, wo ich lebe, wo ich in meinem Herzen immer gelebt habe.« Meine Mutter küsste mich zwischen den Augen auf die Stirn. »Komm mal wieder vorbei«, sagte sie.

Letzte Worte. Letzte Worte.

Und dann wandte sie sich wieder dem zu, was auf dem Herd stand.

In manchen Nächten frage ich mich, was meine Mutter in dem Haus eigentlich tat. Geblieben ist nur dies: der Anblick meiner Mutter in ihrem alten Haus in einem Dorf, das keine drei Jahre später Person um Person entleert wurde. Alle wurden in den Wald getrieben, den meine Mutter stets gefürchtet hatte, der Wald, in dem ich als Mädchen gespielt hatte, ein hinreißend schöner Ort, vom dunkelsten Grün überwuchert, eine Art Grün, wie ich es in diesem meinem zweiten Leben noch nicht gesehen habe, und in dem die Juden des Dorfs einer nach dem anderen erschossen wurden. Unbetrauert verscharrt die Freunde meiner Kindheit, ihre Eltern, ihre Babys, alle, jede einzelne Person einschließlich meiner lieben Mutter Stisie, die ihr ganzes Leben lang etwas über diesen Wald wusste, es spürte und die Dunkelheit witterte, bevor sie hereinbrach.

Vor meinem Raum wartet ein weiterer Mann. Er tritt humpelnd ein. »Die Schmerzen«, sagt er, »können Sie sich nicht vorstellen. Die Tabletten wirken nicht mehr. Alles«, sagt er, »brennt wie Feuer. Sie können sich nicht vorstellen«, sagt er, »wie sich das anfühlt.«

Zehn pro Tag, zehn Männer, ein Minjan verwundeter Reisender, alle mit dem Geruch von Anderswo auf dem Körper. »Kommen Sie«, sage ich, »legen Sie sich auf den Tisch, zeigen Sie mir, wo der Schmerz beginnt, tippen sie drauf. Erzählen Sie mir alles.«

Zurück in der Cafeteria stellt Hermann die gleiche Frage. »Ich muss alles wissen. Erzähl mir«, sagt er, »Fanias Geschichte.«

»Fanias Geschichte«, sage ich, »ist kurz.«

»Das kann nicht sein«, sagt er. »Fanias doch nicht. Unmöglich.«

»Du siehst in mir etwas, das es gar nicht gibt«, sage ich.

»In Hermanns Kopf ist Fania gigantisch.«

»Das ist, wie gesagt, eine Illusion. Ich bin in jeder Hinsicht ziemlich klein.«

»Erklär mir die Illusion«, sagt er.

»Ich bin eine Hotelangestellte. Das ist alles. Eine Masseurin. Sonst nichts. Eine Frau mit einem Akzent.«

»Sehr ähnlich der Kaiserin im Exil, die man zum Arbeiten zwingt«, sagt er und meint die ehemalige Kaiserin Zita, die wir beide auf einem Foto in der *Gazette* von gestern gesehen haben. Sie steht da vor ihrem Schloss in der Schweiz und strahlt uns an. »Wenn das die Wahrheit wäre, wenn du Hermann erzählen würdest, dass es so war, dass du auf deinem Dampfer eine Krone auf dem Kopf trugst, dann würde ich das als die Wahrheit akzeptieren.«

»Lieber Gott, was du für Sachen sagst.«

»Erzähl es mir kurz«, sagt er.

»Du willst es kurz? Wie wär's hiermit? Leben davor, Leben dabei, Leben danach«, sage ich. »Das wär's. Das ist alles, was ich habe.«

»Da ist noch mehr«, sagt er.

»Geburt, Flucht, Leben, Flucht, Gefängnis, Flucht, Hunger, Flucht, dann Kanada.«

»Oh Kanada«, fängt er zu singen an.

Was unseren Sprachunterricht betrifft: Sogar jetzt erdulde ich noch jeden Moment als einen Akt ständigen Übersetzens aus dem Deutschen ins Englische, aus dem Englischen ins Französische, ein Prozess enormer Langsamkeit und abgestuften Verstehens, in dem die Zeit maximal ausgedünnt wird. Man hat mir erklärt, dass dieser Prozess endet, wenn sich das Gehirn automatisch kurzschließt und die Sprache lernt, wie es ein Baby tut, als ein Prozess der Immersion; ein Wort, das ich nur auf Englisch kenne, ein Wort, zu dem ich assoziiere, mit den Füßen tief im Wasser zwischen Gezeiten gefangen zu sein. Versunken.

Ich weiß das aus der Beobachtung meiner Tochter Sonja: Die schnelle Zunahme von Wissen von einem Tag auf den anderen, eine Sache der Geografie, meinte ich damals, ein Rumoren in ihrem Innern, und dann plötzlich Wissen, ein Riss in ihrer Erde, Sprache, die Namen für ihre Gefühle: Bewusstsein. Aber nicht bei Moses, der kleine Moses, mein kleiner, zum Leben erwachter Herzschlag, Moses, dessen ganzes Leben darin bestand, in mir versunken zu sein, versunken in meinen Atem, nie weit entfernt von meinen Trommelschlägen, eine Erfahrung, die mich in trostlosen Nächten tröstet: dass er in seinem ganzen Leben fast nur eine Sache gekannt hat, nämlich das Geräusch seiner Mutter. Er wurde mir weggenommen. Mit sechs Monaten wurde mein Sohn mir aus den Armen gerissen. Zwei Männer nahmen mir meinen Sohn Moses. Vielleicht weißt du das schon, wer auch immer du sein magst. Vielleicht ist es nicht notwendig, es in solcher Eindeutigkeit niederzuschreiben. In der Nacht sucht es mich heim. Ein Bild, das keiner Übersetzung bedarf, dieser eine Moment des Wegreißens, so wie man in einem Haus mit einem Hammer eine morsche Diele wegreißt. Jemand war der Hammer, ein Mann hinter einem Lederhandschuh, und wir waren die Nägel, so fest wie jeder andere in den Boden geschlagen, aber herausgezogen, gerissen, gezogen, gedreht, geschmolzen, wie Dunst zurück in die Luft geweht.

»Ich bin allein nach Kanada gekommen«, sage ich. »Ich kam allein, weil alle anderen tot waren.«

»Genau wie ich«, sagt er. »Alle anderen waren auch tot.«

»Das einzige Mal in meinem Leben in einem Flugzeug.«

»Ich bin noch nie geflogen«, sagt er.

»Ich hatte gedacht, ich würde von meinem Sitz aus etwas Wunderbares zu sehen bekommen.«

»Und was wäre das, Fania?«

»Ich dachte, jetzt bin ich auf dem Weg in mein zweites Leben, fliege über mein voriges Leben, und da werde ich dann sicherlich einige tolle Überreste meiner selbst sehen.«

»Und nichts gesehen?«

»Mittelsitz«, sage ich.

»Natürlich.«

»Eine Frau neben mir sah sich stundenlang Bilder von Jerusalem an, die immer gleichen Bilder von heiligen Stätten, von Steinen, die Gott geküsst hat, antiken Granitmauern, die ein Ort von Wundern sind. Und ich wollte sagen: Sehen Sie doch, wo Sie sind. Sie sind ja schon halb auf dem Mond. Was für ein Wunder brauchen Sie denn noch?«

»Bevor ich hierherkam, war ich in Jerusalem«, sagt er.

»Und bist nicht dageblieben?«, frage ich.

»Als ich ankomme«, sagt er, »bombardiert jeder jeden. Überall wird alles in Brand gesetzt. Und das ist nur der erste Tag. Danach ist es jeden Tag die gleiche Geschichte. Leute sind blind vor Wut. Leute weinen auf der Straße. Leute hadern mit ihren verschiedenen Göttern. Eines Tages sagt ein Mann zu mir: Was für ein Wunder, dass Sie hier sind! Spüren Sie nicht das Wunder? Und ich komme mir vor wie ein Verrückter. Also verschwinde ich auf meinem Motorrad.«

»Motorrad?«, frage ich.

»Oh ja. Als Hermann jung ist, hat Hermann ein Motorrad.«

»Tatsächlich?«

»Eigentlich zwei Motorräder. Ein Motorrad für Wochentage. Ein Motorrad für den Sabbath.«

»Du hattest ein Motorrad für den Sabbath?«

»Warum nicht? Hat Gott etwa kein gutes Motorrad verdient?«, fragt er.

»Welches war das schönere Motorrad?«, frage ich. »Das für dich oder das für Gott?«

»Das für mich natürlich.«

»Gott hat wahrscheinlich schon alle Motorräder, die er braucht.«

»Das sag ich mir auch«, sagt er.

»Beschreib mir mal das Motorrad«, sage ich.

»Wenn Fania Motorräder so gern hat«, sagt er, »kann ich dir ein Motorrad besorgen.«

»Darum geht's nicht«, sage ich. »Motorräder sind so gefährlich.«

»Aber was ist denn nicht gefährlich, Fania? Du isst Kuchen aus einem Automaten. Glaubst du etwa, dass das nicht gefährlich ist?«

»Im Gefängnis zu sitzen reicht dir nicht? Du musst auch noch Motorrad fahren?«

»Sehr witzig«, sagt er. »Und auch sehr unangemessen, über so etwas Witze zu machen. Was erlaubst du dir, Fania?«

»Erzähl die Geschichte zu Ende«, sage ich lächelnd. »Du

fährst mit deinem Motorrad. Und was dann? Wie geht das aus, bitte? Was dann?«

»Ach, Hermann versucht sehr intensiv, im Mittleren Osten Frieden zu schaffen. Und dann werde ich ganz plötzlich aufgefordert, das Land zu verlassen.«

»Beschreib mir mal das Problem.«

»Ich fahre mit meinem Motorrad irgendwohin, wo ich nicht hinfahren darf, eine Gegend, in der uns Kontakte oder so etwas untersagt sind, was ganz dumm ist, aber ich fahre trotzdem hin, ganz in der Nähe, zehn Minuten, über Hügel, über viele wichtige und heilige Grenzen, von denen ich nichts weiß. Mir kann niemand mehr vorschreiben, was ich nicht tun darf, denke ich, niemand auf Erden ist mein Gefängniswärter. Ich akzeptiere solche Blödheit nicht, und offenbar begehe ich dabei schreckliche, schwere Sünden.«

»Ach ja?«

»Oh ja. Ich lerne viele Leute kennen, die alle leiden. Das Leid ist schrecklich, ihre Heimat brennt, ihre Bäume brennen, die Wände ihrer Häuser brennen. Ich gebe ihnen den Schlüssel zu meinem Haus und sage: Kommt mit, kommt mit in mein Haus. Ich habe Platz für euch, sage ich zu ihnen, aber sie wollen ihr eigenes Haus, sie haben ihre eigenen Schlüssel.«

»Natürlich«, sage ich.

»Sehr lange Geschichte in Kurzform: Hermann bekommt ein Ticket nach Kanada.«

»So lange bist du schon hier?«, frage ich. »Und du lernst jetzt erst Englisch?«

»Oh nein«, sagt er. »Ich habe mein Ticket nach Kanada gegen ein Motorrad eingetauscht.«

»Natürlich.«

»Und ich bin sehr lange damit herumgefahren.«

»Wie lange?«

»Sollte ich lieber nicht sagen.«

»Sag's mir«, sage ich.

»Sagen wir mal: viele Jahre.« Er ist rot geworden. »Die genaue Zahl ist unwichtig.«

»Ich will eine genaue Zahl. Wie lange bist du mit deinem Motorrad herumgefahren?«

»Vielleicht beträgt die Zahl achtzehn Jahre«, sagt er.

»Vielleicht?«

»Kann sein«, sagt er. »Vielleicht.«

»Ab und zu?«

»Wenn du mit ab und zu meinst, von morgens bis abends, dann ja, ab und zu.«

»Du bist achtzehn Jahre mit einem Motorrad herumgefahren?«

»Du sagst das so, als wäre es eine unsinnige Anzahl von Jahren, um ständig mit einem Motorrad herumzufahren«, sagt er lächelnd.

Darüber denke ich nach.

»Ich wollte damit nicht aufhören«, sagt er ganz ruhig. »Möglicherweise kam es mir gefährlich vor aufzuhören.«

»Wohin fährt man mit einem Motorrad, das achtzehn Jahre lang nicht anhält?«

»Überall, wohin man sich vorstellen kann.«

»Russland?«

»Kurz, ja.«

»Nur kurz?«

»In Russland gibt es viele Wälder, Fania.«

»Afghanistan?«

»Einige Monate«, sagt er.

»Südamerika?«, frage ich.

»Überall.«

»Griechenland?«

»Oh ja, sehr lange Zeit. Griechenland ist sehr schön. Würdest du gern mal mit mir nach Griechenland fahren?«

»Und wo hast du geschlafen?«

»In großer Unbequemlichkeit«, sagt er.

»Auf deinem Motorrad?«

»Ich wurde angehalten«, sagt er. »Meistens jedenfalls.«

»Und was hast du an diesen Orten gemacht?«, frage ich. »In Südamerika und Afghanistan und Griechenland?«

Er ist vermutlich in meinem Alter, obwohl sich das bei Männern wie ihm schwer einschätzen lässt. Klar ist, dass er es mir erzählen und zugleich nicht erzählen will, dass er die Geschichte nicht erzählen kann, aber die Geschichte erzählen muss, dass er die ganze Zeit an diesem Ort zwischen Wollen und Nichtwollen eingeklemmt war. Jeder neue Song aus der Jukebox löst in ihm einen Funken des Wiedererkennens aus. Das Echo eines anderen Orts, eine andere Version seiner selbst, das Auftauchen der Erinnerung, ein vorübergehender Ausbruch der Verschickung von hier nach dort, wo auch immer das sein mag.

Hermann beugt sich vor, kommt näher, rückt beinah an mein Ohr heran. »An einem normalen Tag, Fania, bin ich von morgens bis abends und wieder bis zum Morgen gefahren, und während ich fuhr, habe ich versucht, in meinem Kopf jeden Tag meines alten Lebens zu rekonstruieren. Du lachst«, sagt er, was stimmt, »aber ich erzähle dir die wahre Geschichte. Zum Beispiel dachte ich an einen wichtigen Tag. Oder einen Tag, an dem jemand, den ich liebte, beerdigt wurde. Oder zum Beispiel an meine Bar Mizwa in der großen Synagoge in der Neudeggergasse im achten Bezirk und an das Dinner, das wir anschließend in einem Restaurant in der Nähe des Parks hielten, wo, das weiß ich noch, meine Mutter mich in einem Nebenraum beiseitenahm, um mir Ratschläge zu erteilen. Das habe ich getan. Mich hineingedacht, darüber nachgedacht, es durchdacht. Und ich erwog es Minute um Minute auf der Suche nach der Erinnerung, um es wieder wirklich werden zu lassen. Ich fuhr umher und erinnerte meinen Weg durch jenen Tag in jedem Detail. Zum Beispiel ist dieser Tag mit meiner Mutter wichtig, weil ich mich nicht daran erinnern kann, was sie zu mir sagte. Ich habe bis heute alle Gespräche rekonstruiert, die meine Mutter und ich je geführt haben, und wenn ich will, kann ich sie in meinem Kopf zurückspulen, als wären sie irgendwo in mir aufgezeichnet. Nicht jedoch dies eine Gespräch. Ich hatte damit gerechnet, dass mein Vater mich beraten würde. Ich war schon auf anderen Bar-Mizwa-Feiern gewesen, und da war es so, dass die Väter den Söhnen die Ratschläge erteilten. Aber bei mir war es meine Mutter. Ich hätte wissen können, dass es meine Mutter sein würde. Denn was für einen Rat hätte mein Vater mir jemals geben können? Manchmal glaube ich, dass außer dem Geräusch summender Bienen in seinem Kopf nichts war. Mit meiner Mutter war das anders. Sie war eine mächtige Frau, in meinem Leben eine überragende Gestalt, eine Chirurgin, die einzige weibliche Chirurgin, von der ich damals je gehört hatte. Herzen, Organe, Knochen. Sie konnte alles operieren. Sogar Maschinen. Den Rhythmus des menschlichen Körpers lernte ich von ihr. Ich lernte, wie man eine Aderklemme handhabt. Wie man einen verlorenen Finger in Eis packt. Wie man erkennt, wann ein Mensch dem Tod nahe ist. Wie man feststellt, ob jemand vergiftet wurde. Wie man eine Maschine mit einem Strumpf repariert. Dinge, die ein Junge gar nicht wissen sollte, die sie mir jedoch vernünftigerweise beibrachte. Wenn sie abends nach Hause kam, roch sie nach Zitronenseife. Und nach Wacholder. Und auch nach

Blut. Das wusste ich, obwohl ich den Geruch damals noch gar nicht kannte. Bei meiner Bar-Mitzwa führte sie mich in einen Raum neben dem Speisesaal, und ich weiß noch, dass die Bäume draußen vereist waren.«

Er macht eine lange Pause. Um uns her ist die Cafeteria völlig leer.

»Und das ist alles«, sagt er. »Die Erinnerung endet hier. Die Nacht endet.«

»Mehr nicht?«, frage ich.

»Das sind so die Dinge, über die ich auf meinem Motorrad nachgedacht habe. Warum herrscht am Ende des Tages nichts als Dunkelheit? Ich sehe, wie sich der Mund meiner Mutter bewegt, ich sehe den Raum, in dem wir sind, ein großer Raum mit grauen Vorhängen, ich sehe die Leute um mich herum, meine Familie, von der es niemanden mehr gibt. Ich kann die Butterbrötchen riechen, die klare Brühe in weißen Schälchen, ich spüre noch das Knacken der Knochen im Fleisch auf meinem Teller. Ich kann das Gebäude sehen, in dem wir sind, den Park, in dem es liegt, die eisbedeckten Bäume, mit einem Blick die ganze Stadt mit dem Dampf, der aufsteigt und weiter oben zurückweicht, als würde ich schweben, Fania, als befände ich mich über meinem eigenen Leben, sodass ich nun sogar das ganze Land sehen kann. Ich kann alles sehen, aber für meine Mutter gibt es keine Worte, keinen Laut, alles ist verloren, alles vergangen. Ich fuhr von morgens bis abends und wieder bis morgens durch diesen Tag. Ich tat das viele Tage lang an jedem Tag, bis ich glaubte, es vollständig erlebt zu haben, es auf eine Art wahrgenommen zu haben wie nie zuvor. Und nach einer Weile ist es dann natürlich so, als hätte ich meine Bar Mizwa hundertmal gehabt, auf der ganzen Welt, in der Wüste Nordafrikas, in Buenos Aires am Meer, in Griechenland, im Westen der Vereinigten Staaten, wo das Land wie die Marsoberfläche aussieht. Diesen Tag mit meiner Mutter und meinem Vater erlebe ich immer wieder.«

Das macht mich betroffen. Tiefer betroffen als alles, was Menschen mir über ihr Leben auf diesem Kontinent erzählt haben. Und das passiert ausgerechnet hier, in dieser schrecklichen Cafeteria. Ohne es zu bemerken, habe ich zu weinen begonnen. Wir sind allein, Gott sei Dank, ich und dieser Mann, den ich erst seit fünf Wochen kenne. Er ist jemand, dem ich auf der Straße hätte begegnen können, als ich jung war, oder neben dem ich in einem vollen Bus auf der Ringstraße gesessen oder den ich vielleicht im Tiergarten gesehen haben könnte, wenn er den Eisbären seinen Hintern zukehrte. Und so gesehen ist es vielleicht nicht übertrieben, wenn ich sage, dass ich ihn kenne und schon die ganze Zeit gekannt habe, dass diese gemeinsamen Abende keine Abende mit einem Fremden sind, sondern mit einem alten Bekannten, eine Beziehung, die plötzlich abgerissen war und jetzt aufs Neue geknüpft wurde, hier im grellen Licht, mitten im ewigen Winter Montreals.

»Das mache ich immer«, sagt Hermann. »Bringe schöne Frauen bei meinem Anblick zum Weinen. Es ist ein schrecklicher Fluch, diese Form fantastischer Schönheit zu besitzen.«

Das lässt mich lächeln. Es stimmt allerdings, dass er mich zum Weinen gebracht hat.

»Das fing an, ein Problem zu werden. Hier ist also Hermann, er sieht umwerfend gut aus, fährt Gottes Motorrad, kommt von weit her in die Stadt, hat schwer gelitten und das Gesicht eines beschädigten Mannes, er verfügt über viele Geschichten, die meistens tragisch sind, ist versessen auf Gespräche, um die Sprache zu lernen, damit er die Geschichten laut erzählen kann. So beginnt man damit, nach alledem wieder ein Mensch zu werden.«

»Indem man Leute zum Weinen bringt?«

»Indem man die Geschichte erzählt«, sagt er.

»Achtzehn Jahre lang auf einem Motorrad herumzufahren hat nicht gereicht?«

»Wenn man so viel Motorrad fährt, Fania, dann fährt man immer Motorrad, egal, ob man es wirklich macht oder nicht. Das habe ich bei der langen Fahrerei gelernt. Ergibt das einen Sinn?«

»Ich weiß nicht, Hermann. Ob das Sinn ergibt? Ich glaube nicht. Ach, ich weiß es doch auch nicht.«

Die Idee dieser Konversationen ist das Nebenprodukt eines örtlichen Ausschusses für Wiedereingliederung. Soviel ich weiß, besteht diese Gruppe aus zehn Frauen, die alle in den wohlhabendsten Stadtteilen wohnen. Eine Gruppe fürs Wohlbefinden von Leuten ihres Schlags, organisiert von den Unbehelligten, die es warm und sicher haben. Ein Programm, um Englisch und Französisch zu unterrichten, Gemeinschaft wieder herzustellen und, mit ihren Worten, dabei zu helfen, Traumata zu lösen. Hermann hatte sich mit einer Postkarte vorgestellt, einer kleinen gelben Postkarte. Meine erste persönliche Post auf dieser Seite der Welt. *Come meet, come eat,* hatte er auf Englisch geschrieben. Und dann auf Deutsch: *Ich bin neu in Montreal: noch nicht einmal seit einem Jahr. Ich bin nicht der beste Mensch, der je gelebt hat, und ich habe sogar immer noch große Schwierigkeiten, mich auf Englisch so auszudrücken, wie ich es gern möchte, aber ich bin eine angenehme Gesellschaft. Also,* hatte er auf Englisch geschrieben, *I am alone.*

Ich bin müde, und was ich jetzt sage, sage ich auf Deutsch, aber um mich zu stoppen, winkt er pflichtschuldig ab. Die Regel lautet, dass wir nur Englisch oder nur Französisch sprechen. Gemäß den Theorien von Wiedereingliederungsexperten soll das dabei helfen, uns zu akklimatisieren. Lerne die

Sprache von heute, hat man zu mir gesagt. Zu sagen habe ich nun, dass ich müde bin. Und wenn ich sage, dass ich müde bin, meine ich damit, dass mich die Art, wie diese Geschichten enden, erschöpft. Schlussendlich schlecht. Immer schlecht. Alle suchen nach ihren Lieben, ihren Babys, und niemand findet, was er sucht. Alle Geschichten enden gleich.

»Ich dachte«, sagt er, »dass ich mit dem Älterwerden sicherlich vergessen würde. Ich dachte, ein gigantisches Trauma plus Alter plus achtzehn Jahre ständigen Herumfahrens auf einem Motorrad müssten reichen, würden wenigstens für etwas Vergessen sorgen. Aber dann wacht Hermann mitten in der Nacht auf, weil er sich erinnert hat. Und dann ist da der Schrecken, das weißt du ja. Nicht essen. Nicht schlafen. Stimmen hören. Geister spüren.«

»Als ich hier ankam, hatte ich anfangs auch meine schlechten Tage«, sage ich.

»Wie viele Tage waren schlecht?«, fragt er.

»Alle«, sage ich.

»Und was passiert an diesen schlechten Tagen?«

»Wie Mondphasen«, sage ich, »an denen ich voll bin oder nicht voll, hoffnungsschwanger oder völlig hoffnungslos. Oder ich schlafe.«

»Ja«, sagt er.

»Und im Schlaf träumen.«

»Ja«, sagt er.

»Und im Traum von alten Gesichtern heimgesucht werden.«

»Ja«, sagt er.

»Gesichter meines Babys. Besonders das meines Sohns Moses. Sein Gesicht.«

»Nicht der Moses auf dem Berggipfel«, sagt er, was mich lächeln lässt.

»Mein Baby Moses«, sage ich. »Ewig Baby. Immer Baby.«

»Immer und Baby«, sagt er. »Das sind zwei gute Wörter, die zusammengefügt schreckliche Wörter werden.«

»Ja«, sage ich. »Unendlich schrecklich.«

»Und was dann?«, fragt er.

»Verlust.«

»Natürlich«, sagt er.

»Und ihn nachts nach mir weinen hören.«

»Wo weint er?«

»Direkt hinter der Wand meines Apartments, direkt hinter dem Bettpfosten. Die Straße und das Wetter. Da ist er, auf einer Seite der Wand, aber ich kann mich nicht durch Wände bewegen, um zu ihm zu kommen. Du weißt, wovon ich rede, nicht wahr? Du verstehst mich doch?«

»Ja«, sagt er.

»Mein ganzes Leben lang diese Geräusche.«

»Ich verstehe«, sagt er.

»Auch jetzt. Auch jetzt. Diese Geräusche.«

»Das Gute an Motorrädern«, sagt Hermann, »sind die sehr, sehr lauten Motoren.«

Es gibt noch mehr zu erzählen. Zum Beispiel die Tatsachen: Alle sind tot. Unser Programm verlangt, dass wir diesen Teil laut aussprechen, aber ich glaube, dass ich das nicht tun müsste. Es ist ja offenkundig. Dieser Teil der Geschichte ist offenkundig. Nur Außenstehende würden das anders sehen. Hier bin ich in dieser Schneestadt, erfroren bis zu den Blutgefäßen, und die Wahrheit ist offenkundig, die Wahrheit zeigt sich an mir, an meiner Friedhofshaut. Sie sind tot. Sonja tot in einem Zug, Arnold tot in einem Wald, Moses tot, nachdem er aus meinen Armen gerissen wurde, während ich dastand.

Mein kleiner Moses. Süß duftender Moses. Sechs Monate Leben, und das war's. Geboren, denke ich manchmal, um mich bis ans Ende meines Lebens zu begleiten, wie Vergil Dante begleitet. Auf dem ganzen Weg von Wien in die Dunkelheit hat er nicht geweint. Manchmal denke ich, er wusste, dass das vorige Leben noch in ihm steckte, die Erinnerung an den, der er früher, in einer anderen Version der Vergangenheit, einmal gewesen war, und das ermöglichte ihm zu wissen, was ich nicht wusste. Ich weiß wohl, dass das ziemlicher Unsinn ist, aber was für eine Strafe sollte es schon für Unsinn geben, wenn es die Welt jetzt gar nicht mehr gibt? Überhaupt scheine ich für Unsinn auf eine Art empfänglich zu sein, mit der ich in Wien in unserem alten Wohnzimmer, neben meinem Klavier, meinem Radio, meiner Wolldecke, meiner Teetasse und dem Porträt meiner Großmutter nie gerechnet hätte.

Wenn ich gerettet wurde, so mein Gedanke, müssten auch alle anderen gerettet sein, Arnold ganz bestimmt, er wäre lebendig, Arnold hätte überlebt, Arnold wäre nicht erschossen worden, wie man mir berichtet hatte, das wusste ich. Er lebte irgendwo anders, eine Meile entfernt, ein Land entfernt, aber er hatte überlebt, und Sonja ebenfalls, irgendwie hatte sie England erreicht mit dem Zug, in den wir sie gesetzt hatten. Sie lebte noch, sie hatte es unversehrt überstanden und war nicht, wie die Briefe uns informierten, auf der Reise zugrunde gegangen. Und obwohl man ihn mir entrissen hatte und obwohl jeder wusste, was mit Kindern geschieht, die auf diese Weise weggerissen wurden, wusste ich auch, dass mein Baby Moses ebenfalls gerettet war.

Einen Monat lang durchwanderte ich Polen, ein warmes, verwüstetes Polen. Und schon am ersten Tag begriff ich die Wahrheit, dass alle in verschiedenen Zukünften überlebt hatten und dass ich keinen von ihnen je wiedersehen würde. Das konnte ich spüren. Ich hörte sie in ihren verschiedenen Räumen, in ihren verschiedenen Leben, aber ich war nicht fähig, ihnen auf der anderen Seite zu begegnen. In diesen Räumen fühlte ich die Schwingungen ihrer Stimmen und hörte die Lieder, die sie sangen, bekam Nachricht von ihren Tagen, hörte die Neuigkeiten dieser anderen Zukünfte, und trotzdem war es unmöglich, sie zu erreichen. Zwischen mir und meinen Babys, zwischen mir und Sonja und mir und Moses, war eine Trennwand entstanden, durch die ich ihre Bewegungen so spüren konnte wie damals, als sie in mir gewesen waren. An manchen Morgen war es mir möglich, meine Hand an meinen Körper zu drücken und sie so zu fühlen, sie weit entfernt zu fühlen, aber diese Gefühle waren sowohl vorübergehend als auch permanent wie Sturmwind, wie Mondphasen, wie Wahnsinn. Und ich wusste genau: Sie waren dort, und ich war hier, und es gab keine Tür, keinen Eingang, keinen Traum, durch den man hätte passieren können. Wo sie lebten, schrieben sie vielleicht, wie auch ich schreibe. Es gab nur dies: reden und atmen und warten und zersplitternde Spiegel und unter Leitern hindurchgehen und all die törichten Weisheiten herausfordern. Knietief im warmen Schlamm der Blutlande, und ich wusste, dass es die Wahrheit war. Ein Augenblick mütterlicher Intuition und zukünftiger Suche. Ich konnte nicht hinüberkommen.

»Ich würde dir gern von ihm erzählen«, sage ich. »Von Moses. Und von Sonja, meiner Tochter. Das würde ich sehr gern.«

»Nicht nötig«, sagt er, was nur ein anderer Ausdruck dafür ist, dass er die Geschichte bereits kennt und mir damit die Liebenswürdigkeit erweist, dass ich nichts mehr sagen muss.

Sagen würde ich dies: Wir wurden morgens abgeholt. Sie schickten nur einen Mann, um uns abzuholen. Ich hatte ihn früher schon einmal gesehen. Er hatte rote Haare und einen auffälligen roten Fleck im Gesicht. Er spuckte auf mein Kind. Er schlug Arnold mit dem Lauf seiner Pistole drei Zähne aus. Er beschimpfte mich wegen des Zustands meines Hauses. »Vielleicht wollen Sie Ihren Schmuck mitnehmen«, sagte der Mann zu mir, »Ihre Diamanten, Ihre besten goldenen Ohrringe.« Im Haus waren nur wir drei, Arnold und Moses und ich. Sonja war bereits weg. Wir hatten sie in den Zug nach England gesetzt, und sie hatte nicht überlebt, war irgendwo zwischen hier und dort gestorben. Im offiziellen Brief stand »erkrankt«, was immer das heißen mochte; wir konnten nie herausfinden, wie ein fünfjähriges Mädchen in einem Zug in ein Land wie England überhaupt sterben kann. Als der Mann kam, um uns zu holen, dachte ich an diese Unmöglichkeit, dass ich meine Tochter einem Zug anvertraut hatte, dem Zug, der sie irgendwie umbrachte; daran dachte ich, als Arnolds

Zähne auf dem Boden lagen, als sie uns in den Viehwaggon pferchten, was bereits einer Todesart gleichkam. Wir wechselten uns ab, Moses im Arm zu halten. Er weinte nicht. Ich sagte ihm, es nicht zu tun, und er tat es nicht. In dem Zug ist er eine Million Jahre gealtert, und ich trug Moses, den erwachsenen Mann, und nicht das Baby Moses, und ich sagte zu ihm: Weine nicht, und er weinte nicht. In jenem Zug ist er eine Million Jahre gealtert und war so alt wie der Prophet. Und ich war ein Kind, und Arnold war ein Kind.

Arnold wurde abgeführt, und das war das Letzte, was ich von ihm sah. Den Rest kennst du schon, wer auch immer du sein magst. Es laut auszusprechen wäre obszön; allein dies ist bereits obszön. Eine Kugel in den Bauch, eine Kugel in die Wange, eine Kugel zwischen seine grauen Augen, tausend Kugeln für jedes Tausend seiner schwarzen Haarsträhnen, tief in die Lungen eingeatmetes Insektengift. Dann wurde mir Moses aus den Armen genommen. Zwei Männer kamen. »Ich helfe Ihnen«, sagte einer und nahm mir Moses weg. Ich helfe Ihnen, ich helfe Ihnen, ich helfe Ihnen. Das haben sie gesagt.

Ich würde Hermann gern davon erzählen. Ich suche nach Worten, ich suche immer nach den Worten, aber die Übersetzungsroutine lässt mich im Stich. Das passiert nur, wenn ich nach meinen Schichten erschöpft bin und meine Hände schmerzen. Ich wüsste gern Worte für den Schmerz in meinen Händen, diesen tiefen, nagenden Schmerz, der in meinen Schlaf ausstrahlt und sich in der Logik der Träume in etwas anders verwandelt. Ein Monster, das aus meinen Handwurzelknochen wächst. Jemand mit dem Gesicht all derer, die ich vermisst habe. Wenn ich dafür Worte auf Deutsch vorschlage, wischt Hermann meine Sätze wieder weg, sobald sie meinen Mund verlassen, als wären sie wie Vögel, die man verscheuchen kann, zu physischen, zwischen uns schwebenden Objekten geworden. Ich weiß es ja, Regeln sind Regeln.

»Am Tag nach dem Bombardement habe ich mein Ticket nach Kanada eingetauscht«, sagt Hermann, »und bin schließlich mit dem Motorrad ans Meer gefahren, ans Tote Meer, das gar kein Meer ist, sondern das, was geschieht, wenn ein Meer fast verschwunden ist. Und da stehen dann viele Leute am Ufer und starren wie in Trance auf etwas, das gar nicht da ist, schauen hin und sehen nichts. Als ich da war, bin ich Stufe für Stufe hineingegangen. Das Wasser ist heiß da, das Wasser ist so salzig, dass es schmerzt, und ich ließ mich treiben. Weil es stirbt, ist das Meer so verwirrt, dass es nicht mehr weiß, wie es dich versinken lassen soll, und so hält es dich in der Schwebe. Und um mich her lachen alle. Eigentlich ist es ein schäbiger Ort, ein schrecklicher Ort, aber da bin ich nun. Das Merkwürdigste ist all das Gelächter um mich herum. Dass man über die Vorstellung, eine Todeserfahrung zu machen, lachen kann. Oder über die Missachtung des Todes. Um das sehen zu können, hielt ich inne. Alle, die wir schlammtriefend im Wasser waren, lachten über diesen Ort, an dem sich die beiden Welten annähern, schweben und aufsteigen, schwimmen und ertrinken, leben und sterben.«

Draußen fuhren Trambahnen vorbei. Frauen mit dem Gang meiner Mutter. Straßenbeleuchtung wie weißes Feuer. Ich sehe mich im dunklen Spiegel meiner Kaffeetasse. Immer noch hier, immer noch hier, immer noch hier.

»Woran denkst du?«, fragt er. »Was geht in deinem Kopf vor?«

Hermann wartet, dass ich etwas sage. Später werde ich denken: Von da an änderte sich alles.

»Ich habe über dein Englisch nachgedacht, Hermann. Es

wird wirklich gut. Du hast heute Abend fast keine Fehler gemacht.«

Er wischt das Kompliment beiseite, scheint aber zu wissen, dass ich noch mehr sagen wollte. »Ich habe die allerbeste Lehrerin«, sagt er.

Am nächsten Morgen hat eine Frau einen Termin bei mir im Hotel. Ich sehe sofort, dass ich diese Frau bin. Sie ist Fania, wie auch ich Fania bin. Oder eine Version von mir, freigelassen von wo auch immer wir festgehalten werden, wenn wir nicht in unseren Körpern sind.

Die Frau scheint nicht wie ich zu verstehen, dass sie einer entgegentritt, die denselben Körper wie sie hat. Diese Version von mir, die die Außenwelt hier angeliefert hat, hat es eilig. Sie riecht nach Kokosnuss, ihre Haut ist ganz eindeutig besser als meine. Sie hat die Haare hinter dem Kopf zurückgebunden mit einer bemalten Seidenschleife, die ich mir nie leisten könnte. Die Frau bedeutet mir mit einer Handbewegung, dass sie kein Englisch spricht – die Handflächen geöffnet, als wollte sie prüfen, ob es regnet: die universelle Geste der Verwirrung.

Ich versuche es mit Französisch: »*Je pense, qu'il y a eu une erreur*«, es ist bestimmt ein Irrtum. Das sind anfangs die einzigen Worte, die mir einfallen, die einzige Erklärung. Es handelt sich um einen Irrtum. Ein Defekt in der größeren Ordnung der Welten. Im Übrigen bin ich erschrocken, fühle nichts als markerschütternden Schrecken.

Die Frau hat ihren Hotelschlüssel in der Hand, und wie sie da in meinem Raum steht, dreht sie ihn nervös um den Finger. Sie mustert mich und sieht etwas in mir, von dem ich nicht weiß, dass es existiert, irgendein Zeichen. Dann fängt sie an, Deutsch zu sprechen, in unverwechselbarem Wienerisch. Sie erklärt, dass sie leidet. Eine beständige Schmerzattacke quält sie auf der linken Seite. Schlaf ist unmöglich.

»Ich liege nachts wach in ständiger Agonie. Ich bin geschäftlich hier, und in der Stadt sagt jedermann, dass Sie die allerbeste Schmerzkünstlerin sind«, sagt sie. »Es ist so schlimm geworden, dass mein Ehemann nicht mehr weiß, was er für mich tun kann.«

Ich tue so, als hätte ich das nicht gehört. Ich bitte die Frau, es noch einmal zu sagen. Mein Mann. Mein Ehemann.

Die Frau streicht sich eine lockere Haarsträhne aus dem Gesicht. »Der Schmerz ist so unerträglich geworden, dass mein Ehemann behauptet, selber Schmerz zu empfinden.«

Ich habe das Gefühl, dass der Boden unter meinen Füßen nachgibt. Diese Frau trägt meinen Ehering. Ein geringeltes Silberband mit einem Smaragd, in meiner Erinnerung der Smaragd der Donau. Arnold hat mir diesen Ring geschenkt. Ich war siebzehn Jahre alt. Ich besaß ihn neun Jahre lang, bis er mir weggenommen wurde. Der Ring dieser Frau ist älter, abgenutzt. Mit Kratzern im Silber. Altersspuren auf dem Stein.

»Ihr Ehemann«, sage ich.

»Er ist oben«, sagt sie. »In unserem Zimmer. Wartet auf meinen alten, schmerzfreien Körper. Aber er wartet immer auf meinen Körper. So oder so.«

Die Frau lacht. Es ist mein Lachen. Oder eine Version meines alten Lachens. Heiser, rau von Zigarettenrauch. In ihrer Stimme klingt ein Akzent, den ich verloren habe.

»Oben«, sage ich. »Ihr Ehemann ist oben. Hier oben?«

»Er würde auch gern einen Termin bei Ihnen buchen, aber er ist zu schüchtern, um sich von einer Fremden berühren zu lassen.«

Ich bin aber keine Fremde, will ich sagen.

»Der Flug war äußerst strapaziös«, sagt die Frau. »Er hat alles noch schlimmer gemacht.«

»Sie sind aus Deutschland gekommen?«, frage ich.

»Aus Wien natürlich.« Die Frau lächelt. Mein Lächeln. Mein altes Wienerisch. »Aber das wissen Sie ja schon«, sagt sie. »Natürlich wissen Sie das.«

Sie weiß es also, denke ich. Die Frau zieht ihren Bademantel aus, steigt auf den Behandlungstisch und legt sich hin. Sie ist ich und nicht ich zugleich. Sie zeigt keins der Merkmale meines erwachsenen Lebens. Nichts von meinem Schutzpanzer, meiner Distanziertheit, meinem Versuch, an allem festzuhalten. Stattdessen ist da ein perlfarbiger Halbmond in meiner Kniekehle, Relikt von einem Sturz im Tiergarten. Und ein Schnitt im Format einer kleinen Münze, die mir die harte, verrostete Spitze eines Zaunpfostens in Dubno zugefügt hat. Narben meiner Kindheit auf ihrem Körper und auf meinem Körper. Aber nichts vom Leben hier in Kanada, von meinen Händen auf den Körpern so vieler Männer, neun Jahre nichts als Männer, so viele einander so ähnlich, dass ich inzwischen glaube, dass sie alle derselbe Mann mit demselben Körper sind, dass sie es alle auf einmal spüren, wenn ich meine Handfläche in die Schulter eines Mannes drücke. So stoße ich vielleicht sogar auf Arnold.

In der Erwartung, etwas zu empfinden, lege ich meine Hand auf diese Frau. Aber da ist nichts. Die Vergangenheit hinterlasse Narben, hatte Arnold gesagt, als wir jung waren und ich verzweifelt war, weil wir aus unserer Wohnung im achtzehnten Bezirk ins Ghetto umziehen mussten. Damals trug ich zum letzten Mal diesen Ring.

Oder so: Die Vergangenheit kehrt als reiche Wiener Frau zurück, die an Schmerzen und Schlaflosigkeit leidet.

»Erzählen Sie mir von Ihrem Ehemann«, bringe ich mühsam heraus.

»Mein Ehemann«, sagt die andere Fania. »Was gibt es da zu

sagen? Ein Ehemann ist ein Fass voll Beschwerden. Wenn wir Glück haben, wird ein Ehemann am Ende zu einer weiteren Version unserer selbst, einer, von der du froh bist, wenn sie dich am Ende des Tages noch anlächelt.«

»Aber«, sage ich, »ist Ihr Ehemann denn nett?«

»Ach, natürlich. Mit einem unfreundlichen Mann käme ich nie zurecht. Sie doch auch nicht. Ich weiß das. Das sehe ich Ihnen an.«

»Und geht es ihm gut?«, frage ich. Ich würde sagen, dass ich an diesem Punkt das Gefühl habe, zerbrochen zu sein, doch ist das längst passiert, ohne dass ich es bemerkt hätte.

Die andere Fania sieht mir mit einem Anflug von Mitleid in die Augen; eine Methode, die Einsamkeit anderer zu ermessen.

»Er ist perfekt«, sagt mein anderes Ich in sehr schlechtem Englisch. »Arnold ist für mich immer perfekt.«

Etwas Furchtbares ist geschehen: Ich habe den Verstand verloren. Auf der anderen Seite des Flurs ist mein Kollege Danilo noch mit einem Kunden. Er ist groß, feingliedrig, früher sehr hübsch, ein Tänzer aus Belgrad, eingeschmuggelt in einem Schiffscontainer. Während er in einem Metallsarg mit eingestanzten Luftlöchern und minimaler Bewegungsfreiheit über den Atlantik fuhr, hat er weitergetanzt, und zwar so lange, bis er endlich vergaß, wo er war, und dachte, dass er nicht sterben würde, wenn er sich bewegte, weitertanzte, dass er dann lebend ankommen, zum zweiten Mal im Leben ankommen würde. Er wird mich verstehen. Ich muss an seine Tür klopfen, um ihn hierherzulocken, damit er mir versichern kann, was ich ganz sicher weiß, dass ich immer noch in meinem Bett schlafe, vier Kilometer von hier in Le Plateau, und dass alles ein Traum ist. Dass ich immer noch warm zwischen meinen Bettdecken in meinem praktischen, von Laub überwucherten Apartment hinter vier Türriegeln liege und dass nichts von dem, nichts von alledem, wirklich geschieht.

An meinem ersten Tag hatte Danilo mich gewarnt. »Du arbeitest mit Leuten, die Schmerzen haben, und Leute mit Schmerzen existieren an zwei Orten gleichzeitig: im Schmerz, der ein endloser Ort, ein Ort unfassbarer Tiefe ist. Und sie sind auch an einem Ort, wo der Schmerz verschwunden ist, ein zukünftiger Ort. Es war mein Job«, erzählte er mir, »sie von einem Ort zum anderen zu bringen, von einem Ort, den es immer gibt, zu einem Ort, den es überhaupt nicht gibt.«

»Der Schmerz«, sagt die andere Fania, »ist wie eine tief in mir verlegte elektrische Leitung, von einer Axt durchtrennt, funkensprühend. Mein Ehemann glaubt«, sagt sie, »dass ich mir das alles nur einbilde. Dass es mir eigentlich gut geht. Dass der Schmerz eher mental als sonst etwas ist. Meine Tochter neigt dazu, seiner Meinung zu sein. Sonja ist sich immer mit ihrem Papa einig. Das bleibt immer so, sogar bis ins Erwachsenenalter.«

»Sonja«, sage ich mit stockendem Atem, als müsste ich ersticken.

»Meine Tochter«, sagt die Frau. »Ihr Name ist Sonja. Sie ist Musikologin. Zu klug für uns. Ständig in Noten vertieft. Immer abwesend, immer mit einem Ohr an einem Lautsprecher.«

»Eine Musik –« Ich kann das Wort nicht aussprechen.

Stattdessen verlasse ich den Raum. Oder besser gesagt: Ich fliehe. Auf dem Weg hinaus greife ich mir den Hotelschlüssel der Frau, der auf der Arbeitsplatte liegt, ein Schlüssel wie jeder andere Schlüssel, und ich wische ihn ab. Oben haste ich an der Rezeption vorbei zu den Aufzügen. Während der neun Jahre, die ich hier gearbeitet habe, bin ich noch nie oben gewesen, um zu sehen, wo die Gäste wohnen, und auch noch nie in diesem gläsernen Aufzug, der jetzt summend über meiner neuen Stadt aufsteigt, dieser dunstverhangenen, schneebedeckten von einem bis zum anderen Ende weißen Stadt. Höher, glaube ich, bin ich noch nie gewesen. Aus dieser Höhe in dieser exklusiven Kapsel wirkt die Stadt so klein, als würde sie in meine Handflächen passen, so klein, wie meine Kinder bei ihrer Geburt waren.

Ich klopfe an die Tür, warte keinen Moment und trete ein.

»Arnold«, schreie ich in den leeren Raum. »Arnold! Arnold!«

Als ich mich Tage später wieder mit Hermann in der Cafeteria treffe, sage ich ihm, dass ich zerbreche.

Er legt die Hände auf meine Schultern. Es ist das erste Mal, dass wir uns berühren.

»Du scheinst aber noch an einem Stock zu sein«, sagt er. Und obwohl ich vermute, dass er sagen will, dass ich anscheinend noch in einem Stück existiere, frage ich nicht nach und korrigiere seinen kleinen Fehler auch nicht, was ihm gegenüber eigentlich meine Aufgabe wäre.

Ich bin herumgelaufen. Nachts, im Kreis, durch Montreal, durch Schnee, zu Fuß gelaufen. Stunde um Stunde. Auf der Suche nach einer Erklärung für das, was passiert ist. Nach meiner Schicht gehe ich los und gehe dann so lange, dass das Gehen nach der Arbeit zum Gehen vor der Arbeit wird. So lange bin ich herumgelaufen. Es ist jetzt November, schon dunkel, schon frostig. Am Rand des Beckens beim eingefrorenen Brunnen im Park La Fontaine begreife ich, dass ich irgendwie gespalten bin in eine Version meines Ichs in zwei Zukünften auf dieser Welt. Hier bin ich am Rand dieses künstlich gestalteten Parkbereichs, mitten im Zoogestank des nahen Elefantengeheges.

Und auch hier bin ich ganz offensichtlich irgendwo anders, wohin auch immer die andere Version meines Ichs verschwunden ist. Diese andere Version, der es gelungen ist, immer noch bei ihrem Mann und auch ihrer Tochter Sonja zu sein, der Musikologin. Während ich herumgelaufen bin, habe ich die ganze Zeit diese Worte zu mir gesagt. Sonja, die Musikologin. Ich muss herausfinden, was es bedeutet, Musikologin zu sein. Zeig mir die Richtung, und ich werde hinfahren. Wenn ich in der Musik leben muss, will ich auf die Größe einer Sechszehntelnote zusammenschrumpfen und in die Partitur kriechen.

Wo Sonja lebt, in der Welt der Musik, herrscht die andere Zukunft, wo auch immer das ist. Ich gehe in meiner Uniform, derselben Uniform, die ich anhatte, als ich Hermann getroffen habe, dem roten Kittel, der Krankenhaushose, den Clogs vom Hotel. Während ich die ganze Nacht über bis zum Morgen herumlaufe und die Stadt noch schläft, aber bald erwachen wird, schmerzen meine Hände. Ich bin losgegangen, ohne mir das Öl abzuwaschen, Eukalyptus, Kampfer, Arnika, die Birkenwurzelcreme, die Überbleibsel so vieler Körper auf meiner Haut, unter meine Fingernägel gepresst, in mir begraben. Ich gehe, bis ich mich in tiefster Nacht irgendwo auf der Nordseite der Stadt wiederfinde. Und dort trifft mich eine Erkenntnis bezüglich meiner Heimatlosigkeit: dass nämlich diese andere Fania nichts über Moses gesagt hat. Allein an einer Straßenecke, die ich zuvor nie gesehen und an der ich noch nie gestanden habe, übermannt mich plötzlich die Trauer über das Schicksal meines Babys Moses. Verschollen aus meinem Leben, verschollen in jedem anderen Leben.

Hermann ist besser gekleidet erschienen. Es ist das einzige Mal, dass ich ihn in etwas anderem als seiner üblichen Garderobe sehe. Stattdessen trägt er einen Pullover mit Argylemuster, gebügelte Hosen im Farbton gerösteter Kastanien, Slipper aus Wildleder, die wegen des Wetters an den Spitzen Wasserflecken haben. Angesichts unserer früheren Treffen in diversen wirren Zuständen und wegen des Wetters, der Atmosphäre, des Schnees, angesichts auch der Dunkelheit, die wir teilen und wegen derer wir hier so miteinander reden, frage ich ihn, warum er sich so schick gemacht habe. Und da wird er rot.

»Lass uns erst reden«, sagt er. »Dann wirst du es verstehen.«

Wir sitzen neben dem Fenster an unserem üblichen Tisch unter dem Gebläse, aus dem warme Heizungsluft strömt. Entlang der Fahrbahn der Avenue Trans Island ist der Schnee zusammengekehrt zu Hügeln, die vom Wind zerfasert und festgefroren sind.

Ich erkläre, was geschehen ist, und zwar in einer Sprache, die sich immer noch so anfühlt, als hätte ich sie erfunden, ein geheimer Dialekt, den ich von einem guten Freund, den ich nicht mehr finden kann, gelernt habe. Ich erkläre es Hermann mit den einfachsten Begriffen. Dass eine Frau zu mir gekommen sei und dass diese Frau in jeder Hinsicht und ganz offensichtlich ich selbst sei und dass diese andere Version meines Ichs mit ihrem Ehemann nach Montreal gekommen sei. Mein Ehemann, der im Wald tausendmal erschossen wurde, sei hier mit meinem anderen Ich. Und am wichtigsten, verstörendsten, unvergesslichsten sei, dass diese Frau von ihrer Tochter gesprochen habe, die selbstverständlich meine Tochter sei. »Sie ist Musikologin«, sage ich. »Ich weiß nicht, was das ist, eine Musikologin, aber meine Tochter, wo auch immer sie lebt, macht genau das, und was auch immer es bedeutet, ist es das, was sie ist. Das Wichtigste ist«, sage ich zu Hermann, »dass sie lebt. Sie lebt, meine Tochter lebt.«

Seine erste Reaktion ist Trauer. »Das zu hören, macht mich sehr traurig«, sagt er zu mir. »Wenn du traurig bist«, sagt er, »bin ich auch traurig.« Seine zweite Reaktion auf das, was ich ihm erzähle - ihm nämlich erzähle, dass ich mich selbst draußen in der Welt gesehen habe, wo ich, meines eigenen Körpers beraubt, anscheinend aus freien Stücken leben würde -, besteht allerdings darin, mir nicht zu glauben. Auf der anderen Seite des Tischs bleibt Hermann unfehlbar höflich, aber die Botschaft ist unmissverständlich. Entweder deliriere ich, oder ich fabuliere.

»Das klingt wie das Gelalle einer Wahnsinnigen. Ich weiß. Ich glaube das auch, aber ich konnte nicht mehr einschlafen, Hermann. Nicht mehr, seitdem es passiert ist.«

»Deswegen? Was auch immer es war? Weil es dich zweimal auf der Welt gibt, kannst du nicht schlafen? Ist das alles? Das ist dein ganzes Problem? So viel Glück müssten wir alle haben. Zwei Fanias. Davon träumt Hermann.«

»Ich habe sie gesucht«, sage ich.

»Dein anderes Ich? Das Ich, das es nicht gibt?«

»Sagst du.«

»Und wenn du sie wiederfindest, was passiert dann? Glaubst du, dass du dann alles haben kannst, was sie hat? Wieder einen Ehemann? Eine Tochter, die Musik studiert und ans Telefon geht, wenn du anrufst?«

Natürlich will ich genau das. Besonders das Telefon. Vielleicht ist mein Wunsch auf eine Weise sichtbar, die jedem auffällt. Dass ich aus diesem Grund in meinem kleinen Apartment ein Telefon installieren ließ für Anrufe, die keinen Anschluss finden oder nicht angenommen werden. Ein kleines rotes Telefon wie das, das auf dem Schreibtisch des amerikanischen Präsidenten stehen soll und mit dem er angeblich die Explosion der ganzen Welt veranlassen kann, um uns alle in meine verschiedenen Zukünfte zu katapultieren. Monatelang habe ich auf meiner Bettkante gehockt, um mit meiner Familie, insbesondere mit Sonja, zu reden. Diese Gespräche sind mein dunkelstes Geheimnis, meine tiefste Schande, dieses Schwelgen im Unmöglichen. Vermutlich ein Symptom, dass ich schon lange vor dem Moment mit meiner Doppelgängerin im Hotel den Verstand verloren hatte. Oder eine Form von Religion, gezielt für meine Hände gemacht. An diesem Telefon gibt es immer einen Moment, wenn der imaginäre Vermittler fragt, mit wem ich verbunden werden möchte. Und meine Antwort lautet stets: Sonja. Wenn ich stattdessen Arnold sage, was ich gelegentlich getan habe, erzählt er mir von seinem Arbeitstag. Er scheint auf ewig in demselben Büro zu leben, das bereits das Büro seines Vaters war, eine Festanstellung in einer Fabrik, die Bettlaken herstellt. Und wenn ich sage: Moses, süßer Moses, hört man nichts außer seinem kindlichen Gurren, dem Rascheln im Kinderwagen, den schnellen Atemzügen eines Babys, die stoßweise durch die Leitung dringen, eingeatmet an einem weit entfernten Ort und ausgeatmet in mein Ohr, als läge er immer noch in meinen Armen. Oder aber es gibt einen erwachsenen Mann, der irgendwo lebt, wo ich noch nie war, aufgezogen von jemand anderem, einer anderen Frau, und an mich hat er keine Erinnerung. Und dann wäre da noch Sonja, die weiter ihr Leben lebt, die immer weitergemacht hat und jetzt offenbar eine im Puzzle der Noten verschollene Musikologin ist.

Arnold und ich hatten sie in Sicherheit bringen wollen, wie man wichtige Dokumente in einem Banktresor deponiert. Für die Dauer des Krieges sollte sie in England bleiben und dann zu uns zurückkehren. Im Rückblick war es eine unmögliche Idee, ein Kind so bereitwillig abzugeben, wie man einer Wohlfahrtsorganisation einen Pullover überlässt. Als würde ich meine Füße mit der Axt pflegen. Wir hatten ihr eine Puppe geschenkt, mit der sie reden sollte, eine Puppe, der sie meinen Namen gab: ein kleines Spielzeug namens Fania. Zwei Monate später erreichte uns die Nachricht, dass Sonja sich eine Krankheit zugezogen hatte. Die Wörter *Krankheit zugezogen* haben mich immer an die Bedürfnisse eines Kindes erinnert. Ein Verlangen nach Liebe, ein Verlangen, mit ihren kleinen Händen nach deinen großen Händen zu greifen, ein Verlangen nach dir, das Verlangen nach Papa, ein Verlangen, den Hunden in den Garten nachzulaufen, das Verlangen, Klavierspielen zu lernen, um später für dich spielen zu können, wenn du alt bist und Musik in deinem Leben brauchst, das Verlangen nach deinem alten Schmuck, ein Verlangen nach deiner Magie und Schönheit und Jugend und schließlich ein Verlangen nach allem. Aber keins danach, sich eine *Krankheit zuzuziehen*. Nicht diese Wörter, die auch fünfundzwanzig Jahre später immer noch nicht geklärt sind. Sonja wäre heute dreiunddreißig Jahre alt. In dem Alter bestieg ich in Triest ein Schiff, ging in der Hitze unter Palmwedeln und im Geruch des Meeres einen Landungssteg entlang und hoffte auf etwas, für das ich keinen Begriff hatte. Heute denke ich, dieses Etwas war das, was ich neulich gesehen habe, eine Version meiner selbst, verschont und noch nicht verschlungen vom Unglück, der Schimmer eines Lebens, in dem ich spätnachts nicht in ein Telefon spreche, dieses nutzlose Gerät, in dem mir bislang noch niemand jemals geantwortet hat.

Ich finde mich ständig im Zoo des Parks wieder, wo die Elefanten träge unter Feigenbäumen stehen und mich trübsinnig anglotzen. Dort plage ich mich mit dem Gedanken, ob diese Tiere, die als Gattung mit Liedern um ihre Toten trauern und ihre Verwandten begraben, sich auch vorstellen können, an zwei Orten auf der Erde gleichzeitig zu leben – zum einen vielleicht an der Stelle, an der sie gefangen wurden, auf welcher saftigen, hitzegeplagten Savanne auch immer sie zuletzt gelebt haben, und zugleich hier, in diesem Dauerwinter, diesem ewigweißen Montreal.

Ich erzähle Hermann davon, als er mir einen Becher mit warmem Zimt-Tee bringt, in den er eine Zuckerstange gestellt hat, die er irgendwo aufgetrieben und für genau diesen

Moment aus der Tasche gezogen und ausgewickelt hat. »Dann zieht der Tee besser«, sagt er. »Wir sind ja auch erwachsen, und es gibt niemanden, der uns verbietet, so viel Zuckerzeug zu essen, wie wir wollen.«

Das ist seine Art, mir zu sagen, dass ich aufhören soll, über solche Unmöglichkeiten nachzudenken. Nachdem er sich hingesetzt hat, ist er lange still, zu lange, über den Punkt hinaus, bis zu dem die Situation entspannt ist. Und ich denke, dass er ganz offensichtlich ein schöner Mann ist. Oder genauer gesagt ist klar, dass er ein sehr schöner junger Mann gewesen sein muss. In seinem Gesicht gibt es etwas, das auch Arnold hatte, eine gewisse Schüchternheit, das Fehlen jeder Grausamkeit. Er ist nervös. Zu spät verstehe ich schließlich das Ausmaß seiner Nervosität.

Er greift zu einer viereckigen Papierserviette auf dem Tisch, faltet sie für mich so, dass sie zu einem Elefanten mit aufgerichteten Stoßzähnen wird. »Wie deine Freunde im Zoo«, sagt er und schiebt ihn zu mir über den Tisch. Und ich nehme ihn, behalte ihn für immer, habe ihn nun schon seit vielen Jahren bei mir, seit vielen zukünftigen Menschenaltern, wo ich mich nun befinde und dir schreibe. Und er erzählt mir, dass er einmal von Elefanten, einer Mutter mit einem Kind, die über einen Hügel auf ihn losstürmten, aufgeschreckt wurde. Er glaubt, dass das in Ostafrika war, und er würde mir gern eine Reise dorthin spendieren, damit ich es mit eigenen Augen sehen kann, aber dafür hat er kein Geld. Allein schon die Zuckerstange hat ihn fast ruiniert, und außerdem sind die Elefanten beinahe ausgerottet, weil so viele Männer wie er den Frauen ihres Lebens eine hübsche Reise dorthin bezahlen.

»Und ich bin die Frau deines Lebens?«, frage ich.

»Ganz genau«, sagt er. »Du bist die einzige Person, die ich in dieser Stadt kenne. Meine einzige Freundin.«

»Ich glaube, das geht mir genauso«, sage ich.

»Aber ich bin dir gegenüber nicht ganz ehrlich gewesen, Fania«, sagt er.

Ich erwarte, dass er nun sagt, dass er gar nicht meine Hilfe gebraucht hätte, um Englisch zu lernen. Dass er von Anfang an nur so getan hat. Dass wir schon längst den Punkt überschritten hätten, an dem ich es hätte merken müssen, den Unterricht sofort hätte beenden und mich der nächsten Person, die in dieser kalten Stadt verloren und sprachlos war, hätte widmen müssen. Ich erwarte, dass er sagt, dass er Englisch schon die ganze Zeit beherrscht habe, dass er es länger spreche als ich, dass er es sogar schon in seiner Kindheit gesprochen habe, dass sein Vater aus dem Norden Chicagos stamme und zum Malereistudium nach Wien gekommen sei und dass er in seiner Heimat in der Leopoldstadt der 1920er-Jahre dafür bekannt gewesen sei, Francis Feebles Zeile aus *Heinrich IV* zu zitieren, dass nämlich *ein Mann nur einmal sterben kann. Wir schulden Gott einen Tod* – das alles gestand er mir erst später. Aber ich greife vor.

»Ich habe dir ja gesagt, dass ich nicht nach Wien zurückkehre«, sagt er.

»Nicht für alles Geld der Welt, dachte ich.«

»Nicht für Geld. Für Geld bestimmt nicht. Für andere Dinge schon. Natürlich für meine Kinder. Für meine Frau, ja. Für meine alte Wohnung, in der meine Bücher waren, mein Hund, meine warmen Decken, meine Schallplattensammlung, Fotografien meiner Freunde. Dafür schon. Für Geld? Nicht für Geld! Geld ist das Letzte, für das ich zurückkehren würde.«

»Du bist also nach Wien zurückgekehrt? Darüber hast du mir nicht die Wahrheit gesagt?«

»Ich wollte es. Ich habe es oft versucht. Als ich die ganze

Zeit herumgefahren bin«, sagt Hermann zu mir, »habe ich die Heimat umkreist. Immer dichter und dichter, aber zurück habe ich es nie geschafft.«

Er zieht einen Stift aus seiner Jackentasche und zeichnet auf der Papiertischdecke zwischen uns eine verblüffend genaue Karte Europas, komplett mit den neuerdings besetzten Städten, an die ich mich erinnere, weil ich sie als Mädchen besucht habe - Leipzig, Dresden, Potsdam. »Ich habe mich oft planlos treiben lassen. In die Türkei etwa. Da war ich dann also, fuhr in großen Kreisen von Ankara nach Izmir und suchte Entspannung auf der Terrasse eines großen internationalen Hotels, in dem all die Schönen und Reichen sich mit starken, glitzernden alkoholischen Cocktails betranken. Aber ich konnte mich nicht entspannen. Also schwang ich mich wieder auf mein Motorrad und fuhr zum Beispiel nach Antalya, wo ich mich wieder zu entspannen versuchte beim Anblick des Mittelmeers, das tiefblau ist, ein Spiegel des Himmels. Das Blau aller Blaus dieser Welt konzentrierte sich auf diesen einen Nachmittag, und angesichts des Wassers stellte ich mir vor, meine Frau und meine Kinder wären irgendwo in Jaffa an einem Strand ganz ähnlich meinem Strand und hielten genauso Ausschau nach mir wie ich nach ihnen. Natürlich eine Fantasie. Meine Frau hat das Meer nie gesehen. Sie hieß Elma. Sie hat ihr ganzes Leben in Wien verbracht. Sie hatte aber lebhafte Vorstellungen vom Meer. Wie es riechen würde, wie sie sich ihm zu Ehren anziehen würde, wenn sie es zum letzten Mal sehen würde. Wie sie sich dem Wasser nähern würde. Zaghaft würde sie das tun. Weil es kalt sein würde. Und vorsichtig, weil man nie weiß, wie tief das Wasser und wie stark die Strömung ist.

Auch meine Kinder waren begeistert vom Meer. Mein Sohn Viktor schlief mit einer Muschelschale, die er geschenkt bekommen hatte. Er hielt sie mir entgegen und fragte, ob das mit dem Geräusch wahr sei. Ich hatte das Meer auch noch nie gesehen, aber vermutlich musste ich ihm gesagt haben, dass ich es kannte. Eine väterliche Lüge. Klingt es wirklich so?, fragte er. Und ich hielt mir die Muschel ans Ohr und sagte: Ja, genau. So ist das mit einer Muschel, sie ist ein Teil des Meeres, das man mitnehmen und behalten kann. Wenn wir zusammen hinfahren, sagte ich zu ihm, kannst du dir zur Erinnerung an den Tag auch einen Teil mitnehmen. Und die Muschel wird immer so klingen wie das Meeresrauschen an dem Tag, an dem du da gewesen bist.

Was wusste ich denn schon? Ich dachte, dass das Meer nun mal so war. An unserem letzten Abend, als wir in einem Zimmer zusammengepfercht waren mit einem Dutzend anderer Leute in der kleinen Wohnung, in die man uns gebracht hatte, sah ich, dass mein Sohn diese Muschel mitgenommen hatte. Von all seinen Habseligkeiten und Schätzen hatte er ausgerechnet diese Muschel mitgenommen. Sie half, ihn zu beruhigen. Er war mein Ältester. In meiner letzten Erinnerung an meinen Sohn, einer Erinnerung, die ich tausendmal durchlebt habe, so oft, dass ich sie, wenn ich will, auch jetzt wachrufen kann, hält er sich beim Einschlafen diese Muschel ans Ohr. Mein süßer Junge. Die letzte Nacht, in der er wie ein menschliches Wesen schlief.«

Er redet so leise, als spräche er im Schlaf.

»Und daran dachte ich also, als ich mich in Antalya am Meer wiederfand und glaubte, Viktor müsse da draußen am Strand von Haifa oder Jaffa in einer Welt sein, die einen wie Viktor aufnimmt, einen Jungen, der einmal im Radio Klavier gespielt hat und beim Weltuntergang eine Muschel mitnimmt. Und so empfinde ich den Drang, ihn aufzuspüren. Deshalb habe ich in Jerusalem gesucht. Denn eines Tages in der Türkei am Strand meinte ich, ihn jenseits des Wassers gesehen zu haben. Es ist mir peinlich, das laut auszusprechen, Fania. Urteile nicht über mich. Aber ich stand da am Strand und blickte hinaus, und ich schwöre, dass er meinen Blick erwiderte. Töricht, ich weiß. Verrückt, ich weiß. Und natürlich suchte ich in Haifa, in Jaffa, in Eilat und konnte ihn nirgends finden. Aber als ich dann am Strand von Eilat übers Rote Meer in Richtung Akaba blicke, sehe ich dort meinen Jungen mit seiner Muschel stehen und lauschen, und also fahre ich dahin. Ich fahre mit dem Motorrad durch die Wadis, wo ich ihn nicht finden kann. Ich fahre tagelang, erreiche in Musandam die Straße von Hormus und erblicke den Oman, ein Geflimmer, eine Fata Morgana, vielleicht gar nichts, vielleicht alles. Und immer so weiter, achtzehn Jahre lang, auf der Jagd nach diesem Bild, das stets jenseits des Wassers vor mir auftaucht. Wenn man meine Route nachzeichnen würde«, was er zwischen uns auf dem Tischtuch in Form eines gestrichelten Kreises um ein Herz tat, »würde man sehen, dass ich Wien in einem Orbit umkreist habe.«

Als er fertig ist, wiederholt er sich: »Ich habe dir nicht die ganze Wahrheit gesagt.«

Ich sage, dass ich nicht verstehe, was er mir erzählt, und er sagt auf Deutsch, dass er nicht nach Montreal gekommen ist, weil ihm Kanada so gut gefällt oder weil er eine besondere Vorliebe für Schnee und eisige Temperaturen und sterile Cafeterien hegt.

Das ist alles, was er dazu sagt, ein Satz darüber, warum er nicht nach Montreal gekommen ist. Und nichts weiter über dieses Thema, so lange wir uns kennen, und das sind schon viele Jahre.

»Willst du mir denn jetzt sagen, warum du dich so in Schale geworfen hast?«, frage ich.

Er hat auf meine Frage gewartet. Er lehnt sich auf dem Stuhl zurück. »Wieso in Schale?«

Ich unterdrücke ein Lächeln. »Würdest du gern von mir hören, dass du gut aussiehst?«

»Nicht, wenn es gelogen ist«, sagt er.

»Du bist unmöglich«, sage ich.

»Sehr möglich«, sagt er. Er kneift sich selbst. »Höchst persönlich. Beides, möglich und real.«

»Also, was jetzt?«, sage ich. »Der Pullover. Dein akkurater Scheitel. Das Parfüm.«

»Grünes Wasser nennt sich das. Als ob man gern danach riechen würde. Grünes Wasser.«

»Du möchtest also bloß Komplimente hören.«

»Dafür müsste ich mir ja nicht gleich so viel Mühe machen, Fania«, sagt er. »Dass du dich hier einmal die Woche mit mir triffst, ist Kompliment genug. Ich habe aber eine Überraschung für dich. Komm mit nach draußen.«

Wir gehen durch die Hintertür hinaus. Das Wetter ist brutal. Was er mir mitgebracht hat, steht vor dem hell erleuchteten Fenster einer Apotheke. Es ist blau, glänzend und alt, wird aber so lange funktionieren, wie ich es brauche.

»Ich habe es für dich zusammengeschraubt«, erklärt er und zeigt auf das Motorrad, das er für mich repariert hat. Er vermutet, dass ich zwar nicht ohne Weiteres ein Motorrad annehmen würde, weil, wie ich es einmal formuliert habe, es völlig reicht, dem Tod einmal entronnen zu sein, dass ich jedoch ein Motorrad akzeptieren würde, das er für mich ganz persönlich hergerichtet hat. Hinten hat er zwei Stützräder angebracht. »Damit du nicht hinfällst«, sagt er. Wie ein Kinderfahrrad. Er zeigt auf den Sitz. »Da wäre dann auch noch die Platzfrage«, sagt er. »Genug Platz für mich. Genug Platz für uns beide.«

Weil ich nicht weiß, was ich sagen soll, sage ich, dass unser Unterricht längst fällig sei. Dass die Kommission auf Fortschritte warte.

»Unser Unterricht«, sagt er.

»Unser Englischunterricht«, sage ich.

»Natürlich. Der Unterricht. Ich muss mein Englisch lernen.«

»Deswegen sind wir schließlich hier.«

»Ja«, sagt er. »Das ist der einzige Grund, warum wir hier zusammen sind.«

»Der einzige Grund.«

Sein Akzent wird nun stärker. »Für das Lernen von der Sprache Englisch. Hermann hat Schwierigkeiten. Braucht Lehrerin.«

»Ja«, sage ich lächelnd. »Die brauchst du sicherlich.«

Und würdest du mir glauben, Leser, wer auch immer du sein magst, wo auch immer du das liest, dass drinnen an unserem Tisch Hermanns Papierelefant zwischen uns zu schweben anfing, dass in dieser dunklen und kalten, die ganze Nacht über geöffneten Cafeteria ein aus Papier gefalteter Elefant uns zu umkreisen begann?

Eine Sache wäre da noch:

Am nächsten Morgen erscheint sie wieder.

Mein Körper, meine Haare, der Duft meines damaligen Lieblingsparfüms, mein Ehering, mein alter Akzent, mein altes Lachen, Geschichten über meine Tochter, meinen Ehemann, meine Wohnung, über die diese Frau mit Vergnügen spricht und die sie als Zufluchtsort bezeichnet. Sie kennt Details meines Zuhauses, die ich vergessen habe. Zum Beispiel auf der Hausrückseite eine Wirkung des Sonnenlichts während der Morgenstunden, wenn man die Sommerhitze durch die Fenster spürt. Oder auch ein lockeres Brett an der Treppe, die von der Küche zum Schlafzimmer führt. Es stört sie immer noch, und es stört auch meinen Mann.

Als ich festgenommen wurde, als sie festgenommen wurde, auf den Monat genau vor fünfundzwanzig Jahren, schimpfte der Polizist, der uns abführte, der uns an den Haaren über diese Treppe hinabzerrte, dass wir im Haus eine derartige Gefahr zuließen. Weiß sie das, oder weiß sie es nicht mehr? »Was ist das Scheißproblem mit euch Juden, dass ihr nicht mal eine sichere Scheißtreppe habt? Zu geizig, sie zu reparieren? Zu sehr damit beschäftigt, Wien mit euren Krankheiten und eurer Profitgier und eurer Blutsaugerei zu zerstören, um eine Treppe in Ordnung zu halten?«

Er war gekommen, um uns unser letztes Essen zu rauben, war um Mitternacht gekommen, um unsere Butter zu stehlen, die er mit der Hand aus dem Eisschrank wischte, um unsere Lebensmittelkarten zu stehlen, die er ins Feuer warf. Er fasste mich an der Schulter und fragte: »Wo wollt ihr hin, wohin soll ich euch auf dieser Welt schicken? Ihr habt die Wahl, heute ist euer Glückstag«, sagte er, und aus irgendeinem Grund sagte ich New York, ein Fantasieort. Er war derjenige, der mir den Ring wegnahm, diesen Ring, den ich jetzt sehen kann und in dem sich der ganze Raum spiegelt.

»Diese Treppe«, sage ich zu der Frau, »das klingt ja wirklich problematisch.«

»Ein kleiner Schönheitsfehler«, sagt sie, »in einem ansonsten hübschen Haus. Falls Sie je nach Wien kommen sollten, müssen Sie uns besuchen. Kommen Sie einfach vorbei. Ich zeige Ihnen die Stadt, zeige Ihnen, was wichtig, was notwendig, was anregend ist.«

Sie redet davon, wie müde sie ist. »Ich habe in Montreal überall nach dem perfekten Geschenk gesucht«, sagt sie.

Als ich sie frage, für wen sie es kaufe, sagt sie, dass es für ihre Enkelin sei. »Anya«, sagt sie, ein Name, den ich dann wiederhole, ein Name, den ich wiederholen werde, bis ich alt bin, ein Name, den ich gewiss noch ins Leere hinein wiederholen werde.

»Eben erst geboren«, sagt die Frau zu mir. »Ich habe ein Foto in meiner Handtasche im Zimmer gegenüber. Wir waren dabei, als sie geboren wurde«, sagt sie. »Das ist ganz unvergleichlich. Nichts auf der Welt, nirgendwo auf der Welt, kommt dem ersten Schrei gleich.«

»Ihre Enkelin«, sage ich.

»Ein Wunder«, sagt sie.

»Jedes neugeborene Kind ist ein Wunder«, sage ich.

Dabei denke ich an Hermann. Wenn ich ihm das erzähle, wird er mir versichern, dass nichts davon wahr sein könne, dass es nur das Reale gebe, den Druck meiner Haut auf der Haut dieser Frau, die, wie sie sagt, immer noch durch

Schmerz elektrisiert sei, immer noch unter einer Spannung stehe, die sie nicht schlafen lasse. »Der Schmerz macht mich wahnsinnig«, sagt sie zu mir. »Ich sehe Dinge, die gar nicht da sind, Menschen, die nicht da sind, sehe doppelt«, sagt sie. »Kennen Sie das?«, fragt sie. »Dieses Gefühl?«

Ohne um Erlaubnis zu fragen, hat sie sich auf meinen Tisch gelegt. Das ärgert mich. Der Tisch ist mein Reich, will ich sagen. Der einzige Ort auf der Welt, an dem meine Gesetze gelten. Auch die Zeit ist meine Zeit, und was mit deinem Körper geschieht, bestimme ich. Aber hier bin ich, sind wir, ist sie nun, streckt sich vor mir aus, beschreibt noch einmal das Ausmaß ihrer Schmerzen. Und als sie das tut, geht mir ein Licht auf, Hermanns Stimme erklingt, und mich durchzuckt ein Augenblick der Klarheit. Diese Frau ist keineswegs eine Version meiner selbst, sondern die Frau, die an meine Stelle getreten ist. Die Hausfrau, der ich damals während jener ersten Wochen in Wien gefolgt bin, die in dem Haus lebte, in dem ich lebte. Ich ziehe ihr den Ring vom Finger. Ich tue das und sage, dass sie während der Behandlung keinen Schmuck tragen dürfe. »Ich muss Ihnen das abnehmen«, sage ich in einem Englisch, von dem ich weiß, dass sie es nicht versteht. Im Licht sehe ich, dass der Ring nicht mein Ring ist und es auch nicht sein kann, die Wahrscheinlichkeit ist minimal. Keine Chance eigentlich. Gleichwohl hat der Ring in meiner Hand nun meinen Ring ersetzt. Verschwunden ist jede Erinnerung, die ich an meinen Ring gehabt habe. So funktioniert das Gedächtnis. Was früher existiert hat, wird ersetzt, überblendet.

»Ihre Tochter«, sage ich. »Wie war doch noch mal der Name? Sonja, nicht wahr?«

»Sophia«, sagt sie.

»Gestern haben Sie Sonja gesagt. Eine Musikologin, haben Sie gesagt.«

»Sie heißt Sophia. Sie ist Naturwissenschaftlerin.«

»Gestern haben Sie gesagt, dass sie Musikologin ist.«

»Ich weiß nicht mal, was eine Musikologin ist«, sagt sie auf Deutsch, die ganze Zeit schon das Deutsch meiner Kindheit. »Ich glaube, Sie verwechseln mich mit jemandem.«

»Und Ihr Ehemann«, sage ich. »Sein Name ist Arnold?«

»Alexander«, sagt sie.

»Nicht Arnold?«

»Wer ist Arnold?«, fragt sie.

»Arnold ist mein Ehemann.«

»Ihr Ehemann ist nicht mein Ehemann«, sagt sie.

»Gestern haben Sie gesagt, er heißt Arnold.«

»Und gestern sind Sie wie eine Wahnsinnige hier rausgerannt«, sagt sie. Sie räkelt sich auf dem Tisch. »Ich zahle für diese Zeit«, sagt sie. »So wie ich auch gestern für die Zeit gezahlt habe.«

»Haben Sie einen Sohn?«, frage ich.

»Über meinen Sohn möchte ich nicht reden.«

»Was ist mit Ihrem Sohn passiert?«

»Wir können jetzt mit der Massage anfangen«, sagt sie.

»Wurde Ihr Sohn verhaftet?«

»Wurde *Ihr* Sohn denn verhaftet?«, fragt sie.

»Wie lautet die Adresse des Hauses, in dem Sie wohnen?«

»Ich habe starke Schmerzen«, sagt sie.

»Genau wie ich.«

»Können wir mit der Behandlung anfangen?«

»In welcher Straße wohnen Sie?«

»Können wir jetzt bitte?«

»Ist es die Herminengasse?«

»Warum wissen Sie so viel über mich?«

»Sagen Sie mir die Hausnummer.«

»Können wir bitte anfangen?«

»Ist es Nummer elf?«

»Hören Sie auf«, sagt sie.

»Wieso denn?«

»Weil Sie die Antworten schon wissen«, sagt sie.

»Und woher wissen Sie, was ich weiß?«

Schließlich steigt sie hinunter vom Tisch und hält sich das Steißbein, während sie sich aufrichtet. Eine Erinnerung kommt zurück. Die Frau, die im Kaufhaus Neumann die Kleider befingert. Die Frau im Küchenfenster, die einen dampfenden Teebecher in der Hand hält und teilnahmslos die Ruinen anstarrt. Ich erinnere mich an die Regeln: Da draußen sind sie, Arnold und Sonja und Moses. Und obwohl sie jenseits von mir in anderen Räumen, in anderen Zügen sind und obwohl ich ihre Geschichten hören kann, die sie mit ihren klaren Stimmen weiter und weiter in ihre anderen Zukünfte hinein erzählen, sind sie nicht hier.

»Hausfrau«, sage ich.

»Tja, was machen wir nun?«, sagt sie, steht unbekleidet vor mir. »Was werden Sie mit mir machen, da Sie mich jetzt haben?«

BLAUE STÄDTE

New York, 2000

MOSES

Falls jemand fragen sollte, falls es irgendwen interessiert und falls ich lange genug leben sollte, möchte ich meinem Enkel etwas über den Gesichtsausdruck vermitteln, mit dem er mich ansah, als wir uns zum ersten Mal begegneten. Ein Ausdruck des Wiedererkennens, aber auch der Freude, als ob er mich wissen lassen wollte, dass er soeben die erstaunlichste Reise absolviert hatte. Er war erst einige Stunden alt. »Setz dich mal für einen Moment hin«, schien Eli mir zu sagen, »mach's dir bequem, pass mal einen Augenblick auf, Opa Moses, denn ich habe eine tolle Geschichte für dich. Hörst du zu, Opa Moses? Du wirst nicht glauben, was ich eben gesehen habe!«

Vielleicht wusste er schon, dass ich zu dem Ort unterwegs war, von dem er grade gekommen war. Wenn nicht jetzt sofort, dann zumindest bald oder früh genug, wer weiß, irgendwann in der Zukunft, in der nahen Ewigkeit, im Schlaf in einer warmen, nicht mehr fernen Nacht, in Träumen, im Flug, in einem letzten Rest täglicher Liebe, die in dieser späten Stunde zu empfangen ich mich vielleicht glücklich schätzen darf.

Einige Stunden vor der Geburt meines Enkels stand ich allein mit der Mutter seines Vaters, seiner Großmutter Žofie, in der leeren Krankenhauskapelle, einem kleinen Raum mit Blick auf die Lindenbäume im Central Park. Für einen kurzen Moment in einem anderen Leben, an einem Ort, der mir lange wie eine andere Welt vorgekommen war, hatten Žofie und ich zusammengelebt, als wir Studenten in Prag waren, an einem Ort, an dem wir heftig ineinander verliebt waren und wo wir in den Nächten, in denen die Regierung die Stromversorgung unterbrach, Zukunftspläne in unsere Notizbücher schrieben, die wir unter den Bodendielen versteckten. Diese Pläne unterschieden sich in gewisser Weise nicht völlig von der Szene, die man erlebt hätte, wenn man an jenem Morgen in die Kapelle gekommen wäre und gesehen hätte, wie wir unsere Köpfe aneinanderschmiegten und ihre Hand nach meiner griff. Wir beteten nicht. Oder vielleicht doch. Mir scheint, dass ich nach all diesen Jahren immer noch nicht gelernt habe, wie man richtig betet oder wie es sich anfühlt, ohne jede Hoffnung auf Antwort etwas Wichtiges von der Welt zu erwarten. Als wir unsere Köpfe zusammenschmiegten, hatte ich das Gefühl, dass die Zeit keine Rolle mehr spielte und das Baby, das wir erwarteten, eher unser Baby als das Baby unserer Kinder war und dass die dazwischenliegenden dreiunddreißig Jahre nicht vergangen und wir immer noch dieselben beiden Menschen in derselben Wohnung in Josefov waren, wo sie mir alte Lieder vorsang, die sie von ihrer Mutter gelernt hatte. Tschechische Volkslieder. Ich wusste, dass sie keine gute Stimme hatte, eine Stimme, die sie liebte, eben weil sie so schlecht war, und die ich immer noch hören kann, wenn ich mir Mühe gebe.

Draußen im Park versuchte eine Gebetsgruppe aus der Nachbarschaft, eine Frau schweben zu lassen. Es war mitten an einem Vormittag Mitte Juli, die Mitte für Elis Anfang und die Mitte des Endes für mich. Die Gruppe belästigte fast schon den ganzen Vormittag Passanten damit, dass sie ausprobieren sollten, in einen Schwebezustand versetzt zu werden. Sie standen damals oft vor dem Krankenhaus, suchten nach wehrlosen Kranken, nach Leuten, denen nicht mehr zu helfen war. Bei manchen Patienten war das offenbar nicht schwer zu erkennen.

»Geht es Ihnen gut?«, fragten sie. »Haben Sie einen Augenblick Zeit, können wir Ihnen helfen, fühlen Sie sich wohl in Ihrem Körper, sind Sie bereit, sich für einen Moment davon zu lösen? Es dauert nur fünf Minuten Ihrer kostbaren Zeit, es tut nicht weh, kommen Sie einfach mit, kommen Sie gleich hier mit in den Park, legen Sie sich ins Gras. Für fünf Dollar lassen wir sie fünfzehn Zentimeter hoch schweben, für zwanzig Dollar heben wir Sie einen Meter achtzig hoch. Wir sind vorsichtig, wir werden Sie nicht verletzen, lassen Sie uns über Ihrem Körper beten, schließen Sie die Augen, ja, genau so, schließen Sie die Augen. Sagen Sie uns, sobald Sie den Geist in sich spüren, sagen Sie es einfach.«

In der Mitte der Gruppe lag eine Frau, etwa so alt, wie meine Tochter damals war, am Boden auf dem Rücken. Von unserem Standpunkt aus, viele Stockwerke über ihr, konnten wir ihren Gesichtsausdruck sehen: amüsiert, aber auch voll hoffnungsfroher Erwartung.

Žofie schüttelte darüber den Kopf und murmelte in einem ruhigen Tschechisch, von dem sie wusste, dass ich es noch verstand, auch wenn ich so tat, als wäre dem nicht so, dass sie verrückt wären und außerdem alle hier drinnen genauso verrückt wären, ihre dummen Kinder, meine dummen Kinder, allesamt über die Maßen verwöhnt, und dass auch das Krankenhauspersonal verrückt wäre, die Schwestern mit Sicherheit und die Ärzte erst recht. »Wie schwierig ist es denn«, fragte sie, »im einundzwanzigsten Jahrhundert ein Kind zur Welt zu bringen? An so einem Ort! In einem Palast! Zimmer um Zimmer voller Computer! Mit Robotern! Was für eine irrsinnige Zukunft! Wissen die eigentlich, wo ich meine Kinder zur Welt gebracht habe? Unter welchen Bedingungen?«

Als wir jünger waren, habe ich gesehen, wie sie vor dem Hauptbahnhof um ihr Leben rannte, als Soldaten das Feuer eröffneten. Ich sollte hinter ihr herlaufen, neben ihr, aber ich tat es nicht. Alle um sie herum gingen zu Boden, Freunde von uns und sie auch. Zwanzig Jahre lang habe ich sie nicht mehr gesehen, bis sie und ihr Sohn in New York vor meiner Tür standen. Ich hatte logischerweise geglaubt, dass sie getötet worden war. Ich hatte es ja gesehen. Eine Kugel traf sie im Bein. Ich sah, wie sie danach griff. Dann starb sie direkt vor mir - oder jedenfalls meinte ich, dass sie starb.

Vor dem Krankenhaus hatten sich alle, die komplette Gebetsgruppe, gemeinsam auf den Rücken ins Gras fallen lassen, um den Schwebezustand zu erreichen. Vielleicht waren sie auch nur ins Gras gesunken, um sich von der schweren Arbeit zu erholen, die die ausbleibende Levitation mit sich brachte. Ich beobachtete eine Frau etwa meines Alters, auf deren Gesicht ein Ausdruck von Glückseligkeit, aber auch von Unterwerfung lag, eine Miene, die danach verlangte, genommen, emporgehoben und für immer und über allen anderen in einem Zustand zwischen physischem und psychischem Leben gehalten zu werden.

»Sieh dir das an«, sagte ich, berührt von dem, was ich sah. »Sieh nur, wie glücklich sie ist.«

Žofie wandte sich mir zu. »Du bist immer schon empfänglich gewesen für Schwachsinn«, sagte sie. »Das ist dein größter Fehler im Leben.«

»War ich deshalb empfänglich für dich?«, fragte ich im Versuch, einen Scherz zu machen.

Hinter uns im Warteraum war unsere ganze Familie versammelt, mehr als ein Dutzend von uns.

»Ja, so ist es«, sagte sie leise. »Natürlich.«

Dies aus heiterem Himmel. Und irgendwie Wunder über Wunder.

Das war im Mount Sinai Hospital. Überall, wo ich in diesen zwei Tagen hinging, warteten wir auf Elis Geburt, und die Leute wollten darüber Witze mit mir machen. »Fühlst du dich schon wie zu Hause, Moses? Hat sich dir das Gesicht Gottes in Gestalt eines Getränkeautomaten gezeigt? Hast du im Brummen einer Klimaanlage Offenbarungen vernommen? Hast du mal einen Augenblick Zeit, Moses, um mir von deiner Erfahrung mit dem Pharao zu erzählen? Hast du Botschaften erhalten, von denen du uns berichten willst? Zusätzliche Gesetze und Testamente, die Gott uns übermitteln will? Hast du wirklich das Meer geteilt, oder war der Wasserstand nur einfach sehr, sehr niedrig?«

Und wahrscheinlich war es auch nicht gerade hilfreich, dass ich in diesen Tagen einen Gehstock hatte, den ich zwar gar nicht wollte, aber mein Schwiegersohn bestand darauf, dass ich ihn benutzte, und wenn ich damit herumlief, hob ich ihn gern hoch, als würde ich auf eine Herde warten. Wer weiß, warum ich das tat? Wenn man so lange wie ich mit diesem Namen lebt, ist das Hochheben eines Gehstocks vielleicht etwas ganz Natürliches. Und wahrscheinlich empfanden die anderen es auch nicht als normal, dass ich ständig gedankenverloren etwas vor mich hin murmelte. Was würdest du tun, wenn man dir in einem Gebäude wie dem, in dem wir uns befanden, auflauern würde, und zwar in einem Flügel der Zukunft, der wir noch nicht begegnet waren, während wir uns um unsere einzigen Kinder und unser erstes Enkelkind sorgten?

Zu meiner Verteidigung sei gesagt, dass wir uns in einem hoch gelegenen Stockwerk befanden, in der zwanzigsten Etage, ein wahrer Gipfel mit Ausblicken über Randall's Island und Throgs Neck bis zum Sund von Long Island, über den Boote kamen und gingen. Kondensstreifen durchzogen die Atmosphäre, und ein Junge ließ mit seinem Vater einen Drachen steigen. Und in der Nacht, bevor Eli kam, fand ich mich vor dem Fenster wieder und versuchte zu sehen, was nicht gesehen werden kann. Und das meint das Leben, das ich gemeinsam mit Žofie verbracht hätte, wenn ich weggerannt wäre und wenn die Russen irgendwie nicht geschossen hätten, oder das Leben meiner Freunde, die an jenem Tag vor dem Bahnhof neben Žofie hergerannt waren.

Freunde wie Ambrož, der seine Gedichte in den Saum seiner Hose eingenäht hatte - Gedichte nicht über die Regierung, die zu verstecken er gewiss für notwendig gehalten hätte, sondern Gedichte über Schönheit und Begehren, zum Beispiel ein Gedicht über das Gemälde einer Meereslandschaft, das er einmal gesehen hatte, eine ganz normale Meereslandschaft. Über dieses Gedicht hatte ich jahrelang nachgedacht. Wenn man dicht an das Gemälde herangeht, schrieb Ambrož, dann sieht man, dass der Strand nicht aus Sand, sondern aus Müll besteht. In dem Gedicht sagt er dem Leser, wie sehr er dies Gemälde geliebt hat, wie er Stunden davor verbracht hat, so wie man in einem Museum ja immer hofft, ein Gemälde zu finden, das in gewisser Weise bereits in uns selbst eingezeichnet ist. So ein Gemälde in der Welt zu finden bedeutet, eine Art Wiedererkennen zu erleben, ein Echo seiner selbst in der Kunst. In dem Gedicht verlässt Ambrož das Museum nur deshalb, weil sein Geliebter stundenlang nach ihm gesucht hat. »Wonach suchst du denn immer noch in diesem Bild?«, fragt er.

Am Abend zu Hause fällt Ambrož mit einem Mal auf, dass er sich nicht daran erinnern kann, wer das Bild gemalt hat. So viele Stunden, und er hat entweder nicht nach der Signatur gesucht, oder es war ihm so gleichgültig, dass er sich nicht erinnert. Sofort nach dem Aufwachen am nächsten Morgen eilt er mit einer Kamera wieder ins Museum. Er will das Bild festhalten, damit er es bei sich hat, wann immer er sich in Erinnerung rufen muss, wie es ist, einen Teil seiner selbst außerhalb seiner selbst zu finden. Aber das Gemälde ist nicht da. Nicht an der Stelle, an der er gestern gestanden hat, nicht im Raum daneben, nicht in der Galerie neben dieser Galerie, nicht auf der Etage über dieser Etage.

»Es war hier«, sagt er zu einem älteren Herrn, der erwidert: »Ich bin schon vor dem Krieg in diesem Raum gewesen, mein Sohn, und das Gemälde, von dem Sie reden, hat nie existiert. Wer würde denn überhaupt so ein Bild malen wie das, von dem Sie reden?«

Tag für Tag kehrt Ambrož zurück in die Galerie, in den Raum, in dem er am ersten Tag so viel Zeit verbracht hat. Er kehrt zurück, weil er glaubt, dass er das Gemälde wiederfindet, das ihn in Bann geschlagen hat, und dass das Bild wieder auftauchen wird, bis er es auf seine Weise überall zu sehen meint, an Wänden, an denen keine Gemälde hängen, über anderen Gemälden, im Durchgang zwischen Galerien, in den Plejaden, in den Augen eines Geliebten, der ihn anfleht, das Geschehene zu vergessen, dieser Verwirrung zu entsagen, diesem Glauben an ein Bild, das er gesehen hat, dessen Existenz aber niemand bezeugen kann.

An jenem Tag hatten wir uns vor dem Bahnhof zu einer Gruppe zusammengeschlossen und bildeten einen Kreis. Wir wollten alle zugleich losstürmen, und jeder von uns sollte in einer anderen Richtung an den beiden Panzern vorbeilaufen, die die Sowjets vor dem von ihnen besetzten Bahnhof in Stellung gebracht hatten. Unser Plan bestand darin, das Gebäude, die Züge, die Transportlinien, den Zugang hinein und hinaus, die Reisefreiheit zurückzuerobern. Von dort aus würden wir dann die Stadt und das Land befreien. Daran glaubten wir. Eine unserer Freundinnen war die Tochter eines einflussreichen städtischen Offiziellen, dessen Stimme wir oft im Radio hörten, wenn er gewisse Forderungen an unsere Überzeugungen formulierte. Sie war deshalb sehr nervös, zu unserer Gruppe zu gehören, und als wir uns trennten und losrannten, blieb sie, genau wie ich, einfach stehen, eine Entscheidung aus dem Moment heraus, nicht eher, keineswegs Ergebnis der Stunden, die ich an dem Morgen damit verbracht hatte, eine Nachricht an meine Mutter zu schreiben, eine Nachricht, die dem, was ich hier niederschreibe, nicht unähnlich war und in der ich mit meinem sicheren Tod rechnete.

Nach den Schüssen sah meine Freundin mich an, berührte meine Hand und sagte: »Moses, los jetzt, Moses, lauf.« Und als sie das sagte, rannte sie bereits los wie alle anderen, eine Entscheidung, die sie vorher wahrscheinlich für unmöglich gehalten hatte, die aber nun, nachdem wir alle getötet worden waren, durchaus nicht mehr unmöglich zu sein schien. Und also begann sie zu laufen – geradewegs auf den Platz in Richtung der aufgereihten Panzer und der auf den Panzern hockenden Soldaten, die alle viel jünger waren als wir, zum Haupteingang des Bahnhofs. Augenblicke später war auch sie ermordet.

Auf dem Foto, das von diesem Tag publiziert wurde, ein Foto, das in sämtlichen Zeitungen erschien und ein paar Tage später vom Propagandaministerium freigegeben wurde, sah man die Leichen meiner Freunde, aber mich nicht. Ich war wegretouchiert worden. Mitten auf dem Platz lag meine

Freundin, deren Vater ein wichtiger Radiomann war, eine Freundin, die mich in ihren letzten Momenten um etwas gebeten hatte, was ich verweigerte. Neben ihr lag Ambrož, seine Gedichte an seine Haut gedrückt und nirgendwo anders auf Erden. Und ganz eindeutig war da auch Žofie. Sie lag mit geschlossenen Augen auf der Seite, als schliefe sie in unserem meilenweit von dieser Stelle entfernten Bett in der zweiten Etage eines alten Gebäudes, in einer Wohnung, in der unsere geheimen Zukunftspläne unter den Dielen versteckt waren und in der es oft nach gekochten Äpfeln roch. An der Wand neben den hinteren Fenstern hatten wir Fotografien unserer Eltern aufgehängt, Fotografien, die ich nicht mehr abholen konnte, weder meine noch ihre, weil nach diesem Morgen weder sie noch ich zurückkehrten.

Aber wo war ich eigentlich geblieben? Noch Tage später durchstreifte ich die Stadt auf der Suche nach verschiedenen Versionen des Bilds aus der Zeitung, in der Hoffnung, mich selbst so wiederzufinden, wie ich gewesen war, nämlich an der Außenwand eines Cafés lehnend, bereit, in den Bahnhof zu stürmen, gekleidet wie wir alle mit weißem Hemd und weißer Hose. Wir hatten mit Blutvergießen gerechnet und unsere Kleidung so gewählt, um es deutlich zu machen, und hatten auch geplant, unsere Leichen zu fotografieren.

Ich war jedoch nirgendwo. Das alles ergab nur eine weitere Erklärung für mein Verhalten: Ich bin nicht losgelaufen, weil ich gar nicht da war. Ich muss Versionen jenes Morgens dutzendfach gesammelt haben, jedes Bild des Moments, Bilder, von denen ich wegretouchiert wurde durch ein peinlich genaues Verfahren von Männern und Frauen mit Vergrößerungsgläsern, mit Pinzetten, kleinen Scheren, Männer und Frauen in Büros, nicht weit von der Stelle, an der ich Tage später saß und Beweisen für mein eigenes Ich nachjagte. In all den unterschiedlichen Varianten suchte ich nach Fehlern, nach einem Hinweis auf mich selbst, nach ein paar Zentimetern herumschwebender Haut meines Halses oder auch meiner Finger, die aus der anderen Welt wieder auftauchten. Statt meiner war da aber nur eine Wand, eine ganz normale Wand, und nicht die geringste Andeutung, dass hier etwas nicht stimmen konnte.

»Ich war dabei«, erzählte ich Monate später einmal einer Freundin in einer Wohnung unweit des Bahnhofs. Ich hatte das Bild, die Stelle, die normale Wand, auf die ich deutete und meinen Umriss nachzeichnete. »Stell dir vor«, sagte ich, »dass ich hier war. Stell dir vor, dass ich an diesem Punkt war, von dem ich genau weiß, dass ich dort war.«

Meine Freundin hielt sich das Bild dicht vors Gesicht. »Aber du warst nicht da.«

»War ich doch«, sagte ich.

»Warst du nicht.«

»War ich doch«.

»Was kapierst du nicht?«, fragte meine Freundin. »Du warst nicht bei dem Bahnhof. Irgendwo hat jemand dafür gesorgt, dass es so ist. Das ist die offizielle Version - du warst nicht da, wo du glaubst oder sogar sicher bist, gewesen zu sein. Vielleicht haben sie sich geschämt, dich nicht getötet zu haben. Vielleicht haben sie noch die Absicht, dich später zu töten. So oder so ist es ein Geschenk von den Leuten, die alles sehen können. Ein Geschenk, das du annehmen solltest.« Sie gab mir das Bild zurück. »Was siehst du jetzt?«, fragte sie. Das ist eine Frage, die ich mir jahrelang gestellt habe. »Weil ich nur eine Wand sehe«, sagte sie. »Ziegelsteine, weiße Farbe, nichts, und das bedeutet, dass nichts, was an jenem Tag dort war, wirklich existierte und dass nichts von dir und deinen Freunden bleiben wird.«

Sogar jetzt, da ich es aufschreibe, um mich selbst von dieser Wahrheit zu überzeugen, scheint es möglich zu sein, dass ich an dem Tag, an dem mein Leben enden sollte, aus der Geschichte herausgeschnitten und durch nichts ersetzt wurde, mit einer Mauer zwischen mir selbst und meinem Leben, eine Mauer, die ich nie würde überwinden oder durchbrechen können oder mich gegen sie lehnen. Genauso, wie ich mich daran erinnerte, dass ich an jenem Tag mit all unseren Freunden und mit der Großmutter meines Enkels genau in dem Moment ausruhte, bevor wir alle getötet oder auch nicht getötet wurden, Zitronentee tranken, Billie Holiday *They Can't Take That Away From Me* singen hörten, eine Stimme aus einer Welt, die keiner von ihnen je besuchen würde.

In der Nacht suchte uns eine Krankenschwester im Wartebereich auf. Wir dachten, dass der Moment gekommen und Eli da sei. Es würde jedoch noch stundenlang dauern, erklärte die Schwester. »An Ihrer Stelle«, sagte sie, »würde ich nach Hause gehen, etwas schlafen, eine lange, heiße Dusche nehmen. Kommen Sie am Vormittag wieder. Auf der Startbahn herrscht viel Verkehr, wenn Sie wissen, was ich meine, und der Flug verspätet sich«, sagte sie. Dann lachte sie über sich selbst.

Neben mir begann Žofie, auf Tschechisch zu fluchen. »Wer ist diese Person mit so schrecklichen Witzen? Was ist das für eine Person, die sagt, dass eine Frau in ihren Geburtswehen wie ein Flugzeug mit Maschinenschaden ist? Was für eine schreckliche Sorte Mensch reißt so einen Witz? Warum sind wir von so vielen Vollidioten umzingelt?« Žofie fasste mich am Arm. »Ich hätte vor dreißig Jahren auf der Straße sterben sollen, dann müsste ich jetzt nicht in einer Zukunft leben, in der auch diese Frau mit ihren furchtbaren Witzen lebt!«

Ich lächelte der Schwester zu. »Meine alte Freundin möchte, dass ich Ihnen sage, dass sie dankbar für all Ihre harte Arbeit ist und weil Sie sich so gut um unser Enkelkind kümmern.«

»Ach, das ist ja nett«, sagte die Schwester. »Sagen Sie ihr, dass ich es gern tue.«

»Kannst du ihr auch sagen«, sagte Žofie, »dass Männer von Panzern aus auf mich geschossen haben, viele Männer, mit sehr großen Gewehren, und dass erschossen zu werden vergleichsweise angenehmer zu ertragen ist als die Qual, die sie mir antut.«

»Meine gute Freundin«, sagte ich zu der Schwester, »möchte auch, dass ich Ihnen sage, dass sie Ihre Freundlichkeit und die regelmäßigen Informationen über Marthas Fortschritte schätzt. Es fällt uns sehr schwer, die ganze Zeit zu warten, das können Sie sich ja denken, und wir sind verständlicherweise besorgt und nervös.«

»Na ja«, sagte die Schwester, »Ihre Tochter gibt ihr Bestes, und Ihr Enkelkind ist unterwegs. Versprochen. Ein wunderschönes Enkelkind. Sie werden sehen.«

Žofie stand langsam auf. Sie hatte immer noch eine Kugel im Knie. Wenn man die Hand auf die Stelle legen und die Haut straff ziehen würde, könnte man ein komplettes kleines Geschoss sehen, das, wie sie immer geglaubt hatte, im Flug vom Luftzug anderer Kugeln abgelenkt worden war, sie dort getroffen hatte und dann zwischen Teilen ihres Knies stecken geblieben war. Im Lauf der Jahre wuchs ihre Kniescheibe darum zusammen, bedeckte und verbarg es so, wie sie einmal zu mir sagte, wie die Geschichte jede neue Kindergeneration umrankt, die in so einem Krankenhaus geboren wird, nichtsahnend, dass Kugeln unübersehbar in Mauern, unter ihren Füßen, in den Knien ihrer Großmütter stecken.

»Wer mir ein Krankenhaus mit einer Cocktailbar baut, macht mich zu einer glücklichen Frau«, sagte Žofie, hielt sich an mir fest, um nicht das Gleichgewicht zu verlieren. Sie redete Englisch mit dem Akzent tschechischer Internate, dann das Elsass, dann Barcelona, dann Tanger, gewisse Apartments in Hafennähe, Schlafzimmer, in denen sie über amerikanischen Zeitungen brütete, sie sich nachts laut vorlas im unmittelbaren Nachglühen ihres erzwungenen Weggangs aus Prag, vor Fenstern, wo sie Briefe an alle schrieb, die nicht überlebt hatten, an unseren Freund Ambrož, an unsere Freundin, deren Vater im Radio sprach, Briefe, die sie wegen der Zensur nie abschickte, die sie jedoch Jahre später wieder mit nach Prag brachte, um sie dort im Boden der Häuser ihrer Mütter zu begraben. Sie pflegte ihr Knie mit Salbe, die sie in der Küche ihres Apartments in Tanger selber herstellte, an einem Ort, wo sie nicht lange, nachdem sie auf dem Platz vor dem Bahnhof angeschossen worden war, Amado begegnete: ein Student, ein Verseschmied, ein angeblich ganz wunderbarer Sänger, einer, den ich lediglich von einem Foto kannte, das an der Wand überm Nachttisch ihres Sohnes hing, darauf ein junger Mann vor einem Mikrofon, den Mund zum Singen geöffnet, in einem Augenblick der Verzückung. Zu dem Zeitpunkt, als Žofie mit ihrem Sohn Felix vor meiner Tür in New York erschien, im Sommer 1988, war Amado verschwunden, verwickelt in Zusammenhänge, die, wie ich nach und nach verstand, mir vertraut vorgekommen wären, wenn ich von ihnen gehört hätte, was jedoch viele Jahre lang nicht der Fall war.

Als wir an jenem Abend das Krankenhaus verließen, dachte Žofie an Amado. Wir liefen lange in Richtung Süden am Park entlang, durchquerten ihn und setzten uns schließlich auf die Plaza beim Lincoln Center, wo wir durch die offenen Bühnentüren die Musiker spielen hörten. Eine preiswerte Methode, ein gutes Konzert zu hören, die einzige Methode, die ich mir in jungen Jahren und neu in Amerika leisten konnte. Es war der Schluss von Mozarts *Requiem,* das *Lacrimosa,* Musik vom Ende, die letzte Musik in Mozarts Leben.

Žofie erzählte mir, dass Mozarts Schwägerin, die nie die Momente seiner letzten Stunden vergessen konnte, ihre Erinnerungen an seinen Tod etwa fünfunddreißig Jahre danach aufgeschrieben und berichtet hätte, dass das Letzte, was Mozart in seinem Leben getan hätte, der Versuch gewesen wäre, mit den Lippen den Klang der Pauken in seinem *Requiem* zu formen. Ich kann es immer noch hören, schrieb sie.

»Er hat das gern für mich gespielt«, sagte Žofie und meinte Amado. Wir saßen auf einer niedrigen Steinmauer vor dem Konzertsaal. Es war ein warmer Abend, vom Fluss wehte der Wind herüber, und ich hatte uns zum Essen Pasteten und Wein gekauft. »Als Felix geboren wurde«, sagte Žofie, »hatten wir eine Wohnung auf einem Hügel in der Medina, dicht beim Hotel El Minzah, in dessen Hof ich verheiratet wurde unter einer Chuppa, die meine Schwägerin für uns bestickt hatte. Wenn das Baby nachts unruhig war, spielte er das *Requiem* oft leise auf der Stereoanlage und nahm dann Felix' Hand und ließ ihn die Schwingungen des Lautsprechers spüren, während sich die Platte drehte. ›Das ist Mozart‹, sagte er dann zu ihm. Ich habe jetzt seinen Gesichtsausdruck vor Augen, wie er da so steht in unserem alten Apartment mit dem orangefarbenen Teppich, in dem ich das Gefühl hatte, mein Leben würde noch einmal neu beginnen. Mein Amado, vierundzwanzig Jahre alt, an den Schläfen schon graue Haare. ›Sprich es mit mir aus‹, sagte Amado zu Felix. ›*Most-art*.‹ In seinem Akzent klang das so, aber gegen diese neue Aussprache hatte ich nichts einzuwenden. Wohl gemerkt, Felix ist ja ein Baby. *Most-art*. Ganz frisch auf dieser Welt. Kann noch kaum etwas mit den Augen fixieren. *Most-art*. Und da ist mein Ehemann, mein sehr junger und sehr süßer und dummer Mann, der noch nie etwas Böses erlebt hat, trägt unseren Sohn vor der Brust und versucht, ihn *Mozart* sagen zu lassen, bevor er *Mama* sagen kann. Er war überzeugt, er würde Felix von Anfang an programmieren können, ihn indoktrinieren, ihm die Sprache großartiger Kultur einflößen, wie man einem Kind seine Muttersprache einflößt. Das war gut, glaube ich«, sagte Žofie.

»Aber hätte ich Beerdigungsmusik für mein kleines Baby ausgesucht? Und insbesondere diese? Konnte ich das überhaupt noch länger als großartige Kultur verstehen? Zu der Zeit, Moses, hatte ich genug von Deutschland und Österreich, von Deutschen und Österreichern, von der Musik Deutschlands und Österreichs, von allem, was mich an meine Kindheit erinnerte, an die alte, tote Welt und all ihre musikalischen Heiligen. Ich konnte es nicht vermeiden, in den schönsten Melodien Schritte zu hören. Militärische Melodien, Märsche, martialische Musik, die Musik industriellen Mords, die Harmonie von Gewehrsalven, der Kontrapunkt von Türen, die aus den Angeln gesprengt werden. Und außerdem habe ich es oft erlebt, dass Leute wie Amado, die die Musik derart lieben, deren ganze Leidenschaft solche Musik ist, einen präzisen Zusammenhang mit ihrer eigenen Tragödie empfinden. Einmal im Monat weckte Amado mich und sagte, dass er das Gefühl habe, bald sterben zu müssen. Er übermittelte mir diese Information stets mit höchster Genauigkeit und in einer Seelenruhe, die ich gespenstisch und auch sehr grausam fand. Ungefähr so: ›Žofie, wach auf, Žofie, habib albi. Herzallerliebste, meine schöne Braut, bist du wach? Ich habe eine Neuigkeit, ich sterbe. Das ist wahr, der Engel Azrael ist gekommen, ich bin schon fast tot, wirklich, dein süßer Adonis von einem Ehemann ist praktisch ein toter Mann, und du wirst schon bald Witwe sein. Ich habe eine Geschwulst entdeckt‹, sagte er manchmal, und das sollte heißen: ›Ich habe höchstwahrscheinlich einen Tumor, einen Tumor an meinem Rückgrat, einen Tumor in meinen Nerven, einen Tumor in meinem Blut.‹ Und das bedeutet, ich bin nicht mehr lange für dich da, für unser gemeinsames Leben, für unseren Jungen. Oder: ›Gestern hat mich im Souk eine Frau so angeschaut, als wollte sie mir sagen, dass in mir eine Dunkelheit wächst.‹ Und das bedeutet natürlich einen Tumor, eine Schwellung, eine Arterie, die gleich platzen wird.

Wie hätte ich so einen Mann ernst nehmen können, Moses? Ich kann dir sagen, kurz nach unserer Hochzeit, als wir noch im Jichud-Raum waren, sagte ich das zu ihm, sagte es ihm direkt ins Gesicht, dass ich nicht glaubte, ihn jemals ernst nehmen zu können, weder in Gesundheit noch in Krankheit, wenn er immer so weitermachte mit dem Gejammer über sich selbst. Schließlich steckte eine Kugel in mir! Auf mich war geschossen worden! Eine ausländische Regierung hatte versucht, mich zu ermorden! Ein Mann hatte von einem Panzer aus das Feuer auf mich eröffnet, und er hatte sein Ziel nicht verfehlt! Und du hast also Bauchschmerzen, Amado? Na toll! Versuch's mal jahrelang mit einer Kugel im Knie! Versuch mal, es jedes Mal zu spüren, wenn du eine Treppe hochsteigst! Versuch mal, jahrelang davon zu träumen, dass dieses Geschoss jeden Moment in dir explodieren kann! Versuch das mal! Und du bist derjenige, der im Sterben liegt! Versuch mal, dein Kind mit dem Klumpen in deinem Knie, der wie ein Geschoss aussieht, spielen zu lassen! Und, wie du wissen dürftest, Moses, es gibt in Tanger viele, viele Treppen. Eine ganze Stadt aus Treppen. Ein ganzes Leben lang zum Himmel emporklettern und zurück zur Erde.

Und was passiert dann, Moses? Ich hätte genau wie du geglaubt, einen Mann geheiratet zu haben, der unter seiner Angst vor der Welt leidet, ein verzerrter Wirklichkeitssinn, wie mein Vater, so wie auch du früher warst, so wie all unsere alten Freunde waren. Dies Gefühl, zum Tode verurteilt zu sein, überkam ihn nur morgens. Nachts war er ein ganz normaler Mann, mein normaler Amado, den die Klarheit wieder eingeholt hatte. Als er nicht mehr bei mir war, verstand ich allerdings, dass ich mich falsch verhalten hatte. Ich hätte ihn ernster nehmen, ihn besser schützen, in wärmere Decken wickeln müssen, in eine bessere Rüstung. Ich hätte wissen sollen, dass er, wenn er Felix an seiner Brust trug, ein Ohr zur Welt, ein Ohr zu seinem Herzen, die Musik der Welt mit der Musik seines Herzschlags verheiratete. Auf diese Weise würde Felix, wann immer er diese Musik hörte, immer in der Lage sein, die Gegenwart seines Vaters in der Welt zu spüren.

Ich hätte Hexerei lernen sollen«, sagte sie schließlich. »Ich hätte tun sollen, was auch immer unsere Mütter zu tun pflegten, wenn sie die Welt davon abhalten wollten, das zu machen, von dem sie wussten, dass sie es machen würde.«

Žofie legte ihre Hand auf meine. »Ich glaube, er wusste in seinem Innersten, was ihm passieren würde«, sagte sie. »Genau wie Ambrož.«

Das war das erste Mal, dass sie mir gegenüber Ambrož erwähnte. »Als ich das erste Mal wieder nach Prag kam«, erzählte sie mir, »sah ich ihn in einer Pizzeria, wo er mit den Händen Teig knetete, und er war genauso alt, wie ich ihn von früher kannte. Mir blieb das Herz stehen, als ich ihn wiedererkannte. Am nächsten Tag sah ich ihn jedoch vor der Residenz des Präsidenten beim Schloss stehen. Er machte als Tourist Fotos. Und ich sah ihn«, sagte sie zu mir, »ich sah unseren süßen Ambrož auf einem Fahrrad in der Zborovaská Straße, und ich sah ihn an der Rezeption des Hotels, in das ich mich einquartiert hatte, ein sehr vornehmes Hotel, weil ich ja inzwischen eine wohlhabende amerikanische Professorin war, eine Expertin für die Literatur diverser romanischer Sprachen. Und ich war natürlich eine Jüdin, ein Wort, mit dem man mich nach Jahrzehnten zum ersten Mal wieder auf dieser Reise ansprach, in einem Restaurant, nicht weit von der Stelle entfernt, an der ich angeschossen worden war, und zwar von einem kleinen, älteren Mann, der meine Anwesenheit in seiner Stadt - er sagte das genauso: *meine* Stadt - als Beleg dafür verstand, dass das Ungeziefer wieder da war, die Seuche wieder begonnen hatte, so wie man beim Anblick von Ameisen auf der Fensterbank aufstöhnt.

Erinnerst du dich noch an ihn?«, fragte sie mich. »An unseren Freund, den Dichter? Ambrož?«

Inzwischen war das *Lacrimosa* zu Ende, und wir lauschten den Teilen des *Requiems,* die Mozart nicht komponiert hatte, sondern die von Freunden und Rivalen vollendet worden waren, wie seine Frau Constanze berichtet hatte. Sie brauchte das Geld zum Überleben und marschierte im Winter nach dem Tod ihres Mannes mit der Partitur unterm Arm durch Wien, klopfte an Türen und bat die Leute, die sie kannte, sich vorzustellen, wie ihr Mann es wohl gemacht hätte. Tut einfach so, als wärt ihr Mozart, muss Constanze vermutlich zu diesen Leuten gesagt haben, stellt euch einfach vor, ihr wärt er, mein Mann, seid einfach für einen Augenblick Mozart, versetzt euch in ihn, setzt euch ans Klavier und versetzt euch in den Kopf meines Mozarts.

»Ich habe ziemlich oft an ihn gedacht«, sagte Žofie und meinte Ambrož, »besonders daran, wie er in diesen letzten Monaten war, im Frühling, bevor die Panzer kamen. Er hatte sich zum ersten Mal verliebt. Weißt du das noch, Moses? Wenn ich mich recht entsinne, war es jemand, den er im Museum kennengelernt hatte, und er, Ambrož, staunte über die Erschütterung durch Liebe, über seine eigene Fähigkeit zu lieben. Und ich erinnere mich, dass er an einem Abend, als wir draußen am Fluss spazieren gingen, eine neue Jacke anhatte, die ihm sein Freund aus dem Westen hereingeschmuggelt hatte, aus London, glaube ich. Und er sagte zu mir, verliebt zu sein fühle sich für ihn so an, als hätte er soeben ein Echo der Welt empfangen, und dass er bis dahin seine Einsamkeit als eine Art des Schweigens verstanden habe, als etwas, an das er sich gewöhnt habe, so wie man sich an die Stille auf dem Land gewöhnt, eine Version der Welt, die er als Heimat verstand. Aber nun war der Lärm eingedrungen, die Fenster zur Straße geöffnet, und damit ging ein Gefühl für Wechselwirkungen einher, das er damals nur als Echo verstehen konnte. ›Ich habe all diese Töne in die Welt gesetzt‹, sagte er zu mir, ›all diese Gedanken, die sich seit meiner Kindheit ins Schweigen gerettet haben, sind endlich zu mir zurückgekehrt.‹ An diesem Tag an der Moldau«, sagte Žofie, »hat er zu mir gesagt, wenn es einen olympischen Wettbewerb für die Liebe gäbe, dann wäre die Tschechoslowakei gut beraten, ihn in die Mannschaft zu berufen, so gut sei er darin, in der Liebe.

Ich habe ihn ausgelacht, Moses, und gesagt, dass alle Verliebten dies Gefühl haben, dass Liebe eine Projektion der besten Bilder liefert, die man von sich selbst hat. Und wahrscheinlich klang das angesichts seiner Entdeckung sehr herablassend und rüde. Und ich habe oft bereut, ihm gegenüber diesen Ton angeschlagen zu haben. Ich hätte ihm wahrscheinlich eine schlechte Definition der Liebe geliefert, die Definition von einer, die mehr verloren als gewonnen hatte. Aber er blieb unbeirrt. ›Du hältst mich für blöde‹, sagte er, ›aber es stimmt schon, ich bin in der Liebe ein Meister. Ich wüsste nicht, wie irgendwer darin besser sein könnte als ich. Ich bin in der Liebe der Allerbeste, den es je gab.‹«

»Als ich zum ersten Mal wieder nach Prag kam«, sagte Žofie zu mir, »habe ich es getan, weil ich dachte, ich könnte Felix mit mir nach Hause bringen. Wir konnten schon längst nicht mehr so miteinander reden, wie ich es mir gewünscht hätte. Sein Tschechisch war schrecklich, ist immer noch schrecklich, wird immer schrecklich bleiben. Ich habe jahrelang mit ihm geredet, ihm vorgelesen, Sprachunterricht bezahlt, ihn angefleht, ihm Schuldgefühle vermittelt, ihm gesagt, dass er seine Mutter nie wirklich kennenlernen würde, wenn er nicht meine Sprache lernen würde, ihm schließlich erklärt, dass ihn nach meinem Tod eines Tages mein Geist heimsuchen und nur Tschechisch zu ihm sprechen würde und sonst gar nichts, aber trotzdem keine Reaktion meines Sohns, nur Gestammel, Geräusche, furchtbare Geräusche. Er kann auch nichts vom Arabisch seines Vaters, auch kein Ladino, kein Spanisch. Sein Deutsch klingt, als würde jemand erwürgt. Irgendwo in Südfrankreich leben Papageien, die besser als mein Sohn in der Lage sind, Französisch zu sprechen. Es ist sonnenklar, dass er auch keine Ahnung von Ungarisch oder Russisch oder Hebräisch hat. Also blieb uns nur Englisch, das mir wie die Sprache einer Fernsehwerbung vorkommt, als wollte man mir Seife verkaufen, und jemand sagt, dass ich nicht sauber genug bin, zu schmutzig für höflichen Umgang. Oder es erinnert mich an diverse politische Funktionäre, die am Rednerpult der Vereinten Nationen ernste Bemerkungen über Atomwaffen machen, und zwar auf Englisch, weil Englisch die Sprache der Warnungen ist, der kollektiven

Angst, der Flugbahn von Geschossen, der roten Linien. So wollte ich nicht immer mit meinem Sohn reden.

Weil ich jetzt eine wohlhabende Jüdin war, konnte ich mir das schickste Apartment in Prag leisten, die Häuser in Staré Město, der Alstadt, auf die ich als Mädchen immer neidisch war, praktisch einen Palast. Ein Stückeschreiber war Präsident geworden! Das konnte ja nicht so schlecht sein. Aber wohin ich auch kam, war Ambrož. Niemand sonst. Du auch nicht, Moses, obwohl ich dich in jedem Zimmer suchte, das ich betrat. Und ich spürte ganz intensiv die Möglichkeit, dass, wohin ich auch kam, du nur wenige Minuten von mir entfernt wärst, dass du im selben Moment um die Ecke kommen könntest, in der ich um die Ecke kam, die Version von dir, neben der ich am letzten Morgen unseres Lebens aufgewacht war. Statt deiner oder Valerie oder Tomas oder Claude oder Theodora oder sonst jemand war es Ambrož, nur er, überall, an jedem Ort, wartete auf mich an dem Tisch, den ich reserviert hatte, stand im Flur zum Zimmer, das ich gemietet hatte. Und weißt du, was er zu mir sagte, wohin auch immer ich ging, wohin auch immer ich Felix mitnahm? Weißt du das, Moses?«

In diesem Moment begann sich die Konzerthalle zu leeren. Eine Menschenmenge trat hinaus auf die Plaza. »Nacht für Nacht in jeder Stadt der Welt«, sagte Žofie, »stirbt Mozart auf der Bühne. Sein Totenbett ist wieder auferstanden und für uns sichtbar auf die Bühne geschoben worden, und wenn du die Augen schließt – Amado glaubte allen Ernstes daran –, findest du ihn vielleicht irgendwo in deinem Inneren, *Mostart*. Und die Leute bezahlen dafür, das zu sehen, neben ihm in seinem Sterbezimmer zu sein. So gesehen hat sein Tod für Hunderte von Jahren dafür gesorgt, Konzertplätze zu verkaufen. Das ist, wenn man es recht bedenkt, doch eine überaus erstaunliche Tatsache«, sagte sie.

Žofie bat mich, ihr beim Aufstehen zu helfen, und als ich das tat, sagte sie: »Ich gehe jetzt nach Hause.«

Wie ich wusste, bedeutete das, dass ich sie in einem Taxi zu ihrer Wohnung begleiten sollte. Wenn es sich verhindern ließ, war sie nicht gern allein. Allein mochte sie keine dunkle Wohnung betreten. Sie verbrachte auch die letzten Stunden des Tages nicht gern in Schweigen. Ich verstand das, ohne sie fragen zu müssen. Sie wohnte in der Nähe, Richtung Norden und dann nach Westen am Fluss entlang, in einer geräumigen Wohnung, die von der Universität bezahlt wurde, weil sie ja nun eine wichtige Dekanin war, eine Königin der Geisteswissenschaften, geschätzt für ihre Vermittlungskompetenz, aber auch für ihre Fähigkeit, jede erdenkliche Sprache lesen zu können.

»Weißt du, was gar nicht schön ist?«, fragte sie. »Die Aufsicht über mehrere Gelehrte der Geisteswissenschaften zu führen. Das ist fast so, als müsste man den Parteitag eines kleinen sowjetisch besetzten Satellitenstaats überwachen. Jede Menge codierte Sprache, viele Männer in schrecklichen braunen Anzügen, ein beträchtliches Quantum stummer Angst vor der Machart der eigenen Ideen. Es ist nicht falsch, was Kissinger über Akademiker sagte«, sagte sie zu mir, obwohl ich gar nicht wusste, was Kissinger gesagt hatte.

»Im Allgemeinen stelle ich fest, dass mir die Leute in der Regel schon zuhören, und wenn sie es, warum auch immer, nicht tun, weil sie bockige Kinder sind oder weil sie mich für eine vergrämte, kleine Frau mit einem komischen Akzent halten oder weil sie den Verdacht hegen, dass ich weiß, dass ihre Ideen in der Tat abgeschmackt und beschämend sind. Dann zeige ich ihnen die Kugel in meinem Knie. Ich mache das mindestens einmal im Jahr. Ich hebe meinen Rocksaum an, um ihnen das kleine Geschoss in meinem Körper zu zeigen, und erzähle ihnen, wie ich zwanzig Stunden lang auf dem Bahnhofsplatz gelegen habe, als ich jung war und mich tot stellte, und wie ich ein weißes Bettlaken über mich zog, das weiße Laken des Todes. Und dass ich, als das passierte, eine Weile, einige Stunden lang, wirklich glaubte, dass ich gestorben war und dass der Tod ganz anders war, als ich gedacht hatte, dass er dem Leben durchaus ähnlich war, nur mit weniger Bewegung und mit starken Schmerzen in meinem Knie. Und wenn das passiert, beispielsweise wenn wir uns über Budgetverteilungen streiten oder darüber, welche armseligen, mittelmäßigen Besucher sie empfangen wollen oder welcher Professor welches Büro bekommt, dann erzähle ich immer vom Laken des Todes, Moses. Und wenn ich das mache, halten sie den Mund und lassen mich bestimmen, wo es langgeht.«

In ihrer Wohnung machte sie uns Tee in einem neuen Elektrokessel. »Ich habe jetzt nur noch die angesagtesten Haushaltsgeräte«, sagte sie, bestaunte den Kessel, an dem es keinen Schalter gab, und ich dachte, dass er Ähnlichkeit mit den ersten Weltraumkapseln des Apollo-Programms hatte: ewig auf der Abschussrampe, gelegentlich Dampf ablassend, immer in Erwartung abzuheben. »Er erkennt meine Fingerabdrücke«, sagte sie und zeigte mir, wie es funktionierte. »Die alte Agitatorin in mir hat den Verdacht, dass der Kesselproduzent wahrscheinlich etwas Unappetitliches mit all diesen Informationen macht, meine Fingerabdrücke in einem dieser riesigen Datenspeicher ablegt, sodass mir demnächst, schlussendlich und unausweichlich irgendein schreckliches Verbrechen untergeschoben wird und ich vor einen Richter gezerrt werde, der mich fragt, wo ich an einem bestimmten Datum war, und Fotografien präsentiert, auf denen ich eine mörderische Waffe halte. Aber«, sagte sie, »ich bin es leid, auf alles paranoid zu reagieren. Und außerdem kocht dieser Kessel das Wasser sehr, sehr schnell, derartig schnell, Moses, dass ich, wenn ich irgendwie Zeitreisen absolvieren könnte, damit zurückreisen würde, um ihn in Novograd-Volhynia meiner Urgroßmutter zu zeigen, einer Frau, die vermutlich die meiste Zeit ihres Lebens in Töpfe, Kessel und Bottiche geschaut und darauf gewartet hat, dass sie endlich kochen. Stell dir so ein Leben vor und sag mir dann nicht, dass wir hier in diesem Leben keine Zauberei erfunden haben!«

Wir waren in ihrem Wohnzimmer im dreißigsten Stock. In allen Wänden gab es Fenster, die auf alle Seiten Manhattans wiesen, aber, wie sich herausstellte, zumeist in Richtung von Wasser, was ich zu verstehen glaubte, weil ich nun seit dreißig Jahren in der Stadt lebte, allerdings irgendwann das Gefühl dafür verloren hatte, auf einer Insel zu sein. Žofie lehnte sich in einem Sessel mit Blick auf den Hudson zurück, auf dem tief unter ihr Frachtschiffe vorbeizogen und wir Hunde in New Jersey erkennen konnten, oder die Schatten von Hunden oder vielleicht nur die Vorstellung von Hunden, die am Fluss entlangliefen.

»Die Rollos sind auch elektrisch. Sieh mal«, sagte sie und bewegte mithilfe eines anderen Knopfes die Rollos wie durch Zauberei auf und ab. »Mein Bett ist auch elektrisch. Wenn ich will, dass es sich bewegt, bewegt es sich, hebt meinen Kopf an, sodass ich bequemer lesen kann, senkt morgens meine Füße abwärts, macht alles – außer mich wie ein Baby zu wiegen. In meinem Kissen gibt es einen Lautsprecher, Moses, und der spielt, was ich will, wenn ich schlafen gehe, was auch immer ich will.«

Sie griff zu einer kleinen Fernbedienung, drückte auf einen Knopf, und aus dem Kaminsims hob sich ein Fernsehbildschirm. »Sieh dir das an«, sagte sie nun leicht angeberisch,

»mir ist es egal, was die Leute sagen«, erklärte mir Žofie, »ich liebe die Zukunft. Ich liebe den amerikanischen Exzess. Ich bin eine begeisterte Kapitalistin geworden. Ich begrüße die Roboter. Wie könnten die denn wohl auch schlimmer als die Menschen sein? Sieh dir dies Leben an! Ich habe ein Bett, das sich bewegt, und Rollos, die sich von selbst schließen, und ein Kino in meinem Wohnzimmer. Als ich noch klein war, hat meine Mutter zu mir gesagt, dass ich, wenn ich je nach Hause käme und merken würde, dass sich die Möbel von selbst bewegen, dass ich dann weglaufen müsse und den Rabbi suchen, weil es im Haus spukt und Geister am Werk sind. Und, weißt du, Moses, ich bin bereit zu glauben, dass, jawohl, dass ich eine Fernbedienung habe, die meine Rollos auf und ab gehen lässt, aber auch, ja, dass Geister am Werk sind, dass meine Familie hier bei mir ist, alle unsere alten Freunde, Mama und Papa, und ich sie eben gebeten habe, sich um die Rollos zu kümmern, und dass sie hier bei mir sind und auf mich aufpassen.«

Vielleicht ist es nötig zu sagen, dass wir inzwischen betrunken waren, möglicherweise schwer betrunken, vielleicht sogar sturzbetrunken. Ja, an dem Tag vor der Geburt meines Enkels haben sich seine alten Großeltern, die in einem anderen Leben in Liebe zusammengelebt hatten, noch einmal gemeinsam betrunken: Wein auf der Plaza am Lincoln Center, mehr Wein auf dem Rückweg, Becherovka aus großen Gläsern, als wir an Žofies Fenstern standen, sicher und geborgen mehr als hundert Meter über dem Erdboden und den Touristenhubschraubern zusahen, die über dem Wasser tuckerten.

Schließlich rief das Krankenhaus an. Unsere Hoffnung stieg. »Mehr Probleme auf der Startbahn«, erklärte die Schwester. »Das Verkehrsaufkommen hat unsere schönsten Pläne durchkreuzt. Wir hoffen«, erklärte sie außerdem, »dass die Verkehrspolizei kommt und die Startbahn räumt.«

Neben mir hörte Žofie mit, und ihre Empörung wuchs. »Die beharren ja ziemlich stur auf diesen Metaphern«, sagte sie.

Wir wechselten uns gegenseitig ab, unsere Kinder anzurufen. Zuerst hatte Žofie Felix am Telefon. Er klang träumerisch, verzückt, schon ganz hingerissen von seiner Vaterschaft. Als wir mit meiner Tochter Martha sprachen, klang sie zugegebenermaßen wie eine frustrierte Passagierin, schlaflos in einem Flugzeug, das längst seine Ankunftszeit überschritten hat, teilnahmslos aus einem dunklen Fenster auf eine Landschaft starrend, die sich zu verändern weigert.

»Wann hört das endlich auf, Papa?« Sie redete auf Deutsch, eine Sprache, die sie nur benutzte, wenn sie verhindern wollte, von anderen verstanden zu werden. Sie hatte die Epiduralanästhesie abgelehnt, wollte alles fühlen können, aber jetzt, nach vierundzwanzig Stunden Wehen, hatte sie an dem Versprechen, das sie sich selbst gegeben hatte, zu zweifeln begonnen. Weil es so lange dauerte, das Kind zur Welt zu bringen, war sie auf der Geburtshilfestation zu einer Attraktion geworden. Da es sich um ein Ausbildungshospital handelte, das mit einer medizinischen Hochschule kooperierte, hatten die Ärzte sie gefragt, ob sie zum wissenschaftlichen Fortschritt und dem allgemeinen Wohlergehen aller zukünftigen Mütter beitragen wolle, indem sie Studenten erlaubte, sie zu beobachten.

»Das Zimmer«, sagte sie immer noch auf Deutsch, »ist rappelvoll. Diese ganzen Fremden, all diese jungen Studenten, glotzen mich an und schütteln die Köpfe und machen sich besorgte Notizen auf ihren Klemmbrettern. Einer nach dem anderen tritt vor, um meinen Muttermund zu skizzieren. Ich halte das nicht mehr aus. Mach, dass der Junge rauskommt, mach, dass es aufhört.«

Als das Gespräch vorbei war, wusste Žofie genau, dass ich

mir Sorgen machte. »Hör mal, Moses«, sagte sie, »ich habe bei zeitweisem Stromausfall in einer Badewanne eine Geburt absolviert. Ich bin mir ziemlich sicher, dass der Arzt erst elf Jahre alt war.« Sie zuckte mit den Schultern. »War es wunderbar? Nein. Hat es schlimmer geschmerzt, als angeschossen zu werden? Sehr viel schlimmer, ja. Hat der kleine Junge von einem Arzt irgendwann vorgeschlagen, ich sollte im Kreis herumlaufen, um die Lage meines Kindes zu verändern? Ja, ganz recht, das ist passiert. Und weißt du, was? Alles ging gut aus. Es gibt also gar keinen Grund zur Sorge.«

»Meine Tochter ist hier aufgewachsen«, sagte ich. »Mit jedem erdenklichen Luxus. Sie ist aus amerikanischem Holz geschnitzt. Ein Material, das nicht so belastbar ist.«

»Ich war in deiner Wohnung, Moses. Dein Zuhause luxuriös zu nennen ist eine Beleidigung des Kapitalismus.«

Ich war durch das Zimmer gegangen und blickte nach Osten, wo sich die Brücken über dem Fluss aneinanderreihten. Eine dieser Brücken hatte mich zum ersten Mal nach Manhattan geführt. Meine erste Wohnung lag nicht weit von hier, verglichen mit meinem Leben in Prag eine Art Königreich, drei friedliche Zimmer in einem Gebäude, das ich ohne Probleme vom Fenster eines Flugzeugs aus erkennen konnte. Und mit Fenstern zum Park und Fenstern zur breiten Schneise einer von Gingkos und Ulmen gesäumten Straße, aber auch mit Fenstern, die sich nachts zu den Wohnungen meiner Nachbarn öffneten, zwei gealterte Broadway-Tänzer, die sich in manchen Nächten umarmten, das Mobiliar beiseiteschoben und noch einmal die alten Tanzschritte aufführten, wobei sie sich drehten und umeinander wirbelten.

»Weißt du, was?«, sagte Žofie. »Ich habe keine Fotos von dir.« Sie saß jetzt auf der Couch, hatte die Schuhe ausgezogen und sich eine Zigarette angesteckt. Die Strickjacke war verrutscht, und ihre nackte Schulter ragte ins Zimmer. Sie sagte es noch einmal: »Ich habe keine Fotos von dir als junger Mann, Moses, keine Bilder aus der Zeit, als ich dich geliebt habe, kein einziges. Ich habe nur dies hier«, sagte sie, bewegte dabei einen ausgestreckten Finger vor mir auf und ab und zeigte so auf mich, dass ich lachen musste. »Nicht, dass das besonders schlimm wäre«, sagte sie, »aber es ist nicht dein ursprüngliches Ich, nicht dein erstes Ich. Was ist aus deinem ersten Ich geworden?«

Auf einem niedrigen Bücherregal stand das Foto, das durch sämtliche Zeitungen in Europa gegangen war, das Foto von uns allen auf der Straße, allen außer mir. Ich verstand nicht, warum sie dies Foto haben wollte, aber ich verstand auch, warum sie nie ohne es sein wollte. Das Bild hatte ich ihr gebracht.

»Du hast doch ein Bild von mir«, erklärte ich. »Ich habe meinen Umriss an der leeren weißen Wand hinterlassen. Hier bin ich«, sagte ich, »genau hier, so wie du mich verlassen hast, so wie deine Erinnerung mich zeichnet.«

»Das ist nicht dasselbe«, sagte sie und legte ihre Hand an mein Gesicht. »Du bist jetzt ein alter Mann, Moses.«

»Jünger als du«, sagte ich, und das war die Wahrheit.

»Du bist ein Großvater«, sagte sie.

»Noch nicht, meine Liebe. Noch nicht.«

Als ich Žofie das erste Mal wiedergesehen hatte, war sie hier in Manhattan mit ihrem Sohn Felix vor meiner Tür erschienen. Sie konnte nicht glauben, dass ich real war. Sie war zu dem Zeitpunkt seit zwei Tagen wach gewesen, und ich hatte sie in meine Wohnung gelassen. Sie setzte sich auf einen Stuhl in meiner kleinen Küche, wo sich in einer Ecke meine Tochter und ihr Sohn zum ersten Mal begegneten.

»Du bist nicht er«, hatte Žofie zu mir gesagt, weil sie damals wie heute davon überzeugt war, dass es Menschen auf der Welt gab, deren Körper denen anderer Menschen nicht unähnlich waren, und dass es nur eine bestimmte Anzahl möglicher Wiederholungen gab, eine endliche Zahl von Varianten, wie Autos in einem Verkaufsraum, jedes mit einem winzigen, kaum wahrnehmbaren Unterschied. Und wenn man nur lange genug herumreiste, könnte man dem Gesicht eines Freundes begegnen, der Hand seiner Großmutter, einer Hand, die man einst gespürt, aber dann verloren hatte, eben etwas, das man aus der Kindheit kannte, aus dem Gedächtnis aufzeichnen, im Dunkeln wiedererkennen könnte. Sie glaubte, dass ich einer dieser Leute war, eine Variante meiner Person aus der Vergangenheit, die sich aber auf eine Weise verändert hatte, die mir nicht bewusst war.

Ich würde ihm ähneln, sagte sie an jenem Abend, und meinte damit mich, mein altes Ich. Ich hatte ihr Tee serviert und heiße Hühnerbrühe, dazu ein Sesambrötchen und Früchte, viele Früchte, einen Teller mit Bananenstücken, Melonen, Datteln.

»Ich kann dir alle Früchte besorgen, die du dir wünschst und so viel du willst«, sagte ich. »Iss, iss, iss«, sagte ich zu ihr und sagte es auch zu Felix, weil beide so mager waren und ich mir Sorgen machte, weil sie schon lange nichts mehr gegessen hatten.

Statt einer Antwort drückte sie mit dem Daumen gegen die Wölbung meines Handgelenks, wo mein Puls schlug, und nachdem sie einen Moment gelauscht und gefühlt hatte, sah sie mir in die Augen und sagte, dass die Ähnlichkeit stark sei, dass ich jedoch nicht derjenige sei, nicht der Moses, den sie verloren hätte, und dass sie eine sehr lange Reise unternommen und viele Tage nicht geschlafen, aber einen Fehler gemacht hätte.

Wann immer ich an den Tag dachte, an dem sie zurückgekehrt war und ich in meiner kleinen Wohnung das Sofabett ausgezogen und sie dort hatte schlafen lassen, während ich mit Felix in die Küche ging, um ihm ein zweites Mittagessen und dann ein drittes Mittagessen zu machen, und wie ich später wegen ihrer Rückkehr von den Toten schluchzend wach gelegen hatte, dann dachte ich immer auch an Ambrož.

»Was hat Ambrož dir gesagt?« Das Foto von dem Tag, an dem wir getötet und doch nicht getötet worden waren, hatte ich wieder auf das Regal gestellt. »Als du ihn wiedergesehen hast.«

»Wie bitte?«

»Vorhin, draußen, hast du gesagt, dass er überall war, als du zum ersten Mal wieder nach Prag gekommen bist.«

»Ja«, sagte sie. »Er war, wo auch immer ich hinkam.«

»Und er hat etwas zu dir gesagt. Was hat er gesagt?«

»Ach«, sagte sie und schloss die Augen. »Das willst du gar nicht wissen.«

»Doch, will ich.«

»Es wird dich wütend machen.«

»Das glaube ich nicht.«

»Es ist sehr traurig, Moses.«

»Das ist okay«, sagte ich. »Ich kann es verkraften.«

»Du warst nie so stark, wie du glaubst.«

Das Telefon klingelte wieder. Wir zuckten zusammen. »Das muss es sein«, sagte Žofie, aber es war wieder nur Felix, hektisch auf der Suche nach seiner Mutter, plötzlich erneut erschrocken, dass ihr etwas zugestoßen sei und dass sie irgendwo herumirrte und verhaftet worden sei. Nun war er der Schlaflose. Er hatte vergessen, dass er uns eben erst angerufen hatte.

»Nein, Liebling«, sagte Žofie in einem Englisch, das nicht wie die Sprache von Krieg oder Reklame klang. »Ich bin hier, keine Sorge, ich bin hier, wir haben doch erst vor fünf Minuten miteinander gesprochen. Ich liebe dich. Die Ärzte haben uns nach Hause geschickt, haben uns aufgefordert zu gehen, aber ich freue mich so für dich und auf das, was bald auf dich zukommt. Ruh dich jetzt bitte mal aus«, sagte sie. »Schlaf ein bisschen.« Sie ging mit dem Telefon in ihr Schlafzimmer und zog hinter sich die Tür zu. Durch die Wand konnte ich ihr Lachen hören. »Wer sollte mich denn verhaften?«, rief sie. »Ich bin unglaublich wild. Noch viel wilder, als du dir je vorstellen könntest.«

Nachdem ich Žofie in jener Nacht verlassen hatte, ging ich in der Dunkelheit am Wasser entlang nach Hause. Auf der einen Seite war der Fluss, Männer auf Booten, Kahnführer glitten dem Hafen entgegen, ihre Beine waberten über dem dunklen Wasser. Auf der anderen Seite verlief die Straße, aus Lichtkegeln rauschten Schatten hervor und verschwanden wieder, und dann stand da bei der Ampel an der Neunundsechzigsten Straße ein einzelner Mann, der Blumen verkaufte. Er hielt ein Schild mit der Aufschrift IRGENDWO VERDIENT JEMAND EINE ENTSCHULDIGUNG VON DIR.

Žofie hatte mir schließlich doch noch erzählt, was Ambrož zu ihr gesagt hatte. Als ich in dieser Nacht nach Hause ging, dachte ich daran. Ambrož hatte ihr gesagt, dass er nach Amerika ziehen wolle. Würde sie sich um ihn kümmern? Würde sie ihm Englisch beibringen? Er wusste, dass sie ein Sprachtalent war, die Fähigkeit besaß, schnell zu lernen und zu kommunizieren, egal, wo sie lebte.

»Man hört solche Nachrichten im Nachleben«, sagte er zu ihr. »Wie sich herausstellt, besteht das Nachleben zu einem guten Teil daraus«, sagte er offenbar, »aus Nachrichten von zu Hause, ein immerwährender Informationsstrom aus einer Welt, in der Ereignisse stattfinden, in eine Welt, in der alles bereits geschehen ist.« Würde sie ihm New York zeigen? Wenn sie dafür empfänglich sei, könnte er sie dort treffen. Er sei in der Lage zu reisen, sich überall auf dem Planeten zu bewegen, wohin auch immer er wolle. Es gebe Möglichkeiten,

Ziele schnell und mühelos zu erreichen, aber die Toten, sagte er zu ihr, bräuchten genau wie die Lebenden Gesellschaft. Das sei der einzige Weg, um sich von Raum zu Raum zu bewegen, und sein Geliebter, der Mann aus dem Museum, würde das nicht tun. Wenn er ihn besuchte, konnte sein Geliebter gar nicht glauben, dass er eine reale Person war. Wenn er ihn nachts an einsamen Straßenecken traf, wenn er in der Nacht seine Hand an seine Wange legte, im selben Bett, in dem sie geschlafen hatten, wenn er seinen Namen flüsterte, in Träumen zu ihm kam, sich ihm in der Dunkelheit näherte, hielt sein Geliebter Ambrož für eine Spukgestalt.

Würde sie ihm den Ozean zeigen, wollte er wissen. Den Ozean hatte er noch nie gesehen, noch nie gehört, noch nie an seinen Füßen gespürt. Würde sie das tun? Würde sie sich um ihn kümmern? »Sag bitte Ja«, sagte er. »Bitte sag Ja.«

Ein paar Häuserblocks von meiner Wohnung entfernt sah ich sie im Fenster eines Nachtcafés. Ich war mir sicher, dass es die Frau war, die am Morgen inmitten eines Kreises Betender gelegen hatte, während die sie Umgebenden versucht hatten, sie schweben zu lassen. Es war sehr spät oder sehr früh oder der Moment, an dem beides gleich ist. Als ich sie sah, hielt ich an. Sie saß allein am Tisch, ihr Essen unberührt beiseitegeschoben. Sie war krank. Das war nicht schwer zu erkennen. Sie hatte das Besteck vor sich liegen, eine Gabel, ein Messer, ein Löffel, und darüber hielt sie ihre Hand, offensichtlich, um alles in die Schwebe zu versetzen.

Ich überlegte, ob ich hineingehen und mit ihr reden, ihr sagen sollte, dass ich sie schon früher gesehen hatte, als die anderen versucht hatten, sie schweben zu lassen, und sie fragen sollte, ob es funktioniert hatte. Aber ich entschied mich dagegen, weil, ehrlich gesagt, ein Mann wie ich in diesem Lebensabschnitt mit meinem Gehstock, meinem Bart, meinem allgemeinen Gesundheitszustand während jener Wochen, wenn also ein Mann wie ich an jemandes Tisch kommt, um sich zu erkundigen, wie es sich anfühlt zu schweben - wer wünscht sich das in seinem Leben? Ich hatte mich soeben entschieden, als sie den Löffel auf dem Tisch verschob und sich darauf so konzentrierte, wie auf ein schwieriges Problem in einem Schulbuch. Und dann, als sie die Augen schloss, begann alles in die Luft zu steigen, der Löffel, der Teller, die Gabel und das Wasserglas, das darunterliegende Papiertuch - all das schwebte in der Luft. Ich schwöre, dass es so passiert ist. Fünfzehn Zentimeter, zwanzig Zentimeter. Alles.

Oder, wer weiß, vielleicht bildete ich es mir nur ein, ich weiß es nicht. Ich war übernächtigt, erschöpft, traumverloren, verwirrt von alter Liebe, meines Körpers müde, brauchte frische Luft. Mit anderen Worten: Ich war in Hochstimmung. Es war ein ganz normaler Donnerstag im Winter. Eine Welt ohne Enkelkind, doch eine Welt, in der es mein Enkelkind gab, war nun beinahe hier. Welche Wunder!

»Ein mieser Trick«, hörte ich hinter mir eine Stimme.

Als ich mich umdrehte, stand da ein junger Mann in einem langen schwarzen Mantel, die Haare nach hinten gekämmt. Ich wusste es augenblicklich. Er hatte sich verändert. Oder meine Erinnerung an ihn hatte sich verändert. Er war kleiner, war geschrumpft. Eine gewisse Knochigkeit, wo er früher rundlicher war, glatter, Offenheit ausstrahlte. Ein neues Augenpaar, dachte ich. Bestimmt war so etwas möglich.

»Ich sollte das nicht tun«, sagte er, »aber manchmal ist es schwer zu widerstehen.«

Er lächelte, umkreiste mich, ging direkt zu dem Fenster, hinter dem die Frau saß und wo alles wieder normal auf dem Tisch lag, nachdem sie die Augen geöffnet hatte. »Levitation«, sagte er zu mir auf Tschechisch. »So weit hat es die moderne Medizin gebracht? Unsere Träume von der Zukunft und dergleichen. Und *das* ist, was du hast geschehen lassen, Moses? Verrückte Leute verfolgen die Kranken und versprechen ihnen Levitation?«

Er trat wieder an mich heran und drehte sich um, sodass wir nebeneinanderstanden. Er hatte kein Spiegelbild.

»Ambrož«, sagte ich.

Er legte einen Finger an die Lippen – ein neuer Finger, dachte ich, neue Lippen. »Nicht so laut, mein Freund.« Er küsste mich wie zum Gruß auf die Wange. »Wer weiß, wer uns zuhört und wer nicht zuhört.« Er küsste mich auf die andere Wange. »Du hast gedacht, dass die Geheimpolizei in Prag schlecht war.«

»Du bist es«, sagte ich.

»Nicht ganz«, sagte er lächelnd.

»Ich würde dich aber überall erkennen«, sagte ich.

Er kam näher. »Das meiste bin ich selbst, Moses. Manches musste ich mir zusammenbasteln. Einsammeln. Selbst anstückeln.« Er berührte seinen Bauch. »Zum Beispiel«, sagte er und schob sein Hemd hoch. »Der ist neu.« Er lächelte voller Stolz. »Wenn du willst, kannst du ihn berühren. Der straffste, neueste Bauch, den die Welt je gesehen hat. Im Nachleben mag man keine Gewehrkugeln, verstehst du? Die Löcher beeinflussen die Aerodynamik negativ. Und wenn man tot ist, merkt man schnell, dass sich alles um die Aerodynamik dreht.« Er hob vor mir ein paar Zentimeter vom Boden ab und kam dann wieder auf die Füße. »Siehst du, mein Freund, zu fliegen ist schwer, wenn man überall durchlöchert ist. Man könnte sagen, dass ich mich generalüberholt habe.«

Es war dunkel. Über uns beleuchtete eine hoch aufragende Straßenlampe den Gehweg und produzierte einen Spiegeleffekt im Fenster des Cafés, einen Spiegel, der mich zeigte, wie ich allein in der Nacht in meinem schäbigen Regenmantel mit jemandem sprach, der nicht anwesend war. Neben mir auf der Straße keine Spur von meinem alten Freund, nur Taxis, die hinter ihm oder dort, wo ich ihn stehen wusste, durch ihn hindurchfuhren. Statt seines Geistes wurde die Geometrie des Abends erkennbar. Um uns her erhoben sich die rechteckigen Wohntürme, die stahlgefügten Hypotenusen der Feuerleitern, die Reste von Pfützen, die selbst Spiegel waren, in denen die Energie der Stadt sich deutlich zeigte, die jedoch von meinem erhöhten Standpunkt aussahen wie Seen von einem Flugzeug aus, die sich bereits im Prozess der Austrocknung und Verdunstung befanden.

Ich streckte meine Hand aus und rechnete damit, dass sie durch Ambrož hindurchwischen würde, wie Hände in Filmen manchmal durch die Körper von Gespenstern wischen. Stattdessen berührte ich direkt seinen neuen Bauch.

»Das glaube ich nicht«, sagte ich.

Er ergriff meine Hand. Drückte sie fest an seine Schultern, sein Gesicht, seine Haare. Er lächelte und begann dann zu lachen, ein uraltes Geräusch, nie begrabene Musik.

Weil die Toten nicht müde werden, gingen wir immer weiter. Wir gingen stundenlang. Es war Nacht, der Sommer lang, und wir durchquerten zweimal Manhattan, von Westen nach Osten und wieder zurück. Als wir durch den Central Park kamen, der sich heute Nacht wie die Wildnis anfühlte, wurde ich in die Atmosphäre eines Campingplatzes bei Karlsbad zurückversetzt. In meiner Erinnerung hatte ich Ambrož dort zuletzt lebend gesehen, einen Monat vor den Schüssen am Bahnhof, einen jüngeren Ambrož, der in der Dämmerung in einer Hängematte schlief, während Žofie und ich ihn von der Veranda einer Blockhütte aus beobachteten. Oder Ambrož schrieb die letzten Gedichte seines Lebens an einem kleinen Tisch unter einer Eiche, in die er seinen Namen eingeritzt hatte, und zwar die Gedichte, die er dann später ins Futter der Hose einnähte, die er an dem Morgen, an dem er umgebracht wurde, anhatte. Diese Erinnerung überfiel mich ungerufen aus dem Nichts, umgestaltet, sehr wahrscheinlich sogar erfunden. Waren wir je auf diesem Campingplatz gewesen? Hatte ich ihn wirklich beim Schreiben beobachtet? Und wo waren diese Gedichte? In welchem Prager Gebäude, in welchem Heizungskeller, wurden sie verbrannt? Aus welchem Schornstein der Stadt entwich, was von ihm geblieben war?

Es gab natürlich Regeln, Regeln für das, was er mir sagen durfte und wo wir hingehen konnten, zum Beispiel solche Regeln, die er instinktiv verstand, selbst wenn nie jemand erschienen war, der sie aufgestellt hatte. Das erzählte er mir, als wir noch viel später an diesem Abend am East River entlanggingen. Wir befanden uns zu dem Zeitpunkt weit im Süden, in düsteren Gegenden der Stadt, die mir fremd waren und mir vorkamen wie eine Stadt in einem Land, das ich noch nie besucht hatte.

»Es ist«, sagte er zu mir, »als ob das Wissen in mir explodiert wäre.« Er sprach vom Tod oder von dem, was danach kommt. »Ich kann das nur auf diese Weise beschreiben«, sagte er. Wir befanden uns unter Brücken, unter Straßenüberführungen, unterm ständigen Rauschen von Verkehrslärm, der wie ein Ozean zu sein schien. »In meinem neuen Körper aufzuwachen kam mir wie eine Explosion vor«, sagte Ambrož. »Wegen dem, was mit mir passiert ist, ist das so. Aber wenn jemand auf andere Weise ums Leben kommt, zum Beispiel im Schlaf, erreicht ihn vielleicht auch das Wissen auf andere Weise, so wie es sich anfühlt, wenn man aus tiefem Schlaf erwacht und nach einer Weile den Traum als Aufblitzen des Tageslichts oder einen Ausbruch von Klarheit erinnert. Mit dem Gewehrfeuer kam es jedoch wie ein Ausbruch von Lärm. Ich wusste sofort alles. Ich erwachte als toter Mann und wusste augenblicklich alles darüber, was es bedeutet, tot zu sein, genauso, wie ich auf der Welt gewusst habe, dass ich fast gar nichts darüber wusste, was es bedeutet, am Leben zu sein.«

»Aber du bist ja wieder da«, sagte ich.

»Ich hatte Heimweh«, sagte er.

Die Worte trafen mich wie ein Schlag. Hier gingen nun mein alter Freund und ich durch ein Manhattan, das in diesem Moment eine Reihe von grenzenlosen Städten zu sein schien, überschwemmt vom Flusswasser, in dem wir alle dahintrieben. Vielleicht trafen mich die Worte deshalb so, weil ich gleichzeitig spürte, dass die Heimat zu mir zurückkehrte.

Ambrož wusste genau, was ich dachte. Jeder Gedanke war

ein Gedanke, den er lesen konnte. Eine Tatsache des Nachlebens, vermutete ich. Er konnte beispielsweise meine Bedenken spüren, dass ich ihn nicht für real hielt, sondern ihn träumend erschaffen hatte. Er konnte auch meine Angst um meine Tochter spüren und meinen innigen Wunsch, einen Enkel im Arm zu halten und für ihn zu singen. Eine neue Generation gebiert Wunder über Wunder. Umso besser für ein jüdisches Kind. Zum Beispiel wusste er, dass mir die meisten Erinnerungen an ihn entfallen waren, sogar die Zeilen seiner Gedichte, die ich unter großen Mühen zu behalten versucht hatte. Er wusste ebenso, dass das, woran ich mich am besten erinnerte, sein Ende war, der erste Schuss, der seinen Magen zerfetzte.

Während wir zumeist schweigend nebeneinander hergingen, legte er eine Hand auf meinen Arm, um damit auszudrücken, dass es keinen Grund gab, mir um meine Tochter oder das Krankenhaus Sorgen zu machen. Oder als er mich dabei ertappte, dass ich mich fragte, wie sehr er wohl die Welt vermissen musste, sagte er zu mir: »Moses, du bist ganz nah dran, du denkst wie ein Toter. Du wirst eines Tages ein tolles Gespenst abgeben.« Das sagte er, obwohl ich keinen Laut von mir gegeben hatte.

Später warnte er mich: »Vermeide es, in meiner Nähe an allzu Persönliches zu denken oder dir ein Bild zu machen, das du ansonsten lieber für dich behalten würdest. Zum Beispiel«, sagte er, »wäre es vorteilhaft, wenn du aufhören würdest, daran zu denken, wie Žofie vor einer Stunde auf ihrem Sofa die Beine übereinanderschlug. Oder wie sie mit den Fingernägeln über die Haut ihres Nackens strich, als ihr vorm Lincoln Center in der Sonne heiß wurde. Oder an den genauen Wortlaut, mit dem sie ihren Wunsch ausdrückte, ein altes Foto von dir zu besitzen. Es macht mir aber nichts aus, in solche menschlichen Gefühle eingeweiht zu sein«, sagte er. »Nach der ganzen Zeit ist das recht erfrischend. Eine andere Form von Heimweh.«

Irgendwann beugte er sich zum Fluss hinunter, streckte die Hände ins Wasser und führte sie an den Mund, ein Mund, der existierte und nicht existierte, Hände, die ins Wasser griffen, ohne sich darin zu spiegeln, aber dennoch das Wasser aufkräuseln ließen. Als er die Handvoll Flusswasser an den Mund führte, verschwand das Wasser.

»Geister tun das«, sagte er zu mir, »sie ordnen die Welt neu und entnehmen ihr etwas Vitales. Es ist erstaunlich, dass die Toten nicht längst alles Wasser der Welt zu sich genommen haben. Im Nachleben reden alle nur davon«, sagte er. »Wasser, Meer, Ozean, See, Teich, Pfütze, Regen. Am Strand starren alle immer aufs Meer hinaus. Im Leben wird unsere ganze Aufmerksamkeit vom Wasser beansprucht, vom Horizont, vom Fluchtpunkt. Sogar in der Wüste können Leute fühlen, wo einst das Meer rauschte, und sogar dort versammeln sie sich auf einem Hügel und starren hinaus. Das habe ich überall auf der Welt gesehen. Weißt du, warum das so ist?«

Als ich nicht antwortete, antwortete er für mich.

»Es ist der einzige Ort auf der Erde, an dem die Lebenden spüren können, wie der Rest von uns zurückblickt, Ausschau hält und darauf wartet, ob ihr uns dort draußen je bemerken werdet.« Er schien tief einzuatmen – eine Unmöglichkeit. »Ihr schaut, weil auch wir dort draußen sind und genauso Ausschau halten.«

Monatelang kehrte ich zu dem Bahnhof zurück. In den ersten Stunden entstand dort ein Mahnmal. Studenten hatten weiße Blumen und Plakate abgelegt, auf die sie Protestslogans in einer Sprache geschrieben hatten, von der sie wussten, dass die Sowjets sie nicht lesen konnten. Abends kamen Musiker, um die Lieder der Trauernden zu spielen, improvisierte Requiems. Noch mehrere Blocks entfernt in der Wohnung, in der ich mich vorübergehend versteckt hielt, konnte ich die Heiligen Kaddish-Lieder hören. In jenen Nächten tat ich wenig, träumte von nichts, aß nichts, hörte nichts. Ich hätte genauso tot sein können wie Žofie und Ambrož. All das geschah nicht weit von der Jerusalemsynagoge, erbaut auf dem Gelände eines alten Ghettos, das abgerissen wurde, weil die früheren Behörden es aus hygienischen Gründen für nötig gehalten hatten. Gemeint war damit natürlich: zu viele Juden an einem Ort, zu viele Juden in zu enger Nachbarschaft mit zu vielen Christen, zu viele Juden, die der Rückkehr des Messias im Weg stehen, schon viel zu lange zu viele Juden in dieser Stadt. Die Jerusalemsynagoge: dasselbe Gebäude, in das meine Mutter mich als kleinen Jungen manchmal mitnahm - eine lange Fahrt von zu Hause -, damit wir in den Bänken unterhalb des Filigranschmucks sitzen konnten. Wie auch ich vermutlich irgendwie wusste, wusste meine Mutter, dass all das geraubte Eigentum der Prager Juden hierhergebracht worden war, ihre zu Gewehrkugeln eingeschmolzenen Kerzenständer, ihre zu Orden für fleißige Mörder gemachten Menoras, ihre silbernen Babyrasseln, gekauft zur Feier eines Segens, geraubt und weiterverschenkt an die Kinder von Mördern.

Nächtelang kam es zu Versammlungen im Vrchlického-Park. An die Wand, an der ich ausradiert worden war, hatte jemand den Umriss einer Person gezeichnet, vielleicht mich, aber vielleicht auch einen anderen. Und in diesen Umriss, der mit roter Farbe gemalt war, hatte man auf Englisch die Worte *We Are Watching You* geschrieben: eine Warnung an die mit den Gewehren, Moskauer Jungs, Leningrader Jungs, Jungs von den Stränden der Krim, wo ich einst, als ich noch jung war, im Schwarzen Meer unter mir Quallenschwärme gesehen hatte. *We Are Watching You*: Ein Ausdruck dafür, dass wir sie ebenso im Auge behielten, wie sie lange geübt hatten, uns im Auge zu behalten, und uns das Gefühl gegeben hatten, als existierte an jeder Ecke ein großes, einsames Auge, das uns verfolgte, Notizen machte und mächtig genug war, noch unsere geheimsten Vergehen zu kennen. Als der Umriss entfernt wurde, zeichnete ihn jemand neu. Als die Warnungen übermalt wurden, erschienen neue Warnungen auf der frischen Farbe. Als die Sowjets anrückten und die Instrumente der Musiker zerstörten, die Musiker mit den zerbrochenen Klangkörpern ihrer Cellos verprügelten, erschienen neue Instrumente, neue Musiker, neue Lieder. Das dauerte nicht lange. Als die Leute mit Fotos der Toten kamen, sie auf dem Straßenpflaster auslegten und Trauerzeremonien für sie abhielten, für Žofie, für Ambrož, für mich, näherten sich die Panzer, manchmal nur um Zentimeter, aber in solchen Situationen werden Zentimeter zu Kilometern. Schließlich wurden die Leute auseinandergetrieben und die Fotos beschlagnahmt. Wie im Leben wurde Žofie nun auch im Tod ermordet. Man radiert die Erinnerung besser aus und hält die Straße sauber.

Im Winter wurden wir erneut von Fremden kontrolliert.

Junge, glatt rasierte Burschen auf Panzern, immer glatt rasiert. Das Gesicht des Bösen in der Jahrhundertmitte, das dämmerte mir, war ein sauber rasiertes Gesicht. Überall herrschte Schweigen. Es war nicht so, dass die Leute verschwunden wären, dass alle sich verflüchtigt hätten wie meine Freunde. Die Straßen waren bevölkert wie immer, aber überall in jedem Viertel lebten die Menschen ihr Leben in vollständigem Schweigen. Familien gingen spazieren, ohne miteinander zu reden. Eine Mutter, die ihr Kleinkind beruhigen wollte, tat es flüsternd. Sogar die Hunde schienen zu verstehen, dass die Konsequenzen für laute Störungen hart wären. Eines Nachts flüsterte mir jemand zu, dass es überall Mikrofone gebe, Mikrofone in den Wänden, in den Lampen, in den Steinen der Karlsbrücke, Mikrofone im Wellenschlag der Moldau. Wo Žofie gelegen hatte, stand jetzt ein Obstverkäufer. Und wo Ambrož gelegen hatte, war der Boden sauber geschrubbt worden. Und wo ich gestanden oder auch nicht gestanden hatte, war gar nichts, nur Leere.

Ich durchstreifte den Bahnhof, weil ich um Žofie trauerte. Wir hatten drei Jahre zusammengelebt. Ich dachte, dass ich das, was ich suchte, vielleicht vor dem Bahnhof finden würde. Ein Stück von ihr, einen Hinweis auf sie, einen Hauch oder Duft von ihr. Nach Hause konnte ich nicht mehr zurück. Wir hatten unsere Wohnung in Josefov so verlassen, als würden wir wiederkommen. Wir waren jung und dumm und glaubten nicht, dass wir getötet werden könnten. Wie würden wir je getötet werden? Wie konnte unsere Regierung es zulassen, dass von Panzern auf uns geschossen würde, ausgerechnet auf uns, die Creme des Landes, das Versprechen der Nachkriegsjahre, die Kinder in den Wiegen, die das Land so stolz angekündigt hatte? Wir hatten Essen in dem kleinen Kühlschrank liegen gelassen, Wein auf dem Tisch, aufgeschlagene

Bücher auf dem Nachttisch, einen Stift mit einem Notizblock mit einem halb fertigen Brief. Sie hatte Shakespeares sämtliche Werke auf Englisch gelesen. An unserem letzten gemeinsamen Abend hatte sie mir im Bett vorgelesen, wie Hamlets Vater zurückkehrt und ihn anfleht, Rache zu nehmen. *But that I am forbid to tell the secrets of my prison house,* sagt er da, *I could a tale unfold whose lightest word would harrow up thy soul, freeze thy young blood.* Ich kannte damals so gut wie kein Englisch, nur Texte von Songs, die bei Regenwetter aus London aus dem Radio drangen. Sie hätte mir ebenso gut die Gebrauchsanweisung für einen Karton mit Radioteilen vorlesen können, aber ich schwöre, dass ich verstand, was sie sagte. Ihr Herz schlug so laut gegen die Haut meines Rückens, dass es mein eigener Herzschlag wurde.

Man hatte mir berichtet, dass unsere Wohnung durchsucht und alles, was sich darin befand, in Kisten weggetragen und ausgelöscht worden war wie wir selbst, ihre sämtlichen Werke Shakespeares, unser verkorkter Wein, unsere studentischen Gemälde, unsere Blue Jeans, unsere Gemüsekonserven, unser Radio, unsere eingeschmuggelten Miles-Davis-Platten, die Fotoalben, in denen Žofie zwei Bilderpaare ihrer Eltern aufbewahrt hatte, die einzigen Fotos auf der Welt von diesen Menschen, die sich erhalten hatten. Das erste Paar stammte aus ihrer Kindheit, Kniestrümpfe, Sommersprossen, die Haare über der Stirn kurz geschnitten, Nürnberger Schaufenster, in denen man sehen konnte, wie ihre Eltern die Kamera halten.

Die beiden anderen Fotos waren aufgenommen worden in der Woche, bevor sie in der Straße am Vrchlického-Park erschossen wurden, nicht weit von der Stelle, an der ich eines Morgens stand, entschlossen, Prag zu verlassen, die Tschechoslowakei zu verlassen, Mitteleuropa zu verlassen, um so weit wie möglich von der Quelle dessen wegzukommen, was ich als eine Form kollektiven Wahnsinns zu verstehen begann, etwas, das unter unseren Füßen in der Erde dieses Kontinents vergraben lag, eine aufsteigende Giftwelle, die alle drei Generationen bedrohte, um uns alle zu verschlingen. An diesem ersten Morgen dachte ich nur an eins: abhauen. Ich hatte wieder in unsere Wohnung gehen wollen, um an mein altes Leben anzuknüpfen, als wäre nichts geschehen, und dann neu gestaltet, neu erbaut, die Zeit zu durchbrechen. Ich hatte die Vorstellung, dass sie da sein würde. Obwohl ich wusste, dass das unmöglich war, glaubte ich, dass es so sein würde. Obwohl ich beobachtet hatte, dass auf sie geschossen wurde, und ich sie direkt vor mir hatte sterben sehen, glaubte ich, sie würde dort wie ein paar Wochen zuvor auf dem Sofa sitzen und *Hamlet* lesen. »Komm, setz dich«, hörte ich sie sagen. »Komm und hör dir das an, Moses. *'Tis now the very witching time of night*. Komm und hör dir den Rest des Stücks an, Moses. Ich weiß, dass du es nicht verstehst, aber ich glaube, du wirst es tun.« Ich könnte meinen Haustürschlüssel benutzen, sagte ich mir. Der Schlüssel würde noch passen. Die Sowjets waren zu geizig, um auf die Idee zu kommen, die Schlösser auszuwechseln. Stattdessen ging ich zum Bahnhof.

Ich gab mich für einen Geschäftsmann aus. Ich trug einen alten Anzug, den ich in der Mietwohnung, in der ich lebte, gefunden hatte, trug auch einen Koffer, tat so, als müsste ich wichtigen Angelegenheiten nachgehen. Ich verpasste mir einen Haarschnitt, der mich älter machte. Ich imitierte die Gangart eines Mannes, der irgendwo hingehen muss, das Kinn vorgereckt, entschlossenen Schritts. Täglich überquerte ich den Platz, als würde ich einen wichtigen Raum ansteuern, wo ich auf einem wichtigen Stuhl sitzen und wichtige Ereignisse besprechen würde. Ein Teil von mir glaubte, dass mich irgendjemand schließlich erkennen und verhaften würde, dass ich wie alle meine Freunde abgeführt und vor die neuen Machthaber gezerrt werden würde, wochenlang hungern müsste, gezwungen würde, alle Sünden zu gestehen, jeden unbotmäßigen Gedanken, dass ich aus der Geschichte, aus dem Leben, aus den Erinnerungen aller, die mich je kannten, ausradiert würde, um dann schließlich durch eine Kugel zu enden. Wollte ich das? Ich weiß nicht, ob ich es nicht wollte. Jeden Tag ging ich durch die Bahnhofstüren ein und aus. An manchen Tagen ging ich im Kreis, durch eine Tür hinein, durch die andere Tür wieder hinaus, immer wieder Eingang und Ausgang, Kommen und Gehen, von morgens bis abends. Was tat ich da? Ich sagte mir, dass ich in Gedanken mein Verschwinden einübte. Ich hatte kein Geld, keine Möglichkeit zur Flucht, kannte keinen Ort, an den ich hätte gehen können. Ich sehnte mich nach Frieden, nach dem Ende der Erinnerung an den Tod, und wo auf dieser Welt sollte ich das finden? Stattdessen probte ich die Schritte, um dorthin zu gelangen. Ich war sowohl der Abreisende als auch der Ankommende, ein Mann in jeder Menge. Unter denen, die sich versammelten, um in jenem Winter aus Prag zu fliehen, kannte ich Nachbarn, Schulkameraden, künftige Exilanten, die Gesichter junger Männer frühzeitig von Heimweh gezeichnet, Männer, dazu verdammt, bis ins hohe Alter auf einer Parkbank in einer fremden Stadt auf Tschechisch zu klagen. Ich sah alte Gesichter in der Synagoge, eine neue Gruppe von Juden, die letzte Gruppe europäischer Juden, die nach tausend Jahren endgültig aufgaben.

Irgendwann begann ich damit, in meiner Hosentasche kleine Steinchen mit mir herumzutragen, genau neun Stück, eins für jeden meiner Freunde, die verhaftet worden waren, und wenn ich über den Platz ging, ließ ich sie gegeneinander klicken. Das war die alte Tradition: Hinterlasse einen Stein, errichte ein Grab, schaffe ein Denkmal. Wenn man übers Antlitz der Welt verstreut ist, wird jede Lücke zwischen den einzelnen Steinen zu einem Ort der Ruhe.

Nach einem Monat bekamen die Behörden Wind von mir. Ein Polizist hatte zwar nicht gesehen, dass ich die Steinchen hinterließ – dafür war ich zu vorsichtig gewesen –, aber ihm waren die ganzen Steinchen aufgefallen, und er hatte mich bemerkt und war so schlau, eins und eins zusammenzuzählen. Er war Russe, sprach schlecht Tschechisch, schreckliches Tschechisch, ein Tschechisch, das schlimmer war als mein Englisch, als ich hier in New York ankam.

»Was ist der Zweck dieser Felsen?«, fragte mich der Polizist.

Ich lächelte ein schiefes Lächeln, das Lächeln eines Mannes, der keine Angst vor einem mit einer Pistole bewaffneten russischen Besatzer hat. »Von welchen Felsen reden Sie?«, fragte ich.

»Diese Felsen«, sagte er und hob ein paar Steinchen vom Platz auf. »Was ist der Zweck dieser Felsen?«

»Welche Felsen?«

»Was soll das heißen: welche Felsen? Diese Felsen!« Er fuchtelte mit den Händen in meine Richtung, wobei ihm einige der Kiesel aus der Hand fielen.

»Ich sehe keine Felsen«, sagte ich.

Er hob ein Steinchen auf. »Diesen hier«, sagte er.

»Ach so. Kiesel«, sagte ich und sprach das Wort langsam auf Tschechisch aus. *Oblázky*.

»Aber warum gibt es Kiesel?«, fragte er.

»Fragen Sie mich, warum es auf der Welt Kiesel gibt? Ist das Ihre Frage?«

Er wurde böse. »Sagen Sie mir, was der Zweck dieser Kiesel ist!«

»Da müssen Sie schon einen Geologen fragen, der Ihnen das sagen kann«, erwiderte ich und zuckte mit den Schultern. »Ich weiß nicht, warum Kiesel existieren. Es gibt dafür aber wahrscheinlich eine gute Antwort.«

»Ich frage nicht nach dem Warum von Kieseln«, sagte er in recht gutem Tschechisch, allerdings in einem Tschechisch, das ich nicht zu verstehen vorgab.

»Ich glaube, hier hat es immer Kiesel gegeben«, erklärte ich. »Sie waren wahrscheinlich schon hier, bevor wir alle hier waren.«

»Nicht hier.«

»Nicht nur hier, sondern überall. Wahrscheinlich findet man auf jedem Zentimeter des Erdbodens solche Kiesel.«

Er wirkte frustriert und zeigte erst auf den Boden, dann auf mich. Er versuchte es auf Englisch. *»No you, no pebbles. You: pebbles. Why? What is the why of this?«*

Ich sagte, dass sie vielleicht vom Himmel fielen, diese Kiesel. Dass Vögel sie vielleicht fallen ließen. Dass es ein Spiel sei, das sie spielten, dass sie Felsen von der Stelle nehmen würden, an der sie schon so lange lägen, seit Jahrtausenden, sie dann mit ihren Schnäbeln zerhackten und dann die zerhackten Stücke in noch kleinere Stücke zerhackten und die kleineren Stücke noch weiter verkleinerten. »Ähnlich wie die Sowjetunion«, sagte ich.

Während ich das sagte, blickte er nach oben, wo in diesem Moment Vögel über uns hinwegflogen, Tauben, die aus ihren Nestern durch die Vibrationen eines einlaufenden Zugs aufgeschreckt, von den Dachbalken des Bahnhofs abstrichen.

»Why are there the pebbles?«, fragte er wieder auf Englisch. *»Tell me. Tell me, please. I must know.«*

»Die Erde besteht aus Felsen«, sagte ich.

Er schüttelte den Kopf. »Ich brauche eine bessere Antwort.«

Er kam mir sehr nahe, so nahe, dass ich seinen Atem riechen konnte.

»Es gibt diese Felsen, weil die Erde zerbricht«, sagte ich.

»Die was?« Er stieß mit beiden Händen gegen meine Brust.

»We«, sagte ich in einem Englisch, von dem ich gar nicht wusste, dass ich es konnte. *»We are breaking apart.«* Ich nahm die Kiesel in meine Hände, meine Freunde, neun an der Zahl. Žofie, Ambrož, alle. *»We, all of us, are breaking apart.«*

Wenn ich darüber nachdenke, kommt es mir so vor, als wäre dies Gespräch, das vermutlich nicht so stattgefunden hat, wie ich es erinnerte, und das vermutlich auch nicht so stattgefunden hat, wie ich es vielen Leuten, inklusive in diesem Moment, erzählt habe, nicht unähnlich all den Gesprächen, die ich damals während meines letzten Jahres in Prag, meines letzten Jahres in Europa, geführt habe. Es war im frühen Winter 1969, das Jahr, in dem ich lebend, aber ohne meine Freunde in die Stadt zurückkehrte, eine Stadt, die immer schon alt war, wahrscheinlich alt geboren wurde und vermutlich noch genauso alt sein wird, wenn und wann Eli es je dorthin schaffen wird. Als ich der Stadt schließlich den Rücken kehrte, tat ich das von dem Platz aus, zu dem ich oft gekommen war, den ich auch oft wieder verlassen hatte und auf dem ich die Schritte eingeübt hatte, während ich an Bahnsteigen wartete, die voller Kiesel lagen, umgeben von Denkmälern, und zwar so wartete, wie Leute es oft auf solchen Bahnhöfen mit gereckten Köpfen tun, wenn sie in die Dunkelheit starren und darauf warten, dass sich bestimmte Türen öffnen, bestimmte Pfade sichtbar werden, ein Ausweg, ein Platz in einem hellen, sauberen Waggon in Richtung auf eine herrliche, bessere Zukunft.

Nach Mitternacht fanden wir uns in Brooklyn in Meeresnähe wieder, so dicht am Wasser, dass wir es riechen konnten. Ambrož musste klar geworden sein, dass ich müde war. Wir hatten die Strecke über den East River durch den dunklen Wald des Prospekt Park hinunter zur Ocean Avenue und durch Gravesend zu Fuß zurückgelegt, bis wir die Neptune Avenue erreichten, die zu dieser Stunde verlassen und nur von Vögeln bevölkert war. Er hatte uns geführt, hatte über den ganzen Abend bestimmt, so wie er anschließend noch über hundert Abende bestimmen sollte. Und als in jener Nacht klar wurde, wohin wir gingen, erinnerte ich mich daran, wie Žofie mir erzählt hatte, dass Ambrož vom Meer besessen war, dass er sie gebeten hatte, ihn ans Meer zu bringen, dass er während seiner ganzen irdischen Existenz zwischen Wassern gelebt hatte, in gleicher Entfernung zwischen Ostsee und Mittelmeer, Stettin und Venedig. Und ich erinnerte mich auch an das, was er selbst mir erzählt hatte, dass man nämlich am Ozean das Unsichtbare spüren könne, wie ein Verdunsten in einem halb durchlässigen Spiegel.

Er fragte, ob ich das Bedürfnis nach Schlaf hätte, und ich sagte: »Ja, ja natürlich. Wir laufen seit Stunden herum, meine Tochter liegt in den Wehen, ich sehe Gespenster, echte Gespenster, und rede laut vernehmbar mit ihnen. Ich muss gewiss meinen innig geliebten Verstand verloren haben. Sieh doch nur, wo wir sind, sieh doch, wie weit entfernt von meiner Wohnung. Offensichtlich bin ich ganz allein im Zentrum eines veritablen Wahnsinns, rede die Luft an, rede niemanden an, bin mit Phantomen beschäftigt, brauche ärztliche Hilfe, zumindest ein Bett.«

Er bat mich, die Augen zu schließen, an etwas zu denken, das mich in meiner Kindheit glücklich gemacht hatte - das, sagte er, sei der einzige Weg, mich an meine Kindheit zu erinnern und an meine liebe Mutter zu denken. Und als ich sagte, dass ich das nicht könne, dass ich schon seit sehr langer Zeit nicht mehr in der Lage sei, mir meine Kindheit vorzustellen, sagte er, ich solle es noch einmal versuchen, wobei er mir helfen würde. Und als ich das tat, spürte ich, dass Ambrož seine Hand auf die Stelle zwischen meinen Augen legte, wo man unter der Haut spürt, wie viel Blut es braucht, um das menschliche Gehirn zu versorgen, das gesamte Transportsystem von Blut und Gedanken. Und augenblicklich merkte ich, wie die Erschöpfung des Tages von mir wich - das Krankenhaus, das Trinken, das *Requiem,* die Schwebenden. Als ich die Augen wieder öffnete, befanden wir uns, das schwöre ich dir, nur noch ein paar Schritte vom Meer entfernt, unter einem Mond, der aussah wie ein Abziehbild, und Ambrož lachte. »Noch ein guter Trick«, sagte er. »Ich kenne nur eine Handvoll. Aber dieser hier ist sehr gut.«

Und dann sah ich ihn von der Straße über den Sand aufs Wasser zugehen, wo ich ihn für einen Moment in Dunst, Gischt und im Dunkel der Nacht aus den Augen verlor. Er hinterließ keine Fußspuren. Aber aus der Ferne konnte ich ihn durchs Tosen der Flut hören.

Er erzählte mir, dass Ivan angefangen hätte, Geld zu verdienen. Ivan und Ambrož waren sich im Museum Albertina vor einem Modigliani und später vor einem Chaim Soutine begegnet. Es handelte sich um eine Ausstellung über die Kunst der verschollenen Juden. Gezeigt wurden die Porträts der Künstler, ihre persönlichen Dinge, ihre Haarbürsten, Skizzenblöcke, Papierschnitzel, auf denen sie die Adressen ihrer Mütter notiert hatten, die mit Kerzenruß auf Musselin gezeichneten Profile ihrer Geliebten, Einkaufslisten, kleine Gebete. Und am wichtigsten: ihre Gemälde, ihre Hügel aus Ton, kleine Spiegel einer Welt, in der sie sich wiedergefunden hatten. Ambrož erzählte mir das später in jener Nacht auf einer Bank, von der aus man das Meer in Brighton Beach im Blick hatte.

»Ich bin ihm von Galerie zu Galerie gefolgt«, gab Ambrož zu. »Ivan war in Schwarz gekleidet, ganz in Schwarz, sodass ich am ersten Tag dachte, dass man ihn für einen Geist halten sollte. Einen Monat später lebte ich in seiner Wohnung. Er war ein Textilkünstler, bemalte zumeist nachts im Geheimen handgewebte Seide. Die Heimlichkeit war notwendig. Er arbeitete nämlich in der Fabrik seines Vaters, in der Farbstoff hergestellt wurde, genau der Farbstoff, den Ivan in kleinen Mengen in speziellen Fläschchen herausschmuggelte. Meistens bemalte er Schals. Gelegentlich kleinere Stücke, zum Beispiel Taschentücher. Oder dekoratives Futter für Geschenkkartons. Ein Farbblitz in einem Brillenetui.

Als sein Werk aus Prag entkam und seinen Weg nach Paris

und London fand, wurde es als Kunst aus den Händen des besetzten Europas beworben. Diese Perversion wurde aber von einer bestimmten Person durchaus goutiert. Ivan stellte sich das Salongeplauder oft lebhaft vor. ›Ach ja, dies‹, mochte jemand sagen und Ivans Werk befingern, ›dies schöne Seidenstück? Das hat ein armer, leidgeprüfter Mann in Böhmen gemacht, lebt in einem Versteck hinter dem Eisernen Vorhang, dem echten Vorhang, hergestellt von einem echten Opfer, ist das nicht furchtbar? Er macht diese Sachen, diese Schals, im Dunkeln bei Kerzenlicht. Ich habe gehört, dass er nur noch fünfundvierzig Kilo wiegt. Dass er sich seit Jahren von Abfällen ernährt, von schimmeligem Brot und selbst gebrautem Bier. Und wenn die Staatssicherheit ihn erwischt oder die Sowjets ihn schnappen, wird er in einen Steinbruch verbannt, bis er ein alter Mann ist. Der Arme. Aber es *ist* hübsch, nicht wahr? Fassen Sie es ruhig mal an. Fühlen Sie es zwischen Ihren Fingern. Halten Sie es gegen das Licht. Können Sie die Pinselstriche erkennen?‹

Ich hatte noch nie jemanden geküsst«, erzählte Ambrož. »Oder, besser gesagt, niemand hatte mich je geküsst. Ich rede von einem echten Kuss, diesem fundamentalen Element der Liebe, der Zuneigung, der Menschlichkeit, diesem Basisgewürz der Süße, das ich bis vor einem Jahr in meinem Leben nie erlebt habe. Wo ist das wohl passiert?«, fragte er. »Auf der Straße? In dem Museum, in dem wir uns kennengelernt haben? Sag es mir, wo«, fragte er mich. »Ich habe bei meiner Mutter gewohnt, bis ich mit Ivan zusammenlebte. Bis ich wegging, glaubte meine Mutter, dass ich Irena, die Tochter ihrer besten Freundin, heiraten würde. Sicherlich eine nette Frau, eine angenehme Person, eine Frau, die eine tolle Karriere als Staatsministerin gemacht hat und deren Aquarelle schrecklich perfekt sind. Aber, Moses, sie war eine, die wusste, dass ich sie nicht lieben konnte, die mich im Leben so klar durchschaute, wie jedermann es im Tod vermochte.

Unsere Wohnung in Smíchov war eine Ruine aus Kerzenwachs, Konservendosen, Schallplatten, die wir mit minimaler Lautstärke abspielten. Scriabin, der unser Lieblingskomponist war und der Musik wie Farben sah, hörten wir sehr oft. Unser Bett war das einzige Möbelstück mit einem gewissen Wert. Weil es dank seines Holzgestells erhöht war, verstand Ivan es als Boot, als eine Fähre vom Heute ins Morgen. Sein Arbeitsplatz war ein Nichts. Kisten. Umgedrehte Kartons. Wenn er arbeitete, verwandelte er sich in eine Schnecke, vornübergebeugt, das Rückgrat zu einem Gehäuse gerundet, sodass niemand zuschauen und nichts auf der Welt ihn stören konnte.

Ivan setzte sich nach Paris ab, nachdem jemand eine seiner Arbeiten in die Finger bekommen hatte. Ich glaube, es war ein Schal, der um den Hals einer Journalistin geschlungen war. Eine Frau aus dem Büro der französischen Presseagentur sah den Schal und wollte auch so einen haben. Und eine Freundin dieser Frau sah den Schal und wollte einen für ihre Mutter. In unserer Wohnung kamen verschlüsselte Briefe an. *Und noch ein Gruß aus Paris,* stand da und bedeutete: ein Schal. *Viele herzliche Grüße aus Paris,* stand vielleicht in einem anderen Brief, und das hieß: fünf Stück, Lieferung so schnell wie möglich. Schließlich wurde klar, dass er gehen würde. Und wenn er gehen würde, musste auch ich gehen.

Aber es war für mich nicht so einfach, nach Paris zu kommen«, sagte Ambrož. »Vor allem war es weit weg. Und außerdem war ich tot. Die Gesetze, die die Reisen der Toten regeln, besagen, dass ich nicht einfach mit ihm in einen Zug steigen konnte. Wer auch immer im Bahnhof der Geister den Fahrkartenschalter bediente, hat längst seine Sachen gepackt und abgeschlossen und ist für immer unbekannt verzogen. Das erklärte ich Ivan und beschwor ihn, nicht fortzugehen.

Zu der Zeit glaubte Ivan nicht, dass es mich gab, dass ich der Ursprung der Stimme war, die er morgens hörte. Abends, wenn er von seinem Job im Büro der Firma seines Vaters nach Hause kam - sein Job bestand darin, Formulare auszufüllen, Etiketten auf Ordner zu kleben, Kürzel in ein Dossier zu übertragen, das mit den Etiketten korrespondierte -, fing er zu arbeiten an, faltete sich selbst zusammen und zog das Gehäuse über sich. In den ersten Monaten des Jahres 1969 bereitete er schon seinen Weggang vor. Er hatte seit Langem vorhergesehen, was dann auch schließlich eintrat, dass nämlich irgendwo anders als in unserer Stadt jemand das von ihm wollte, was er zu bieten hatte, seine Fähigkeiten. Er stellte sich vor, von Kunden, die ihn bewunderten, angerufen zu werden. Er würde Aufträge bekommen, gewaltige Aufträge von erträumten Kaufhäusern. Abwickeln würde er das anfangs auf Französisch, eine Sprache, die er nicht beherrschte, die zu lernen er sich aber bemühte. Außerdem auf Englisch beziehungsweise mit dem, was er für Englisch hielt. *Hello. Thank you. Yes. Paint. Pencil. Silk, Scarf. Neck. Dollar. Hollywood. John Kennedy. Rock and Roll. Sure thing. Okey-dokey. Yes. Of course. No. Of course. Much monies. Of course. Very much monies. Okey-dokey. I will give you. I will promise you. I will make. I will give. Good night. Goodbye. Once upon a time. Forever and ever and ever. I love you.* Ich glaube, das waren die einzigen Worte, die er kannte.

Und ich war ja auch noch da, Moses, und saß in seiner Wohnung, unserer Wohnung, auf der Fensterbank zwischen seinen Pinseln, seinem ungarischen Terpentin, seinen vielen Selbstporträts, seinen Büchern über Modigliani, seinen leeren Wassergefäßen, von denen eines mal mein bevorzugtes

Trinkglas gewesen war, einem schlichten weißen Porzellanschälchen, das jetzt mit roter Farbe gefüllt war. ›Hier bin ich‹, sagte ich zu ihm. ›Hier bin ich. Sieh doch bitte, Ivan. Hier bin ich.‹ Was Abraham in dem Moment zu Gott sagt, bevor er seinen Sohn opfern soll: Hier bin ich.

Ich war eine Zimmerpflanze. Nur ein Dekorationsstück. Ein Trödel auf der Fensterbank. Ein Bild im Rahmen, das irgendwie verrutscht war. Ich schrie ihn an, damit er mich sehen sollte. ›Schau mich an! Schau hierher! Sag bloß, dass du mich nicht siehst, Ivan!‹

Stunden vergingen, bis ich zu ihm durchdrang. ›Du bist ein Phantom‹, sagte er dann. ›Ich höre das nicht, höre dich nicht. Das kann nicht sein.‹ Betrunken versuchte er, mit den Händen durch mich hindurchzuwischen. Alle glauben immer, dass die Toten durchlässig sind, aber das war noch nie der Fall. Man findet stets etwas, gegen das man stößt, eine Begrenzung. Und die Angst, die man dabei empfindet! Der Schauer, der einen durchrieselt! Und wofür? Eine Erinnerung daran, dass auch du enden wirst, wo ich schon bin?

Nachts, wenn er im Bett lag, sagte ich zu ihm: ›Geh nicht. Ich bin nicht dazu in der Lage, mit dir zu gehen. Geh nicht nach Paris, nach Hollywood, nach Rom, nirgendwohin, bleib hier. Was soll ich ohne dich anfangen?‹ Nacht um Nacht ging das so. Ich schrie in unsere Wohnung hinein, Ivan saß an seinem Schreibtisch, zeichnete den Umriss von Engelsflügeln auf einen Schal, der für den Hals einer reichen Pariserin bestimmt war. Oder Ivan massiert seine wunden Füße auf unserer Bettkante. Oder Ivan beugt sich über die langsamen Umdrehungen einer Schallplatte, die Bach spielt, die Musik kirchlichen Lebens, seiner Kindheit, des Felds hinter seinem Elternhaus, des Abends mit seiner Mutter, wenn sie Geige spielte, um ihn während des Kriegs zu beruhigen. Oder auch so: Ivan zeichnet auf einem Skizzenblock, zeichnet seine Traumwelt, irgendwo weit weg eine riesige Wohnung, in der er immer allein war, zeichnet Fenster auf ein Stadtleben, kleine Juwelenschachteln aus Licht, in denen es immer Liebespaare gab, Silhouetten von zwei Menschen, unwiederbringlich vom Tageslicht geschieden.

›Ich weiß nicht, was ich verbrochen habe, dass ich diese Qual ertragen muss‹, sagte er eines Nachts, als er im Bett neben mir lag. Wegen eines Stromausfalls hatte er überall Sabbath-Kerzen angezündet. Damals war es eine Lebensrealität, dass es zwar keine Juden mehr gab, aber immer noch jüdische Kerzen. Ach, Moses! Da wollte ich nichts anderes tun, als meine Hand auf sein Herz legen, um das Lebenszeichen zu spüren. Im Tod vermisst man das Gefühl der Erde – Haut, Haare, den Pulsschlag des Bluts. So zu existieren, wie ich jetzt existiere, bedeutet, wie Wind zu existieren, anwesend, aber nur vage hier, stets in Gefahr, verweht zu werden. Was macht man in so einer Situation?«, fragte Ambrož mich. »Wenn man versucht, jemanden zu erreichen, der einen nicht hören kann?

Ein Jahr nach meinem Tod ging er fort. Nicht lange, nachdem du gegangen bist, nachdem alle gegangen sind. Er packte seine Sachen in meinen Koffer. An der Tür verabschiedete er sich von mir. ›Ich liebe dich‹, sagte er, ›aber du bist nicht real, und ich muss irgendwo sein, wo ich in der Gegenwart leben kann, in der Realität, mit echten Menschen, echten Gefühlen, echten Stimmen.‹

Wir standen uns in dem Moment gegenüber, und ich würde gern glauben, dass er sah, dass ich tatsächlich real war, dass er, wenn er es denn gewollt hätte, die Hand hätte ausstrecken und mich so hätte fühlen können, wie ich es mir seit meinem Wiedererscheinen immer gewünscht hatte, dass er mich um sich haben, mich immer in seiner Nähe haben wollte, in jeder Stadt, unsichtbar für die Welt, aber sichtbar für ihn. Was, wenn nicht das, ist Liebe?

Entlang der alten Alleen folgte ich ihm in der Dunkelheit zum Bahnhof. Die ganze Zeit sagte er, ich solle verschwinden. Ein Junge, der mit einem lästigen Freund oder einer streunenden Katze redet. ›Geh weg‹, sagte er zu mir, ›geh irgendwo hin, verfolge jemand anderen.‹ Dennoch folgte ich ihm, bis die Türen seines Zugs geschlossen wurden und die Gleise leer waren. Und überall umwaberte mich der rauchige Geruch der erhitzten Gleise. Ich hätte wissen sollen, dass stets ein Feuerfunke zurückbleibt, wenn ein Engel fortgeht.

Im Bahnhof irrte ich allein umher. Dann merkte ich, dass ich nicht herauskonnte. Alle Türen waren blockiert. Ich war eingeschlossen. Ich vermute, dass ich ein Gesetz im Leben der Toten verstanden hatte, aber hoffte, dass es nicht für mich galt. Denn was hatte ich schließlich falsch gemacht? Jahrelang ging das so. Hundert Züge am Tag. Menschenmassen aller Art. All die sowjetischen Männer, die kamen und gingen, die ostdeutschen Männer, die mit erhobenem Kinn ausstiegen.«

Als ich ihn fragte, was dann geschehen war, erzählte Ambrož mir, dass er sich im Bahnhof jedermann angeschlossen hätte, und als ich fragte, wen er mit jedermann meinen würde, schwieg er sehr lange. Während ich wartete, veränderte sich teilweise die Strömung. Unter uns löste sich am Brighton Beach die lockere Gischt des Wellengangs, und wir wurden vom Meer erfasst, und danach sagte er schließlich leise: »Wie du dir vielleicht vorstellen kannst, gibt es dort Tausende von uns, Leute wie mich, vielleicht Abertausende, alle in Erwartung von Urteilen, wie ja auch ihr alle wartet. Versammelt in der Nähe der Gleise, in den Dachsparren zwischen den Vögeln, an die Wände gelehnt, in Warteschlangen, die sich in tausend Jahren nicht bewegen, warten wir auf eine Anweisung und darauf, dass sich endlich ein Fahrkartenschalter öffnet, beobachten das Gleichmaß, das in Bahnhöfen ein endloses Gleichmaß von Einsteigen und Aussteigen, Abschied und Wiedersehen ist.

Stell dir eine Vivisektion der Welt vor«, sagte er, »wie einen Schnitt durch Herculaneum, durch Hissarlik, durchs Zentrum Londons, durchs alte Krakau, durch Drohobytsch, durch unsere Stadt, die neue Stadt, die über der alten Stadt erbaut wurde. Neue Erde über alter Erde, Töpferscherben, senkrechte Grabstellen, ein vor tausend Jahren begrabenes Pferd, entdeckt von Bergsteigern in einer zukünftigen Welt ohne Pferde, eine Frauenhand, ausgestreckt in endlosem Schlaf, goldene Ringe an jedem Finger, die Schriftrollen der Heiligen Tora geöffnet auf eine Parascha, die sich nie ändert. So sieht es in den Jahren, die ich dort verbrachte, im Bahnhof aus. Da gibt es die, die gestern angekommen sind, im letzten Monat, vor sechzig Jahren, Frauen, die Napoleon bei Trafalgar vom Pferd steigen sahen und von den Farben der Segel auf den Booten erzählen können, den Booten, die nach Saint Helena ins Exil aufbrachen, wo er auf der Suche nach einem Wink aus der Heimat jahrelang auf den Ozean geblickt haben soll.

Jahre, nachdem Ivan weggegangen ist, erscheint eines Tages ein Kind vom Land, trägt Kniestrümpfe, dicke Brillengläser und einen Hut, den Kinder seit Jahrhunderten auf den böhmischen Feldern getragen haben, der jedoch nach 1969 sehr schnell unmodern wird. Das Kind hat irgendwie seine Eltern verloren, ist durch eine große Gruppe von ihnen getrennt worden, und dieser Junge wandert nun tagelang unter uns in einem derart hysterischen Zustand, dass er anfängt, uns zu durchschauen, mich zu sehen, mir zu erklären, dass er meine Hilfe benötigt, weil eine wichtige himmlische Grenze durchbrochen wurde. Und er sagt, dass er verloren ist, dass er seine Eltern vermisst, besonders seine Mutter, die ihm in dieser Stadt ein Geschenk versprochen hat, ein Stofftier, einen bestimmten Becher Kirscheis, und auf diese Weise kann ich gehen, als er geht. Die Tür öffnet sich, und ein ganzer Strom von uns wird entlassen. Ich will wissen, wie wir klingen. Wie hört sich eine Geisterversammlung um Mitternacht im Prag des späten zwanzigsten Jahrhunderts an?

Zuerst weiß ich nicht, wie viel Zeit vergangen ist, seit Ivans Zug abfuhr. Auf jeden Fall Jahre. Vielleicht mehr als Jahre. Plötzlich bin ich draußen im kalten Abend der Stadt, unterm Himmel, dem echten Himmel der Menschen, unter den echten Menschen der Welt, neben der echten Moldau, in der es echte Anzeichen von Leben gibt, Plankton, Forellen, die Spiegelung von Staren. Wir sitzen auf den niedrigen Mauern am Wasser, ich und dieser Junge und die anderen, die mit uns gezogen sind. Die Stadt hat sich offensichtlich verändert, wenn auch nur geringfügig. Prag kann sich immer nur geringfügig ändern. Ja, dort, wo das türkische Bad meines Vaters war, steht nun ein neueres Gebäude, hässlicher, klotzig, im sowjetischen Stil erbaut, und das heißt, in gar keinem Stil. Ja, die Autos sind anders, neue Formen, andere Rundungen, Ideen der Zukunft rasen auf vier Rädern vorbei. Über uns am Himmel beschreiben Flugzeuge die Stadt, hinterlassen Bänder, die uns in Dunst hüllen.

Der Junge wird früh genug gefunden. Polizei ist ausgeschwärmt. Nachrichtenkameras filmen, wie sich die Arme seiner Mutter um ihn schließen, und sie, die Mutter, fragt ihn: ›Wie bist du hierhergekommen? Wieso ist dir nichts geschehen?‹ Und er sagt mit klarer Stimme, einer Stimme, aus der überzeugende Gelassenheit und Zuversicht sprechen: ›Die Geister haben mich hergebracht, die Geister haben auf mich aufgepasst‹, eine Aussage, die seine Mutter offensichtlich umhaut. Indem er das sagt, sieht mich der Junge mit einem Blick tiefer Dankbarkeit an. Er zeigt auf mich, und ich muss lächeln. Wir werden einander nie vergessen, scheint er mir sagen zu wollen. Niemals.

›Oh nein!‹, ruft die Mutter, der Ohnmacht nah. ›Mein Sohn hat den Verstand verloren! Er sieht Gespenster! Er hat das Gesicht des Todes gesehen!‹

Nicht viel später – oder sehr viel später, ich habe keine Ahnung, Moses, Zeit verwirrt mich, die Jahre rasen vorüber – treffe ich Žofie mit ihrem Sohn auf der Straße. Ich verstehe sofort, dass es ihr Junge ist. Ein von ihrem Körper abgetrenntes Stück, das selbstständig gehen kann. Zuerst verwirrt mich der Junge. Ich wusste nicht, dass die Toten Kinder haben können. Sie reden Englisch, und obwohl ich nicht verstehe, was sie sagen, weiß ich, dass Žofie ihm die Stadt beschreibt. Sie zeigt auf verschiedene Gebäude, und ich stelle mir vor, dass sie erklärt: Hier war ich ein Schulmädchen, habe Mathematik gelernt, in der Wärme des Lichts hinter diesem Fenster fühlte ich mich am sichersten, hier brachte man mir die Entfernung zwischen den Planeten bei, hier fantasierte ich mich in eine Vielzahl von Zukünften hinein, hier erlaubte ich meinen Träumen, mich zu überwältigen. Ich glaube, sie sagt: Hier ist das Mietshaus, in dem mein Vater nach dem Krieg zu wohnen beschloss, als sie auf eine ansonsten unauffällige Treppe zeigt. Sie sieht mich sofort. Über den Kopf ihres Jungen hinweg sieht sie mich, und das scheint sie zu schockieren und zugleich nicht zu schockieren. Sie ist umgeben von Geistern wie mir. Sie hat, das verstehe ich sofort, weitergelebt, ist Mutter geworden, weggezogen, dem Tod entronnen, aus Prag entkommen, ist bei Anbruch der Dunkelheit verliebt durch Tanger spaziert, hat auf einem Turm aus Büchern dem Muezzin direkt in die Augen geschaut, hat in der Hitze ihres Betts ruhelos mit den Laken gekämpft, die an ihrer verschwitzten Haut klebten, wenn sie von uns träumte, Moses, von dir und mir. Und gelegentlich träumte sie, dass die Kugel in ihrem Körper sich zu weiteren Kugeln multiplizieren und sie in jedem Land, das sie Heimat genannt hat, zerfetzen würden. Und ich kann in ihren Gedanken ein Bild sehen, auf dem sie ihr Baby im Dunkeln an ihren Körper drückt, als wäre es, wie Ivan, ein herabgefallenes Stück Himmel, ihr geschenkt als ein Versprechen. Das alles verstehe ich in einem einzigen Augenblick. Das ist es, was ein Geist anstatt des Lebens bekommt. Sie ist mit romantischen Vorstellungen zurückgekehrt in der Hoffnung, ein Zeichen zu bekommen, das ihr sagt, dass es eine gute Idee ist, aus Amerika mit ihrem Sohn nach Hause zurückzukehren und ihm eine Vorstellung von Europa zu vermitteln, eine Dosis der alten Kultur.

›Meine Freundin!‹, sage ich. ›Žofie, meine Freundin! Du kannst dir gar nicht vorstellen, wie gut es tut, dein Gesicht zu sehen! Ich bin schon so lange hier in dieser Stadt, länger, als wir je gelebt haben, und ich habe seit Jahren, seit Jahrzehnten kein vertrautes Gesicht mehr gesehen, kein Gesicht aus meiner Welt der Lebenden, kein einziges!‹

Daraufhin schiebt sie ihren Körper zwischen mich und ihn, zwischen den Jungen und den Toten. ›Berühre mein Kind ja nicht mit deinem Finger‹, sagt sie zu mir, wenn auch ohne Worte.

›Keine Angst‹, sage ich zu ihr. ›Ich kann niemanden verletzen. Ich bin ja kaum hier.‹

Sie stößt ihren Sohn von sich. ›Los, Felix, los‹, sagt sie,

›lauf wieder zum Hotel, geh hinein, schließ die Türen, öffne niemandem außer mir.‹ Ein Schrei, den jüdische Mütter seit dem ersten Sonnenuntergang ausstoßen.

Gleich darauf ist der Junge verschwunden, und sie ebenfalls. Sie ist geflohen. Ohne sich umzudrehen, um mich noch einmal anzusehen, ist sie fortgegangen, um mich nicht mehr sehen zu müssen.

Auf den Rest bin ich nicht stolz, Moses. Ich folgte ihr tagelang. Ich vermute, dass jeder junge Geist so etwas durchmacht. Ich verfolgte sie. Ich erschien in ihren Spiegeln. Zwischen Wänden. In Dampf, Regenwasser, Flusswasser. Auf Restaurantwänden, im Gebälk der alten Synagoge. Ich verwandelte mich in andere, sodass ich allgegenwärtig wurde. In jedem Gesicht, das sie erblickte, sah sie mein Gesicht, noch jung, gefangen in der Zeit. Ich tat das in jedem Winkel der Stadt, und wenn ich es tat, sagte ich zu ihr: ›Ich brauche deine Hilfe, ich brauche deine Hilfe, um mich nach New York zu bringen, damit ich Ivan finden kann.‹ Sie ignorierte mich jedes Mal. Niemand war je besser darin, die Toten zu ignorieren als Žofie. In der nächsten Welt ist sie jetzt schon dafür berühmt.

Endlich, in ihrer letzten Nacht in der Stadt, Moses, als ich sie nicht weit von unserer alten Wohnung allein an der Moldau fand, redete sie mit mir. ›Na schön‹, sagte sie, ›wenn es denn sein muss, Ambrož, dann will ich gern tun, was du willst‹, sagte sie. ›Aber versprich mir bitte, dass du damit aufhörst, mir nachzugehen, mich zu verfolgen, mich mit der Vergangenheit zu quälen. Deshalb gehe ich ja fort und werde nie wieder zurückkommen, hierher nicht und auch nicht an andere Orte‹, sagte sie und meinte die Städte, in denen wir Kinder waren, Prag, München, Wien, all diese Museen der Geschichte, Denkmäler des Elends, lebende Gräber. ›Wenn es denn sein muss, komm also bitte mit mir‹, sagte sie, ›aber hör auf, mich zu verfolgen, mir nachzulaufen. Ich weiß, was du tust‹, sagte sie und berührte meinen Bauch genau an der Stelle, an der ich auf Erden getötet worden war, und sagte rundheraus: ›Glaubst du etwa, du bist der erste Geist, der mich je verfolgt hat? Glaubst du, dass ich keine Erfahrung damit habe? Dass ich früher nie verfolgt worden bin? Als ich ein kleines Mädchen war, wurden meine Spielkameradinnen hier in einer Grube ermordet. Ihnen wurde ins Gesicht geschossen. Mein Mann ist verschwunden. Er wurde irgendwohin verschleppt und kam nie zu mir zurück. Das war mein Leben. Glaubst du etwa, ich hätte nicht mit einem Fuß in deiner Welt gelebt, seit ich ein Kind war?‹«

Als Ambrož das alles erzählt hatte, graute schon fast der Morgen. Bald würde die Sonne aufgehen. Ich würde im Hospital erwartet. Im Sitzen rollte er seine Hosenbeine bis über die Knie auf, und da an der Haut waren seine Gedichte, kleine, quadratisch gefaltete Papierstücke, Dutzende, immer noch an den Hosennähten befestigt. Ich begriff sofort, dass sie dort immer schon gewesen waren. Oder, genauer gesagt, seit jenem Morgen in der Josephsstadt, als wir alle zusammensaßen und uns aufs Ende vorbereiteten. Aber auch auf die Ewigkeit. Vorsichtig löste er eins der Gedichte für mich, das kleinste Stück, ein schlichtes Quadrat, vergilbt vom Lauf der Zeit.

»Hier«, sagte er, und als ich fragte, was das sei, dies mit blauem Faden und dem Staub des Hauptbahnhofs gesäumte Quadrat, sagte er, es sei ein Gedicht, das er für meinen Enkel geschrieben habe. »Ich habe es geschrieben, als ich jung war, in meiner Wohnung mit Ivan. Ich wusste, dass du und Žofie ein Enkelkind haben würdet. Alle wussten das«, sagte er. »Ich wusste aber nicht, dass alle wussten, dass es auf diese Weise passieren würde«, sagte er lachend. »Aber als ich es geschrieben habe, merkte ich, dass es sich als wahr erweisen würde, und irgendwie hat es das ja auch, eine kleine, dem Zufall zu verdankende Prophezeiung.«

Ich fing an, es aufzufalten. Wie denn auch nicht nach so langer Zeit? Aber er unterbrach mich dabei.

»Der Moment, in dem du es öffnest, Moses, ist der Moment, in dem ich gehen muss.«

»So funktioniert das also?«, fragte ich.

»Eine strenge Vorschrift, wohl wahr«, sagte er, »aber trotzdem eine Vorschrift. Ich kann dir etwas Materielles geben, aber dann verlierst du mich.«

»Für immer?«, fragte ich.

»Ja«, sagte er.

Das kleine Quadrat hielt ich in der Hand.

»Bevor du es öffnest, musst du aber noch etwas für mich tun«, sagte er.

»Was denn?«

»Du musst mich nach Prag bringen.«

»Nur ein kleiner Gefallen«, sagte ich scherzhaft.

»Ich würde dir das Geld geben, aber ich bin mir ziemlich sicher, dass meine Währung inzwischen nicht mehr gilt.«

»Mit Amerika bist du fertig?«

»Ich glaube, ja, fix und fertig.«

Er erzählte, dass er bei seiner Ankunft in New York Ivan in einem Bett im St. Vincent's Hospital gefunden hätte, umgeben von Orchideen, Freunden, anderen Geliebten, neueren Versionen seiner selbst, verschiedenen Models, allesamt Ausländer, ein rumänischer Ambrož, ein ungarischer Ambrož, diverse serbische Ambrože, alle aus Einzelteilen seiner selbst geschaffen, aus seiner schlanken Figur, der Form seiner Nase, seiner typischen Kantigkeit, seiner Unschuld. Ivan war sehr krank. Ein langsamer und schrecklicher Verlauf, hatten die Ärzte gesagt. Überall zeigten sich Tumore. Auf der Haut. In der Lunge. Und trotzdem hatte er bei geöffnetem Fenster eine Zigarette im Mundwinkel. Er trug Sachen, die er selbst kreiert hatte, ein Seidengewand, auf das er einen Himmel gezeichnet hatte, aber das Bild, die Robe, die ganze Erscheinung waren ziemlich schlecht. Er war sich selbst abhandengekommen. So viel Zeit war vergangen. »Als er mich sah«, sagte Ambrož, »wusste er, dass er fast schon tot war. ›Ah!‹, sagte Ivan zu mir. ›Endlich bist du gekommen.‹ Er glaubte, zu halluzinieren. ›Ich habe auf dein Erscheinen gewartet.‹ Aber er sah mich, wie ich war, Moses. Und das heißt, als einen mit Flügeln.

Ivan fing so zu sprechen an wie Leute, die lange voneinander getrennt waren, und er redete von unserer ersten Begegnung und dass ihn etwas an mir an Chaim Soutine erinnerte, dessen Gemälde wir am ersten Tag unseres Zusammenlebens gesehen hatten. Er erzählte mir, wie Soutine als ein armer Jude aus Smilovitz in Paris in ziemlicher Armut lebte – man denke nur an die Fahrt durch die Dunkelheit in einem Cabriolet –, und eines Tages erschien ein reicher Mann aus Amerika in seinem Atelier, sah seine Arbeiten, erkannte auf Anhieb sein Genie, kaufte bis zur letzten Skizze alles, was sich im Raum befand, und machte Soutine reich und berühmt. Und was macht Soutine in diesem Moment? Er stürmt hinaus auf die Pariser Straßen, hält ein Taxi an und sagt dem Fahrer, dass er ihn ans Meer fahren soll. ›Bringen Sie mich nach Nizza‹, sagt er. Eine Strecke von fast tausend Kilometern.

Als ich mich ihm zu erkennen gab, war es spät«, sagte Ambrož. »Er war allein. Es gab viel, was ich ihm hätte erzählen können. Und in der Tat wollte und musste ich ihm viel erzählen. Zum Beispiel den wahren Grund, warum Soutine ans Mittelmeer wollte. Den Grund, aus dem jedermann den heftigen Wunsch verspürt, ans Meer zu kommen. Aber stattdessen sagte ich zu ihm, dass er sich irrte. Dass wir uns zuerst vor einem Porträt der Jeanne Hébuterne von Modigliani begegnet waren. ›Ich habe mich dir vorgestellt‹, sagte ich zu ihm, ›aber ich glaube, du warst mit dem Gemälde beschäftigt oder damit, so zu tun, als wärst du mit dem Gemälde beschäftigt. Du warst ganz in Schwarz gekleidet. Du hast sehr seriös gewirkt. Ich war in der Hoffnung, jemanden wie dich kennenzulernen, nach Wien gekommen, und da warst du dann auch, ganz offensichtlich ein Tscheche, der nach Prag roch. Später, als ich dir folgte, trafen wir uns vor dem Gemälde von Soutine wieder. Und da hast du mich endlich bemerkt.‹

›Das klingt richtig‹, sagte Ivan. ›Die Bilder von ihr habe ich immer geliebt.‹

›Es klingt richtig, weil es richtig ist‹, sagte ich.

›Jeanne Hébuternes Eltern‹, sagte Ivan, ›haben nicht zugelassen, dass sie Modigliani heiratete. Er war seit Langem schwer krank. Tuberkulose. Hustete in Taschentücher. Das Gefühl, als werde gegen seinen Willen in seiner Brust eine Stadt gebaut, so viel Beton, so schweres Gewicht. Nächte im Delirium. Die Unfähigkeit, weder Tageslicht noch Dunkelheit ertragen zu können. Man kann sich vorstellen, wie die Krankheit ihn gezeichnet hatte. Der Husten. Das langsame Schwinden. Meinen letzten beiden Jahren nicht unähnlich. Jeanne Hébuterne war viel jünger als er. Neunzehn, als sie sich kennenlernten. Als er starb, war sie im achten Monat schwanger mit ihrem zweiten Kind. Sie war so verzweifelt, dass ihre Eltern sie zu sich holten. Einige Tage später stürzte sie sich aus dem Fenster ihres ehemaligen Kinderzimmers. Ihre Eltern konnten sich erst nach einem Jahrzehnt dazu durchringen, sie neben ihm auf dem Friedhof Père Lachaise beizusetzen.‹

Ivan legte mir schließlich seine Hand auf die Wange«, sagte Ambrož. »›Warum hast du so lange gebraucht?‹, fragte er mich.

›Ich steckte fest‹, sagte ich.

›Stecktest fest? Wo denn?‹

›In Prag.‹

›Und das ist so, als würde man in der Zeit feststecken‹, sagte er.

›Ich war im Bahnhof‹, sagte ich. ›Ich habe sehr lange auf meinen Zug gewartet.‹

›Schließlich ist er gekommen.‹

›Genau‹, sagte ich.

›Und du bist hier.‹

›Ich bin hier‹, sagte ich.

In wenigen Tagen würde Ivan nicht mehr da sein«, erklärte mir Ambrož. Ivan wusste das und sagte es auch. »›Keine Sorge, wir sind bald wieder zusammen. Ich werde von Freunden nach Prag zurückgebracht und auf dem selben Friedhof begraben wie du, direkt neben dir. Ich habe hier viel Geld verdient. Zu viel. So viel, dass ich hier an diesem zukünftigen Ort sterben kann. Ich habe schon alles arrangiert. Ich habe die Erde neben dir gekauft. So kann uns nichts mehr trennen.‹

Ich wollte ihm sagen, das nicht zu tun«, sagte Ambrož zu mir, »wollte ihm klarmachen, warum es uns voneinander trennen würde, wenn er es täte, aber da schlief er ein. Und wie soll man überhaupt die Logik meiner Welt erklären, die eine endlose Welt ist und zugleich aus endlosem Schweigen und einer langen Reihe nie gebrochener, endloser Regeln besteht? Einem Mann wie ihm erklären, der am Ende ist, auf der Schwelle steht, gefangen im Gegenteil, im Zuendegehen, im piependen Geräusch moderner Medizin, im heiligen Gesetz, das das Gesetz des Lebens und also das genaue Gegenteil ist. Er war in diesem Stadium halb zur Maschine geworden - so viel Kabel, Töne, Schläuche, Farben, Monitore, die verschiedene lebensnotwenige Funktionen anzeigten, die ich nicht verstand. Komisch, dass ein Mann, der in einer Stadt geboren wurde, die nie alt wird«, sagte er zu mir, »sich nun hier in diesem Zustand findet.«

Ich hielt das zusammengefaltete Papierstück fest, das Ambrož mir geschenkt hatte, und wir beide machten uns im Morgengrauen über die Neptune Avenue auf den Rückweg zum Krankenhaus. Ich sagte zu ihm, dass ich verstünde, warum er wollte, dass ich ihn mit nach Prag nehme.

»Ivan ist dort«, sagte Ambrož, »liegt da ganz allein in einem Grab am Stadtrand, und ich bin hier und weiß nicht, ob ich es aushalten kann, so lange zu warten, bis jemand anderes vorbeikommt und zufällig sieht, dass ich da flehend herumschwebe. Wirst du es also tun?«, fragte Ambrož mich. »Tust du es?«

Und dann ist endlich Eli angekommen, in Baumwolle und Wolle gewickelt und mir in die Arme gelegt worden, wie Babys seit Isaak und Abraham ihren Großvätern in die Arme gelegt worden sind. Eli, ein durchdringender Schrei vom Tageslicht, mit den Augen meiner Mutter, die noch einmal neu geboren sind. Eli, Wunder über Wunder, kadosh, kadosh, kadosh, kadosh!

Wir waren alle im Warteraum. Die ganze Familie, die noch nie so groß war wie an diesem Morgen, saß vor den riesigen Fenstern, die auf den Park hinausgingen, wo zwischen den Bäumen, wie Žofie mich wissen ließ, keine Idioten sich mehr am Schwebezustand versuchten. Und dann passierten zwei Dinge. Erstens Felix, der auf einer Schaffnerpfeife blasend uns entgegentorkelte, im Gedanken an seinen Sohn bereits liebestrunken ins Universum der Väter gesogen, das natürlich ein Universum der Liebe, aber genau genommen ein Universum der Unmöglichkeit ist, ein Ort, an dem man stets versucht, an etwas festzuhalten, das nicht festgehalten werden kann, wie Luft oder Klang oder die Liebe selbst.

Zweitens setzte ich mich dann mit Eli ans Fenster, wo sich draußen im Tageslicht das Wasserbecken für einen Moment mit Licht und Schatten von Vögeln belebte. Davon konnte er zu dem Zeitpunkt nichts sehen, und obwohl er erst wenige Stunden alt war, sah er mich mit dem Gesichtsausdruck eines Mannes an, der im Begriff ist, die Erinnerung zu verlieren, ein Mann, dem Minute um Minute dämmert, dass sein Wissen um die Vergangenheit von ihm abfällt. Setz dich, hörte ich ihn in dieser unsichtbaren Familiensprache sagen, setz dich und hör dir an, was ich zu sagen habe. Aber um uns her herrschte das Geplapper, das den Neugeborenen begleitet, und er fing zu schreien an, aber nicht wegen dem, was seine Mutter und sein Vater dachten, dass er nämlich müde oder hungrig oder übers Leben erschrocken war, sondern weil es ihn verlassen hatte, seine Geschichte und alles, was vorher gewesen war. Und als er mir weggenommen wurde, sah er zurück mit diesem Blick, den wir alle teilen, der aschfahle Blick, etwas Entscheidendes und Elementares besessen zu haben, das man hat gehen lassen. Es war genau hier, sagte er zu mir, es war genau hier in meinen Gedanken, genau hier.

Ich vermute, dass all dies in mir den Wunsch weckte, an meinen eigenen Vater zu denken, von dem ich absolut nichts wusste und erinnern konnte. Aber dann erschien Žofie mit einer kleinen Stereoanlage, die sie von zu Hause mitgebracht hatte, und stellte sie neben Marthas Bett, und während Martha schlief, nahm Žofie Elis kleine Hand und legte sie unten an den Lautsprecher. Wir überlegten lange, was wir abspielen sollten, damit er uns kennenlernen konnte, ohne uns zu kennen, so wie dein Vater seinen Vater gekannt hat und wahrscheinlich immer so weiter und wieder zurück. Und als wir das taten, als die ersten Takte ertönten, beruhigte er sich, und unsere gesamte Familie ließ die Musik erklingen.

GETRENNTE RÄUME

Wien, 2016

ARNOLD

Alles beginnt bei einem Abendessen zur Feier meines Geburtstags. Es ist eine absurde Zahl, neunundneunzig, eine Art Science-Fiction, nur noch ein Jahr vom wahrhaft Unglaublichen entfernt, ein medizinisches Nebenprodukt und auch Glückssache - reine Glückssache, aber auch das Glück von Albträumen. In diesem Alter ernte ich besonders unter den Jungen immer wieder ungläubiges Staunen, einen bestimmten Gesichtsausdruck, der das Gegenteil von Begeisterung ist und zu fragen scheint, ob ich tatsächlich real bin oder ob es aus irgendwelchen Gründen möglich sein könnte, durch mich hindurchzugehen, so wie man sich vorstellt, durch ein Gespenst gehen zu können.

Die Kinder alter Freunde organisieren die Party. Sie nennen mich Großvater. Das tun alle. Unmöglich zwar, doch bin ich als Mann ohne lebende Kinder anscheinend für Hunderte zum Großvater geworden. Wir versammeln uns in einem Restaurant inmitten des Stadtparks vor einem Fenster, aus dem man die vom Schnee versiegelte Kirschblüte sieht. Hier wendet sich eine Fremde an mich, eine Frau, die ich noch nie gesehen habe, eine Freundin einer der Personen, die meine Enkelkinder sind, aber natürlich nicht meine Enkel sind. Und aus dem Nichts und aus keinem offensichtlichen Grund verändert sie mein Leben. Nach wenigen Minuten mit ihr ist alles für immer ganz anders.

Die Fremde heißt Franziska Bauer. Sie ist Wissenschaftlerin am Naturhistorischen Museum, und als ich mich nach ihrem Arbeitsbereich erkundige, erklärt sie mir, dass sie Bilder aus Fossilienfunden entwickelt, dass sie diejenige ist, die den Knochen, die nach Millennien aus der Erde geholt worden sind, Farbe und Form und Blässe der Haut verleiht. »Ich bin die Person«, sagt sie zu mir, »die sich die Skelette anschaut und nicht nur Knochen, sondern das Tier sieht.« Ein Prozess, sagt sie, von Entgrabung sozusagen, der Leben aus dem zusammensetzt, was sie als den großen Schlaf der Erde bezeichnet.

»Aha!«, sage ich. »Sie erstellen eine Rekonstruktion!«

Sie versteht mich allerdings falsch. »Resurrektion?«, fragt sie und scheint auf eine Art, die mich berührt, intensiv darüber nachzudenken. »Vermutlich kann man das so sehen. Ich habe es bislang aber nie so verstanden. Ich habe auch noch nie irgendwelche Kreaturen wieder lebendig gemacht.«

»Noch nicht«, sage ich. Das sind zwei Wörter, die mir ein Jahr später, nachdem alles vorbei und alles unwiderruflich anders ist, wie eine plausible Zusammenfassung dessen vorkommen, was mir passiert ist.

»Wollen Sie eine Geschichte hören?«, fragt sie mich.

So beginnt es.

Sie erzählt mir von ihrer Mutter, ihrer ersten Mutter, die sie nicht kennt. »Ich wurde zur Adoption freigegeben«, erklärt sie.

Franziska und ich sitzen allein an einem Tisch am Ende des Raums nah am Fenster, nah bei den vereisten Bäumen. Während sie redet, fasst sie mich bei den Händen. Ich glaube, es muss wohl so sein, dass sie schon weiß, was diese Geschichte mit mir machen wird, dass sie mich in den kommenden Tagen dazu bringen wird, Abschied von meinem Leben zu nehmen. Oder vielleicht auch, weil ich Fremden wie ein Mann vorkomme, den man an die Hand nehmen muss.

»Was ich über meine leiblichen Eltern weiß«, sagt sie, »wurde mir erzählt, als ich sehr jung war. Zum Beispiel dass sie noch Teenager waren, als ich geboren wurde. Dass sie Leute mit Problemen waren und nicht dazu in der Lage, ein Kind aufzuziehen. Man sagte mir, dass meine Existenz Anlass zu großer Besorgnis gab. Schließlich hatten sie kein Geld und keinen festen Wohnsitz. Beide waren zu verschiedenen Zeiten von ihren Eltern rausgeworfen worden, so wie man es vielleicht mit einem Tier macht, das sich nicht domestizieren lässt – wie in diesen Geschichten, die man über Idioten hört, die versuchen, Krokodile zu Haustieren zu machen. Entsprechend wurde mir der ganze Blödsinn erzählt. Hier in deinem neuen Leben geht es dir besser, sagte man mir. Konzentriere dich auf deine gegenwärtige Lage, stell dir das Leben als Straße vor, die nur in eine Richtung führt, immer weiter, immer vorwärts, immer aufwärts.

Als ich elf Jahre alt bin«, sagt sie, »schickt mir die Adoptionsbehörde ein Foto meines Vaters. Auf dem Bild steht er auf einer Straße in einer Stadt, die ich aus irgendwelchen Gründen immer für Genf gehalten habe. Vielleicht hat man mir das erzählt, vielleicht habe ich es mir auch nur eingebildet. Er hat ein Fahrrad neben sich. Seine Haare sind wirr, doch hat es den Anschein, dass es absichtlich so ist, um ein lässiges Gefühl von Kummer, aber auch von tiefer Beseeltheit auszudrücken. Er sieht so jung aus, dass er wie ein Schulkamerad von mir wirkt, einer, dem ich gern meine Geheimnisse anvertraut hätte. Als ich vierzehn Jahre alt bin, erfahre ich den Namen meiner Mutter – June. Er kommt eines Nachmittags in einem Briefumschlag, ein einzelnes Blatt Papier mit dieser Information.

Und das ist alles, was ich weiß, während ich aufwachse. Das Foto einer Person und der Name einer anderen. Und auch das Gefühl einer Verdopplung: mein Leben, wie ich es in einem luxuriösen Haus in Salzburg mit allen unverzichtbaren Reizen des Konsums führe: mein Sony Walkman, als Teenager mein sexuelles Schmachten nach Simon Le Bon, mein peinlicher Hunger auf amerikanische Fast-Food-Hamburger, die großen Supermärkte des Vororts, in denen ich mich nach der Schule herumtreibe. Und auch das Leben, das ich mit diesen Leuten nicht teilte, mit June und ihrem Freund aus der Schule, der in meiner Fantasie immer neben seinem Fahrrad steht, egal, wie ich ihn mir vorstelle. Jede Bewegung in meinem Leben ist begleitet von der Abwesenheit jeglicher Bewegung in jenem anderen Leben. Alle Möglichkeiten, die sich mir in Salzburg und später in Heidelberg und Aachen und Oxford bieten, werden durch ihr Negativ gedoppelt. Soweit ich es verstehe, handelt es sich um parallel verlaufende Stränge, die ich nicht miteinander in Einklang bringen kann, aber manchmal, jetzt sogar, kommt es mir so vor, dass ich, wenn ich mich konzentriere, fähig sein könnte, mich in beiden Daseinsformen zu erfahren, im Bild und auf der Rückseite des Bilds, Tochter meiner Mutter und Tochter meiner anderen Mutter.«

Als sie sich in der Adoptionsbehörde nach Details zu ihrer Adoption erkundigt, sagt man Franziska, dass es ihr gesetzlich nicht gestattet sei, irgendwelche persönlichen Informationen zu erhalten, es sei denn, sie kann ihre Adoptivmutter dazu bewegen, ein Formular zu unterschreiben und eine eidesstattliche Erklärung abzugeben, die in amtlicher Sprache ihre Neugier begründet. »Meinen Wissensdurst«, sagt sie, »und den Grund, aus dem ich die Anonymität meiner Abstammung aufzudecken wünsche. Aber das kann ich alles gar nicht leisten, weil, als ich zwanzig bin, meine Adoptivmutter ganz plötzlich an einer Embolie stirbt, eine Explosion in ihrem Körper, die auch in meinem Körper explodiert. Ich habe jahrelang versucht, dieses Gesetz zu umgehen, aber es sind Schweizer, du weißt schon, und wenn sie Gesetze machen über soziale Intransparenz und die Undurchdringlichkeit bestimmter Maßnahmen, die die Anonymität schützen, dann merkt man schnell, dass sie das sehr ernst nehmen.«

Sie erklärt den Test. Als da sind: ein Fiberglasröhrchen, eine versiegelte Schachtel, in Bangalore ein Labor für autosomale Sequenzierung, eine mitochondriale Erforschung ihrer Linie mütterlicherseits. »Nach ein paar Wochen«, sagt sie, »wurde mir per E-Mail auf einer Landkarte sortiert ein Profil meiner Polyethnizität auf meinen Laptop gebeamt, das Ganze portioniert in einer prozentualen Auflistung, die sich aus irgendeinem Grund nicht zu hundert Prozent summiert. Jedenfalls bestätigt es, dass manche meiner Teile immer irgendwo anders sind, außerhalb von mir. In meinem Arbeitsfeld ist es allerdings nicht ungewöhnlich, auf das Fossil einer verschwundenen Spezies zu stoßen und dann festzustellen, dass ein wichtiger Teil des rekonstruierten Skeletts fehlt - ein Flügel etwa oder ein Zahn. Ein Räuber oder starker Wind haben genau diesen Rippenbogen entfernt. Die Landkarte verstehe ich, vielleicht sinnloserweise, als die negative Version von mir.«

Während um uns her die Party weitergeht, zieht Franziska einen Laptop aus ihrer Handtasche und zeigt mir die Karte. Sie besteht aus diversen Blautönen: Meer, Himmel, das durchscheinende Blau, mit dem mein Vater meinen Gebetsschal bestickte, als ich ein Teenager war. Franziskas Hintergrund verteilt sich über den europäischen Kontinent wie eine Ladung ribosomen Vogelschrots. »Das bin ich«, sagt sie, »all diese Punkte. Die Punkte«, erklärt sie, »sind Funktionen der Zeit, nicht individuellen Lebens, ein Ausdruck von Migration und Heiraten, Ausdrücke aufgespürter Menschen, gezwungen, sich neu zu erfinden. Gemäß dieser Technologie bin ich mithin überwiegend irisch, nicht schweizerisch.«

Franziska zeigt mir das Foto einer Frau, die sie selbst ist, nur älter, eine Doppelgängerin von ihr und zugleich keine Doppelgängerin. Die Frau auf dem Bild ist ganz offensichtlich ihre Mutter. »Es ist wichtig«, sagt sie, »dass ich June entdeckt habe. Sie lebt in Galway, ist Mutter weiterer Kinder, meiner Halbgeschwister. Sie arbeitet als Zeichnerin für die Polizei, was sich von dem, was ich mache, gar nicht so sehr unterscheidet, nämlich Bilder aus dem Schatten des Nichts zu gestalten. Diese eine Tatsache«, sagt sie, »verändert die Idee, die ich mein ganzes Leben mit mir herumtrage, dass nämlich unsere verschiedenen Interessen und Talente das Ergebnis von Obsessionen und nicht genetisch bedingt sind.« Nachdem sie das gesagt hat, legt Franziska eine Pause ein, wohl um anzudeuten, dass sie es als wichtige Aussage verstanden wissen will – eine Verkürzung dieser Erfahrung auf die einfachsten, ihr zur Verfügung stehenden Worte. Und trotzdem dauert es einen Moment, bis ich verstehe, was sie da sagt.

Sie sieht meine Verwirrung – neunundneunzig Jahre, will ich sagen, neunundneunzig! – und sagt, dass diese Ideen bekannt seien, jedenfalls für jemanden wie sie, aus ihrer Generation, jemand, der gängigen Erklärungen misstraut: Alles ist das Produkt seiner Umwelt. »Ich bin ich wegen der Welt, nicht wegen meiner Mutter. Wenn man seine Mutter nicht kennt, wird die Hohlheit des Vererbungsdeterminismus erschreckend«, sagt sie.

Und ich will ihr sagen: Ach, Franziska, ich konnte mir das Gesicht meiner Mutter fast achtzig Jahre lang nicht vorstellen; allein schon die Idee, überhaupt eine Mutter zu haben, kommt mir manchmal wie ein Märchen vor. Ich habe immer nur so existiert, allein, selbstständig.

»Aber«, sagt sie, wobei sich ihre Miene aufhellt und sie sanft meine Hände drückt, »es stellt sich heraus, dass June, meine leibliche Mutter, ihre DNA in der Hoffnung sequenzieren ließ, mich damit aufzuspüren, genau wie ich gehofft hatte, sie zu finden. Wie sich zeigt, verlaufen die parallelen Stränge gar nicht so parallel. June kontaktierte mich über das System dieser Website. ›Hi‹, hieß es in der Nachricht. ›Ich bin's. Der Computer sagt, dass wir verwandt sind. Wer sind Sie? Sind Sie womöglich die, von der ich glaube, dass Sie es sind?‹ Es brauchte nichts weiter als diesen Test«, sagt sie, »um meine Mutter zu finden.«

Ich stelle höfliche Fragen. Ich möchte gern wissen, ob der Test teuer ist. Und ob er wehtut. Und wo werden die Spritzen injiziert, und wie groß sind sie?

»Keine Schmerzen«, sagt sie zu mir. »Und keine Spritzen. Man spuckt nur.«

»Aber wie«, frage ich, »kann man seine eigene Geschichte ohne Schmerzen ermessen?«

Ich bin mit meiner Nachbarin Sandrine in das Restaurant gekommen. Sie wohnt gegenüber meiner Wohnung in dem Haus auf der anderen Straßenseite. Ich habe überhaupt keine Familie mehr, aber immerhin ist da noch Sandrine. Sie holt mich an meinem Tisch ab, weil es nun einen Kuchen gibt. Und dann ist da als letzte Überraschung eine Fotografin von der Zeitung, die mich knipst, wie ich angemessen überwältigt dreinblicke und sogar versuche, meinem Aussehen eine Mischung aus Entschlossenheit, würdevoller Beschämung und sogar Ärger darüber zu verleihen, dass ich einer Nachricht würdig bin. Später wird die Überschrift angemessen und zugleich vulgär daherkommen: ÜBERLEBENDER ÜBERLEBT IMMER WEITER!

Das Restaurant ist nur achthundert Meter von der Wohnung entfernt, in der ich geboren wurde, dicht am Fluss in der Nähe der großen Ahornbäume an der Ringstraße, die ich mein ganzes Leben lang so geliebt habe. Und wenn ich in diese Richtung schaue, finde ich mich dort oben und nicht mehr hier in dem Restaurant mit all den Enkelkindern, die gar nicht meine Enkelkinder sind, und mit dieser Fotografin, die mit mir redet, als wäre ich mein eigenes Fossil, das sie für Franziskas Museum ausgegraben hat, ein Fossil allerdings, dem ein Rippenbogen fehlt.

Und ich befinde mich wieder im alten Haus mit Fania, und Moses sitzt vor uns auf dem Fußboden und spielt auf dem roten Teppich, den meine Mutter aus London mitgebracht hat. Und wir sitzen still beim Fenster und beobachten das Wetter.

Oder es ist ganz am Ende, und wir wechseln uns damit ab, das Baby zu tragen, und wir haben seine Decken unter unsere Mäntel gestopft, seinen ausgestopften Bären, ein kleines Bilderbuch, um ihn zu beruhigen, all diese Dinge des Lebens und der Freude, die uns bald genommen sein werden, die wir aber seinetwillen mitnehmen. Wir haben Moses eingecremt, und er riecht nach Talkum und Leinen und wie das Tageslicht im Vorderzimmer eines Zuhauses, das ich nicht betreten darf oder das ich in wenigen Tagen nicht mehr in meiner Erinnerung wachrufen darf.

Dorthin gehe ich am Abend meines neunundneunzigsten Geburtstags. Mein Äußeres befindet sich in einem hellen Restaurant im Park, umgeben von falschen Enkelkindern, aber der Rest von mir ist fortgegangen in den anderen Zug, der so überfüllt ist, dass man nicht sitzen kann und in dem das Licht an der Versiegelung des Türriegels das Licht des Todes ist. Dort bin ich inmitten meiner neunundneunzigsten Geburtstagsfeier im Wien der Zukunft, in der schönen, neuen Wiener Welt des Jahres 2016: Die Glätte der Haut von Moses' Wange während seiner letzten Stunden ist die Glätte des Todes. Am Ende spüre ich zwischen unseren Körpern unsere Herzen im Gleichklang schlagen, und dann für eine sehr lange Zeit, viele Jahre lang, nichts mehr. Die Männer am Ende der Rampe sagen, dass wir später wieder zusammengeführt werden. »Alles nachher«, sagen sie. *Olam Haba.*

In der kommenden Welt werden Kinder mit dem gesamten Weltwissen wiedergeboren. In der kommenden Welt fallen Väter vorwärts, um das alte Königreich zu umarmen. In der kommenden Welt werden die Segenswünsche unserer Erinnerungen wie Drachenband eingesammelt und in den neuen Himmel entlassen. In der kommenden Welt greift meine

Hand durch die Wände, die uns voneinander trennen, um meine Familie zu berühren.

Meine Frau sah ich zuletzt, als wir voneinander getrennt wurden. Meinen Sohn sah ich zuletzt, als er über die Schulter meiner Frau blickte, um mich zu finden. Ich erinnere mich, dass ich dachte: So ist also der Tod, so ist also der Augenblick, in dem die Welt untergeht.

Hat jemand wie ich in der kommenden Welt sein Gedächtnis verloren? Oder bleibt es intakt, eingeschlossen in Bernstein? Denn hier habe ich ja alles vor mir: Ich bin mit Sonja im Bahnhof, und sie ist fünf Jahre alt. Wir kommen von unserem Haus, und ich halte sie an der Hand. Ich erzähle ihr vom Meer. Sie wird Fische und endlose Weite sehen. Sie wird eine neue Sprache lernen. Es regnet. Außer dass es einen König gibt, weiß ich fast nichts über England. Also sage ich ihr: »Du wirst den König sehen.«

Im Gehen umarmt sie mich. Sie will meine Hand nicht loslassen. »Ich dachte, du bist der König«, sagt sie zu mir.

Im Bahnhof löse ich Finger um Finger.

»Komm doch mit«, sagt sie.

»Würde ich gern, wenn ich könnte«, sage ich.

Sie hat ihre blonde Puppe mitgebracht, der sie den Namen ihrer Mutter gegeben hat: Fania.

»Erzähl ihr alles«, sage ich. »Wenn du Angst hast, sag ihr, was dir Angst macht.«

Sie winkt aus der geöffneten Tür des Zugs. Und sie winkt mit der kleinen Hand der Puppe. Sie sagt der Puppe schon etwas ins Ohr. Das ist das letzte Bild, das allerletzte.

Im Restaurant weiß Sandrine, dass ich daran denke. Immer, wenn ich irgendwohin abzudriften scheine, vermutet sie, dass ich hier gelandet bin. Zwei Kinder ins Nichts geschickt. Was sie nicht weiß: Einen Monat, nachdem ich Sonja weggegeben habe, kam ein Paket aus Harwich an. Sonja war auf der Reise erkrankt. Das war der Wortlaut auf Englisch in einer Formulierung, die mir fremd war. Der Brief lieferte eine vorläufige Diagnose: Scharlach. Die Puppe wurde zurückgeschickt. Wie sie da in einem Kartonsarg lag, kam mir ihre Reglosigkeit wie sturer Eigensinn vor. Sie würde mir nicht sagen, was sie wusste, weil ich nicht Sonja war. So ist das nun mal mit Kinderspielzeug. Es hat nur einen lieben Gott auf der Welt, eine Person, die Leben schenken kann. In ihr, das weiß ich, verstecken sich alle Geheimnisse Sonjas, alles, was sie in Furcht versetzt. In dem Brief ist mein Name verwechselt. Es ist ein Brief an Isaac, wer auch immer das sein mag, ein Mann, dessen Tochter auch in den Zug gesetzt worden ist und dem die Trennung ebenfalls das Herz gebrochen hat.

Später wird Sandrine fragen, ob es stimme, dass ich daran gedacht habe, und ich werde ihr sagen, dass sie richtig gelegen habe. Welchen Sinn würden Lügen noch machen? Ich bin manchmal überwältigt, wenn ich ihre eigenen jungen Töchter erlebe. Einige sind so alt, wie Sonja war, eine ist nun im gleichen Alter, wie Moses es war.

Nach dem Essen möchte ich spazieren gehen. Wir wohnen nicht weit vom Park entfernt. Zehn Minuten zu Fuß. Um ehrlich zu sein, weiter, als ich ohne Pause schaffe. Es ist ein kühler Abend. Draußen wabert Rauch aus Schornsteinen. Wenn es nötig ist, kann Sandrine jederzeit die Lichter in meinem Arbeitszimmer sehen, den Umriss meines Ohrensessels, meinen Scheitel, der fast immer von Kopfhörern umschlossen ist, aus denen die Musik meiner Jugend klingt. Ich glaube, das weiß sie auch. Sie kommt jeden Abend vorbei, bevor ich ins Bett gehe, als wäre sie die Mutter und ich das Kind.

»Ich habe in letzter Zeit viel an Fania gedacht«, sage ich zu ihr. »Sie war meine Frau.«

Sandrine sagt mir, dass sie nun zum ersten Mal hört, dass ich ihren Namen laut ausspreche.

»Letzte Woche wäre ihr hundertster Geburtstag gewesen«, sage ich. »Sie war älter als ich. Sie empfand das als Vorteil. So konnte sie mich immer wissen lassen, was kommen würde. Was aber am Ende nicht stimmte.«

Ich weiß, dass Sandrine mich beobachtet, mich dabei beobachtet, wie ich in den leeren Park blicke. Ich kann ihr nicht erklären, was sie nicht verstehen kann: dass Fania sowohl alt als auch jung ist, ewig sechsundzwanzig, sogar hier in Wien, und sie hat es sogar geschafft, in allen Räumen neben mir zu sitzen, in jedem Zug, nur einen Augenaufschlag entfernt.

»Ich rede immer mit Fania«, sage ich zu Sandrine. »Die Stimme in meinem Kopf ist eine an sie gerichtete Stimme, als wäre ich Teil eines Briefs, und in Fania, wohin auch immer sie verschwunden ist, liegt der andere Teil. Das ist gar nicht so verrückt. Es ist nur so, dass es eine ganze Menge darüber zu erzählen gibt, was sie verpasst hat. Zum Beispiel dass die Stadt mir manchmal völlig unverändert vorkommt. Es bedarf keiner großen Anstrengung, sie so zu sehen, wie ich sie etwa an meinem Hochzeitstag sah, als meine Mutter und mein Vater bei mir waren und meine Onkel und Tanten und meine Schwestern auch alle hier waren. Die Gebäude sind dieselben Gebäude. Der Schönbrunner Zoo ist derselbe Zoo, in den ich Sonja mitnahm, um uns die Eisbären in ihrem Gehege anzuschauen. Mir scheint, dass es so nicht sein sollte. Dass ich immer noch hier sein würde und dass all dies auch noch hier sein würde, alles beim Alten, mit Menschen, die immer noch in Restaurants essen. Es kommt mir brutal merkwürdig vor, dass wir nicht allesamt versteinert sind wie die Statuen in diesem Park, erstarrt als Verurteilte.«

Unterwegs hält sie mich an jeder zweiten Straßenecke an

und sagt, dass wir falsch abgebogen seien, in eine andere Richtung gehen müssten und dabei seien, uns zu verlaufen. »Mein Gedächtnis ist nicht mehr so gut«, sagt sie zu mir in voller Überzeugung, mit großer Entschiedenheit. »Unser Gedächtnis sitzt im Inneren, vor Blicken geschützt. Das zu bedenken ist immer wichtig.«

»Als ich noch jung war«, erzähle ich ihr, »ist in der Wohnung meiner ältesten Schwester einmal ein Brand ausgebrochen. Ihr Mann war auf der Arbeit. Das Feuer richtete im Haus große Schäden an, und sie kam zum Übernachten zu meiner Mutter und meinem Vater. Ihr Mann konnte sie aber nicht finden. Und sie konnte ihn nicht finden. Wir warteten stundenlang. Meine Schwester war verzweifelt. Etwas Schreckliches war geschehen. Und also gingen wir zu *ihrem* Haus, um nach ihm zu suchen. Natürlich war er in diesem Moment zu *unserem* Haus gegangen, um uns zu suchen, und betätigte lange die Türklingel. Das ging stundenlang so. Wir umkreisten uns gegenseitig. Erst als wir die Hoffnung aufgaben, gab auch er die Hoffnung auf. Er war ein sehr großer Mann. Der größte Jude in der Geschichte der Juden, sagten die Leute scherzhaft.«

Als alles vorüber war, bin ich meinem Schwager einmal wieder begegnet. Er war die einzige mir bekannte lebende Person, die mich angesichts ihrer Körpergröße nicht überraschte. Früher hatte ich geglaubt, dass er unverwundbar sei, dass das ganze Elend ihm nichts anhaben konnte, dass die Grausamkeit an Männern meiner, nicht seiner Größe Maß nahm und dass ich zwar immer dünner geworden war, er aber nicht und dass er überlebt hatte. Als ich ihn dann wiedersah und ihn unversehrt fand, war das für mich eine Bestätigung, dass ich mein Gefühl fürs Leben nicht komplett eingebüßt hatte. Er erzählte mir, dass er auswandern wolle, nach Kanada, nach Montreal. Er fürchtete, dass ihn jemand verfolgte. Ein gewisser Soldat. Er glaubte, dieser Mann könnte kommen und irgendeine kleinliche Beschwerde vorbringen, die eine simple Beschwerde darüber sein oder auch nicht sein konnte, gelebt zu haben. »Du könntest ja auch mitkommen«, sagte er. Er würde alles bezahlen, mich mitnehmen, mir eine Stellung beschaffen. »Lieber gehen, als hier darauf zu warten, dass es wieder passiert. Und das wird es«, sagte er. »Das wird es, das wird es, das wird es.«

In jenem ersten Jahr kam eine kleine Gruppe von Leuten zurück, manchmal nur für einige Tage. Diese wenigen Leute suchten einander, schufen einen permanenten Kreis aus Wiedersehen und Erwartung und machten aus dieser Atmosphäre zahlreiche Kreise und Kreise in Kreisen, Mütter im Orbit, Babys im Orbit. Ich sagte zu meinem Schwager, dass ich an diesem Ort sein wollte, der mein Ort war und von dem ich glaubte, dass er immer noch zu mir gehörte, nur für den Fall, man kann ja nie wissen, überhaupt kann jetzt alles passieren. Und ich tat ihm natürlich sehr leid.

»Mein Ort war es nicht«, sagte er, »ich wusste, was passieren würde«, sagte er, »gar nichts würde passieren, niemand kommt wegen dir zurück.« Und er sagte, ich sei ein Idiot, und als er das sagte, erinnerte ich ihn an das Feuer in jener Nacht und wie wir im Kreis durch die Stadt gelaufen waren, unsere ganze Familie einander gesucht hat, und wie wir uns immer wieder verpasst hatten.

»Also verstehe ich, worüber die Frau beim Abendessen geredet hat«, sage ich und meine Franziska. »Was es bedeutet, ein Leben zu leben und das Gefühl zu haben, dass ein anderes Leben auf einer parallelen Ebene stattfindet. Ich existiere mit dieser Vorstellung. Ich und ein anderes Ich.«

Vielleicht begreift Sandrine an diesem Punkt, warum ich

sie in ein anderes Stadtviertel gelotst habe. Ich halte nun an und wende mich einem Haus mit einer roten Tür zu. Vielleicht weiß sie, dass es mein Haus ist, das Haus, in dem ich mit Fania und Moses und Sonja gewohnt habe, das Haus, zu dem vielleicht alle zurückkehren. Wir stehen dort eine Weile, und vielleicht erwartet Sandrine, dass ich noch mehr erzähle, etwas erkläre, von dem sie vielleicht glaubt, dass ich daran denke – dass nämlich dieser DNA-Test, bei dessen Durchführung zu helfen Franziska mir versprochen hat, etwas in mir wiederaufleben lässt.

Ich sage aber nur so viel: »In diesem Haus gibt es einen Mann, der in dem Zimmer schläft, in dem ich geschlafen habe, und der in dem Zimmer auf seine Tochter aufpasst, in dem ich auf meine Tochter aufgepasst habe. Glaubst du, dass er je an mich denkt und den Verdacht hegt, dass sein Leben meins sein könnte?«

Einen Monat, nachdem ich den Test gemacht habe, trifft der erste Brief ein. Er kommt von einer Frau aus Surrey, eine pensionierte Augenärztin, die, wie sie sagt, in einem Zimmer schreibt, aus dem sie ihren Garten überblicken kann.

Mein Name ist Vivian Silk, beginnt sie.

Ich wurde als Sonja Alterman am 9. Februar 1933 in Wien auf der Entbindungsstation des Rothschild-Spitals geboren. Als Fünfjährige wurde ich in Großbritannien adoptiert, nachdem ich mit einem Kindertransport, organisiert vom Central British Fund for German Jewry, dorthin gebracht wurde. Meine Mutter war Fania Reiter, geboren im Mai 1915 in Galizien. Ich habe wie Sie meine DNA analysieren lassen, und es traf mich wie ein Schock, Ihren Namen in der Rubrik meiner potenziellen Verwandten zu lesen. Ihre Daten entsprechen den Daten, die ich hinsichtlich der Identität meines Vaters habe. Sie haben denselben Namen und dasselbe Geburtsdatum. Der Name Ihres Vaters ist der Name meines Großvaters. Ich weiß nicht, ob dies alles wahr sein kann. Oder ob es sich um einen Fehler handelt. Wenn es tatsächlich wahr und kein grausamer Irrtum ist, weiß ich nicht, ob es Ihnen gut geht. Oder ob es bei Ihnen angenehme Gefühle oder Albträume auslöst, von mir zu hören. Ich bin selbst eine alte Frau, aber in meinem Herzen nicht so alt, wie meine Enkel vermutlich glauben. Könnten wir uns treffen? Wäre das möglich? Ich weiß nicht, was geschehen ist und warum man mir nicht gesagt hat, dass Sie noch leben, und warum wir während der ganzen Zeit voneinander getrennt waren. Ich weiß lediglich, dass ich hier bin und dass Sie auch hier sind, und das scheint mir ein großes Wunder zu sein.

Herzlich
V-

Nicht lange nach dem ersten, kommt ein zweiter Brief. Wie der erste kommt er per E-Mail, und weil ich die Technik nicht gut beherrsche, sehe ich beide auf einmal, einen nach dem anderen:

Lieber A-,

heute morgen kam mir eine Erinnerung. Sie sind mit mir zum Tiergarten Schönbrunn in den Zoo gegangen. Ich bin jung, vier Jahre erst. Dort gibt es Eisbären in einem gläsernen Becken. Bruder und Schwester, sagen Sie zu mir, vom Nordpol hergebracht, einem Ort, von dem ich nicht weiß, ob es ihn gibt, aber trotzdem ein Ort, den ich mit Elfen assoziiere, dem Traumleben meiner Mitschülerinnen. Sie heben mich hoch, tragen mich dicht an die Glaswand, und irgendwann dreht sich einer der Bären im Wasser herum, sodass wir ihm und er uns ins Gesicht sehen kann. Und sogleich reißt der Bär sein Maul mit dem gewaltigen Kiefer voller scharfer Zähne weit auf, und ich spüre, wie Sie vor Angst meine Beine zusammendrücken.

Keine Bange, sagen Sie zu mir, Papa hält dich. Keine Bange. Du bist in Sicherheit.

Wenn es Ihnen gut geht, A-, dann schreiben Sie mir bitte. Das kommt alles so überraschend.

Herzlich

V-

Ich sitze allein in meinem Arbeitszimmer, wenn ich diese Nachrichten erhalte. Nun kommen sie plötzlich auch per Post auf schlichtem weißem Papier. Irgendwie hat sie meine Adresse herausgefunden. Ihre Handschrift ist makellos.

Die Handschrift, schreibt Vivian, *einer Frau, die auf strengen britischen Internaten erzogen wurde, um an den Zusammenhang zwischen Charakter und Klarheit zu glauben. Als ich jung war,* schreibt sie, *bemühte ich mich fleißig um eine schöne Handschrift. Heute verstehe ich, dass, je näher meine Handschrift dem Ideal kam, mir meine Vergangenheit desto ferner erschien. Und indem das geschah, sahen mich desto mehr Menschen meiner Umgebung als Britin, als etwas anderes, als ich mich selbst empfand, nämlich als Hochstaplerin, als ein Mädchen in den Kleidern eines anderen Mädchens, das die Sprache eines anderen Mädchens sprach. Mein ganzes Leben lang war ich stolz auf meine Handschrift, und das heißt, dass ich stolz darauf war, als Britin zu gelten, aber jetzt, da ich Ihnen schreibe, nicht mehr. Ihnen zu schreiben ist ein Ausdruck des Verzichts.*

Wie sehen Sie das?, schreibt sie. *Ist der alte Teil meines Ichs verloren?*

Ich bewahre diese Briefe in einer Papiermappe auf, die ich hinter dem Sofa verstecke, falls jemand herumschnüffelt. Nicht, dass jemand die Absicht hätte. Ich wohne allein in dieser Wohnung, und sie ist in jeder Hinsicht zu groß für mich, zu luftig, eine Wohnung, die besser zu einem Mann passen würde, der das Gefühl hat, ein siegreiches Leben gelebt zu haben. Warum sonst verstehe ich meine Schlafzimmerfenster, die Blick auf die ferne Hofburg gewähren, einen Ort, an dem mein Vater mich einmal auf seine Schultern setzte, um mir ein Beispiel für die natürliche Neigung des Menschen zu Großartigkeit und Pomp zu zeigen, oft als einen Ersatz für religiöse Gefühle?

Ich verbringe die meisten Tage hier in diesem Arbeitszimmer in der obersten Etage des Hauses. In meiner dunkelsten Zeit erträumte ich mir diesen Ort, entwarf jeden Raum in meiner Vorstellung, bis ich darin leben konnte, wie ich es nun kann. Ein Raum, dessen Decke fast völlig entfernt und durch Glas ersetzt wurde. Eine Möglichkeit für mich hinauszusehen, und einsehbar nur für die, die fliegen. Flugzeuge, Krähen, sie alle üben ihren Einfluss aus. Ein alter Freund machte sich einmal darüber lustig. »Oh, du glaubst wohl, dass du immer eine Möglichkeit haben musst, hinauszuschauen, weil du einmal ohne Licht vegetiert hast. Ruf den Arzt! Ruf die Seelenklempner!«

Dennoch gibt es das - meine langen Nachmittage, diese Durchsichtigkeit, dieser endlose zarte Strahlensog, das in den Lüften gefangene Leben der anderen und das Wechselspiel des Lichts über der Stadt, die meine Stadt ist, in der ich geboren bin, verhaftet wurde, die Stadt, in die ich wie durch einen Schiffsuntergang zurückgeschickt wurde und in der ich, unwahrscheinlich genug, ein alter Mann geworden bin.

Diese Briefe machen mir Angst. Schnell sind es über ein Dutzend. Furcht ist das einzige Gefühl, das mir hier angemessen erscheint. In den ersten Tagen glaube ich, dass ich bestimmt schon tot bin und dass auf diese Weise meine Erfahrung des Nachlebens begonnen hat - mit Briefen von Sonja, einem Leben der Abwesenheit würdig. Welche noch perfektere Hölle könnte der Teufel für mich erfinden, als jetzt, mit neunundneunzig, zu erfahren, dass Sonja am Leben ist. Und die ganze Zeit gelebt hat. Und dass mir das entgangen ist.

Der erste Brief hat mich in Schlaflosigkeit gestürzt. Wie könnte ich jetzt auch schlafen, wenn ich weiß, dass dies meine Lebensgeschichte war? Dass meine Sonja nun Vivian ist, dass sie Britin ist, verschwunden, von Alterman zu Silk geworden, ersetzt durch eine Frau mit einer Handschrift wie von einer Maschine, dreiundachtzig Jahre alt. Wie kommt es, dass meine Tochter nun so viel älter als ihre Mutter ist?

Sie schreibt wieder. Brief Nummer dreizehn.

Noch eine Erinnerung.

Du hast mich in die Philharmonie mitgenommen. Ich bin noch zu jung für den Einlass, und deshalb versteckst Du mich unter Deinem Mantel, der nach Pfeifenrauch riecht und nach Vanille und nach den Bäumen hinter unserem Haus, die, glaube ich, Linden sind. Wir huschen heimlich hinein. Weil Dein Mantel so lang ist und ich so klein bin, müssen wir unsere Schritte aufeinander abstimmen, damit wir nicht stolpern. Du hast mich als ältere Frau verkleidet. Ich bin eine Großmutter, sagst Du. Deshalb bin ich so klein. Die Musik ist die Neunte von Mahler, wenn die Melodie sich im ersten Satz aus dem Nirgendwo auf das Publikum senkt, losgelöst vom Stimmengewirr des Lebens. Oder aber, wie ich es mir zurechtgelegt habe nach so vielen Jahren, in denen ich sie wieder und wieder gespielt habe, die Musik entströmt dem Abgrund des Todes. Ich habe diese Musik, die die Musik der Poesie des Sterbens ist, immer mit Dir verknüpft. Ich erinnere mich, wie Du in jener Nacht die Musiker beobachtet hast, Dein Gesicht den Streichern zugewandt, das Stocken Deines Atems am Schluss, als der Saal im Verlöschen des Tempos stiller und stiller wurde, Dein rauer Schnurrbart, und wie Du dann mitten im letzten Satz zu weinen angefangen hast. Erinnerst Du dich daran? In einer Woche kann ich in den Zug steigen. Mir ist es gelungen, eine Aufzeichnung jenes Abends aufzutreiben. Der Dirigent treibt an. Der letzte Satz ist doppelt so schnell, wie er sein sollte. Als hätte er gewusst, dass wir uns alle beeilen und fliehen mussten. Dass ein großes Ende nahte. Könnte ich Dir das schicken? Oder wäre das zu schmerzlich? Ich warte auf Deine Antwort hierauf oder auf irgendetwas.

Deine, V-

Die Briefe sind auf Englisch. Ich muss sie langsam lesen, muss sie so entziffern, als würde ich ein archäologisches Artefakt analysieren, was ich in mancher Hinsicht auch zu tun glaube. Jeden ihrer Sätze wiederhole ich laut, übersetze ihn in meinem Kopf und transkribiere ihn dann auf Deutsch in ein Notizbuch. Das braucht seine Zeit, die meisten Vormittagsstunden, aber ich habe ja nichts anderes als Zeit. Mir ist klar geworden, dass Zeit in der Tat alles ist, was das Leben ausmacht - zerstückelt, vorweggenommen, gestohlen, geteilt zwischen den eigenen Kindern, aus dem Herzen gerissen.

In diesem Raum, den ich aus Träumen geschaffen habe, erscheint mir nachts das Gesicht des Mannes, der mich aus meinem Haus geholt hat. Ein kleiner Mann, kleiner als ich, mit roten Haaren und einem Portweinfleck auf der Wange, fuchtelt mit einer Pistole herum, als er hereinkommt, während wir unser letztes Abendbrot essen - einen Klecks Butter, einen erbeuteten Kanten alten Schwarzbrots, Kartoffeln, die wir uns irgendwie von irgendwo geborgt haben, ich glaube von den Leuten, die neben den Metgers wohnen, Leopold und Willa Metger. Deren Sohn, ein Teenager, vor einem Monat aus ihrem Haus geholt, die Eltern bereits tot, bevor man sie holen konnte, zwei Tropfen Veronal, der lange Schlaf, der stille Schlaf. Wenn es ums Essen geht, das wir nicht haben, fällt immer dieses Wort, *borgen,* als ob wir je dazu in der Lage sein würden zurückzugeben, was uns gegeben wurde. Der Mann klopft, brüllt, und auf der anderen Seite der Tür verstecken wir Spielzeug unseres Babys, das wir wohl nicht haben dürfen, verstecken eine Zeitung, die zu lesen uns wohl verboten ist, und dann ist er plötzlich da. Er hat das Schloss der Außentür mit einem Hammerschlag aufgebrochen. Dies Gesicht, das für Jahrzehnte aus meinem Gedächtnis verschwunden war, kehrt lebendig zurück.

»Jeder nur eine Tasche«, sagt der Mann. Er schlägt mich mehrmals, ein Dutzend Mal, und als ich versuche, mich zu wehren, schlägt er mir seine Pistole gegen die Wange, stößt mir den Lauf in den Mund, zwingt mich zu sagen, dass die Pistole gut schmeckt, während die Pistole noch in meinem Mund steckt, was jedes Wort unmöglich macht, eine Sünde, die noch mehr Schläge nach sich zieht. Ich erinnere mich, dass meine Zähne vor mir auf dem Boden lagen. Es wird Jahre dauern, bis ich neue bekomme.

»Vielleicht willst du deinen Schmuck mitnehmen«, sagt er zu Fania, »deine Diamanten, deine besten goldenen Ohrringe. Wo du hingehst, willst du gut aussehen.« Fania rührt sich nicht. Er nähert sich ihr, betatscht sie. »Wenn du zu irgendeinem Ort auf der Welt gehen könntest«, fragt der Mann, »wo würde der sein?« Fania antwortet nicht. Hinter ihr liegt ein Messer. Sie hat Kartoffeln für Moses geschnitten. »Wo würdest du hingehen?«, fragt der Mann noch einmal, zielt diesmal mit der Pistole auf sie, dann in ihren Mund. Wieder die Qual des Schluckens. »Schmeckt das gut, ja? Jüdin, sag mir, wie das schmeckt, du Schwein, du Sau, du jüdisches Schwein, Judensau.«

Und sie sagt: »New York«, sagt es zweimal. »Ich würde nach

New York City gehen.« Worte, die ich aus ihrem Mund noch nie gehört habe.

»Warum das denn?«, sagt der Mann.

Und Fania zittert nicht. Ich habe mich immer daran erinnert, dass sie nicht zitterte. Sie sagt: »Ich würde nach New York gehen, weil ich da auf der Bühne stehen und singen könnte.« Das habe ich nie von dir gewusst, Fania, dies Bedürfnis zu singen!

Der kleine Mann macht einen Schritt zurück, um sie anzusehen, sie zu mustern, und dann sagt er: »Du willst auf die Bühne? Willst du das wirklich? Auf die Bühne? Damit wir zahlen müssen, wenn wir dich sehen wollen? Damit du unser Geld kriegst? Damit du mehr von dem kriegst, wofür ich arbeite?« Er macht wieder einen Schritt vorwärts und fragt, ob sie ihm Eintrittskarten schicken werde. »Machst du das? Machst du das?« Er kommt ihr noch näher. »Machst du das? Und was wirst du auf der Bühne anhaben? Wirst du Seide anhaben? Wirst du Netzstrümpfe tragen, Spitze, Leder?«

Sie sieht mich nicht an. Sie sieht auch Moses nicht an, der nicht weit genug entfernt ist und alles beobachtet. Und als Fania sagt: »Ja, natürlich, Sie stehen ganz oben auf meiner Liste, Herr Offizier«, klatscht er Beifall.

»Fantastisch«, sagt der kleine Mann. »Dann werden wir dich nach New York schicken. Ich bin gekommen, um deine Träume Wirklichkeit werden zu lassen. Wie findest du das? Wer sagt denn, dass ich nicht nett sein kann? New York City. Abgemacht.«

Ein Bann ist gebrochen. Der Mann macht ein paar Schritte zurück. Ich glaube, dass wir verschont werden. In meiner Dummheit glaube ich das tatsächlich. Dann sieht der Mann Moses. Den kleinen Moses. Still auf seinem Stuhl. Er konnte immer still sein. Der Soldat nähert sich Moses. Ein Augenblick der Humanität, denke ich. Aber dann spuckt er ihn an. »Lächerlich, dass ihr euch auch noch vermehrt habt«, sagt er. »Lächerlich.«

Das alles kommt zurück.

So wie Jahre später ein Nachmittag in Miami, als ich glaube, Fania in der Nähe des Strands an der Collins Avenue gesehen zu haben. Ich folge ihr zwei Meilen nach Norden bis Surfside, wo sie in einem Laden dicht am Meer Blumen kauft und dann in ein Mietshaus beim Bay Drive geht. Ich beobachte, wie sie hineingeht, und sehe, dass in dem vierstöckigen Gebäude Licht eingeschaltet wird. Und so komme ich dann Tag für Tag zu dem Haus zurück und warte auf diese Frau, die offenbar gar nicht Fania ist. Und das weiß ich auch oder glaube, es zu wissen. In Wirklichkeit ist sie eine lettische Frau namens Natasha, die Fanias Haare hat und ihren Gang und, wenn sie nervös ist, eine bestimmte Art, mit den Fingern zu zucken, was Fania auch tat, aber sonst ist da nichts weiter.

Es gibt noch andere. In Los Angeles eine Frau, die ich für meine Schwester halte. Eine Frau in New York, die am Empfang des Truman Hotels arbeitet und die ich für meine Tante halte, um zwanzig Jahre gealtert, eine Frau mit der Stimme meiner Tante, ihrem runden Gesicht, und alles andere ist wie ausradiert. Im Lauf der Jahre und über Ozeane hinweg erscheinen mir mehrere Menschen, erscheinen lebendig an den Horizontlinien.

Natasha versteht, worauf ich hinauswill. »Ich bin nicht sie, wer auch immer sie sein mag.« Das sagt Natasha.

Mein Überleben ist ein Irrtum. Der Gott meiner Kindheit hat mich bestimmt vergessen, hat mich hier alt werden lassen, übersehen von allen möglichen Todesengeln. Und so kommt die Erinnerung an meine ersten Monate nach meiner Rückkehr nach Wien wieder, als alles zerstört ist, in Trümmern liegt, als Tausende Dächer der Stadt durch Bomben eingestürzt sind und wochenlang brannten, als meine Nachbarn, mit denen ich die Schulbank gedrückt und Fußball gespielt habe, ihr Leid und den Mangel beklagen. »Du weißt ja gar nicht, wie das für uns war«, sagen sie zu mir, »wir waren die ersten Opfer des Kriegs«, sagen sie, »die ersten wirklich Leidtragenden. Sieh doch nur, was mit uns geschehen ist«, sagen sie, »sieh doch nur all die Zerstörungen, sieh doch nur, was wir alles verloren haben.« Sie sagen mir, dass es eine Generation dauern wird, um unser Leben wieder aufzubauen. »Stell dir das mal vor«, sagen sie zu mir. »Stell dir das vor.«

Ich liege in meinem Arbeitszimmer unter Glas auf dem Sofa in vollkommener Sicherheit, in makelloser Stille und Geborgenheit, unter Decken in einer perfekten Ruhe, die tagelang anhalten kann, und ich erzähle niemandem von den Briefen. Es gibt ja auch niemanden, dem ich es erzählen könnte. Sandrine würde es nicht verstehen. Was kann Sandrine als in tiefem Frieden geborenes Kind davon auch schon wissen, abgesehen von einer allgemeinen Zusammenfassung? Und das wäre eine Zusammenfassung des Nichts, der Leere, die Zusammenfassung von etwas, das per definitionem nicht Gestalt annehmen kann. Sie lässt sich zu leicht von Mitleid für mich überwältigen, bedauert meine offensichtliche Hinfälligkeit, die mir beispielsweise das Treppensteigen unmöglich macht. Die Worte, mit denen sich ausdrücken lässt, was gesagt werden muss, lauten: Dreizehn Briefe einer Augenärztin aus England haben mich aus der Bahn geworfen.

In meiner ersten E-Mail dämpfe ich meine Begeisterung. Ich bin ja kein Idiot. *Wie soll ich wissen, dass Du es bist?*, schreibe ich.

Sie antwortet umgehend. Die Dringlichkeit des Bildschirms.

An dem Morgen, an dem Du mich in Wien zum Bahnhof gebracht hast, hast Du mir eine Puppe mitgegeben. Noch bevor ich England erreicht hatte, wurde sie mir weggenommen. Neben mir war ein Mädchen sehr krank geworden, entweder im Zug oder auf dem Schiff, das weiß ich nicht mehr, ein Fieber, das ihre Lunge erfasste, ihr Herz. Und sie fing aus Heimweh zu weinen an, weinte um ihre Mutter, um ihre Schwestern. Bitte bringt mich wieder zurück, lasst mich bei ihnen sein, sagte sie. Und die Männer an Bord kamen und sahen, dass ich eine Puppe hatte, mit der ich redete, so wie Du es mir gesagt hattest, und sie nahmen mir die Puppe weg und gaben sie ihr zum Trost. Irgendwie meinten sie wohl, dass sie ich und ich sie wäre. So ist das gewesen. Erinnerst Du Dich noch an diese Puppe? Erinnerst Du Dich noch?

Am Abend steige ich auf den Dachboden. Das hat Sandrine mir verboten. Es bedarf ungewöhnlicher Anstrengungen. Erstens das Verrücken schwerer Möbel. Ich hole mir dafür Jungs aus der Nachbarschaft und bezahle sie von meiner Rente. Dann ein Manövrieren durch einen schmalen Korridor, wo sich eine Stiege aus der Decke klappen lässt. Im Haus meiner Kindheit hatten wir genauso eine Stiege, und auch dort war ihre Benutzung nicht erlaubt. Meine älteren Schwestern wussten, dass ich nichts lieber wollte, als hinaufzuklettern, und zwar aus dem einzigen Grund, weil ich es mir in den Kopf gesetzt hatte, dass am anderen Ende der Stiege gar nicht unser Dachboden war, sondern ein anderer Ort, irgendwo draußen, weit weg, jenseits.

Und wenn ich meine Schwestern Zelda und Beylke fragte, wohin die Stiege führte, wie es dort aussah, wie es sich anfühlte, von einem realen Ort an einen anderen Ort zu gelangen, der vielleicht weniger sichtbar, aber nicht weniger real war, sagten sie mir, dass die Stiege für jedermann anders war. »Für mich«, sagte Zelda, »ist es ein Weg ans Meer, ans Mittelmeer, wo es warm ist und der Himmel endlos, wo mir auf einer riesigen Terrasse Drinks serviert werden.«

»Und für mich«, sagte Beylke, »geht es da in die erste Reihe des besten amerikanischen Kinos, wo ich Rudolph Valentino in *Blood and Sand* sehe, und am Schluss trifft mich Rudolph persönlich vor dem Kino und entführt mich in seinem Rolls-Royce.«

»Wohin würdest du gehen, Arnold?«, fragten sie. »Sag uns, wohin, und dann lassen wir dich da hinauf.«

Jetzt weiß ich die Antwort. Mein Dachboden ist kalt von einem Winter, der noch gar nicht gekommen ist. Vielleicht noch voll des Winters vom letzten Jahr. Oder voll all meiner Wiener Winter. Es ist ein winziger Verschlag. Meiner Kindheit eher angemessen. Hier habe ich die Puppe aufbewahrt, in einem Karton in einem anderen Karton, ein Sarg in einem Sarg, all die Jahre in meiner Nähe, aber an einem Ort, der nur im Notfall erreichbar ist. Den Karton zu öffnen ist wie das Öffnen eines Pharaonensargs. Sie haben geweissagt, dass in Tausenden von Jahren eine Zukunft eintreten werde, in der sie sogar heute noch als Könige ausgerufen würden, wie sie es erwartet hätten. Und da liegt sie, blickt mich ganz friedlich an, eine Puppe mit dem Namen meiner jungen Frau, immer noch so jung wie Fania, eine Puppe voller letzter Gedanken und Sorgen. In meinen Armen sieht sie mich mit der Ernsthaftigkeit eines echten, eben aus dem Schlaf erwachten Kinds an. Ich wusste, dass du kommen würdest, scheint sie mir zu sagen. Allein in der Dunkelheit setze ich sie auf den Boden. »Sprich«, sage ich. »Erzähl mir all die Geschichten.«

Ich beginne einen Brief an sie, aber der Brief ist schrecklich. Ein vorweggenommener Nachruf. Wie ist es möglich, eine Lebensgeschichte zu schreiben, ohne zu bemerken, dass man die ganze Zeit eine Todesanzeige verfasst hat? Ich brüte seit zwei Tagen über den Seiten. Tausend Anfänge. Ihre Anfänge, meine Anfänge, alles unterbrochen.

Bevor ich fertig werde, schickt sie mir eine E-Mail mit einem Foto.

Das bin ich, schreibt sie. *Ich habe mich bemüht, ein Foto auszuwählen, von dem ich glaube, dass es so aussieht, wie ich glaube auszusehen. Ich bin mir sicher, Du weißt, was ich meine. Hast Du ein Bild von Dir?*, fragt sie. *Glaubst Du, ich sehe so aus, wie Du es dir vorgestellt hast? Sehe ich so aus?* Und noch: *Wann können wir uns treffen? Ich kann zu Dir kommen. Ich bin im Ruhestand. Ich kann schon morgen fliegen.*

Wer ist diese Frau, die mich da anstarrt? Eine Frau in einem grauen Pullover, in einem sonnendurchfluteten Zimmer vor einem Fenster, hinter dem Grau und Grün gleichmäßig verteilt sind, getrennt vom Leben und allem anderen. Sie dreht sich im Sitzen seitwärts zur Kamera, ist überrascht worden. In ihrem Gesicht suche ich nach Fanias Gesicht, nach meinem Gesicht. Ich vertiefe mich stundenlang in das Bild. Im Schimmern des Fensterglases sieht man schwach gespiegelt den Fotografen. Ein gelber Fleck. Wer ist das, frage ich mich, welches Familienmitglied, welche geliebte Person?

Ich schreibe ihr: *Komm, komm sofort, und bring alles mit, was mir gefehlt hat.* Ich schreibe ihr aber nicht: Komm wie die Person, als die ich Dich zuletzt kannte. Komm als das fünfjährige Mädchen, das geglaubt hat, ich sei der König. Komm im Jahr 1938. Komm, bevor wir alle verschwunden sind. Komm nicht als eine andere, will ich schreiben, weil ich fürchte, dass ich keine Person außer jener Person verstehen kann, der Version von Dir, an die ich mich erinnere. Komm als das Mädchen, das einen Namen für die Dunkelheit kannte - Albert. »Ich fürchte mich nicht mehr vor Albert, weil ich jetzt groß bin. Ich bin fünf Jahre alt.« Komm als das Mädchen, das glaubte, Zimmerpflanzen hätten eine Seele. Komm als die Person, die die erste Person war, die ich innig geliebt habe, mehr noch als Deine Mutter.

Sie antwortet mit einem Reiseplan.

Ich fliege morgen Abend und komme gegen 21:00 Uhr an. Ich denke, es ist besser für mich, Dich am Morgen zu sehen, und auch für Dich, mich am Morgen zu sehen, deshalb werde ich vormittags den Zug zum Hauptbahnhof nehmen. Passt Dir das? Erwarte mich gegen 11:00 Uhr. Wir können zusammen frühstücken. Oder einen Spaziergang machen. Du erkennst mich an meinem blauen Mantel, der sehr blau ist, extrem blau, du kannst ihn nicht übersehen. Woran kann ich Dich erkennen?

Ich schreibe postwendend:

Ich bin der alte Mann neben dem großen Zeitungsstand auf dem Bahnsteig. Ich werde eine rote Fliege tragen. Ich kann es nicht fassen. Das kann nicht wahr sein.

In Liebe, Dein Vater

Vielleicht ist es ein Axiom: Es ist nicht so, weil es so nicht sein kann. Ich erscheine an jenem Morgen mit meiner roten Fliege und warte auf den Elf-Uhr-Zug, der pünktlich ankommt, nicht später, nicht früher. Er gleitet heran. Der Lärm der Züge in meiner Jugend ist dem Geräusch von Phantomen gewichen - ein Luftzug nur und dann das Geräusch zahlloser Schritte. Ich bin zwar zur Stelle, aber sie nicht. Da ist keine Frau in Blau, keine Frau mit dem Gesicht meiner Tochter Sonja. Keine ähnelt der britischen Augenärztin Vivian Silk, deren Foto ich abwechselnd vor meine Brusttasche halte, dicht an meinem Herzen, und dann in die Hand nehme und mit jeder aussteigenden Passagierin vergleiche. Andere Züge kommen an. Elf Minuten später, dreiundzwanzig Minuten später, sie alle treffen zur erwarteten Ankunftszeit lautlos im Bahnhof ein. Auf den Bahnsteigen Szenen des Wiedersehens, jedoch nicht für mich.

Obwohl dies ein neues Gebäude ist, erfüllt von den flimmernden Lichtern der Zukunft, unterscheidet es sich kaum von dem alten Gebäude, in dem ich sie damals übergeben habe. Das ist das Wort, das ich inzwischen für das treffende Wort halte, *übergeben,* eine Bewegung aus einem Zustand in einen anderen, Übergabe vom drohenden Verhängnis zum Frieden, vom Opfer zur Befreiung.

Und so warte ich dann hier an diesem Ort, der für mich sowohl ein Ort der Übergabe als auch des Verschwindens ist, wo niemand kommt und mich findet, wo keine Frau in Blau nach mir sucht. Ich warte zwölf Stunden. Die ersten vier Stunden verbringe ich im Glauben, dass sie jeden Augenblick auftauchen wird. Während der nächsten acht glaube ich, dass sie unterwegs gestorben sein muss, ein weiteres Unfallopfer auf diesen Gleisen. Ich habe mich auf die Möglichkeit eingestellt, dass jenseits der Fluchtlinie des Euro-Night-Zugs die Ödnis beginnt, Rauchschwaden, die sich schließlich selbst ankündigen, verwehen über mir als Warnung: Nichts kehrt wieder, wir alle wurden vor langer Zeit auseinandergerissen, vom Wind verweht. Ich habe sie schon einmal dem Tod übergeben, und jetzt, fast achtzig Jahre später, habe ich es wieder getan.

Zu Hause erwartet mich eine Nachricht.

»Hallo«, sagt sie. »Hier spricht Vivian Silk.«

Dann ein langer Moment: Nichts.

»Oder«, sagt sie endlich, »ich sollte besser sagen, hier spricht deine Tochter. Sonja, Sonja Alterman.«

Erneute Pause.

»In meinem Plan gab es einen kleinen Haken«, erklärt sie. »Bitte gehe davon aus, dass ich noch komme.«

Zum ersten Mal höre ich ihre Stimme. Sie hat die solide, korrekte Stimme Englands, wie ich sie aus den Medien kenne. Die Stimme der BBC, von Julie Andrews, Margaret Thatcher, irgendwie die Stimme meines Kindes.

»Ich werde morgen ankommen«, sagt sie, »zur gleichen Zeit, nach wie vor in Blau. Kannst du mir verzeihen?«, fragt sie. »Kannst du? Ich wünschte, dass nicht passiert wäre, was passiert ist, und dass ich dich längst hätte treffen können.«

Dem folgt wiederum ein sehr langes Schweigen, fast eine volle Minute. Im Hintergrund ein Zischen. Vielleicht ist es die Tonaufnahme, vielleicht die Luft zwischen uns, in den Telefonkabeln schwebend wie Staubkörner im Licht. Vielleicht der Klang ihres Hauses, ein Ort, der sich mir ungebeten aufdrängt, in mir aufsteigt wie eine Erinnerung, von der ich nicht wusste, dass ich sie hatte – ein rotes Sofa, ein Fenster, vor dem eine Silbereiche steht, eine kaffeebraune, streunende Katze verschwindet im hohen Gras. Dann schließlich wieder ihre Stimme: »Also okay. Gute Nacht, Papa.«

In dieser Nacht schlafe ich nicht. Es hat mir das Herz gebrochen. *Gute Nacht, Papa.* So spät im Leben ist Schlaf ein Verbrechen, eine Steuer auf das, was bleibt, ein veritabler Raub an den Jahren. Dass ich es überhaupt tun müsste, verstimmt mich bereits. Allein höre ich immer wieder das Tonband ab, stundenlang.

In der Dunkelheit kehrt Sonjas ganze Kindheit zu mir zurück. Ihre Kollektion von kleinen Trägerschürzen. Der Geruch ihres Shampoos, das nach Äpfeln duftet. Oder auch eine Autofahrt zu meiner Mutter ins Haus meiner Kindheit. Meine Mutter will das Mädchen gar nicht mehr loslassen, weil sie darauf besteht, dass ihr Porträt gemalt wird. Wo ist dies Gemälde heute? In wessen Bibliothek hängt das Bild meiner kleinen Tochter an der Wand? Sie hasste es, für den Künstler so lange still zu sitzen, und so mussten wir sie mit Süßigkeiten bestechen. Wer darf sich das statt meiner jeden Tag ansehen?

Am zweiten Tag meines Wartens, immer noch im selben Anzug und mit roter Fliege, überwältigt mich der Rhythmus dieses Orts, die alltägliche Prozession dieses Bahnhofs, aller Bahnhöfe, des Bahnhofs, den du am besten kennst, wer auch immer du sein magst, wo auch immer du dies liest - sein unendlicher Fahrplan, Menschenmassen, die kommen und gehen, der mich umgebende Atem dieses ganzen großartigen Gebäudes. Mir kommt der Gedanke, dass jeder Zug, der hier abfährt, der Zug ist, in dem ich mein Leben verloren habe, meine Tochter weggegeben habe, der Zug, der jetzt wieder zu Hause angekommen ist. Mir kommt es so vor, als würde ich hier sterben. Wo sonst, wenn nicht in einem Zug?

Ich erinnere mich, dass mir als Junge eingebläut wurde, die Welt als eine Abfolge von Wiederholungen zu verstehen. Meine Mutter glaubte, es wäre so, dass Gott die Welt ständig erschuf und wieder vernichtete, und sie wollte glauben, dass unsere Welt ein Punkt im Kreislauf von Schöpfung und Zerstörung und Neuschöpfung sei. Wir sollten verstehen, dass als Nächstes das Licht der Schöpfung wiederkäme, die Wiederauferstehung aller Städte, die je durch Krieg zerstört oder dem Erdboden gleichgemacht oder ausradiert worden waren, dass alles Leiden ein Ende haben und der Tod ausgerottet sein würde.

Ich erinnere mich, dass sie mir das erzählte, als wir nicht weit von hier an der Prinz-Eugen-Straße gegenüber vom Belvedere in einem Café saßen, das ich besonders gern mochte.

Und ich hatte sie gefragt, ob sie mir böse wäre, wenn ich dies ganze Gerede über Orte nach dem Leben albern fände, Ideen eines Irren. »Weil«, sagte ich »es doch ganz offensichtlich verrückt ist.«

Worauf sie lächelnd geantwortet hatte: »Es ist egal, was du oder ich glauben, Arnold. Entweder kommt es so oder nicht. Wie ein Zug«, hatte sie gesagt. »Wo bist du?«, fragte sie mich. »Bist du im Zug oder nicht? Wo, Arnold, glaubst du zu sein?«

Keine schlechte Frage, Mama. Aber eigentlich keine Frage, die man stellen sollte, wenn man zwei volle Tage allein in einem Bahnhof gestanden hat, im selben tristen Anzug mit derselben lächerlichen knallroten Fliege. Besonders wenn man neunundneunzig Jahre alt ist.

Da stehe ich also, warte und warte und stelle mir offenbar lautstark die große Frage. Wo bin ich? Wo bin ich? Wo bin ich? Wo bin ich?

Die Frau, die den Zeitungsstand betreibt, kommt mir zu Hilfe. Später, nachdem sie mich gefunden hat, wird sie sagen, dass ich diese Frage stundenlang in den Bahnhof hineingerufen hätte, als sie mich gefunden hat, und dass alle Ankommenden und Abreisenden entweder zu viel Angst gehabt hätten, wegen mir anzuhalten, oder nicht bereit gewesen wären, sich um jemanden in einem derart qualvollen Zustand zu kümmern. Ihr Name ist Leda.

»Studentin«, sagt sie. »Internationale Beziehungen. Aber auch«, sagt sie, »Geige, falls es mit einem Abschluss in internationalen Beziehungen nicht klappt.« Der Scherz lässt mich lächeln, weil eine Welle der Erleichterung über sie hinweggeht. »Sie sind also wieder munter«, sagt sie. Sie wendet sich an einen Mitarbeiter. »Er lebt«, sagt sie. »Er lebt«, sagt sie noch einmal.

Sie komme aus Deutschland, sagte sie, Leipzig. Sie benutzt das Wort *eingefunden,* so wie sich ein verlorenes Schlüsselbund nach einem Nachmittag der Suche wieder einfindet. »Während meiner ganzen Kindheit«, sagt sie, »habe ich den Sog dieses Orts gespürt, Wien, was gar keinen Sinn ergibt, weil meine Kindheit vollgestopft war mit amerikanischem Fernsehen, amerikanischen Filmen, amerikanischer Popmusik. Man sollte meinen, ich wäre nach Beverly Hills abgehauen. Aber ich bin hier«, sagt sie und breitet die Arme aus, als wollte sie den Lärm des Bahnhofs umarmen.

»Ein Bahnhof«, erzählt sie mir später, »ist eine ganz eigentümliche Art Hölle, besonders dann, wenn alle abreisen, man selbst aber bleibt. Einmal im Monat«, sagt sie, »werde ich auch Zeuge von etwas Schrecklichem. Ein Kind hantiert mit seinem Handy und steigt ohne seine Eltern ahnungslos in einen Zug. Oder das Gegenteil passiert. Eltern tippen geistesabwesend auf ihrem Bildschirm herum, steigen stumpfsinnig in einen Zug Richtung Frankfurt, und ihre Kinder bleiben zurück. Und natürlich kommt dann irgendwer zu mir gelaufen und fragt, was jetzt zu tun sei. Und was kann ich schon tun? Ich bin nur die Frau vom Zeitungsstand. Als hätte ich irgendwelche Antworten auf solche Tragödien. ›Mein Kind, schreien dann die Leute! Was soll ich machen?‹ Und ich möchte dann sagen: ›Haben Sie eine Frage zu meiner Geige? Oder zu den vielen Versailler Verträgen? Damit kann ich Ihnen dienen. Davon habe ich jedenfalls ein bisschen Ahnung. Aber so eine Tragödie? Macht mich hilflos.‹

Und dann ist da an manchen Tagen ein Mann wie Sie«, sagt sie, »und ruft sehr, sehr tiefgründige Fragen in den Bahnhof hinein. Fragen, deren Antwort ich auch gern wüsste. Wir haben überlegt, für Sie einen Seelsorger zu holen. Oder einen Philosophiestudenten von der Universität. Oder eine der Wahrsagerinnen draußen von der Straße. Denn anscheinend wollten Sie die Antwort wirklich wissen.«

Sie bringt mir ein Sandwich aus einem Automaten. »Es besteht fast vollständig aus haltbaren Chemikalien«, sagt sie. »Zerstört garantiert Ihre Eingeweide und macht Sie zugleich noch hungriger.« Das erste Sandwich dieser Machart, das ich in meinem Leben gegessen habe. Neunundneunzig Lebensjahre, in denen es mir gelungen ist, kein Sandwich aus einem Automaten zu essen. Sie sieht mir beim Essen zu. »Geht es Ihnen gut?«, fragt sie. »Merken Sie, wie Sie grade ein kleines bisschen sterben?« Worauf ich lächelnd erwidere: »Um mich umzubringen, braucht es sehr viel mehr als ein Sandwich.«

»Ich habe Sie schon gestern hier gesehen«, sagt sie. »Und jetzt sind Sie wieder hier, im selben Anzug, an derselben Stelle, und tragen Ihre Seele vor sich her. Auf wen warten Sie? Was ist am anderen Ende des Zugs?«

Ich erzähle ihr den Anfang der Geschichte, dass ich auf ein Kind warte, das ich seit vielen Jahren nicht mehr gesehen habe, eins, von dem ich mich längst lösen musste. Ich will ihr die ganze Geschichte erzählen, komme aber nicht über den Anfang hinaus. »Sie ist ganz in der Nähe geboren«, sage ich, »gar nicht weit von hier, zehn Minuten zu Fuß. Es schneite. Ihre Mutter und ich waren ins Café gegangen, der Winter hatte uns im Griff, wir kamen uns vor wie im Stall eingesperrte Hühner. Aber dann setzten die Wehen ein, und wir dachten, das Kind würde auf der Straße geboren werden. Sie wurde genau wie ich im Februar geboren, Wassermann, ewig dazu verdammt, für andere das Wasser zu tragen.« Das ist alles, was ich sagen kann, alles, was möglich ist, ohne das Unmögliche auszusprechen. Stattdessen sage ich: »Sie war sehr lange verschollen, und jetzt kommt sie mit dem Elf-Uhr-Zug zurück. Heute, gestern, morgen.«

Um meine Geschichte ist eine Mauer gewachsen. Ich existiere dahinter, und alle anderen bleiben draußen. Die Geschichte kennt sowieso schon jeder, und jeden hat sie gelangweilt, jeder hat ihr misstraut und gesagt, dass sie nicht wahr sei. Ich würde ihr gewiss alles erzählen. Vielleicht spürt sie das. Sie ist jung, so jung, wie Fania es war. Sie hat die schroffe und wunderbare und einzigartige Ungeduld der wahren Jugend. Sie kann sich nur für einen Moment konzentrieren, bis sie abschweift. Sie holt mir einen Stuhl.

»Setzen Sie sich«, sagt sie. »Fühlen Sie sich wie zu Hause«, sagt sie.

So sitzen wir lange da, Leda und ich, während mehrere Züge

im Bahnhof ankommen und wieder abfahren. Sie stellt keine weiteren Fragen mehr, ist nicht neugierig.

»Das ist ungewöhnlich«, sage ich Stunden später zu ihr.

»Es gibt Türen«, sagt sie zu mir, »aber es gibt auch Riegel. Man muss den Unterschied verstehen.«

Direkt vor uns fährt der letzte Zug ein.

»Vielleicht können Sie mir wenigstens sagen, wonach wir suchen«, sagt sie. »Damit ich Ihnen helfen kann.«

»Blau«, sage ich. »Mehr weiß ich nicht. Die Farbe Blau.«

Abends kehre ich zu Hause unweigerlich zu Vivians Stimme auf meinem Anrufbeantworter zurück. Eine unvorhergesehene Störung hat ihre Pläne durcheinandergebracht. Ein plötzlicher kleiner Notfall hat sie von der Reise abgehalten. Ein Zahnproblem. Ein Problem mit einer Katze. Ein Problem mit einem Fenster in ihrem Haus. Wegen schlechten Wetters wurde der Flug annulliert. Eine Enkelin ist krank geworden. »Ich kann heute nicht wie geplant kommen«, sagt sie in einer Nachricht, in der sie nicht einmal eine Entschuldigung vorbringt. Dergleichen landet immer dann auf meinem Anrufbeantworter, wenn ich draußen darauf warte, dass sie aus einem Zug steigt. Es kommt stets in ihrer gesetzten, gleichmäßigen Stimme daher, die ich inzwischen für den Ursprung einer Zersetzung halte. Plötzlich kann ich ihre Stimme nicht mehr mit dem Gesicht in Einklang bringen, sondern die Stimme auf meinem Gerät, diese Stimme, die sich ständig entschuldigt, gehört zu dem Gesicht meiner kleinen, fünfjährigen Tochter. Wenn ich die kleine Sonja sehe, wie sie im Bahnhof ihre Puppe an sich drückt, wenn ich sie in der Wohnung mit Fania tanzen sehe, wenn ich sie bei den Eisbären im Zoo auf meinen Schultern sitzen sehe, dann ist die Stimme, die ich in meinem Kopf höre, die Stimme aus meinem Gerät, die Stimme einer älteren britischen Frau. Wie auch immer die Stimme meiner kleinen Sonja geklungen haben mag, als sie noch in dieser Welt existierte – sie ist verklungen, verschwunden.

Als ich Leda das am vierten oder fünften Tag des Wartens erzähle, bringt sie mich auf eine Idee.

»Bleiben Sie zu Hause«, sagt sie. »Warten Sie auf den Anruf. Falls sie mit dem Zug kommt, rufe ich Sie an.«

Gesagt, getan. Statt im Bahnhof zu warten, bleibe ich in meinem Arbeitszimmer. Wenn Vivian Silk anruft, um mir zu sagen, dass sie es wieder nicht geschafft hat, habe ich vor, den Hörer abzunehmen und mit ihr zu reden. So leicht wird das sein: Ich werde wieder mit Sonja reden.

Ich warte den ganzen Nachmittag, liege auf meinem Sofa unter dem Fenster, das auf Wien hinausweist. Mein Haus befindet sich zwischen zwei sich kreuzenden Flugrouten: die interkontinentale Route für Langstreckenflüge und die Zugroute normaler Vögel im Park. Während ich auf dem Sofa warte, hat ein Vogel gelegentlich auf mich herabgesehen, und zwar im selben Moment, in dem ich aufgeschaut habe. Oder zwei Jets sind sich im selben Moment auf unterschiedlicher Höhe begegnet, einer startend, der andere landend. Oder eine Feder ist aufs Fensterglas gesunken, zumeist weiß oder auch rot gestreift wie eine Vogelversion der Nationalflagge. Das sind die alltäglichen Zufälle, die ich als Kind als Omen verstanden hätte, aber angesichts dessen, was ich als die gnadenlose Grausamkeit des Alltäglichen verstehe, bin ich jetzt nicht mehr gewillt, am Glauben an gute oder schlechte Vorzeichen festzuhalten.

Ich gleite in einen traumlosen Schlaf und wieder heraus, über mir weinrote Dunkelheit, bis mich in der Nacht endlich das Klingeln des Telefons aufschreckt. Ich springe auf. Ich springe, so gut ich noch springen kann, den Sprung meiner Kindheit, ein wilder, freudiger Sprung, presse mir dann das Telefon ans Ohr und sage, während auch mein Herz einen Sprung macht, in meinem besten Englisch: »Hallo, Tochter!

Hallo, Tochter!« Aber da ist nichts. Vielleicht atmet jemand für einen Moment am anderen Ende. Vielleicht nicht einmal das. Unmittelbar danach ist die Leitung tot.

Ich spreche trotzdem. »Sonja«, sage ich. »Mein Kind! Wie gut, von dir zu hören! Wann meinst du, dass du ankommst? Ich habe gewartet. Ich habe schon lange gewartet.«

Ich warte einen Monat. Der Sommer kommt. Über uns im Gebälk nisten Vögel. Tag für Tag wartet Leda mit mir. Bei jeder Frau, die blau gekleidet auftaucht, berührt sie meine Hand. »Sie?«, fragt sie. Aber noch ist keine *sie*.

Im Juni trifft Ledas Freundin aus Leipzig ein. Schon bald wartet sie mit uns zusammen. Es ist Magda, bis vor Kurzem Dozentin in der Schmetterlingssammlung des Naturhistorischen Museums. »Nicht gerade Expertin für Lepidoptera«, sagt sie zu mir, »aber über Schmetterlinge weiß ich mehr, als ich wissen müsste. Zum Beispiel, dass Schmetterlinge die Welt mittels ihrer Füße schmecken. Und dass man im alten Ägypten der Meinung war, die Gegenwart eines Schmetterlings bedeute die Gegenwart der Seele eines Kriegers, mit Flügeln wiedergeboren in die Welt.« Sie kommt unangemeldet aus dem Zug gerannt. »Die Trennung von Leda«, erklärt sie mir einige Wochen später, »war unerträglich geworden. Man kann doch nur für eine Weile weg sein. Wissen Sie, was ich meine?«, fragt sie mich. »Verstehen Sie das?«

Im August erscheint Magdas Bruder. Er heißt Simon, und er bringt Pralinen für mich mit. Er hat gehört, dass ich warte, und hat ein Geschenk für mich. Als ich ihn frage, warum er eigentlich nach Wien gekommen ist, erzählt er mir unter vier Augen, dass er gekommen ist, weil er seine Schwester vermisst. Im Lärm des Bahnhofs verstehe ich seine Geschichte nur bruchstückhaft. »Wir beide sind der Rest unserer Familie, unsere Eltern sind tot, ein Autounfall auf einer belebten Straße, eine schreckliche Tragödie, viele Tränen am Grab.

Sterne, die durch die Kraft großer Kollisionen aus ihrer Galaxie geschleudert werden, nennt man Waisensterne.« Schon bald beginnt auch er zu warten.

Noch eine Ankunft im Oktober: Simons Freundin Anna, mit der er sich im April verlobt, direkt am Ende von Bahnsteig elf beim Zeitungsstand, vor dem ich nun seit fast zweihundert Tagen Wache gestanden habe. Jeden Morgen liest sie uns aus der Zeitung vor, während wir warten.

Im November kommt Annas Schwester Rebekah mit Lukas, ihrem Mann, und ihren beiden Kindern. Alle bleiben hier. Tagsüber zählen die Kinder freiwillig jede eintreffende Person, kategorisieren die Leute nach den Farben ihrer Garderobe und bringen das alles zu Papier, sodass wir schon bald über eine statistische Basis verfügen, auf deren Grundlage wir die Wahrscheinlichkeit von Sonjas Eintreffen oder Fernbleiben einschätzen können. Eine Wahrscheinlichkeit, die sich mit jedem ankommenden Zug weiter gegen null bewegt.

Im Januar sind wir einige Dutzend. Rebekahs Mitbewohner aus der Universität treffen ein. Mehrere Freunde Simons von der Universität mit ihren Frauen, den Eltern der Frauen, den Nachbarn dieser Eltern, den Rabbis dieser Nachbarn, Gemeindemitglieder dieser Rabbis, und dann Fotografen, die die Gemeindemitglieder und die Rabbis fotografieren und die Nachbarn und die Eltern und die Frauen und die Brüder und überhaupt jeden, der beschlossen hat, mir beim Warten Gesellschaft zu leisten. Wir tun nichts anderes.

Meine Favoriten: Es treffen zwei Violinisten aus Ledas Konservatorium ein, die nachts, wenn der Bahnhof zur Ruhe kommt, am Zugang zu den Bahnsteigen spielen, dort, wo das Gebäude sowohl beginnt als auch endet. Sie spielen, was immer ich mir wünsche. In den meisten Nächten ist es Bach, die *Partiten* für Violine. Musik, die ich schon mein Leben lang kenne, über die ich aber offenbar nichts wusste. »Sie wurden in dem Jahr komponiert, in dem Bachs erste Frau starb«, erklärt Leda. »Du kannst sie hören, wie du willst«, sagt sie, »aber ich höre sie als Melodie und zugleich Abwesenheit von Melodie, eine Unterhaltung zwischen dem, was hier ist, und dem, was fehlt.«

Abends kehre ich jedoch nach Hause zu Vivian Silks Entschuldigungen zurück. Jede Nacht der gleiche Rhythmus. Ihre abgehackte britische Stimme, die ihr Fernbleiben erklärt. Egal, wie ich es anstelle, verpasse ich doch immer ihren Anruf. Wenn ich jemanden in meinem Haus platziere, manchmal gleich zwei Leute, um den Hörer aufzunehmen, werden die Anrufe irgendwie nicht durchgestellt. Vivian Silk ist so unerreichbar, wie Sonja es seit dem Augenblick war, in dem sie in den Zug stieg.

Im Bahnhof tolerieren uns die für das Gebäude Verantwortlichen mit einer Art amüsierter Distanziertheit. Man bringt uns Bänke und Klappbetten, und wenn es kalt ist, auch Decken. Wenn es heiß ist, gibt man uns Wasser. Zweimal täglich kommen Kontrolleure, um nach mir zu sehen. Sie scheinen sich Sorgen zu machen, dass die Menschenmenge mich hier festhält. Dass man mich zum Warten zwingt, zum Starren ins Nichts. Dass ich ein als Geisel genommener Häftling bin. Zweimal täglich hocken sie sich neben mich und reden langsam, als ob ich im Alter auch die Fähigkeit verloren hätte, die Sprache zu verstehen, die ich mein Leben lang gesprochen habe.

»Geht es Ihnen gut?«, fragen sie. »Sind Sie gesund? Können wir Ihnen etwas bringen?«

Worauf ich jeden Tag, wenn man mich fragt, antworte: »Ja. Bringen Sie mir mein Kind zurück. Können Sie das für mich tun? Können Sie das?«

Vor einem Jahr hat alles angefangen, und nun ist es schließlich wieder Februar geworden. Ein Jahr ist vergangen, seit ich zum ersten Mal hörte, dass ich die Geschichte meines Bluts erfassen, entschlüsseln und analysieren lassen kann. Ein Jahr, in dem ich zumeist an diesem einen Ort geblieben bin, die Augen auf denselben Halbkreis aus Tageslicht und Abend gerichtet. In ein paar Wochen werde ich hundert, eine Zahl, die eine Art von Grausamkeit anzunehmen beginnt, je näher ich ihr komme. Ich zähle im Maß meiner Kinder: einhundert Mosese; zwanzig Sonjas; vier Fanias. Mein ganzes Leben lang gehe ich entweder vom Februar aus oder lasse ihn hinter mir, nur jetzt, an dem Punkt, der das Ende bedeuten muss, nicht mehr. Ich denke das auf dem Bahnsteig in Erwartung des letzten Zugs, umgeben von dieser neuen Familie. Wie könnte meine Geschichte auch anders enden als in Erwartung eines Zugs?

Doch dann, eines Nachts am äußersten Ende des Bahnhofs, blitzt jemand in Blau auf. Leda sitzt neben mir. Sie sieht sie im selben Moment wie ich. »Blau«, sagt sie.

Um uns her wenden sich die Köpfe um. »Blau«, sagen alle. Bald singen wir es gemeinsam. »Blau, blau, blau.«

Vom Bahnsteig gegenüber ruft sie meinen Namen. Ihr Blau ist das makellose und reine Blau der Klarheit, ganz so, wie ein Kind sich das Meer vorstellt. Von meiner Position aus gesehen, strahlt sie. Das Blau ist überwältigend und vollkommen. »Arnold«, sagt sie, »ach, Arnold. Arnold, wie gut, dich wiederzusehen.«

Und weil ich hier die ganze Zeit an derselben Stelle, an der Mündung zur Außenwelt, gestanden und ins Nichts geblickt habe, fällt es mir schwer zu verstehen, dass die Person, die meinen Namen ruft, nicht die Person ist, auf die ich die ganze Zeit gewartet habe.

Sie ist diejenige, die den Bann bricht. »Ich bin es«, sagt sie. »Von deiner Geburtstagsparty. Franziska aus dem Museum. Franziska mit den Dinosaurierknochen. Franziska mit dem DNA-Test.« Sie fühlt sich gleichermaßen beschwingt wie unglücklich. Sie kommt gerade von einem allerersten Treffen mit ihrer leiblichen Mutter.

Das erklärt sie mir später beim Abendessen in einem Restaurant in Bahnhofsnähe. Ich habe mich noch nicht völlig von der Verwirrung erholt. Unter ihrem blauen Mantel ist noch mehr Blau. »Meine Mutter«, sagt sie, »hat darum gebeten, dass ich Blau trage, wenn ich komme, damit sie mich erkennt. Sie hat gesagt, sie würde es ebenfalls tun, hat es jedoch nicht getan. Sie erschien in Rot, worüber ich mich geärgert habe. Als ich meine Mutter gesehen habe, war meine erste Reaktion ein Gefühl von Ärger. Das war natürlich dumm. Sie sieht so aus wie ich. Wie eine ältere Schwester von mir. Wir sind direkt aufeinander zugegangen, und das war, als würde man in einen Spiegel laufen, ein Spiegel jedoch, in dem die Zukunft schon immer in unterschiedlicher Geschwindigkeit existiert hat. Für mich lief die Zukunft schneller. Für sie wurde die Zukunft zurückgespult. Als sie mich festhielt und umarmte, bemerkte ich auch, dass ich so nervös geworden war, dass ich keine Farben mehr unterscheiden konnte.«

»Sie muss sich sehr gefreut haben, Sie wiederzusehen«, sagte ich.

»Oh ja, sie war überwältigt. Und ich war auch überwältigt. Zwei überwältigte Menschen mitten auf dem Berliner Bahnhof. Auf unser Wiedersehen, Arnold, war ich aber nicht vorbereitet. Ich dachte, ich hätte noch ein paar Jahre, bis einer von uns beiden den Mut für ein Treffen aufbringen würde. Aber sie hat mich darum gebeten, und also bin ich gekommen. Natürlich bin ich gekommen.«

Sie hätten sich auf Berlin geeinigt, erzählt Franziska, weil ihre leibliche Mutter ein Billigticket von Dublin aufgetrieben hätte. Und weil sie, wie sie sagte, ein Treffen auf neutralem Gebiet wolle. »Nicht ihre Heimat, nicht meine Heimat.« Es war erst das zweite Mal in ihrem Leben, dass sie geflogen war. »Beide Male wegen mir«, sagt Franziska. »Beim ersten Mal flog sie nach Genf, um mich abzugeben. Sie war damals siebzehn«, sagt Franziska, »und hat es zu Hause nicht ausgehalten. Sie wollte ganz offensichtlich ein reiches Baby haben, wollte mich in die Arme der reichsten Leute geben, die sie sich vorstellen konnte. Und als sie sich vorstellte, wie es da wohl aussehen könnte, verfiel sie auf Genf. Sie konnte nicht sagen, warum. Obwohl sie glaubte, irgendwann vor der Adoption, als sie noch schwanger war, in einem Magazin eine Werbung für eine teure Schweizer Uhr gesehen zu haben: eine Frau am Ufer des, wie sie annahm, Genfer Sees, den Arm warm zur Sonne ausgestreckt. Die Uhr war etwas, das mehr kostete als alle Häuser ihres Dorfs zusammen, und also brachte sie mich dorthin, wo ich dann mein Leben verbrachte.«

Franziska und ihre Mutter nahmen zusammen eine Mahlzeit ein, und anschließend machten sie einen Spaziergang. Es war eine kalte Nacht. Der Stadtteil, durch den sie gingen, war inzwischen sehr angesagt, voller Künstler, preiswerte Wohnungen, überall Amerikaner. »Aber das kam mir alles künstlich vor«, sagt Franziska, »eine kommerzielle Gleichmacherei, ein sowjetischer Albtraum der Zukunft.«

Es stellte sich heraus, dass sie sich wenig, fast nichts, zu sagen hatten. Ihre leibliche Mutter sprach das auch offen aus. »Vielleicht bist du in meiner Gegenwart nervös«, sagte ihre Mutter.

Franziska störte sich nicht daran. »Ich will dich nur sehen, verstehen, dass es dich wirklich gibt. Mehr brauche ich nicht.«

Daraufhin, sagt Franziska zu mir, hätte ihre leibliche Mutter sie sanft an der Wange berührt. »Ich empfand das als freundliche Geste«, sagt Franziska zu mir, »eine mütterliche und liebe Geste.« Da es allerdings das allerletzte Mal ist, dass Franziska ihre Mutter sehen wird, ist dies der Moment, der ihr bleibt, diese unnötige, aber sanfte Geste.

Als Nächstes passierte dann Folgendes: Ihre leibliche Mutter hielt plötzlich an und sagte, dass sie im Restaurant ihre Tasche vergessen hätte. Darin war ihr Reisepass. Sie sagte, erzählt mir Franziska, dass auch Fotografien in der Tasche waren. Bilder von uns beiden zusammen. Die einzigen, die es gibt. »Warte hier«, sagte ihre Mutter. »Ich bin gleich wieder da, Liebes, nur eine Minute.«

»Und was ist dann passiert?«, frage ich.

»Sie ist nicht zurückgekommen«, sagt Franziska.

»Was soll das heißen, sie ist nicht zurückgekommen?«

»Sie blieb weg. Ließ mich da einfach stehen. Verschwand aus Berlin. Flog nach Hause. Sie sah mich, schätzte mich ab, streichelte meine Wange und floh.«

»Vielleicht hat es ein Missverständnis gegeben«, sage ich. »Vielleicht sollten Sie noch länger auf sie warten.«

»Ich habe lange auf der Straße gestanden«, sagt sie. »Fünfzehn Minuten vergingen. Eine überfüllte U-Bahn fuhr vorbei, die Leute darin grün fluoreszierend angestrahlt wie Gemüse im Treibhaus. In der Nähe gab es einen Park und dahinter einen rautenförmigen Platz mit verwelktem Gras und den von

Lippenstift gesprenkelten Kippen aller jemals in Ostdeutschland gerauchten Zigaretten. Ich setzte mich auf die Parkbank. Weitere fünfzehn Minuten vergingen. Schließlich kam ein Mann die Straße entlang. ›Sind Sie Franziska Bauer?‹, fragte er mich, und als ich bejahte, sagte er, dass er eine Nachricht überbringen sollte für eine ganz in Blau gekleidete Frau, die an genau dieser Stelle stehen würde. Die Nachricht war von June.«

»Oh nein«, sage ich.

»Ja«, sagt sie.

»Einfach so«, sage ich wieder.

»Ich bin nicht enttäuscht«, sagt sie.

»Jeder wäre enttäuscht«, sage ich.

»Sie hat mich gesehen. Ich bin nicht erfunden. Sie ist nicht erfunden. Warum noch mehr wollen in dieser Situation?«

Schweigen hüllt uns ein. Dann zieht Franziska die Nachricht aus ihrer Jackentasche und legt sie zwischen uns. Es ist ein einfacher Brief. Halb Entschuldigung, halb Erklärung ihres Verhaltens. *Ich bin von Trauer überwältigt,* hat ihre Mutter geschrieben. *Sowohl,* schreibt sie, *weil ich dir das beim ersten Mal angetan habe, als auch, weil ich es nun wieder getan habe.*

Sie hat den Brief datiert, und mir fällt auf, dass das Datum schon seit Wochen verstrichen ist, sogar noch bevor Franziska die Reise vorgeschlagen wurde. Als ich ihre Aufmerksamkeit auf diese unscheinbare Tatsache lenke, die sie noch gar nicht bemerkt hat, entfährt ihr ein Seufzer, aus dem Trauer und Verwirrung sprechen, aber auch die Summe der Jahre, in denen sie sich bemüht hat, das wahre Bild ihrer selbst zu zeichnen.

»Sie hat es die ganze Zeit geplant«, sagt Franziska. Dann sieht sie mich an und sagt es noch einmal, leise, fast flüsternd.

Schließlich begleitet Franziska mich nach Hause. Dafür

müssen wir am Bahnhof vorbei. Vor dem Eingang gibt es eine kleine Ansammlung, zu der meine komplette neue Familie gehört – die Geiger, die mir scherzhaft ein Ständchen bringen, ihre Freunde, die mir etwas zurufen, einige Kinder, die neben mir herlaufen und mich in einem platten, komischen Englisch Mister Arnold nennen. Dazu noch die Rabbis, die unter ihren Bärten lächeln und sich verneigen, die Fotografen, die im Gehen Bilder von uns machen, und die Bahnhofsvorsteher, die auftauchen, um mich zu begrüßen. Denn schlussendlich bin ich hier mit der Frau in Blau. Für einen Augenblick umringt man mich, und ich schüttele Hände und lächele in irgendeinen Kamerablitz. Überall winkt man mir zu, singt für mich, behandelt mich gut. Obwohl sie gar nicht die Frau in Blau ist, auf die wir gewartet haben, ist sie gut genug für den Moment.

Franziska hält an. »Was soll das alles?«, fragt sie. »Was ist hier los? Sind Sie berühmt geworden?«, will sie wissen.

Eine einfache Frage. Zum zweiten Mal ist alles ganz anders.

Am nächsten Morgen findet all das ein Ende. Meine Nachbarin Sandrine kommt vorbei. Franziska hat sie angerufen, und anscheinend muss man »nach mir schauen«. Ich habe offensichtlich den Sinn dafür verloren, was wirklich und was eingebildet ist. Sandrine mustert mich so, wie man den Schauplatz eines schweren Unfalls mustern würde. Wo ist das Wrack?, scheint sie zu fragen. Sie kommt herein, sie überblickt den Raum, sie untersucht mich, sie überprüft meine Haare, Fingernägel, Zähne, als ob das Problem, das es nun einmal gibt, nicht *in* mir, sondern *auf* mir seinen Anfang genommen hat. Sie fragt ganz einfach: »Was ist los, Arnold? Sag mir die Wahrheit. Ich bin deine alte Freundin. Ich bin die Person, die sich um dich kümmert. Du hast meine Kinder im Arm gehabt, als sie Babys waren. Wir sind wie eine Familie. Sag mir, was passiert ist.«

Wahr ist, dass ich sie während des ganzen Jahres über meinen Aufenthalt belogen habe. Weil sie mich nur abends besucht, nachdem sie ihre Kinder ins Bett gebracht hat, weiß sie nicht, dass ich auf diese Weise meine Tage verbracht habe.

Wir gehen in mein Arbeitszimmer, wo die Sonne kalt und ungeschützt über dem Dachfenster hängt und wo in den nahen Lindenbäumen Vögel nisten. Sie nähert sich dem Thema vorsichtig.

»Wie ich höre, ist Sonja wieder da«, sagt sie. »Habe ich das richtig gehört?«

»Ein Segen«, sage ich, »nicht wahr?«

»Wann wird sie dich besuchen?«, fragt Sandrine.

»Sie kommt mit dem Elf-Uhr-Zug«, sage ich.

»Und wann genau kommt dieser Zug?«, fragt sie. »Heute? Oder erst morgen?«

Sie sagt das mit einem Lächeln.

»Ich bin mir sicher, dass Franziska dich beunruhigt hat«, sage ich.

»Also welcher denn nun, Arnold? Kommt er heute oder morgen?«

Sie glaubt, dass ich betrogen werde. Oder sie glaubt, dass sich jemand mit mir einen grausamen Spaß macht. Oder sie glaubt, dass ich in einer Fiktion gefangen bin. Oder sie glaubt, dass ich in Anbetracht meines Alters die Fähigkeit verloren habe, zwischen dem zu differenzieren, was ich mir als wahr erhoffe, und dem, was tatsächlich wahr ist. Sie nimmt meine Hand und fragt: »Sag mir, Arnold, hast du in den vergangenen Monaten etwas Außergewöhnliches erlebt? Ist dir irgendetwas Unwirkliches untergekommen? Hast du Dinge gesehen, die andere Leute nicht sehen?«

Wie könnte man die unmögliche und geschmacklose Wahrheit anders formulieren als so: Sonja lebt. Sie lebt, sie lebt, sie lebt.

Aber ich sage nur dies: »Sie kommt mit einem Zug.«

»Und wann kommt dieser Zug an?«

»Heute«, sage ich.

»Und mit heute meinst du –«

»Wenn nicht heute, dann morgen«, sage ich.

»Und wenn du morgen sagst, dann meinst du –«

»Sie kommt mit einem Zug«, sage ich.

Sie drückt mit der Hand gegen mein Handgelenk. Es fühlt sich an, als würde sie sich an mir festhalten und zugleich meinen Puls messen. Mit ihrer Hand an meiner komme ich mir erschreckend klein vor, ihre Hand, die so viel größer als meine Hand ist. Und für einen Augenblick bin ich nicht mehr hier in meinem Haus, sondern einige Häuserblocks entfernt im Haus meiner Mutter. Und sofort verwandelt sie sich vor meinen Augen aus meiner angeblichen Tochter zu meiner echten Mutter, zu meiner Großmutter, zu meiner Urgroßmutter, mögen sie alle in Frieden ruhen, und ich bin anscheinend immer kleiner geworden, habe alle Spuren des Alters verloren, bin wieder jung, noch einmal ein Junge - das alles geschieht, als sie ihre Hand gegen mein Handgelenk drückt.

Draußen schlägt eine Kirchturmuhr elfmal. Ich habe die Zeit vergessen. »Ich habe sie verpasst«, sage ich laut. »Es ist elf, und ich habe sie verpasst.«

»Arnold«, sagt Sandrine, »warum bleiben wir nicht einfach in diesem Raum, in diesem schönen Raum. Vielleicht kommt Sonja vom Bahnhof und besucht dich in diesem schönen Raum.«

»Aber ich habe sie verpasst!«

»Bleib heute mal hier. Vergiss den Bahnhof einfach. Dann haben du und ich Zeit füreinander.«

Als sie das sagt, streicht sie mit der Hand über meine Brust, als würde sie mich mit etwas einreiben, wie ihre Kinder es manchmal tun - eine Art Test, ob es mich überhaupt noch gibt und ob ich nicht nur die lebende Manifestation von Männern meines Schlags bin, von denen sie in ihren Geschichtsbüchern gelesen haben, der real existierende Überlebende, der letzte Jude.

»Ich habe sie verpasst«, sage ich noch einmal. »Du bist schuld, dass ich sie verpasst habe. Das weiß ich.«

»Ich verstehe ja, dass du sie verpasst hast«, sagt sie. »Es tut mir leid, dass es so gelaufen ist.«

Das Telefon klingelt so leise, dass Sandrine es nicht hört. Ich stürze mich darauf. Es ist Leda. Sie schreit. »Blau!«, ruft sie. »Blau! Blau! Die Frau ist da!«, schreit sie. »Blau! Blau! Sie wartet! Blau! Sie ist angekommen!«

Ich bin augenblicklich auf der Straße. Sandrine hastet mir nach. Über Nacht hat es gefroren. Ein mächtiger, klarer Glanz über der Stadt. Die Art von Wetter, für die man Schlittschuhe braucht. Mein erster Schritt lässt mich rutschen, fast stürzen. Dabei kehrt eine Erinnerung zurück aus dem Irgendwo, aus dem Nichts, aus dem vergangenen Tag unter so vielen Hunderttausenden.

Ich bin auf dem Teich im Stadtpark Schlittschuhlaufen gegangen. Sieh uns, wenn du kannst, sieh meine Familie, meine erste Familie draußen im Mondlicht, hungrig, in Wien, in abgetragener Kleidung, in Angst, in der Hölle oder etwas Ähnlichem wie der Hölle, in Fassungslosigkeit, auf der Jagd nach Reisepässen, nach Brot, Tunneln, Flügeln, Zyanid und Veronal, auf der Suche nach Wasser, Musik, Medikamenten, Windeln, einem Versteck, einem geheimen Raum, einer dunklen Kiste, undurchdringlich für die Zeit. Sieh meine Familie inmitten eines verbotenen Stadtviertels, das wir gut kennen, in dem wir geheiratet haben. Und hier sind wir nun, die Altermans, an unserem letzten sonnigen gemeinsamen Tag. Manchmal nennen wir das »Drei und eine Stelle nach dem Komma«, Mutter und Vater und Baby und irgendwo ein Kind am anderen Ende des Zugs. Sieh meine Familie auf vereisten Ringstraßen, mit dem letzten Geld, in der letzten Nacht der alten Welt. Sieh meine Familie, diese eine Familie, die unter den Straßenlaternen der Seitenstettengasse entlanggeht, wo der Tempel zerstört wurde und wo Fania mir und Moses zuflüstert, uns aneinander festzuhalten. Sie sagt es laut, ich glaube, sie sagt: »Halt dich an ihm fest«, sagt sie zu Moses, »halt dich an deinem Vater fest, man weiß nicht, was dir zustoßen kann, man weiß nicht, was auf dich zukommt, halt dich nur fest, halt dich fest, kannst du das«, sagt sie, »halt dich nur fest, halt dich an Papa fest, halte durch, was auch immer du tust, halte durch, Baby, halte durch, Baby, hältst du dich noch fest, ja, immer noch?«

Sandrine legt mir eine Hand auf den Rücken. »Du wirst stürzen«, sagt sie zu mir, »du darfst nicht so schnell gehen.« Aber ich mache es trotzdem. Irgendwie kann ich so schnell gehen. Ich biege um die Ecke und steuere nahezu blind vor Ungeduld den Judenplatz an, vorbei an der Statue von Gotthold Ephraim Lessing, vorbei am Denkmal für die Ermordeten, das ein Grabstein aus Büchern ist, erbaut als Sinnbild all des verlorenen Wissens, ein Monument, das ich mir noch nie genauer angesehen habe und für das ich nichts als Verachtung übrighabe. Schließlich stürze ich kopfüber in die Menschenmenge vor dem Stephansplatz, wo die postmoderne Glasfassade des Haas-Hauses wie widerwillig mit dem gegenüberliegenden alten Dom kontrastiert. Es ist ein Platz, auf dem ich nicht anders kann, als ihm meine eigene Geschichte in einer Konvergenz der Zeiten überzustülpen, und wo die Zukunft versucht, die Vergangenheit zu verschlingen. Ach, Wien! Jeden freien Tag meines Lebens habe ich innerhalb dieser wenigen Quadratkilometer zugebracht.

Im Näherkommen spüre ich, wie meine Kraft zurückkehrt. Im Bahnhof fühle ich mich wieder jung. Mein alter Körper ist verschwunden, und ich befinde mich wieder im Körper meiner Jugend, dem Körper des Mannes, der sie weggab. Die kommende Welt ist nun die Welt der Gegenwart. In der kommenden Welt sammeln Väter in ihren Armen die verlorene Zeit. In der kommenden Welt setze ich mich in jeden Zug, höre die Musik in jedem Raum. Ich gehe die Treppe zum Bahnsteig hinunter, als würde ich gestoßen. Ich verspüre das Bedürfnis zu laufen, und also laufe ich. Ich springe von der letzten Stufe. Ich lande schmerzlos.

Hier geht es anders zu. Alle sind verschwunden. Meine Freunde vom Zeitungsstand sind fort. »Wo sind sie?«, frage ich laut. »Wo sind meine Freunde? Wo ist meine neue Familie?« Die Person, die den Zeitungsstand betreibt, ist eine Person, die ich noch nie zuvor gesehen habe, ein älterer Mann, der sehr schlecht Deutsch spricht. »Wo sind sie?«, frage ich. »Wo haben Sie meine Freunde hingebracht? Wo sind Leda und Magda und Anna und Simon und Rebekah und Lukas? Wo sind ihre Brüder und ihre Frauen, wo sind die Eltern dieser Frauen, die Nachbarn dieser Eltern, die Rabbis dieser Nachbarn, die Gemeindemitglieder dieser Rabbis? Wo sind die Fotografen und Geiger?«

Am Ende des Bahnsteigs spielt ein Mann Akkordeon. Auf einmal hat die Welt wieder eingehakt.

»Komm nach Hause«, sagt Sandrine. »Ruh dich aus, Arnold. Du bist müde. Du siehst Gespenster. Du hast in deiner Vorstellung eine böse Geschichte wachsen lassen. Komm heim.«

Auf Gleis elf fährt ein Zug ein. Ein Zug, aus dem Sonja nie ausgestiegen ist. Sandrine hält meine Hand. »Lass uns nach Hause gehen«, sagt sie. »Ich bring dich zurück. Dein Haus erwartet dich«, sagt sie. »Da ist es warm und sehr bequem. Da kannst du ausruhen, aus dem Fenster schauen, die Flugzeuge beobachten, deine Musik hören, welche Musik auch immer du magst, kannst ihr jeden Tag zuhören, den ganzen Tag. Komm heim, Arnold«, sagt sie.

Vor mir gibt es keine Frauen in Blau. Ich löse Sandrines Finger einen nach dem anderen. »Mein großes Abenteuer«, sage ich zu ihr. Und so bin ich dann auf den Bahnsteig gegangen, einfach so, hinaus in den Atem des Zugs, der jetzt warm ist, Dampf auf meiner Haut, vorbei an den Schaffnern in ihren roten Uniformen, hinein in den Zug, auf einen Sitzplatz, in Bewegung, hinaus aus dem Bahnhof, hinaus aus Wien, fort, fort, fort.

KINDERTOTENLIEDER

Wien, 1979

SONJA

Zurück in Wien, fand ich es während der ersten Momente nötig, mich an das Offensichtliche zu erinnern. Ich bin hier, das bin ich, und ich lebe. Das auszusprechen schien mir besonders an diesem Ort, der sich so sehr für seinen eigenen Tod interessiert, notwendig zu sein.

Ein Zollbeamter stellte die üblichen Fragen. »Aus welchem Grund kommen Sie ins Land? Um zu arbeiten oder zum Vergnügen? Wen wollen Sie treffen?« Hinter mir warteten Reisende in langer Schlange auf die gleichen Fragen. Ich war am Abend angekommen. Kinder lagen schlafend in den Armen ihrer Mütter. Jenseits des Bahnsteigs sah ich das Bild einer über dem Meer aufgehenden Sonne, eine Reisewerbung, aber angesichts meiner Erschöpfung und der Furcht vor dem, was auf mich zukommen sollte, dachte ich, dass es eine andere Sonne und ein anderes Meer sei. Der Beamte musste die Fragen wiederholen, diesmal auf Englisch. »What is your purpose here in Vienna? Is it work or pleasure? Whom do you plan to see?«

In einiger Entfernung überquerte ein Katzenauge die Gleise und glühte im Dunkeln auf. »Wenn du das siehst«, hatte Franz immer zu mir gesagt, »dann siehst du ein Omen, eine Botschaft aus dem Königreich der Tiere ans Königreich der Menschen. Ich bin hier, und ich sehe dich, ich sehe dich, ich sehe dich.«

Das alles ergab sich aus dem Bild der Frau in der Kirche. Es hatte zuerst unweit unseres Hauses im Schaufenster eines Ladens gehangen. Dort hatte Feldman Anya wiedergefunden, und auch Franz musste sie da gefunden haben. Trotz all seiner Unzulänglichkeiten war Franz immer jemand, der den Rat eines Arztes befolgte. Die Frau war älter und offensichtlich keine reale Person, sondern etwas völlig anderes, das Kind einer anderen Person, und dennoch war sie da und erwiderte sein Lächeln. Und dann war sie noch einmal hier bei ihm, war wieder da, war nie anderswo gewesen. Wir waren es, die gegangen waren, wir waren diejenigen, die sie verlassen hatten.

Zumindest stellte ich mir das, was passiert war, so vor.

Niemand hat mir je auf die eine oder andere Weise gesagt, was geschehen ist und was nicht. Franz mit Sicherheit nicht und Doktor Lionel Feldman auch nicht und auch nicht der Ladenbesitzer in Tottenham, in dessen Schaufenster das Bild hing. Unter allen denkbaren Varianten der Wahrheit halte ich diese Möglichkeit für die plausibelste, die realistischste, obwohl sie die lächerlichste und skandalöseste ist: dass nämlich Franz, nachdem er Doktor Feldmans Behauptung gehört hatte, unsere Tochter lebendig in einem Schaufenster gesehen zu haben, in ihn drang, um zu erfahren, um welches Fenster es sich handelte, um welchen Laden in welcher Straße. Und nachdem er alle Informationen erhalten hatte, eilte er dorthin, um sich eines Teils seiner selbst zu vergewissern, eines Teils, von dem wir uns einig waren, dass er geheim zu halten wäre. Das soll heißen: Halte die Version deiner selbst geheim, die kindische Resultate zeitigt. Halte die Version deiner selbst geheim, die sich der Idee des Todes verweigert hat.

Ich könnte mir vorstellen, dass Franz ein Moment klaren und rationalen Denkens überkam, als er vor dem Schaufenster stand. Ein Denken, das ihm sagte: Das ist nicht mein Kind. Mein Kind liegt in französischer Erde, in einem Teil der Unterwelt, den nur der Messias kennt, an einer Stelle, an der die Welt neu entstehen wird. Diese Frau im Fenster ist eine Fremde. Vielleicht fühlte er sich vor die entscheidende Wahl gestellt, die Wahl nämlich zwischen Vernunft und dem Gegenteil von Vernunft. Es muss eine schwierige Entscheidung gewesen sein.

Der Mann, dem der Laden gehörte, hat mir später erzählt, dass Franz dreimal wiedergekommen sei: zweimal nachts, einmal bei Tagesanbruch. »Ich habe ihn jedes Mal angetroffen«, sagte der Mann zu mir, »und er gab mir auf nichts, was ich sagte, eine Antwort. Ich dachte erst, dass er taub ist«, sagte der Mann zu mir, »ich dachte, er konnte gar nichts hören. Brauchen Sie Hilfe?«, hatte ihn der Mann gefragt. Aber Franz lächelte die ganze Zeit nur vor sich hin. »Eins sollten Sie jedoch wissen«, sagte der Ladenbesitzer zu mir, »er war glücklich.«

Es war Sommer, und wir waren beide sechsundvierzig Jahre alt. Das Schaufenster gehörte zu einem Reisebüro, das mit Reisen durch Europa warb. Zum Beispiel eine Reise nach Triest auf einem Kreuzfahrtschiff, das in Korfu ablegte und dann fünf Tage in der Adria herumdümpelte. Oder eine Reise nach Florenz, wo man sich an den Pinselstrichen in Judiths Haaren, die gerade Holofernes enthauptet, erquicken konnte.

Das Bild, das Lionel Feldman gesehen hatte und das Franz für sein eigenes Bild hielt, war eine Werbeanzeige für Wien. ERLEBE DAS WUNDER, stand darauf. KOMM NACH WIEN. Auf dem Original des Bilds steht Anya unter der ausgemalten Kuppel des Stephansdoms. Sie ist so fotografiert, dass sie vor der gewaltigen Kirche klein wirkt. In der Version des Bildes, die ich schließlich überall fand, ist sie vergrößert und der Dom verschwunden. Ich begriff, dass Franz das getan hatte. Irgendwie hatte er das Foto bearbeitet. Er hatte den Rest der Welt verschwinden lassen. Und da stand sie dann, wurde größer und größer und war kaum noch zu ignorieren.

Ich stelle es mir so vor, dass Franz' Spiegelbild sich im Schaufenster verdoppelt haben muss, sodass er auch sich selbst sah, als er sie auf dem Werbeplakat sah. Das kann ihm nicht völlig falsch vorgekommen sein, weil er ihr Gesicht und sie sein Gesicht hatte. Ich weiß aber mit Sicherheit, dass er in jener Nacht so lange vor dem Fenster stand, dass er wohl nicht bei der Arbeit erschien. Dieser Umstand veranlasste mich, Jonathan anzurufen, um mich zu erkundigen, wo er steckte, und umgekehrt Jonathan an jenem Abend dreimal bei mir anrufen ließ, um zu sagen, dass Franz irgendwo aufgehalten worden sein müsste, dass ihm irgendetwas aufgelauert hätte, was nicht stimmte, weil er ja dort vor dem Reisebüro am Clapton Common stand und diese Frau anstarrte, die ganz offensichtlich meine Tochter und ebenso offensichtlich nicht meine Tochter war.

Als er bei Tagesanbruch hinging, wollte er wohl das Bild bei besserem Licht sehen. Es war kein gutes Foto. Ich weiß es, weil ich jetzt meine eigenen Kopien habe. Es liefert ein falsches Bild von Wien als einer Tempelstadt, einer übermenschlichen Galerie der Vergangenheit, einer touristischen Walhalla des Kitsches, von Göttern mit weißem Marmor geküsst. Eher eine Explosion weißen Flitters im Stadtformat als die Stadt meiner Eltern, der Weißwarenhandlung meines Vaters, der Fiakerpferde auf der Ringstraße, des Gebets für Brot, des Gebets für Wein, des mit geschlossenen Augen bei den Sabbatlichtern gesprochenen Gebets, welchen Gebets auch immer, das gesprochen wird, wenn man deinen Onkeln vor der Volksschule deiner Kindheit in den Kopf schießt. Das Bild würde wohl niemanden motivieren, nach Wien zu reisen. Außer Franz.

An jenem Morgen wartete er eine Stunde im heller werdenden Tageslicht darauf, dass dies Bild von Anya sich als etwas anderes entpuppen würde als das, was er glaubte und was der Beweis dafür wäre, dass die Vergangenheit trog. Irgendwie hatten wir sie nicht in Paris in dem Garten in Neuilly-sur-Seine zurückgelassen, in dem Zimmer, in dem sie Kreuzreben aufgehängt hatte. Irgendwie hatte sie den Sargdeckel geöffnet, sich durch die darüber geschaufelten zwei Meter Erde gegraben, hatte barfuß das Friedhofsgelände verlassen, als wäre der Messias wiedergekehrt, wie es all unseren Toten versprochen ist. Wir hatten sie verlassen, aber sie hatte weitergelebt. Anya lag nicht in der Erde. Sie war hier auf dem Bild. Irgendwie hatte sie ihren Weg nach Wien gefunden, in meine Stadt.

Später am selben Tag ging Franz noch durch den Springfield Park, bevor er sich auf den Heimweg machte. Es war inzwischen Abend geworden. Wiederum stelle ich mir das alles nur vor. Allerdings irre ich mich gewiss nicht. Zu diesem Zeitpunkt müsste alles ganz anders gewesen sein. Diesen Weg hatte er früher nie genommen. Die Fledermäuse zackten blind durch die Nacht. Unser Haus war teilweise vor neugierigen Blicken geschützt, die Vorderfenster wurden von drei Platanen beschattet. Man konnte am Haus vorbeigehen, ohne es überhaupt zu bemerken. Es war ein Ort, von dem er geträumt hatte, bevor wir ihn fanden, und das ist immer ein Zeichen dafür, dass etwas danach ruft, mit Bedeutung aufgeladen zu werden.

Er konnte nichts von dem, was geschehen war, zugeben. Er konnte nicht zugeben, dass er die ganze Zeit wusste, dass das Mädchen auf dem Bild nicht real, nicht die echte Anya war und dass er trotzdem daran festhielt und mit ihr sprach. Wie ein Kind mit einer Puppe Geschichten aus etwas Unbelebtem erschafft, sprach er zu dem Bild. Jeden Tag sprach er zu diesem Bild und fantasierte dazu ein ganzes Leben, in dem das Bild lebendig war und in dem ich außerhalb dieses Lebens existierte. Ich wurde darin sogar zum Phantom, während er und Anya real wurden. Wochen vergingen, in denen die Unterhaltungen, die er mit diesem Mädchen führte, mit dieser Frau, dieser anderen Anya, dieser fotografischen Version des Lebens, die einzigen echten Gespräche waren, die er führte. Natürlich würde er nach Wien reisen. Phantome zieht es stets zurück an die Quelle des Lebens.

Bevor er an jenem Abend nach Hause ging, musste er zum letzten Mal vor dem Laden gestanden haben. Schließlich kam der Ladenbesitzer heraus, um noch einmal nach ihm zu sehen. »Wenn Sie jeden Abend vorbeikommen, um immer auf dasselbe Bild zu glotzen«, sagte er, »könnte ich Ihnen eine Kopie machen, die Sie behalten können. Wenn Sie so weit sind, kommen Sie wieder, und ich verkaufe Ihnen dann ein Ticket, damit Sie die Stadt besuchen können.«

»Ich muss gar nicht wiederkommen«, sagte er zu dem Mann. »Geben Sie mir jetzt das Ticket. Ich bin reisefertig.«

All das trug ich im Zug mit mir. In Wien gab es nur drei Leute, die ich treffen musste. Die einzigen drei, die ich überhaupt in der Stadt kannte. Die Erste war Yasmin. Sie war eine sehr alte Freundin von mir. Und eine besonders enge Freundin von Franz. Eine, auf die ich bedauerlicherweise früher auch heftig und schrecklich eifersüchtig gewesen war. Die Eifersucht haftete wie ein Schandfleck an mir, und ich erwähne sie hier nur im Dienst absoluter Wahrhaftigkeit. Es war einfach passiert, und ich schäme mich dafür. Ich kann es nicht mehr ändern, und vielleicht, vielleicht auch nicht, hege ich immer noch einen Rest davon in mir.

Ich hatte Yasmin angerufen, bevor ich zu ihrem Haus ging, das an einer Straße in Grinzing lag, die von Fichten gesäumt war. Aber als ich eintraf, wirkte sie derart überrascht, mich zu sehen, dass es den Anschein hatte, sie hätte in der Stunde, die zwischen meinem Anruf und meiner Ankunft mit der U2 vergangen war, vergessen, dass wir je miteinander gesprochen hatten. Das war nicht ungewöhnlich. Ich hatte das Leben anderer Menschen immer nur gestreift, wurde kaum zur Kenntnis genommen als ein flüchtiger Atemzug des Lebens, auf den man sich offenbar konzentrieren musste, um ihn überhaupt wahrzunehmen.

Seitdem ich Yasmin kannte, trug sie ihr Haar immer hinter dem Kopf zurückgebunden mittels irgendeines Gegenstands, der gerade griffbereit war, wie etwa ein angespitzter Bleistift oder gar einer von Franz' Taktstöcken, den ich einmal, hinter ihrem Nacken eingefädelt, als einen ärgerlichen Beweis spontaner Intimität zu sehen bekam. Es dauerte viele Monate, diesen Beweis aus meiner Erinnerung zu streichen und bestätigte mir am Ende die grundlegenden Gesetze der Raffinesse. Damit will ich sagen, dass es Leute gab, die elegant wirkten, wenn sie sich die Haare beispielsweise mit einem Essstäbchen oder einem schmalen Aquarellpinsel feststeckten. Und dann gab es Leute wie mich, für die sich die simpelste Koordination und Geschicklichkeit als ständige Herausforderung erwiesen.

Wahrscheinlich ist das auch der Grund dafür, dass ich eine derart schlechte Musikerin bin und warum Yasmin mich folglich glauben machen konnte, dass die Flöte ein Ding reiner Schönheit ist. Wenn sie spielte, konnte man beispielsweise hören, wie sie dem Instrument das allzu Süßliche, Hoffräuleinhafte, Kitteltragende, lustig Schäfchenhütende austrieb und stattdessen in ein geheimnisvolles Objekt des Atems verwandelte. Vielleicht ist das eine gute Beschreibung dafür, was ich von ihr hielt. Sie kleidete sich gern in zu viele Schichten, als hätte ich sie erwischt bei der Vorbereitung auf eine große Expedition oder eine spirituelle Übung, die zu viel Seide erforderte, zu viele pompöse, wie zufällig um ihren Hals geschlungene Schals. Und erst ihr Atem: Sie schien stets auszuatmen, als gäbe es in ihr eine tiefe, unablässig strömende Schönwetterquelle.

Als ich sie an jenem Tag traf, kümmerte sie sich um eine Tochter, von deren Existenz ich nichts wusste. Es war schon so lange her, dass wir miteinander gesprochen hatten. Das Mädchen dürfte sieben Jahre alt gewesen sein, vielleicht älter. Und obwohl es noch so jung war, wirkte es ebenfalls unglaublich kultiviert. Das Mädchen begrüßte mich erst auf Französisch, und als ich nicht sofort antwortete, versuchte sie es auf Niederländisch, was Yasmins Muttersprache war, und als ich auch damit versagte, sagte sie Hallo in einem übertriebenen, lauten und quälend langsamen königlichen Englisch, das sie mit unüberhörbarem Spott intonierte. Ich wusste, dass Yasmin und Franz oft miteinander gesprochen hatten, aber entweder hatte ich es aufgegeben, mich nach ihr zu erkundigen, oder Franz hatte aufgehört, mir von ihren persönlichen Angelegenheiten zu erzählen. Es fühlte sich schrecklich an, so wie ich jetzt im Wohnzimmer ihres Hauses zu stehen - sandfarbener Juteteppich, eisfarbene Orchideen auf dem Kaminsims, Jazz aus der Hi-Fi-Anlage -, zu glauben, ihre Freundin zu sein und sie nach dem Namen ihres Kindes fragen zu müssen.

»Sie heißt Perla«, sagte sie. »Der Name meiner Großmutter. Und auch der Name der Großmutter ihrer Großmutter«, sagte sie. »Ich hoffe, sie hat etwas von deren Geist«, sagte sie. Und als ich fragte, wie das gemeint sei, sagte Yasmin doch tatsächlich, sie hoffe, dass ihre Tochter Abstand davon nehmen werde, Musik zu machen, und auch Distanz zu Menschen wahren werde, die Musik machten, oder zu Menschen, die Bilder malten oder Theater machten oder tanzten, oder zu Menschen, über die Gemälde oder Theaterstücke oder Tänze gemacht worden seien, sondern dass sie lieber etwas Solides machen werde. Etwas Handfestes. Etwas, das nicht so leicht vergehe.

Als sie das sagte, änderte sich ihre Miene, und ich wusste, dass sie fürchtete, etwas Falsches gesagt zu haben, dass ich es auf Anya gemünzt verstehen konnte, streckte die Hand aus und griff nach meiner. Sie trug viele Armbänder ums Handgelenk, viel zu viele, obwohl jedes einzelne sehr schön war, viele aus Türkis und Silber und noch mehr, die mit Juwelen bestückt waren. Und ich sagte, sie solle sich keine Sorgen machen, sich bloß keine Sorgen machen.

Wem von uns beiden würden ihre Sorgen denn auch helfen?, wollte ich zu ihr sagen. Jemanden auf Anya anzusprechen, sei es mit Absicht oder, wie in diesem Fall, als unfreiwilliges Nebenprodukt des Vorsatzes, das Thema nicht absichtlich anzuschneiden, würde einen ständigen Kampf gegen den Drang auslösen, alle möglichen schrecklichen Dinge laut auszusprechen. Etwa so: Sage sofort etwas anderes, irgendetwas, sage etwas Angenehmes, und damit sagst du das Richtige, weil ich nichts weiter will als einen einzigen menschlichen Moment, der frei davon ist.

Wir gingen in ein anderes Zimmer, das offen, kühl und unverschämt geräumig war, und dann in noch ein drittes Zimmer, in dem Perlas Bilder eingerahmt an der Wand hingen und in dem Bill Evans' Klavier derart klar und deutlich stand, dass ich dachte, sie hätte ihn anlässlich meines Besuchs verpflichtet. Im Gehen schreckten wir einen ganzen Harem von Himalaya-Katzen auf, die alle einen Mahlstrom weißer Haare hinter sich herzogen. Schließlich ergriff Yasmin wieder meine Hand und versuchte, Niederländisch mit mir zu sprechen. Vielleicht glaubte sie, dass es meine Muttersprache war, weil sie genau wusste, dass es nicht Englisch war, und weil sie vielleicht etwas aus meinem Leben wusste, bevor wir uns kennengelernt hatten.

Ich sagte, dass ich gekommen sei, weil ich wissen wolle, ob sie etwas von Franz gehört hätte. Ob er bei ihr gewesen wäre? Ob er sie angerufen hätte? Ich wusste, dass er das oft tat. Sie musste nicht lügen, um mich glücklich zu machen. Ich hatte ihn oft durch eine geschlossene Tür mit ihr französisch sprechen hören, und obwohl ich ihre Antworten am Telefon auf Französisch nicht hören konnte, hatte ich keine Probleme, sie mir aus dem Klang zusammenzureimen. An der Flurwand neben Franz' Arbeitszimmer hing ein Foto. Vordergründig zeigte das Bild das komplette Orchester, vor Jahren aufgenommen bei einem Sommerfestival in Amerika, eine aus mehreren Dutzend Musikern bestehende Gruppe, die sich vor der Kamera dicht zusammendrängt, einige sonnengebräunt, die meisten von der Hitze zerzaust. Ich sah das Foto aber immer nur als eins von Franz und Yasmin. In der Gruppe standen sie nebeneinander. Franz hielt ein Ende ihrer Flöte und Yasmin das andere. Wenn er mit ihr sprach, stellte ich mir oft vor, dass darin auch die Verbindung der beiden am Telefon bestand: Sie hielten fest an einer gemeinsamen Idee, die ich nicht teilen konnte.

Ich erzählte Yasmin, was geschehen war. Oder das, was ich glaubte. »Er ist nach Wien gereist«, sagte ich. »Er ist verschwunden, ohne irgendjemandem etwas zu sagen. Seine Musiker sorgen sich alle um sein Wohlbefinden. Er hat seine Schuhe zurückgelassen«, sagte ich. »Und auch seine Brieftasche. Ich befürchte, dass er schwer gelitten hat und etwas Dummes anstellen könnte.«

Als ich das sagte, standen wir in einem vierten riesigen und makellos weißen Raum. Neben uns gab es ein großes Fenster, das auf einen mit Buchsbaum und Wanderphlox sorgfältig gestalteten Garten hinauswies. Dort saß auch Perla an einem weißen Cafétischchen und las in einem riesigen Buch, während eine der Katzen sie im Gras umkreiste. Ich hatte meine Befürchtungen noch nie so offen ausgesprochen, weder zu Hause vor Jonathan und noch nicht einmal vor mir selbst. Es zu tun fühlte sich wie ein Schock an, aber nicht wie eine Lüge.

Während ich redete, zupfte Yasmin an einem der vielen Schals, die um ihren Hals geschlungen waren. Ich sah, dass sie eine Kette mit einem großen Jadeanhänger trug. Ich erinnerte mich an einen Nachmittag, an dem sie zu mir gesagt hatte, viele Leute würden glauben, dass Jade die Fähigkeit besäße, den uns umgebenden Raum zu reinigen. Und ich erinnerte mich auch, dass ich ihr ziemlich laut ins Gesicht lachte und fragte, über welche Art von Reinigung wir eigentlich sprächen. Und Yasmin hob eine Hand und machte eine Bewegung, als würde sie ein zwischen uns stehendes Fenster putzen, das aber nur sie sehen konnte, und sagte: »So, Sonja. Genau so. So den Raum reinigen. So, um Störungen zu beseitigen«, sagte sie. Und es war uns beiden klar, dass ich die Störung war.

Ich weiß, dass es ihm nicht gut ging«, sagte sie. »Wenn wir miteinander gesprochen haben, war mir klar, dass er wieder anfing, sich merkwürdig zu verhalten.«

»Genau«, sagte ich.

»Ich dachte, er sei fertig mit der ganzen albernen Tragödie«, sagte sie.

»Kannst du mir sagen«, fragte ich, »wann ihr beide zuletzt miteinander gesprochen habt?«

Als ich das fragte, griff sie zu dem Jadeanhänger, der groß, schartig und grün im Licht schimmerte, und ich dachte wieder, wie unglaubwürdig mich meine Eifersucht gemacht hatte und wie ungehörig ich einer wie Yasmin vorgekommen sein musste, einer, die sich um Franz lediglich so gekümmert hatte, wie jeder vernünftige Mensch es getan hätte. Hinter ihr begann Perla, mit ihrer Katze zu spielen. Sie war sehr groß und sehr weiß, wie eine große, in Tierform verwandelte Miniaturgewitterwolke, und ich konnte nicht anders, als dies Kind auf mein eigenes zu überblenden. Der Anblick von Yasmins Tochter, die sich über ihre Katze beugte und dabei einen Buchenzweig schwenkte – so wie man einen Taktstock schwenkt, dachte ich –, erfüllte mich erneut mit rasender Eifersucht. Das musste Yasmin gespürt haben. Dieses Gespür, ihr ganzes Gespür, lastete schwer auf mir, und plötzlich hatte ich das Gefühl, als wäre ich diejenige, die in Seide und Silber und Stein gefesselt war.

Yasmin und ich setzten uns am Fenster in zwei Sessel, die so platziert waren, dass Yasmin hinausschauen und Perla beobachten konnte, und zugleich so, dass ich es nicht tun musste, sondern ins Haus sehen konnte. Eine freundliche Geste, dachte ich. Neben uns brannte eine Reihe kleiner Kerzen auf einem Steinsockel. »Als sie noch brandneu war«, sagte Yasmin über ihre Tochter, »empfand ich die ganze Erfahrung peinlicherweise als sehr unangenehm.«

Und als ich sagte, ich dächte, dass die meisten von uns ihre frühe Mutterschaft so erlebten, hob Yasmin argwöhnisch eine Augenbraue und sagte: »Das habe ich gelesen, aber noch nie jemanden wirklich offen darüber reden gehört, insbesondere nicht über die Langeweile, die schmerzhafte Langeweile, denn es hat mich doch am meisten verletzt, dass dies Kind mich so furchtbar langweilt. Außerdem«, sagte sie, »hat es mich verstört, wie leicht ich mein Kind beherrschen konnte und wie bereitwillig Perla sich einer derart militanten, autokratischen Befehlsform unterwarf. Ich habe mich bemüht, viele Befehle zu unterdrücken«, sagte sie.

Und ich wollte Yasmin sagen, dass sie meinetwegen nicht so negativ über Mutterschaft reden müsse. Während dieser Unterhaltung versuchte ich mehrmals, die Sprache wieder auf Franz zu bringen, dem Grund für meine Anwesenheit, aber wenn ich das tat, gelang es ihr immer sehr geschickt, das Gespräch auf andere Themen zu lenken, etwa aufs Kino oder den Krieg oder die politische Situation in Amerika. Als es mir aber doch endlich gelang, sie zu einer Antwort zu bewegen, machte Yasmin nur eine Bemerkung über die Ungerechtigkeit unserer Verhältnisse. »Du bist in vielen Jahren die erste Frau, die mich allein besucht hat, ohne Begleitung eines Ehemannes, eines Mannes, eines Liebhabers, und jetzt kommst du also und erkundigst dich nach ihm. Nach Franz. Wie ungerecht.«

»Das stimmt«, sagte ich. Aber andererseits spielte Ungerechtigkeit nur dann eine Rolle, wenn man glaubte, dass die Welt uns als Kompensation für unser Leiden Gerechtigkeit schuldete.

»Wir haben uns gestern Abend gesprochen«, sagte Yasmin.

»Gestern Abend?«, fragte ich.

»Er war hier«, sagte sie. »Du hast ihn nur um ein paar Stunden verpasst.«

»Hier? In diesem Haus?«

»Er hat sein Kommen nicht angekündigt«, sagte sie. »Ich bezweifele stark, dass er überhaupt in Wien bleiben wird. Du kennst ja seine Gefühle für diese Stadt.«

»Ja«, sagte ich, obwohl ich mir nicht sicher war. Abgesehen vom ganz Offensichtlichen, das ausgerechnet hier zu erwähnen lächerlich war, wusste ich genau, wovon Yasmin redete.

»Und du kennst ja auch seine Gefühle gegenüber Europa im Allgemeinen«, sagte sie.

Und ich muss auf sie einen verwirrten Eindruck gemacht haben, weil dieses Thema zwischen Franz und mir nie erwähnt wurde. Wir wären nie auf die Idee gekommen, es offen auszusprechen, aber indem wir es unterließen, gingen wir vielleicht das Risiko ein, es indirekt auszusprechen – oder eher noch, weil unsere Geschichten dieselbe Geschichte waren, und wie bei allen Flüchtlingen lag unsere Vergangenheit tot in ein und derselben Erde. Das bedeutete, dass es unnötig war, sich gegenseitig das Offensichtliche zu sagen, weil das Gespräch darüber es heraufbeschworen und in den Raum getragen hätte, in dem wir zufälligerweise grade saßen, egal, wie weit dieser Raum von dem Ort entfernt war, an dem beispielsweise meine Eltern oder Franz' Eltern begraben waren.

Was Franz nie begriffen hatte, war dies: Die Toten haben keinen Sinn für irdische Geografie, sondern die Toten sind Magneten. Wenn man sich bewegt, bewegen sie sich mit.

Wenn man genau genug hinschaut, erscheinen sie einem in einer fremden Stadt oder in einem Schaufenster, weil die Gesetze der kommenden Welt so sind; Schwerkraft existiert zwischen Planeten ebenso wie zwischen Geistern. Tote näher an sich heranzulassen heißt, die Unmöglichkeit ihrer Entfernung zu fühlen. Deshalb spürt man im Kino immer den Impuls, mit den Händen durch die Körper von Gespenstern zu wischen, wenn sie erscheinen: Wir haben das Gefühl, dass wir in der Lage sein sollten, alles immer in unserer Nähe zu haben. Große Trauer ist eine Form von Gier, eine Weigerung, die Gegenwart zu akzeptieren, eine Sehnsucht nach mehr und mehr und mehr von dem, was schon an uns vorübergegangen ist.

Yasmin trat näher an mich heran, so nah, dass ich ihr Parfüm riechen konnte, das unerträglich lieblich und zweifellos teuer war. Sie legte noch einmal eine Hand auf meine Hand, und hinter ihr tanzte draußen im Gras Perla mit ihrer Katze. Und Yasmin flüsterte mir ins Ohr: »Liebes, ich kann mir wirklich nicht vorstellen, dass er noch ausgerechnet hier in dieser Stadt ist, nicht einmal nach dem, was der Arzt euch beiden gesagt hat und was dumm war«, sagte sie. »Dieser Arzt ist ein dummer Mensch voller dummer Gedanken, hat auch getrunken, nicht wahr? Franz hat mir erzählt, dass er ein halbes Wasserglas voll Gin in der Hand hielt, als ihr ihn getroffen habt. Und das heißt, dass man nichts von dem, was er sagt, glauben darf. Gar nichts. Der Mann lag immer falsch. Immer und immer wieder. Das weißt du doch, nicht wahr?«

Ich hatte mir ein Zimmer in einem Hotel genommen, das Jonathan für mich ausgesucht hatte. Es lag in der Inneren Stadt im Ersten Bezirk, einige Dutzend Schritte vom Park entfernt. Das Zimmer war von natürlichem und künstlichem Bewuchs umgeben. Vor dem Fenster gepflanzter Ahorn neigte sich mir mit der Lebenslust eines Blumenhändlers entgegen, und neben dem Fenster erschien als Tapetenmuster der gleiche Ahorn in der Farbe von Pistaziencreme. Überhaupt gab es überall diese baumartige Verdoppelung, echter Ast, künstlicher Ast, wahre Idee, falsche Idee, wirkliche Tochter, unwirkliche Tochter.

Jonathan betonte, dass es der einzige Ort sei, an dem Franz wohnte, wenn er sich hier aufhielt. Mein idiotischer Gatte hatte offenbar eine Schwäche für die kühle Empfindung gemangelter ägyptischer Bettwäsche auf seinen Waden, und ihn gelüstete nach den mit Orangenblütenwasser und Haselnüssen bestäubten Schokoladenstückchen, die jeden Abend auf seinem Kissen lagen, und anscheinend entdeckte er auch eine originäre Absicht in den vielfältigen Schichten der Ahornbäume. Diese Dinge waren alle so eigentümlich und mit Geschichtsbewusstsein aufgeladen, dass die ganze Szenerie mich vor lauter Verwirrung einsam machte.

Mein Nachname hatte mir tatsächlich freundliche Anteilnahme seitens der Hotelpagen und der Rezeptionisten eingebracht, aber auch von der Männerriege in rötlichen Westen, deren Tätigkeiten und Zuständigkeiten mir glücklicherweise verborgen blieben, die aber Tag und Nacht Geschenke vor meiner Tür ablegten – Goldmelissenseife, groß wie eine Kinderhand; Apfelstrudel, so süß und köstlich, dass selbst der kleinste Bissen die Toten hätte wecken können; ein Grammofon, das entweder nur Ella Fitzgerald oder, was mich am meisten quälte, die Balladen Chopins abspielte. Dieser letzte Gegenstand erklärte mir, dass es sich um die Tröstungen handelte, die Franz nötig hatte, wenn er sich hier aufhielt, und dass die Hotelangestellten dachten, dass ich ebenfalls so etwas bräuchte – eine Ehe ist schließlich nicht nur eine symbiotische Neuordnung unserer wahren Vorlieben, sondern ein Prozess schrittweiser Sublimation. Mir war das alles peinlich. Und jetzt bin ich hier schon wieder mit all meinen Peinlichkeiten: Ich habe dich gewarnt, nicht wahr?

Ich dachte mir Folgendes: Ich glaubte, in der Nähe des Hauses zu sein. Damit meine ich mein Elternhaus, obwohl es so hingeschrieben geschmacklos wirkt. Es stellte sich heraus, dass ich mich an nichts erinnern konnte. Tut mir leid, Mutter und Vater, tut mir leid, Moses. Wenn du so eine Geschichte erwartest, haben andere sie schon geschrieben. Deren Erinnerungen könnten genauso gut meine Erinnerungen sein. So wenig habe ich mit mir genommen, als ich fortging. Ich glaubte tatsächlich, höchstens drei Kilometer entfernt zu sein. Ein lockerer Spaziergang, wenn ich gewollt hätte, den ich aber nie unternahm, kein Stück von mir wollte das. Ich wäre lieber an den Rumpf eines Löschflugzeugs gebunden und für jedermann sichtbar über ganz Wien geflogen, nicht unähnlich der Frau in der Geschichte, die meine Mutter mir oft erzählt hatte. Ich sage das alles, obwohl ich trotzdem hinging. Natürlich ging ich hin. Ich ging gleich an meinem ersten Morgen in der Stadt hin. Ich hatte das Gefühl, es tun zu müssen, obwohl die Frage, wohin ich gehen sollte, eine offene Frage blieb, weil ich sehr schnell merkte, dass ich von der Gegend nichts behalten hatte, keine Bilder, keine Empfindungen, keine Geschichte. Ich hatte keine Ahnung, wohin ich gehen und wo ich ankommen sollte.

In der Hotellobby fand ich einen Stadtplan für Touristen, und als ich nach einer halben Stunde in der Herminengasse ankam, war ich wieder im Bilde. Das Haus befand sich auf der anderen Straßenseite, nicht auf der Flussseite, und das Gebäude war nicht drei-, sondern vierstöckig. Die Eingangstreppe war kürzer, als sie gewesen sein mochte, als sie noch mir gehörte. Ich glaubte mich zu erinnern, wie ich mit dem Schwung von jemandem, der von der London Bridge abhebt, von der obersten Stufe sprang, aber vielleicht gehörte diese Erinnerung einer anderen Person und war nur durch Filme oder die Erzählungen einer Freundin zu meiner geworden. Und an Nr. 11 waren auch Balkone angebracht, die es in meiner Erinnerung nie gab; ich hätte meine gesamte Kindheit auf einem Balkon verbracht, wenn es einen gegeben hätte, und dann, auf einem Balkon in dem anderen Leben, hätte ich mich an so manches erinnert, vielleicht an eine Ahnung von Mamas wahrem Gesicht. Ich stand sehr lange auf dieser Straße, einer kurzen Straße, die wie die solide Sprosse eines Tritthockers ist, der sich ans Ostufer der Donau drängt. Und nachdem ich genauso lange vor einer Version von Nr. 11 stand, die in keinem einzigen Detail meiner Erinnerung an Nr. 11 entsprach, und absolut nichts empfand, weder Schmerz noch Rachsucht noch Trauer über den Verlust, ging ich.

Und das war's.

Am Morgen verließ ich mein Hotel im Ersten Bezirk, um meinen Freund Karl Krämer in seinem Haus in der Nähe des Augartens zu besuchen. Karl war in London einer unserer Kommilitonen gewesen, außer Franz praktisch die einzige lebende Person an der Universität, die meine Existenz überhaupt zur Kenntnis genommen hatte, und mit Sicherheit außer Franz die einzige lebende Person, die sich daran erinnern konnte, dass ich Klavier zu spielen versuchte. Als wir zusammen studiert hatten, war er in mich verliebt, und ich wusste das auch. Vielleicht gab es auch Momente, in denen ich seine Liebe erwidert hatte, und zwar auf eine Weise, in der Liebe sich in so einem Alter äußert, nämlich als eine Aura, die man wahrnimmt oder durch die man so hindurchgeht, wie man sich vorstellt, durch ein Gespenst hindurchzugehen. Aber dann war da auch immer Franz, und deswegen gab es zwischen uns dreien immer eine aus Eifersucht, Zuneigung und Zeit zusammengesetzte Fremdheit. Und soweit ich es verstand, hatte sich das nie geändert.

Er sagte, dass er Franz nicht gesehen habe, aber wisse, dass er in Wien sei. Das hätten ihm alle erzählt, und ich fragte, wen genau er mit »alle« meinen würde. In dieser Stadt, sagte ich, hätten wir außer ihm und Yasmin praktisch keine Bekannten gehabt.

Und Franz sagte: »Oh, das stimmt aber gar nicht.« Mit »alle« meinte er Maximilian und Florian und Martin und Anton und Jenny und Sara und Jana und natürlich Bruno, und ich kannte von diesen Leuten keinen, keinen Einzigen, keinen dieser Namen. Und nicht zum ersten Mal dämmerte es mir: Während wir unser gemeinsames Leben in London etablierten, ein Leben, das immer isolierter, stiller und abgeschotteter Wurzeln schlug in der elenden Vergangenheit der Musik, die Franz machte, hatte er ein Doppelleben geführt, eine andere Existenz voller Lärm und Menschen und Namen, die ich nie gekannt hatte.

Karl war einmal Cellist gewesen, einer, den Franz als einen der besseren Musiker in London schätzte, obwohl ich das nie in ihm sehen konnte, weil er mir immer zu eitel und zu hübsch vorkam und infolgedessen mit seiner Eitelkeit und seinem guten Aussehen allzu beschäftigt war. Außerdem hatte er schöne Hände, und aus irgendeinem Grund konnte ich gar nicht glauben, dass jemand mit so schönen Händen wie Karl irgendetwas Seriöses spielen konnte. Der Schönheit habe ich immer misstraut, sei es bei Menschen, sei es in der Kunst, und ich ließ mich nie vom Gegenteil überzeugen. Schönheit verstand ich als ein Parfüm, das etwas überdeckt, was andere nicht entdeckt wissen wollen.

Jetzt war das egal: Sein Cello lag ungespielt in einem Gästezimmer. Er hätte sich inzwischen meine Meinung zu eigen gemacht, sagte er, und seit geraumer Zeit kein Bedürfnis mehr, etwas Schönes zu produzieren. Alles kam ihm wie eine Lüge vor, eine Tapete über der Geschichte. Das hatte ich einmal zu ihm gesagt, als wir jung waren und er mich liebte.

»Wenn meine Mutter zu Besuch kommt«, sagte er, »weigert sie sich, dort zu wohnen. Sie sagt, das ist der Celloraum, als ob das Cello das Kind ist, das ich nie hatte, und darüber hinaus ein Problemkind, ein Kind, das sich nicht manierlich benimmt, ein Kind, das die Familie beschämt und mit dem man nicht vernünftig reden kann, das ein furchtbares Durcheinander anrichten kann und es fertigbringt, nachts alle zu wecken.

Manchmal denke ich, dass meine Mutter recht hat und dass das Instrument eine eigene Sensibilität entwickelt und eines Tages damit anfängt, auf sich selbst zu spielen. Genug von dir, Karl! Ein Leben lang hat es perfekt geklungen, aber jetzt macht es keinen Mucks mehr, und ich vermute, dass es das vermisst, dass die Musik ihm fehlt. Mir fehlt sie allerdings nicht«, sagte er. »Von dieser Musik habe ich für mehrere Leben mehr als genug gehabt. Alles, jede einzelne Note, symbolisiert für mich die Musik des Todes. Also lasse ich das Cello hier in seinem eigenen Raum, so wie meine Mutter sich das wünscht.«

Als er das sagte, dachte ich an ein Leben, das ich mit Karl gehabt hätte, wenn Franz nicht gewesen wäre, und die Tochter, die wir zusammen gehabt hätten, wäre nicht Anya gewesen, sondern vielleicht immer noch am Leben. Und plötzlich kam es mir schrecklich traurig vor, dass er das Cello aufgegeben hatte, und also bat ich ihn, es mir zu zeigen. »Kann ich es mal sehen?«, fragte ich, und er führte mich widerstrebend hin. Es war ein fantastisches Instrument. Er hatte eine Hypothek aufnehmen müssen, um es zu bezahlen, und da lag es nun schlafend und schweigend. Unsere auseinanderlaufenden Vergangenheiten waren in die gleiche Zukunft gemündet.

Ich wollte, dass er für mich spielte. Das war etwas, dem Franz sich schon seit Jahren verweigert hatte. »Spiel etwas«, sagte ich zu ihm, »spiel etwas Schönes, Altes.«

Aber Karl wollte nicht. »Seit einiger Zeit glaube ich«, sagte er, »dass das Spielen der alten Musik so ähnlich ist, wie sich in einen dieser kostümierten Schauspieler zu verwandeln, die auf dem Campus eines Museums für lebendige Geschichte arbeiten und für die Schulkinder so tun, als verkörperten sie eine Lebensform aus dem siebzehnten Jahrhundert: Butter stampfen und Pullover direkt vom Schafsrücken weben und Sünder mit großen Granitbrocken steinigen und sich vor Hexen und was weiß ich was fürchten. Für einen Mann wie Franz kann es nicht gesund sein, sich die ganze Zeit mit solchen Trivialitäten abzugeben«, sagte er. »Wie soll man bei so viel Fiktion in der Atmosphäre noch den Boden unter den Füßen spüren?«

Karl ließ mich wissen, dass er sich mit einigen neuen Projekten beschäftigte, darunter Fotografie oder Tonaufnahmen mit Fotografie oder Aufnahmen von Leuten auf der Straße, die Versionen von genau den Beethovenstücken sangen, die er nun hasste, und auch Fotografien ebendieser Leute, wenn sie diese Stücke sangen.

Ich wünschte, ich wäre aufmerksamer gewesen, damit ich dir die ganze Wahrheit berichten könnte, aber ich war dann müde, und der Anblick seines toten Cellos begann mich zu deprimieren. Und wie ich vielleicht schon erwähnt habe, hatte ich auf dieser Reise auch ernsthaft mit dem Trinken angefangen, aber weniger aus einem Bedürfnis nach dem Trinken oder dem Betrunkensein, sondern mehr als Mittel, das abzumildern, was damals ein wachsendes Hassgefühl gegenüber Franz war – Hass, weil er mich dazu trieb, ihn aufzuspüren, und Hass, weil er das mit derart schmerzlicher Selbstgerechtigkeit tat.

Unterdessen redete Karl immer noch von seinen Kunstprojekten, als er Franz erwähnte: »Mir fehlt das Cello nicht«, sagte er, »egal, wie oft Franz mich auffordert, zu meinem alten Leben zurückzukehren.«

»Und wie oft hat er dich dazu aufgefordert?«, fragte ich.

»Ach, schon oft«, sagte er. »Er glaubt, dass ich immer noch etwas zu bieten habe.«

»Hat er das erst kürzlich gesagt?«, fragte ich.

»So kürzlich wie gestern«, sagte er, »aber als er gestern anrief, spürte ich, dass er es nicht aus vollem Herzen tat. Er wollte vorbeikommen, aber ich hatte zu tun, und am Ende des Gesprächs merkte ich, dass er den Anruf bereute.«

Karl war bewusst, dass diese Information mich verletzte, weil Franz es vorgezogen hatte, Karl zu kontaktieren und nicht mich. Wir gingen in einen Teil seiner Wohnung, wo ein Schreibtisch stand. Die Wohnung bestand aus einem einzigen großen Zimmer, einer Fläche aus unstrukturiertem Raum, den Karl in kleinere Bereiche geteilt und nochmals unterteilt hatte, sodass man, wenn man in der Mitte des Ganzen stand, ein Heim erblickte, das durch seine Unordnung, sein Durcheinander, die Zersplitterung seiner selbst, behaglich wurde.

»Wenn Franz mich anruft«, erklärte Karl, »habe ich mir in letzter Zeit Notizen gemacht. Was er sagt, ist sehr beunruhigend, und dass es von ihm kommt, ist so außerordentlich überraschend, dass ich das Gefühl hatte, es für mich dokumentieren zu müssen. Ich habe Franz immer für eine ausgesprochen gefestigte Person gehalten. Ein Mann mit konkreten Ideen. Ein Mann, der die Noten nicht nur so liest, wie sie gedruckt sind. Wenn ich ihn jetzt höre, Sonja, wie er von Geistern redet und dass euer Kind noch lebt, dann ärgert mich das, weil es so verrückt ist. Und das habe ich ihm auch gesagt. Ich habe gesagt: ›Franz, du bist ein Idiot! Franz, hör dir mal selber zu, wie du wie ein Idiot herumjammerst!‹ Deshalb habe ich mir Notizen gemacht. Für den Fall, dass du auftauchen würdest. Für den Fall, dass die Polizei kommt. Ich dachte, beides ist möglich, und weil du nun schon mal hier bist und nach ihm suchst, bin ich überzeugt, dass auch die Polizei bald kommen wird. Das ist alles so traurig, Sonja. Für unsere Freunde musste ich mir eine andere Ausrede einfallen lassen. Dass er kriminell geworden ist – ein Dieb oder Meuchelmörder oder Betrüger. Das wären alles bessere Möglichkeiten als das, was ihm passiert ist. Phantome!«, rief Karl.

»Ich weiß«, sagte ich. »Ich weiß, ich weiß.«

»Als hättest du nicht schon genug um die Ohren«, sagte er.

Seine Liebenswürdigkeit lähmte mich für einen Moment, was er bemerkte. Er glaubte, etwas Falsches gesagt zu haben, und versuchte, sich zu korrigieren. »Ich meine nur«, sagte er, »dass du schon genug gelitten hast wegen Anya und auch wegen deiner Eltern und deinem Bruder.«

Soweit das überhaupt möglich war, lähmte mich das noch mehr, und er musste damit anfangen, sich für *mein* Leben zu entschuldigen, was zu ertragen eine elende Angelegenheit ist - in Österreich entschuldigt sich ein Mann bei mir derart übertrieben, dass ich natürlich anfangen musste, mich bei ihm zu entschuldigen. »Nein«, sagte ich, »es tut mir leid, dass du es so empfindest.«

Und er sagte: »Es tut mir leid, es so zu empfinden, dass es dich dazu gebracht hat, es auf diese Weise zu empfinden.«

Und das ging immer so weiter, wir beide in seiner kleinen Wohnung mit dem schlafenden Cello nebenan, seinem ungeborenen Kind, das unser Kind hätte gewesen sein können, empfänglich für so viel unbeachtete Schönheit.

Schließlich endete diese scheußliche Situation, und Karl sagte: »Wenn du ihn findest, hau ihm in meinem Namen eine runter. Mitten ins Gesicht. Schlag ihm für mich einen Zahn aus. Oder schlag ihm zwei Zähne aus. Sag ihm, das kommt von mir. Von Karl. Seinem alten Freund Karl.«

Und er küsste mich auf die Wange. Sanft und kaum spürbar, und dennoch spürte ich, wie die Zukunft sich auflöste.

Als ich in mein Hotelzimmer zurückkehrte, erwartete mich Jonathan. Wir hatten am Morgen miteinander telefoniert. Da war er noch in London in unserem Haus an der Dunsmure Road, kochte Tee, und während wir redeten, hörte ich sowohl das Brodeln des Wassers kurz vorm Siedepunkt als auch das Rumoren frühen Oktoberwetters, Regen und Wind und vorzeitige Kälte. Und als ich ihn hier in Wien in meinem Zimmer sah, fragte ich ihn nach dem, was ich für einen offensichtlichen Widerspruch hielt: »Wieso bist du hier, wenn du eben noch dort warst?«

Jonathan runzelte mürrisch die Stirn. »Flugzeuge«, sagte er. »Flugzeuge! Ich bin mit einem Flugzeug gekommen, Sonja. Man muss nicht mehr überall einen Zug nehmen! Die Zukunft ist bereits da, und du hast sie verpasst.«

Ich fand das wahr und grausam und unnötig präzise.

Er war mit einem Stapel von Plakaten, auf denen Franz strahlend lächelte, nach Wien gekommen. Es war das letzte Publicity-Foto meines Mannes: schwungvoll, zugänglich und beunruhigend hübsch, die linke Hand, die einen Taktstock hielt, merkwürdig im Bilderrahmen verdreht und offenbar nicht gut kopiert. Es schien klar, dass Jonathan ein Bild von Franz gewählt hatte, das den Eindruck vermitteln konnte, dass die beiden verwandt wären – Vater und Sohn.

»Wie findest du es?«, fragte er mich.

»Ich finde, du hast einen Steckbrief gemacht«, sagte ich.

»Ich habe eine Vermisstenanzeige gemacht«, korrigierte er mich.

»Er ist doch kein vermisstes Hündchen«, sagte ich.

»Es wirkt aber nicht so, als ob er *kein* verlorenes Hündchen wäre«, sagte Jonathan.

»Und was ist dein Plan?«, fragte ich.

»Wir hängen sie auf«, sagte er. »Eins nach dem anderen. Man wird es sehen. Jemand wird uns anrufen.«

»Ist das alles? Ist das der Plan?«

Er bemühte sich um eine motivierendere Antwort: »Wir hängen sie *schnell* auf?«

»Und du glaubst, das funktioniert?«

»Ich weiß nicht, was wir sonst machen können, Sonja. Schließlich wird er offiziell nicht vermisst. Er ist aus eigenem Antrieb untergetaucht.«

»Er hat sich nur von mir abgesetzt«, sagte ich. »Das ist es doch, nicht wahr?«

Jonathan holte mir ein Glas Wodka. Es war eine schlechte Idee für uns beide, das wusste ich, aber es war auch ein Moment, in dem wir vorübergehend Überzeugungen von Gut und Böse aufgaben. Der Wodka war eiskalt.

»Seine Freunde hier in der Stadt haben von ihm gehört«, sagte ich. »Wusstest du das?«

»Wer genau?«, fragte er. »Die üblichen Verdächtigen? Maximilian? Florian und Martin und Anton? Oder waren es Jenny und Sara und Jana und Bruno?«

»Du kennst diese Leute auch?«, fragte ich.

Darüber lachte Jonathan. »Ob ich diese Leute *kenne?*«

»Ja«, sagte ich. »Kennst du sie? Ich kenne sie nämlich nicht. Ich kenne keinen von ihnen. Keinen Einzigen. Ich verlaufe mich an diesem Ort, und jeden Tag wird er größer und schrecklicher, und offenbar haben Franz und du sich hier ohne mich ein anderes Leben aufgebaut, ein Leben mit einem Fuß in der falschen und idiotischen und furchtbaren Vergangenheit.«

Das klang alles gut, als ich es aussprach, aber da hatte ich ihn bereits verloren. Jonathan war damit beschäftigt, Franz angesichts des Bilds zu betrauern. Was auch immer ich gesagt hätte - der Junge hätte es ignoriert, weil er derart besessen von Franz' Cupido-Gesicht war. Dies war schließlich sein auserwählter Papa.

Anya machte es ebenso. Wenn Franz bei einem Konzert war und wir ihn im Fernsehen oder irgendwo im Radio nicht finden konnten, musste ich Anya manchmal eins seiner Pressefotos geben, um ihre Tränen zu unterdrücken. »Dein Papa ist hier. Zweidimensional ist er hier. Dein Vater ist hier durch Licht und Schatten abgebildet. Er ist immer noch hier. Wenn auch anderswo. Nimm ihn in die Hand, Kind. Präge ihn dir ein. Er kommt bald zu dir zurück.« Und manchmal funktionierte das auch. Anya hörte zu weinen auf oder war jedenfalls besänftigt, fand Papa, der sie vom Papier anstrahlte, seine Augen wie ihre Augen, der Vater sowohl ein Spiegel als auch eine Mahnung. Und sie weinte dann nicht mehr und sah mich an und sah in mir, was ich war: nicht ihr Vater, aber gut genug.

Endlich kehrte Jonathan auf fast die gleiche Weise mit einer milden, aber unübersehbaren Enttäuschung ins wirkliche Leben zurück. »Die Plakate sind ein guter Anfang«, sagte er. »Ich glaube, sie sind unsere einzige echte Chance.«

»Wollen wir eine Belohnung aussetzen?«, fragte ich. »Macht man das nicht so für seine Hündchen?«

»Genau«, sagte er. »Ich bin froh, dass du es zuerst ansprichst. Ich hatte befürchtet, dass du es geschmacklos findest.«

»Eine Frau bietet Geld für einen abtrünnigen Ehemann? Wer wollte das wohl geschmacklos finden? Selbst wenn wir es täten, woher sollten wir deiner Meinung nach das Geld für die Belohnung bekommen? Hast du es etwa in deiner Mietwohnung herumliegen? Ich weiß ja nicht mal, wer die Rechnung für dies Hotelzimmer bezahlen soll«, sagte ich.

Was ich da sagte, war offensichtlich so dämlich, dass es Jonathan wieder zum Lachen brachte. Und mir fiel auf, dass sein Lachen eine perfekte Kopie von Franz' Lachen war, ein unheilvoller, glasklarer und nachtragender Ausdruck von Arroganz, der eine bessere Antwort verdient gehabt hätte als meine, die ein Lächeln und Mitlachen war. Worüber, wusste ich allerdings nicht. Wir hatten wirklich kein Geld. Wir hatten nichts als einen vorgetäuschten Reichtum, ein Talent, einen Fundus hervorragender Kostüme. Um Geld machte Jonathan sich trotzdem keine Sorgen.

»Und das muss ich auch gar nicht«, sagte er zu mir. »Die Sponsoren des Orchesters werden zahlen. Dieselben Leute, die für dein Haus aufkommen. Dieselben Leute, die für die komplette Garderobe von Franz und seinen Hang zu luxuriösen Hotels zahlen, für Orangenblütenschokolade und ägyptische Bettwäsche und Abende in Luxuslimousinen mit Chauffeuren und anderen Menschen, die bereit sind, sich von Klavier und Geigen betäuben zu lassen. Und wenn diese Sponsoren sich weigern sollten, uns mit der Belohnung auszuhelfen«, sagte er, »und das könnte sehr gut passieren, weil sie nämlich erklärtermaßen Franz' Impulsivität und seine vulkanischen Stimmungsschwankungen satthaben, dann finden wir eben einen anderen, der uns hilft. Dir und auch mir, Sonja. Es gibt immer Leute, die Leute unterstützen wollen, die wunderschöne Musik machen«, sagte er. Und als er es sagte, glaubte er auch daran, und das stimmte mich für ihn traurig.

»Er ist ein international bekannter Dirigent«, erinnerte mich Jonathan mit einem unüberhörbaren Unterton der Verzweiflung in der Stimme. »Die Leute wollen doch helfen.«

»Er ist eigentlich nicht international bekannt«, sagte ich. »Er fliegt nur viel herum.«

»Das ist unnötig grausam«, sagte er.

»Und die Musik ist erschöpft, nicht schön. Diese Dinge sind nicht alle gleich«, sprach ich eine unbestreitbare und wahre Tatsache aus, die zu hören Jonathan fertigmachte. Ich weiß, dass es so war. Ich glaube, nachdem ich diesen Vorwurf gemacht hatte, sagte er mir sogar ins Gesicht, dass es ihn fertiggemacht hätte, es zu hören: »Es macht mich fertig, wenn ich dich das sagen höre, Sonja.«

»Ich weiß, dass du ihn liebst«, sagte ich.

»Ich liebe euch beide. Du bist praktisch meine –«

»Und ich finde, dass das ein sehr schönes Gefühl ist, obwohl ich weiß, dass deine Mutter damit nicht einverstanden ist.«

»Meine Mutter ist mit niemandem einverstanden. Sie ist eine unerträgliche Person. Deswegen habe ich dich adoptiert.«

»Und trotzdem«, sagte ich.

»Und trotzdem was?«

»Und trotzdem gibt es sie. Es gibt deine Mutter. Es gibt deine leibliche Mutter.«

»Wo denn?«, fragte er und wandte sich ab. »Hast du sie etwa mitgebracht?«

»Dort«, sagte ich. »Du weißt, was ich meine. Und was machst du da eigentlich?«

Ich nahm ihm die Plakate weg und warf sie in den Kamin. Auf diese Weise sagte ich das Offensichtliche: Ich bin gegen diese Plakate. Ich bin gegen die Hund-vermisst-Plakate. Ich bin gegen die Mann-vermisst-Plakate. Überall im Zimmer lagen Geschenke für Franz herum, damit er sich möglichst wohlfühlen sollte: seine ekeligen Seifen, seine bevorzugten Frotteehandtücher, seine Vorliebe für amerikanische Musik, seine Kaffeemaschine, Strudel nach einem Rezept, das an den Strudel seiner Mutter erinnern sollte. Doch wo waren die Dinge, die es *mir* angenehm gemacht hätten? Ich sagte das zu Jonathan, aber was wusste er denn schon, der arme Junge?

Während wir schweigend in dem Zimmer standen, das er für mich reserviert hatte, stellte er die naheliegende Frage, die zugleich die lächerlichste Frage war.

»Warst du schon in der Kirche?«

Als ich Ahnungslosigkeit heuchelte, legte er das Bild zwischen uns auf den Tisch. Darauf die andere Anya: die neue Version meiner Tochter.

»Ich frage dich noch einmal«, sagte er. »Warst du schon im Dom?«

Ich ging hin, spät abends und ziemlich betrunken. Noch einmal: Ich möchte nicht viel zu dem Teil sagen, in dem Alkohol eine Rolle spielt; nur so viel, dass Alkohol in diesem Teil durchaus eine Rolle spielt. Ich wollte nicht in die Kirche gehen. Die Vorstellung, es doch zu tun, kränkte aufs Tiefste jenen Bereich in mir, der mit rationalem Denken, emotionaler Klarheit, vernünftigen Resultaten und den Gesetzen menschlicher Physik, die mit Leben und Tod zu tun haben, verknüpft ist. Auf der Suche nach Anya dorthin zu gehen bedeutete, dass ich eine verkehrte Welt betreten musste, und zwar die Welt, in der die Verrückten lebten. Leute wie mein Mann. Ich ging allein, verließ Jonathan in einem Zustand waisenhafter Schwermut. Meine letzte Wahrnehmung von ihm in jener Nacht: In einen Frotteemantel gehüllt wie ein königlicher Kammerdiener für den Toilettenstuhl umklammert er Franz' Pressefoto, während in allen Zimmerecken das *Regentropfen-Prélude* obszön aus Teakholzlautsprechern rieselte.

Der Dom stand ein paar Häuserblocks entfernt, noch in den Abendstunden im Blitzlichtgewitter eine Quelle touristischer Sisyphusarbeit sowie ein unübersehbares Herzstück diffuser religiöser Hoffnungslosigkeit. Im Innern empfand ich den nasskalten Todeshauch, der Kathedralen durchzieht, gleichermaßen als angsteinflößend und ermüdend. Ich wusste, dass unter meinen Füßen die Gräber von Kaisern, ihren Gemahlinnen und womöglich auch ihren Katzen lagen, aber, noch einmal, was weiß ich denn schon von solchen Orten?

An dieser Stelle muss ich wohl zugeben, dass ich weinte. Da stand ich also schluchzend vor Panik im Portal von Wiens großartigem Dom. Ich weinte in einem Anfall fehlgeleiteter Erwartungen. Weinte in einer Mixtur aus erhellender Klarheit und unklarer Beschämung. Weinte, weil ich eine sechsundvierzig Jahre alte Frau war, die einen Mann suchte, der mit einer Fotografie redete. Weinte vielleicht auch, weil mich eine tiefe, atavistische Angst befiel, dass ich hier ermordet werden könnte, wie alle anderen hier ermordet worden waren, wie all die anderen Juden. Nach elf Schritten in den Dom hinein verkrampfte ich mich. Jeder vorbeikommende, mäßig aufmerksame Fremde hätte mich in meinem blauen Regenmantel sehen können - das gleiche kristalline Blau des Mittelmeers, hatte Franz einmal gesagt, in den letzten Momenten, bevor der Vesuv es in Brand setzte - und sich gedacht: Sieh mal einer an! Sieh mal, was wir hier haben! Hier ist ja noch eine Jüdin, starrt die gesammelten Blutflecken an, die erbarmungswürdigen Denkmale ihrer eigenen Abwesenheit. Und sieh doch, was das aus dieser armen Frau gemacht hat, diese beklagenswerte Jüdin in ihrem eleganten Regenmantel, ihren lächerlichen Klamotten, mit ihren kurz geschnittenen Haaren und dem abstoßenden Trauergesicht, das sie wie eine zweite Haut trägt. Sieh doch! Sieh doch! Sie heult in aller Öffentlichkeit! Echte jüdische Tränen fallen auf den harten Beton einer echten österreichischen Kirche! Wer sagt denn, dass die Geschichte sich nicht im Kreis dreht?

Während ich weinte, ein erbärmliches, hässliches, schreckliches und verstörendes Weinen, blickte ich auf und sah, dass zwei junge Mädchen mich beobachteten. Es war klar, dass mein Weinen sie erschreckt hatte. Es ist ja auch kein alltägliches Ereignis, eine erwachsene Person wie mich weinen zu sehen. Das wusste ich. Ihretwegen hielt ich inne.

Ich sagte den Mädchen, dass alles gut sei. »Es ist normal«, sagte ich. »Es ist völlig normal. Weinen ist normal. In der Öffentlichkeit zu weinen ist okay.« Das sagte ich auf Englisch. Ich sagte es auch auf Deutsch. »Weinen ist normal. Als erwachsener Mensch in einem großen Dom zu weinen ist normaler, als ihr euch vorstellen könnt«, sagte ich. »Die Gebeine des Kaisers und seiner Katzen liegen unter unseren Füßen!« Und: »Ich bin Jüdin! Es gibt Gründe!«

Das war natürlich die falsche Methode, mit der Situation umzugehen, weil das, was ich ihnen sagte, ihnen Angst machte. Schließlich fingen sie selbst an zu weinen, weil sie von einer weinenden britischen Frau in einer dunklen, tausend Jahre alten, von Kerzen beleuchteten Kirche voller Gebeine ihrer ehemaligen Herrscher merkwürdig angequatscht wurden. Ich riss mich zusammen und gab mir Mühe, gefasst zu wirken, was sie wahrscheinlich noch mehr ängstigte, und schließlich gingen sie weg.

Danach stellte ich mich an genau dieselbe Stelle, an der auf dem Bild, mit dem alles angefangen hatte, die andere Anya gestanden hatte, dasselbe Bild, über das Franz sehr wahrscheinlich in diesem Moment irgendwo in dieser Stadt sprach. Als ich in Wien angekommen war, hatte ich bereits alle Kopien des Bilds, die ich finden konnte, vernichtet. In unserem Haus gab es viele Kopien und in Franz' Büro noch viel mehr. Ich glaubte, dass er sie liegen gelassen hatte, um zu beweisen, dass er in der Lage war, etwas zu tun, was ich nicht tun konnte, nämlich sich in den Zwischenräumen zu bewegen, die die Lebenden von den Toten trennen, und dort zu hören und zu sehen.

Ich stand eine Stunde lang an derselben Stelle, an der die Frau auf dem Bild gestanden hatte, diese andere Tochter von mir, diese falsche Anya. Ja, ein kleiner Teil von mir glaubte, dass ich Franz hier finden würde. Dass es so leicht sein würde. Ein Teil von mir glaubte, dass er hier die ganze Zeit sitzen und so wie jedermann Kerzen entzünden und auf Wunder warten würde und dass ich ihn würde überreden können, nach London zurückzukehren, indem ich das Offensichtliche betont hätte: dass das Bild eine Obszönität ist, ein Fluch auf unserem Zusammenleben. Sieh doch nur, wo wir sind! Als er nicht augenblicklich erschien, beschloss ich, länger zu warten. Und als er nach einer Stunde immer noch nicht auftauchte, dachte ich, ihm mehr Zeit zu lassen, noch eine Stunde. Und nachdem die zweite Stunde um war, dämmerte mir die Tatsache, dass ich geglaubt hatte, unter diesen Umständen zu alt für weitere Demütigungen zu sein. Wie auch sonst hätte ich mein beschämtes Gestammel erklären sollen, als die freundlichen Mitarbeiter dieser Institution - Kirchenbedienstete, kommunale Angestellte des städtischen Tourismusbetriebs, Ehrenamtliche im Dienst einer verschwundenen Geschichte - kamen und fragten, ob sie mir helfen könnten.

»Sie stehen hier bereits seit geraumer Zeit«, sagte einer von ihnen in dem steifen und offiziösen Englisch, das denjenigen eigen ist, die es auf europäischen Schulen lernen. »Suchen Sie jemanden Bestimmtes? Sind Sie von Ihrer Reisegruppe getrennt worden? Benötigen Sie Beistand?«

Diese Frage! Ja, ich benötige Beistand! Ja! Ich habe mein letztes bisschen Verstand verloren! Sturm war aufgezogen. Der Herbstregen platzte aus heiterem Himmel. Ich eilte nach draußen und ging sofort in die falsche Richtung. Draußen auf dem Platz erkannte ich nichts wieder. Ich drehte mich zur Kirche um. Das Unwetter durchnässte mich. Die Zukunft hatte neu geschaffen, was ich für vertraut gehalten hatte. Ich eilte zuversichtlich weiter. Und ich lief und lief und lief bis zur Erschöpfung, und meine Füße schmerzten vom Gehen, und meine Zehen bluteten vom Gehen, und all das schien sinnlos zu sein.

Noch bevor ich mich allerdings zu weit von der Kirche fortbewegte, hielt mich eine Frau an. »Miss«, sagte sie auf Englisch, »Miss, Miss. Sie haben etwas verloren«, sagte sie, und als ich mich umwandte, drückte sie mir die Fotografie des Mädchens in die Hand, eine Version der gleichen Fotografie, die ich in meiner Küche in London vernichtet hatte. »Hier«, sagte sie, indem sie mir das Bild gab, das jetzt in erstklassigem Zustand war, nicht zerknittert, makellos, neu zusammengesetzt, wiederbelebt. »Sie haben etwas verloren«, sagte sie. »Sie haben Ihr Bild fallen lassen.«

Zwei Tage vergingen ohne ein Lebenszeichen von Franz. In vorweggenommener Trauer verbrachte ich diese Tage im zehnten Stock des Hotels in der Inneren Stadt. Während der ganzen Zeit bewegte ich mich nicht über das Umfeld meines Betts hinaus, sondern verschlang genug Apfelstrudel, um damit eine Grundschule satt zu machen, und hielt zugleich ein Team von Hotelpagen damit auf Trab, mich mit Wagenladungen extrem teuren Champagners zu versorgen, den ich nie bezahlen würde.

Irgendwann verlangte ich bessere Musik. »Bitte«, flehte ich, »irgendetwas anderes als diesen Totentanz grauenhaften Elfenbeingekitzels, alles außer diesem gruseligen Soundtrack. Bitte«, sagte ich zu einem Jungen aus Ottakring und hielt ihn an den Jackenaufschlägen fest, nachdem ich ihm vielleicht zu überschwängliche Komplimente für die Beschaffenheit seiner Haut gemacht hatte, die in der Tat überirdisch und neiderregend war. »Bitte«, sagte ich also zu diesem kleinen Cherubim, »bitte bringen Sie mir irgendeine widerliche Musik. Was ist die mieseste Musik, die Sie kennen? Bitte bringen Sie mir die! Mein Herz verlangt nach Hässlichkeit!«

Inzwischen durchstreifte Jonathan die Stadt nach seinem Papa. Wenn er Gerüchte über Franz' Anwesenheit gehört hatte, tauchte er gelegentlich wieder auf. Ich wusste, dass man von einem Gespenst niemals mehr zu hören bekommt. Von meinem herrlich gepolsterten Schlafplatz, umgeben vom Klirren leerer Flaschen Perrier-Jouët, sagte ich zu ihm, dass der Tod ein Weg sei, der uns alle zu Pilgern mache. »Folge lange genug einem Flüstern, und dann wirst du merken, dass du selbst derjenige bist, der Statuen etwas zuflüstert.«

Das kam nicht sehr gut an. Er wisse, sagte er, dass Franz in Wien lebe. Als ich nach Beweisen fragte, gab er mir lediglich das gleiche Bild des Mädchens im Dom. Überall, wohin Franz gegangen war, hatte er die Fotografie als eine makabre Visitenkarte hinterlassen oder vielleicht auch als Wunsch, sich irgendwie in die andere Welt zu versetzen, in der unsere Tochter aufgewachsen und zum Fotomodell einer touristischen Werbekampagne geworden war.

An meinem letzten Abend im Hotel fand ich ihn wieder, wieder einmal auf dem Bildschirm. Ich war inzwischen sehr müde und noch betrunkener (wenn man erhebliche Mengen Champagner mit einem ebenfalls hohen Anteil teuren Whiskys mischt, ist das Ergebnis eine Art von Gefühllosigkeit, die, wenn auch nur kurz, den Kummer betäubt) und sehr wütend (Dom). Und ich hatte mir die Haut an meinen Fingern versengt, als ich noch einmal alle Kopien des Bilds der falschen Anya verbrannte, und ich war entschlossen, so schnell wie möglich nach Hause zurückzukehren. Es war dasselbe Konzert, das ich schon vor einigen Tagen vor meiner Abreise aus London gesehen hatte. Ich erwischte das Programm an einer anderen, früheren Passage als zuvor, diesmal im ersten Satz mit den Streichern, der zuckersüßen Unerträglichkeit, der mürbe machenden Geziertheit, bis zu dem Moment, in dem die Kamera in meine Richtung schwenkte - oder wer auch immer diejenige war, die ich sein sollte. Jonathan war in sein Zimmer gegangen, und ich spürte plötzlich das unfaire Bedürfnis, ihn zurückzurufen, um ihn zum Zeugen dessen zu machen, was, wie ich wusste, auf dem Bildschirm erscheinen würde - mein anderes Ich. Aber ich tat es nicht.

Die Musik jenes Abends war von Gustav Mahler. *Kindertotenlieder.* Lieder über den Tod von Kindern.

Kurz nachdem Mahler die Musik komponiert hatte, starb seine eigene Tochter Maria. Sie war vier Jahre alt und an Scharlach erkrankt. Mahler vertonte die Lieder auf eine Gedichtsammlung von Friedrich Rückert, der die Texte nach dem Verlust seiner beiden Kinder geschrieben hatte.

Als Franz diese Lieder erstmals aufnehmen wollte, war ich schwanger. Die Aufnahme hatte ich ihm nicht erlaubt. Es war das erste Mal, dass ich so etwas tat, nämlich das Privileg auszunutzen, ihn so zu kennen, wie ich ihn kannte. Mahlers Frau, die großartige Alma Mahler, hatte ebenfalls versucht, es zu verhindern, weil sie glaubte, dass ihr Mann das Schicksal herausgefordert hatte, indem er diese Gedichte vertonte.

Wir lebten damals in einer Mietwohnung in Tottenham über einer Metzgerei in einem verwahrlosten Haus mit niedrigen Decken, lauten Nachbarn, Blut auf der Straße und Rindfleischgestank in den Lüftungsschächten. Für uns beide war das ein Ort des Elends und auch der Ort, an dem ich begann, mir Anya vorzustellen. Franz summte gern das schönste dieser Lieder vor sich hin, das in der Tat sehr schön, aber auch sehr schrecklich ist. Ich musste ihn bitten, damit aufzuhören, hinauszugehen und, wenn es unbedingt sein musste, diese Lieder draußen zu summen, weil wir zwischen uns beiden nicht einmal den Hauch von Tragik oder Dunkelheit dulden wollten. »Genug davon«, sagte ich zu ihm. »Genug von dir und deiner Sucht nach Elend und Traurigkeit und dem Kummer anderer Leute.«

Das war ein Satz, den ich Jahre später nach Anyas Tod wiederholte, als Franz ihr Sterben noch als Tatsache und nicht als Mythos begriff. Damals fragte er mich erneut: »Ich möchte diese Aufnahme machen«, sagte er, und ich sagte wieder Nein. Er wollte unseren Verlust zu jedermanns Verlust machen, wollte seine Trauer auf alle übertragen, um ihre Tiefe zu mildern, obwohl ich ihm sagte, dass der Tod nicht auf solche Weise wirkt und dass es unseren Verlust nur noch schlimmer machen würde, wenn wir ihn in die Körper anderer Menschen projizierten, und dass Trauer zunimmt in der Dunkelheit und in Fremden und an allen Orten, die wir uns nicht einmal vorstellen oder nach ihnen suchen würden. Man könnte in jeder Ecke eines Lebens ein Licht entzünden und würde nie sehen, dass es heller wird. Tatsächlich glaubte ich nicht, dass Franz es schaffen würde. Sein Talent war Talent fürs Theater: Er war, und war es immer schon, ein sentimentaler Schwärmer, ein Mann, der Trauer weitaus besser darstellen als selber empfinden konnte.

Irgendwann schwenkte die Kamera um und fokussierte mich - oder wer auch immer die andere Frau sein sollte. Auf dem Bildschirm wurde ich offenbar von der Musik zerrissen. Tränen hatten mich überwältigt. Die andere Sonja weinte genauso wie ich. Die andere Sonja ergriff genau wie ich den Saum ihres Kleids, um ihre Tränen zu trocknen. Die andere Frau empfand die Musik ganz offensichtlich genauso schön, wie ich sie heute empfinde, schön und deshalb moralisch verwerflich. Mahlers *Kindertotenlieder* sind für Sänger und Orchester geschrieben und können entweder von einem Vater oder einer Mutter gesungen werden. An diesem Abend sang eine Frau, eine ältere Frau. Der Höhepunkt der *Kindertoten-*

lieder war für mich stets ein Stück mit dem Titel *Wenn dein Mütterlein*. Es ist ein Lied, gesungen von einer Mutter, deren Blick auf die Stelle fällt, an der eigentlich ihre tote Tochter sein sollte.

Als die Sängerin das Lied anstimmte, stand ich vom Bett auf und versuchte, den Fernseher von dem Sockel zu stoßen, auf dem das Hotel ihn fixiert hatte. Ich fasste das Gerät mit beiden Händen und drückte es mit meinem ganzen Gewicht zurück, hoffte, es damit zu töten, hoffte, die Wand zu töten, hoffte, durch die Zeit greifen und die Sängerin töten zu können, Gustav Mahler töten zu können. Vielleicht habe ich auch geschrien. Vielleicht. So viel später bin ich mir mit solchen Details nicht mehr sicher. Ich weiß aber mit Sicherheit, dass es mir nicht gelang, den Fernseher zu ruinieren, natürlich nicht, egal, wie ich mich auch abmühte. Und ich bemühte mich sehr. Es stellte sich aber heraus, dass ich österreichischer Wertarbeit nicht gewachsen war.

Die Geräusche trieben jedoch Jonathan Hals über Kopf zurück in mein Zimmer, und als ich ihn ansah und sein offensichtliches Entsetzen erkannte, bemühte ich mich um eine Erklärung. »Dieses Lied«, sagte ich, »dieses dumme, kleine, hübsche Lied!«

Später brachte er mich wie ein Kind zu Bett.

»Kennst du die Worte dieses Lieds?«, fragte ich ihn immer wieder. »Kennst du die Worte?«

»Lass uns ein bisschen schlafen«, sagte er. »Okay? Schlaf ein, schlaf ein, schlaf.«

»Kennst du die Worte, Jonathan? Kennst du die Worte dieses schrecklich schönen Liedchens? Kennst du sie?«

Irgendwann am nächsten Morgen beschlossen wir, nach Tirol zu fahren und meine älteste Freundin Annika in ihrem Haus in Innsbruck zu besuchen. Ich entschied, dass es der letzte Ort meiner Suche sein würde. Ich konnte es nicht mehr ertragen. Nach dem Besuch in ihrem Haus würde ich mit oder ohne Franz abreisen.

Für die Fahrt brauchten wir einen Mietwagen und zwei Stunden, die Jonathan und ich zumeist schweigend verbrachten, mit Ausnahme von Fragen, die er mir stellte und die zu beantworten ich nicht fähig war. Zum Beispiel: »Wie bereitet man sich darauf vor, Platz für einen Verlust zu schaffen?«

Es kann sein, dass er die Frage anders formulierte und dass es mir nicht recht gelingt, dir zu vermitteln, was genau er sagte. Während der Fahrt war ich zutiefst geistesabwesend. Von der vorigen Nacht hatte ich mich noch nicht erholt und würde mich auch nicht erholen. Alles kam mir so unfair vor: Der Fernseher war heil geblieben, und Franz ging es wahrscheinlich gut. Aber ich war erst halb wach, hatte ein halbes Dutzend Espressi als Frühstück intus und fuhr himmelwärts. Wahrscheinlich ist das der Grund, warum ich auf den Gedanken kam, dass ich Franz nur deshalb suchte, um ihn eventuell ermorden zu können. Es stellte sich heraus, dass ich ihn genauso verfolgte, wie er eine Person verfolgte, von der er glaubte, dass sie unsere tote Tochter war.

Mir war klar geworden, dass wir ihn nicht finden würden. Vielleicht weißt du das bereits, wer auch immer du sein magst. Jonathan musste es schon begriffen haben, bevor er mir die

Frage gestellt hatte. Bestimmt hatte er es von Anfang an gewusst. Vielleicht wusste er es schon in London und traute sich nur nicht, mir klipp und klar die Wahrheit zu sagen, die darin bestand, dass Franz nicht gefunden werden *wollte*. Wir konnten nach ihm suchen, bis wir tot umfielen, und wir würden ihn niemals finden. Und das ist es auch, wonach Jonathan fragen wollte. Wie kommt man mit so etwas zurecht? Er hatte sich einen Vater erfunden, und jetzt war dieser Vater verschwunden. Und wo findet man auf dieser Welt einen anderen?

»Wir müssen uns darauf vorbereiten, sein Büro auszuräumen«, sagte Jonathan.

»Dräng mich bloß nicht in eine Rolle, in der ich optimistisch sein muss«, sagte ich zu ihm.

»Ich muss dem Orchester einen Brief schreiben und erklären, was passiert ist«, sagte er.

»Nur weil ich aufgehört habe zu suchen, heißt das ja nicht, dass du auch aufgeben musst«, sagte ich. »Hier gibt es so viele kleine Bergdörfer, in denen ein Mann wie er den Verstand verlieren könnte.«

»Ich weiß nicht, was ich in dem Brief überhaupt schreiben soll«, sagte er. »Alle werden denken, dass *ich* der Verrückte bin. Die nackten Fakten sind ja auch höchst seltsam. Ich schäme mich vor mir selber, wenn ich darüber nachdenke.«

»Annika wird wissen, wo er steckt«, sagte ich. »Sie weiß es eher als alle anderen. Er hat sie immer geliebt.«

»Ich kann unmöglich die Wahrheit schreiben«, sagte Jonathan. »Ich kann unmöglich allen sagen, dass Franz den Verstand verloren hat. Dass er in ganz Wien einem Traumbild nachgejagt ist, in ganz Österreich, und dass er irgendwie zu Fuß den Weg durch die Berge geschafft hat, ohne Geld, ohne Brieftasche, ohne Schuhe. Das kann ich doch nicht schreiben, oder?«

»Du hörst mir nicht zu, Jonathan.«

»Ich höre zu«, sagte er. »Du führst nicht das richtige Gespräch.«

»Und was für ein Gespräch wäre das? Die Frage deiner eigenen Scham? Sei ruhig beschämt! Wen stört es denn auf dieser Welt, ob du beschämt bist oder nicht? Tatsachen sind oft beschämend.«

»Welche zum Beispiel?«

»Zum Beispiel die Tatsache, dass Franz ein Idiot ist.«

»Er ist vielleicht ein Idiot, aber er ist ein Idiot, der uns verlassen hat.«

»Bewahr dir einen Funken Hoffnung«, sagte ich, was genau das Falsche war.

»Was du nicht sagst! Hoffnung aufs Unmögliche!«

»Hoffnung kostet gar nichts. So einfach ist das. Deswegen hoffen auch alle. Die Leute lieben, was es umsonst gibt.«

»Sie kostet nichts außer Enttäuschung«, sagte Jonathan. »Enttäuschung scheint mir sehr teuer zu sein.«

»Sich um teure Dinge Sorgen zu machen ist immer Zeitverschwendung«, sagte ich.

Darauf gab er keine Antwort. »Weißt du«, sagte er, »ich habe mit so etwas keine Erfahrung. Gar keine Erfahrung.«

»Womit keine Erfahrung?«, fragte ich. »Erfahrung mit Leuten, die keinen Realitätssinn mehr haben? Erfahrung mit Leuten, die ohne Schuhe losmarschieren und mit einer Frau auf einem Bild reden?«

»Du machst Witze darüber«, sagte er matt, blutleer und so leise, dass ich ihn kaum verstehen konnte. »Du machst Witze.«

»Was soll ich denn sonst machen?«

An diesem Nachmittag waren wir auf der Straße komplett vom Alpenpanorama umgeben. Die beeindruckenden weißen Gipfel und schwindelerregenden Steilwände endeten an einem malerischen, aber bislang versteckten Dorf. Es bestand aus zehn Häusern, dem Turm einer Feldkirche und sechs Wollschafen, so liebenswert wie Kinderspielzeug, inklusive einem einsamen Hirten, der zu uns Idioten emporschaute, als wir sein kleines Wolkenkönigreich umrundeten. Der Gedanke ist nicht übertrieben, dass die Tatsache, dass ich zwar fuhr, aber eigentlich nicht dazu in der Lage war, in Kombination mit der Nähe zum bergigen Abgrund Jonathan an sein Ende denken ließ.

Es war noch früh am Tag, und wir waren beide einigermaßen nüchtern. In den Pappbechern wurde unser Kaffee kalt. Wir hatten versucht, Musik zu hören, hatten aber entschieden, dass wir jetzt Musik hassten, und zwar jede Musik, besonders die wunderbaren Sachen, vor allem Mozart, den wir beide für den Wunderbarsten hielten und also wegen seiner Wunderbarkeit hassten. Außerdem waren wir zu hoch in den Bergen, um noch klaren Radioempfang zu bekommen, und das bedeutete, dass Mozart so klang, als würde er kommen und gehen, und für die Klänge eines Mannes, der fliehen wollte, hatte ich einfach keine Geduld mehr. Und dann stellte Jonathan mir diese Frage: Wie konnte er weiterleben, nachdem dieser Mensch ihn verlassen hatte? Schließlich war Franz sein Vater, und wenn schon nicht sein leiblicher Vater, so doch der Vater, den er sich wünschte, und wenn auch das nicht, dann der Vater, den er sich ausgesucht hatte, wie man sich bei *Selfridges* eine Jacke von der Stange aussucht. Weil ich ihm nicht antworten wollte, konzentrierte ich mich hauptsächlich darauf, uns nicht umzubringen.

»Bitte, Sonja«, sagte er, »ich meine es ernst. Und ich weiß, dass du eher als jede andere eine Antwort für mich hast.«

»Und warum ist das so?«

»Wie meinst du das, warum es so ist?«

»Sprich es aus, Jonathan.«

»Bitte, Sonja.«

»Fass es in Worte. Sag mir, warum ich über diese ganzen grässlichen Todesgeschichten so gut Bescheid wissen soll.«

»Ach, so meine ich das nicht. *Grässlich*. Es ist doch wahr.«

Die Bergstraße schlängelte sich unter uns in Serpentinen, und die hinter uns fahrenden Autos wirkten so, wie Mäuse auf Habichte wirken. Jonathan wartete, dass ich etwas sagen würde, aber was gab es da zu sagen? Er schien alles zu wissen, ohne dass ich es ihm erzählt hätte. Vielleicht gab es unter meinem Namen einen Eintrag in den Wörterbüchern für Schüler, die Jonathan durch das britische Schulsystem begleitet hatten: *Sonja Beckman, adoptierte Smithson, geborene Alterman. Hebräisches Waisenkind; vgl. Stichwort Kindertransport; vgl. Stichwort Ermordung des jüdischen Wiens; vgl. Stichwort Verschollener Bruder; vgl. Stichwort Poltergeist.*

Hätte ich die Geistesgegenwart oder den Mut dazu gehabt, hätte ich sagen können: In letzter Zeit habe ich begonnen, alles für eine Form von Diebstahl zu halten. Tod war Diebstahl, und die Armut des Trauerns war Diebstahl, und die erreichbare Literatur zur Trauerhilfe war aggressiv und dümmlich und deshalb Diebstahl. Und alle Musik für die Toten war schön und traurig und deshalb auch Diebstahl; der Diebstahl von Mama und Papa und der Diebstahl von Anya und der

Diebstahl meines kleinen Bruders und jetzt der von Franz. Der Verstand erträgt diesen ganzen Diebstahl nicht, weder systematisch noch mittels verfügbarer Erklärungen, selbst wenn der Körper noch funktioniert. Bleib beweglich, Jonathan, dann überlistet sich dein Körper vielleicht selbst und denkt, es sei alles ganz normal. Fahre diese Bergstraße hoch, höher und höher in die Wolken, und dann denkst du vielleicht, dass es normal ist. Oder du könnest glauben, dass du zum Gespenst geworden bist. Das hätte ich sagen können. Es war ein beschämendes Gefühl, aber wenn er es gehört hätte, hätte es ihm vielleicht gutgetan, in die Wahrheit des Lebendigen hineinzuwachsen, und das heißt, dass lebendig zu sein sehr oft beschämend ist.

Darin haben sich alle großen Wiener Denker geirrt: Die zur Verfügung stehende Sprache versagte. Das ist der Grund, warum so viele von uns, die wie Geister leben, nichts sagen. Andernfalls würden alle überall an Straßenecken stehen und nach den Toten rufen. Jonathan sehnte sich nach einer Sprache des Todes, aber ich konnte ihm keine Sprache bieten. Ja, ich hatte verloren und verloren und verloren und verloren, und ich war manchmal wegen all dieser Verluste in Stücke zerbrochen, und diese Bruchstücke von mir waren in weitere Stücke zerbrochen. Und während das geschah, hatte ich die Nachbarn aufgeschreckt oder die Gesichter meiner Urgroßmütter halluziniert. Und in einer Anwandlung war ich in der Hoffnung, mit dem Zug zurück in mein Leben reisen zu können, nachts durch London gelaufen, aber nichts davon hatte das Schweigen gebrochen. Und in dem Schweigen lag die wahre, wahnsinnige Sinnlosigkeit. Wie sonst war die Anwesenheit meiner Tochter eines Morgens in meinem Haus zu erklären, ihre Stimme zwischen Wänden, ihr gelegentliches Rufen nach mir? Als ich das letzte Mal verreiste, erschien neben mir auf der Straße in New York ein Mann, in Restaurants, in U-Bahn-Waggons, im Fahrstuhl des Hotels, in dem ich wohnte. Und am Ende musste er sich bei mir entschuldigen und sagen: Wir finden uns immer wieder, nicht wahr? Es kann sein, dass wir uns kennen. Und ich wusste nicht, was ich sagen sollte, brach in Tränen aus und sagte durch meine Finger: Ich hoffe es. Ich hoffe es.

Aber ich konnte nichts davon aussprechen. Jonathan wollte, dass ich es täte, aber ich konnte es nicht. Hier waren wir in den Alpen auf dem Dach der Welt, praktisch schon im Himmel, und ich sagte nichts. Die Worte hätten lächerlich geklungen. Vielleicht bin ich der Geist, und alle anderen leben noch irgendwo.

Annika öffnete die Tür, noch bevor ich angeklopft hatte. »Ich wusste, dass du es bist«, sagte sie.

Ich musste darauf ebenso wenig eine Antwort geben, wie ich sie vorher auch nicht hatte anrufen müssen.

Franz hatte es genauso gemacht, erklärte sie. Er war ohne Vorwarnung gekommen, direkt aus London, ohne Schuhe, ohne Geld. »Man hätte meinen können, dass wir wieder Kinder waren«, sagte sie. »Einmal blinzeln, und man hätte den Mann mittleren Alters ausblenden können, dann wäre er wieder dasselbe kleine, laute, chaotische Minigenie gewesen, das ich aus Tottenham kannte.«

Der Raum war kühl und grau gestrichen, parfümiert mit Jasmintee und Kerzenduft, und überall gingen Fenster auf Berge hinaus, die mit Schneemaschinen gespickt waren. In einer Ecke spielte eine von Franz' Schallplatten. Bevor wir ankamen, hatte sie zugehört.

»Stört es dich?«, fragte sie. »Ich hätte Verständnis, wenn es dich stören würde, aber es ist doch so schön. Selbst wenn -«, sagte sie. Selbst wenn. Der Satz musste nicht vollendet werden. Selbst wenn.

Es war eine seiner frühen Aufnahmen, eine Platte, die er in den *30th-Street-Studios* in Manhattan gemacht hatte, er am Flügel, ich im Kontrollraum hinter Glas, ein Raum, der gleichfalls mit Kerzenduft parfümiert war. Unser erstes Mal in Amerika. Ich wäre gern geblieben, er wäre auch gern geblieben, aber aus irgendeinem Grund blieben wir nicht. So war es immer - er im Licht, ich hinter dickem, schalldichtem

Glas, und unsere gegenseitigen Bedürfnisse unterdrückt zugunsten einer größeren und weniger glücklichen Zukunft.

Der Blick aus Annikas Fenster bot das alpine Theater, die Touristenmassen, die Türme der Altstadt. So ein Ort würde genau zu ihr passen, sagte sie, und das hieß, ein Skiort, eine Touristenattraktion, ein Urlaubsmagnet, ein Ort, zu dem die Leute kamen, um flüchtige Glücksmomente abseits vom Alltagsleben zu genießen. »Solche Orte«, sagte sie, »waren für Exilierte bestens geeignet, besonders für Exilierte, deren Häuser zerstört wurden und für die die Möglichkeit einer Rückkehr ein Ding der Unmöglichkeit war, nicht bloß eine politische Frage oder ein Krieg, die es ja immer nur vorübergehend gibt. In einer Stadt wie dieser zu wohnen bedeutet, ständig in der beschädigten Glückseligkeit des Davongekommenseins zu leben. Hier gibt es keine Zeit. Hier gibt es nur Wetter. Und es gibt eine Kulisse. Und immer wieder andere Menschen auf der Durchreise. Aber es gibt auch keine Hoffnung auf Rückkehr. Was glaubst du, warum ich hier lebe?«, fragte sie, während wir aus dem Fenster schauten. »Glaubst du etwa, ich bin so blöd und fahre Ski?«

Die Tatsachen stellten sich so dar: Franz war tatsächlich mit dem Bild der Frau in der Kirche hier aufgetaucht und hatte Annika gedrängt, seiner fixen Idee zu folgen, dass Anya hier wäre oder dort, oder wo auch immer er glaubte. Unser Gespräch verlief erwartungsgemäß kurz und vollständig auf Deutsch, um Jonathan die Wahrheit zu ersparen und vielleicht sogar, um jenem Teil von mir, der Englisch redete und dachte und träumte, die Wahrheit zu ersparen.

»Du hast ihn um ein paar Tage verpasst«, sagte sie.

»Du hättest mich anrufen sollen«, sagte ich.

»Er hat mich gebeten, dir nichts zu sagen.«

»Oh, das kann ich mir denken. Es ist alles zu viel.«

»Das hat er gesagt.«

»Was hat er gesagt?«

»Dass du ihn verfolgst.«

»Ihn verfolge?«

»Dass du den Bezug zur Realität verloren hast«, sagte sie. »Und dass du ihn verfolgst.«

»Das ist ja Wahnsinn.«

»Er hat es genauso gesagt.«

»Er glaubt, dass Anya nicht tot ist.«

»Das hat er ebenfalls gesagt.«

»Und dass sie erwachsen und zu einem Model für das staatliche Tourismusbüro geworden ist.«

»Genau das hat er mir gesagt.«

»Und ich soll das für glaubwürdig halten?«

»Das habe *ich* gesagt!«

Da war noch mehr. Er hatte nicht geschlafen. Er hatte nichts gegessen. Er vernachlässigte seine Hygiene. Er war durch das, was sein Geisteszustand angerichtet hatte, einfach aus den Fugen geraten. »Ich habe ihn gewaschen«, sagte sie zu mir, »und ich habe ihn zu meinem Arzt gebracht, der ihm dringend riet, hierzubleiben, Medikamente zu nehmen. ›Wir haben hier viele gute Anstalten‹, sagte der Arzt. ›An kollektivem Trauma herrscht bei uns kein Mangel. Die ganze Nation hat nicht bewältigt, was hier geschehen ist. Wir haben auch eine Menge Leute, die auf den Bergen verunglücken, die einen Teil ihres Hirns im Schnee verlieren, die den Espenwald mit ihrem Blut markieren, die ihre Sportwagen in den Serpentinen zu Bruch fahren.‹ Aber er war nicht zu überzeugen. Wie du wohl wissen wirst.

Er hat hier geschlafen«, erzählte sie mir. »Genau da«, sie deutete auf das Sofa, auf dem Jonathan saß. »Aber nur eine Nacht. Die meiste Zeit lag er wach, sang vor sich hin, jammerte, hielt mich die ganze Nacht auf Trab. Er hatte das Bild, das Bild mit der Frau in der Kirche, und er zeigte es mir und sagte: ›Schau mal, das ist der Beweis!‹ Und ich habe ihn ausgelacht. Ich habe wirklich gedacht, dass er schlechte Drogen genommen hatte. Was auch immer ihr heutzutage in London nehmt, die ganzen Reste von Sigmund Freuds Kokain. Ich dachte, das hätte er alles geschluckt, alle Drogen auf einmal, und dass das sein Problem war. Ich beugte mich über ihn. Ich kümmerte mich wie eine Mutter um ihn. ›Schau mal‹, sagte er immer wieder und hielt mir dieses dämliche Foto entgegen. ›Sie ist es‹, sagte er schließlich, und ich sagte zu ihm: ›Wer, glaubst du, soll das sein?‹ Und er weinte. Gott, wie er weinte. Das Weinen eines Kindes.«

Vielleicht war es gut, dass Jonathan nicht genau verstand, wie Annika das vorbrachte, nicht den Hohn, mit dem sie alles formulierte. Weinen, das deutsche Wort für das, was Franz machte. Aus Annikas Mund ein langer Klagelaut, ein langer, zweisilbiger Schrei, ein kaputter Bogen, gestrichen über eine erschlaffte, ausgeleierte Saite.

»Ich nahm ihm das Foto ab«, sagte sie, »und sagte ihm die Wahrheit: ›Es ist ein Model, dem man gesagt hat, sich mitten in den Stephansdom zu stellen und verwirrt auszusehen. Das ist eine Frau, die dafür zehn Schillinge bekommen hat. Es ist eine Frau, die vielleicht Geld für ihr Kind verdienen muss. Es ist eine Fremde, eine Fremde, eine Fremde. Und sonst gar nichts! Was glaubst du denn, was das ist?‹, fragte ich. Und er brauchte lange, es auszusprechen, aber ich muss schon sagen, dass es ein sehr schwieriger Moment war, als er es endlich tat. Meine schlimmsten Instinkte auf einen einzigen Punkt gebracht. Du weißt ja, dass ich mir immer Sorgen um ihn gemacht habe, Sonja, und in dem Moment wurden meine Sorgen allesamt bestätigt.«

»Was hast du getan?«, fragte ich.

»Ich habe das Bild verbrannt«, sagte sie.

»Ich habe das Bild auch verbrannt!«

»Aber er hatte mehr davon. Noch zwei in seiner Gesäßtasche. Er hatte Kopien gemacht. Er hielt mich davon ab, auch die zu verbrennen.«

»Es gibt jede Menge davon! Sie tauchen überall auf.«

Inzwischen hatte Jonathan das Interesse an uns verloren und war zum Fenster gegangen, das auf den Garten wies. Sturm war aufgezogen, und das bedeutete, dass wir über Nacht bleiben mussten. Offensichtlich missfiel ihm das. »Wir müssen weiter nach Franz suchen«, sagte er. »Wir müssen gehen. Kannst du sie fragen, wohin er gegangen ist? Kannst du sie fragen, ob er irgendetwas mitgenommen hat? Hat sie ihm Schuhe beschafft? Hatte er seine Brieftasche bei sich?«

Annika entzündete noch eine Reihe Kerzen vor uns auf dem Tisch. Sie sah zu Jonathan hinüber und verzog dabei das Gesicht, um mir zu signalisieren, wie bemitleidenswert sie die Szene fand. Jonathan verharrte am Fenster.

»Sie sind sich beinahe gleich«, sagte Annika zu mir und meinte Jonathan und Franz. »Es ist, als wären sie Vater und Kind.«

Von allem, was wir an diesem Tag sagten, war das etwas, was er verstand. Vater und Kind. Er drehte sich abrupt zu uns um.

»Ich habe es gehört«, sagte er. Und dann verkündete er stirnrunzelnd, sich draußen auf die Suche zu machen. »Da sind Fußspuren im Schnee«, sagte er mehr oder weniger zu sich selbst. Er wiederholte es dreimal. Da sind Fußspuren im Schnee. Und ich wusste, was er dachte - dass wir ihn finden könnten, wenn wir uns zusammenreißen und der Spur folgen würden, obwohl ich wusste, dass es unmöglich war, und er wusste es auch, wir alle wussten es.

Nachdem Jonathan in den Sturm hinausgegangen war und wir beide allein waren, erklärte Annika, sie habe Franz, während er sich in ihrem Haus aufgehalten habe, die ganze Zeit gefragt, ob sie irgendetwas tun könne, um ihn auf andere Gedanken zu bringen. »Ich konnte nichts sagen, was seine Trauerlogik, die er in sich felsenfest einbetoniert hatte, aufgelöst hätte. Wenn einen die Trauer überwältigt, gerät man in ein Gebiet, das aus falschem Staunen besteht. Das kleinste Anzeichen von Unordnung kann in einem Menschen etwas auslösen, das sich wie eine Offenbarung anfühlt. Das weißt du ja«, sagte sie, »und ich weiß es auch, und wir beide wissen, dass einem dies Gebiet vorkommen kann wie das wirkliche Leben, mit den gleichen Zeichen an unseren Wänden, der gleichen Schwerkraft und mit Vögeln.«

Sie sagte mir, sie hätte Franz gefragt, ob sie irgendetwas tun könne, um seine Meinung über das Bild zu verändern, über die Vergangenheit als solche, über die kleine Anya, und immerhin hätte er da gesagt: »Ja, wenn du diese Frau finden und mir beweisen kannst, dass sie nicht meine Tochter ist, dann wird mich das überzeugen.«

»Du wärst stolz auf mich gewesen, Sonja. Es brauchte nur drei Anrufe, um sie ausfindig zu machen! Weiter nichts! Zuerst habe ich meine Wiener Freunde angerufen, die für die Werbeabteilung der Stadt arbeiten und wo ich den Namen der Frau auf diesem Bild erfahren konnte. Das war nicht schwer. Dann habe ich ihre Agentur angerufen, wo man mir einen Namen und ein kleines Dorf in der Nähe von Linz nannte. Und dann habe ich den Pfarrer des Dorfs angerufen und war am Ziel: Bis vor zwei Monaten hat die Frau im Norden als Schneiderin gearbeitet. Ihr Name ist Livia. Es war bestimmt das merkwürdigste Gespräch meines Lebens. ›Es gibt hier einen Mann‹, sagte ich zu ihr, ›der glaubt, dass Sie seine Tochter sind.‹ Darüber lachte sie zum Glück. ›Mein Papa ist hier im Zimmer‹, sagte sie, ›Gott sei Dank, Gott sei Dank.‹ Sie erklärte, dass sie versucht hätte, nebenbei etwas Geld zu verdienen. ›Ich möchte weit wegziehen‹, sagte sie mir. Und als ich fragte, wohin sie ziehen wollte, überlegte sie eine Weile, und ich dachte schon, sie würde Kalifornien oder New York sagen, aber sie sagte, sie würde nach Lissabon ziehen, wo ihr Bruder am Meer lebe und dort Gedichte schriebe. Sie hatte für das Bild posiert, um sich die Bahnfahrkarte nach Lissabon leisten zu können. An dem Tag war das Licht im Dom sehr schummrig gewesen, erklärte Livia, und man hatte diese sehr großen Jupiterlampen eingeschaltet, die sie geblendet hatten. ›Deshalb‹, sagte sie, ›blinzele ich auf dem Foto, und deshalb sagt mein Papa, dass ich da gar nicht wie ich aussehe. Mir war nicht klar, dass man es überall verwenden würde‹, erklärte sie mir. Und wie sie das sagte, hörte ich heraus, dass sie von der Vorstellung begeistert war, dass Fremde sie gesehen und sich mit ihrem Gesicht beschäftigt, sie sogar mit einer anderen Person verwechselt hatten. Ich vermute, das war ihre Art zu sagen, dass so etwas schon früher passiert war, dass Leute in ihrem Gesicht ständig diejenigen sehen, die sie sehen wollen.

Schließlich«, sagte Annika, »habe ich die beiden dazu gebracht, miteinander zu telefonieren. Ich hatte Angst davor, besonders wegen Franz' Zustand – er war hier, ungewaschen, ohne Schuhe, ohne Ausweis, summte zu einem Radio, das gar nicht eingeschaltet war, war aber sehr freundlich. Er hörte sich die Geschichte von ihrem Bruder in Lissabon an, und er hörte sich ihre Geschichte über die Jupiterlampen an – ›So hell wie mehrere Sonnen! Mein Gesicht verwandelte sich!‹ – Und er sagte zu ihr: ›Wissen Sie, ich habe eine Freundin in Lissabon, die ich anrufen und mit Ihnen in Kontakt bringen werde: Gerta. Ich sollte Sie mit Gerta bekannt machen. Sie hat ein großes Haus. Sie wird Ihnen das Geld für die Zugfahrt schicken und Ihnen eine Bleibe vermitteln. Es macht mir immer Freude, Menschen zu helfen‹, sagte er zu dieser Frau auf dem Bild, die nicht euer Kind war, Sonja. Und ich saß ihm gegenüber und fürchtete natürlich, dass er ausrasten würde. Aber er war freundlich. Ich dachte, da ist nun die volle väterliche Energie und hat kein Zuhause.«

Als sie fertig war, saßen wir lange schweigend da. Auf einem Beistelltisch lag eine Kopie des Bilds, die Kopie, auf der Livia in Anya verwandelt worden war. Ich nahm das Bild in die Hände. Zum ersten Mal sah ich, was Franz gesehen hatte. Sie sah tatsächlich aus wie er, und das hieß, sie sah wie Anya aus.

»Es gibt eine Ähnlichkeit«, sagte ich.

»Vermutlich«, sagte sie.

»Ich sehe es«, sagte ich zu ihr. »Ich will es nicht sehen, aber ich sehe es. Es ist möglich.«

»Sonja«, sagte sie, »glaub bloß nicht, dass sein Wahnsinn zu deinem Wahnsinn werden muss.«

Später irgendwann, Stunden vielleicht, viele Stunden mit Wein später, bemerkte ich Franz' Hut, der draußen in Annikas Garten an einem Haken hing. Der braune, an der Krempe ausgeblichene Homburg, den ich ihm aus Spaß gekauft hatte, als ich schwanger war, klebte mit Schnee an der Krempe an einem Zaunpfahl. Ich ging hinaus, um ihn zu holen, und als ich wieder ins Haus kam, hörte ich die Musik. Sie war leise, aber ich hörte sie deutlich: Ein Klavier wurde gespielt. Annika sagte etwas zu mir, etwas wegen des Huts oder wegen Livia, aber ich hörte nicht hin, sondern konzentrierte mich auf die Musik. Ich dachte, sie käme aus der Stereoanlage, aber Annika hatte die Platte nicht umgedreht. In einer Ecke drehte sich immer noch die alte Platte. Wenn man der Aufnahme mit Kopfhörern lauscht, kann man mich irgendwann atmen hören, und in dem Atemzug kann man irgendwo auch Anya hören.

Ich verabschiedete mich dann von Annika und machte mich auf die Suche nach dem Klavier. Das Haus war neu – Ergebnis eines Jahrzehnts der Planung, der Arbeit und des Sparens und des Bohrens mit schweren Maschinen in den Kalkstein der Bergflanken, die über dem Inn und der sich an ihn schmiegenden Stadt aufragten. Weil ich mich an solchen Orten oft verlaufe, verlief ich mich prompt und entdeckte dabei Treppen an einer Stelle, wo meiner Meinung nach keine Treppe sein sollte, und dann viele verschlossene Türen und noch mehr Treppen und hinter ihnen noch mehr verschlossene Türen und noch mehr Treppen. Ich fragte mich, wie ein

Architekt so ein Haus entwerfen konnte. Wofür brauchte meine alte Freundin Annika so viele Treppen und verschlossene Türen? Treppen wohin? Verschlossen vor wem? Ich hasste Häuser wie dieses. Solche Häuser ließen Narben auf mir zurück. Ich hatte mein ganzes Leben in kleinen Räumen verbracht, in geborgten Räumen, viel zu viele davon in Zügen, ja, in einem Zug voller Waisen, ja, in einem Liegewagen durch Europa, während mein idiotischer Mann die Damen im Speisewagen mit reizender Musik unterhielt. Und genau diese Musik hörte ich. Und sie wurde beständig lauter und lauter.

Hörte Annika das? Hörte es überhaupt jemand?

Ich ging polternd durch dieses riesige Haus, ein Haus, in dem nur Annika sich zurechtfand. Schließlich fand ich mich in einem kleinen Schlafzimmer im Dachgeschoss wieder. Dachgauben gewährten Ausblick auf den kompletten Steilhang eines nahe gelegenen Alpenzugs. Hier klang die Musik am lautesten. Ich war allein. Ich kannte die Musik nicht. Sie war mir neu. Nur ganz selten war solche Musik jemals neu. Deshalb glaubte ich, dass Franz sie wohl spielen musste. Eine neue Komposition, dachte ich, ein neues Stück, für mich geschrieben, für Anya geschrieben, geschrieben in der Welt, in die er verschwunden war, wo Anya noch lebte, wo sie neunzehn war und von einem Leben in Lissabon träumte.

Ich legte eine Hand an die Wand. Hier wurde die Musik noch lauter, und ich konnte die Schwingungen jedes Tastenanschlags spüren. Die Musik war ganz reizend. Das muss ich zugeben. Obwohl ich allen lieblichen Tönen abgeschworen hatte, war sie entzückend. Ich glaube, ich sprach das laut gegen die Wand.

»Es ist sehr hübsch«, sagte ich, und als ich das sagte, schien die Musik zu antworten, wurde lauter und noch lieblicher.

Ich weiß, ich weiß! Meine ewigen Proteste gegen Hübschheit und Lieblichkeit und Schönheit und den Krebs, den sie verursachen. Aber es war tatsächlich der Fall.

»Bist du da drinnen?«, fragte ich. Allein im Schlafzimmer einer Freundin, hoch in den Bergen, den alten Hut meines Mannes auf dem Kopf, war das eine lächerliche Frage. »Bist du da drinnen?«

Ein Standspiegel in der Ecke bot den Anblick der Schauspielerin auf der Bühne. Irgendwie war sie nun hier, Sonja Beckman, adoptierte Sonja Smithson, geborene Sonja Alterman, in einem Mansardenzimmer in der Nähe von Innsbruck, und ich war ganz in Schwarz gekleidet, der gleiche Ganz-in-Schwarz-Tick des vergangenen Jahrzehnts. Franz nannte das Friedhofshaut. Und erst der Hut! Als ich ihn Franz schenkte, hatte ich gewitzelt, dass er damit bald wie ein alter Papa aussehen würde. Denn während ich ein Kind austrug, in unserer Wohnung in Tottenham nachts wach lag und wegen meines Schwangerschaftsbauchs und Anyas Fußtritten gegen die Unterseite meines Rippenbogens nicht schlafen konnte, hatte er Angst, dass sie nie die junge Version von ihm kennenlernen würde, den Mann voller Energie und Vitalität, sondern immer nur den alten Mann, der er werden würde. Schlimmer noch: In manchen Nächten machte er sich Sorgen, dass er irgendwie ermordet werden könnte und dass sie dann leben müsste, ohne ihn je gekannt zu haben. Sein Vater war ermordet worden – Genickschuss –, und der Vater seines Vaters war ermordet worden – während des Kriegs Schuss ins Gesicht –, und der Vater seines Großvaters war ermordet worden – auf der Straße zwischen Kremenez und Riwne von Räubern aufgelauert und ebenfalls in Genick und Gesicht geschossen. »Und das ging immer so weiter«, erzählte er mir, »eine Gräberreihe, die kein Sohn pflegen könnte, Kugeln im Kopf und im Genick. Die Juden wurden immer von Kugeln gejagt.«

Und kurz vor Anyas Geburt bat ich ihn eines Abends, mir seinen Vater zu beschreiben. Und er sagte, dass er von seinem Vater keine Vorstellung mehr habe, nicht die geringste. Und ich sagte: »Versuch es bitte. Was für ein Bild hast du von ihm?«

Und er sagte: »Ich weiß nur noch die Farbe seines Anzugs, braun wie geröstete Kastanien, fast schwarz, und sein Hut, ein Homburg, wurde sofort unmodern, als der Fedora in Mode kam. Sonst nichts. Das ist alles, woran ich mich erinnern kann. Papas Hut und die Farbe eines Jacketts.«

Und hier stand ich nun allein mit meinen Händen an der Wand. »Bist du da drinnen, Franz? Bist du da drinnen?« Als ich das sagte, spielte die Musik weiter, immer weiter in einem Zirkel aus Phrasierungen, neuen Akkordfolgen, neuen Tönen. Ich kam mir wie ausgelöscht vor und fing an, gegen die Wand zu schlagen. »Bist du da drinnen? Franz, bist du da drinnen?«

Ich spürte, dass irgendwo unter mir Annika und Jonathan lautstark nach mir suchten, meinen Namen riefen, aber ich war auf eine Weise hochgestiegen, der niemand folgen konnte. Irgendwie verstand ich das. Meine alte Freundin hatte ein Haus mit Treppen gebaut, die nirgendwo hinführten, und dort befand ich mich. Nirgendwo, nirgendwo, nirgendwo. Immer noch diese infernalische Musik. Ich schlug weiter gegen die Wand. Das war gutes Material, schwerer Gipskarton, die Sorte Material, deren Einbau gutes Geld kostete, die Sorte Wand, die nicht zu Staub zerfiel, wenn man fälschlicherweise mit einem Hammer dagegenschlug. Durch diese Wand konnte ich nicht gelangen. Ich konnte nur mein Ohr so eng wie möglich dagegenpressen.

»Bist du da drinnen, Franz? Bist du da drinnen, du Dummkopf? Bist du das, der diese traurige, rührselige, dümmliche, fantastische Musik spielt? Bist du das?«

Als ich das sagte, wurde die Musik augenblicklich leiser.

»Lass mich rein«, bettelte ich. »Lass mich rein.«

Die Klänge wurden noch leiser.

»Sag mir, wie ich da reinkomme«, sagte ich. »Sag mir, wie ich da hinkommen kann, wo du bist.«

Noch ein Blick in den Spiegel. Den Hut erhellte das Licht einer Dachluke über uns, eine Dachluke, die ich zuvor nicht bemerkt hatte. Die Musik hinter der Wand wurde so leise, dass ich jemanden atmen hören konnte. Vielleicht denkst du jetzt, das ist ja Wahnsinn, Sonja beschreibt Wahnsinn. Wie sonst könnte man eine Geschichte nennen, die in einem kleinen Zimmer mit einer Frau endet, die gegen die Wand klopft, um in einen nicht existierenden Raum zu gelangen, damit sie einer Musik, die niemand spielt, näher kommen kann. Ich begann zu flehen. Ich fiel in die demütige Gebetshaltung.

»Sag es mir«, sagte ich. »Sag mir, wo die Tür ist.«

Irgendwo in der Nähe hörte ich Jonathan nach mir rufen. »Wir können dich hören, aber wir wissen nicht, wo du steckst!«

Auf einer Seite der Wand spielte Musik, und auf der anderen riefen meine Freunde meinen Namen. Auf der einen Seite der Mauer: eine lange Rückfahrt nach Wien, eine längere Reise nach London. Auf der anderen Seite: das Klavier meines Mannes, das erwachsene Kind, eine andere, weniger wandelbare Zukunft.

Es mag sein, dass ich dort in diesem Zwischenreich, wo mich niemand finden konnte, lange verharrte. Hier gab es wieder die *Kindertotenlieder*. Willst du wissen, wie das Lied geht? Wie die Worte lauten, die die Sänger vortragen müssen? Die Worte, die mich, alle verschiedenen Versionen von mir, in Auflösung versetzten?

Hier ist es. Hör zu, Kind.

WENN DEIN MÜTTERLEIN
TRITT ZUR TÜR HEREIN,
UND DEN KOPF ICH DREHE,
IHR ENTGEGEN SEHE,
FÄLLT AUF IHR GESICHT
ERST DER BLICK MIR NICHT,
SONDERN AUF DIE STELLE,
NÄHER NACH DER SCHWELLE,
DORT, WO WÜRDE DEIN
LIEB GESICHTCHEN SEIN,
WENN DU FREUDENHELLE
TRÄTEST MIT HEREIN,
WIE SONST, MEIN TÖCHTERLEIN.

VERSTECKE

Miami Beach, 1979

FANIA

Zu Beginn unserer letzten gemeinsamen Woche klaut Hermann für mich ein Apartment. Sieben Tage vor unserem Auseinandergehen will ich wissen, wie er das geschafft hat.

»Ganz einfach«, sagt er, und dann sagt er nichts mehr.

»Das ist keine Antwort«, sage ich. »Ich muss es wissen! Da gab es doch Schlösser«, erinnere ich ihn. »Und Polizisten. Wie bist du da reingekommen, Hermann?«

»Was ist schon ein Schloss für jemanden wie mich?«

»Ich glaube, ein Schloss, irgendein x-beliebiges Schloss ist eine Aufforderung, *kein* Einbrecher zu sein.«

»Ein Einbrecher! Was habe ich denn gestohlen? Den Ausblick? Gehört der ihnen jetzt auch?«

»So ist es, werden sie dir wahrscheinlich sagen. Weil es nicht deiner ist, gehört er wahrscheinlich der Person, die ihn besitzt. Und du bist es nicht. So ist es nun mal.«

»Wer würde denn in diesem sonnenverwöhnten Winkel der Welt einen älteren Herrn verdächtigen?«, sagt er. »Insbesondere einen so hübschen wie mich?«

»Willst du mir etwa erzählen, dass du deine Schönheit eingesetzt hast, um die Schlösser zu umgehen?«, frage ich.

»Warum ist es so schwer, an Hermanns Schönheit zu glauben?«

»An deine Schönheit zu glauben ist nicht schwer, Hermann«, sage ich. »Ich wusste nur nicht, dass sie beim Aufbrechen von Schlössern eine Rolle spielt.«

»An meine Schönheit zu glauben ist nicht schwer. Vielleicht

sollten wir das öfter sagen«, sagt er. »Vielleicht sollten wir das in eine Gedenktafel in unserem Apartment eingravieren. Vielleicht sollte es ein Mantra sein, das wir uns kollektiv gegenseitig zuraunen. Was meinst du, Fania?«

»Ich finde, einmal wöchentlich ist genug«, sage ich. »Ich glaube nicht, dass wir Komplimente über dein Äußeres in Metall hämmern müssen. Ich habe ja keinen Diktator geheiratet.«

»Gleichwohl«, sagt er, »vermag Hermanns Schönheit tatsächlich Schlösser zu umgehen. Ein schlichtes Faktum. Es erwies sich in Wien. Erwies sich im Wald. Erwies sich in Kanada. Erweist sich auch hier am Strand als wahr.«

»Ist das deine offizielle Antwort? Dass du unter Einsatz deiner körperlichen Schönheit alle Schlösser in diesem Gebäude geöffnet hast?«

»Wie bitte? Sind wir etwa in Nürnberg? Stehe ich vor Gericht?«

»Wer macht denn jetzt die geschmacklosen Witze?«

»Hermanns Schönheit ist *beträchtlich*«, sagt er.

»Das Wort *beträchtlich*«, erinnere ich ihn, »impliziert Größe. Ein großes Gewicht. Eine große Entfernung. Etwas, das einen großen Raum ausfüllt.«

»In diesem Fall, Fania, ist Hermanns Schönheit beträchtlich groß. Immerhin sind wir jetzt hier in diesem netten Neubau. Oder etwa nicht? Blicken wir nicht aufs Meer hinaus? Standen wir nicht vor einer Stunde noch vor diesem Gebäude und fragten uns, was wohl darin ist und wie die Aussicht sein mag?«

Das stimmt. Wir sind im Augenblick die einzigen beiden Menschen in dem Gebäude, das im Lauf der letzten paar Wochen Stockwerk um Stockwerk in die Höhe gewachsen ist. Wir haben auf den künftigen Namen gewettet. Die Apartmenthäuser und Hotels an der Ocean Avenue und Collins Avenue heißen entweder im Dienst imperialer Sehnsüchte *Palace, National, Continental,* oder sie haben wie Schiffe oder Autos Frauennamen – *Leslie, Ava, Janet.* Derartiger Optimismus ist entweder ein Monument der Zukunft oder ein Grabstein, der den Tod der Vergangenheit markiert. Ich habe für die Vergangenheit plädiert und Hermann für die Zukunft.

Als wir vor zehn Jahren auf unseren Motorrädern erstmals in Miami ankamen, über die Rickenbacker-Brücke nach Key Biscayne und zurück bretterten, war die Bucht von Jachten gesäumt, unfassbar blau, Tausende Handspiegel schmolzen auf der Wasseroberfläche ineinander. Und ich dachte, nur wenn ich in der Luft schweben und aufs Wasser hinunterschauen könnte, würde ich verstehen, was ich da erblickte.

Als ich Hermann sage, dass ich jetzt daran denke, an unsere ersten Eindrücke vom Wasser, sagt er, dass er mich deshalb hergebracht habe.

»Du warst sauer«, sagt er. »Und also wollte ich dich süßer machen.«

»Ich war nicht so sauer, dass ich das Gesetz brechen wollte.«

»Noch mal: Wer würde denn Hermann verdächtigen?«

»Du vertraust zu sehr anderen Menschen. Jedermann wird dich verdächtigen. Allein schon deshalb, weil du Fremden oft intime Details aus deinem Leben verrätst.«

»Aber nur als Beweis, dass ich nichts zu verheimlichen habe.«

»Und diese Details verraten ziemlich oft den Gesetzesbruch.«

»Demonstration von Gesetzen«, sagt er. »Etwas völlig anderes als Gesetzesbruch.«

»Das wird dich nicht von jedem Verdacht befreien«, sage ich.

»Was wollen sie denn sagen? Dass ein älterer Jude in das Gebäude eingebrochen ist, das von außen dreimal abgeschlossen war, und dann irgendwie den Fahrstuhl aufgebrochen hat, der von innen und außen verschlossen war, und damit in den obersten Stock, in den Penthouse-Bereich, gefahren und dann in dieses Apartment eingebrochen ist, das, wie du selbst gesehen hast, wiederum zweimal abgeschlossen war? Und was dann? Würde die Polizei nach einem älteren Juden suchen? In Miami Beach wäre doch jeder verdächtig.«

»Was ist denn die Alternative zu diesem Szenario, Hermann? Dass du geflogen bist?«

»Wer sagt denn, dass es nicht so war?«

»Damit willst du dich verteidigen, wenn uns die Polizei verhaftet? Dass du durch die Luft in dieses Penthouse geflogen bist? Man wird dich in die Klapsmühle stecken. Was für uns beide wahrscheinlich ein Segen wäre, Hermann.«

Er legt die Hände auf meine Hüften. »Sieh dich um«, sagt er. »Niemand kommt, um dich zu holen.«

»Es ist tatsächlich sehr ruhig«, sage ich. »Dieser ganze Bau ist nachts sehr ruhig.«

»Weil er leer steht«, sagt er. »Niemand weiß, was es hier zu sehen gibt. Und das heißt, dass niemand kommen wird.«

»Vielleicht in gewisser Hinsicht.«

»In jeder Hinsicht. Augen und Hände und Gliedmaßen und Werkzeuge.«

»Ach, du lieber Gott, Hermann! Du hast gerade mal ein Theaterstück auf Englisch gelesen.«

»Muss ich dich daran erinnern, Fania, dass ich einmal als Kaufmann angestellt war, nicht direkt in Venedig, aber ganz in der Nähe? *Ein Kaufmann in der größeren Metropolregion Venedig.* Oder *Ein kaufmännischer Aushilfsangestellter in der näheren Umgebung Venedigs, jedoch nicht in Venedig selbst.* Die

Annahme, dass es ein Stück über mich war, ist nicht völlig abwegig.«

»Ja, Hermann, Shakespeare hat über dich geschrieben. Vierhundertfünfzig Jahre vor deiner Geburt erblickte er in der Zukunft ein Bild von dir, wie du dir auf einer Harley-Davidson die Haare richtest und in sämtlichen Spiegeln der Welt deine Schönheit bewunderst.«

»Meine herrlichen Haare«, sagt er.

»Meine Güte, Hermann, du bist nicht kleinzukriegen.«

»Kannst du dir das Stück, das er über mich schreiben würde, vorstellen?«

»Eine Geschichte über einen verrückten Juden, der seit achtzehn Jahren ununterbrochen durch die Welt karriolt und freundliche Fremde mit schrecklich tragischen, von Trauer triefenden Geschichten belästigt.«

»Freundliche Fremde belästigen, ja. Aber mit Humor!«

»Am Ende«, sage ich, »wird jemand kommen und herausfinden, dass wir hier waren. Irgendjemand kommt immer an so einen Ort.«

Er sagt, er glaube, dass noch viele Monate vor uns lägen, bis das passieren werde. Er habe den Zustand des Gebäudes inspiziert und habe, sagt er zu mir, allerlei ausgerechnet. Lediglich zwei Dutzend Apartments seien fertiggestellt. Etwa zweihundert seien es nicht. Dazu gehörten die Einheiten, die schließlich unseren Blick aufs Wasser versperren würden. Von der Küche unseres Apartments in einem Gebäude direkt neben diesem Neubau könne man nämlich das Meer sehen. Deshalb habe er das gemacht, deshalb habe er uns Zugang verschafft, sagt er.

»Du bist so sauer auf diesen Neubau«, sagt er. »Sauer, weil er das Wasser verdeckt. Sauer, weil du keine Aussicht mehr hast. Was habe ich also gemacht? Ich habe dir doch gesagt, dass ich dir eine neue Bleibe besorge. Oder etwa nicht? Hermann besorgt dir eine neue Bleibe. Du sagst, das ist unmöglich. Dafür haben wir kein Geld. Du sagst, wir haben Glück, dass wir so lange das Wasser hatten, weil wir ja, mit deinen Worten, arm und dumm und für die Hitze nicht gemacht sind. Was macht Hermann also? Ich bringe dich hierher. Aufs Dach der Welt. So einfach ist das.«

»Ich glaube kaum, Hermann, dass du die amerikanischen Immobiliengesetze kennst.«

»Was gibt es da zu verstehen, Fania? Ich habe einen Weg hineingefunden. Es gehört mir. Ich habe, genau wie die Astronauten, einen Pflock eingeschlagen.«

»Das war auf dem Mond, Hermann. Astronauten laufen doch nicht durch die Gegend und stellen Flaggen in den Wohnzimmern anderer Leute auf.«

»Sind wir dem Mond denn nicht näher, Fania? Sag es mir. Waren wir ihm je näher?«

Das Apartment wird zu einem Preis angeboten, den aufzubringen Hermann und ich mehr als ein Dutzend Mal länger leben müssten, ein Leben für jedes Schloss, das er ausgetrickst hat. Und in diese zusätzlichen Leben müssten wir auch noch unsere gesamten bescheidenen Ersparnisse stecken, und in allen folgenden Leben müssten wir beide wahnsinnig profitable Investitionen realisieren, um dann im glücklichsten aller Leben hier als Eigentümer dieses Teils des Himmels zu landen. Es ist ein Palast in den Lüften - sechs Zimmer, die alle so ausgerichtet sind, dass der Bogen der Bucht nie aus dem Blick gerät. Unser eigenes, legal gemietetes Apartment liegt einundzwanzig Stockwerke niedriger. Um Lebenslängen entfernt, um die Vogelfluglinie. In der neuen Welt leben König und Königin im Himmel.

Ich hege keine besondere Zuneigung fürs Wasser. Und auch

für diesen Ort, Miami, hege ich keine echte Zuneigung, weder für die Hitze und den widerlichen Schweißgeruch meiner Nachbarn, noch für die permanente Notwendigkeit von Sonnenschutz oder das endlose Kibitzen und Zusammenhocken und die ewigen Totenklagen im versammelten Kongress von uns Trauernden. Jetzt weiß ich aber, dass mich neun Dinge wiederbelebt haben.

Erstens, die Stille des Verstecks, unsere Wohnung in der Herminengasse, Tag für Tag mit verfaulten Kartoffeln, meine letzten Stunden mit Moses. Dann das Gegenteil von Stille, und das heißt der Sturmlauf der Plünderer, ein Pistolenlauf, aus dem nicht geschossen wurde, in meinem Mund. Und dann mein Hunger, der wie ein Anhängsel war, wie eine dritte Schwangerschaft. Und hinter Tür Nummer vier die Junior-Rabbis von Amerika, die mich im Wald bei Lodz mit Brot fütterten, als ob ich ein Vogel wäre, einen Bissen nach dem anderen. Und fünftens, das umgedrehte Gebet, ein rückwärts gelesenes Kaddisch, als würden die von innen nach außen gewendeten alten Wörter meine Kinder am Leben erhalten, Arnold bei mir lassen, mich selbst himmelwärts schweben lassen und meine Babys in getrennten Zügen in andere Leben ziehen lassen. Und dann natürlich Nummer sechs. Sechs ist die Teufelszahl, will sagen, die Zahl der Morde, so viele vorstellbare Morde, eine Unendlichkeit des Mordens, eine kontinentale Mordorgie des Geistes. Dann das Glück. Das Glück Kanadas, das Glück des Schnees, das Glück des Winters, das endlos langsame, stille Glück der Kälte. Bei Nummer acht beginnt die Schöpfung aufs Neue. In meinem zweiten Leben ist es das Hotel, das mich lebendig macht. Und Hermann: Ich werde ihm das nie erzählen, weil man Hermann in einen Orbit versetzt, aus dem er nie wieder herunterkommt, wenn man ihm etwas sagt, das einem Kompliment ähnelt. Das Wasser hier – das ist die Nummer neun.

Ich bin nur einmal ins Wasser gegangen. Die Küstenwache musste mich wieder herausziehen. Wir waren seit einem Monat hier, waren in einer so extremen Hitze angekommen, wie ich es nur aus den Momenten starker Schmerzen kannte, wenn die Pole meiner Nerven durcheinandergerieten, als beispielsweise die Hitze des Gebärens so intensiv wurde, dass ich sie im ganzen Leib spürte, als würde ich von einer großen, unsichtbaren Hand über ein Laken aus Eis geschoben. Da war ich nun also, stand an der Collins Avenue als Hochstaplerin meines eigenen Lebens neben einem Motorrad, neben Hermann, sprach Englisch mit einem ungewohnten Akzent, aß gegrillte Maiskolben von einem Straßenverkäufer, trug ein lockeres weißes Kleid wie ein Mädchen in Erwartung der Kommunion, ein Mädchen, das sich in diesem Augenblick gespiegelt sah – im reflektierenden Schimmer von Schaufenstern, in den Augen von Passanten, im Glanz von Hermanns Sonnenbrille – und nichts von dem, was es sah, verstand. Das war ich mit vierundfünfzig Jahren, kostümiert wie ein christliches Kind, sonnengebräunt auf dem ausgestreckten Finger Nordamerikas, Eigentümerin eines in Milwaukee, Wisconsin, gebauten Motorrads, einer sonnentrunkenen Zukunft ausgeliefert. Und ich erklärte Hermann, dass ich unbedingt ins Wasser gehen müsste, weil ich zerschmolz und weil das ständige Rauschen der Brandung langsam angefangen hatte, mich vor Sehnsucht verrückt zu machen. Und hier war ich, hier war sie, eilte, rannte beinah über den heißen Sand, der, wie sie in diesem wahnhaften Augenblick glaubte, der Sand am Gestade Elysiums war, wich jeder Andeutung von Nacktheit aus, einer Nacktheit, die ihr wie das Erbe von Kriegsgewinnern vorkam, bis sie sich dabei ertappte, es ihnen gleichzutun, indem sie sich das Kleid vom Leib riss, nackt ins warme Meer watete und laut dachte, dass dies mit Sicherheit der Moment war, in dem sie sich auflöste in gleiche Teile aus Kummer und Trübsinn und Kriegstrümmern und, ja doch, Euphorie. Wenn du mich an jenem Tag so gesehen hättest, wie einen Augenblick später Hermann mich sah, hättest du, wer auch immer du sein magst, eine Frau in Jubelstimmung erblickt. Das dauerte nur einen Moment. Hinter mir die lange Horizontlinie, die eine Illusion der Endlosigkeit ist, eine Cousine der Unendlichkeit - ein nahezu endloses Gefühl an einem nahezu grenzenlosen Ort.

Es war ganz so, dachte ich damals, wie es sich angefühlt hatte, als ich Sonja am ersten Tag ihres Lebens in meinen Armen hielt. In jenem Haus in Wien, das das Haus meiner Schwiegermutter war, fühlte ich mich von der Zeit erlöst. Ich hatte Sonja in dem Zimmer zur Welt gebracht, in dem auch mein Mann geboren worden war, in einem großen Raum, in einem breiten Bett, im Winter, während draußen vor der Tür der Vater meines Mannes am Klavier saß und den langsamen Satz von *À Thérèse* spielte. Wusste sie das? Ist es möglich, dass sie es jetzt weiß? Hört sie in ihrem zweiten Leben diese Musik und denkt an mich? Gab es je eine Möglichkeit, ihr das zu sagen? Wie erzählt man einer Fünfjährigen jemals etwas Wahres, insbesondere einer Fünfjährigen, die nichts außer Krieg und Versteck kennt? In meinen Träumen ist sie Musikologin, wie diese Frau, meine Doppelgängerin, es mir in Montreal gesagt hat, und das ist sie, weil sie in Musik hineingeboren wurde. Ich bin nicht mit ihr zum Bahnhof gegangen. Ich kann mich nicht mehr an den Grund erinnern.

Im Miami Beach des Jahres 1979, wo ich weiß gekleidet bin, perfekt Englisch spreche, meine Kleider wegwerfe und wie wahnsinnig ins Wasser laufe, beginnen meine Erinnerungen an Europa zu verblassen.

»Eine gute Entwicklung«, sagt Hermann. »Erinnerung ist eine Last.«

Es ist nicht falsch, aber auch nicht richtig. Erinnerung ist die Haut des Daseins - vielschichtig und immer dabei, uns zu verlassen. Ich sah Sonja fortgehen. Ich stand hinterm Fenster in der Herminengasse, sah sie auf dem Gehweg mit ihrem Köfferchen, und sie streckte die Hand so weit wie möglich aus, deutete himmelwärts. Ich behielt sie im Blick, bis sie parallel zur Donau in die Franz-Hochedlinger-Gasse abbogen. Bevor sie abbogen, fiel ein Sonnenstrahl auf sie, nur sie, meine Tochter, fünf Jahre alt. Überall sonst regnete es. Meine Tochter ging fort von mir, ging in den Tod, erfasst vom Sonnenlicht, das mich blendete. Darüber dachte ich an jenem Tag im Meer von Miami nach. Warum bin ich nicht mit ihr zum Bahnhof gegangen? Was konnte mich veranlasst haben, es nicht zu tun? Das Salz des Meeres betäubte mich. Hinter mir im Osten lagen die Bahamas. Im Süden Havanna mit den Steinmauern von El Malecón, von deren Brüstungen Möwen abstreichen und mit ihrer Freiheit prahlen. Und dahinter der Dolch in der Hand der See, der Südamerika heißt.

Hermann steht da mit einer Zigarre im Mund und beobachtet mich lachend. »Das ist meine Freundin«, sagt er den Leuten, sagt es auf Jiddisch, weil hier an den Stränden so viel Jiddisch gesprochen wird wie jemals in Wien. »Das ist meine meschuggene Freundin.«

Ich habe keine Kleider am Leib, und er findet das wunderbar und höchst witzig und nicht im Geringsten bedenklich, sogar, als ich mich weiter von ihm entferne zu einer Stelle, wo ich nicht mehr stehen kann und schwimmen muss. Oh, dieser erste Schritt, wenn man die Zehen ausstreckt, keinen Halt mehr findet und in die Strömung getragen wird. Wann bin ich zum letzten Mal geschwommen? Es muss vor dem

Krieg gewesen sein, denke ich, vielleicht mit Arnold in Triest, bevor ich Mutter wurde. Mein Kopf ist unter Wasser, und ich bin eine siebzehnjährige Studentin der russischen Literatur. Neben mir ist Arnold Alterman, ein Cellist auf Amateurniveau, Angestellter im Büro von Altermans Textilhandlung. Und vielleicht ist es an diesem Punkt, dass Hermann merkt, dass er zu mir kommen muss, weil ich sonst wahrscheinlich weiterschwimmen werde, bis ich in die Meerenge zwischen Las Tumbas und Cancún gerate und das Festland erreiche. Vielleicht mache ich mich dann auf die Suche nach Sonja.

Später, als ich an Bord eines Klippers der Küstenwache gebracht worden bin, genau die gleiche Bauart, die ich in diesem Moment aus dem Fenster des Penthouse sehen kann, wie sie pfeilschnell die Strömung durchteilt, fragt Hermann mich nach dem Warum. Warum bin ich weitergeschwommen, wo wollte ich hin? Und ich habe zwar eine Antwort, aber das ist keine Antwort, die ich aussprechen kann.

»Einstweilen«, sagt er vorm Fenster in der Dunkelheit, »kannst du das Wasser sehen.«

»Ja, kann ich«, sage ich.

»Und das wird dich glücklich machen«, sagt er.

»Ach ja?«

»Ich sag's dir doch, ja, das ist es, was du brauchst. Seitdem der Neubau hochgezogen wurde, ging es dir schlecht. Als ob der Krieg wieder begonnen hätte.«

»So schlecht aber auch nicht.«

»Nichts von dem, was Hermann für dich tun kann, macht dich noch glücklich. Kein leckeres Essen –«

»Hermann, unter allem, was dir so in den Sinn kommt: Deine Kochkünste sind ein Verbrechen an der Natur.«

»Das ist nicht ganz falsch, Fania. Ja, mein Kochstil verletzt vielleicht bestimmte Klauseln der Genfer Konvention. Und trotzdem habe ich versucht, für dich zu kochen. Ich habe es auch mit Musik versucht –«

»Die Musik ist immer so traurig! Und wird auch mit solchen fürchterlichen Geschichten garniert! Ein Stück wurde in einem Gefangenenlager komponiert, und dann sind alle, die es geschrieben haben, vergast worden. Ein anderes Stück wurde geschrieben, während sich der tuberkulöse Komponist zu Tode röchelte. Beethoven wollte sich eigentlich umbringen, schrieb aber stattdessen dies Musikstück. Und so etwas soll mich trösten? Dauernd fragst du mich: Willst du diesen Soundtrack des Elends hören? Willst du hören, was ein Mann in seinen letzten Stunden auf Erden vielleicht komponiert hat? Willst du das hören, während ich dir Briefe vorlese, die der Komponist an seine toten Kinder schrieb?«

»Willst du mir etwa sagen, dass du Beethoven nicht magst?«

»Nenn mir etwas Fröhliches!«

»Wozu soll fröhliche Musik denn gut sein?«

»Um einen glücklich zu machen! Um Glücksgefühle zu schaffen! Einen zum Tanzen bringen!«

»Aber du hast mir gesagt, dass ich ein miserabler Tänzer bin.«

»Hermann, du hast für mich ein sehr liebenswürdiges Verbrechen begangen. Wir sollten aber nach Hause gehen.«

»Für dich begehe ich gern eine Million Verbrechen, Fania.«

»So sehr musst du dich gar nicht bemühen«, sage ich und fasse seine Hand.

»Du sagst immer, dass wir kein Geld haben, uns nichts Schönes leisten können, nur Sandwiches von *Wolfie's*, dass wir nur die Dinge haben können, die es umsonst gibt, wie das Sonnenlicht, wie den Blick aufs Meer und anderen Leuten bei ihrem Urlaub auf den Terrassen edler Hotels zuzusehen. In Amerika muss man heutzutage offenbar für Sonne und Meer bezahlen. Hier haben wir die Aussicht aus einem Multimillionen-Dollar-Apartment. Frisch geklaut. Nur für dich. Bis jemand einzieht, kannst du herkommen und hinausgucken, wann immer du willst.«

Als ich einige Minuten lang nichts sage, wirkt er bekümmert. In letzter Zeit ist er immer so bekümmert und fragt, woran ich denke. Und als ich ihm schließlich sage, dass ich denke, dass wir uns sehr bald auf dem Rücksitz eines Streifenwagens wiederfinden und des Hausfriedensbruchs beschuldigt werden, weshalb wir in einem amerikanischen Gefängnis alt werden müssen, denkt er, dass ich Witze mache und dass er glaubt, dass ich schon die ganze Zeit Witze gemacht habe. Zum Beispiel der Schlüssel um meinen Hals, der ihm erst nach einer Woche auffiel, als wir vor zehn Jahren aus Montreal wegzogen und in Vancouver das Ufer erreichten, an dem der gähnende Schlund des Lion Gate vor uns lag. Dort reckten sich aus der Erde um uns her die Gipfel des Zwillingsbergs in die Höhe, Gipfel, die die Squamish, die zwanzigtausend Jahre auf dem Land gelebt hatten, bevor die Europäer es für sich reklamierten, die Zwillingsschwestern nannten. Später an dem Tag küsste ich ihn zum ersten Mal in einem Hotelzimmer, an dessen Wand das Foto eines Eulenauges hing, als wollte es uns daran erinnern, dass wir uns hier am Rand des Kontinents in der Nähe zu einer gewissen Wildnis befanden. Ich verstand es jedoch anders, nämlich als Botschaft an uns, dass wir alle unter einer bestimmten Zeugenschaft standen, alle unter den Augen der Zwillingsschwestern und denen, die sie so benannt hatten, selbst wenn sie längst verschwunden waren, selbst wenn sich auf der Welt wie diese Eule nur noch die Vögel an sie erinnerten, die mit den Erinnerungen ihrer Vorfahren geboren wurden.

Ich glaubte, dass ich mich in Hermann verliebt hatte. Ich

sagte ihm, dass er der erste Mann sei, den ich seit dreißig Jahren geküsst hätte, und er sagte lächelnd, er würde sich wünschen, dass auch er keine andere geküsst hätte. Aber tatsächlich hatte er viele Frauen in vielen Ländern geküsst. Schließlich war er achtzehn Jahre lang mit zwei Motorrädern, einem für sich und einem für Gott, durch die Welt gefahren, hatte während der ganzen Zeit viele tolle Lederjacken getragen und war, wie jeder wusste, eine überragende, weltberühmte Schönheit. Ich wusste, dass das eine Lüge war. So dicht an seinen Lippen hätte jede in meiner Lage gewusst, dass es nicht so war. Noch wichtiger war, dass er, als er es sagte, genau wusste, dass ich es als Lüge verstand. Und was sollten wir nun tun? Als er etwas später den Schlüssel fand, den ich mir um den Hals gebunden hatte und der auf meiner Brust lag, wo er unter meinen Mänteln und Pullovern verborgen gewesen war, sagte ich ihm, dass es der Schlüssel zu meinem Haus in Wien sei. Das war so wahr, wie alles in meinem Leben wahr gewesen war. Dass ich auf eine Weise an den Schlüssel gekommen war, die ich nie zugeben würde, glaubte er mir nicht.

Und wie er mich nun am Fenster des Apartments in Miami stehen und mit dem Schlüssel hantieren sieht, glaubt er nicht, dass es ein Schlüssel zu etwas Realem ist.

»Vielleicht würdest du ja gern mit mir zurück nach Wien reisen, um deinen Schlüssel zu benutzen«, sagt er.

»Würdest du mich mitnehmen?«, frage ich.

In unserem kleinen Apartment in der Collins Avenue spielt spät in der Nacht das Radio ein Musikstück, das seine Tochter geliebt hat. Er hat das heute Abend ganz nebenbei und emotionslos gesagt, und es ist das erste Mal, dass ich von seiner Tochter erfahre, deren Name Vera ist - von jetzt an immer so, immer im Präsens, *ihr Name ist Vera*.

»Was kann der Glaube an die Allgegenwart der Liebe, die Allgegenwart von Töchtern, von Geschöpfen der Erde, von Vera schon schaden?«, fragt er, obwohl seine beherrschende Erinnerung nicht die an ihre Geburt im Schlafzimmer eines Hauses in der Leopoldstadt ist. Stunden der Agonie, Stunden qualvollen Mitleids mit einem unbekannten und feindseligen Gott, Stunden, in denen er fähig zu sein schien, mit allen Vätern vor seinem Vater zu kommunizieren, und Stunden, in denen alle Stimmen dieser toten Väter ihn erreichten, einer nach dem anderen, die sie in allen Ecken Europas begraben lagen in von Panzerketten und Vandalen aufgerissenen Gräbern, wohin er mit seinem Motorrad gefahren war. Das ist eine Sache, die er außer mir niemandem je erzählen wird, besonders deshalb nicht, weil die Botschaft dieser Väter ganz einfach war: Lauf, lauf, lauf, sagten sie zu ihm.

Aber die Erinnerung, die ihn wieder und wieder einholt, gilt dem Tag, an dem die Polizei ins Haus kam, um das Familienklavier abzuholen. Und Vera, die neunjährige Vera, beobachtete vom Gehweg aus in einer Mischung aus Verwirrung und kindlicher Ungeduld, wie das Instrument unsicher über die Wipplingerstraße schwankte.

»Sie bringen es zum Stimmen«, sagte er zu ihr.

»Das ist aber eine sehr komische Art, ein Klavier zu stimmen, Papa«, sagte sie zu ihm.

»Bis zu ihrem Tod«, erklärt er, »habe ich sie belogen. Ich erzählte ihr, dass wir in der Dunkelheit in Sterne verwandelt würden und dass deshalb unser dunkler Eisenbahnwaggon der Weg zu dem Gebäude wäre, in dem es geschehen würde. Das ist die schlimmste Lüge, die ein Vater erzählen kann, eine Lüge über Geschichte, eine Lüge über das Leben, eine Romantisierung von Verrat und Gewalt.«

Der Plattenspieler steht zwischen uns auf einem Holzregal. In letzter Zeit haben wir das abends so gemacht – uns an diese kleine Maschine gestellt, als wären wir sowohl Klavier als zugleich auch Pianistin, lebloses Gerät und erleuchtete Inkarnation der allgegenwärtigen Vera. An manchen Abenden wird die Verbindung zwischen Verstärker und Lautsprecher instabil und die Musik durch Interferenzen gestört, durch sich überlagernde Signale – der geisterhafte Klang der Nacht, der Klang eines weit entfernten Raums, durch den ein Mann in Holzschuhen geht. Einmal rief eine Frauenstimme: *Antonio! Antonio!* Während das Gerät heute Abend spielt, beobachtet Hermann mich, und ich schlüpfe in die Rolle. Das bedeutet, dass ich verstehe, was von dem, der lauscht, erwartet wird – ein Ausdruck von Bewegung, als würde man von den Händen der Pianistin, von Veras Händen, an den Schultern gefasst und aus diesem Apartment in den Himmel über Miami gehoben.

Wir hören im Dunkeln zu, auf einander gegenüberliegenden Zweisitzern, deren Lederbezug in der brütenden Hitze an unserer Haut klebt. Draußen das Rascheln der Palmblätter. Früher konnte ich hier sitzen und die weite, friedliche Bucht sehen. Anstelle des Wassers ist da nun das dunkle Skelett des *Collins Condominium Complex,* ein dunkler Klotz, der die Sicht versperrt. Unter uns hochfloriger Teppichboden in der Farbe von Gischt, der inoffiziellen Farbe dieser Stadt, dieses Orts, an den uns der Wind geweht hat oder eine Dynamik oder ein Zufall oder eine andere Kraft, die ich erst noch verstehen muss.

Als wir Montreal verließen, fragte er mich, wohin ich gehen wollte. Und ich sagte zu ihm, dass ich es, wenn möglich, warm haben wollte.

»Gib mir die Sonne«, sagte ich. »Vertreibe bitte die Kälte aus mir, verbanne Montreal aus meinem Blut. Hol mich aus diesem Hotelkeller raus«, sagte ich zu ihm. »Hol mich aus dieser eiskalten Cafeteria raus. Bring mich in die Hitze«, sagte ich zu ihm. Damals glaubte ich, dass die Sonne die Vergangenheit wegbrennen würde. Ja, ein dummer, kindischer und hirnloser Gedanke. Aber auch ein wunderbarer Gedanke.

Was ich wirklich wollte, konnte ich niemandem sagen. Nicht einmal Hermann. Denn ich wollte gleichzeitig in vier Zukünften leben - eine für Moses, eine für Sonja, eine für Arnold und für Hermann auch eine. Inzwischen war es so, dass ich Hermann länger kannte, als ich meinen Mann und meine Kinder gekannt hatte. Acht Jahre im alten Leben, zwölf Jahre und mehr in diesem neuen Leben im allgegenwärtigen Brandungsschaum von Miami Beach.

Hier werden wir sofort verstanden. Wir bilden den Endpunkt einer Migrationsbewegung, und wie alle migratorischen Spezies wie Singvögel, wie Zitronenhaie, wie Antilopen, befinden wir uns in einem Zustand stumpfsinniger Sehnsucht. Während der ersten paar Tage in der Stadt werde ich auf der Straße angehalten von Leuten meines Alters, die in den Klauen der Finsternis geboren sind und glauben, dass ich jemand bin, den sie verloren haben. Ich habe noch nicht das passende Kostüm für dies Wetter oder die richtige Haut für die Hitze und bin damit ganz eindeutig die Person, die man anhält und fragt - die neue Person.

Von hinten erinnern Sie mich an, im Profil sind Sie das Ebenbild von, das Spiegelbild von, ich habe nur Ihren Arm gesehen und musste einfach fragen, ich hörte Ihre Stimme durch den Lärm der Menge, man sagt mir, mein Gang sei der gleiche Gang wie, mein Mund verzieht sich zur gleichen traurigen Form wie, meine Gesichtsausdrücke für Langeweile und Sorge und Hunger sind die gleichen wie die der Leute, nach denen ich suche.

Das alles heißt lediglich, dass es noch andere gibt. Überall erzählt man uns das. Man erzählt es uns auf Deutsch, auf Russisch, in einem Jiddisch, das in der Hitze schmilzt. Man erzählt uns in dem schlechten und schönen Englisch, das wir alle teilen, dass es noch andere gibt. An einem hinteren Tisch bei *Pumpernik's* nähert sich uns ein Mann, mustert Hermann dramatisch und erzählt mir dann mit einer Stimme, wie ich sie seit meinen Mädchenjahren nicht mehr gehört habe, den Kopf nicht ins Maul eines Wolfs zu stecken - *shtek nit dem kop tsum volf in moyl arayn.* Soll heißen: Sieh dich vor in dieser Stadt, in diesem flüchtigen Wellentraum des Sonnenlichts, im Optimismus der Gischt. Oder, mit einem Blick auf Hermann: Vorsicht vor Männern, die dir spätnachts in gemieteten Zimmern hübsche Musik vorspielen und dabei tragische Geschichten über ihre vermissten Töchter erzählen.

Als Hermann aufhört, mir die Musik vorzuspielen, fragt er mich, was ich davon halte. Die Musik, sagt er, ist von Chopin, der anscheinend dafür bekannt war, gegenüber Juden üble Gefühle zu hegen.

Ach so? Chopin? Was hältst du davon? Mehr? Irgendetwas? Hat Chopin dich umgebracht? Hat Chopin mit seiner eiskalten, polnischen Schönheit dein Herz ermordet? Und ich sage ihm die Wahrheit, dass ich nämlich lieber in einem Stück von einem Krokodil gefressen würde, als noch mehr von solcher Musik zu hören, und dass ich diese Musik für die Musik des Verrats halte, für die Nachricht aus einem toten Briefkasten, mit der die Einladung an alle denkbaren Zukünfte widerrufen wird.

Und da erwidert er mir, dass ich den Sinn nicht begreife, dass in dieser Musik Schönheit lebt und dass man der Niedertracht Vorschub leistet, wenn man sie ablehnt. »Ja doch«, sagt er zu mir, »Chopin mochte die Juden nicht. Und ja, in seinen Briefen gibt es einige sehr miese Details über uns und eine ganze Menge Verunglimpfungen gegen uns, dass wir alles Geld unter Kontrolle haben und deshalb die Ursache all seiner Leiden sind und so weiter und so weiter. Aber«, sagt er, »wir müssen das als Symptom seiner Zeitgenossenschaft verstehen, nicht als Samen von etwas, das wachsen konnte, um uns zu strangulieren, etwas, das eines Tages dazu führen konnte, den übelsten Abschaum Deutschlands in dein Haus zu schicken, um dein Kind anzuspucken und dir einen Pistolenlauf in den Mund zu stoßen. Niemand wird kommen und dich verhaften, weil du die Musik für hübsch hältst«, will er mich wissen lassen, als wäre das etwas, was mich beunruhigt.

Eigentlich will er mir sagen, dass nach Chopins Tod seine Schwester seinem Körper das Herz entnahm, sein wirkliches Herz, es in Cognac konservierte und auf ihre tausendsechshundert Kilometer lange Kutschfahrt nach Polen mitnahm, wo es in der Heilig-Kreuz-Kirche bestattet wurde.

»Da ist es immer noch«, sagt er.

»Was ist immer noch da? Sein Herz?«

»Sein Herz ist in Polen, ja.«

»Meinst du das metaphorisch? Oder wortwörtlich?«

»Sein real existierendes Herz ist in einer real existierenden Kirche in der real existierenden Nation Polen beigesetzt.«

Darüber denke ich eine Weile nach. »Spielt es Klavier?«, will ich wissen.

»Ach, Fania, du machst immer Witze aus höchst ernsthaftem, unangemessenem Stoff.«

»Ein kardiologisches Instrument«, sage ich. »Die Europäer haben an alles gedacht.«

»Noch ein schlechter Witz«, sagt er.

»Ich schätze, das wäre einen Besuch in Europa wert«, sage ich.

»Wenn ich wüsste, wie man Gelächter vortäuschen kann«, sagt er, »kämst du dir jetzt wie eine berühmte Komikerin vor.«

»Ich nehme aber an, man würde einen sehr guten Klavierhocker benötigen, damit sein Herz die Tastatur erreichen kann.«

»Fania, du reitest diesen Witz zu Tode.«

»Glaubst du, wenn du deinem Herz gut zuredest, Hermann, dass es dann *Heart and Soul* für dich spielen würde?«

»Wenn du es genau wissen willst, dies *Nocturne* hat meine Mutter für mich gespielt, und meine Frau hat es für meine Tochter gespielt, und ich spiele es jetzt für dich. Es ist etwas ganz Besonderes, ist wunderschön und kommt von Herzen.«

»Vom Herzen«, sage ich, »das, wie es scheint, dem Komponisten aus dem Leib geschnitten und per Pferd nach Polen gebracht wurde. Ach ja! Ich liebe europäische Märchen!«

Ich habe ihn zur Verzweiflung gebracht. Ein seltenes Ereignis. Vielleicht, weil ich das schon kenne. Vielleicht, weil ich schon einmal mit einem Mann zusammengelebt habe, der oft genau das Gleiche tat, was Hermann jetzt tut. Er spielte mir Platten vor, wahrscheinlich genau diese Platte, er hielt mich als Geisel für europäische Kostbarkeiten und beobachtete erwartungsvoll das Ergebnis, mein von Emotionen zerklüftetes Gesicht, mein in verfrühter Trauer herzzerreißendes Weinen über eine Schönheit, die mir noch heute fremd ist. Nicht jene oberflächliche Schönheit, die leicht zu erkennen und offenkundig lieblich ist in ihrem Klaviergeklimper mit dem Aroma gewisser aristokratischer Gemächer, dem wiederkehrenden Abstecher in den Dreivierteltakt, der uns allen als Begleitmusik von Romanzen vertraut und so reizend ist, dass sogar Zirkuselefanten dafür bekannt sind, in Verzückung zu geraten, wenn sie danach tanzen. Ich weiß es besser. Ich weiß zum Beispiel, dass sich die Polen während des Kriegs so große Sorgen machten, die Deutschen könnten ihnen Chopins Herz rauben, dass es in einem Wald versteckt wurde, aber nur, um gleich nach dem Krieg wieder aufzutauchen, nachdem es neunzig Jahre lang außerhalb seines Körpers gelebt hatte und deshalb von neuer Kraft erfüllt war, der Kraft des Verstecktseins, des Versteckens, der ununterbrochenen Blutzufuhr.

Und ich glaube, dass das dem nicht unähnlich ist, was die jungen Leute in dieser Stadt über uns denken. Wir werden eingeladen, um vor Schulkindern zu reden, unsere Hemdsärmel hochzuschieben, um zu beweisen, dass wir gebrandmarkt wurden, unsere Körper auszustellen, als wären wir ein Fetzen aus dem Mantel Napoleons an dem Tag, als er bei Trafalgar von Bord ging, um die Niederlage seiner Männer zu inspizieren. Wir sind Mondgestein, auf die Erde transportiert, an den Rändern versengt beim Wiedereintritt. Die Metaphern widern mich an.

Zeig mir, will ich sagen, sag mir, wo die Kraft ist, erkläre mir, wie man die Kraft nutzt! Diese Leute sind alle in dem Alter, in dem meine Kinder gewesen wären. Moses 1979: Neununddreißig Jahre alt, an den Schläfen ergraut. Wenn ich von meinem Sohn träume, an den ich mich nicht mehr erinnern kann, erscheint er mir als Klang und nichts weiter, aber es ist ein Klang, der nur in Wien erklingt. Wo sonst auf der Welt als in Wien? Sonja 1979: Sechsundvierzig Jahre alt, erklärt im Stadtpark vor der Statue Schuberts ihren Kindern die Kunst, jung zu sterben. Das ist es, was ich sehe. Das ist die Kraft.

»Chopin hatte Angst, lebendig begraben zu werden«, erzählt Hermann mir. »Um den Tod festzustellen, musste man das Herz durchstechen, um zu entscheiden, was Leben und was das Gegenteil war, was Koma und was Winterschlaf war und was den Grabstein nötig hatte. Seine Angst war weit verbreitet«, sagt Hermann. »Ich glaube nicht, dass er die Beerdigung fürchtete, sondern nur die Möglichkeit, nach der Beerdigung aufzuwachen. Vielleicht sind das identische Vorstellungen. Deswegen wurde von denen, die ihn sterben sahen, verlangt, nach seinem Tod seinen Körper zu öffnen, um sicherzustellen, dass er wirklich tot war.«

»Das glaube ich nicht«, sage ich zu Hermann. »Wahrscheinlicher ist, würde ich sagen, dass Chopin *batty* war.« Dieses englische Wort für *verrückt* kann Hermann nur langsam von dem Wort für das Tier, *bat,* das auf Deutsch Fledermaus heißt, trennen. Wortwörtlich ins Englische übersetzt, bedeutet es ›flatternde Maus‹. Anders kann er es nicht sehen: *Batty* zu sein heißt, verrückt zu sein.

Gelegentlich sehen wir nachts vom Motorrad aus Fledermäuse, die Platanenhaine durchstreifen, in Formationen landen und wie biblische Wolkenvorhänge über sumpfige Gewässer ausschwärmen. Das zu sehen bedeutet, eine große Schönheit zu erblicken, selbst wenn sie aus der Nähe betrachtet – ja, ich stimme dir zu, wer auch immer du bist – furchterregend sind, kleine Monster mit menschlichen Gesichtszügen, dem menschlichen Gesicht, wenn es von Dämonen besessen ist. Sie aber alle zugleich zu sehen: wundervoll! Selbst wenn sie eine Versammlung von Dämonen sind. Jeder, der schon einmal eine Parade feindlicher Soldaten mit ihren Gewehren gesehen hat, weiß, dass von Bedrohung unter Umständen Schönheit ausgehen kann, weshalb ich Hermann erklären möchte, dass man derart schöner Musik nicht trauen darf.

Meine Wortwahl ist nicht zufällig. Vor Fledermäusen fürchtet er sich besonders. In zehn Jahren habe ich ihn nur zweimal verängstigt erlebt. Einmal an der amerikanischen Grenze, als mir klar wurde, dass er entweder gefälschte Papiere besaß oder wie jeder, der so viele Grenzen überschritten hatte, befürchtete, dass die Amerikaner seine Papiere für gefälscht halten und entscheiden könnten, dass er mich nicht begleiten durfte und wir voneinander getrennt würden. Das zweite und letzte Mal, dass ich ihn in Angst erlebte, war in Gegenwart von Fledermäusen, als Tausende von ihnen explosionsartig vom trüben Wasser des Okeechobee-Sees aufstiegen. Bei diesem Anblick stieß er einen Schrei aus – das Geräusch eines Mannes, über dessen Nacken das Schwert hängt, an der Schwelle zum Tod –, aber es war auch das Echo des Geräuschs der Fledermäuse. Ich verstand, was er nicht verstand, dass ihn nämlich nicht das Tier in Angst versetzte, sondern etwas, an das ihn das Tier erinnerte.

Obwohl ich protestiere, spielt er das *Nocturne* noch einmal.

»Würde dir so etwas gefallen?«, fragt er.

»Würde es mir in den Momenten zwischen Leben und Tod gefallen, ausgeweidet zu werden, um die Frage zu klären, ob ich noch lebe oder schon tot bin?«

»Wenn du es so siehst, Fania –«

»Oh ja, Hermann. Bitte. Lass uns morgen losziehen und einen Notar aufsuchen, damit wir das meinem Testament anfügen.«

»Seit wann hat Fania denn ein Testament?«

»Ich habe natürlich kein Testament, Hermann. Was habe ich denn schon wem zu hinterlassen?«

»Du hast ein Apartment. Du hast eine Bibliothek. Eine Sammlung von schicken europäischen Hautcremes, die du aus dem Hotel mitgenommen hast«, sagt er. »Du hast ein wunderbares PS-starkes amerikanisches Motorrad, das sehr hohe Geschwindigkeiten erreichen und mit dem man sowohl Neid als auch Angst verbreiten kann. Und mich hast du natürlich auch.«

»Ist es mir gesetzlich erlaubt, dich an jemand anderen zu vererben? Vielleicht an die Großmütter im *Pumpernik's?* Sie würden dich und deine machtvolle Schönheit vergöttern.«

»Danke, dass du endlich die Wahrheit anerkennst.«

»Du bist ein unmöglicher Mann«, sage ich.

»Natürlich«, sagt er. »Du hast einen Schlüssel, von dem du behauptest, dass er in Wien auf ein Türschloss passt.«

»Nicht das schon wieder«, sage ich.

»Delirium«, sagt er. »Träume!«

»Das ist kein Traum!«

»Dies ist doch nicht die kommende Welt! Du kannst nicht ins alte Wien zurückwalzen und erwarten, dass dein Schlüssel dir alle Türen öffnet.«

»Ich bin ja nicht blöd«, sage ich. »Ich rede nicht von der kommenden Welt. Das ist eine Redensart für kleine Kinder.«

»Dieser Schlüssel ist ein Schlüssel für nichts.«

»Er öffnet die Tür«, sage ich. »Ich verstehe nicht, warum du das nicht begreifst. Es ist ein Schlüssel. Er hat den Zweck, das Schloss aufzuschließen.«

»Er hat früher die Tür geöffnet«, sagt er. »Das ist eine Frage der Grammatik. Eine Konjugation der Möglichkeiten.«

Dies sind die Noten für die reale Musik unseres Lebens:

Dieser Streit, diese einstudierten Rollen, diese Ungereimtheit von der Konjugation der Möglichkeiten, eine Formulierung, auf die er sehr stolz ist, seine größte Leistung auf dem Gebiet der englischen Sprache und vielleicht der Titel für seine amerikanischen Memoiren. Es ist ein Streit, den ich ohne Notenblatt durchspielen kann.

»Glaub mir«, sage ich. »Dieser Schlüssel passt.«

»Die Schlösser sind ausgetauscht worden. Das kann ich dir versprechen.«

»Ich habe ihr gesagt, dass sie unter gar keinen Umständen befugt ist, die Schlösser auszutauschen.«

»Und sie war einverstanden«, sagt er.

»Ja, sie war einverstanden.«

»Weil du sie in einem fremden Land im Keller eines Hotels im Massageraum eingeschlossen hast.«

»So, wie du das sagst, klingt es aus irgendwelchen Gründen furchtbar, Hermann.«

»So etwas tun Schurkenstaaten, um falsche Geständnisse zu erpressen.«

»Die Frau war einverstanden. Sie war sofort einverstanden, als ich ihr gesagt habe, dass sie das Schloss nicht austauschen darf.«

»Warst du bewaffnet?«

»Nein!«

»Keine heißen Steine, um das Rückgrat zu entlasten?«

»Natürlich hatte ich heiße Steine.«

»Also keine Waffen außer den Steinen in deinen Händen.«

»Willst du wissen, ob ich sie ermordet habe?«

»Du hast doch das Thema Mord aufgebracht«, sagt er.

»Ob ich die Frau ermordet habe? Ist das etwa deine Frage?«

»Das wäre mir nie in den Sinn gekommen, Fania. Aber weil du das Thema jetzt anschneidest, musst du es ja erwogen haben. Mir kannst du es ruhig sagen«, sagt er. »Wenn es stimmt, will ich es wissen.«

»Dass ich eine Mörderin bin?«

»Ist das denn eine so schreckliche Frage?«

»Ja, Hermann! Das ist eine schreckliche Frage!«

»Hör mal«, sagt er. »Wenn du sie umgebracht hast, süße Fania, wenn du diese furchtbare kleine Nazinutte ermordet hast und jetzt in einem sehr schönen Waldversteck untertauchen oder sehr dringend in ein Land wie Neuseeland oder South Dakota fliehen musst, wo man dich nicht findet, und wenn du jemanden brauchst, der für dich ein noch tieferes Grab schaufelt –«

»Was dann? Dann hilfst du dabei, Hermann?«

»Ich wollte sagen, dass ich rausgehe und Hilfe für dich hole, wenn es stimmt.«

Er hat mir ein Lächeln abgerungen.

»Jeder ist in der Geschichte von irgendjemandem der Schurke«, sagt er.

»Was soll das heißen?«

»Es heißt, dass, wenn es zufälligerweise zutrifft, dass du diese Frau in deinem Massageraum im Hotel mit heißen Steinen ermordet hast, dass du dann für sie ein Schurke bist, Fania, aber für mich dieselbe wunderbare Person bleiben kannst.«

»Ich habe sie nicht ermordet, Hermann. Natürlich habe ich sie nicht ermordet. Ich bin ein guter Mensch. Ich bin ein guter Mensch, der niemanden ermordet. Ich habe nur sehr streng mit ihr geredet, und sie hat mir dann den Schlüssel für ihr Haus überlassen.«

Er lächelt. Hinter ihm hat die Musik weitergespielt. Sie ist in eine neue Passage des Stücks übergegangen, die ich zuvor noch nie gehört habe, oder eher noch eine Passage, an die ich mich nicht erinnern will, und sie beginnt, den Raum blau einzufärben. Diese neue Passage hat mich vor Hermanns Haus in der Wipplingerstraße auf den Gehweg versetzt, über dem das Klavier, auf dem das Stück gespielt wird, hängt, nicht schwankend, sondern so baumelnd, wie Diktatoren am Ende baumeln. Neben mir steht Vera, die kleine Vera, ein ewiges Kind, das den Kopf in die Höhe reckt, um das Klavier am Ende einer Schlinge hängen zu sehen, während Würgervögel ihre Kreise ziehen. Wenn ich mich bücke, um uns in die Augen zu schauen, können wir vielleicht miteinander reden. Sie spricht zu mir, sagt hundertmal dieselben Worte: »Wo ist mein Papa, wo ist mein Papa, wo ist mein Papa?« Es ist morgens in Wien. Wenn ich nach Osten bis zur Oper gehe und dann nach Norden am Rand des Stadtparks entlang der schönen Häuser und Hotels, in denen ich vermutlich arbeiten würde, wenn ich hier wieder leben würde, und dann am Fluss entlang nach Westen, könnte ich nach Hause kommen. Das hat die Musik gemacht. Das Haus ist leer. Der Schlüssel passt tatsächlich nicht. Hermann hat die ganze Zeit recht gehabt. Ich schlage immer wieder gegen die Tür, und vielleicht ist mein wildes Gehämmer das Ende dieses gottverlassenen Musikstücks, das endgültige Ende Chopins und dieses endlosen Kerkers der Nacht. Oder vielleicht habe ich nach dieser ganzen Zeit gelernt, wie ich mich gleichzeitig in vier Zustände aufspalten kann - in die Unmöglichkeit des Lebens vor der Gegenwart, in das unermessliche Elend des Lebens darin, in die Dunkelheit des Lebens danach und in das traurige, ach, so traurige Leben der Gegenwart.

»Nichts mehr davon«, sage ich zu Hermann. Er hat die Augen geschlossen. Die Musik hat ihn gelähmt. Ach, diese Schönheit. Ach, diese vergiftete Schönheit. Was soll man bloß mit jüdischen Jungs und dem tödlichen Gift reizender Musik anfangen? »Du siehst aus wie hinter Gittern«, sage ich zu ihm.

Aber er versteht mich falsch. »Ich sehe aus wie unter Göttern? Ach, Fania. Du bist ein Schatz. Wie konnte ich nur ohne dich leben?«

Wo ist mein Papa? Tja, Vera, er ist hier am Rand des Kontinents über dem Strand von Miami im Jahr 1979, wo er in einem Fahrstuhl himmelwärts rast.

Hermann wünscht sich eine Party, und also schmeißt Hermann eine Party. Sie findet einige Nächte später in dem leer stehenden Apartment über der Collins Avenue statt. Fünf Paare haben sich uns angeschlossen. Wir versammeln uns zuerst im dunklen Bauch der Baustelle, der irgendwann die Tiefgarage werden wird. Wir zwölf sind alle durch die Dunkelheit geklettert und über Leitern in diesen Bereich hinabgestiegen. Wir tragen knallbunte Polyesterklamotten und riechen nach Parfüm von Chanel und dem Kokosnussaroma der Sonnenschutzcreme à la Miami. Gekommen sind wir mit allerlei Bedenken und Vorahnungen, weil das in Amerika die einzige Möglichkeit ist, sich einem wie Hermann Pressler anzuschließen. Er schmuggelt uns paarweise nach oben, zweiundzwanzig Stockwerke im Dunkeln in einer improvisierten Kiste, die er heute Abend seine Weltraumfähre nennt.

»Reist in der Zeit zurück nach Wien«, sagt er zu unseren Freunden bei dieser Fahrt hinauf zum Penthouse. »Reist zurück in der Zeit und berichtet meinem Vater an seiner Nähmaschine, dass ich Astronaut geworden bin! Erzählt meiner Mutter an ihrem Dampfbügeleisen, dass ihr Sohn in den Orbit geflogen ist! Seht mich an«, ruft er im Fahrstuhl, »seht mich an, seht mich an!«

Eine Schockerfahrung in der Neuen Welt: Hier gibt es Freunde. Dass sie überhaupt in unser Leben getreten sind, dass sie sich für uns entschieden haben, scheint unmöglich zu sein, aber hier sind sie nun, seit meiner Kindheit meine ersten wahren Freunde, haken sich bei mir ein und lachen mir ins Ohr, als wir nach oben schießen. Wir sind direkt von der Arbeit hergekommen. Wir sind Literaturprofessoren, Kaufhausangestellte, eine Hotelmasseurin, wir sind Radiosprecher, Rentner, unverbesserliche Berichterstatter ins Nichts, Übersetzer aus den Originalsprachen ins Englische, wir sind Frauen und Männer, die in Konsulaten um Informationen betteln.

Neben mir beschirmt sich meine Freundin Rahel mit den Händen die Augen und dreht das Gesicht zu dem neuen, nach Süden weisenden Fenster, vor dem nichts als die Schwärze des Wassers und die regelmäßig wechselnden Gezeiten zu sehen sind.

»Das ist die erste wirklich kriminelle Handlung, die ich als Amerikanerin begehe«, sagt sie. »Abgesehen von dem, dessen man mich in der Vergangenheit beschuldigt hat, ist es meine erste wirklich illegale Tat überhaupt.«

»Wenn du willst«, sage ich zu ihr, »können wir wieder auf die Straße zurückgehen. Das hier ist Hermanns Idee von Spaß, nicht meine.«

»Oh nein«, sagt sie und dreht sich zu mir um. »Das ist doch aufregend. Positiv aufregend. Nach all den Anschuldigungen ist es eine Erleichterung, endlich zu erfahren, wie sich das anfühlt. Glaubst du, dass man uns hierher folgt?«

»Die Polizei?«, frage ich.

»Irgendwer. Glaubst du, dass uns irgendjemand verfolgt? Oder glaubst du, dass wir hier oben endlich alle unsichtbar sind?«

Bis vor Kurzem hat Rahel als Kinderärztin in einer nicht weit von diesem Apartment gelegenen Praxis gearbeitet. Als ich sie vor Jahren im Lummus Park kennenlernte, erzählte sie mir, dass sie ins großmütterliche Stadium eines kinderärztlichen Lebens eingetreten sei. »Und das heißt«, erklärte sie mir, »dass meine gegenwärtigen Patienten die Kinder meiner allerersten Patienten sind. Das ist bestimmt ein Segen«, sagte sie, »das ist mir natürlich bewusst. Der Kreislauf des Lebens, das Wunder der Geburt und so weiter, *Dajenu* und so weiter. In gewisser Weise ist es ein Resultat meiner guten Arbeit, dass diese Patienten sich bei mir wahrscheinlich so wohlgefühlt haben, dass sie ihre eigenen Kinder zu mir bringen. Es ist aber auch so«, sagte Rahel, »dass ich diese Patienten nur krank zu Gesicht bekomme. Voller Entzündungen und elend jammern sie zu Gott, bluten auf den Teppichboden im Wartezimmer und verfluchen mich wegen ihrer Krankheit. Mein Amerika«, sagte sie, »ist ein Amerika der Krankheit, ein Amerika voller Fieber und Tränen, ein aus Angst vor der drohenden Spritze wimmerndes Amerika. Was natürlich verständlich ist«, sagte sie, »wer hätte keine Angst vor Spritzen? Aber dann sehen mich meine kleinen Patienten im Gang bei *Winn-Dixie,* wo ich Zuckermelonen kaufen will. Aber sagen sie dann etwa: ›Oh, hallo, Doktor Rahel, wie schön, Sie zu sehen, vielen Dank, dass Sie mich geimpft haben, danke, dass Sie meine Halsentzündung behandelt haben, meine Ohrentzündung, danke, dass Sie meine Hand verbunden haben!‹ Sagen sie das? Natürlich nicht! Bei meinem Anblick brüllen sie vor Schreck los! Da stehe ich mit einer amerikanischen Zuckermelone, luxuriösester Luxus, und erschrecke die Kinder! Sie glauben, dass ich ihnen bis in den Lebensmittelladen gefolgt bin, um sie mit meinen Spritzen zu durchbohren. Irgendwie bin ich in Amerika die Schlachtersfrau. Habe ich dafür überlebt? Um die Hauptrolle in den Albträumen der Kinder von Miami zu spielen?«

Seit drei Jahren ist sie im Ruhestand. »Ich war zu alt, um kleine Kinder zu kurieren«, erzählte sie mir, »aber zu jung, um in der Sonne zu sitzen und auf den Tod zu warten.« Nun hatte sie die Absicht, in ihrer freien Zeit zu reisen. »Wartet man darauf etwa nicht als Aktivität im Ruhestand? In die entlegensten Winkel zu fliegen und mich dann vor den Pyramiden von Gizeh von meinem Mann fotografieren zu lassen? Allerdings habe ich gemerkt, Fania, dass man, wenn man zu alt zum Arbeiten geworden ist, auch zu alt ist zum Reisen.«

Sie hat bislang nur eine Reise gemacht, und zwar an einen Ort, den sie nicht nennen will, aber ich verstehe, dass es sich um den Ort handelt, an dem sie in ihrer Jugend gelebt hat. Sie stammt aus dem Osten. Das verrät ihr Akzent. Es bedeutet, aus der Vergangenheit eine Waffe zu machen, wenn man die Stadt exakt benennt, wenn man laut Vilnius oder Warschau oder Katowice oder Minsk oder Krakau oder Odessa sagt, wenn man also irgendeinen dieser Städtenamen laut ausspricht. Und wir sind uns alle einig, es nicht zu tun.

Stattdessen gibt es Bücher. Sie hat in einer Straße im Zentrum der Stadt, in der sie aufgewachsen ist, Bücher gefunden und gekauft. Fünfzig Bände in Originalbindung mit Namensetiketten in den Umschlagsklappen, alle in deutscher Sprache, die niemand von uns anfassen will. Es sind Bücher jüdischer Autoren, von denen ich einige kenne, die meisten jedoch nicht. Zwei Jahre lang hat sie versucht, dass wir ihr die Bücher abnehmen, um damit etwas zu beanspruchen, von dem sie sagt, dass es zu Recht uns gehöre. Zu jedem gesellschaftlichen Anlass, jeder Zusammenkunft im Lummus Park, jedem Tanzabend im Gemeindezentrum, jedem Feiertag, jedem Wochenende schiebt Rahel ihren Bibliothekswagen voller Bücher vor sich her. Dann ist sie nicht mehr

Doktor Rahel, sondern überall nur die Bücherfrau. Heute Abend hat sie ihren Wagen auf den Gipfel der Stadt geschoben, hat ihn durch alle zwölf verschlossenen Tore bugsiert, hat Band für Band am Fenster aufgereiht und dann jeden von uns aufgefordert, ein Exemplar an sich zu nehmen. »Bitte«, beschwört sie uns, »ich habe die Bücher für euch mitgebracht. Wer sonst in dieser Stadt wüsste sie zu schätzen? Wer sonst in dieser Stadt wäre überhaupt dazu fähig, sie zu lesen?«

Wir nehmen das Angebot nicht an. Oder, vielleicht genauer gesagt, wir werden es nicht annehmen. Ein paar von uns kommen näher, aber nur, um einen Blick auf die vor uns aufgereihten Bücher zu werfen. Manche von uns nähern sich sogar so weit, dass sie den Leimgeruch wahrnehmen, der aus den Seiten dünstet, und mit ihm der Geruch jener besonderen Räume unserer Kindheiten. Zum Beispiel der Lesesaal der Nationalbibliothek am Josefsplatz mit seinen Fresken geflügelter Seraphim, die über mir im Flug innehalten, und den in die gemalten Wolken hinaufstrebenden Jakobsleitern. Hierher bin ich als Mädchen mit meiner Mutter zum Lesen gekommen. Oder ich bin als Mutter hingegangen, um dort mit meinem Mädchen zu lesen. Ich weiß nicht mehr, was wahr ist - alles, etwas oder gar nichts.

Unser hartnäckiges Desinteresse ärgert Rahel. »Ihr ahnt ja gar nicht, was ich alles machen musste, um diese Bücher hierherzubringen«, sagte sie. »Könnt ihr euch vorstellen, wie schwierig es ist, sie alle durch einen Flughafen zu manövrieren? Wie anstrengend es ist, diese Bücher Tag für Tag durch Miami zu schieben? Nehmt euch bitte eins! Ich habe sie für euch mitgebracht!«

»Das hättest du nicht tun sollen«, sagt Rahels Mann zu ihr. »Ich hab's dir gesagt.«

»Seine vier Lieblingswörter auf Englisch«, sagt Rahel. »Viele Jahre glücklich verheiratet, und das ist nun aus uns geworden.«

»Wer schleppt schon Bücher auf eine Party mit?«, sagt Rahels Mann. »Wer bringt deutsche Bücher auf so eine Party mit? Ich hab's dir gesagt«, sagt er noch einmal. »Schleppst diesen meschuggenen Koffer durch ganz Europa.«

»Kennt ihr schon meinen amerikanischen Ehemann?«, fragt Rahel. »Würzt seine Sätze gern mit Wörtern aus der Alten Welt, obwohl seine Familie nun schon seit fünf Generationen in Amerika lebt. Seine Familie ist so amerikanisch wie die Morgans.«

»Ich finde Amerikaner, die Jiddisch sprechen, ganz zauberhaft«, sagt Hermann. »Das ist so, als würde man seinem Wellensittich das Sprechen beibringen. Habt ihr das im Fernsehen gesehen? Der Vogel will einen ja nur glücklich machen. Er weiß überhaupt nicht, was aus seinem Schnabel kommt. Das ist nur eine Abfolge von Tönen. Mehr macht er nicht, Rahel. Macht Geräusche, um dich glücklich zu machen.«

»Was habe ich denn gemacht?«, fragt Rahels Mann. »Habe ich ein falsches Wort benutzt? Habe ich etwas Falsches gesagt?«

»Nein«, sage ich. »Alles ist ziemlich meschugge. Du hast recht. Alles. Das alles«, sage ich und zeige auf das Apartment, das uns nicht gehört, auf den Ausblick, den wir uns nicht leisten können, auf diese Gruppe unwahrscheinlicher Flüchtlinge, auf diese Stadt, die nur vorübergehend unsere ist und innerhalb einer Dekade erleben wird, dass wir sie alle einer nach dem anderen wieder verlassen. »Das ist alles ziemlich meschugge.«

Wenn wir in dieser Nacht wieder zu Hause sein werden, werde ich mich fragen, ob wir darauf gewartet haben, dass diese Bücher sich womöglich von selbst öffnen und anfangen, uns vorzulesen, wie wir unseren Kindern vorlesen.

»Ich konnte einfach nicht widerstehen, sie zu kaufen«, sagt Rahel später, als wir an einem offenen Fenster hoch über der Biscayne Bay sitzen. »Ich spazierte da durch mein altes Viertel, das sich im Großen und Ganzen nicht von dem unterscheidet, wie ich es in Erinnerung habe, was mich gleichermaßen tröstete und schockierte. Trost, weil es das gleiche war. Schock, weil es zerstört war und dann wie ein Spiegel der Vergangenheit wieder aufgebaut wurde, mit der einen wichtigen Ausnahme, dass wir alle verschwunden waren. Die Bücher standen an der Straße am Fluss auf einem Karren zum Verkauf. Einhundert Bücher, alle auf Deutsch, zu verkaufen in einer Stadt, in der seit dreißig Jahren niemand mehr Deutsch gesprochen hat.

›Woher haben Sie diese Bücher?‹, fragte ich den Verkäufer. Wir konnten uns aber nicht verständigen. Wegen des Kriegs in seinem eigenen zigtausend Kilometer entfernten Land war er eben erst in die Stadt gekommen. Er konnte mir nur sagen, wie viel die Bücher kosten sollten, aber mehr auch nicht, obwohl ich mir alle Mühe gab. Auf Polnisch und Russisch und Deutsch und, ja doch, sogar auf Jiddisch, und, Gott steh mir bei, auf Englisch, in meinem schrecklichen Französisch, in meinem schrecklichen Italienisch. Ich musste es wissen. Wie waren diese Bücher hier gelandet, diese jüdischen Bücher, geschrieben von jüdischen Händen? Wieso lebten sie jetzt auf dieser Karre, in dieser Sprache, in dieser Stadt ohne Juden? Der Mann konnte mir lediglich den Preis nennen. So viel für eins, so viel für zwei. Hätte ich einen größeren Koffer gehabt, hätte ich alle gekauft. Was soll ich sagen, Fania? Es war vielleicht nur ein törichter Impuls. Die Bücher sind alle sehr langweilig. Zum Beispiel behandelt eins die Geschichte der

Pferdekutsche in Düsseldorf. Mein Mann sagt zu mir: ›Wer um alles in der Welt will diese Bücher lesen? Selbst wenn man ihnen das Lesen beibrächte, wären nicht einmal die Pferde von Düsseldorf an diesem Buch interessiert.‹«

Sie sagt, es sei folgendermaßen passiert: Vor ihrer Pensionierung hätte sie eines Abends auf dem Nachhauseweg im Schaufenster eines Reisebüros eine Werbung gesehen. »Bis heute weiß ich nicht, ob es wirklich so war«, sagt sie, »oder ob ich es mir nur eingebildet habe als eine Art raffinierter Ausrede, mich zurück nach Hause zu locken. Vielleicht war es eine Botschaft meiner Mutter aus der nächsten Welt, eine Strafpredigt, weil ich ihr Grab nicht besucht hatte. Im Fenster sah ich ein Poster mit einem Schloss in der Nähe der Stadt meiner Kindheit. Das Bild auf dem Poster war eindeutig aus einem Hubschrauber aufgenommen, sodass die Stadt als Miniatur unterhalb des Schlosses lag und der Fluss sich in einer schönen Biegung nach Westen erstreckte, als wäre er mit einer Feder gezeichnet worden. Ich schäme mich fürchterlich, es zu sagen«, sagte sie zu mir, »zu sagen, dass das Poster im Schaufenster dieses Reisebüros mich veranlasste, das zu tun, was ich tat. Oder dass ich vor dem Fenster stehend glaubte, dass sich die Biegung des Flusses mir entgegenbeugte. Ach! Ich schäme mich vor mir selbst, auch nur an diese Worte zu denken«, sagt sie und schlägt die Hände vors Gesicht. »Auf dem Bild gab es eine kleine Gruppe von Menschen, die dem Helikopter zuwinkten. Das Bild war natürlich unscharf. Die Kamera war sehr weit entfernt. Trotzdem stand ich vor diesem Laden in der Collins Avenue und starrte lange ins Schaufenster. Wenn jemand da drinnen war, muss man mich für eine Geisteskranke gehalten haben. Es war ein sehr heißer Abend, sehr schwül, und ich stand da in der Hitze und schwitzte meine Kleider durch. Peinlicherweise dachte ich mir, dass ich bestimmt jemanden auf dem Bild kennen müsste. Das ist der törichte Gedanke, der mir kam, ein Gedanke, den auszusprechen ich mich schäme. Dass irgendjemand auf diesem Bild mich kennen würde. Aus einem unerfindlichen Grund schien es mir eine Sache von unerhörter Bedeutung zu sein, vielleicht jemanden zu finden, der sich noch an mich und meine Familie erinnerte. Ist das nicht verrückt?«

»Nein, gar nicht«, sage ich.

»Ich kaufe mir schließlich die Tickets. Es stellt sich heraus, dass man Flug und Hotel in einem von Russland besetzten osteuropäischen Land zu einem sehr günstigen Preis buchen kann. Bei meiner Ankunft merke ich, dass ich nicht mehr dazu in der Lage bin, die Sprache wie selbstverständlich zu sprechen. Jeder hält mich für eine Touristin, was ich in gewisser Weise ja auch bin. Mich selbst zu hören, wie ich in einer Bäckerei Brot kaufe, Fania, war so, als hätte ich die Sprache mit einem Lehrbuch gelernt. Schon bald spüre ich einen unerträglichen Schmerz. Wohlgemerkt kein physischer Schmerz, obwohl es nicht schmerzlos ist, in meiner Stadt in die Gesichter all dieser Menschen zu schauen, die mich voller Empörung ansehen, weil ich die Dreistigkeit besitze, zurückzukehren und sie an das zu erinnern, was geschehen ist. Jeder will wissen, warum Europa solche Probleme hat. Und die Antwort lautet, dass Europa seine lebendigste Hoffnung ermordet hat, dass es noch das allerletzte Licht mit Gas ausgelöscht hat! Und dennoch war es auch ein echter Schmerz, ein heißer, reißender Schmerz, der von meinen Gliedern zum Herz ausstrahlte.

Am vierten Tag in jener Stadt erwachte ich erst spät, und das war ein Problem, Fania. Ich hatte ein wichtiges Treffen mit einer wichtigen Person im Amt für Schadensersatz oder im Amt für hoffnungslos verschollene Flüchtlinge oder im Dezernat für Unmögliches oder im Ministerium für ausgelöschte Babys oder wie auch immer sich so etwas heutzutage nennt. Wie du dir wohl denken kannst, wollte ich wissen, ob es irgendwen irgendwo an irgendeinem Ort der Welt gab, der mich kennen könnte. Ich hatte nicht die Absicht, den Grund meines Erscheinens zu nennen – dass ich ein verschwommenes Foto in einem Schaufenster in Miami gesehen hatte und dass ich praktisch auf der Stelle ein Ticket von dort nach hier gebucht hatte. Theoretisch hatte ich schon immer gewusst, dass ich das jederzeit hätte tun können, der schnelle Zaubertrick des Luftverkehrs: Geh an einem Ort unversehrt an Bord und reise in ein paar Stunden ins Land der Albträume. In der Nacht davor war ich sehr spät eingeschlafen, weil ich in dieser grauenhaften Stadt, an diesem grauenhaften Ort, ums Verrecken keine Ruhe finden konnte, obwohl ich mich im schönsten Zimmer des schönsten Hotels einquartiert hatte, in dem Zimmer, in dem der amerikanische Präsident wohnen würde, falls es den amerikanischen Präsidenten aus irgendeinem unseligen und tragischen Grund je in meine alte Stadt verschlagen sollte. Deswegen wachte ich erst sehr spät auf, und als ich zu dem Gebäude hastete, wo das Treffen stattfinden und ich schreckliche Informationen bekommen sollte, sah ich einen großen Menschenauflauf auf der Hauptstraße, eine enorme, anschwellende Menge voller schreiender Männer und Frauen. Ich musste auf die andere Seite des Platzes, aber als ich versuchte, ihn zu überqueren, hielt mich ein junger Mann an. ›Warten Sie‹, sagte er auf Englisch. Mag sein, dass ich im selben Moment sah, dass alle Anzüge und Mäntel anhatten und die alte Fahne schwenkten. Dergleichen hier zu sehen ließ mich plötzlich wie vor Kälte erstarren, obwohl es Juli war.

Mir wurde klar, dass ich immer noch schlief und auch zu Hause war, hier in der Collins Avenue in Miami, und dass die Szene, die ich durchlebte, eine besonders lebhafte Täuschung, ein Albtraum, war. Das sagte ich zu mir selbst. Du schläfst, du schläfst, du schläfst.

Und irgendwann drehte sich neben mir ein Mann um und sagte: ›Sie sind hellwach, Gnädigste, ich sehe Sie ja, und Sie schlafen keineswegs.‹ Er war jung, ganz offensichtlich Amerikaner, und ich wusste nicht genau, was ich in diesem Moment zu ihm sagen sollte, außer, dass er sich irrte, dass er gar nicht existierte, dass er und alle hier schon vor langer Zeit verschwunden waren. Ich glaube, ich sagte auch: ›Es wird eine Dunkelheit hereinbrechen.‹ Das fand er sehr lustig. Es gibt so einen bestimmten Typ junger Leute, der alles komisch findet, was von einer Frau meines Alters kommt.

Wieder setzte das Geschrei ein. Auf der Straße fuhr eine Wagenkolonne vorbei, Autos, die ich nicht mehr gesehen hatte, seit ich eine junge Frau gewesen war, und in diesen Autos standen stocksteif Leute, die, wie ich endlich begriff, Schauspieler waren, die den alten Hitlergruß vollführten. Ich erinnere mich, ihn nicht weit von hier zum ersten Mal gesehen zu haben, und zwar in einem kleinen Park, in dem mein Mann und ich unseren Familienhund Alger ausführten. Als ich daran dachte, wurde mir alles klar: ein Faksimile der Vergangenheit am historischen Originalschauplatz mit den passenden Kostümen. Der süße Alger, der Angst vor Automotoren und Feuerwerk hatte und der so lebhaft träumte, dass ich mit Vergnügen beobachtete, wie die Emotionen sich auf seinem Gesicht abzeichneten. Was wohl dem süßen Alger zugestoßen war? Während ich hier stand, dämmerte mir, dass ich zum ersten Mal, seit ich eine junge Frau, praktisch noch ein Mädchen gewesen war, sowohl seine Anwesenheit neben mir spürte, aber auch seine Abwesenheit. Ich glaube, ich fing an zu weinen. Wir waren alle weggeschafft worden, nur Alger nicht. Er blieb im Haus. Ich erinnerte mich, dass man ihn nicht von uns trennen konnte, damals insbesondere nicht von meinem Mann, der in der Tasche seines Regenmantels immer Leckerlis für ihn hatte. Er winselte ununterbrochen. Ach, Alger, was haben sie nur mit dir gemacht? Stopp mich«, sagt sie, »wenn dich meine traurigen Geschichten anöden.«

»Rahel«, sage ich, »mein Mann hat in fortgeschrittenem Alter plötzlich beschlossen, Einbrecher zu werden. Wer weiß, wie mein Leben danach aussehen wird? Wird er urplötzlich beschließen, dass er im Weißen Haus wohnen will? Im Hearst Castle? Im Louvre? Wer weiß, wo mein Leben mich noch hinführt. Also erzähl mir deine Geschichten. Ich kann damit umgehen.«

Jetzt sieht sie den Schlüssel um meinen Hals. Beim Versuch, mich abzukühlen, ist er so verrutscht, dass jeder sehen kann, dass ich ihn noch habe. Dass ich unter uns allen die Dumme bin, die immer noch glaubt, einen Ort zu haben, zu dem dieser Schlüssel passen könnte. Er kommt zum Vorschein, liegt auf meiner Bluse, und die liegt auf meinem Herzen, das vor mir wegläuft und immer vor mir weggelaufen ist, seit ich die Grenze nach Amerika überschritten habe. Rahel sagt allerdings nichts. Sie weiß, was das ist, genau wie auch ich weiß, was es ist, genau wie alle in diesem Raum oder alle in einem Raum wie diesem es wissen.

»Es stellte sich heraus«, sagt Rahel, »dass ich in ein Filmset gestolpert war. Diese Leute drehten einen Film über die Ausrottung der Juden. Als wäre das ein Ersatz für echte Unterhaltung. Als würde man bereitwillig Geld ausgeben, um dergleichen zu sehen. Der Film handelte natürlich nicht von einer jüdischen Person per se. Die Juden in dem Film sind nichts weiter als eine große Gruppe weinender Menschen in dreckigen Klamotten, die träge in Eisenbahnwaggons und Gaskammern schlurfen. Gelegentlich taucht ein einzelner jüdischer Junge auf, spielt Geige oder Klavier oder singt immer etwas sehr Tragisches und also sehr Musikalisches. Stattdessen handelt der Film von Deutschen, einer kleinen Gruppe sehr guter Deutscher. Die drei guten Deutschen sind sehr wütend über das, was geschieht, und wollen den armen, schmuddeligen Juden beistehen, die sogar noch im Ghetto ihre Geschäfte machen, alles verkaufen und verhökern und kaufen und natürlich wunderbare Musik auf ihren Geigen und Klavieren spielen.

Die Filmemacher hatten verlauten lassen, dass Leute gesucht werden, die herkommen und sich an die Straße stellen, um Krawall zu machen, sich die Armbänder überstreifen und Hitler bejubeln, bis ihre Stimmen heiser wurden.«

»Vermutlich war es nicht sonderlich schwer, dafür Leute zu bekommen.«

»Nein!«, ruft sie. »Überhaupt nicht! Es kamen Tausende. Man musste viele wieder wegschicken. Das hat mir dieser Amerikaner erzählt. Offensichtlich, sagte er, sei das eine Chance gewesen, nationale Einheit zu zeigen. Eine Gelegenheit, sich wieder als Ganzes zu fühlen. Die Amerikaner bezeichneten diese Leute als Statisten. Ich wollte dagegen sagen, dass es keine Statisten sind – die Statisten sind wir. Wir sind diejenigen, die sie Statisten nannten, wollte ich sagen.

Vor ein paar Tagen habe ich gesehen, Fania, dass dieser Film hier im Cameo-Kino gezeigt wird. Die Hauptrolle spielt eine sehr glamouröse amerikanische Filmschauspielerin, die eine schreckliche Version meines eigenen Akzents nachplappert. Obwohl ich es besser wusste, kaufte ich mir ein Ticket. Ich gehe gegen Mittag in der Annahme hinein, dass ich allein sein werde, dass niemand es sehen will. Denn wer wollte das hier noch einmal erleben? Am wichtigsten: Niemand wird mich sehen, niemand wird sagen: Oh, da ist Rahel, die Ärztin, da ist Rahel, die durchgeknallte Bücherfrau, die mir immer ihre langweiligen Bücher über deutsche Pferde und dergleichen aufschwatzen will. Natürlich ist das Kino voll. Unsere Nachbarn sind alle da. Obwohl der Film schrecklich ist und uns nicht als Menschen zeigt, ist das Kino voll. So heimwehkrank leben wir unter der ständigen Sonne, Fania. In der Mitte des Films finde ich mich dann. Ich weiß genau, wohin ich schauen muss. Und da bin ich, stehe in der Menge zwischen den jubelnden Massen hinter Flaggen. Alle zeigen den Hitlergruß, und da bin ich. Natürlich bin ich leicht verschwommen«, sagt sie. »Genauso verschwommen wie auf dem Foto, das ich hier im Schaufenster des Reisebüros gesehen habe. Aber das war ich. In dem Kino mit all unseren Nachbarn und Freunden stand ich auf, ging zur Leinwand und fing an, es allen zu erzählen. ›Das bin ich! Das bin ich! Ich bin in dem Film! Ich bin's!‹ Damit habe ich bestimmt kein einziges der Gerüchte über mich und meinen Geisteszustand zerstreut, aber ich war gefangen in der Unmöglichkeit, ein Leben gelebt zu haben, über das ein Film gedreht werden konnte und in den ich irgendwie hineingeraten war. Ich bin mir sicher, dass ich es war. Ich würde mich überall wiedererkennen.«

Ich bin mir nicht so sicher«, sagt Hermann später am Abend.

Wir sind allein in unserem gestohlenen Apartment. Zwischen uns auf dem Fußboden haben wir Schlafsäcke ausgebreitet. Die Fenster zum Meer sind geöffnet. Hermann hat Kerzen angezündet, die er in einem Halbkreis um uns herum auf den Boden gestellt und für die er ein langes, stilles Gebet gesprochen hat. Es ist spät, sehr spät, eine Nachtstunde, in der, vom Meeresniveau aus gesehen, die Farbe des Wassers hinterm Lummus Park und die Farbe des Himmels darüber ununterscheidbar sind. Aus dieser Höhe ist der Unterschied allerdings deutlich erkennbar.

»Womit bist du dir nicht sicher?«, frage ich.

»Ob ich eine Variante meiner selbst aus so großer Distanz erkennen würde«, sagt er.

»Dein halbes Leben lang hast du dich im Spiegel bewundert, in praktisch jeder reflektierenden Fläche in fast allen Ländern der Welt, und jetzt meinst du, dass du dich auf der großen Leinwand nicht wiedererkennen würdest?«

»Wirklich ein sehr lustiger Witz, den du da gemacht hast, Fania.«

»Gelegentlich schaffe ich das«, sage ich.

»Rahel, die Bücherfrau, glaubt sich überall zu sehen. Ich habe sie das bei vielen Gelegenheiten sagen hören. Ach, Hermann, neulich habe ich mich draußen im Ozean gesehen, nur dass ich es nicht war, so wie ich bin, sondern ich als Kind in einem gelben Badeanzug, und da tauchte ich in Triest mit meiner Mutter nach Muscheln. Oder vor zwei Tagen der Mann neben mir in der Synagoge, Hermann, der die Mincha betete, war ich tatsächlich auch selber, aber mit Bart und Zizit und gehäkelter Kippa, und das wussten sowohl er als auch ich, aber wir waren nicht in der Lage, daran etwas zu ändern. Hab ich dir schon mal erzählt, Hermann, dass ich mich selbst im Lebensmittelladen gesehen habe, als ich eine Zuckermelone kaufte - mit Rahel ist es ja immer Zuckermelone -, und dass ich mich mit meinen Schwestern spazieren gehen sah, ganz so, wie wir es in Warschau oder in Lwiw gemacht haben, wo auch immer sie herkommen mag? Die ganze Zeit mit dieser Frau, Fania. Im Geiste hat sie Golems von sich selbst hergestellt, und jeder Mensch in Südflorida ist eine aus einer anderen Welt aufgestiegene Version von ihr. Das ist ein Anzeichen für ein ernsthaftes Problem, Fania, ein Zeichen für Dunkelheit, ein Zeichen für eine Person, die einen weiß getünchten Raum und viele bunte Pillen braucht, aber nicht das Zeichen für jemanden, von dem du Ratschläge annehmen solltest, die den Schlüssel zu deinem alten Haus betreffen.«

»Von dem Schlüssel habe ich ihr aber gar nichts gesagt«, sage ich.

»Sie hat *mir* von dem Schlüssel erzählt«, sagt er.

»Was hat sie denn gesagt?«, frage ich.

»Dass sie gesehen hat, dass du ihn um den Hals trägst. Dass der Umstand, dass du ihn all die Jahre getragen hast, darauf hindeutet, dass du deine späte Rückkehr romantisiert hast - ein Symptom kindlicher Emotionen, die dich nur enttäuschen werden. Sie hat mir erzählt, was ich dir erzählt habe: dass solche Schlüssel sehr gefährlich sind. Nur Babys glauben an die Möglichkeit einer Heimkehr. Und sie hat gesagt, wenn du dich entschließt, nach Wien zurückzukehren, wirst du bestimmt in einem Film über Nazis landen, wirst in der Menge stehen und Hitler zujubeln, und dass deine Lebensgeschichte durch die Ideale der amerikanischen Unterhaltungsindustrie korrumpiert sein werden. Und dass man sich deshalb irgendwie an dich erinnern wird, als belanglose Frau im Hintergrund eines Films über drei gute Deutsche.«

»Irgendwie glaube ich, dass das höchst unwahrscheinlich ist«, sage ich.

»Welcher Teil?«, fragt er. »Die Enttäuschung? Oder dein Ende in einem Film, in dem du wie eine Mörderin kostümiert bist?«

»Mit jedem neuen Tag, Hermann, wirst du immer unmöglicher.«

»Nur damit du's weißt, Fania. Ich glaube, dass du einen tollen Filmstar abgeben würdest.«

»Danke, Hermann.«

»Obwohl es mir lieber wäre, wenn du kein Filmstar wirst, der eine Nazifrau spielt. Oder hinter einer stehen musst oder von einer bedroht oder bestohlen oder erschreckt wirst.«

»Das wäre mir auch lieber, Hermann.«

»Wenn du willst, können wir morgen früh nach Hollywood fahren, an die Türen der berühmten Produzenten klopfen und verlangen, dass man dich auf die Leinwand bringt.«

»So einfach ist das also?«

»Ja, mit Hermann schon«.

»Man klopft einfach an ein paar Türen?«

»Allerdings nicht jeder. Wenn Hermann anklopft: ja. Dann ist es so einfach. Man muss aber im richtigen Rhythmus klopfen«, sagt er. »Das ist das Geheimnis von fast allem.«

»Ich bin da glücklich, wo ich bin«, sage ich.

»Du bist hier in diesem gestohlenen Apartment glücklich?«, fragt er.

»Das habe ich nicht ausdrücklich gesagt«, sage ich.

»Aber du bist hier glücklich?«

»Bin ich.

»In Florida?«, sagt er. »Bist du in Florida glücklich?«

»Du sprichst das so aus, als ob es ein fremder Planet wäre.«

»Aber es ist ja auch ein fremder Planet. Sieh dich doch um. Siehst du, wo wir sind? Wir alle und alle Kubaner: Es ist ein Planet der Verlorenen.«

»Ich bin hier glücklich«, sage ich.

»Du sagst nie, dass du glücklich bist. In all den Jahren, die ich dich kenne, und das sind schätzungsweise dreitausendneunhundert Tage, habe ich bestenfalls gehört, dass du leichte Zufriedenheit oder eher sanfte Belustigung geäußerst hast. Auf unseren Motorradtouren schienst du ein- oder zweimal glücklich zu sein, hast aber bestenfalls Freude eingeräumt. Aber niemals Glücksgefühle.«

»Hast du etwa die Tage gezählt?«, frage ich.

»Wenn du ich wärst und die Chance bekämest, so wie ich Zeit mit dir zu verbringen, würdest du auch die Tage zählen«, sagt er.

Von dort, wo wir sitzen, scheint es völlig plausibel zu sein, einen Blick auf das Fenster in unserem alten Leben in Kanada erhaschen zu können. Oder wenn wir lange genug hinschauen, ein Bild von uns beiden, wie wir vor zehn Jahren auf unseren Motorrädern in Miami ankommen. Für ein bisschen Schnee würde ich viel geben, für eine Eisschicht auf dem Gehweg, für die Atemwolke, die aus meiner Lunge herausplatzt, als wollte sie mich daran erinnern, dass ich lebe. Plötzlich scheint die Vergangenheit greifbar zu sein.

Als ich das sage, nachdem ich am Apartmentfenster gestanden habe, um die Aussicht auf die wie eine Karnevalsattraktion beleuchtete Collins Avenue unter mir in mich aufzunehmen, sagt Hermann, dass es sich um eine Alterserscheinung handelt, um die Verengung bestimmter neuronaler Pfade, die unsere Emotionen und die Sicht auf unsere eigene Lebensgeschichte kontrollieren. »Kindheit kann plötzlich wieder aufleben«, sagt er. »Aber nicht, dass ich wüsste, wovon ich rede. Ich bin schließlich kein Arzt wie deine Freundin Rahel, die Bücherfrau. Trotzdem habe ich Ideen. Oder ich habe zumindest bestimmte Zeitungsartikel gelesen, in denen Ideen diskutiert werden.«

»Ich glaube nicht, dass dir irgendwer je unterstellt hätte, keine Ideen zu haben, Hermann. Du hörst nur nicht lange genug auf zu reden, damit man deine Ideen einordnen könnte.«

»Erst machst du einen total respektablen Witz über die Spiegel und meine Eitelkeit, Fania. Nicht der unglaublichste Witz, den man je gehört hat, nichts, was dich ins Fernsehen bringt, aber ein ganz anständiger Witz.«

»Deine Komplimente sind erdrückend«, sage ich.

»Und dann erzählst du mir, dass du glücklich bist. Glücklich mit unserem gemeinsamen Leben.«

»Ich bin *ziemlich* glücklich«, sage ich. »Du vergisst den wichtigen Teil.«

»Und dann beleidigst du mich. Als hätte ich das verdient.«

»Ich entschuldige mich, Hermann.«

»Sagen wollte ich, dass ich den Verdacht habe, dass das immer so weitergeht«, sagt Hermann und meint mit *das* die Überraschung der Erinnerung. »Dies Gefühl ist eine Möglichkeit, den Tod als nicht so schrecklich zu empfinden, so wie man ja auch die Notwendigkeit zu schlafen nicht fürchtet, obwohl die Möglichkeit besteht, nicht wieder aufzuwachen«, sagt er. Kaum zu glauben, dass wir alle seit Millionen von Jahren schlafen gegangen sind, bevor sich jemand Gedanken über den Schrecken gemacht hat, so lange aus dem Wachsein zu verschwinden, mit der Nacht zu sterben.

»Hier entstehen im menschlichen Hirn Vorstellungen über

ein Leben danach«, sagt er. »Diese Kombination aus unseren Körpern, die sich aufs Ende vorbereiten, mit unseren Gedanken, die nicht aufhören, aus den übrig gebliebenen Bildern Geschichten zu machen. Bald«, sagt er, »wirst du glauben, dass deine Mutter bei dir im Zimmer ist und dir Geschichten vorliest, damit du einschläfst.«

»Du klingst, als hättest du gekifft«, sage ich.

»Auf so was stehe ich nicht«, sagt er.

»Wer von unseren Freunden hat dir das in den Kopf gesetzt? Wer hat dich bloß auf solche Ideen gebracht? Wer hat dir Drogen gegeben, die dir solche Ideen ins Hirn blasen?«

»Meinst du, dass ich unfähig zu wichtigem Denken bin?«

»Zu wichtigen *Gedanken*«, sage ich.

»Was?«

»Die Grammatik«, sage ich. »Du hast einen Fehler gemacht. Du willst mir vorwerfen, dass ich denke, dass du unfähig zu wichtigen Gedanken bist, nicht, dass du unfähig bist, Wichtiges zu denken.«

»Ach, Fania, du bist die klügste und entzückendste Lehrerin. Unter uns bist du die wahre Zaddik. Was würde ich nur ohne dich tun?«

»Wahrscheinlich hättest du dies Apartment nicht gestohlen. Und du hättest auch nicht die Droge genommen, die dich auf solche Gedanken kommen und so reden lässt. Mein Gott! Ich sollte dich mal auf Tonband aufnehmen.«

»Wenn man, nur ganz hypothetisch, ununterbrochen mit einem Motorrad achtzehn Jahre lang zigmal um die Welt fährt und dann am Anfang des neunzehnten Jahrs die beste Frau kennenlernt, die je in Wien zur Welt kam, dann wird man dabei ja wohl viele wichtige und schöne Ideen entwickeln.«

»Ich bin weit davon entfernt, die beste Frau zu sein, die Wien je hervorgebracht hat«, sage ich.

»Du bist haargenau diese Frau«, sagt er. »Das ist kein Wettbewerb. Finde eine bessere Frau. Geh los und mach es. Ich fordere dich heraus.«

»Du behauptest also, dass die Stimme in meinem Kopf schließlich zur Stimme meiner Mutter wird?«, frage ich. Ich versuche wie immer mit Hermann, einen Witz zu machen, aber im Dunklen ist er ernst geworden.

»Ich würde alles tun, um es hören zu können«, sagt er. »Mit Ausnahme meines eigenen Lebens würde ich alles geben, um die Stimme meiner Mutter zu hören.«

»Wenn wir zusammen nach Wien zurückkehren würden«, sage ich zögernd.

»Wenn wir nach Wien zurückkehren würden, müsste ich in Gesellschaft der Wiener sein«, sagt er.

»Das stimmt«, sage ich. »Aber es stimmt auch, dass du die Möglichkeit haben könntest, beispielsweise das Restaurant im Stadtpark zu besuchen, in dem dein Bar-Mizwa-Essen stattgefunden hat.«

»Und du glaubst, das Restaurant würde die Stimme meiner Mutter aus mir herausschütteln?«

»Zumindest glaube ich, dass du ein anständiges Mittagessen mit mir genießen würdest.«

»Das tue ich jeden Tag meines Lebens in diesem sonnigen Paradies. Warum muss ich das in Wien machen?«, fragt er.

»Das ist kein angemessenes Essen. Jüdische Delikatessen werden mehr Juden umbringen als Hitler«, sage ich.

»Das ist ein entsetzlicher Witz, Fania! Der schlechteste, widerlichste Witz, den du je gemacht hast!«

»Ich sage nur, dass es schmerzlich sein kann, aber wir kommen ja wieder zurück«, sage ich. »Ich will da nicht bleiben. Ich will Wien nur besuchen.«

»Wenn du dort hinfährst«, sagt er, »erkennt dich vielleicht

jemand wieder. Und diese Person wird dir absurde Lügen ins Gesicht sagen. Zum Beispiel, dass sie nicht geahnt haben, was vor sich ging. Dass sie von nichts gewusst haben. Oh, wir wussten von nichts! Wir hatten keine Ahnung! Wir wussten rein gar nichts! Welche Verbrechen, welche Lager, welche Mörder, welche Kugeln in den Köpfen eurer Tanten, welche vermissten Kinder, welche abgebrannten Synagogen, welche angezündeten Häuser? In einer Welt ohne Sinn und Verstand könnte das alles zutreffen, ja doch, und manchmal kommt es einem so vor, dass es die Welt ist, in der wir alle leben. In dem unwahrscheinlichen Fall, Fania, dass du da eine alte Schulbekanntschaft triffst, deren Gehirn noch lebt, und sie oder er sagen so etwas zu dir, und wenn das passiert, sitzt du gerade vorm Tiergarten oder der Albertina oder dem Stephansdom und versuchst, ein Stück überteuerten Wiener Strudel zu essen, was sollst du dann machen? Sollst du das dann etwa glauben? Sollst du dich über Tatsachen streiten? Sollst du die Ärmel hochkrempeln und anfangen, jeden einzelnen Moment aufzulisten, in dem die Welt untergegangen ist, ein Vorgang, den wir beide und die Stadt Wien irgendwie in relativ guter Gesundheit überstanden haben? Willst du das etwa?«

»Ich glaube, ich will mein Haus«, sage ich. »Mein Schlafzimmer. Meine Fenster. Meinen Dielenboden.«

»Das schon wieder«, sagt er. »Das sind romantische Vorstellungen. Und romantische Vorstellungen sind Kinderkram.«

»Ich gehöre nicht zu den Leuten, die ein Gemälde zurückfordern. Behaltet die Gemälde. Ich will auch nicht die zierliche, kleine Skulptur wiederhaben, die meine Oma so liebte. Behaltet die Kunst. Gebt mir dafür das Haus.«

»Wie wär's mit diesem speziellen Haus?«, fragt er. »Dieses Haus hier mit all seinen herrlichen Ausblicken und dem wunderbaren Meeresrauschen. Wie wär's mit diesem Haus?«

»Das Haus, das du geklaut hast? Und wegen dem wir garantiert verhaftet werden? Meinst du dieses Haus?«

»Niemand wird mich verhaften«, sagt er.

»Aha«, sage ich. »Berühmte letzte Worte!«

»Du warst glücklich«, sagt er leise. »Lass dir gesagt sein, dass du vor zwei Minuten laut und deutlich gesagt hast, dass du glücklich warst.«

Rahel hat uns zwei Bücher dagelassen. Eins ist ein Gedichtband von einem jungen tschechischen Dissidenten, der von den Sowjets auf dem Wenzelsplatz ermordet wurde, ins Deutsche übersetzt von einer Frau, deren Gesicht mir aus der Umschlagklappe mit einer gewissen Verschlagenheit entgegenblickt, wie um zu sagen, dass sie mir, wenn wir nur im selben Raum zusammensäßen, noch viel wichtigere Dinge über diese Seiten erzählen könnte.

Das zweite Buch ist ein Fotoband über im Krieg zerstörte europäische Fußgängerbereiche. Es handelt sich um eine architektonische Monografie, ein Kompendium gegensätzlicher Argumente, ob diese Bereiche so, wie sie waren, wieder aufgebaut oder durch eine Version aus der Zukunft ersetzt werden sollten. Die Argumente, die Hermann laut vorliest, sind unfassbar dämlich, geschrieben von Männern, die es in großen amerikanischen Städten sicher und gemütlich haben, in den Fachbereichen amerikanischer Universitäten, in hell erleuchteten Büros, in denen niemand droht, das Gebäude zu evakuieren, wo kein Trupp ehemaliger Müllmänner in Lastwagen ankommt, um alle Professoren auf einem Hörsaalpodium antreten zu lassen und in Anwesenheit ihrer Studenten zu ermorden - so geschehen an der Hochschule, die ich als letzte besucht hatte. Diese Männer sind meilenweit vom richtigen Leben, von dem sie so selbstsicher schreiben, entfernt. Ihre Argumente zugunsten der Zukunft implizieren die Behauptung, dass die Pracht der Vergangenheit immer schon eine Fiktion gewesen wäre, dass der Charakter des alten Europa, insbesondere der österreichische und der deutsche, das Sonnenlicht auf der Albertina oder der Schatten auf dem Dach des Kölner Doms, ein neues Vokabular erfordern würden, nachdem nun ein großes Unheil geschehen sei. Zu diesem Zeitpunkt hat sich diese Frage längst erledigt, aber im Dunkel unseres gestohlenen Apartments mit den offenen Fenstern und Kerzenlicht vor uns, interessiert Hermann die Frage auch gar nicht so sehr wie die Bilder.

Über zwanzig Minuten sagt Hermann nichts. So lange habe ich ihn noch nie schweigen hören. Der Lärm des Lebens entströmt ihm sogar noch im Schlaf. Neben mir im Bett erzählt er von seinem Weg ins Traumland, anfangs auf Englisch, dann in einem geflüsterten Jiddisch, das ich immer als die Sprache verstanden habe, in der er mit seinen Kindern redete. »Ich bin hier«, sagt er dann, »Papa liebt euch, morgen beginnt eine neue Zukunft.« Er beugt sich über Rahels Buch. Sie hat meinen Schlüssel gesehen und mir das Buch in die Hand gedrückt. Ein Schlüssel öffnet nicht immer das, was man erwartet. Ich glaube, sie wollte, dass ich das begreife. Hermann hält sich die Seite dicht vor die Augen, bringt die Nase ganz nah an das Foto, als ob hier in der Dunkelheit über dem Ozean eine solche Nähe eine Brücke schlagen könnte, die ihn von hier nach dort bringt.

Du hast dich die ganze Zeit über Rahel, die Bücherfrau, lustig gemacht, will ich sagen, aber sieh dich jetzt mal an, Hermann, sieh, wie interessant du ihr Geschenk findest, sieh, wie Rahels Buch dich gefesselt hat.

Gefesselt ist er von einem Foto aus dem Tiergarten, dem Wiener Zoo, nach der Bombardierung durch die Alliierten bei Kriegsende im Frühjahr 1945. »Einen Zoo zu bombardieren«, sagt er sehr leise zu sich selbst, erst auf Englisch und dann, zum ersten Mal seit wir zusammen sind, zum ersten Mal seit seinem ersten Brief an mich in Montreal, beginnt er, Deutsch zu sprechen: »Ich wusste nicht, dass das passiert ist.«

Rahels Buch auf seinem Schoß zeigt die Folgen der Bombardierung, unter anderem einen toten Elefanten, und dieses Foto des auf der Seite liegenden Elefanten bringt Hermann zum Weinen. Ich verstehe, dass es weniger der Elefant ist, sondern die Verbindung zwischen ihm selbst und diesem Elefanten, die gedankliche Verbindung zwischen ihm und seinen Kindern und dem Tiergarten mit seiner sommerlichen Üppigkeit voller Kastanienbäume, dem Duft von Schmalzgebäck und Bratwürstchen und natürlich mit diesem Elefanten, einem Elefanten, das muss ich gar nicht erst fragen, den Viktor und Vera schon vorher gesehen und darum gebettelt hatten, ihn sonntagsmorgens besuchen zu dürfen.

Ich würde ihm gern sagen, wäre er wie ich unmittelbar nach Kriegsende nach Wien zurückgekehrt und hätte wie ich in einer Unterkunft für Staatenlose gelebt, in einem Haus in der Nähe all unserer Häuser in einem Kellerraum, der von oben nicht einsehbar und fast vollständig mit jüdischen Männern belegt war, in einem kalten Keller der überlebenden Muselmänner Österreichs, dann hätte er gewusst, dass auch die Staatsoper, genau wie die Albertina, bombardiert worden war und dass Brände, die während der anschließenden sowjetischen Besatzungszeit gelegt wurden, das Dach des Stephansdoms zum Einsturz brachten. Ich will ihm sagen, wenn du hingefahren wärest, statt auf deinem Motorrad zu sitzen, hättest du gewusst, dass dies alles in deiner Heimat geschehen ist. Ja, der Zoo wurde bombardiert, und ja, nicht nur unsere Kinder wurden uns weggenommen, sondern auch die Tiere, die unsere Kinder liebten.

»Er ist wieder aufgebaut worden«, sage ich zu ihm. »Der Zoo ist wieder aufgebaut worden. Es gibt da neue Tiere.«

Aber ich kann ihn nicht mehr erreichen. Vielleicht ist das der Grund, warum ich angefangen habe, Hermann zu behandeln. »Sitz grade«, sage ich zu ihm, und weil er immer getan hat, was ich die ganze Zeit von ihm verlangt habe, tut er auch jetzt, was ich sage. »Schließ die Augen«, sage ich zu ihm, und er schließt die Augen. Eine ganze Weile hält er das Bild mit dem getöteten Elefanten in Händen. Das Foto zeigt, dass der Elefant mit geöffneten Augen starb, ein Faktum, das viel über seinen Mut aussagt.

In meiner Handtasche habe ich ein Fläschchen Birkenwurzelcreme – etwas, um die Nerven zu beruhigen, um schöne Erinnerungen wachzurufen, um muskulöse Verspannungen zu lindern. Ich mische die Birkenwurzelcreme mit zwei Tropfen Arnika, verreibe sie zwischen meinen Handflächen und lege die Handflächen um seine Nase. »Tief einatmen«, sage ich zu ihm. »Dreimal einatmen«, sage ich.

Und er atmet dreimal tief ein. Auf der Seite gegenüber dem Elefanten ist ein Foto der Außenansicht des Aviariums mit der Voliere, dem Karussell, den Karussellpferden, dem Kiosk, den Flaggen des untergegangenen Regimes, den Souvenirständen – alles brennt lichterloh. Er legt eine Hand auf das Bild, und obwohl ich nicht frage, verstehe ich, was er da tut: Näher als mit der Hand auf dem Bild kann er der Vergangenheit nicht kommen.

Es ist das erste Mal, dass ich das für Hermann gemacht habe. Bevor wir aus Montreal wegzogen, hatte er gefragt, ob er einen Termin im Hotel vereinbaren und mich so wie diese reichen Männer treffen könne, was ich ablehnte. Er würde den vollen Preis zahlen, sagte er, eine Summe, die deutlich höher war als sein monatliches Unterstützungsgeld, viel höher als das, was er für sein Zimmer im YMHA-Hostel zahlen musste. Hier in Miami hat er mich noch einmal gefragt, und ich habe ihm die Wahrheit gesagt: Wenn ich ihn als Patienten behandeln würde, würde er unter meinen Händen vielleicht auseinanderfallen, und wenn das passieren sollte, könnte ich den Anblick nicht ertragen. Und, noch wichtiger, dass ich nicht dazu in der Lage wäre, ihn wieder zusammenzusetzen.

Ich zerbreche ihn. Das ist nicht schwer. Sein Körper hat darauf gewartet. Unter mir klingt es, als würde ich Holz spalten.

»Ich habe Schmerzen«, verrät er mir erst jetzt und deutet auf seinen Rücken, seinen Nacken, seine Schultern. »So, wie ich aussehe, könnte man meinen, dass ich nicht nur ein Spiegelbild großer, umfassender und wahrer Schönheit bin, sondern auch ein Beispiel für perfekte Gesundheit. Aber offenbar sind achtzehn Jahre ständigen Motorradfahrens nicht gut für den Körper.«

»Mach keine Witze, Hermann. Ein für alle Mal: keine Witze.«

Als er anfängt auseinanderzufallen, streckt er die Arme nach mir aus. Als würde er stürzen. Und der Grund ist vielleicht der, dass das Leben nur selten Halteseile liefert. Das denke ich, während er sich unter meinen Händen auflöst. Unter der Oberfläche besteht er vollständig aus vernarbtem Gewebe. Dafür gibt es keine Cremes, keine Salben, keine Essenz zum Einatmen. Wenn ich gegen ihn presse, stoße ich auf Felsen, und wenn ich gegen Felsen stoße, staubt es unter meinen Händen, und wenn ich in den Staub stoße, verstehe ich sofort, dass er nicht auf die gleiche Weise überlebt hat wie unsere Freunde. Er ist nicht hindurchgegangen. Er ist nicht ins Wasser getaucht und neugeboren wieder herausgekommen. Er hat alleine nicht gebetet und keinen Trost in der Idee des wieder aufgebauten Tempels gefunden. Stattdessen hat Hermann in den Ruinen gehaust. Für ihn gibt es keinen Neubau des Elefantengeheges, nur Leben im unmittelbaren Augenblick des Schusses. Das ist es, was er auf seinem Motorrad gemacht hat: Wiederbelebung, aber keine Auferstehung. Er hat das Feuer seiner Jugend bewahrt und nie die Hitze verloren. Er ist der Hermann, den ich die ganze Zeit gekannt habe, mit dem zurückgekämmten Haar, dem *Green Water*-Rasierwasser am Hals, der zusammengeklappten Sonnenbrille in der Brusttasche seines geblümten Hemds, der mit Zinksalbe gefleckten Nase, dem Appetit auf Sandwiches aus Automaten, dem unverwüstlichen Mundwerk, dem wachen Talent für Freundschaft, der großen und tiefgehenden und wahren Schönheit, der verborgenen, tiefen Traurigkeit. Teilweise ist er aber auch ein junger Bräutigam, der vor dem Stadttempel für einen Fotografen posiert, neben sich Elma, die vom Meer träumt und bereits den Keim von Viktor in sich trägt, Viktor, der bis ans Ende der Welt eine Muschel mit sich tragen wird, in der das Geräusch klingt, das seine Mutter über alles liebte. Und sie trägt auch schon den Keim von Vera in sich, Vera, die bis in alle Ewigkeit die ersten zwölf Takte von Chopins *Nocturne Nr. 7* kennen und in den Viehwaggons durch die Blutlande im Geiste spielen wird und wie ihr Vater und ihre Mutter auf ewig im alten Europa leben wird, dem Europa, in dem die Juden am Leben sind.

Deswegen kann er nicht aufhören zu reden, deswegen ist er so lange herumgefahren. Hätte er angehalten, wäre er das geworden, was er jetzt ist. Unter mir löst er sich stückweise auf, erst seine Hände, die für seine Handgelenke immer zu groß waren und in seiner Jugend auf der Tastatur locker eine Oktave umfassten. Die Hände, die am Ende Viktor festhielten und auf der Suche nach dem, was Viktor gehört hatte, an den Stränden von Sharm-el-Sheik, Antalya, Eilat, Salalah oder Mykonos jede große Muschelschale umdrehten, diese Hände, die Viktor festhielten, bevor er verschwand. Und dann seine Füße, die am Ende mit Sand aus einem Winkel der Welt überzogen waren, den er sich als Junge wohl kaum erträumt hätte. Und dann, kurz bevor es an der Tür klopfte, seine Beine, seine Hüften, sein flacher Bauch, sein Polyesterhemd, bedruckt mit einem Vogelschwarm, sein langer Hals, sein Mund, seine kleine Nase und dann eins nach dem anderen der Rest, Augen, Ohren, Organe, Ausmaße. Und in den Augenblicken, bevor vor der Tür die Polizei erscheint, die kurzen Prozess gemacht hat mit den zwölf verschlossenen Toren, die uns vom Erdboden trennten, die uns von dem Leben trennten, das man uns gestohlen hatte, und umgekehrt von dem Leben, das wir ihnen gestohlen hatten, lösen sich sämtliche Teile Hermanns auf eine Weise vom Boden, dass ich ihn davonfliegen sehe.

Drei Polizisten holen uns ab. Sie sind, wie immer, sehr jung. Sie tragen Lederhandschuhe. Sie ziehen ihre Waffen. Später werde ich das als Ausdruck ihrer eigenen Angst verstehen. Was soll man auch von einem zerfallenen Mann halten? Kurz vor seiner Verhaftung hört Hermann die Stimme seiner Mutter wieder. Ist es wahr, dass ich sie in diesen letzten gemeinsamen Momenten so hörte wie er? Sie war die ganze Zeit unter den Schichten seines Körpers verschüttet, unter den Sedimenten aus Erde in seiner Haut, ganz so, wie Gott vor der Welt verborgen ist und nur in Offenbarungen flüchtig erkennbar wird. Unter seinem Staub finde ich seine Mutter.

Und da sind sie nun im Stadtpark für eine halbe Stunde ganz unter sich. »Was kann ich dir erzählen, was du nicht längst weißt?«, sagt sie zu ihm. Sein Großvater ist in dem anderen Raum, sein Großvater, der in Wien ein Bar Mizwa, ein Sohn der Pflicht, war und dessen Großvaters Großvater in Wien ein Bar Mizwa war, der ins Exil ging und wieder zurückkam und noch einmal ins Exil ging und im Schutz der Dunkelheit begraben wurde, weil es nicht nur illegal war, als Jude in der Hauptstadt zu leben, sondern auch illegal war, als Jude in der Hauptstadt zu sterben. »Sieh dich an«, sagt seine Mutter an seinem großen Tag, »an diesen Tag wirst du dich immer erinnern. Sieh nur, wie ernst und gedankentief und schön du aussiehst. Sieh dir meinen Sohn an. Sieh dich an. Sieh, wie sehr ich dich liebe. Vergiss niemals, dass deine Mutter dich liebt.«

Das ist es. Um diese Erinnerung hat er gerungen.

Auf der Collins Avenue trennt man uns voneinander. Bevor wir in verschiedene Autos gesetzt werden, verharren wir noch ein paar Augenblicke, und dann werden wir im flackernden Licht auseinandergerissen. In den Momenten unmittelbar davor hat Hermann die Polizisten bezirzt, ihm eine Zigarette zu geben, die er nun raucht, ohne die Hände nutzen zu können, weil er Handschellen trägt. Das ist das Bild, das ich immer mit mir trage. Mein Hermann in seinem fünfundsechzigsten Lebensjahr, in Handschellen, im Hemd mit Vogelmuster, sich unterhaltend, sich unablässig unterhaltend, die Hände auf dem Rücken, als würde er etwas vor mir verstecken, was er auch tut. Mein Hermann, mit einer Rauchwolke zwischen uns, die wie ein Leichentuch herabhängt.

»Reg dich nicht auf«, sagt er, »du hattest recht, du wusstest, dass es passieren würde. Weine jetzt nicht, Fania, mach dir keine Sorgen, wir sehen uns zu Hause wieder«, sagt er. »Verschwende keine Zeit damit, dich aufzuregen, Fania.«

Bevor man ihn wegbringt, küsst er mich auf die Wange. Tabak, *Green Water,* Meeresbrise, das Haar meines Hermanns. Es ist das letzte Mal.

Letzte Worte. Letzte Worte.

Ich werde in einem überfüllten Raum festgehalten, der so hell erleuchtet ist wie von zwei Sonnen, und dann werde ich Stunden später ohne jede Erklärung freigelassen. Es ist mitten in der Nacht. Oder Tagesanbruch. Ich will Informationen über Hermann bekommen und warte lange an einer Reihe von Einlasskontrollen vorm Schalter eines Vollzugsbeamten. »Er ist mein Ehemann«, sage ich. »Er ist ein alter Mann, wir sind immer zusammen, wir schlafen zusammen, wir sind durch die Tore der Unterwelt gegangen.«

Hier will mir aber niemand etwas sagen, niemand nimmt mich auch nur zur Kenntnis. Ich gehe am Strand entlang nach Hause. Obwohl es dunkel ist und eine Nachtzeit, zu der in dieser Stadt alle anderen noch schlafen müssten, sitzen meine Nachbarn draußen im Park auf Gartenstühlen und Strandmauern und starren Stunde um Stunde hinaus. Ich verstehe, will ich ihnen sagen, natürlich verstehe ich das. Schlaf bringt Träume, und in Träumen kommen altvertraute Gesichter zu Besuch.

Während ich unterwegs bin, wird Hermann irgendwann aus seiner Zelle geholt, wird vor einer Wand fotografiert, an der seine Größe in Inches gemessen wird, eine Maßeinheit, die er nie ganz verstanden hat, ein Wort, das er auf Englisch nur als Verb kennt: *to inch closer; I am inching toward you; my memories are inching away from me.*

Von hier wird er verlegt. Zuerst in eine Zelle in einem Gebäudetrakt, der denjenigen vorbehalten ist, die auf einen Richter warten. Und einige Stunden später kommt dann heraus, dass er sich nicht nur Zugang zu dem Apartment verschafft hat, in das wir unsere Freunde eingeladen hatten und wo wir unsere Schlafsäcke ausgerollt und in unseren letzten gemeinsamen Momenten einen toten Elefanten beweint hatten, den seine Kinder liebten, sondern dass er sich auf der Suche nach einer Wohnung, die mir gefallen könnte, auch Zugang zu Hunderten anderer Apartments in ganz Miami verschafft hat. Und während ich zwölf Jahre lang den Schlüssel um meinen Hals getragen habe, in der Hoffnung, irgendwie die Möglichkeit zu finden, damit das passende Schloss zu öffnen, ist er jahrelang ohne Schlüssel unterwegs gewesen.

Dann wird er in ein größeres Gefängnis an der Bezirksgrenze verlegt. Von hier aus wird Anklage gegen ihn erhoben. Wann das geschieht, wird mir nicht mitgeteilt, weswegen ich die Möglichkeit verpasse, ihn im Gericht zu treffen. Ihm wird ein zweiter Termin eingeräumt. Sein Wert wird eingeschätzt, und gegen eine Kaution kann ich ihn wieder nach Hause holen. Eigentlich ist es keine enorme Summe, aber für mich ist sie sehr wohl enorm. Ich müsste jahrzehntelang jeden Abend in den Hotels von Miami Beach arbeiten, um es mir leisten zu können, meinen Mann nach Hause zu holen. Wochenlang versuche ich, Geld aufzutreiben. Ich begleite Rahel mit ihrem Bücherkarren und versuche, meine Nachbarn für Bücher über die Pferde von Düsseldorf zu interessieren. »Das ist ein gutes Buch«, sage ich zu meinen Nachbarn. »Die Pferde denken viel über uns nach. Wollt ihr nicht wissen, was die Tiere über uns Menschen denken?«

Zwei Tage bevor ich ihn zum ersten Mal hätte besuchen können, stirbt er nachts in einer Zelle, die hundert Kilometer von unserem Zuhause entfernt ist. Offenbar hat er sich schon lange vorher nicht wohlgefühlt, ohne dass es mir aufgefallen wäre, ihm aber muss es bewusst gewesen sein. Das besagt die

Nachricht, die mich in meinem Haus per Einschreiben erreicht: Herzprobleme. Aber andererseits: Wer leidet nicht darunter?

Viel später irgendwann – lange nach dieser sehr langen Nacht, lange, nachdem ich mit Hermanns Motorrad die Sachen abhole, die er anhatte, als wir zuletzt zusammen waren, dazu seine Uhr und seine Brieftasche, in der ich Tintenskizzen von allen finde, die er geliebt hat, Zeichnungen von Viktor und Vera und Elma und mir – lese ich seine Gerichtsakte und stoße auf eine Notiz in der Handschrift eines Ermittlers, eine Notiz, die nach Hermanns Geisteszustand fragt. *Anscheinend wird nichts vermisst, und er hat auch nichts an sich genommen.* Das ist natürlich in jeder Hinsicht unzutreffend! In der Akte ist auch ein Lageplan der Gebäude. Es handelt sich – wir hatten uns längst darüber amüsiert – um eine Namensliste: *The Eileen. The Paulette. The Rebecca.*

Alle Gebäude wiesen zum Wasser.
Was sonst muss man wissen?

Im Judaismus darf eine Leiche nach dem Tod niemals allein gelassen werden. Ich sage das am Telefon zu den Leuten, die im Gefängnis für Hermanns Leiche verantwortlich sind. »Verstehen Sie?«, frage ich. »Die Toten benötigen Gesellschaft, brauchen die Hände der Lebenden. Verstehen Sie das?« Niemand versteht es. Meiner Bitte, bis zur Beerdigung bei ihm bleiben zu dürfen, kann nicht entsprochen werden.

»Er ist ein Gefangener«, sagt man mir, »ein Krimineller.«

»Wissen Sie«, sage ich diesen Leuten, »ich habe keine Ahnung, wo meine Kinder oder mein Mann begraben sind, wenn sie denn überhaupt begraben sind, und wenn nicht begraben, ob sie verbrannt wurden oder sich in Luft aufgelöst haben und wo irgendeins ihrer Teile liegt. Mein kleiner Junge war in seinem ganzen Leben nie allein. Im Tod ist er jetzt immer allein, irgendwo anders, wo ich nicht sein darf. So fühlt sich das an«, sage ich mitten in der Nacht, in der mein Mann stirbt, ins Telefon. Als Gefangener zu sterben bedeutet, unsichtbar zu sterben. Das weiß ich. Das sagen die Verantwortlichen auch, obwohl sie es in Worte verpacken, die behaupten, das Gegenteil zu meinen. Ich weiß es, will ich sagen, weil ich schon lange vor dieser Nacht gleichzeitig unsichtbar war und gestorben bin. Und nach geraumer Zeit wird klar, dass ich mit diversen Offiziellen rede, die eben erst die Schule abgeschlossen haben und mir nicht helfen können und die ich wahrscheinlich dadurch verletzt habe, ihnen die Wahrheit des Lebens erklärt zu haben.

Nach alledem setze ich mich auf Hermanns Motorrad und

fahre los. Kannst du mich auf der Straße sehen? Kannst du mich in der Nacht sehen, in der Hermann starb? Kannst du mich auf seinem Motorrad finden, wer auch immer du bist, wo auch immer du dies Wochen später in Händen halten magst? Hier ist Südflorida, zwei Stunden nach Mitternacht, wenn die Luft schwerer ist als Wasser und die Flamingos sich im flachen Wasser des Kanals am Highway 41 versammeln. Die Stadt verschwindet, und die Dunkelheit besteht aus einer Reihe vorüberrauschender Autos. Kannst du mich hier sehen, Amerika? Nach einer Stunde finde ich mich allein im Nationalpark wieder. Schilder warnen mich, dass es in den Bäumen dort Pumas gibt. Worte, die mich erschauern lassen. Auf der Landkarte findet sich nur eine enorme grüne Fläche in Form von zwei nach oben zeigenden Fingern. Der rechte Finger sind die Everglades, wo ich an den Ufern von Wasserwegen Alligatoren in verschiedenen Stadien von Fieberwahn und erschöpfter Verfressenheit beobachtet habe, wenn sie soeben ein mittelgroßes Tier oder einen Eindringling verschlungen hatten. Sie sind in dieser Hinsicht meinen Nachbarn aus der Collins Avenue nicht unähnlich, meinen Freunden am guten Ende sehr schlechter Lebensläufe. Aufgereiht auf dem Sand unter Stoffschirmen, halb Mensch, halb Sonnenschutzfaktor, suchen sie den Ozean nach Anzeichen für ein Piratensegel ab, nach dem Kreuzfahrtschiff, das sie über die Lethe bringen soll, oder nach dem am Horizont auftauchenden Rumpf des Schiffs, das ihre Eltern nach Amerika gebracht hat und auf dem Mama und Papa an der Steuerbordreeling stehen und mit einem weißen Tuch winken.

Heute Abend habe ich die westliche grüne Ecke meiner Karte erreicht und parke am Rand eines Naturschutzgebiets, wo Schilder mich darauf hinweisen, dass Menschen keinen Zutritt haben, und wo ein Parkaufseher tief im Wald ein Warnplakat in den Boden gerammt hat: Wenn ich weitergehe – was ich natürlich tue, denn was könnte mir jetzt noch passieren? –, gerate ich in eine wahrhaft dunkle Wildnis voller Pythons mit gierig aufgerissenen Rachen. *Wenn Sie weitergehen, können wir Sie nicht mehr schützen,* besagt das Schild, hastig hingekritzelt, sicherlich die Tat eines Manns, der Terrorerfahrung nur aus Filmen kennt. Im Gehen spule ich hinter mir einen Faden ab, wie Theseus es im Labyrinth auf Kreta tat. Ich glaube, ich habe mein ganzes Leben lang Fäden hinter mir abgespult. Der einzige Unterschied besteht darin, dass der Faden heute Nacht vom Wind verweht, von anderen gefunden oder von der Polizei verfolgt werden kann, sollte sie noch einmal den Wunsch verspüren, mich ins Gefängnis zu stecken und meinen Mann mitzunehmen. Damit will ich nur sagen, dass ich den Rückweg kenne.

Wie eine vor ihrem Tod erfrorene und versteinerte Spinne mit fünfzig Beinen ragt am Beginn des Pfads eine Mangrovenwurzel aus dem Boden. In diesem Land schwindet die Erde. Das Meer verschluckt den Boden; das Meer greift nach dem Flusswasser; es ist stets das eine oder das andere. Hier muss man oberhalb der Erde begraben, in Mausoleen beigesetzt werden, ein Umstand, der Hermann gefiel: »Macht jeden zum König«, sagte er einmal zu mir. »Begrabe mich so«, sagte er, »wie Ramses begraben wurde.« Und weil ich deliriere und trauere und nach Mitternacht sinnlos durch die Sümpfe Floridas irre und weil ich nicht dabei sein werde, wenn Hermann in einem Armengrab beigesetzt wird, lege ich zur Erinnerung an ihn an dieser Stelle den ersten Stein in die Arme dieses großen Baums.

Angedeutet sei noch, dass ich Hermanns Methode ausprobierte. Ich fuhr allein mit meinem schönen, bescheuerten, aufregenden und idiotischen blauen Motorrad von der Südostecke des Kontinents bis nach Vancouver und stellte fest, dass ich nicht fähig war, mich zu erinnern. Ich konnte mich nicht so in die Vergangenheit versetzen, wie er es konnte. Ich konnte nicht in einem amerikanischen Wald stehen, um mich an einen ukrainischen oder russischen oder polnischen Wald zu erinnern. Und ich konnte im amerikanischen Wald nicht den geringsten Hinweis auf meine Mutter finden, die am Herd in der Grodskistraße steht, am Rand des Waldes, in dem sie und ihre Nachbarn begraben sind. Als ich ins flache Meerwasser Miamis watete, spürte ich an meinen Schenkeln weder das flache Meerwasser Triests, noch konnte ich meine Schritte zurückverfolgen in der Hoffnung, Hermann oder Arnold oder Sonja oder Moses aus dem Nichts aufzuspüren. Ich versuchte es immerhin. Ach, Hermann, ich habe es versucht.

Stattdessen probiere Folgendes: Miss das Geräusch des Bluts einer Frau, einer Frau, die ihre Kinder an Mord und Krieg verloren hat, und stelle fest, wie laut das Geräusch ist. So sehr du dich auch bemühst, Harley-Davidson, mich schlägst du nicht. Egal, wohin ich fahre, immer kann ich meinen Pulsschlag durchs mächtige Röhren der Maschine hören.

So fahre ich dann auf diese Weise rückwärts durchs Jahr 1979, von Miami bis Vancouver, wo mich das Gefühl überkommt auseinanderzufallen, als an der Grenze mein Pass abgestempelt wird, ein Gefühl, das auch Hermann am Ende in dem Apartment ergriff, das uns nicht gehörte.

»Welchem Zweck diente Ihre Reise?«, fragen mich die Kanadier bei der Rückfahrt, als hätte ich mit Hermann nur eine lange Reise unternommen. Ich fahre allein durch Kanada, durch einen Winter, in dem die Kälte mich wie eine Befreiung trifft. Und als ich am Ufer des Sankt-Lorenz-Stroms schon fast erfriere, kommt mir die Idee, dass jedes Stück von Hermann, das ich im Sonnenlicht zerfallen sah, mich finden und sich selbst wieder zusammensetzen kann, während ich fahre. Wo sonst würde er mich suchen, denke ich. Aber das geschieht nicht, nicht hier, nicht, während ich mit seinem Motorrad tagelang Montreal umkreise, nicht, als ich vor dem Essensautomaten parke, wo Hermann und ich uns kennenlernten, nicht, als ich seinen Lieblingszwieback esse. Und als ich abreise, empfinde ich das, was wohl jeder empfindet, wenn er ein gutes Zuhause verlässt, nämlich nur ganz selten genug Zeit zu haben, alle Türen zu schließen, die man schließen muss.

Ich fahre bis an die Landesgrenze nach Halifax, wo ich an Bord eines Schiffs gehe, das den Atlantik überquert und auf dem ich in meiner von Wellen bewegten Kabine tagelang das Schiefergrau des Wassers vor mir habe. Und nicht einmal hier spüre ich seinen Blick auf mir. Als wir in Liverpool ankommen, lasse ich nicht nach. Kannst du mich hier sehen? Siehst du mich, Hermann, auf diesen schmalen Straßen durch die Heidelandschaft, bei der schnellen Fahrt durch Birmingham und London? Siehst du mich auf der Fähre von Dover nach Calais? Siehst du mich auf einer Gangway, auf dem Sonnendeck, wo ich gestempelte, geknickte und zerknitterte Papiere in der Hand halte? Siehst du mich in der Kälte auf meinem Weg zurück in das alte Land?

Ich schaffe es bis kurz vor Brüssel, dann streikt die Maschine. Es ist März und Nachmittag, und ich bin sechsundsechzig Jahre alt und habe keine Ahnung, wie man ein kaputtes Motorrad repariert. Also marschiere ich ungefähr fünfzehn Kilometer in die Stadt, um mir eine Bahnfahrkarte zu kaufen. Am Schalter frage ich mich, ob er mich sieht, ob er dies närrische Trauerbündel einschätzen kann, ob er, als ich mich gegen die Trennscheibe lehne, mein Ziel kennt. Oder ob er auf der Straße vor unserem gestohlenen Apartment in Miami wusste, was passieren würde, als die Polizei ihm Handschellen anlegte und die Zigarette zwischen seinen Lippen baumelte. Ich frage mich, ob er weiß, dass ein paar Stunden später der Schlüssel um meinem Hals tatsächlich passen wird und dass ich eine halbe Stunde lang durch mein altes Haus gehen werde, zu einer Tageszeit, zu der das Wohnzimmer sonnendurchflutet ist, der Raum, in dem sich meine Familie zuletzt zusammenfand. Und dort wird mir klar, dass die Frau, die das Haus von mir übernahm, nicht mehr lebt, und in dem Zimmer, in dem meine Kinder schliefen, höre ich den Klang von jemandem, der Klavierspielen lernt, das Zögern, das Innehalten, die Wiederholungen, diese kurzen magischen Momente. Und obwohl es in diesem Haus nirgendwo ein Kind gibt, das diese Musik spielt, obwohl ich diese Musik aus einem anderen Leben höre, aus einer anderen Welt, frage ich mich, ob er das alles weiß, ob er wusste, als ich endgültig abreiste, dass ich den Schlüssel ins Schloss stecken und dann wieder in unsere Wohnung im sonnigen Winkel der Welt zurückkehren würde.

BLAUE STÄDTE

Prag, 2002

MOSES

Im Haus meiner Mutter verschwinden die Wände. Sie lösen sich langsam auf, erzählt sie mir, genau wie das Dach, schichtweise, als würde man Obst schälen. Seit ich aus Prag weggegangen bin, sind sie und ich zum ersten Mal wieder zusammen. Dazwischen liegen etwa zwölftausend Tage, und sie erzählt mir, dass die Wände ihres Hauses anfangen zu verfallen, obwohl ich das selber sehen kann. Am Himmel ist es Nachmittag, blank, nicht unschön, der Nachmittag der Kindheit.

Sie lässt mich wissen, dass sie für das, was geschehen ist, noch keine passende Sprache gefunden hat. Nicht für ihr Haus, nicht für sich selbst. Wenn die Wände verschwinden, sagt sie, ist das so, als würde ihr die Haut abgezogen, und dann könne jeder Vorübergehende in ihr Innerstes blicken, das komplizierter ist, als die Nachbarn sich vorstellen können, sagt sie, weil sie nämlich nur aus Trauer besteht, jeder Knochen und jedes Gelenk, und Trauer ist bekanntlich unsichtbar und zugleich der schwerste Stoff der Welt. Oder dieser Vorgang ähnelt einem, der, während sie schläft, das Haus betreten und die Briefe gefunden hat, die ihr von verschiedenen amtlichen Flüchtlingsorganisationen als Antwort auf ihre Anfragen nach dem Aufenthaltsort ihrer Familie geschickt wurden. Wo sind meine Kinder? Wo sind meine Kinder? Anstatt aber die Briefe mitzunehmen, sagt sie, ist es so, als hätten die Eindringlinge nur die Vokale gestohlen, sodass für diese Leute alles keinen Sinn ergibt, genauso wenig Sinn wie für sie selbst. Das geht schon das ganze Jahr über, lässt sie mich wissen, der Zusammenbruch ihres Hauses, die zunehmende Unsichtbarkeit, der Vokaldiebstahl, die Verunstaltung der Namen ihrer Kinder, das komplette Auslöschen der Identität ihres Mannes, seiner Gebeine, seines Grabsteins. Gesegnet sei der wahrhafte Richter. Und infolgedessen käme es ihr so vor, als könnte man nicht nur sehen, was das alles mit ihrem Äußeren gemacht hat, sondern auch die schlimmsten Teile ihrer Erinnerung erkennen.

Als sie mir das erzählt, schiebt sie eine Hand durch die Wand nach draußen und füllt mit dem Regen des Spätnachmittags eine Porzellantasse, mit der sie das Feuer in ihrem Holzofen löscht. Durch den Rauch sagt sie: »Ich schrumpfe zentimeterweise, Moses, ich verliere an Fülle, ich verliere Gewicht, ich verliere meinen Schutz, ich verliere meine Haarfarbe, ich verliere den Boden unter meinen Füßen.« Und dann: »Hier bin ich nun, im Bett, im Winter, in meinem neunzigsten Winter. Und ich weiß nicht, wo ich überhaupt bin, wo meine echte Grenze anfängt und wo schließlich mein Ende anfangen könnte, wenn es nicht schon längst angefangen hat.« Durchs Dach, das schon kein Dach mehr ist, sieht man Vögel, Vögel im Formationsflug. »Und vielleicht liegt es daran, weil ich stur bin«, sagt sie. »Vielleicht sage ich mir, Dina, stell dir ausnahmsweise mal vor, dass das ein gutes Omen ist und kein Omen von den Dibbuks, kein Omen von deiner bösen Mutter, die dich nie respektiert hat. Tu so, als wäre das Moses, tu so, als würde er dich besuchen, tu so, als würde er verzweifelt versuchen, dich zu finden, gekommen, von wo auch immer er jetzt leben mag, aus Jenissel, aus Magadan. Stell dir vor, er hat dafür gesorgt, dass dein Haus unsichtbar wird und dass du darin auch unsichtbar wirst. Und was habe ich da getan?«

»Was hast du denn getan?«, frage ich sie.

»Ich bin schlafen gegangen und habe dabei deinen Namen

vor mich hingesagt, Moses, Moses, Moses. Und vielleicht ist es so, dass meine widerlichen Nachbarn mich dabei hörten und sich wahrscheinlich dachten: Hört, hört, die Jüdin in ihrem schrecklichen Haus, beschwört den Namen des Propheten in der Hoffnung auf einen allerletzten Exodus. Das konnten meine idiotischen Nachbarn nicht nur hören, Moses, sondern sie konnten mich auch sehen. Als das Dach undicht wurde, sagte ich mir, dass du vielleicht mein Köpfchen findest, Moses, wenn du übers Haus fliegst, wie die Vögel es tun. Jeder einzelne, der über mich hinwegfliegt, lässt mich für einen Augenblick glauben, dass du es bist, der auf mich hinabschaut. Dann erinnere ich mich daran, dass ich mir nur Geschichten ausdenke, um mir die Zeit zu vertreiben. Und sieh nur, was passiert ist«, sagt sie. »Du bist da. Du bist da.«

Kadosch, Kadosch, Kadosch.

Ihre Vision ist nicht völlig falsch. Ich bin in der Tat hierhergeflogen. Über Meere, über ihr Haus, hinunter durchs Dach. Und da bin ich nun, da bin ich.

Passiert ist Folgendes: Ein Mann, der behauptete, meine Mutter zu kennen, traf mich in New York vor meinem Apartment an, und zwar, wie er sagte, nach einer verzweifelt langen Suche, weil er in einem völlig falschen Land gesucht hatte. Statt dieses Teils von Manhattan hatte er das ländliche Russland durchstreift. Er sagte, er hätte zu allem Überfluss tagelang mein Apartment umkreist, um mich aufzuspüren, wäre aber die ganze Zeit am falschen Ort gewesen. Der falsche Kontinent, das falsche Land, das falsche Haus, sagte er. Nur dass die Person, die über die falsche Adresse verfügte, nicht er, sondern meine Mutter war. Sie hatte mich nach allerlei Fehlversuchen hier irgendwie aufgetrieben. Und er hatte Briefe dabei. Einen ganzen Ordner mit Briefen. Jeder einzelne flehte mich an, sie zu besuchen, sprach davon, dass es ihr nicht gut gehe, erklärte, dass sie nicht tot sei, dass sie sich sicher sei, ich hätte gehört, dass sie tot sei, was auch stimmte. Doch stattdessen wohne sie in einem Haus, das Stück für Stück davonfliege, das ihr vom tschechischen Wetter geraubt werde, einem Wetter, das durch tausend unsichtbare Hände ruiniert sei, und dass sie ihr letztes Geld ausgegeben habe, um diesen Mann dafür zu bezahlen, dass er mich aufspürt. Das waren die Worte meiner Mutter.

»Heißen Sie Moses?«, fragte er mich. »Ist ihre Mutter möglicherweise eine Frau aus Theresienstadt, eine Frau namens

Dina Adler? Dina Adler aus Theresienstadt, Dina Adler aus Tschechien, Dina Adler aus Europa, Dina Adler aus der Vergangenheit, Dina Adler aus ihrer Kindheit?«

Worte aus einem zweiten Leben. Mein erster Impuls war, Nein zu sagen, das ist nicht meine Mutter, meine Mutter ist jemand anderes, sie lebt anderswo, oder sie lebt inzwischen nirgendwo. Sie kann unmöglich meine Mutter sein, meine leibliche Mutter.

Aber er hatte zwei Fotografien, um es zu beweisen. Eine zeigte uns beide, als wir noch jung waren, vor unserem Haus, ihrem Haus, dem Haus der Kindheit. Auf dem anderen Foto ist sie älter und steht vor demselben Haus. Hinter ihr der Fluss, tief und träge und von Wolken überschattet.

Und also bin ich geflogen. Ich flog auf der Stelle. Mutter ruft.

Später erzählt meine Mutter mir, dass die Nachbarn ihr übelwollten. »Ich sehe sie immer vorbeigehen, und sie starren mich mit ihren ekelhaften Gesichtern finster an. Woher ich weiß, dass es so ist? Erstens haben sie das immer schon gemacht. Wenn nicht sie, dann ihre Mütter, und wenn nicht ihre Mütter, dann ihre Großmütter. In diesem Dorf war jede Generation eine boshafte Generation. Außerdem habe ich keine Wände! Ich kann sie so klar erkennen wie das Tageslicht! Vielleicht glauben sie, dass ich sie nicht sehen kann, weil ich in meinem Haus bin, obwohl all meine zigtausend Verwünschungen gegen sie mich teuer zu stehen kommen, weil mein Haus aus den Fugen gerät, genau wie ich.«

Demzufolge passiert es, dass bei jeder Windböe Stücke davonfliegen, wenn sie zu schlafen versucht. Anfangs dachte sie, das sei Teil eines ausgeklügelten Traums. »Als meine eigene Mutter«, sagt sie, »ans Sterben kam, spürte sie, dass die Erde wie ein Kuchen einem riesigen, unsichtbaren Messer präsentiert und in Scheiben geschnitten wurde. Das war verlockend und zugleich abstoßend, Moses, und also sagte ich zu mir selbst: Dina, Dina, Dina, das ist der Tod, das ist die endgültige Dunkelheit, das ist der Gang Gottes. Mach dich bereit, du wirst sterben, ohne deinen Sohn je wiederzusehen.«

Wir gehen in ihre Küche. Dazu muss man einen Essbereich und auch ein hohes Grasdickicht durchqueren, weil das Draußen jetzt zu ihrem Drinnen geworden ist. Sie setzt ihren großen Suppentopf aufs offene Herdfeuer, und es zeigt sich, dass ihr Haus höchstwahrscheinlich aus den Fugen geraten ist, weil sie nicht dazu in der Lage ist, es zu reparieren. Das Haus steht in der Nähe der Elbe, wo der Untergrund immer schon anfällig fürs Absacken und Verschwinden war. Ich kann auch sehen, dass es gebrannt hat. Die Decken sind angesengt. Und wie schon in meiner Kindheit ist der Fluss über die Ufer getreten und hat geheimnisvolle Schriftzeichen an den Schlafzimmerwänden hinterlassen.

Ich biete ihr an, alles zu reparieren. »Lass mich einen Zimmermann holen«, sage ich. »Lass mich wieder Wände in dein Haus einsetzen. Komm mit mir nach Amerika, wo du es zumindest warm haben wirst.« Ich erzähle ihr von meinem Apartment und von Žofies Apartment, in dem die Vorhänge elektrisch bewegt werden und sie mit ihrer Stimme Wasser zum Kochen bringt.

Das bringt sie zum Lachen. »Amerika!«, ruft sie. »Amerika! Als hätte ich nicht schon genug Probleme! Als wäre ich so alt geworden, nur um auf dem Parkplatz eines Supermarkts erschossen zu werden!«

Ambrož sitzt schon die ganze Zeit lächelnd in einer Ecke, als wollte er sagen: Ich kenne das eine oder andere von dem, was sie durchmacht. Sei nett zu deiner Mutter, Moses, deshalb bist du doch gekommen. Kauf ihr ein neues Haus, sagt sein Lächeln. Kauf ihr neue Wände, ein neues Dach, einen Stapel warmer Pullover. Was für eine Sorte Sohn bist du eigentlich?

Falls mein Enkel dies in naher Zukunft liest, wird er sich vermutlich wegen dieser Details Sorgen machen. Hat sein Großvater gegen Ende seines Lebens dauernd mit einem Gespenst geredet? Eli, ich will nicht sagen, dass es so war, aber ich will auch nicht sagen, dass es nicht so war. Welchen Sinn sollte es denn auch haben, an dieser Stelle zu lügen?

Später am Abend will sie über die Entfernung reden. »Lange Zeit«, sagt meine Mutter, »habe ich befürchtet, dass sie dich mitgenommen hätten. Ich dachte, sie hätten dich erwischt, weil du nicht mehr nach Hause gekommen bist, nie wiedergekommen bist.« Als sie das sagt, ist es schon spät, und wir sind ins Wohnzimmer und auch hinaus in den Garten gegangen, wo uns das Kaminfeuer wärmt, wo aber auch durch Fenster, die keine Fenster mehr sind, die Vögel kommen und gehen. »Du musst wissen, dass ich gewartet habe«, sagt sie zu mir. »Du musst auch wissen, dass ich den Nachrichten im Radio nie geglaubt habe, wenn sie schlecht waren. Und damals waren die Nachrichten im Radio immer schlecht, viele hundert Tage lang, und nach diesen Hunderten Tagen noch viele Jahre. Du musst auch wissen, dass ich die Tür verglast habe, um augenblicklich zu wissen, dass du es bist, wenn du zurückkommst. Eines Tages kam dann jemand, um mir mitzuteilen, dass die Sowjets dich verhaftet und in einen Lastwagen gesetzt hätten und dass der Lastwagen nach Osten gefahren wäre, in Richtung Warschau, dann Kiew, dann Moskau und dann noch weiter nach Osten, bis man dich in einem Zug nach Sibirien an den Jenissei gebracht hätte, um dort Eis zu brechen. Das hat man mir erzählt. Entweder war es ein Nachbar, oder es wurde mir im Schlaf erzählt. Mein Moses bricht Eis. Ich sagte mir, dass ich mir das nie vorstellen konnte. In meinen Träumen bist du aber hier, Nacht für Nacht, du als Kind, und schlägst mit einer Axt in den Frost. Jahr für Jahr geht das so.«

Sie nimmt mich bei der Hand. Wir steigen über eine Treppe, die durch den regennassen Abend einer kleinen Stadt an der Biegung der Elbe und auch durch die Zimmer des Hauses führt, in dem ich meine Kindheit verbracht habe. Meine Mutter bittet mich, ihre Matratze zu verschieben, was ich tue, und dann bittet sie mich, die Dielen unter dem Bettrahmen anzuheben, was ich ebenfalls tue. Und sie sagt, dass die Verwünschungen der Nachbarn zwar ihre Wände und auch das Dach gestohlen, ihre Verstecke aber nicht gefunden hätten. Und sobald ich das getan habe, sobald ich die Matratze verschoben und die Bodendielen angehoben habe, nimmt sie eine kleine weiße Schachtel von der Stelle, an der sie ihre wichtigsten Dokumente verwahrt, und entnimmt ihr die Zeitung des Tages, an dem wir erschossen wurden. Versteckt gehalten hat sie das offizielle Foto von uns allen vor dem Protest am Bahnhof. Aber statt mich wie immer an der Bahnhofsmauer verschwinden zu sehen, stelle ich fest, dass Žofie dort ist und in dem Augenblick, bevor ihr ins Bein geschossen wird, vorwärtsrennt. Und dass auch Ambrož bereits tot auf dem Bahnsteig liegt, dass jedoch auch ich noch da bin und ihnen an einer Stelle nachlaufe, wo ich vorher nicht war. Und als ich mir das Bild dicht vor Augen halte, ist klar, dass dort gleich ein Geschoss in meiner Schulter einschlagen wird.

Aus der Zimmerecke sagt Ambrož, dass ich mir keine Sorgen machen solle.

»Wenn ich es nicht besser wüsste«, sagt er, »würde ich sagen, dass sich jemand aus dem Propagandaministerium bereit erklärt hat, deine Mutter über etwas zu informieren, was du ihr nicht selber sagen konntest. In gewisser Weise hat dieser Mann dir einen Gefallen getan. Wie hättest du sonst aus dem Land fliehen können, wenn du erst bei deiner Mutter vorbeigehen und ihr den Grund dafür hättest erklären müssen?«

Eine ernsthafte Frage: Wie nennt man einen Witz, den ein Gespenst macht?

Ambrož erzählt mir das alles mit einem Lächeln, das ich als stille Form einer Bitte verstehe. Sie sagt Folgendes: Mach aus der Sache nicht mehr als unbedingt nötig, Moses. Missverstehe diese kleine Verwerfung der Geschichte nicht als etwas, das mehr als ein einzelnes Bild ist. Denk daran, wo du bist, sagt sein Lächeln, denk daran, in welcher Stadt du bist und in welcher Stadt du nicht bist. Mit anderen Worten sagt er, dass meine Schulter bereits bluten würde, wenn es in New York wäre, aber weil es Prag sei, würde ich nun einfach immer mit dem Albtraum leben, erschossen und nicht erschossen worden zu sein. Und das ist ein guter Ersatz für die Realität. Dieses Land habe den Golem geboren, sagt er zu mir, und in einem Land, das den Golem hervorbringe, sollte man an alle Formen des Unglaublichen glauben. Er schließt die Augen und legt sich die flache Hand auf den Bauch. Und auf diese Weise begreife ich, dass er recht hat, dass ich vor Jahren die ganze Stadt nach einem Bild wie diesem durchsucht habe. Und nun habe ich es gefunden.

»Frag nicht so viel«, sagt er. »Sieh dich um und sei zufrieden mit dem, was du hast.«

Da wendet sich meine Mutter mir zu. »Willst du mich nicht deinem Freund vorstellen?«, fragt sie. »Oder willst du ihm nur erlauben, uns von Raum zu Raum zu folgen?«

Ambrož antwortet in sprachloser Verwirrung, als wollte er meine Mutter fragen, ob sie tatsächlich über ihn redet. Auch das sieht meine Mutter.

»Ja«, sagt sie, »ich rede mit Ihnen, junger Mann. Geben Sie sich zu erkennen! Geben Sie sich zu erkennen oder verschwinden Sie!«

Als ich in der ersten Nacht von meinem Hotel aus Žofie in New York anrufe, um ihr alles zu erzählen – von meiner Mutter, den Wänden und dem Dach ihres Hauses, die Stück für Stück zerfallen, und von Ambrož, der, wie ich ihr sage, wie vor fünfunddreißig Jahren neben mir in dem Zimmer sitzt, aus dem ich anrufe –, sagt sie, dass sie meinen Anruf erwartet hat.

»Ich wusste, dass du mit mir reden musst, sobald du angekommen bist. Aus guten Gründen, Moses, aber auch aus schlechten Gründen.«

Sie sagt das ganz ruhig, als wäre ich einer ihrer Studenten, der eine wichtige Frage falsch beantwortet hat. Ich kann sie vor mir sehen in ihrem Apartment mit den großen Fenstern, den automatischen Vorhängen und den Ausblicken auf die gewaltigen Brücken, die ich so sehr liebe.

»Ich habe deinen Flug auf meinem Computer verfolgt. Mein Gott«, sagt sie, »was für Möglichkeiten wir heutzutage haben! Ich habe dich zuerst über Neufundland und die Klippen von Moher und über Calais und über Schlesien fliegen sehen. Und natürlich dachte ich dabei an meine Mutter, die von Nowograd-Wolynsk bis nach Prag mit einem Eselskarren gereist ist, wobei sie auf einem Korb voll Steckrüben gesessen hat, die sie verkaufen wollte. Eine Reise, die Wochen gedauert hat, Moses, und am Ende mussten sie und ihre Familie sich an einem abgelegenen Stück der Moldau von ihrem Esel trennen, der ihnen viele Jahre lang gedient hatte und allein im Gebüsch verschwand. Das war eine sehr traurige Geschichte. Für meine Mutter, aber auch für den Esel.«

»Das hilft mir jetzt auch nicht weiter«, sage ich zu ihr.

»Willst du denn gar nichts vom Esel meiner Mutter wissen?«

»Diesen Satz wird niemand jemals mit Ja beantworten«, sage ich.

»Es war ein sehr guter Esel«, sagt sie. »Und wie jedes gute Familienmitglied hielt er sich viele Jahre lang am Rand ihres Lebens auf.«

»Ich bin aus bestimmten Gründen nach Prag zurückgekehrt«, sage ich. »Entweder um meine Mutter zu besuchen. Oder um mein Gespenst nach Hause zu bringen. Aber nicht, um mir diese Geschichte anzuhören.«

»Hörst du eigentlich was du da redest, Moses? Du bist wieder in Europa seit wie viel, seit fünf Stunden? Und schon hast du dich in eine verrückte Person verwandelt. Dein Gespenst nach Hause bringen? Hast du das eben gesagt? Du denkst wohl, dass du nett zu deiner Krankheit bist, aber du bist einfach nur krank.«

»Die Wörter höre ich«, sage ich. »Ich weiß, dass ich lächerlich klinge. Aber du deinerseits redest von Eseln. Als ob mir das hilft.«

»Warum konntest du deine Mutter nicht überreden, nach Amerika zu fliegen?«

»Sie hätte das Ticket nicht angenommen. Es ging nur auf diese Weise.«

»Als ich dich kennengelernt habe«, sagt sie, »warst du so klug und ernsthaft. Die junge Version von dir hätte das nie gemacht.«

»Ich erinnere mich«, sage ich.

»Du hast Gedichte auswendig gelernt.«

»Das habe ich nie gemacht.«

»Du hast den ganzen Tag Gedichte auswendig gelernt. Du hast geglaubt, dass es unserer Sache dient. Das hast du mir bei vielen Gelegenheiten erzählt. Wenn die Sowjets nicht mein Tagebuch beschlagnahmt hätten, bevor sie versucht haben, mich zu exekutieren, könnte ich dir sämtliche Einträge vorlesen, in denen du das gesagt hast. Du hast immer gesagt, der Ausweg aus diesem fürchterlichen Chaos besteht darin, unsere Nachbarn von der Wahrheit zu überzeugen. Wir müssen ihnen nur die beste Lyrik rezitieren. Das wird sie überzeugen, dass es ein Irrtum ist, sich einer idiotischen politischen Ideologie zu verschreiben. Als ob sie je die Wahl gehabt hätten. Als ob ich nur aus dem Bett hätte steigen müssen, um einer Bande betrunkener und brutaler Kommunisten russische Lyrik vorzutragen.«

»Diese Version von mir klingt ja ganz furchtbar, Žofie.«

»Du warst sehr dumm, ja doch, aber du warst auch ganz entzückend«, sagt sie. »Du hattest diesen lächerlichen Haarschnitt. Du hast ausgesehen wie jemand, dem seine Mutter immer noch selbst die Haare schnitt, und das in einem Alter, in dem das nicht mehr akzeptabel ist.«

»Aus dem Grund rufe ich dich aber nicht per Ferngespräch an.«

»Noch etwas anderes über meine Mutter«, sagt sie.

»Ich weiß nicht, ob ich dafür Zeit habe«, sage ich, »oder das Geld.«

»Meine Mutter fuhr einmal im Monat mit der Bahn an den Stadtrand, um ihren Esel wiederzufinden«, sagt sie. »Sie machte das bis weit ins Erwachsenenalter.«

»Žofie, euer Familienesel tut mir schrecklich leid, aber ich sehe da keinen Zusammenhang.«

»Meine Mutter erzählte mir immer, Moses, dass sie den

Esel überall in der Stadt sah. Zum Beispiel sah sie den Esel einmal auf einem Schulausflug zur Burg Karlstejn, wo er ganz allein über den Hügel wanderte. Sie versuchte, über die Mauern zu klettern und in die Wälder zu fliehen, um ihn zu finden. Da war sie nun, meine kleine russische Mutter, immer noch in ihrem Schtetlmantel, und erzählte mit ihrem schweren Dialekt der strengen, alten tschechischen Lehrerin, dass ein Esel im Land herumwandert.«

»Žofie, ich protestiere gegen diese Geschichte. Ich protestierte im Namen meiner Telefonrechnung.«

»Ich versuche, dir zu erklären, Moses, dass etwas nicht einfach deshalb existiert, nur weil du es siehst oder hörst. Das gilt für Gespenster oder traurige Geschichten von Müttern oder ein Haus, das Stück für Stück auseinanderbricht oder auch nicht.«

»Ich war in dem Haus«, sage ich. »Das ist keine Sinnestäuschung.«

»Aber Ambrož? Redest du immer noch mit ihm? Wie lange geht das nun schon so, Moses? Du bist vielleicht nicht sonderlich intelligent oder gut erzogen oder zumindest halbwegs manierlich bei einem Abendessen, aber immerhin warst du mal ein seriöser Mann.«

»Ich bin überglücklich, dich für diesen Ausbruch an Vertrauen angerufen zu haben«, sage ich.

Ich sage Žofie aber nicht, dass meine Mutter ihn gesehen hat, dass sie Ambrož gesehen und mit ihm gesprochen hat. Und auch wenn er ihr nicht geantwortet hat, ist es nahezu unmöglich, so zu tun, als würde er nicht existieren – wie Žofie es tut. Ich erzähle ihr auch nicht, dass der Grund für meinen Besuch nicht nur reine Großzügigkeit ist, sondern weil meine Mutter ihr letztes Geld für einen Mann ausgegeben hat, der mich aufspüren sollte.

Allerdings erzähle ich ihr von dem Zeitungsfoto.

»Das ist unmöglich«, sagt sie.

»Ich habe es mit eigenen Augen gesehen, Žofie.«

»Dann stimmt etwas nicht mit deinen Augen. Was ja auch keine Überraschung ist«, sagt sie, »weil du klinisch krank geworden bist, mein Freund. In solchen Fällen ist es nichts Ungewöhnliches, Menschen, Dinge, sogar Esel zu sehen, die gar nicht da sind.«

»Das habe ich anfangs auch gedacht. So ist es aber nicht.«

»Irgendjemand von der Geheimpolizei hat dir wahrscheinlich etwas in den Drink gemischt, und da bist du durchgedreht, Moses.«

»Die Geheimpolizei gibt es nicht mehr, Žofie.«

»Jetzt redest du aber wirklich Blödsinn, Moses. Spione verschwinden nie«, sagt sie. »Gerade du solltest das wissen!«

»Ambrož hat es auch gesehen«, sage ich. »Er wird es dir sagen.«

»Ich werde nicht mit deinem Gespenst telefonieren, Moses. Ich lasse mich nicht auf deine Halluzinationen ein.«

»Die Kugel traf mich direkt an der Schulter.«

»Und wie fühlt sich deine Schulter jetzt an?«, fragt sie.

Als ich meinen Hemdsärmel hochschiebe, sehe ich es zum ersten Mal. Plötzlich habe ich da eine kleine Tätowierung in Form einer Narbe, die mir die Sowjetunion verpasst hat.

»Oh, mein Gott«, sage ich.

»Ach, komm schon, Moses. So dumm kannst du doch nicht sein! Reiß dich zusammen! Besonders in Prag! Erinnere dich an dein Leben! An dein wirkliches Leben! Erinnere dich an deine geistige Gesundheit!«

»Und was, wenn ich die in Prag verliere?«, frage ich. »Kommt dann der Golem um die Ecke und nimmt mich mit in sein tönernes Unterweltsreich?«

»Nein, du Idiot«, sagt sie. »Es bedeutet, dass ich kommen und dich abholen muss.«

Der Einkaufswagen meiner Mutter ist verschwunden. Die Nachbarsjungen, sagt sie, die korrupt und bösartig seien, und mit denen es, da ist sie sich ganz sicher, ein grausiges und schlimmes Ende in einem der übelsten Kreise der ewigen Verdamnis nehmen werde - diese Nachbarsjungen hätten ihn gestohlen. Sie zeichnet auf die Holzplatte ihres Esstisches mit den Fingernägeln ein Diagramm der Hölle, und es sieht aus wie eine Korkenziehervision, eine jiddisch sprechende Version von Dantes Unterwelt. »Hier«, sagt sie und deutet auf das leere Zentrum, das Herz des Gewindes, »hier werden sie leben. Verbannt alle Jungs dieses schrecklichen Dorfs ganz bis ans Ende der Welt. Im toten Zentrum der Hölle wird man von den Feuern aller äußeren Kreise der kleineren Höllen gepeitscht, was die Ewigkeit noch viel schlimmer macht. Teilweise wegen des beständigen Feuers, was natürlich unangenehm ist, aber auch wegen der Nähe zu einem Ort, der nicht zur Hölle gehört. Wenn man immer den Himmel umkreist, aber nie hineinkommt, welch schlimmere Folter könnte man sich dann noch vorstellen? So ist das Leben hier gewesen.«

Oder vielleicht sind es auch die Nachbarsmädchen, die den Einkaufswagen geklaut haben. Meine Mutter weiß es nicht. »Die Mädchen sind auch verlogen und grausam«, sagt sie, »und sie singen an Freitagabenden Spottlieder über mich, wenn sie glauben, dass ich in der Synagoge bin. Als ob es hier irgendwo in der Nähe auch nur den Schatten einer Synagoge gäbe. Als ob ich sie nicht hören könnte, als würde ich ihre

Sprache nicht verstehen, als hätte ich diese Sprache nicht schon längst gesprochen, bevor ihre Mütter geboren wurden, als hätte ich in der Schule keine Anerkennungsmedaille für meine Aussprache bekommen, für etwas, das meine Lehrer eine profunde Beherrschung der tschechischen Sprache genannt haben. In ihren Liedern bin ich eine Kröte, so nennen sie mich, eine Kröte, *ropucha,* weil ich von Zimmer zu Zimmer hüpfe. Ja, ich hüpfe. Nicht, weil ich eine Kröte bin, sondern weil Löcher im Fußboden sind! Was wollen sie überhaupt? Wollen sie, dass eine alte Frau durch die Dielen bricht? Ist es in ihrem Leben schon so weit gekommen? Noch ein Haufen blonder Frauen, die vergeblich auf den urkomischen Tod einer älteren jüdischen Frau warten? Eine von denen war es, da bin ich mir sicher. Sie werden alle in der Unterwelt schmoren. Ich bin mir ganz sicher. Zur Hölle mit ihnen!«

»Vielleicht«, sage ich, »sollten wir die ewige Verdamnis Gott überlassen.«

Darüber muss Ambrož lachen.

»Dein Freund, dies blöde Gespenst, lacht«, sagt meine Mutter. »Halt die Luft an«, sagt sie zu Ambrož. »Jeder weiß, dass Gespenstern nicht mehr viele Atemzüge bleiben. Am Ende wirst du auch sterben. Denk bloß nicht, dass ich dich nicht verstehe. Ich sehe dich«, sagt sie. »Ich sehe dich, ich sehe dich, ich sehe dich.«

»Aber da gibt es nichts zu sehen, Mama. Hier gibt es kein Gespenst«, sage ich.

Ich habe mir überlegt, dass das der beste Weg ist – gegenüber meiner Mutter so zu tun, als wäre er nicht hier, und Ambrož zu sagen, sich ruhig zu verhalten, womit er offenbar Schwierigkeiten hat.

»Unterhalten wir uns heute etwa über so etwas?«, fragt sie mich. »Dass es hier kein Gespenst gibt, Moses? Dass in einer

Ecke meines Hauses kein Mann sitzt, der eine schwarze Lederjacke anhat und nach Zigaretten riecht, die ein halbes Jahrhundert alt sind? Ist das die Fiktion, der wir heute Nachmittag aufsitzen – dass sich die Toten nicht um dich bemühen?«

»Gespenster gibt es gar nicht«, sage ich.

Meine Mutter geht zu der Ecke, in der Ambrož sitzt, und zeichnet mit der Hand seinen Umriss nach.

»Du glaubst wohl, dass ich mein ganzes Leben so verbracht habe, Moses, ohne ein oder zwei Freunde oder ohne ein oder zwei Liebhaber oder ein oder zwei Kinder oder einen oder zwei oder drei oder vier Rabbis, die mich verfolgen, wie dieser Mann dich verfolgt? Du glaubst, dass man in diesem Dorf ein langes Leben führen kann, in einem Dorf voller Massenmord und Folter und ewiger Verwünschungen, ohne eine Todesspur zu hinterlassen?«

»Warum gehen wir nicht los und kaufen dir einen neuen Einkaufswagen?«, sage ich.

»Warum gehst du nicht nach nebenan zum Nachbarhaus und zündest das Dach an?«, fragt sie.

»Das mache ich nicht«, sage ich.

»Warum hörst du nicht auf, die sehr begründeten Sorgen deiner Mutter zu verscheuchen, und machst dich lieber nützlich? Los doch, schände die Fahrzeuge der Nachbarn für mich. Tu es für Mama.«

»Mama, da wird es keine Schändung geben.«

»Aha, ich verstehe. Die Nachbarn dürfen mein Haus schänden, meinen Einkaufswagen, aber mein Sohn kann so etwas Einfaches nicht. Willst du mir das etwa sagen?«

»Mama, ich bin hier, um dich zu besuchen, nicht, um irgendetwas zu schänden.«

»In meinen Träumen habe ich auf dich gewartet, Moses. Und wenn du dann gekommen bist, warst du immer der junge Mann mit langen Haaren, der mich hier alleingelassen hat, und in diesen Träumen hast du immer getan, was ich wollte, hast meine Rachegelüste alle erfüllt. Wenn ich wollte, dass du ein kleines Dach anzündest, ein kümmerliches, kleines Dach auf einem winzigen Häuschen in einem Winkel des Landes, für das sich kein Mensch interessiert, hast du immer Ja gesagt. Ganz wie du willst, Mama.«

»Im wirklichen Leben«, sage ich, »kriegst du etwas Besseres.«

»Und was wäre das, Moses?«

»Du kriegst mich. Ein Wiedersehen der unmöglichen Dimensionen. Du kriegst die Originalversion meiner selbst – eine, die kein fremdes Haus in Brand stecken oder das Auto anderer Leute demolieren wird.«

»Erkläre mir, mein Sohn, was daran besser sein soll.«

Meine Mutter geht zu der Stelle, wo früher ein Fenster war und wo jetzt nur noch ein halbes Fenster ist, teils Glasscheibe, teils Spinnennetz, aber der ganze Nachmittag. Sie steckt den Kopf durch die Öffnung und schimpft auf die vorbeigehenden Schulkinder, erst die alten Flüche auf Jiddisch: Mögt ihr hundert Häuser haben und in jedem Haus hundert Zimmer und in jedem Zimmer zwanzig Betten, und mögt ihr euch dann mit schwerem Fieber anstecken, das euch von Bett zu Bett treibt. Dann sagt sie es auf Deutsch, was ihre eigene Sprache ist, und dann schließlich auf Tschechisch, und da klingt diese Flut von Todesverwünschungen gegen kleine Kinder absolut bösartig.

Als ich ihr das sage, schaut sie Hilfe heischend nach oben zur Zimmerdecke, durch die Decke zum Firmament, zum Tagesschatten von Sagittarius.

»Seit dem Tag, an dem du verhaftet wurdest, Moses, habe

ich diesen Einkaufswagen jede Woche zum Markt geschoben. Nun bist du zurück, Wunder meines Lebens, und die unendlich dummen Kreaturen von nebenan haben meinen Wagen geklaut. Ich bin zwar nicht das beste menschliche Wesen, das je gelebt hat«, sagt sie, »aber ich glaube, dass es nicht unvernünftig von mir ist, mehr als ein einziges gutes Ding auf einmal zu verlangen, ohne dass mich böse Dinge heimsuchen. Würde es Gott umbringen, wenn er mir diese *beiden* Grundzutaten des Lebens gewähren würde - ein Kind *und* einen Einkaufswagen? Kann ich denn nicht ein wenig Freude haben, ohne Elend erdulden zu müssen?«

»Ich besorge dir einen besseren Einkaufswagen. Ich kaufe einen, der von selbst fährt. Du musst ihn nicht mal schieben.«

»Keine Roboter, Moses. Wenn man einem Roboter zutraut, deine Einkäufe zu schieben, dann schiebt der Roboter am Ende dich.«

»Dann beschaffe ich dir eben einen Ersatz«, sage ich. »Du sagst mir, welchen du willst, und ich besorge ihn dir. Ich habe Geld«, sage ich und zeige ihr meine Brieftasche, die aus törichten Gründen, aus Gründen des Zweifels und der Unsicherheit, von amerikanischer Währung überquillt.

»Sieh mal einer an, ein reicher Mann«, sagt sie. »Du hast die ganze Zeit amerikanisches Geld angehäuft, aber hast du je daran gedacht zu prüfen, ob ich wirklich tot war? Oder mir vielleicht etwas von deinem amerikanischen Geld zu schicken? Hast du je daran gedacht, jemanden zu deiner Mutter zu senden, Moses, um vielleicht nachzusehen, ob sie ein Haus gebraucht hat, eine Gefriertruhe voller Essen, eine Radiosendung, die sie informiert, dass ihr Sohn überlebt hat? Ach, Moses, Moses, Moses. War ich denn keine gute Mutter für dich?«

Ich beschließe, die Nachbarn anzusprechen. Eine Version dieser Stadt ist meinem Innersten eintätowiert, aber es ist nicht diese Version, die flüsterleise, mit Winterkohl manikürt und bereit für eine touristische Ansichtskarte ist, die nicht vom Tod bevölkert zu sein scheint und wo in den Kastanienbäumen die Stare zwitschern. An Vögel in meiner Kindheit kann ich mich nicht erinnern. Ich glaube, es ist so, dass der Krieg auch sie getötet hat. Das erzähle ich Ambrož, der hinter mir steht, immer hinter mir, und der mir sagt, dass er sich nicht gut fühle, was ich noch nie von ihm gehört habe. Ich hätte nicht den Eindruck, dass Gespenster krank würden, sage ich zu ihm, worauf er antwortet, dass er diesen Eindruck auch nicht habe. Alle paar Schritte zuckt er zusammen und sagt, es sei so, als würde die Kugel in seinem Körper versuchen zu erwachen. Er hält sich den Bauch. »Sie muss wissen, wo wir sind«, sagt er.

»Deine Kugel weiß, wo du bist?«, frage ich ihn laut, als wir grade eine Reihe von Gymnasiasten passieren, die aus einer Gasse herauslaufen. Meine Art, mit Ambrož zu reden, und das heißt, mit niemandem zu reden, entgeht den Teenagern nicht.

»Guckt mal«, ruft einer von ihnen. »Der alte Mann redet zur Luft!«

Er ist klein, ein rothaariger Junge in einer *Nike*-Jogginghose und kohlschwarzen *AirJordan*-Sportschuhen. Er ist ungefähr sechzehn oder siebzehn und hat ein silbernes Mobiltelefon in der Hand. Als er anhält und mir sagt, dass ich verrückt bin, weil ich in die dünne Luft hineinrede, fotografiert er mich. Und als ich ihn frage, warum er das macht, sagt er mir, dass er in der Schule an einem Projekt über das zwanzigste Jahrhundert teilnimmt und auf der Suche nach dem jüdischen Friedhof ist, und dass ich die erste jüdische Person bin, die er je in dieser Stadt gesehen hat. »Wir sehen Juden in der Nähe, in Terezin«, sagt er, »weil Juden am Ort ihres Todes gern Urlaub machen. Aber hier nicht. Nicht in dieser Stadt.«

Als ich frage, woher er weiß, dass ich Jude bin, lacht er, und seine Freunde, die aus der Gasse gekommen sind und sich um ihn versammeln, lachen auch. Und jetzt lachen wir alle, auch ich lache aus irgendeinem Grund mit, und nun stehen vielleicht fünfzehn junge Männer im Kreis um mich herum, und ich bin nicht zum ersten Mal in dieser Stadt der Kreismittelpunkt eines derartigen Gelächters.

Der mit der Kamera, der nicht aufgehört hat, Fotos von mir zu machen, erklärt nun, dass er es gleich gewusst habe. »Erstens sehen Sie wie ein Jude aus. Das ist ja klar. Zweitens hängt da ein Geruch in der Luft, es riecht nach Salzlake, und das ist das Geruchsmarkenzeichen der Juden. Wie Salz«, sagt er, »Essig und Zwiebeln und Senfkörner und Hering. Wir wissen alle, dass es so riecht. Unsere Väter haben es uns erzählt, und es steht in unseren Schulbüchern. Es ist der Geruch des Meeres. So riechen die Juden eben - sie kommen und gehen immer, schlüpfen durch Grenzen, transportieren Diamanten, und deswegen umgibt sie immer Meeresgeruch«, sagt er. »Und natürlich der Geruch nach Geld!« Das bringt alle zum Lachen. Der Anführer fährt fort. »Man weiß immer, ob unsere Kronen von Juden kommen, weil sie dann riechen. Man muss nur an der Münze schnuppern, und wenn sie nach Salzlake riecht, wissen wir, dass es eine jüdische Münze ist. Und die bringt Glück«, sagt er. »Wir sammeln solche Münzen.«

»Frag sie«, sagt Ambrož hinter mir, »ob sie an Gespenster glauben, frag sie das«, sagt er. »Ich lasse dann ihre Hüte von ihren Köpfen fliegen.«

Aber ich tue nicht, was er sagt. Stattdessen frage ich nach dem Einkaufswagen. »Die Frau da drüben«, sage ich, »in dem Haus, das zusammenbricht. Sie vermisst ihren Einkaufswagen.«

»Welche Frau?«, fragt der Junge.

»Die Frau in dem Haus«, sage ich.

»Das Haus ohne Wände?«

»Ja, das Haus.«

»Das Haus ohne Dach?«

»Ja«, sage ich. »Genau das Haus.«

»Der Steinhaufen, der mal ein Haus war?«

»Ja«, sage ich. »Genau der.«

»In dem Haus gibt es keine Frau«, sagt der Junge. »In dem Haus ohne Wände und ohne Dach wohnt niemand.«

»Doch«, sage ich. »Es ist meine Mutter. Meine Mutter lebt in dem Haus.«

Das ist der beste Witz des Tages. Das Gelächter wirft Echos über die Hauptstraße des Dorfs. Das Gelächter ist derart dröhnend, dass es weiterwandern und die Kirchenglocke zum Läuten bringen könnte.

»In dem Haus lebt Ihre Mutter? Ha! Der Jude ist verrückt! Der Jude ist verrückt!«

Und schon bald tanzen alle jungen Männer singend um mich herum, als wäre es der Tag meiner Bar Mizwa und zugleich mein Todestag. *Der Jude ist verrückt!*

»Verstehen Sie doch«, sagt der junge Mann, der mich immer noch fotografiert. »In dem Haus gibt es keine Frau. Es *gab* mal eine Frau in dem Haus. Aber sie ist schon seit Langem nicht mehr da. Eines Tages erschien ihr Sohn aus dem

Nirgendwo und nahm sie mit, wohin auch immer er lebte. Er war sehr reich, genau wie Sie. An dem Tag, an dem sie wegzog, mussten wir in schwarzen Anzügen, an deren Aufschläge zerrissene Schleifen geheftet waren, wie bei einer Beerdigung an der Straße stehen. Es war so, dass sie keine Familie außer diesem sehr kleinen, reichen Amerikaner hatte, und wir sollten uns deswegen schuldig fühlen. Wir hatten ihre Kinder ermordet, bevor wir selber nicht einmal Embryos waren. Seit meiner Geburt hat der Einkaufswagen immer vor dem Haus gestanden. Er verrostete ins Erdreich hinein. Als wir noch klein waren, haben wir versucht, ihn herauszuziehen, aber niemand im Dorf schaffte das. Der Wagen krallte sich in den Boden wie eine Baumwurzel. Wenn es einem gelungen wäre, ihn zu bewegen, wäre der unser König geworden. Und wenn da eine Frau drin ist, die mit Ihnen redet«, sagt er, als er ein letztes Bild von mir macht, »dann sehen Sie Dinge. Und das heißt, dass Sie verrückt sind. Der Jude ist verrückt, der Jude ist verrückt. Könnt ihr mich alle hören? Der Jude ist verrückt!«

Als Žofie ans Telefon geht, sagt sie sofort: »Ich muss wohl kommen, um dich zu retten, nicht wahr?«

»Bleib, wo du bist«, sage ich. »Mir geht's gut.«

»Du klingst aber so wie ich, wenn ich versuche, Sport zu treiben, Moses.«

»Žofie, mir geht es gut. Prag ist gut. Die brandneue tschechische Republik ist auch gut. Europa ist gut. Die Zukunft ist gut. Das Experiment mit der europäischen Währung ist gut. Im Ernst. Wirklich, ganz im Ernst. Mir geht es gut.«

»Genau das habe ich zu dem ersten Arzt gesagt, den ich in Marokko hatte«, sagt sie, »und der die Kugel in meinem Knie gesehen hat. Wegen des Winkels, so hat er mir das erklärt, mit dem das Geschoss in meinen Körper eingedrungen ist, kann es jederzeit explodieren oder weiter nach Norden zu meinem Herz wandern. Das war natürlich nicht gerade ein handfester medizinischer Rat. Zumindest glaube ich das nicht. Der Arzt hat vielleicht nur so getan, als wäre er ein Arzt, oder vielleicht auch nicht«, sagt sie. »Ich hatte nicht viel Geld für eine ärztliche Behandlung. Das ist aber gar nicht der Punkt. Darf ich dich mal was fragen?«, sagt Žofie. »Ist Ambrož bei dir?«

»In der Tat –«

»War dein Gespenst«, fragt sie, »während der ganzen Reise bei dir?«

»Ja, natürlich. Er geht mit mir überall hin.«

»Er geht mit dir *überall hin?*«

»Wohin auch immer er geht, gehe ich auch.«

»Du kannst ihn verlassen, weißt du. Ich habe das gemacht.

Als ich ihn vor Jahren gesehen habe, habe ich mich ihm verweigert. Das ist die beste Methode, Verfolger loszuwerden.«

»Er verfolgt mich nicht«, sage ich. »Er ist mein Freund.«

»Und zwar dein imaginärer Freund«, sagt sie. »Habt ihr beiden euch weiter unterhalten?«

»Nicht mit ihm zu reden wäre ja unhöflich«, sage ich. »Besonders deshalb, weil er mich auf der Reise begleitet hat. Besonders deshalb, weil er ja auch Gedanken und Gefühle über diesen Ort hat.«

»Gedanken und Gefühle«, wiederholt sie. »Gedanken und Gefühle. Wie ein ganz realer Junge.«

»Ach so, verstehe. Du willst dich auch über mich lustig machen? Auf der Straße von einer Bande pubertierender Faschisten angequatscht zu werden ist nicht genug für einen Tag?«

»Ich frage mich schon die ganze Zeit, ob du Gepetto oder Gepettos Spielzeug bist.«

»Er ist total real«, sage ich.

»Und auch total tot. Das weiß ich, weil ich ihn direkt neben mir sterben sah.«

»Ich dachte, du seist tot«, sage ich zu ihr. »Schließlich habe ich gesehen, dass auf dich geschossen wurde. Ich habe dich sterben sehen. Dann hast du in New York an meine Tür geklopft, quicklebendig. Und jetzt reden wir auch miteinander.«

»Ach, Moses. Was ist mit deinem Verstand passiert?«

»Mein Verstand ist derselbe Verstand, den du immer schon gekannt hast.«

»Ich gebe dir einen Rat«, sagt sie. Vermeide es vielleicht, laut mit deinem Freund zu reden, bis du wieder in New York bist. Insbesondere in Gegenwart von Kindern. Aber insbesondere auch in Gegenwart von Erwachsenen. Ich empfehle dir grundsätzlich, es in niemandes Gegenwart zu tun, Moses. Nicht in Prag. Nicht im Dorf deiner Mutter.«

»Er ist doch auch dein Freund.«

»Der Mann, der vor vierunddreißig Jahren gestorben ist? Jener Freund?«

»Ja, genau.«

»In New York gibt es wenigstens die tolle Sitte, mit sich selbst zu reden. Man wird sich keine großen Gedanken über dich machen, wenn du auf der Columbus Avenue Gespräche mit gar nichts führst. Im kleinen Dorf deiner Mutter ist das aber eine schlechte Idee. Sag doch mal«, sagt sie, »was macht er in diesem Augenblick? Was macht Ambrož grade?«

Ich sage ihr, dass er in meinem Hotelzimmer auf dem Tagesbett schläft. Ich sage ihr aber nicht, dass ich ihn noch nie habe schlafen sehen. Ich sage ihr auch nicht, dass ich nicht glaube, dass er jemals wieder geschlafen hat, nachdem er auf dem Bahnhofsplatz mit einer Kugel, die seinen Magen durchbohrt hatte, erwacht war.

Als wir wieder im Hotel waren, erzählte er mir jedenfalls, dass er sehr müde sei, wohl wegen des Schocks, wieder hier zu sein, oder wegen des Jetlags, weshalb er ein überwältigendes Bedürfnis nach Schlaf habe und, wie er sagte, mit einer Bettdecke bis zum Hals ins Bett gebracht werden wolle, ein Bedürfnis nach der Geborgenheit seiner Kindheit, das ihn erst jetzt wieder überkomme. So etwas machte auch Ivan, wenn er krank war, sich einmummeln, etwas, das Ambrož für ebenso kindisch wie liebenswert hielt, aber nun empfand er den gleichen dringenden Wunsch.

Die ursprüngliche Idee war, dass ich ihm bei der Suche nach Ivan helfen würde. Allerdings blieb es auch bei der Idee. Ich hatte keine Ahnung, wie das funktionieren sollte. Er, das war klar, auch nicht. Ich habe keine Landkarte der

Gespenstergeografie. Welche Karte auch immer Ambrož zu haben glaubte, erwies sich als falsch. Er hatte gedacht, dass er nach seiner Ankunft in Prag verschwinden würde. Oder dass Ivan ihn bei seiner Ankunft finden und er mit Ivan zusammen verschwinden würde. So viel hatte er mir im Flugzeug erzählt, und während wir den Atlantik überquerten, geisterte er in den Gängen des Jets auf und ab, um sich auf das vorzubereiten, was er als sein endgültiges Verschwinden bezeichnet hatte.

Er sagte, er hätte es sich in etwa so vorgestellt, wie Farbe, die von einem Pinsel abgestreift wird. »Ich habe Ivan gern zugesehen, wenn er seine Pinsel gesäubert hat«, erzählte er mir im Jet irgendwo über dem Atlantik, der aus dem Fenster betrachtet ein Nichts war, etwas, das wir nicht sehen konnten, aber auch etwas, das alles, was wir sehen konnten, beherrschte: das Verschmelzen von überall und nirgends, ein graues Futteral, das Gefieder aller Vögel auf Erden herausgezupft und für den Fall, dass wir eine weiche Landung benötigen würden, unter uns ausgebreitet. »Wir blieben immer bis spät in der Nacht wach«, sagte er. »Meistens auf Kosten seiner Arbeit, der Firma seines Vaters, der lästigen Zukunftsvorstellung seines Vaters, einer Zukunft, in der Ivan zum Geschäftsführer aufsteigen und die Tochter eines Kollegen seines Vaters oder eines Parteibonzen heiraten würde. Zum Beispiel Veronika K., die in ihrer Jugend als Model für Pelzstolen gearbeitet hatte, die aber zu dem Zeitpunkt, an dem Ivans Hochzeit erwartet wurde, plötzlich nach Montreal emigrierte, um, wie sie später schrieb, einem Leben zu entgehen, in dem sie Tag für Tag mehr zu einer Tapete geworden wäre - erstarrt, gefühllos, unbeachtet.«

In den Gängen des Flugzeugs wurde klar, dass Ambrož nicht mitwollte. »Ich mag die Welt der Toten nicht so gern wie die

Welt des Lebens, Moses, aber welche Zukunft gibt es denn sonst?«

Žofie hätte ich erzählen können, dass er so angezogen ist, wie an jedem Tag seit seinem Tod, wie schon an dem Abend, bevor er ermordet wurde: schwarze Lederjacke und Blue Jeans, in deren Nähten, wie ich weiß, alle seine Gedichte versteckt sind. Stattdessen erzähle ich Žofie aber dies: »Er schläft ganz tief. Er war sehr müde. Schließlich ist er schon seit Langem tot, und der Tod ist anstrengend.«

Und da sagt Žofie zu mir: »Du sagst, dass du keine Dinge siehst, Moses. Hör dir doch selber zu! Er ist gar nicht da! Du bist allein! Du bist ganz allein! Sag das zu dir selbst: Du bist ganz allein!«

Es ist nicht so, dass ich daran unschuldig bin«, sagt Žofie. »Wohin ich auch komme«, sagt sie, »sehe ich immer noch das Gesicht des Soldaten vor mir, der in mein Wohnhaus kam, als ich ein Kind war. Das fürchterliche, gewalttätige, niederträchtige Gesicht ist meine erste Erinnerung. Und dann, wie aus einem Filmstreifen herausgeschnitten, nur zwei Hände in Handschuhen, Hände, die immer in Handschuhen stecken. Sie packen meine Mutter am Hinterkopf. Dies Bild erscheint isoliert, ohne Verknüpfung mit einer bestimmten Situation oder einem Hintergrund. Wie kann man das je vergessen? Jeden Tag sehe ich diese scheußliche Nase, die riesigen, widerlichen Augen. Was er dem Kopf meiner Mutter antat – wie kann man das je vergessen? Es stimmt, dass wir durch die ganze Weltgeschichte hindurch wegen unserer Nasen verspottet worden sind, unsere schönen jüdischen Nasen. Aber es stimmt auch, dass der Mann, der meine Mutter erschlagen hat, die hässlichste Nase hatte, die jemals zu einem menschlichen Wesen gehörte. Die Nase war so lang, Moses, dass sie eine ganze Nasenfamilie hätte ernähren können. Diese Nase, die die Hauptstadt einer Nation aus kleineren, aber nicht weniger abscheulichen Nasen war, bedurfte wahrscheinlich besonderer Pflege, und das machte diese Nase so besonders furchtbar. Diese Nase war so hässlich, dass man ihr ein Denkmal hätte setzen müssen. Ich will damit sagen, dass seine Nase einen eigenen Ausweis nötig hatte, so riesig und hässlich war sie. Meine Mutter kannte ihn schon ihr Leben lang. Diesen Mann, der sie verhaftet hat, diesen Mann mit der Nase, kannte sie schon als Kind. Sie waren zusammen zur Schule gegangen. In den letzten Minuten sagte sie mehrfach zu ihm: ›Gregor, ich kenne dich, ich kenne deine Mutter. Wir haben als Kinder zusammen gespielt. Tu das bitte nicht!‹

Stell dir vor«, fährt Žofie fort, »sich daran so oft zu erinnern, bis es so deutlich wird, dass es real zu sein scheint. Wenn ich nicht das Gesicht des absolut Bösen sehe, finde ich stattdessen den verängstigten Schwachkopf, der vor dem Bahnhof auf mich geschossen hat. Ich hatte gesehen, wie er das Gewehr auf mich anlegte, Moses. Ein rothaariger Mann. Erinnert er sich immer noch so an mich, wie ich mich an ihn erinnere? Kann er mich in seinem Tod immer noch finden? Ich bin mir sicher, dass es ein erbärmlicher und endloser Tod ist, qualvoll und überaus hässlich. Und ich begegne den Gesichtern der Jungen, die später kamen, das weiße Tuch des Todes über mich legten und mich in der Bahnhofshalle liegen ließen, um alle abzuschrecken, die auf die Idee kommen könnten, sich mit ihnen anzulegen. Oft sehe ich die Gesichter der Jungen, die mich in den Leichenwagen schoben. Und natürlich werde ich immer das Gesicht des Manns in der Leichenhalle sehen, der, als er das Tuch von mir wegzog, nach der Hand Gottes griff, weil ich vom Tisch aufstand und zu ihm sagte, dass er noch nie gesehen hätte, was er sah. ›Trau deinen Augen nicht, Genosse.‹ Ich würde nun gehen und ihm und dem ganzen Land eine grauenhafte Zukunft wünschen.

Das ist nur mein Leben in Prag«, sagte sie. »Von meinem Leben in Spanien habe ich dir noch gar nichts erzählt, von dem Schiff, auf dem ich die Meerenge überquerte, von den Männern auf der Fähre, die verstanden, dass ich verkleidet reiste, die trotz meiner Kleidung wussten, dass ich eine Hochstaplerin war und auf diese Weise reiste, weil ich auf der Flucht war.

Und ich habe dir auch nichts von Amado erzählt, der wie das Wetter durch alle Bereiche meines Lebens kommt und geht, der Musik mitbringt, die manchmal real ist und von anderen gesehen und gehört werden kann, die aber noch öfter nicht real ist, nicht bei mir im Raum, aber lauter als alles auf dieser Welt ist - dann weiß ich, dass er gekommen ist. Die Frage, Moses, ist nicht, ob dich der Tod verfolgt, sondern wie oft du merkst, dass du verfolgt wirst, und wie du dich entscheidest, damit zu leben.«

Sie sagt, diese Angelegenheit, verfolgt zu werden, verlange von mir, etwas Solides zu finden, an dem ich mich festhalten könne. Und als ich frage, was sie damit meint, sagt sie, dass ich einen Stein oder einen Liebhaber oder ein Brückengeländer oder vielleicht ein Quantum höchstprozentigen Alkohol brauche, etwas, das mir dabei helfen könne, festen Halt in der Welt zu finden. Oder aber ich muss jemanden aufsuchen, der tief in meinen Körper eindringen kann, um die seelische Störung auszutreiben. Vor Jahren kannte sie so eine Frau, die im Kellergeschoss eines Hotels in Montreal arbeitete und sie entsprechend behandelt hat. »Diese Frau war eine Künstlerin des Schmerzes. Ein Genie des Schmerzes. Sie packte meine Glieder und zerlegte mich. Das ist es, was du brauchst. Jemanden wie diese Frau, die ich im Schnee von Kanada kennengelernt habe.«

»Das Letzte, was ich brauche«, sage ich, »ist eine Künstlerin des Schmerzes.«

»Als ich das letzte Mal in Prag war«, sagt sie, »und Ambrož anfing, überall um mich her aufzutauchen, habe ich ihn abgewiesen, was ich dir ja schon erzählt habe. Ich verstand, dass er eigentlich nicht so sehr um mich herumgeisterte, sondern dass meine Erinnerung an diesen Ort sich entschieden hatte, wieder aufzubrechen und dort zu erscheinen, wo ich sie sehen konnte. Ich hielt das für naheliegend. Für dich ist es offenbar nicht so. Es ist ein Prozess«, sagt sie, »der die Vorstellungen, die man vom Leben hat, revidiert und stattdessen ein falsches Modell der Welt errichtet, einer Welt, in der es keine Grenzen gibt, in der dir beispielsweise meine Stimme aus dem Nichts zu Ohren kommen kann. Auf diese Weise erreichte mich deine Stimme, als ich allein in Tanger war. Es kann dir zum Beispiel passieren, wenn du allein durch eine Straße in einer Stadt gehst, die niemand aus deiner Vergangenheit jemals besuchen konnte, sagen wir mal Miami Beach oder Montreal. Dann siehst du vielleicht deine Mutter im Sonnenlicht oder deine Schwester in einem Eisenbahnwaggon, und all das kann dich bis an die Grenze deiner geistigen Gesundheit treiben.

So etwas passiert wahrscheinlich auch deiner Mutter. Sie denkt, ihr Haus bricht zusammen, und Vögel und Flugzeuge fliegen vorbei und können direkt auf ihren kleinen Kopf hinunterschauen? Es ist viel wahrscheinlicher, dass sie in ihrem sehr hohen Alter von ihrer Erinnerung zersetzt wird.

Mir ist es passiert«, sagt Žofie, »als Amado verschwunden war. Er war für ein Konzert von Tanger nach Saragossa gereist. Bei der Gelegenheit sprach ich zum letzten Mal mit ihm. Eine sehr kurze und angenehme Unterhaltung. In Saragossa schneite es. Er hatte die Fenster seines Hotelzim mers geöffnet. ›Schnee liegt drinnen auf dem Teppich‹, sagte er zu mir. ›Schnee in meinem Haus, Žofie!‹ Schnee hatte er davor erst viermal in seinem Leben gesehen, und das waren jedes Mal Erinnerungen an ein derart großes Glück, dass er den Schneefall für ein Auspizium hielt. Das ist ein schönes Wort, das Wort Auspizium. Es kommt aus dem Lateinischen und bezieht sich auf jemanden, der den Vogelflug als Weissagung beobachtet. Das wollte er mir an jenem Tag erzählen.

Als er zum ersten Mal Schnee sah, saß er in einem Zug mitten in Frankreich, war grade aufgewacht, sah die Wetterfront vor der großen Kathedrale von Auxerre und glaubte, die Schneeflocken wären Stücke von etwas Gewaltigem wie einem Luftschiff oder einem vom Himmel geschossenen Schwarm Wasservögel. Seine Mutter umklammerte bei dem Anblick seine Hände. So wusste er, um was es sich handelte. In der Hoffnung, einen Gesangslehrer für ihn zu finden, reisten sie durch ganz Europa. Später während dieser Reise sang er beim Dekan eines Konservatoriums in Wien vor, und zwar den Schluss des *Lacrimosa,* lediglich auf seiner Gitarre begleitet. Bei der Darbietung weinte der Dekan leise in sich hinein, weil ihn das Stück an seinen Vater erinnerte, der es genau wie Mozart auf seinem Totenbett gesungen hatte. Der Gedanke macht mich glücklich, Moses, dass Amado, allein in seinem Hotel, diese sehr positive Erinnerung hatte, bevor er mir genommen wurde. Dieser Gedanke: Schnee auf einem Zimmerteppich im Schatten der Pyrenäen.

Amado wollte, dass ich Felix ans Telefon hole«, sagt sie. »Das habe ich auch gemacht und konnte quer durchs Zimmer hören, wie mein Mann seinem Kind etwas vorsang. Danach sollte Amado nach Tunis kommen, um wieder in einem Konzert zu singen, aber irgendwann war er irgendwo verschwunden. Am Tag, an dem er wiederkommen sollte, wartete ich am Eingang unseres kleinen Hauses in der Nähe der Medina, wo ich drei dicke Bücher aufgestapelt hatte. Ich konnte das Wasser sehen, mehr oder weniger das gleiche Wasser, auf das Penelope in Erwartung von Odysseus hinausgeschaut hatte. Während er verschwunden war und ich auf Nachricht von ihm oder auf sein Erscheinen wartete, den Umriss seines Kopfs auf der schmalen Gasse, den hohen Ton seiner Stimme, stapelte ich vor dem Eingang immer mehr Bücher aufeinander, seine Lieblingsbücher, auf denen ich höher und höher stieg, um ihn zu finden.

Tatsächlich war es so, dass Felix es vor mir wusste. Er war damals drei Jahre alt und erzählte mir mit ganz einfachen Worten, dass sein Vater tot sei. Wir standen am Eingang, er und ich, und ich hatte auf den Stufen viele Bücher zu einem Turm aufgestapelt, der zehnmal so groß war wie ich selbst und von dessen Spitze ich die ganze wachende und sterbende Stadt überblicken und dem Muezzin in die Augen schauen konnte. Und wenn ich meine Arme öffnete, lag das weite Meer bis nach Spanien vor mir, das mit Ausnahme der Anziehungskraft des Monds völlig regungslos war. Und er war verschwunden. Ich wusste es, weil ich ihn unter mir auf der Straße dutzendfach sah. Da war Amado am Morgen, an dem er mich verließ, am Morgen vor dem Morgen, an dem er ging, Amado, in einen roten Umhang gehüllt, in unserer Hochzeitsnacht. Da war Amado in seiner Kindheit, als er den großen Sängern der Medina nachlief, da war Amado im Alter, das er nie erreichen würde. Da war Amado im Fenster des Hotelzimmers in Saragossa, als er zum letzten Mal seine Frau anrief, um ihr etwas mitzuteilen, das ich nun zehnmal im Winter sehe. Und da war Amado auch in der Unterwelt, wo er sich an ein Bild seines Sohnes klammert, das aus Rauch besteht.

Ich wollte verstehen, wie mein Sohn das wissen konnte. Ein Jahr später begruben wir einen leeren Sarg in der Erde hinter der Synagoge, in der er seinen Namen erhalten hatte. Und dort, umgeben von Zitronenbäumen, fragte ich Felix. Er sagte mir, dass er es gewusst hätte, weil sein Vater ihm am Ufer des Meeres erschienen wäre und ihm gesagt hätte, dass es so gewesen sei.

›Sag deiner Mutter, sie soll von ihrem Wörterturm steigen‹, sagte Amado zu Felix.

Als ich Felix fragte, ob er das glaube oder nicht – mein Felix, der damals noch ein Kind war –, zuckte er mit den Schultern, als wollte er sagen: Ist es nicht ganz egal, was ich glaube, Mama?

Damit versuche ich, dir zu erklären, Moses, dass dieser Ambrož nicht real ist, nicht so real wie du, und dass diese Zeitung deiner Mutter nicht so real ist, wie du befürchtest, dass die Verletzung deines Arms nicht real ist. Und nur, weil du dich einmal als ausradiert empfunden hast, heißt das noch lange nicht, dass du an zwei Orten gleichzeitig existieren kannst. Verstehst du, was ich meine?«

Und als ich sie frage, welche zwei Orte sie meine, lacht sie leise und sagt, dass ich nicht tot und lebendig zugleich sein könne. »Nur große Genies haben diese Fähigkeit«, sagt sie, »oder große Monster. Und es stimmt mich traurig und zugleich froh, dir zu sagen, dass du weder tot bist noch im entferntesten Sinn ein Genie. Und für ein Monster bist du viel zu lieb und simpel, Moses.«

Ich weiß, dass das ein Witz oder zumindest ein halber Witz ist, und weil ich nicht lache, macht sie sich Sorgen. Sie sagt, dass ich sehr müde klinge, was auch stimmt, und dass ich erst mal ausschlafen solle. »Ambrož hatte die richtige Idee«, sagt sie, »obwohl er gar nicht real ist.«

»Ich habe versucht zu schlafen«, sage ich zu ihr, »aber hier ist das unmöglich. Entweder liege ich wach, oder ich werde von Albträumen überschwemmt. In meinen Träumen bin ich derjenige, der erschossen wird, derjenige, in dessen Körper immer noch die Kugel steckt. Und ihr seid all die anderen, die sich fragen, ob ich real bin oder nicht. Was soll ich tun?«, frage ich sie.

»Willst du deine Mutter nach New York mitnehmen?«

»Ich glaube, ich will es versuchen.«

»Hast du ihr etwas von Eli gesagt?«

»Noch nicht.«

»Hast du Fotos von ihm bei dir?«, fragt sie.

»Natürlich«, sage ich.

»Dann zeig ihr die schönen Bilder«, sagt sie. »Wenn du das machst, wird sie mitkommen. Man geht immer dahin, wo die Früchte sind.«

Ich muss wohl zu lange mit einer Antwort gewartet oder unwillkürlich irgendein schreckliches Geräusch von mir gegeben haben, weil sie sagt, dass sie beunruhigt sei.

»Ach, Moses«, sagt sie, »du klingst nicht besonders gut.«

»Ich bin noch hier«, sage ich ihr, »und ich dachte, es ist okay, wenn ich jetzt zurückkomme.«

»Ich weiß«, sagt sie, »dass es keinen guten Vergleich gibt. Du bist zu Hause und zugleich nicht zu Hause, und du kennst die Landkarte dieses Orts in- und auswendig, kannst aber trotzdem deinen Weg nicht finden. So ein Gefühl ist für die Seele ein fürchterlicher Schock.«

»Ich warte darauf, dass du gleich um die Ecke kommst«, sage ich.

»Ich bin ziemlich weit weg«, sagt sie.

»Wirst du denn kommen?«, frage ich.

»Nicht für alle Dollars in New York oder Kronen in Prag«, sagt sie.

»Ich bezahle deine Reise«, sage ich.

»Du müsstest schon die Geheimpolizei vorbeischicken«, sagt sie.

»Hast du die Telefonnummer der Geheimpolizei? Ich kann sie in deinem Namen anrufen und fragen, ob sie Zeit für den Job haben.«

»Moses, ich fürchte, ich würde entweder verhaftet werden oder mich selbst irgendwie in eine Geheimpolizistin verwandeln, wenn ich zurückkehren würde. Und dann würde ich alle Leute aufsuchen, die mir nicht geholfen haben, als ich Hilfe brauchte.«

»Du würdest eine sehr gute Geheimpolizistin abgeben«, sage ich. »Mit all den Sprachen, die du sprichst, könnte man dich überall einsetzen.«

»Die würden mich nie nehmen«, sagt sie. »Ich bin viel zu nachsichtig. Und viel zu leicht zu überreden. Wenn ich einen Spion geschnappt hätte, könnte er mich ganz leicht bequatschen, ihn laufen zu lassen.«

Ich sage eine ganze Weile nichts. In den ein oder zwei Minuten, in denen das Schweigen zwischen uns wächst, hält vor meinem offenen Fenster ein Stadtbus und hupt mit seiner Hupe aus der Sowjetzeit zweimal derart laut, dass der Taubenschwarm auf der Straße aufschreckt, was ein gewaltiges Flügelschlagen verursacht. In tausend Seiten eines großartigen Buchs wird auf der Suche nach der passenden Stelle rückwärts geblättert, und darüber hinaus beginnt gegenüber, auf der anderen Seite der Vězeňská-Straße, eine Frau, auf ihrem Dudelsack die Melodie eines Volkslieds zu spielen, das ich nicht mehr gehört habe, seit ich klein war. Und jenseits des traurigen Jammerns des Dudelsacks führt eine Reiseführerin eine Gruppe Deutscher um die kleine Biegung bei Dušní an der versteckten Fassade der spanischen Synagoge vorbei, die nun, da es keine Juden mehr gibt, ein Museum ist und von Polizisten bewacht wird. Denn obwohl es keine Juden mehr gibt, nicht wirklich, gibt es doch immer noch den Drang, solche Gebäude zu plündern, anzuzünden und zu schänden. Und die Reiseführerin erklärt der Gruppe Deutscher durch ein Megafon so laut, dass Žofie es klar verstehen kann, dass dies eine schöne Straße sei, eine für ihre Schönheit berühmte Straße. »Finden Sie nicht auch? Können Sie sich nicht vorstellen«, ruft sie, »bei schönem Wetter hier mit Ihren Eltern spazieren zu gehen?«

Meine Mutter packt ihre Siebensachen. Als ich sie frage, wohin sie verreisen wolle, sagt sie, dass sie sich auf die Suche nach mir mache. Sie habe schon viel zu lange gewartet, sagte sie, um sich von Hochstaplern auflauern zu lassen.

»Aber ich bin doch hier«, sage ich.

»Du bist nicht der Echte«, sagt sie.

»Ich bin der Echte«, sage ich.

»Nein«, sagt sie. »Du irrst dich.«

»Ich bin mir ganz sicher, dass ich mich nicht irre, Mama.«

»Du scheinst mir ein sehr netter Junge zu sein«, sagt sie, »eine sehr nette und liebe Person, aber du bist nicht Moses. Ich habe den Mann bezahlt, damit er Moses findet, aber er hat die falsche Person hergebracht. Oder vielleicht bist du *ein* Moses oder der Moses von irgendwem, aber meiner bist du nicht. Das ist jetzt klar.«

Über uns hat der Nachmittag ein weiteres Loch ins Dach gerüttelt, und von hier aus wirkt der Himmel über dem Dorf grau, windgeschüttelt und von Buchenblättern gesprenkelt.

Vor uns auf dem Boden liegt ein riesiger Überseekoffer, in dem sie einen Stapel Pullover, aber auch ein Fotoalbum verstaut hat. »Hier«, sagt sie und zeigt mir das Bild eines Kinds, das ich noch nie gesehen habe. »Das ist Moses«, sagt sie. »Das ist der echte Moses.«

»Nein«, sage ich. »Das ist nicht der echte Moses. Das bin ich nicht. Ich weiß nicht, wer das ist.«

»Es ist Moses«, sagt sie.

»Es gibt in dem Album Fotos von mir«, sage ich, denn da sind Hunderte Bilder von mir in jedem Alter, im Kostüm des kleinen tschechischen Jungen, der ich mit aufgeschminktem Lächeln zu sein versuchte. »Sieh doch«, sage ich, »das bin ich. Das ist Moses.«

»Du bist eine gute Kopie, aber du bist nicht das Original«, sagt sie.

Sie gräbt mit der Hand tiefer im Koffer und legt vor meinen Augen das Zeitungsfoto hinein, auf dem ich soeben erschossen werde. Und in dem Moment, in dem ich das sehe, beginnt mein Arm zu zittern. Und neben mir, wo Ambrož gestanden hat, beginnt er deutlich hörbar zu stöhnen, und er sagt auf Englisch, dass er sich nicht gut fühlt. Und meine Mutter hört alles, spürt ganz deutlich in ihrem Arm, dass mein Arm schmerzt, und empfindet all das als weiteren Beweis, dass sie aufbrechen muss.

Zuvor nimmt sie noch meinen Arm, schiebt mein Hemd von der Manschette bis zum Ellbogen und dann bis zur Schulter hoch, um zu sehen, ob eine Kugel in meinem Arm steckt oder ob es dort Narben gibt. Aber da sind keine. Was da noch bis zum Vortag war - die kreisförmige Narbe, einem Kussabdruck ähnlich -, ist verschwunden.

»Auf dich wurde geschossen«, sagt sie. »Man hat mir gesagt, dass auf dich geschossen wurde. Man hat mir die Zeitung gegeben, die zeigt, dass auf dich geschossen wurde, das Radio hat mir gesagt, dass auf dich geschossen wurde, und trotzdem zeigst du keine Spur einer Verletzung. Deshalb weiß ich, dass du nicht der bist, der zu sein du vorgibst. Auf meinen Moses wurde geschossen. Mein Moses wurde von den Sowjets in einem Bus zum Eisbrechen entführt. Mein Moses schmachtet immer noch am Jenissei. Mein Moses hat nicht als Amerikaner in New York gelebt.

Sieh doch nur«, sagt sie, »wie er die Axt schwingt. Sieh ihn zu Eis gefroren.« Sie zeigt auf das Bild. »Alle wollen mir erzählen, dass ich nicht sehe, was ich sehe. Zuerst erzählen mir die Dorfbewohner, dass mein Haus heile ist, dass die Wände nicht schichtweise auseinanderfallen. Dann erzählen mir die Kinder, dass ich nicht einmal hier bin, dass ich schon ein Gespenst bin, dass ich während meines ganzen Lebens in diesem Dorf tot war. Dann du! Du erzählst mir, dass ich nicht sehen darf, was ich deutlich sehen kann.«

Ich versuche es mit einer Erklärung, obwohl ich weiß, dass es keine Erklärung gibt, die meine Mutter für ausreichend halten wird. Sie hat bereits begonnen, Kartons die Treppe hinunter zu schleppen. Ich folge ihr durchs Haus, eine Etage auf und die nächste Etage ab, hinein in den Regen und wieder hinaus, durch Schilfgras, unter Erlenzweigen hindurch, die über Nacht durch das Esszimmer gewachsen sind, durch Pfützen in der Küche, wo Lilienkissen zu sprießen beginnen.

Und ich sage zu ihr, dass die echte Version dieses Bilds nicht die geringste Spur von mir zeige. »Aus dem Bild, Mama, wurde ich wegretuschiert. Ich bin nicht gerannt. Ich war ein Feigling. Ich sah, wie meine Freunde ermordet wurden, und lief ihnen nicht nach. Ich habe überall nach Beweisen gesucht, dass es nicht so war. Zensoren in einem Büro am Wenzelsplatz haben sicherlich einen ganzen Abend damit zugebracht, mich Glied für Glied zu tilgen und durch Ziegelsteine zu ersetzen. Wenn man die Saboteure der Revolution nicht mit Politik allein vertreiben kann, nicht mit dem Theater der Beredsamkeit, nicht mit den Gemälden der Großen Männer, nicht mit Stalins mächtigem Schnauzbart und auch nicht mit dem jährlich gewechselten Anzug des toten Lenin, dann schickt man Panzer und wehrpflichtige rothaarige Jungs mit Kalaschnikows, die genauso aussehen wie die Spielzeuge, mit denen sie in den Mietskasernen Leningrads gespielt haben. Und wenn das noch nicht reicht, Mama, dann überlässt man das Problem den Kunststudenten, den abgemagerten, mit Farbflecken bekleckerten Absolventen der Kaiserlichen Akademie, die sich in die Zensurbehörde eingeschleimt haben, dem Ministerium für Unsichtbarkeit, dem Ministerium der Auslöschung, der Behörde für Geistige Entleerung, der Schule der Verlorenen Erkenntnis. Das passierte mit mir. Weil die Sowjets uns vergeblich töten wollten, löschten sie jeden Beweis, dass wir gelebt haben und die Armee versagt hat.«

Sie ist schon wieder die Treppe hinauf, als ich ihr sage, dass ich die ganze Stadt nach einem Beweis dafür abgesucht habe, dass das, was ich ihr erzähle, keine Einbildung war, und dass ich noch Monate, nachdem wir erschossen oder nicht erschossen wurden, nicht weit von hier gelebt habe. Und ja, ich hätte zu ihr nach Hause kommen sollen, aber ich wusste, dass man mich hier erwarten und verhaften würde. Stattdessen ging ich jeden Nachmittag in einem geliehenen Anzug und mit einem neuen Haarschnitt durch den Bahnhof, um Steine auf die Gräber meiner Freunde zu legen. Ich erzähle ihr von dem sowjetischen Soldaten, der mich fragte, warum ich so etwas täte. Warum die Steine, warum die Steine, warum überhaupt Steine hinlegen, wenn doch die ganze Welt ein Grab ist, überall ein Grab ist?

»Ich muss aufbrechen«, sagt sie, »muss einen Zug erreichen.« Und als ich sie frage, wo sie hinfährt, sagt sie, nach Sibirien, damit sie den gesamten Verlauf des Jenissei vom Karischen Meer bis zur Mongolei abwandern kann. »Oder vielleicht gehe ich auch nach Moskau und bitte um Zutritt zu den Staatsarchiven, um deine Akte einzusehen. Vielleicht wandere ich auf der Suche nach meinem Sohn in allen Städten, durch die ich komme, an jedem Häuserblock entlang. Als ich jung war, habe ich das schon einmal gemacht. Vor dir, vor wem auch immer du zu sein vorgibst, habe ich es schon einmal gemacht. Ich kann es noch einmal machen. Oder vielleicht finde ich im Zug jemanden, der mir erklärt, wo ich mein Kind finden kann.«

»Mama«, sage ich, »komm mit mir nach New York.«

»New York? Was soll ich denn in New York? Mit meinem Gespür für Geld handeln? Mich in der Welt noch kleiner fühlen? Ich will das Gegenteil, falscher Moses. Ich will mich riesengroß fühlen. Ich will, dass die ganze Welt mein Gesicht sieht. Habe ich das nicht verdient? Sollten mich denn nicht alle sehen? Schau in dies Gesicht, Welt!«

»Mama, dein Urenkel lebt da«, sage ich.

»So eine Person habe ich nicht«, sagte sie.

»Hier«, sage ich und versuche, ihr Fotos von Eli zu zeigen. »Hier, das ist dein Urenkel. Elijah. Das ist Elijah. Vor zwei Jahren geboren. In einem Krankenhaus am Central Park geboren. Im Kreis deiner Familie in einem schönen Zimmer geboren. Schon voller Weisheit bei seiner Geburt.«

»Wenn das wahr wäre, würde ich es in jeder Zelle spüren«, sagt sie.

»Spürst du es denn nicht?«

»Ich spüre gar nichts.«

»Er ist real. Ich bin real.«

»Erkläre mir mal, wieso du auf dem Foto bist, Moses, im Moment deiner Ermordung, und zugleich hier in diesem Haus, das Tag für Tag unsichtbarer gemacht wird, und wieso du hier eindeutig nicht tot, nicht ermordet bist. Und trotzdem kommst du nach all den Jahren Tag für Tag in mein Haus und bringst ein waschechtes Gespenst mit, tust aber so, als wäre es gar nicht richtig da. Ich bin doch nicht blöd.«

Was soll ich meiner Mutter dazu sagen? In ihrem Haus ist

es unerklärlich kalt geworden, und sie zittert in ihrem Pullover. Die Haut ihres Halses zeigt Vogelschatten. Über ihr entfaltet das Tageslicht ein flüchtiges Tuch der Helligkeit, sodass meine Mutter erglüht.

»Dein Freund«, sagt sie, »ist eindeutig dieser Mann.« Sie deutet auf dem Bild auf Ambrož' Körper, der auf den Steinen der Bahnhofshalle liegt. Neben ihm, wie neben jedem von sowjetischen Kugeln getöteten Demonstranten, eine Blutlache in Sichelform. »Und da ist er auch«, sagt sie und zeigt auf die Ecke, in der Ambrož steht. In der Hand hält er eine Zigarette, die er nie anzünden wird. »Dein Freund ist nicht gealtert. Er ist auch nicht tot. Und das bedeutet, dass es für mich Zeit ist zu gehen. Du musst glauben, dass ich verrückt oder blind bin, aber die Wahrheit ist, dass ich viel zu lange an diesem schrecklichen Ort gewesen bin. Vielleicht verstehst du das, wer auch immer du bist, vielleicht auch nicht. Ich hatte auch nie die Absicht, hierzubleiben. Ich hatte andere Pläne. Immer haben alle andere Pläne. Vergiss das nie, Moses. Wenn dein Leben nach Plan verlaufen ist, dann hast du sehr schlechte Pläne gehabt. Und wenn du denkst, dass es nicht so ist und deine Pläne aufgegangen sind, dann hattest du ein sehr schlechtes Leben. Ich hätte nach Wien gehen sollen. Oder nach London. Ich hätte nie in diesem Dorf bleiben sollen. Kannst du dir das vorstellen? Ein ganzes Leben hier verbringen, als Person jeden Tag schrumpfen, weniger und weniger werden, in diesem Haus auf die Rückkehr meines Sohns warten, Tag für Tag für Tag, bis sich schließlich alle Wände auflösen und das Dach verschwindet und mein Einkaufswagen verschwindet. Als ob es nicht schon genug ist, dass Gott mir meine Familie genommen hat – meinen Mann, meine Kinder. Und dann dies, eine letzte Prüfung: eine Version meines Sohnes, aber einer, der nicht mein Sohn ist.«

Sie geht die Treppe hinauf und wieder hinunter. Wir folgen ihr, ich voran, dann Ambrož, der auf Englisch flüstert, dass er krank wird, dass er das Gefühl hat, zu schwitzen. »Ist es möglich, Moses«, fragt er mich, »dass ich schwitze oder dass ich tatsächlich krank bin? Ist das möglich?«

In den Überresten ihres Kamins entzündet sie ein Bündel Holzstücke. Auf dem Boden steht eine Kiste, in die sie alle wichtigen Dinge ihres Lebens gestopft hat – Briefe, Fotos, ihre nie eingelösten Reparations-Schecks von der deutschen Regierung. »So«, erklärt sie, »kann mich niemand mehr verfolgen. Wenn du einen Brief von jemandem verbrennst, der tot ist, dann kann der Absender dir nichts mehr antun.« Als ich frage, woher sie das weiß, zeigt sie mir ihren Arm. »Wenn du mich jetzt aufschneiden und mein Inneres so zählen würdest, wie man Jahresringe einer Eiche zählt, würdest du dich verzählen, Moses. Daher weiß ich das.«

Ambrož und ich sehen uns das eine Weile an. Meine Mutter verbrennt alles. Sie verbrennt alles, was in der Kiste ist. Das Feuer brennt gleichmäßig und bemerkenswert gnadenlos: Was meine Mutter zum Verschwinden bringen will, lässt das Feuer für sie verschwinden. Dann verbrennt sie die Kiste. Sie schmettert die Esszimmerstühle gegen die Wand und verbrennt die Stuhlbeine samt Kissen. Sie schüttet all ihren Tee ins Feuer. Sie nimmt ihr Radio, aus dem immer nur schlechte Nachrichten kamen, und verbrennt es. Sie verbrennt die Fenstervorhänge, und als sie das tut, sehen wir, dass die Dorfjugend ins Haus glotzt. »Die Jüdin steckt die Welt in Brand!«, rufen sie. So geht das stundenlang. Als sich ein Teil des Dachs löst, ist sie glücklich, es anzuzünden.

Am Schluss schiebt sie den Überseekoffer ins Feuer. »Jetzt kann ich endlich gehen«, sagt sie und wirft die Zeitung, die meine Ermordung zeigt, ins Feuer. Als sie das tut, fasst Ambrož meinen Arm. Es dauert einen Moment, bis ich verstehe, dass ich zum ersten Mal, seit er noch lebendig war, seine Berührung spüre. Und als ich mich zu ihm umdrehe, ist er in zwei Teile gespalten.

In Zimmer 413 des Prager *InterContinental*-Hotels redet Ambrož aus gegenüberliegenden Ecken des Raums. Es ist Mitternacht, eine betrunkene Stunde, in der die Lichter in unserem alten Leben hell leuchten. »Ich brauche Hilfe«, sagt Ambrož links von mir und rechts von mir auf Tschechisch, Französisch, Deutsch, Russisch, Englisch, als wäre ich ebenfalls gespalten und hätte unterwegs vergessen, wie ich ihn verstehen kann, und im Ergebnis verstehe ich ihn auf jede Art. Anfangs kommen die Wörter im selben Moment an; beide Versionen seiner selbst prallen synchron so lange immer wieder voneinander ab, bis sie es nicht mehr tun.

»Ich brauche Hilfe. Wer von mir ist mein wahres Ich, Moses? Was soll ich tun, was soll ich jetzt tun? Vielleicht haben alle Teile von mir das Glück«, sagt er, »irgendwo in diesem fremden Himmel über Prag einen Seelsorger zu finden, jemanden, der sich auch unendlich aufsplittert, immer weiter aufsplittert in Teile seiner selbst. Und vielleicht wird dieser Priester mir helfen, Moses. Vielleicht gibt es einen bestimmten Segen, der einem gegeben werden muss, um dem ein Ende zu machen. Irgendein machtvolles Gebet. Heiliger Vater, voll der Gnade, bitte erlöse meine Seele, meine beiden Seelen, alle meine Seelen, alle meine künftigen Seelen, von der Zersplitterung und schenke ihnen Frieden im Reich der Hölle, im Nachhimmel. Amen«, sagt er, und er sagt es mit der ganzen Lautstärke, zu der ein Gespenst fähig ist.

Seine beiden Ichs spiegeln sich für einen kurzen Moment gegenseitig. Der Ambrož zu meiner Rechten, der, wie ich glaube, der ursprüngliche Ambrož ist, steht auf, während der andere Ambrož sitzen bleibt. Er ist um nichts weniger eine Version meines Freunds als der andere Teil von ihm. »Ist es denn nicht immer so?«, fragt dieser zweite Ambrož. »Ist es nicht immer so in amerikanischen Filmen, Moses? Wenn man Kummer hat, braucht man lediglich die Freundlichkeit eines einzigen christlichen Gebets, um getröstet zu sein. Kennst du eins für mich? Hast du eins gelernt, während du in deinem großen christlichen Land gelebt hast? Oder vielleicht ist es auch so, dass ich mir einen guten Rabbi suche, Moses. Vielleicht finde ich ein paar von den Abertausenden Rabbis, die es auch irgendwo in dieser Stadt am Rand der Welt gibt. Diese Rabbis, die wir verbrannt und ertränkt, in den Kopf geschossen, durch die Brust erstochen und von den Dächern unserer Häuser gestoßen haben, während sie ihre Kinder festhielten, die wir in die Rolle ihrer heiligen Schrift gewickelt und mit den Worten Gottes lebendig begraben haben. Vielleicht kann mir einer dieser Männer helfen.«

»Ich kann dir helfen, wenn du es mir sagst«, sage ich. »Sag es mir einfach. Was auch immer es ist.«

»Oh, bitte«, sagt der zweite Ambrož, lehnt sich in meinem Bett zurück und legt den Kopf auf mein Kissen. »Was könntest du denn überhaupt tun?«

»Ich weiß es nicht«, sage ich ihm. »Ich kann versuchen, dir zu helfen. Sag mir einfach, was ich tun soll.«

»Du weißt es nicht, weil die Antwort lautet, dass du mir nicht helfen kannst! Sieh mich doch an«, sagt der zweite Ambrož. »Sieh dir alles an mir an! Für diesen Teil des Todes wird nicht geworben, Moses! Es ist ganz offensichtlich die Strafe für alles, was ich in meinem Leben getan habe! Die Sowjetunion ist verreckt, und jetzt beherrschen ganz offensichtlich all die alten Sowjets das Reich der Toten! Das macht doch

Sinn, nicht wahr? Gibt es etwa eine perfektere marxistische Utopie als das Reich der Toten, in dem wir alle gleich sind? Wer außer den Sowjets hätte so eine Hölle erfinden können? Warum soll man einen Mann nach Sibirien verbannen, wenn man einfach auf seinen Tod warten, dann seine Seele in Stücke spalten und ihn dabei zusehen lassen kann, wie sein eigener Geist zerbröselt? Es würde mich nicht wundern, wenn Breschnew persönlich für das Nachleben Prags verantwortlich wäre! Oder wenn der KGB eine Sektion hätte, die sämtliche Seelen der Toten überwacht. Sie verfolgen mich! Das ist die Wahrheit. Die Gespenster sämtlicher Geheimpolizisten sind hinter mir her. Sieh doch nur, was sie mir angetan haben!«

»So etwas passiert aber nicht«, sage ich. »Sei nicht albern.«

»Ich bin ein Gespenst, Moses. Ich war länger ein Gespenst als ein Mensch. Hat es jemals etwas Dümmeres gegeben? Ich wollte nichts weiter, als mit meinem Freund öffentlich herumspazieren, und jetzt bin ich ein Gespenst! Oder noch besser: Ich bin zwei Gespenster! Die Tatsache, dass ich in der Lage bin, sogar diesen lächerlichen Satz laut auszusprechen, ist Strafe genug.«

»Sag mir, was ich tun soll«, sage ich.

»Moses, du könntest kaum die einfachsten Dinge für mich tun. Du kannst mir ja nicht mal ein Flugticket kaufen. Ich habe dich gebeten, das zu tun, aber du hast es nicht getan. Zwei Jahre lang hast du gar nichts getan. Zwei Jahre! Du konntest für mich nicht mal einen simplen Urlaub machen. Sieh dich doch um. Prag ist nicht mehr aus der Zeit gefallen. Wir sind kein geistig umnachtetes, mittelalterliches Kaff mehr. Wir haben Handel und Touristen und Souvenirläden! Sieh doch, wie modern wir geworden sind! Jetzt will jeder nach Prag kommen! Die Kommunisten sind weg, und sieh dir an, was passiert. Man kann die Touristenläden kaum noch zählen. Hast du gesehen, was man da kaufen kann? Was unsere geldgierigen Freunde und Brüder verkaufen? Spielzeuguhren von Orloj, die man sich in Milwaukee ins Bücherregal stellt! Der Hradschin auf einen Kaffeebecher gemalt! T-Shirts mit Kafkas Gesicht, die überm Bauch spannen! Kann man sich etwas vorstellen, das noch kafkaesker ist? In Kafkas Nachleben prangt er auf T-Shirts über den Bäuchen fetter belgischer Touristen! Hat er dafür seine ganze Zeit im Schlafzimmer verbracht? Die ganze Arbeit an seinen Manuskripten, und dafür bekommt er so etwas? Bin ich dafür erschossen worden?

Alle kommen aus Spaß! Stell dir das vor: Spaß! In der Geschichte dieser Stadt ist dieses Wort noch nie so nachdrücklich und so oft ausgesprochen worden wie jetzt. Kannst du dir das vorstellen, Moses: Spaß? Heutzutage macht es Spaß, in Prag zu leben! Die Burg ist Spaß! Die mittelalterliche Schwermut ist Spaß! Allerdings nicht für dich! Nicht für Moses! Du hättest zum Spaßhaben nur ein Ticket für mich kaufen und herkommen müssen«, sagt er. Und er ist drauf und dran, mich zu fragen, warum es für mich so schwer war - eine Frage, deren Antwort er längst kennt, eine Frage, die er tot oder lebendig kennt.

Und ich begreife, dass es so ist, dass sogar die Toten derart in Wut geraten können, dass ihnen die Wahrheit entgleitet. Und die Worte liegen ihm weiter auf der Zunge, auf seiner toten Zunge, und diese Worte werden so ungeheuer schwer, dass er ausatmet, ein ungeduldiges Ausatmen. Und ich begreife, dass ich ihn zum ersten Mal habe atmen sehen, wirklich atmen, und wenn er es tut, schlägt das Wetter um. Auf einmal wird es kalt im Raum. Draußen in der City muss man es auch spüren. Vielleicht denkt jeder, dass es nur eine plötzliche Windböe ist, stark genug, eine brennende Zigarette zu löschen.

Der erste Ambrož liefert am Fenster eine andere Erklärung. »Du willst die Wahrheit wissen, alter Freund? Bitte sehr. Ivan ist weg. Das ist passiert. Im Haus deiner Mutter, Moses, habe ich die Wahrheit verstanden. Sie hat ihre Sachen verbrannt, und die Wahrheit erreichte mich auf die gleiche Weise, in der alle Gesetze der Toten mich erreicht haben. Ivan ist nicht mehr hier. Wie das passiert ist, weiß ich nicht. Die Amerikaner befürchteten, dass er ansteckend war, und also haben sie ihn verbrannt, in eine Million Teilchen seiner selbst kremiert. Was kann man schon tun gegen die ewige Dummheit deines Landes, diese ungeheure, schamlose, aufgeblasene, endlose, scheußliche, giftige Dummheit? Wegen seiner Krankheit hatte deine Regierung noch vor seiner Leiche Angst. Im Haus deiner Mutter habe ich das alles gesehen. Ich sah zum Beispiel, wie er in einer Urne in seine Heimat zurückgebracht wurde, in einem Metallkasten, in einem versiegelten Sarg: So entsetzt war dein Land über seinen Tod, so entsetzt waren deine Leute über seinen Leichnam. Während deine Mutter ihre Briefe, ihre Kleider, ihre Dachschindeln, ihre Esszimmerstühle, ihre Bettlaken verbrannte, sah ich, wie alle Freunde Ivans ihn überall in der Stadt verstreuten – über dem Fluss, in der Schlucht von Mondrany, in der hohlen Statue von Kafkas Anzug. Überall gibt es Teilchen von ihm. Zwei Jahre Stückwerk. Und deswegen werde ich am Ende überall sein. Jemand muss ein Stück von ihm in der Nähe dieses Zimmers in die Erde gelegt haben. Und hier bin ich. Hier sind wir.

Vielleicht bin ich deshalb gespalten«, sagt Ambrož. »Vielleicht ist es das, was du siehst, wenn du zwei Versionen von mir siehst. Und es ist so, dass ich lieber auf der Stelle ganz und gar verschwinden würde. Wenn du mir helfen willst, hilf mir beim Verschwinden. Versuch, mir so zu helfen, dass ich für immer verschwinde. Wenn deine Zeit kommt, wirst du dir dasselbe wünschen. Niemand stirbt gern Stück für Stück.«

Am nächsten Tag ist das Haus meiner Mutter leer. Ich betrete es durch die Vordertür, die eine halbe Tür ist, und finde nur die verschwundene Eingangsdiele, in der Schilfgras wächst und Moorfrösche im Tageslicht träumen. Die Teenager aus der Nachbarschaft waren hier. Sie haben ihre Namen in die Wand geritzt und höhnische Farbschmierereien hinterlassen, die mir sagen, dass sie die wahren Eigentümer dieses Grundstücks sind und es immer schon waren, und dass ihnen darüber hinaus dies Dorf gehört, diese Nation, unsere Sprache, die ich nicht sprechen kann, ohne sie zu quälen, ohne mich zu quälen. Im ersten Stock im Schlafzimmer meiner Kindheit fehlen die auf den Fluss hinausgehenden Fenster, und an ihrer Stelle gibt es nur noch die Luft des Nachmittags. Sie liegt dunstig über einer Flussbiegung, die im Sommer meistens trockenfällt und an der die Mädchen aus der Nachbarschaft auf dem Rücken in der Sonne liegen, die T-Shirts hochgeschoben, um ihre Bäuche zu wärmen.

Als ich noch klein war, hat meine Mutter mir erzählt, dass ein Fenster zum Fluss ein Fenster zu allem sei, was der Fluss berühre: dieses Dorf, das Dorf jenseits dieses Dorfs, schließlich das große Meer, die Boote auf dem Meer, die gut gekleideten Männer und Frauen in knallbunt dekorierten Schiffskabinen, die einem Pianisten zuhören, der übertrieben gefühlvoll spielt. Und dann am anderen Ufer die Hafenarbeiter, die arbeiten, während der Schnee fällt, der Ort war immer New York, Winter auf ihren Mützenschirmen, Feuer in

Fässern, aufgereiht am Ufer in Form eines Mondes, der dem Mond über diesem Fenster sehr genau gleichen dürfte.

Während ich dies schreibe, schläft mein Enkel neben einem Fenster hoch über der Uferlinie, die meine Mutter sich nachts ausgemalt hat. Er hat einen mandarinenfarbenen Pyjama an. An diesem Abend habe ich für ihn auf der Rückseite der Zeitung eine Karte des Hudson River gezeichnet, damit er versteht, wohin die Schiffe ziehen, wenn er sie nicht mehr sehen kann. So etwas interessiert ihn, die Bewegung von Booten, die er sorgfältig mit seinen ans Fensterglas gelegten Fingern misst, die Vergänglichkeit ständig schwindender Dinge. Die Aussicht, dass im herrschenden Frost die schwappenden Wellen eine ganze Jahreszeit lang irgendwie erstarren – derlei beschäftigt ihn. Ich habe ihn gefragt, wohin die Boote seiner Meinung nach zögen. Er hat einen Augenblick nachgedacht und dann zum Himmel gezeigt. »Dahin«, hat er gesagt. Seine Mutter und sein Vater haben gelacht, aber es war durchaus keine schlechte Antwort.

Aus meinem Kinderzimmerfenster kann man im Schlamm die Fußspuren meiner Mutter sehen, bis sie verschwinden. Draußen folge ich ihr zur Bushaltestelle des Dorfs, wo mich die Nachbarskinder mit ihren Kameras schon in Empfang nehmen. »Der verrückte Jude ist wieder da! Seht euch den verrückten Juden an, der die Reste seiner Erinnerung kaufen will! Riecht das Meer auf dem Mantel des verrückten Juden!«

Dann finde ich mich am Fluss wieder, wo unter dem klaren Glas des Wassers Guppys zum Leben erwachen. Und dort, nur ein paar Schritte vom Friedhof entfernt, auf dem ihre Mutter begraben ist und wo die Mutter ihrer Mutter begraben ist, und immer so weiter wie in der Genesis, finde ich die Schuhe meiner Mutter, ihren dicken Pullover und ihre Haarspangen auf einem behelfsmäßigen Fischereianleger ausgebreitet. Es wäre ungewöhnlich für sie, eine Nachricht zu hinterlassen, und also suche ich nicht danach. Ich soll verstehen, dass sie ins Wasser gegangen ist.

Ambrož bestätigt meinen Verdacht. Das tun sogar beide Versionen von ihm. Er folgt mir paarweise und wird dann am Fluss wieder krank, klagt über Fieber mit zweistimmiger Stimme in synkopiertem Stereo, setzt sich ins Gras, wo seine Füße, und zwar alle vier, im hohen Schilf ruhen. Während ich zusehe, vervierfacht er sich und verdoppelt sich dann erneut, und innerhalb einer Stunde ist das ganze Flussufer voll von ihm, so viele Versionen, dass ich sie nicht mehr zählen kann.

»Mein Freund«, sage ich, »was geschieht mit dir? Was habe ich getan? Wie kann ich dir helfen?«

Mir ist jedoch die Fähigkeit abhandengekommen, mit ihm zu reden. Obwohl er um mich herumwuselt und mir in die Augen sehen kann, hat er keine Stimme mehr.

»Kannst du mir sagen, wo meine Mutter geblieben ist?«, frage ich dann und zeige zur Elbe, die wie ein Pfeil durch Böhmen fließt, bis sie in der Nordsee mündet. »Wo ist sie?«, frage ich. »Wo ist sie hin? Wo ist meine Mutter? Wo ist meine Mutter?«

Es kommt jedoch keine Antwort. Stattdessen fliegen die Versionen von Ambrož eine nach der anderen von mir fort. Der Schwarm, der er ist, bewegt sich himmelwärts, als werde er aufgescheucht von einem lauten Geräusch, das meine Ohren nicht erreicht. Es ist etwas, das Eli für mich gezeichnet hätte, wenn er es könnte.

Irgendwann sehen die Dorfkinder, wie ich ins Nichts hineinrede, ihm hinterherschreie, nach meinem Freund rufe, nach meiner Mutter rufe. Und wieder tönt ein Lied durch das Dorf: »Ich hab's dir gesagt, der Jude ist verrückt, der Jude ist verrückt, ich hab's dir gesagt!«

Am folgenden Nachmittag kommt Žofie an. Am Flughafen führt sie mich wie ein Kind an der Hand direkt zum Ticketschalter, damit wir zurück nach New York fliegen können. »Ich verbringe keine Sekunde länger in dieser Stadt«, sagt sie zu mir, aber auch zu dem verwirrt dreinschauenden Mann, dem sie ihren Pass und ihre Kreditkarte gegeben hat und den sie auffordert, uns beide auf den frühesten Flug nach Amerika zu buchen. »Irgendeine Stadt, völlig egal, Columbus, Des Moines, Fort Worth, irgendein Ort, irgendein Flugzeug. Egal welche Zeit, aber in Amerika, bitte, irgendein Winkel Amerikas, geben Sie uns irgendeinen abgelegenen Winkel der USA, irgendeinen Ort, irgendeinen Ort.«

»Kaum bin ich hier«, sagt sie zu mir auf Deutsch, »kann ich schon fühlen, wie meine Haut brennt.«

»Das assoziiert man normalerweise nicht mit schlechten Erinnerungen«, sage ich ebenfalls auf Deutsch, aber sie ist wie stets unbeeindruckt von meinen Diskussionsversuchen oder auch nur davon, dass mein Deutsch nach dieser ganzen Zeit wackelig geworden ist und ich so klinge, als käme ich aus dem Nirgendwo und würde eine jüngere Version meiner selbst imitieren. Sie umfasst meine Hände, ein Griff wie Handschellen, als wollte sie mir damit sagen: Du bist ganz offensichtlich verrückt geworden, Moses. Als wollte sie sagen: Ich habe dich vor dieser Stadt gewarnt, diesem als Stadt verkleideten Museum der Morbidität. Ich habe dich vor deiner Obsession für Gespenster gewarnt, vor deinem optimistischen Vertrauen in europäischen Fortschritt, vor deiner wahnhaft fehlgeleiteten Vorstellung von der endgültigen Sicherheit des jüdischen Volks. Als wollte sie sagen: Hier bin ich, alter Freund, um dich wie versprochen nach Hause zu bringen.

Als ich mich nach den Kindern und Eli erkundige, sagt sie, dass sie allen erzählt habe, ich hätte mir ein Bein gebrochen. »Felix und Martha wollten wissen, welcher Teufel mich geritten hat, mir freiwillig ein Ticket zu kaufen, um hierher zurückzukehren. Also habe ich ihnen erzählt, dass du betrunken gestürzt seist und dir ein Bein gebrochen hättest. Und dass ich als deine Notfalladresse in den Unterlagen des Innenministeriums geführt werde und deshalb die einzige Person bin, der es gesetzlich erlaubt ist, dich abzuholen. Ich schätze, es ist unsere Schuld, dass wir Kinder großgezogen haben, die so dumm sind, das zu glauben.«

»Du hast ihnen erzählt, ich hätte mir ein Bein gebrochen?«

»Ja«, sagt sie. »Ich habe allen erzählt, dass du schwer betrunken warst und dich verletzt hast. Das Betrunkensein ist wichtig. Es erklärt ein paar bedenkliche geistige Aussetzer und Notfälle. Was ja auch nicht so ganz unzutreffend ist, wenn du mich fragst. Ich musste ihnen eine Erklärung liefern, warum ich gekommen bin. Denn schließlich, Moses, habe ich meinem Sohn hundertmal gesagt, dass ich unter gar keinen Umständen hierher zurückkehren würde, dass ich überhaupt nicht mehr nach Europa zurückkehren würde, es sei denn, ich würde gegen meinen Willen hergebracht. Und dass ich auch nicht in dieses Land zurückkehren würde, es sei denn, ich wäre ohnmächtig, während man mich gegen meinen Willen herbringt. Und dass ich nie in diese Stadt zurückkehren würde, es sei denn, man würde mich während dieser Ohnmacht langsam bei lebendigem Leibe verbrennen. Und wenn man mich in dieser Stadt irgendwie entdecken würde, dann deshalb, weil der Geist Breschnews persönlich durch die dünne Wand, die die Welt der Toten von der Welt der Noch-nicht-Toten trennt, gekrochen wäre, um mich zu verhaften und schließlich zu erledigen. Felix hatte ich gesagt, der einzige andere Grund, aus dem ich je zurückkehren würde, wäre gegeben, wenn ich in einen zwar unglücklichen, aber berechtigten Zustand geriete, in dem ich beispielsweise den Geist meiner Mutter und die Geister meiner toten Freunde sehen könnte. Angesichts dessen, was ich tue und wo ich mich in diesem Moment befinde, und angesichts der Luft, die ich atme, ist so etwas sehr gut möglich. Und ein gebrochenes Bein«, sagt sie, »ist ja auch ärgerlich. Aber zwei Beinbrüche sind ein echtes Problem. Deshalb habe ich allen erzählt, dass du dir beide Beine gebrochen hast.«

»Beide Beine?«

»Jeder kann in ein Flugzeug humpeln. Versuche es mal mit zwei gebrochenen Beinen.«

Dann stampft sie mir mit dem Absatz ihres Stiefels auf den Fuß.

»Vielleicht hast du mir jetzt wirklich den Fuß gebrochen«, sage ich.

»Noch nicht richtig«, sagt sie. »Wir müssen ihn brechen, bevor wir wieder zu Hause sind. Vielleicht hat dein Hotel einen Hammer, den ich mir ausleihen kann. Mit deinem anderen Bein müssen wir auch noch etwas machen. Ich habe den Kindern erzählt, dass du aus einer Straßenbahn gefallen bist.«

Den Mann hinter dem Schalter scheint dies Gespräch verständlicherweise zu beunruhigen.

»Keine Sorge«, sage ich zu ihm. »Wir sind ein ganz altes Liebespaar.«

»Auf einem anderen Planeten«, sagt Žofie, »waren wir ein Liebespaar. Aber seitdem haben wir den Planeten längst verlassen.«

Am Abend zuvor hatte ich sie aus Zimmer 412 im *InterContinental* angerufen. Ich stand am Fenster, unter mir lag, in Licht und Glas und Stille schimmernd, das Jüdische Viertel, in dem es keine Juden mehr gibt. Ich hatte meine Mutter und Ambrož verloren, und ich sagte es Žofie so direkt wie möglich: »Ich habe meine Mutter an den Fluss verloren. Und ich habe meine Geister verloren. Beide.«

Als ich fertig war, sagte sie, ich solle an Ort und Stelle bleiben. »Telefoniere nicht, Moses. Geh für keine Sekunde nach draußen, Moses. Ich packe eine Tasche und hole dich ab.«

»Ich wollte dich nicht beunruhigen«, sage ich jetzt zu ihr.

Sie lässt meine Hand in diesem Moment nicht los, nicht, solange der Mann hinterm Schalter erklärt, dass er uns in den nächsten zwei Tagen nicht aus Prag herausbekomme, nicht vor Ablauf von etwa neunundvierzig Stunden. Es gibt schlechtes Wetter, es gibt einen Vulkanausbruch, es gibt Doppelzyklone, die über dem Atlantik rotieren, es gibt umfassende mechanische Probleme auf allen Transkontinentalflügen Richtung Amerika, es gibt einen globalen Streik des Gepäckdienstes. Die jüdisch unterwanderte Luftfahrtkommission hat verfügt, dass unsere Geschichte fortgesetzt werden muss. Es gibt eine vorgeschriebene Wartezeit für Tschechen, die unter günstigen Umständen aus dem Land geflohen sind. Für Personen mit Kugeln in den Knien verdoppeln sich die Kosten, für Personen, die durch Schusswechsel voneinander getrennt wurden, gilt für heute ein Boardingverbot.

Sie stützt mich, als wir langsam, ach, so langsam, zu der automatischen Drehtür gehen, die sich gegen den Nachmittag öffnet und schließt.

Ich fürchte, für alles, was ich noch erledigen muss, ist die Zeit zu kurz. Neunundvierzig Stunden sind gar nichts. Ich versuche, ihr das zu sagen, ohne es auszusprechen, und sie versteht.

»Die Toten kommen gut mit sich selbst zurecht, Moses«, sagt sie. »Das war schon immer so. Entweder leben sie weiter in der Welt der Toten, oder sie ruinieren uns, indem sie versuchen, uns dazu bringen, ihnen zuzuhören.«

Sie hält meine Hand, bis wir im Hotel sind. »Das ist nicht nötig«, sage ich zu ihr auf Englisch. Das Händchenhalten ist natürlich wunderbar, selbst in einer Situation, in der ich möglicherweise den Verstand verloren habe.

»Ich spreche nur ein bisschen Englisch«, sagt sie laut, zu laut, womit sie sich über ihren eigenen Akzent lustig macht. »Deutsch vielleicht? Čeština? Français?«

Dieser schreckliche Scherz ist ihre Reaktion auf die Stadt, die sie nicht wiedererkennen darf und die sie zugleich nicht aus ihrer Erinnerung hat löschen können. Als unser Wagen um die Ostkurve des Königlichen Gartens biegt, wo sich die Chotkova aufwärts windet und die Turmspitzen des Burgbezirks in den Blick rücken, höre ich, wie sie nach Luft ringt und wieder ausatmet – Feier und Strafe zugleich, ein Schwelgen in Schönheit oder ein Schwelgen in Reaktion auf eine Erinnerung an die Schönheit. Oder vielleicht ein vorübergehender Zustand von Atemlosigkeit in Gegenwart ihrer Mutter, die für einen Augenblick wieder lebendig geworden ist. Und dann die Strafe: so etwas zu empfinden, Hinweise auf ihre tote Mutter zu sehen, überhaupt an die fiktionale und vergiftete Idee der Schönheit zu glauben, eine Idee, die letztendlich jeden enttäuscht.

Da gibt es nun dies: eine Hand halten. Eine Aufgabe.

»Folgendes wird passieren«, sagt sie, als unser Wagen sich dem Hotel nähert. Sie spricht Jiddisch, weil es garantiert die einzige Sprache ist, in der sie nicht belauscht werden kann. Ein alter Trick aus der Zeit, als unser Leben voller Mikrofone war. »Wenn wir ankommen«, sagt sie und hält immer noch meine Hand, »wirst du etwas essen. Du wirst möglichst für zwei essen. Und dann wirst du baden. Du riechst furchtbar, Moses. Ich bin entsetzt, dass ich diesen Satz laut aussprechen muss. Unser guter Fahrer hier wird sein Taxi ausräuchern müssen, der arme Mann. In deinem Auflösungsprozess hast du die Hygiene vernachlässigt. Du wirst also ein Bad nehmen. Dann werde ich dir eine Schlaftablette geben. Eine gute, von den großartigen Wissenschaftlern Amerikas entwickelte Schlaftablette, die dich garantiert in den nächsten Morgen geleiten wird. Wenn du wieder aufwachst, werden wir diese Schritte wiederholen: Essen, Baden, Schlaftablette. In zwei Tagen werde ich dich im Flughafen auf deinem Sitz und dann in unserem Apartment auf der West Side abliefern, wo unsere Kinder deine Beinbrüche beklagen werden, die, vergiss das nicht, am Ende auch noch zu fabrizieren sind.

Was du nicht tun wirst, Moses: irgendjemandem etwas von dem erzählen, was hier geschehen ist. Nichts von Ambrož, nichts von deiner mutmaßlichen Mutter. Gespenstergeschichten führen in Amerika nur zu einem Ergebnis, mein Freund: die Klapsmühle. Deine Tochter hält dich immer noch für einen guten Mann mit solidem Urteilsvermögen. Ein pflichtbewusstes Mitglied deiner Synagoge, ein liebevoller Vater, ein Mann, der in Gottes Namen Racquetball spielt! Du willst doch wohl nicht, dass sie dich in einem abgelegenen amerikanischen Vorort in einer Klinik besuchen, einen alten Mann im Schaukelstuhl, der auf Deutsch etwas vor sich hin murmelt von unsichtbaren Männern, die in tausend Stücke anderer unsichtbarer Männer zersplittern. Niemand will, dass dir das passiert.«

Als ich widersprechen will, fällt sie mir ins Wort. »Du hast den Verstand verloren. Restlos verloren. Wahrscheinlich schon vor Jahren. Wahrscheinlich stückchenweise. Einen Gedanken nach dem anderen. Aber verloren ist verloren. Das ist nichts, für das man sich schämen muss. Alles in allem hast du dich lange Zeit bemerkenswert gut gehalten. Du hattest eine schwere Zeit. Niemand würde etwas anderes behaupten. Ich hätte schon längst eingreifen müssen, als du mir zum ersten Mal erzählt hast, dass du dich mit Ambrož' Geist angefreundet hast. Damals hätte ich mich einmischen müssen.«

»Vielleicht hast du recht«, sage ich. »Vielleicht bin ich schon hinüber.«

»Achtundvierzig Stunden«, sagt sie. »Mehr nicht. Kannst du es noch achtundvierzig Stunden in dieser Stadt aushalten, ohne auszubrechen, ohne wegzulaufen?«

Als sie das sagt, überqueren wir die Moldau auf dem Weg in die Altstadt, die in der Dämmerung von unten angestrahlt wird, sodass die Schatten der Leute in den engen Gassen zu riesigen Formen, zu Projektionen von Projektionen auf den alten Steinmauern werden. Und auf den Gehwegen kommen wir an Universitätsstudenten vorbei, die sich im schnell kühler werdenden Abend untergehakt haben. Eine von ihnen, denke ich, könnte sehr gut sie sein, könnte schon immer sehr gut sie gewesen sein oder ist sie immer noch. Ich verstehe nicht, wie die Zeit funktioniert oder was von uns bleibt, wenn wir weggehen. Oder wie Städte sich an uns erinnern, wenn sie das überhaupt tun.

»Wenn wir schon mal hier sind«, sage ich, »wollen wir dann nicht in der Stadt ausgehen? Immerhin hast du den weiten Weg gemacht. Gibt es keinen Ort, den du sehen willst?«

»Nein, Moses.«

»Du hasst diese Stadt vielleicht genauso, wie ich sie hasse, aber wir können uns doch alles, was du willst, anschauen. Es ist keine Schande, für einen Tag Tourist zu sein. Würdest du das gern machen?«, frage ich.

Während wir schweigend weiterfahren, scheint sie es sich zu überlegen.

»Es ist keine Schande, Ja zu sagen«, sage ich.

Mit Blick vom Dachrestaurant im *Golden Well*-Hotel zeichnet Žofie den Veitsdom auf eine Papierserviette. »Solche Zeichenübungen habe ich damals in Tanger immer wieder gemacht«, sagt sie. »Meistens aus rein sentimentalen Gründen. Du weißt schon, um die Stadt bei mir zu halten, als könnte ich sie vergessen, und so weiter und so weiter. Ich gebe es nur ungern zu, aber ich habe ganz Prag auf die Vorderseite einer Zeitung gezeichnet. Oder auf eine Quittung von der chemischen Reinigung. Nicht, dass ich keine Fotos gehabt hätte, die ich mir hätte anschauen können. Ich hätte ja auch ganz einfach in einen Buchladen oder eine Bibliothek gehen und mir Reiseführer für Prag ansehen können, die man potenziellen Touristen verkauft: alles Hochglanz, jeder Winkel voll verborgener Abenteuer und unentdeckter kulinarischer Juwelen. Aber mir gefielen meine Zeichnungen besser, weil meine Zeichnungen schlecht waren oder verzerrt vom Schmerz, den ich empfand, dem körperlichen Schmerz in meinem Knie, wodurch mir die Stadt realistisch erschien. Vielleicht realistischer als jetzt in diesem Moment«, sagt sie.

Wir waren in das Restaurant gegangen, nachdem wir die Burg besichtigt hatten. Dort war sie langsam auf einen Teil des Platzes geschlendert, von dem aus man über den Hügel und die Moldau blicken kann und wo, wie ich hoffte, sie pfeifend nach dem vermissten Esel ihrer Mutter gesucht hatte. Als sie zurückkam, versuchte ich, sie so zu sehen, wie sie vielleicht von anderen gesehen wird, nämlich als reiche Touristin: Eine Frau mit einem makellos weißen Kurzhaarschnitt, eine Frau in einem lavendelblauen Kaschmirmantel, eine Frau, die unübersehbar humpelt, eine Frau, die einem der Busse entstiegen war, die zu Hunderten die Zugangsstraßen verstopften. Es ist durchaus nicht unangemessen, wenn ich sage, dass ich immer in sie verliebt gewesen bin.

Sie hielt an, um mit ihrem Handy ein Foto zu machen, ging ein paar Schritte weiter und nahm dann das gleiche Bild aus einem näheren Blickwinkel auf. Später erst kam ich dahinter, dass es eine Version des Bilds war, dass alle von dieser Stadt machen: die Reihe von Brücken, die sich der Biegung des Flusses so anschmiegen, als wollten sie zeigen, dass sie in Wahrheit gar keine Brücken sind, sondern Bänder, die die beiden Hälften der Stadt davor bewahren auseinanderzudriften.

Im Restaurant bestellt sie für uns – Sandwiches mit Räucherlachs, eiskalten Sancerre, serviert in einem vergoldeten Weinkühler. Zum Dessert eine Tarte mit glasierten Boysenbeeren, die aussieht, als hätte es drei Personen gebraucht, sie herzustellen, und die sicherlich mehr kostet als zwei Monatsmieten aus dem Jahr, in dem wir ermordet und nicht ermordet wurden.

Wir sind beim Dessert, als sie mir von der Polizei erzählt. »Ich habe die örtliche Zentrale wegen deiner Mutter angerufen«, sagt sie.

»Oh«, sage ich.

»Ich habe ihnen gesagt, dass die Möglichkeit besteht, dass deine Mutter sich in den Fluss geworfen hat.«

»Verstehe.«

»Ich habe ihnen auch gesagt, dass die Sache mit dem Fluss möglicherweise gar nicht stimmt. Dass ich mit dem Sohn dieser Frau aus Amerika angereist sei. Der Sohn habe *gelitten* – das Wort habe ich benutzt, Moses. Ich hoffe, du bist nicht beleidigt.«

»Ich verstehe.«

»Ich habe der Polizei gesagt, dass wir sie, wenn irgend möglich, gern sehen würden, wenn sie gefunden werden sollte.«

»Das wäre gut.«

»Ich habe ihnen von dir erzählt«, sagt sie. »Du weißt schon, diese schreckliche Geschichte.«

»Meinst du meinen Charakter?«

Da muss sie lächeln. »Wenn es nur so einfach wäre«, sagt sie. »Deine Kindheit meinte ich damit. Erspare mir Details.«

»Du glaubst nicht, dass sie real ist«, sage ich. »Du denkst, dass es stimmt, was die Schulkinder gesagt haben. Dass sie schon lange tot ist.«

Žofie wird das nicht beantworten. Es gibt noch Essen, in dem man herumstochern, Dome, die man auf Servietten zeichnen kann.

»Ich konnte ihnen kein Bild zur Verfügung stellen«, sagt sie. »In Vermisstenfällen haben sie gern ein Foto. Hast du eins?«

»Nein«, sage ich. »Ich habe kein Bild.«

»Du warst tagelang mit ihr in dem Haus, aber du hast kein Foto gemacht?«

»Das hätte ich wohl machen sollen, nicht wahr?«

»Ja, Moses. Selbstverständlich.«

»Ich habe mich gefreut, sie zu sehen. Es war eine sehr lange Zeit. Und ich habe mir auch Sorgen gemacht, weil sie in so einem Zustand war.«

»Na schön«, sagt sie. »Wollen wir also hoffen, dass wir sie finden.«

»Was hat die Polizei denn gesagt?«

»Mein Gespräch hat nicht grade für Zuversicht gesorgt.«

»Das passiert immer, wenn du anfängst, den Leuten etwas über meinen Charakter zu erzählen«, sage ich.

»Sie haben Boote«, sagt sie.

»Verstehe. Wegen des Flusses?«

»Sie haben erwähnt, dass es manchmal mehrere Tage dauert, bis Leichen an die Oberfläche kommen oder dass Leichen sich in einer Flusskrümmung an Bäumen oder anderen Hindernissen verfangen. Als ich ihnen die Situation beschrieben habe, wurde mir klar, dass sie nicht zum ersten Mal mit so etwas konfrontiert wurden.«

»Ich verstehe«, sage ich.

»Tut mir leid, dass ich mich so drastisch ausgedrückt habe.«

»Es ist eine drastische Lage.«

»Ich musste ihnen die Fakten mitteilen, und ich denke, dass ich dich wissen lassen sollte, was sie mir gesagt haben.«

»Ich hoffe, so weit kommt es erst gar nicht«, sage ich.

»Und ich habe ein Taxi bestellt, das uns zu Ivans Grab fährt.«

Als sie das sagt, sehe ich sie nicht an.

»Ich habe die ganze Nacht überlegt, ob ich dir deine Fantastereien durchgehen lassen soll, diesen mentalen Abgrund, in den du gestürzt bist. Aber in ein paar Stunden sitzen wir im Flugzeug, und dann wirst du wieder zu Hause in New York sein, in deinem wirklichen Leben mit deiner Tochter und deinem Enkel, der fabelhaft und ganz und gar real ist. Und ich will nicht, dass du dir noch länger über diesen Ort oder das, was du alles getan haben könntest, Gedanken machst und auch nicht nach dem emotionalen Zustand von Ambrož' diversen Geistern fragst. Oder nach dem Aufenthaltsort deiner Mutter. Gott sei ihrer Seele gnädig.«

Für eine ganze Weile sagen wir nichts mehr. Ich sehe zu, wie Žofie die Tarte und den Wein verzehrt, während Vögel im Uhrzeigersinn die Türme des Burgareals umkreisen, bis ein lautloses Signal allen befiehlt, zu Dutzenden in makelloser Gleichzeitigkeit aufwärts zu stoßen, wo sie für einen Augenblick in einer Luftströmung schweben, die wir nicht spüren können, und dann in entgegengesetzter Richtung davonfliegen.

Ivan liegt auf einem kleinen Friedhof in der Nähe seines Elternhauses in Stresovice begraben. Dorthin nehmen wir ein Taxi und fahren eine kurze Strecke durch Vorstädte, geprägt vom Lauf der Zeit und kommunistischen Ideen vom Städtebau, entlang der Linie C, wo die roten Straßenbahnwagen über Gleise holpern, die durch gemähtes Gras führen.

Sein Grabstein ist klein - nur sein Name, seine Geburts- und Todesdaten. Um ihn herum liegen Mitglieder seiner Familie, Tanten mit hübschen Namen wie Britta, Lara, Gabi. Es ist der Nachmittag meines letzten Tags in Prag. Žofie steht abseits zwischen anderen aufragenden Grabsteinen. Der Wind zerzaust ihr Haar. So werde ich mich an sie erinnern: Sechzig Jahre alt, leicht gereizt wegen der Atmosphäre, vor einer Reihe efeuumrankter Kreuze, das kranke Bein auf dem Grabstein eines Fremden ruhend. Einige Jahre später werde ich ihr das erzählen, wenn sie sterbend in einem Krankenhausbett mit Blick über Manhattan liegt, und dort wird sie mir in einer Sprache, die eine Mischung all unserer Sprachen ist, erzählen, dass sie sich den Augenblick des Todes immer wie eine Explosion vorgestellt habe. Such nach mir, wird sie sagen. Such überall nach mir.

Ich hocke mich neben Ivans Grab ins Gras, das frisch gemäht ist und den warmen, ranzigen Geruch nach Heu verströmt. Ich war ihm nur einmal auf einer Weihnachtsfeier im sehr großen Haus seines Vaters begegnet, wo er mir erzählte, dass er plane abzuhauen, aus dem Fenster zu springen, wie er sagte, was ich als Chiffre verstand.

Man hofft, sagte er, dass die Landung nicht total furchtbar sein werde. Er sagte mir auch, dass ich auf Ambrož aufpassen solle, wenn er nicht mehr da wäre. »Kannst du das für mich tun, Moses? Tust du das? Er ist in seiner Seele jünger als er aussieht.« Ivan hatte eine Lederjacke getragen, die ein Zwilling von Ambrož' Jacke war, und ich erinnere mich an seine Angewohnheit, breit zu lächeln, wenn unser Gespräch versiegte, als fände er sein leichtes Unbehagen oder mein eigenes Unbehagen über unser Schweigen ausgesprochen amüsant. »Wenn ich nicht mehr da bin, schau hin und wieder mal bei ihm vorbei. Tust du das?«

Noch bevor ich die Möglichkeit habe, ihre Sinnlosigkeit zu ermessen, kommt mir eine Idee. Ich nehme das Gedicht, das Ambrož mir in New York geschenkt hat und das ich seit zwei Jahren in meiner Brieftasche mit mir herumtrage, falte es in der frischen Luft auseinander, wende es um, sodass die Wörter nach unten zeigen, und vergrabe es in der Erde. Oder, genauer gesagt, versuche ich, es in der Erde zu vergraben. Der Boden hat andere Ideen. Die Erde ist hier zu hart, um sie mit den Händen zu lockern. Ich versuche es trotzdem, denke, dass ich mehr Erfolg haben werde, wenn ich schneller grabe, wenn ich den Boden mit größerer Geschwindigkeit aufkratze.

Als Žofie mich fragt, was ich da tue, sage ich, dass ich etwas für ihn hinterlasse, und sie fragt ungläubig, ob ich etwa Ivan meine. Und als ich Ja sage, Ivan natürlich, wen denn sonst, hier lebt er doch jetzt, sagt Žofie, dass ich wie ein guter Jude nur einen Kiesel auf seinem Grabstein hinterlassen soll. Aber auf diesem Friedhof liegen keine Kiesel auf den Rändern der Grabsteine, so als gäbe es keine Juden mehr, die Kiesel auf die Ränder von Grabsteinen legen.

Es kommt mir unmöglich vor, genau zu erklären, was ich da

tue, dass ich nämlich hoffe, auch Ambrož zu begraben, indem ich das Gedicht begrabe.

»Der Boden ist zu hart«, sage ich zu Žofie. »Ich komme nicht tief genug.«

Žofie steht über mir. »Was genau tust du da?«, fragt sie.

»Ich begrabe ihn.«

»Begräbst ihn wie?«

»Ich glaube, so wird es gehen.«

Während ich vergeblich versuche, meine Hände in die Erde zu senken, in der Ivan begraben ist, erscheinen mir wieder sämtliche Bruchstücke von Ambrož' Gespenstern. Eines von Ambrož' Gespenstern, oder vielleicht auch alle, flehen mich an, die Angelegenheit zu Ende zu bringen. Beeil dich. Sei den Toten gnädig. Die Sache ist die, dass er an diesem Punkt in viele hunderttausend Versionen seiner selbst gespalten ist und dass jede Version immer weniger von ihm enthält, sodass er mich eher wie ein Dunst als die Version eines Menschen zu umgeben scheint. Ambrož sagt etwas zu mir, aber ich kann es nicht verstehen. Er umgibt mich zu schwach, zu instabil.

Hinter mir legt Žofie die Hände auf meine Schultern und beschwört mich aufzustehen. Während sie sich bemüht, mich zu trösten, sich zugleich vor der Peinlichkeit meines Verhaltens zu schützen und mich ins Taxi zurückzulotsen, das auf dem Parkplatz wartet, erinnere ich mich an ein Gespräch zwischen uns, als wir noch sehr jung waren.

Vielleicht war das an einem Abend, an dem wir überlegt hatten, uns abzusetzen, ein Abend, an dem wir Koffer in unser Wohnzimmer geschoben und abwechselnd versucht hatten, uns in sie hineinzuquetschen. Oder ein Abend, an dem wir lange wach geblieben waren, um unsere Biografien aufzuschreiben, damit etwas von uns erhalten bliebe, nachdem man uns schlussendlich eingefangen oder exekutiert oder im

Kofferraum eines dunkelgrauen Wolgas mit Vollgas in die Lubjanka verfrachtet hätte, wo man uns sicherlich gezwungen hätte, gefälschte Geständnisse zu unterschreiben. Es war höchstwahrscheinlich an einem dieser Abende, als wir auf die Idee kamen, einen Golem zu bauen.

Wir wohnten nicht weit von der Alten Synagoge entfernt, wo angeblich der Golem immer noch auf dem Heuboden über der Straße schläft, als hätte ihn sein Schöpfer Rabbi Löw, der Maharal von Prag, dort vergessen. In der Legende wird erzählt, dass er den Golem geschaffen hätte, um die Prager Juden zu beschützen. Vielleicht konnten wir die Fenster aus unseren Fenstern sehen, Licht in der Farbe eines Etrogs an Festtagen.

»Er schläft noch, wartet darauf, dich und mich zu beschützen«, hatte Žofie in jener Nacht gesagt.

»Vor wem?«, hatte ich gefragt.

»Ach, Moses, wir haben viele Feinde«, hatte sie geantwortet, und ich erinnerte mich daran, dass sie mit der Hand gegen die Wand geklopft und das Handzeichen gemacht hatte, das wir damals benutzten, um uns zu signalisieren, dass Mikrofone im Gebäude installiert waren: Der Zeigefinger zeichnet den Buchstaben M in die Luft. Natürlich wusste sie, wie es gemacht wird, das heißt, wie man einen Golem baut. »Es ist ganz leicht«, sagte sie, »aber auch sehr gefährlich. Wenn wir Leben erschaffen, werden wir zum Beschützer des Beschützers.«

Später gingen wir dann ans Flussufer. Sie stieg ins Wasser, bis es ihr zu den Waden reichte, und steckte die Hand hinein, bis sie eine Handvoll Schlamm gesammelt hatte – denn es muss dieser Schlamm sein – und ihn in unserem Wohnzimmer zu einem Mann formte, genau wie Rabbi Löw es gemacht hatte. Sie erklärte, dass man den Golem zum Leben erweckt, wenn man in hebräischen Buchstaben das Wort für Wahrheit - Emet - auf seine Stirn schreibt, und wenn man den ersten Buchstaben entfernt, das Aleph, ergibt sich das Wort für Tod, womit man ihm seine Kraft nimmt.

Ambrož war es, der die Buchstaben auf die Stirn des Manns schrieb. Ich erinnere mich, dass wir stundenlang warteten. Die Mikrofone lauschten. Irgendwo am Wenzelsplatz, in Moskau, in der Lubjanka, hockten Männer im Rauch von *Prima*-Zigaretten und schrieben unsere Gespräche darüber mit, wie man Leben aus Lehm erschafft. Es war Žofie, die sagte, dass es möglich wäre, wir es aber falsch gemacht hätten, obwohl ich wusste, dass dem nicht so war. Wenn sie die Anweisungen erteilt hatte, waren die Anweisungen korrekt. Die Wahrheit war etwas, das wir alle verstanden: Niemand würde uns retten.

Ich denke nun an ihn, unseren misslungenen und unfähigen Beschützer aus Lehm, dessen Körper auf unserer Fensterbank stand, bis wir unsere Wohnung verließen. Er wurde höchstwahrscheinlich von sowjetischen Inspektoren, von tschechischen Kollaborateuren, von einer ganzen Spitzelarmee in Zivil mitgenommen und landete schließlich auf einer Müllhalde, wo er immer noch schläft. Oder er wurde, besser noch, einem Kind geschenkt und ruht auf dem Schreibtisch des Sohns oder der Tochter des Manns, der ihn mitnahm, unser Haus auf den Kopf stellte und immer noch darauf wartet, dass er zum Leben erwacht, und immer noch über die Buchstaben für Wahrheit rätselt, die auch die Buchstaben für Gottes bevorzugten Namen sind.

Der Boden ist zu hart, um das Gedicht zu verscharren. Stattdessen verbrenne ich es. Die Idee fliegt mir zu, und in wenigen Augenblicken brennt das Papier. Jetzt umgibt Ambrož mich überall, mein aus Gedichten gemachter Golem, der im

Tod so krank war, dass er zu Versionen seiner selbst verdunstete. Und obwohl ich die Wörter des Gedichts, das er mir vor Jahren in New York geschenkt hatte, hätte lesen können und obwohl ich einen Buchstaben des Worts für Wahrheit hätte löschen können, um den Eintritt des Todes zu beschleunigen, tat ich es nicht.

Er geht, er geht, er geht.

Eine letzte Sache noch:

Meine Mutter erwartet uns bereits, als wir in unser Hotelzimmer zurückkommen. Sie hat ein blau geblümtes Kleid an, ein Stirnband, das sie sich zweimal um die Schläfen gewickelt hat, trotz der überwältigenden Hitze im Zimmer die Hände in mit Pelz gefütterten Lederhandschuhen und über dem Pullover eine kurze Kette mit einem Anhänger - ein Holzstück in Form einer kleinen Mesusa.

»Wenn man kein richtiges Haus hat, dann trägt man es sein Leben lang in sich«, sagt sie zu mir, als sie sieht, dass es mir aufgefallen ist. Sie sagt es auf Deutsch, eine Sprache, die ich von ihr noch nie gehört habe. Sie ist in Begleitung eines Mannes ungefähr in meinem Alter, der ihren Rollstuhl geschoben hat und im Flur neben einem Mitarbeiter der städtischen Polizei steht.

Der Polizist spricht mich auf Englisch an, das weder meine Mutter noch der Mann sprechen. »Ich bin sehr froh, dass Ihre Freundin uns angerufen hat«, sagt der Polizist. »Wir haben eine ziemlich gute Datenbank, in der die Namen derjenigen vermerkt sind, die das Verschwinden ihrer Familien angezeigt haben. Das Register wird in der Hoffnung geführt, dass zwei Einträge zusammenpassen - jemand sucht nach jemand anderem, der dieselbe Person sucht. Ergibt das Sinn?«, fragt er mich, und als er das tut, rollt meine Mutter näher an mich heran, ohne dass ihr Helfer das bemerkt. Als ich sie dabei beobachte, beobachtet sie mich. »Als Ihre Freundin uns angerufen hat«, sagt der Polizist, »haben wir Ihren Namen in das Register eingetragen und festgestellt, dass sie immer noch hier war.« Er hebt das Kinn in Richtung meiner Mutter und sagt, dass es ihr physisch anscheinend gut gehe, obwohl sie seit einigen Jahren nicht mehr in unserem Dorf war. Und es ist offensichtlich, dass ihr Gedächtnis nicht mehr zuverlässig ist. Der kurze Weg von ihrer Wohnung, die nur zwei Kilometer von hier entfernt ist und auf dem sie von Pflegern begleitet wurde, hat sie sehr ermüdet. »Bitte regen Sie sie nicht auf«, sagt er. »Sagen Sie nichts vom Fluss. Sie ist ganz offensichtlich nicht in den Fluss gegangen. Wir sind uns nicht einmal sicher, mit wem Sie im Dorf geredet haben. Möglicherweise haben Sie es mit einer Betrügerin zu tun gehabt, mit irgendeiner verarmten Person, die Ihre Großzügigkeit ausnutzen wollte. Oder mit einer, die gerissen genug ist zu verstehen, dass es immer jemanden gibt, der bereitwillig an eine Geschichte wie die Ihre glaubt.«

Als sie und ich wieder allein sind, rollt sie dicht an mich heran und fragt, wer ich eigentlich sein soll. Und als ich sage, dass ich ihr Sohn Moses bin, schließt sie die Augen, als wollte sie die Nachricht in Dunkelheit aufnehmen. Klar ist, dass sie eine andere Person ist als die Frau, der ich beim Verbrennen sämtlicher Dinge ihres Lebens in unserem Wohnzimmer zusah, die Frau, die Briefe in die Tasche eines privaten Ermittlers steckte und mich von New York nach Hause rief. Weder habe ich, wie Žofie glaubt, den Verstand verloren, noch habe ich zweimal gelebt, sie nicht zweimal verloren und sie jetzt auch nicht zweimal in verschiedenen Welten wiedergefunden. Ich denke an den Golem, der nicht weit von hier schläft, und verstehe es als sein Werk: zu beschützen. Hier ist meine Mutter, lebendig, umsorgt, ohne Erinnerung an mich.

»Lass mich deine Hand sehen«, sagt sie, und ich gebe ihr meine Hand. »Die Ärzte denken, dass es mir nicht gut geht, aber mir geht es nur ihretwegen nicht gut. Egal, was sie sagen, ich bin beispielsweise immer noch bei klarem Verstand. Jeder Zentimeter davon funktioniert, jedes einzelne seiner Fenster, jedes einzelne seiner Telefonanrufe, seiner Nachrichtensendungen, seiner Flugzeuge, seiner Mauern, seiner Bunker, seiner Notenblätter mit Wiegenliedern, die ich meinen Babys auf dem Klavier meiner Mutter vorspielte. Was, wenn nicht all das wäre ein Verstand?«

»Ich freue mich sehr, dass es dir gut geht«, sage ich.

»Du sagst, du bist Moses?«

»Ja«, sage ich.

»Ich habe mal einen Moses gekannt«, sagt sie. »Er war sehr jung, als ich ihn kannte.«

»Das weiß ich«, sage ich.

»Du siehst aber nicht aus wie er.«

»Es ist lange her«, sage ich, »dass ich mir vorkam oder so aussah wie ich selbst.«

»Vor allem bist du ein alter Mann«, sagt sie. Und lacht dann.

»Das stimmt«, sage ich. »Irgendwie stimmt das.«

»Glaubst du, dass wir uns kennen?«, fragt sie.

»Vielleicht«, sage ich.

»Wäre das nicht lustig?«, sagt sie. »Sich nach so langer Zeit wieder zu begegnen?«

»Bestimmt«, sage ich.

»Kannst du dich für mich jung machen, damit ich mich besser an dich erinnern kann?«

»Ich fürchte, ich weiß nicht, wie ich das machen soll.«

»Ach, das ist doch ganz leicht.«

»Zeigst du es mir?«

»Du musst die Augen schließen«, sagt sie.

Als ich das tue, sagt sie, dass sie lediglich ihre Finger festhalten müsse, um ein Kindheitsbild von mir zu sehen. »Das konnte ich schon, als ich noch ein Mädchen war – Leute als Kinder sehen. Es ist nichts, über das man in aller Öffentlichkeit reden kann«, sagt sie, »aber was soll man denn sonst mit den Dingen des Lebens anfangen, die nicht genau in die Gesellschaft passen?«

Da habe ich meine Augen schon wieder geöffnet und sehe sie an. Ihre Augen sind noch geschlossen, und sie öffnet eine nach der anderen ihre Handflächen, als würde sie erwarten, dass ich ihr ein Gebetbuch hineinlege.

Nach einer ganzen Weile schlägt sie die Augen auf, die dunkelbraun wie die Farbe von Schlachtfeldschlamm sind, und sagt, dass ich eine flüchtige Ähnlichkeit mit einem ihrer Söhne hätte.

»Ja«, sage ich. »Das höre ich gern.«

»Ein schlimme Geschichte«, sagt sie.

»Ich habe davon gehört«, sage ich.

»Ich kann mir bis heute nicht vorstellen, dass sie stimmt. Tagaus, tagein schien sie ein Gerücht zu sein, dem ich mehr vertraute als meinem eigenen Leben.«

»Ich habe genau dieselbe Erfahrung gemacht«, sage ich zu ihr.

»Ich habe gehört, dass du nach mir gesucht hast«, sagt sie. »Du hast wegen mir die Polizei verständigt! Wie aufregend.«

»Wir kannten uns sehr gut.«

»Natürlich kannten wir uns«, sagt sie.

»Ich war lange weg«, sage ich.

»Und jetzt bist du wieder da«, sagt sie.

»Genau«, sage ich.

»Deine Mutter wird sich sehr freuen, das zu hören«, sagt sie. »Wirklich sehr freuen.«

Als sie das sagt, nehme ich ihre Hände in meine.

»Mein Sohn«, sagt sie, »wurde mir weggenommen. Wusstest du das?«

»Ich wusste es.«

»Ich habe lange auf seine Rückkehr gewartet. In der Hoffnung, ihm auf die Spur zu kommen, habe ich mit Gott verhandelt, habe all seine Namen angerufen. Aber mir ist nur das Gesicht meines Sohns in Träumen erschienen, sonst nichts. Oder er ist mir verkleidet erschienen. Du hast bestimmt auch diese Erfahrung gemacht: das Gesicht deiner Mutter in Teeblättern und so weiter und so weiter.«

»Ein- oder zweimal«, sage ich.

»Ich habe im Museum gearbeitet«, sagt sie. »Wusstest du das?«

»Ja«, sage ich, »das wusste ich.«

»Ich war sehr wissbegierig, als ich jung war. Die Leute glauben das ja gar nicht. Vor allem, weil ich mein erwachsenes Leben mit der Arbeit meiner Hände verbracht habe, und da liegt ja immer so ein leiser Missklang in der Luft, wenn Leute, die mit den Händen arbeiten, behaupten, auch Grips zu haben. Als ob das so überraschend ist! Meiner Mutter war das aber unangenehm, weil sie meine Ehe mit einem älteren Mann arrangiert hatte, der mir das Leben vermiest hätte. *Den* habe ich mir nie als Kind vorstellen können. Dieser Mann war sein ganzes Leben lang alt, widerlich und stinkend. In den Monaten vor der Hochzeit beeilte ich mich, meine Dissertation bei der Universität einzureichen, weil ich hoffte, dass sie mich vor einem Leben bewahren würde, das ich nicht wollte. Offenbar hatte ich in dem Jahr eine Glückssträhne. Was ich geschrieben hatte, machte durchaus Eindruck, und so bekam ich einen Job im Museum. Das war der glücklichste Tag in meinem Leben, weil er mir Freiheit versprach. Du hättest sehen sollen, wie ich zu meiner Mutter rannte, um ihr zu sagen, dass ich nun selbstständig war. Während des ersten Jahres arbeitete ich, um mir eine eigene Aussteuer anschaffen zu können. So war meine Kindheit: Mit einem Fuß in der alten Welt, mit dem anderen in der Stadt. Aber dann durfte ich nicht mehr im Museum arbeiten. Ein Gesetz wurde erlassen.«

»Ja«, sage ich.

»Zu der Zeit hatte ich schon drei kleine Kinder.«

»Drei?«, frage ich. »Bist du dir sicher? Nicht nur eins?«

»Ob ich mir sicher bin?«, fragt sie lachend. »Ob ich mir sicher bin? Als sie uns den Tod wünschten«, sagt sie, »uns, den Juden meines Dorfs, brauchten wir nicht weit zu gehen. Wenn es sein musste, konnten wir ohne große Probleme zu Fuß zu den Toren von Theresienstadt laufen. Es war wie ein Gang zum Markt. Die Deutschen brauchten nicht mal Lastwagen, um uns zu deportieren. Sie zeigten nur in die Richtung. Kurz vor Kriegsende, als das Dänische Rote Kreuz das Lager inspizierte, wurde ich dazu verpflichtet, an der zu den Toren führenden Straße Blumen zu pflanzen. Bis dahin hatten Nachbarn mich, meine Kinder und meinen Mann ziemlich erfolgreich versteckt. Dann wurden sie abberufen – das waren ihre Worte, die Worte meiner Freunde. Sie wurden abberufen, als wären Freunde eingetroffen, die Besseres zu tun hätten, als mir Schutz zu gewähren. Danach musste ich als Vorbereitung meiner endgültigen Deportation Zwangsarbeit leisten. Zuerst sollte ich die zum Lager führende Straße so schön wie möglich herrichten. Ich begriff, dass ein Film gedreht wurde, in dem das Lager harmlos wirken sollte und in dem gefangene österreichische Juden vor der Kamera Verdis *Requiem* aufführten: eine Musikauswahl, die den Idioten, die den Film drehten, entging, womit aber alles gesagt ist, jetzt, wo alle tot sind.«

Sie hält inne und mustert mich, als würde sie versuchen, mich einzusortieren.

»Geht es dir gut?«, frage ich.

»Habe ich dir schon erzählt«, sagt sie, »dass mein Gedächtnis immer noch ein perfekter Spiegel ist? Ich habe nichts vergessen. Merkst du das nicht?«

»Doch, doch, ja.«

»Kann ich dir den ganz schlimmen Teil erzählen?«

»Natürlich.«

»Es ist ganz schlimm.«

»Ich weiß.«

»Du kommst mir aber bekannt vor.«

»Und du mir auch«, sage ich.

»Es will auch niemand, dass ich darüber rede. Besonders jetzt. Niemand will es je hören.«

»Erzähl es mir«, sage ich.

»Einer der Männer, die neben mir arbeiteten, war sehr jung, hatte sich eben erst freiwillig gemeldet, war glücklich über seine Ausstaffierung, die Schnapsrationen und die Lederhandschuhe. Er kam nicht lange nach dem Besuch des Roten Kreuzes in mein Haus, ging die Treppe hinauf, führte meinen Mann und die Kinder auf die Straße und erschoss einen nach dem anderen mit einer Pistole, die sein Vater ihm zum neunten Geburtstag geschenkt hatte. Er erschoss sogar Rafael, der noch ein Baby war. Der Mann war offenbar schwer betrunken. Diese Burschen waren immer betrunken, wenn sie so etwas taten. Meine Mutter hatte mir das erzählt, und ihre Mutter hatte ihr es auch erzählt, und seit achthundert Jahren hatten jüdische Mütter es ihren Töchtern erzählt. Und dieser Bursche brüllte die Sache mit seiner Pistole über die ganze Straße. Sein Vater hatte Pleite gemacht und seine Schlachterei verloren. Er musste mehrere Hundert Kilo Schweinefleisch vernichten, und das war natürlich die Schuld der Juden, die ganz offensichtlich das Fleisch verflucht hatten.

Danach hatte er ein kleines Stück Land erworben, um Wein anzubauen, aber in dem Jahr war es sehr trocken, und die Trauben wuchsen nicht, und an diesem unerklärlichen Ärger mit dem Wetter waren die Juden natürlich auch schuld. Jedermann verstand, dass verschiedene internationale Verschwörungen dazu in der Lage waren, mit den Wettermachern zu schachern. Und danach nahm der Vater des Jungen seine Nähmaschine und eröffnete einen kleinen Laden. Aber die Kunden sagten, dass er als Schneider sehr schlecht war und dass die Juden das, was er machte, schneller, besser und billiger machten. Und das machte ihn natürlich wütend, und er versuchte, Hühner zu züchten. Aber die Hühner überlebten es nicht, alle verendeten auf einen Schlag mit abgeschnittenen Hälsen - gewiss das Ergebnis eines blutigen Rituals. ›Und jetzt sieh mal, Papa‹, brüllte er, ›sieh mal, Papa. Du hast mir ein tolles Geschenk gemacht‹, schrie er, ›und jetzt habe ich dir ein tolles Geschenk gemacht!‹

Man zwang mich zuzusehen. Rafael war erst neun Monate alt. Nach dem Mord hatte der Bursche Rafaels Leiche mitgenommen. Ich habe tagelang danach gesucht«, sagt sie. »Vielleicht hast du auch Kinder gehabt, vielleicht weißt du, wovon ich rede. Ich ging von Haus zu Haus, bestach die Friedhofswärter, hatte keine Angst vor den Folgen, ging an die Tore des Konzentrationslagers, erflehte in meinen Gebeten eine Kugel im Kopf, damit sich nicht einmal mein Geist an den Horror des Lebens, das mir gegeben war, erinnern konnte.

Mitten in der Nacht kam ein Lastwagen«, sagt sie. »Vielleicht war das Monate später. Ich war noch nicht abgeholt worden, um ermordet zu werden. Aus irgendeinem Grund ließen sie mich in meinem Elend verrotten. Immer, wenn ein Auto in die Nähe des Hauses kam, erbebte das Gebäude.

Ich begriff«, sagt sie zu mir, »dass man mich schließlich ermorden würde, entweder gleich auf der Stelle oder dass man mich zu meinem Mörder führen würde und ich es dann über mich ergehen lassen müsste.

Ich erinnere mich, dass ich in Rafaels Zimmer auf dem Fußboden lag und mich vorbereitete. Ich vergrub mein Gesicht in dem kleinen Teppich, auf dem Rafael zu mir gekrabbelt war, und ich glaubte, dass ich ihn in der Unterwelt immer noch atmen hörte, wenn ich mein Ohr nur fest genug an die Dielen legte. Und ich wartete, wartete, wartete auf das Ende. Es gab ein sehr langes Schweigen, ein Schweigen, in dem ich nicht getötet wurde, aber auch nicht genau wusste, ob ich nicht schon gestorben war. Die Stille schwoll so ungeheuer an, dass ich nicht nur das Atemgeräusch dieses Soldaten, sondern auch das Blut in den Armen dieses Jungen hören konnte, die ganze Maschinerie seines jungen, idiotischen Lebens.

Der Soldat erzählte mir, dass der Bursche, der Rafael umgebracht hatte, sein Bruder war – sein böser, dummer und gewalttätiger Bruder. ›Von Kindheit an hat er ein Problem‹, sagte er. ›Er hatte immer ein Problem, machte der Familie immer Schande, hat bis zum Krieg nie Stabilität gefunden.‹ Das waren seine Worte. ›Es tut uns allen sehr leid‹, sagte dieser Soldat, ›mir, meiner Mutter und meinem Vater. Uns allen tut furchtbar leid, was unser Bruder dir und deinen Kindern angetan hat.‹ Er konnte die Vorstellung nicht abschütteln, dass sein Bruder einem Baby eine Pistole an den Kopf gesetzt hatte. Und deshalb tat dieser Soldat etwas, von dem er glaubte, es tun zu müssen – er brachte mir als Ersatz einen Jungen mit.

Er sagte, dass ich aufstehen solle«, sagt sie, »und wischte den Schmutz vom Saum meines Kleids. Er hatte mir auch ein

Brötchen mit Butter mitgebracht. ›Hier‹, sagte der Mann und stützte mich. ›Wir sind deine Freunde‹, sagte der Soldat, ›hab keine Angst. Wenn du noch Hunger hast‹, sagte er, ›bringen wir dir mehr zu essen.‹

Du musst wissen«, sagt sie, »dass ich seit über einem Jahr keine Butter und kein frisches Brot mehr gegessen hatte. Er lächelte. Dieser Soldat lächelte, und ich merkte, dass er schwer betrunken war. Und als ich das spürte, wusste ich, dass ich sterben würde. Aber dann half er mir mit seinen Händen auf, die in sehr dunklen Lederhandschuhen steckten und nach Wodka stanken, und führte mich in meinem Haus die Treppe hinunter, wo eine Frau stand. Diese Frau werde ich nie vergessen. Sie war ganz in Weiß gekleidet und hielt einen Korb in der Hand. Die beiden meinten es wirklich gut.

›Hier ist er‹, sagte der Soldat. ›Hier ist dein neuer Sohn. Er wird dir im Stroh und in einem Tuch gebracht, ganz wie die Heilige Schrift es verlangt. Jetzt hast du wieder ein Kind. Bitte vergib uns. Sag nicht, dass wir nicht versucht haben, dir zu helfen. Sag nicht, dass wir alle schlechte Menschen sind. Ich habe heute Nacht an dich gedacht, als ich dies Kind gesehen habe. Und jetzt gehört es dir. Also, Gute Nacht. Gute Nacht.‹

Ich dachte immer nur«, sagt meine Mutter, »wer sind diese Unmenschen? Wer spielt dir diesen Streich? Was für ein Wahnsinn! Was für ein abscheulicher Wahnsinn! Und dann war ich mit diesem Kind allein. Es war schon sehr spät und sehr dunkel, fast schon Morgen. Die Straßen waren leer, leer, leer, abgesehen von mir und diesem Baby, das nach Puder roch und dessen Wangen von Creme glänzten. Auf der Rückseite des Strampelanzugs war eine Karte angebracht, auf die seine Mutter, seine arme Mutter, seine arme, verlorene Mutter seinen Namen geschrieben hatte. Von allen Namen ausgerechnet dieser! Sie hatten mir Moses in einem Korb gebracht. Kannst du das glauben? Kannst du überhaupt je diese Geschichte glauben? Sein Name war Moses!«

GETRENNTE RÄUME, GETRENNTE RÄUME

Wien, 2016

ARNOLD

Ich will mich kurzfassen. Wer auch immer du sein magst: Du wusstest es schon, bevor ich es wusste: Sie ist nicht da. Oder vielleicht sollte ich besser sagen, dass ich wieder erfahren habe, was ich bereits wusste: Sie ist nicht da. Das geht immer so. Sie sind nirgends, sie alle, und das wusste ich längst, vergesse es aber immer wieder. Sonja, kein kleines Kind. Keine erwachsene Frau, keine Person, die im Wiener Zentralbahnhof in Blau gekleidet auf den Bahnsteig hinaustritt und mir Briefe aus ihrem Leben in mein Leben schickt, kein Schatten, der sich an eine Puppe klammert und meinen Namen ruft, wie sie es manchmal tut, wenn ich schlafe und sie nach mir ruft. »Papa? Papa? Was machen wir heute? Hast du etwas von Moses gehört? Hast du etwas von Mama gehört?«

In London hielt ich es zwei Tage aus. Es ist nicht der Rede wert. Genauer gesagt, fuhr ich mit dem Zug hin und kam mit dem Zug zurück. Und jetzt bin ich wieder zu Hause, wo das Verhängnis meines Überlebens darin zu bestehen scheint, dass ich stets neu erfahren muss, was ich bereits wusste. Die hiesige Zeitung bringt eine aktualisierte Richtigstellung: ÜBERLEBENDER ÜBERLEBT ERNEUT! Wieder zu Hause, halte ich mein Arbeitszimmer in der Mansarde warm. Ich spiele die Musik meiner Kindheit. Am Dachfenster über mir fliegt ganz Wien vorbei: die Flugzeuge und die Grünfinken und die Luftballons der Kinder. Aber nachts ist es mir am liebsten. Dann macht die Stadt ihre merkwürdigen Geräusche, ihr Gemurmel, ihr gelegentliches Geheul der Gefahr.

Vielleicht erzählt dir jemand, wie man mir erzählt, dass es das sei, was ich von der kommenden Welt erwarten könne: ein sich wandelndes Traumbild des Himmels, und aus der Dunkelheit rauscht ein wunderbarer Klang herauf, und all die wichtigen Geschichten, die mir entgangen sind. Danach kommt vielleicht das große Wiedererinnern der Seelen. Zum Beispiel das Wiedererscheinen der Kinder, die man mir genommen hat. Oder ein Ende dieser, unserer Geschichte, in der wir uns lebendig wiederfinden. Meine Familie klopft an eine Tür, die es nicht gibt, und kehrt in ein Leben zurück, das schon seit einer Weile irreal zu sein schien. Oder vielleicht auch das Geräusch von allen, die von einem Raum in den nächsten übergehen. Vielleicht. Ich sage immer noch vielleicht.

Auf dem Rückweg nach Wien kam der Zug in der Nähe von Paris zum Stehen. Eine Maschine war defekt. Wir standen draußen neben den Gleisen im Schneetreiben, während sich das Personal an der Spitze des Zugs versammelte. Man ließ uns eine Stunde lang aufgereiht bei einigen Kastanienbäumen warten. Man sagte uns, dass wir bald abgeholt, in einen anderen Zug gesetzt und auf ein anderes Gleis geschoben würden, und man versprach uns, dass wir dann mit nur geringer Verspätung zu Hause ankommen würden. Keine Sorge, verkündeten die Durchsagen, es gibt keinen Anlass zur Beunruhigung. Für eine Weile wurden wir von unserem Gepäck getrennt, und man versicherte uns, dass wir es früher oder später oder bei der Weiterfahrt mit dem Ersatzzug oder am Ende der Reise wiederbekommen würden. Die Dämmerung brach herein. Mir wurde kalt. Der Himmel verriet irgendwo die Stadt durch die Lichter nahe liegender Häuser, Menschen in ihren Komfortzonen. Am Ende der aufgereihten Passagiere traf ich auf einen Geige spielenden Jungen, dessen Schwester dazu sang. Um sie sammelte sich eine kleine Anzahl von uns und lauschte. Die beiden waren einfach wunderbar. Während sie spielten, bemerkte ich, dass die neben den Gleisen stehenden Leute irgendwann angefangen hatten, sich unterzuhaken.

Wann auch immer es geschieht, dachte ich, dass die Göttin des Lebens mit der Angst vorm Ende des Lebens kollidiert, dann müssen wir uns stets gegenseitig stützen, egal, ob es dort jemanden gibt oder nicht.

Nachdem man uns in den Zug nach Hause gesetzt hatte, fand ich auf meinem Platz ein Buch, das jemand dort zurückgelassen hatte. Es war ein Blindband, ein leeres Tagebuch, wohl aus Versehen liegen gelassen von einem, der, wie ich hoffte, damit Großes im Sinn gehabt hatte. Ich wusste, dass in so einem Buch ein ganzes Leben Platz finden konnte, sogar meins. Ich hielt es lange in Händen, während wir gen Osten fuhren, zuerst durch Brüssel, dann über den Rhein, den der nächtliche Schneefall lila färbte, die Farbe von Elektrizität in einem Kinderbuch.

Ich kannte einen Mann, der solche Blindbände sammelte. Er füllte tatsächlich ein Zimmer seines Hauses mit diesen Büchern, sodass er schließlich eine kleine Bibliothek des Nichts besaß. Ich erinnere mich, mir dieses Zimmer einmal angesehen zu haben. Es befand sich in einem der oberen Stockwerke eines modernen Gebäudes mit weiten Ausblicken. Er wollte mir Teile seiner Sammlung zeigen. Diese Bücher unterschieden sich alle voneinander, waren jedoch vollkommen leer.

Ich fragte ihn: »Warum so viele? Was hat das alles zu bedeuten?« Seine Vergangenheit war wie meine eigene Vergangenheit, und in jungen Jahren waren wir Freunde gewesen, sprachen aber nie darüber, weder über die Vergangenheit noch über die Zeit, als wir jung waren. Darüber zu reden erschien uns nicht sinnvoll, und als wir älter wurden, kam es uns nicht mehr besonders real vor.

Er erzählte mir, was ich soeben dir erzählt habe, dass nämlich ein ganzes Leben in so ein Buch passen könnte. Er zog eins aus dem Regal und sagte: »Hör mal«, hielt es mir ans Ohr und blätterte durch die Seiten. »Das Geräusch eines leeren Buchs ist wundervoll, nicht wahr? Hundert Seiten, zweihundert Seiten, alles leer, alles möglich.« Er sagte, er verstünde das leere Buch manchmal als ein Gebet gegen das Unmögliche. »Wenn man es sich ans Ohr hält, kann man es manchmal deutlich hören«, sagte er, »weil ein Gebet gegen das Unmögliche eins der lautesten Geräusche auf Erden ist.«

Mit dieser Idee hätte es für ihn angefangen, erzählte er mir, obwohl der Klang des Gebets sich veränderte. Die Idee begann ihn zu beherrschen, dass jemand in einem dieser Bücher die Geschichte seiner Familie aufgeschrieben hatte, was ihm aber irgendwie entgangen war oder was er übersehen hatte, weil er der Welt vor seinen Augen nicht genügend Aufmerksamkeit geschenkt hatte. Die Idee, sagte er, sei ihm im Schlaf gekommen. Oder sie hatte ihn in anderen ruhigen Momenten überwältigt, häufig in Flugzeugen, wenn er eine weite Strecke zurücklegte, fast immer auf Transatlantikflügen. Er hätte gewusst, dass es eine falsche Idee war, sagte er, aber die Idee war die, dass jemand anderes, jemand mit einer besseren Vorstellung von der Welt, alles geschrieben hätte, was zu schreiben er selbst nicht fähig wäre. »Und diese Geschichte geschah hier. Nirgendwo sonst auf der Welt, sondern hier in diesem Haus, in diesem Zimmer. Ich hatte dieses Zimmer zusammengestellt, ohne zu wissen, warum, aber eines Tages verstand ich im Flugzeug über dem Indischen Ozean den Grund«, sagte er. »In einem dieser Bücher steckt irgendwo eine Nachricht aus dem Reich der Toten.«

Gelegentlich war er von dieser Idee so besessen, dass er glaubte, sich nur noch um sie kümmern zu sollen, nur noch nach diesem Buch zu suchen, das ganz offensichtlich gar nicht existierte, Geschichten, die keine echten Geschichten waren. Eine Stimme, die ihn rief, obwohl er wusste, dass es so eine Stimme nicht gab, obwohl die Stimme manchmal laut war, eine Stimme, die ausschließlich nach ihm rief, indem sie Du, Du, Du sagte. Eine Stimme, der er manchmal Antwort gab. Er wollte, dass ich verstand, dass dieses Gefühl ein echtes Gefühl war, auch wenn es ein Gefühl am Rand des Wahnsinns war, ein Bereich, an dem die Welt der Vernunft ihm unter den Händen zerbrach.

Vielleicht, sagte er, habe er deshalb die Bücher gelegentlich stapelweise zerfetzt. Er schämte sich, das zuzugeben. Er räumte tatsächlich ein, sich für alles zu schämen, was er mir erzählte. Er tat es, um die losen Seiten im ganzen Raum verteilen zu können, tausend Seiten überall verstreut, zehntausend Seiten, hunderttausend Seiten. Und alle umgaben ihn in diesem Raum, in dem wir mit Blick auf Wien standen, der ja ein Blick darauf ist, wie die Geschichte sich über die Zukunft legt. Um es mir zu demonstrieren, riss er ein Buch auseinander. »So sieht man es besser«, sagte er, und als ich ihn zu erklären bat, was genau er zu sehen versuchte, weil alle Seiten unabweisbar gähnend leer waren, verstummte er. Oder, genauer gesagt, ihn erfüllte die wortlose Scham der Wahrheit, ein Geräusch, das, wie ich weiß, ohrenbetäubender ist als ein Gebet. Dieser Freund von mir war ein seriöser Mensch, und das war das Unseriöseste, was er sich je in meiner Gegenwart erlaubte.

Er begann, die Seiten auf dem Fußboden zu verteilen, auf dem Sessel und den beiden grünen Sofas, auf dem Bett, auf dem sein Hund schlief, und auf der Fensterbank. Innerhalb weniger Minuten waren unsere Körper die einzigen Stellen im Raum, die nicht unter Papier begraben waren.

»Wenn ich das tue, ist es hier drinnen manchmal ganz still«, sagte er.

»Und zu anderen Zeiten?«, fragte ich.

In diesem Moment standen wir weit voneinander entfernt.

»Wenn man es sich ans Ohr hält«, sagte er, »kann man es manchmal rufen hören. Hörst du etwas?«, fragte er.

An dem Morgen, an dem ich aus London nach Hause zurückkehre, sind die Zeitungen voll mit Geschichten über Ärzte, die Organe transplantieren. Ein Mann mit einem neuen Nierenpaar strahlt mit dem Lächeln der Wiederauferstehung. Eine Frau mit einem neuen Herz joggt die Ringstraße entlang. »Ich bin wie neugeboren«, sagt sie dem Reporter. »Ich kann immer so weiterlaufen.«

Ich finde, das ist eine gute Interpretation der Zeilen bei Jesaja:

DOCH DEINE TOTEN WERDEN LEBEN, HERR,
IHRE KÖRPER WERDEN AUFERSTEHEN –
LASS DIE IM STAUB LIEGENDEN
ERWACHEN UND JUBILIEREN.

Zeilen, die mich mein Leben lang beschäftigt haben. Zeilen, von denen der Talmud sagt, ich dürfe sie nicht als Beweis der Wiedergeburt verstehen. Ja, der Talmud geht davon aus, dass ich klug genug bin, den Talmud zu lesen. »Was mir fehlt«, sage ich in meiner Wohnung laut vor mich hin, »ist eine Transplantation. Suche einen Arzt, der meine Vergangenheit transplantiert. Löse die Blockaden, die Verstopfungen, die ganze Kollektion aus Albträumen, Verletzungen und diesem großen Diebstahl.«

Ich kenne aber die Wahrheit. Ich lasse sie in mein Schlafzimmer, wenn ich nachts mit meinem leeren Buch allein bin. Langsam löse ich die Bindung. Mein Freund hat recht und irrt sich trotzdem. Ja, die Seiten sind laut. Sie halten mich manchmal wach. Obwohl das Geräusch nichts anderes ist als das alte Geräusch, kommen die anderen näher und näher, ohne je zu erscheinen.

Wieder zu Hause, stellt sich eine Erinnerung ein. Sonja hat in unserem Wohnzimmer eine Aufführung vorbereitet, eine von ihr selbst verfasste Oper, in der wir alle, ich und ihre Mutter und sie, als Stars gezwungen sind, mit unseren schrecklichen Stimmen zu singen. Sie ist mit einem Schild mit der Aufschrift WERDET ZEUGEN MEINER GENIALEN SINGENDEN FAMILIE durch die Herminengasse marschiert und hat Eintrittskarten verkauft. Es muss ganz kurz vorm Ende gewesen sein, weil Moses in der Korbwiege, die mein Vater für ihn gekauft hat, noch dabei ist. An der Wiege hat Sonja ein Blatt Papier befestigt, auf dem erklärt wird, dass Moses im Notfall als Ersatz für sie einspringen werde. UNTERSCHÄTZT NICHT DIE STIMME ODER DAS MUSIKALISCHE TALENT MEINES BRUDERS.

Zu unserer Überraschung kommen die Nachbarn sogar. Fania führt sie ins Wohnzimmer zum Sofa, auf dem Sonjas Teddybären die besten Plätze belegen. Es ist das einzige Mal, dass die Nachbarn in unser Haus gekommen sind. In manchen Fällen ist es seit vielen Jahren das erste Mal, dass unsere Nachbarn sich bereitwillig mit uns unterhalten. Ein Mann, den ich von der Schule her kenne, klopft mir auf die Schulter und fragt, wie es mir geht, was es Neues gibt. »Die Nachrichten«, sagt er, »die Nachrichten, man kann den Nachrichten ja kaum glauben?«

Hinter der geschlossenen Küchentür verteilt Sonja das Libretto. »Hast du das selber geschrieben?«, fragt Fania, worauf Sonja verrucht lächelt. In der Geschichte wird unseren Charakteren die Gabe verliehen, in die Zukunft blicken zu können, welche Zukunft auch immer wir wollen. Wenn wir uns für verschiedene Zukünfte entscheiden würden, erklärt sie, könnten wir nie wieder zueinander finden.

»Du hast eine Tragödie geschrieben«, sagt Fania. Sonja nimmt das verblüfft oder mit einem verschmitzten Gesichtsausdruck zur Kenntnis. In meiner Erinnerung gibt es sowohl diese Verblüffung als auch dies Verschmitzte, beides Varianten der Vergangenheit.

»Lies weiter«, sagt Sonja zu ihrer Mutter. Um die Wesenheit zu symbolisieren, die unsere Wahl einer Zukunft gewährt, hat sie aus ihren Winterhandschuhen zwei Puppen gebastelt und ihnen mithilfe von Heftzwecken Lesebrillen aufgesetzt. Die Ähnlichkeit ist verblüffend.

»Du hast neue Versionen von uns geschaffen«, sage ich zu ihr. »Sieh dir das an!«

Als die Oper vorbei ist und ich Sonja zu Bett bringe, blickt sie schon halb im Schlaf zu mir auf und fragt, wie ich es gefunden hätte. »Es war doch grandios, Papa, nicht wahr? Du hast gesungen, und die Leute haben gelacht, und Mama hat gesungen, und die Leute haben gelacht, und wir haben so getan, als würde Moses singen, und alle Leute haben gelacht. Und es war einfach grandios.«

Ihre Bettdecke ist eine Sonderanfertigung nur für sie aus der Fabrik meines Vaters. Sie hat sie bis zum Hals hochgezogen. Ein Rand aus Goldblättchen ziert die Säume. Das war die Idee meiner Mutter. Wenn man ein Licht darauf richtet, eine Kerze oder ein Kindernachtlicht etwa, scheinen die Säume zu glitzern. Als ich Sonja das zum ersten Mal zeigte, verstand sie sofort, dass sie in einem Schiff lag, dass in der Tat alle Betten Schiffe sind und Schlaf ein Weg ist, seinen Körper von Tag zu Tag zu bewegen. »Wusstest du das noch nicht, Papa? Wusstest du das nicht?«

»Sieh mal«, sagt sie an dem Abend nach ihrer Oper, »siehst du nicht, wie sich das Wasser bewegt? Siehst du das denn nicht, Papa? Stell dich da drüben hin«, sagt sie zu mir, »so weit wie möglich von mir entfernt, und dann blinzele mal. Und dann sieht es so aus, als würde ich auf dem Ozean schlafen und du wärst weit weg am Strand und hieltest nach mir Ausschau. Sieh doch nur«, sagt sie. »Sieh doch. Kannst du mich sehen? Kannst du das?«

DANKSAGUNGEN

Während ich dieses Buch schrieb, hatte ich das Glück, von vielen Menschen umgeben zu sein, die mich unterstützt und mir geholfen haben. Mein Dank gilt PJ Mark für seine Klugheit und guten Ratschläge, für seine Freundschaft und unsere gemeinsamen Jahre. Mein Dank gilt auch Pilar Garcia-Brown für ihren Scharfsinn und dafür, dass dieses Buch entstehen konnte. Zu danken habe ich Sophie Jonathan für ihr großes Verständnis und für das Entwirren dessen, was mir durcheinandergeraten ist. Mein Dank gilt auch Mona Lang, Francis Geffard, meinen frühen Lesern Megan Mayhew Bergman und Andrew Malan Milward. Dank auch an Kerry-Ann Bentley und Madeline Ticknor. Dank an alle bei Janklow & Nesbit in London und in New York. Danke Elli Kurki. Danke Vi-An Nguyen für den wunderbaren Umschlag in Großbritannien. Danke Stephanie Power für jahrelange Klarheit. Danke Alice Dalrymple. Danke allen bei Dutton und PRH. Danke Camilla Ellworthy und allen bei Picador in London. Danke allen bei Kiepenheuer & Witsch in Köln und allen bei Albin Michel in Paris für die jahrelange Unterstützung. Und für das große Geschenk der Gemeinschaft danke ich allen meinen Freunden, Kollegen und Studenten am Bennington College.

Und Dank an Shami, erste Leserin, Königin aller Königinnen, stets das tollste Mädchen im Spiel, gemeinsam in dieser Welt, in der nächsten Welt und in allen kommenden Welten.

MIX
Papier | Fördert gute Waldnutzung
FSC® C014496

1. Auflage 2026

Titel der Originalausgabe Rooms for Vanishing

Aus dem Englischen von Klaus Modick

Covergestaltung Nurten Zeren/zerendesign.com
Covermotiv Nurten Zeren/zerendesign.com
Gesetzt aus der Cardea OTCE
Satz Buch-Werkstatt GmbH, Bad Aibling
Druck und Bindung GGP Media GmbH, Pößneck
ISBN 978-3-462-00747-3

Kontaktadresse nach EU-Produktsicherheitsverordnung:
produktsicherheit@kiwi-verlag.de